KB068408

# MICHAEL CONNELLY

The Overlook

**The Overlook**

# 혼돈의 도시

## The Overlook

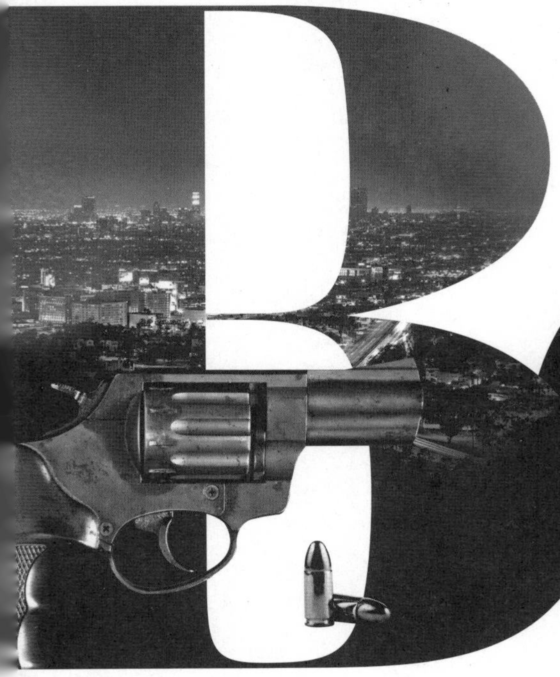

BOSCH

MICHAEL CONNELLY 마이클 코넬리 지음 | 한정아 옮김

RHK
알에이치코리아

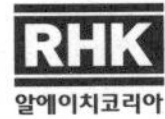

## Media Review

"마이클 코넬리는 범죄 소설가 중 가장 뛰어난 작가."

_뉴요커

"월등한 구성, 견고한 스토리텔링, 환상적인 캐릭터 구축의 삼위일체."

_사우스 플로리다 선센티널

"마이클 코넬리는 이 시리즈 전체에서 넘치는 에너지와 스킬을 이어오고 있다. 이 책을 읽자마자 독자들은 해리 보슈의 다음 사건을 갈망하게 될 것이다."

_세인트 피츠버그 타임스

"놀라운 속도감과 이미지, 예상치 못한 반전까지 코넬리의 모든 작품들이 그렇듯 기대할 수 있는 모든 것을 기대해도 좋다."

_덴버 포스트

"대단한 펀치력을 가진 한 방 있는 소설."

**_데이튼 비치 뉴스저널**

"여러 가지 면에서, 이 작품은 코넬리의 표준을 보여준다. 코넬리의 팬들은 이 작품을 통해 어떻게 그가 가장 효과적으로 플롯, 인물의 성격 묘사, 그리고 고유의 색을 만들어내는지 알 수 있을 것이다."

**_세인트 루이스 포스트 디스패치**

"마이클 코넬리는 현대 소설 부문에서 가장 흥미롭고 높은 평가를 받은 캐릭터 중의 하나를 창조한 그야말로 작가들의 작가다. 그의 플롯은 항상 호기심을 불러일으키고, 그의 문장은 속도감 있다.《혼돈의 도시》는 최후의 페이지까지 당신을 절벽 가장자리로 밀어붙일 것이다."

**_샌 안토니오 익스프레스 뉴스**

"놀랄 만큼 빠르게 읽힌다. 이 책을 읽는 즐거움은 우리가 코넬리의 안전장치가 된 논리 속에 놓여 있다는 것."

**_뉴올리언스 타임스 피카윤**

"완벽한 호흡의 스릴러다. 코넬리의 글쓰기는 매우 부드럽지만 독자들이 결코 손을 놓을 수 없게 만든다.《혼돈의 도시》도 예외는 아니다."

**_미네아폴리스 스타 트리뷴**

"프랜차이즈 업계의 또 다른 승자 해리 보슈!"

**_새크라멘토 비**

contents

## Bonus

내게《앵무새 죽이기》를 건네주었던
사서에게 이 책을 바칩니다.

## 01
# 출동 명령

그 전화는 자정에 걸려왔다. 해리 보슈는 잠자리에 들지 않고 깜깜한 거실에 앉아서 색소폰 연주를 듣고 있었다. 그는 이렇게 어둠 속에 앉아서 들어야 색소폰 소리가 더 잘 들린다고 생각하고 싶어했다. 하나의 감각을 막아 버림으로써 다른 감각에 집중할 수 있다는 논리였다.

그러나 마음속으로는 그도 진실을 알고 있었다. 그는 기다리고 있었다.

전화는 그가 소속된 강력계 특수살인사건 전담반의 상관인 래리 갠들 경위에게서 걸려왔다. 새 일터에서 그가 받은 첫 출동 명령 전화였고, 기다리고 있던 전화였다.

"해리, 안 잤어?"

"안 잤어요."

"누구 걸 틀어놓은 거야?"

"프랭크 모건이요, 뉴욕 재즈 스탠더드(유명한 재즈클럽—옮긴이) 실황 녹음이죠. 지금 들리는 피아노곡은 조지 케이블스고."

"'올 블루스' 같은데?"

"바로 맞혔어요."

"좋은 곡이지. 끝까지 못 듣게 하긴 정말 싫은데."

보슈는 리모컨으로 음악을 껐다.

"무슨 일인데요, 경위님?"

"할리우드에서 당신과 이기가 나와서 사건 좀 맡아 줬으면 하는데. 오늘 벌써 세 건이나 터졌는데 네 번째 사건까지 맡기는 역부족이라는 거야. 게다가 이건 또 누가 취미로 한 일 같아 보인다대. 사형을 집행한 것처럼 보인대."

로스앤젤레스 경찰국은 도시 전체를 17개 지역으로 나누어 각 지역마다 경찰서를 두고 있었고 각 경찰서는 형사과와 그 밑에 살인사건 전담반을 두고 있었다. 그러나 경찰서 살인사건 전담반은 일선 조직으로, 수사가 장기화되는 사건들을 언제까지고 붙잡고 있을 수는 없었다. 그래서 정치적인 색채를 띠거나 유명인이 관련되었거나 언론의 주목을 받을 만한 살인사건이 발생하면, 경찰국 본부 강력계 산하 특수살인사건 전담반으로 이관하는 게 보통이었다. 특히 더 어려워 보이고 시간 소모적으로 보이는 사건도—또한 취미 활동처럼 적극적인 성향을 보이는 사건도—즉시 특수살인사건 전담반으로 넘겨질 가능성이 높았다. 이번 사건도 그런 것들 중 하나인 모양이었다.

"어딘데요?" 보슈가 물었다.

"멀홀랜드 댐 위에 있는 산마루래. 어딘지 알겠어?"

"그럼요. 올라가 본 적도 있는데."

보슈는 일어서서 식탁으로 걸어갔다. 은 식기 수납용 서랍을 열어 펜과 작은 공책을 꺼냈다. 그러고는 공책 첫 장에 날짜와 살인사건 현장 위치를 적었다.

"더 알아둬야 할 사항은요?" 보슈가 물었다.

"별로 없어. 아까도 말했지만, 처형한 것 같다고 그러더라고. 뒤통수에 대고 두 발을 쐈다는 거야. 누가 이 친구를 거기까지 끌고 올라가서 아름다운 경치가 내려다보이는 곳에서 머리통을 날려 버린 거지." 갠들이 말했다.

보슈는 잠깐 이 말을 되새기다가 다음 질문을 던졌다.

"피해자 신원 파악은요?"

"할리우드 친구들이 하고 있어. 당신이 도착할 때쯤이면 뭐 좀 알아내겠지. 그러고 보니 당신 동네잖아, 그렇지?"

"그리 멀진 않죠."

갠들은 범죄 현장 위치에 대해 몇 가지 더 구체적으로 설명해 주고 나서 파트너에겐 직접 연락을 하겠느냐고 물었다. 보슈는 그러겠다고 대답했다.

"좋아, 해리. 거기 올라가서 상황 파악하고 전화해. 부담 갖지 말고 팍팍 깨워. 다들 그러니까."

보슈는 앞으로 자기가 틈만 나면 두들겨 깨울 사람한테 자다가 전화 받고 깨는 것이 싫다고 툴툴거리는 걸 보니 갠들도 어쩔 수 없는 관리자라고 생각했다.

"알았어요." 보슈가 말했다.

그는 전화를 끊자마자 새 파트너인 이그나시오 페라스에게 전화를 걸었다. 둘은 아직도 조금씩 서로를 알아가는 중이었다. 페라스는 보슈보다 스무 살 이상 어렸고 다른 문화권 출신이었다. 둘 사이에 유대감이 생길 때가 언젠가는 분명히 오겠지만, 천천히 올 것 같았다. 언제나 그랬으니까.



페라스는 자다가 보슈의 전화를 받고 깼지만 다행히도 금방 정신을 차렸고 기꺼이 뛰어나올 의향이 있는 것 같았다. 문제는 그가 저 멀리 다이아몬드 바에 살고 있어서 범죄 현장 예상 도착 시각이 적어도 한 시간 후가 될 거라는 점이었다. 둘이 파트너로 지정된 첫날 보슈가 이 문제를 지적했지만 페라스는 이사에 별 관심을 보이지 않았다. 다이아몬드 바에 가족 부양 체계가 잡혀 있어서 웬만하면 그대로 살고 싶다고 했다.

보슈는 자기가 페라스보다 훨씬 먼저 범죄 현장에 도착할 것이고 따라서 관할 경찰서 살인사건 전담반 형사들과의 갈등을 자기가 해결해야 한다는 것을 알고 있었다. 일선 형사들에게서 사건을 가져오는 것은 언제나 민감한 문제였다. 그런 결정은 현장에 출동한 담당 형사들이 아니라 위의 관리자들이 내렸다. 배지에 금테를 두를 자격이 있는 살인사건 전담 형사는 그 누구도 사건을 남한테 넘겨주는 것을 원하지 않았다. 그건 그들의 임무가 아니었다.

"거기서 보자, 이그나시오." 보슈가 말했다.

"선배님. 말씀드렸잖습니까. 이기라고 불러 주시라고요. 다들 그렇게 부르는데요." 페라스가 말했다.

보슈는 아무 말도 하지 않았다. 페라스를 이기라고 부르고 싶지 않았다. 다정하게 애칭을 사용하는 것이 파트너와의 관계를 돈독히 하고 임무를 효과적으로 수행하기 위한 선결 조건이라고는 생각하지 않았다. 그는 파트너가 그런 사실을 깨닫고 그 말 좀 그만했으면 좋겠다고 생각했다.

보슈는 갑자기 생각난 것이 있어서 추가로 지시를 했다. 페라스에게 오는 길에 파커 센터에 들러 배정받은 시 관용차를 몰고 오라고 말했다. 그렇게 하면 도착 시각이 몇 분 더 늦어지겠지만, 보슈는 현장까지 자기 차를 몰고 갈 계획인데 마침 기름이 다 떨어져 가고 있었다.

"좋아, 그럼 거기서 만나." 보슈가 이름을 빼고 말했다.

그는 전화를 끊고 현관문 옆에 있는 벽장에서 재킷을 꺼내 들었다. 재킷에 팔을 끼우면서 벽장문 안에 붙은 거울에 비친 자신의 모습을 흘끗 쳐다보았다. 쉰여섯 살의 그는 늘씬하고 탄탄한 몸매로 지금보다 2~3킬로그램 더 쪄도 무리가 없을 것 같았다. 하지만 다른 동년배 형사들은 배 둘레가 점점 더 늘어나고 있었고, 특수살인사건 전담반의 형사 두 명은 이렇게 늘어나는 배 둘레 때문에 뚱뚱이와 배불뚝이라는 별명으로 불리고 있었다. 그러나 보슈는 그런 별명을 얻으면 어쩌나 걱정할 필요가 없었다.

흰 머리가 갈색 머리를 다 쫓아낸 것은 아니지만 승리를 눈앞에 두고 있었다. 흑갈색 눈은 맑고 또렷했고 산마루에서 그를 기다리고 있는 도전을 맞닥뜨릴 준비가 되어 있었다. 보슈는 자기 눈을 바라보면서 자신이 살인사건 수사의 기본을 잘 이해하고 있다고 생각했다. 저 현관문을 나가면 임무를 수행하기 위해 아무리 먼 길이라도 기꺼이 걸어갈 준비가 되어 있고 그럴 능력도 있다고 생각했다. 그런 생각이 들자 그 어떤 총알도 자기를 맞힐 수 없을 것 같은 느낌이 들었다.

그는 왼손을 뒤로 돌려 오른쪽 엉덩이에 걸쳐져 있는 권총집에서 킴버 울트라 캐리를 빼들었다. 그러고는 탄창과 액션(해머를 뒤로 젖히고 방아쇠를 당겨 해머를 내리치는 동작－옮긴이)을 재빨리 확인한 뒤 권총집에 도로 꽂았다.

준비되었다. 그는 문을 열었다.

갠들 경위가 사건에 대해서는 아는 바가 별로 없었지만 한 가지는 확실히 알고 있었다. 범죄 현장은 보슈의 집에서 그리 멀지 않은 곳에 있었다. 보슈는 카후엥가로 내려가 101번 고속도로를 가로지르는 버햄 대로를 타고 달려갔다. 잠시 후 레이크 할리우드 드라이브로 진입해 속력을 내 달려 올라가니 저수지와 멀홀랜드 댐을 둘러싸고 있는 산에 저택이 드문드문 흩어져 있는 동네가 나타났다. 초호화 저택들로 이루어진 동네였다.

보슈는 울타리가 쳐져 있는 저수지를 빙 돌아 달리다가 도로에서 코요테를 발견하고 잠깐 멈춰 섰다. 전조등 불빛에 드러난 코요테는 눈을 번득이고 있었다. 코요테는 천천히 고개를 돌리더니 느릿느릿 도로를 가로질러 덤불 속으로 사라졌다. 길을 비켜 주려고 서두르는 기색이라고는 조금도 없었고, 덤빌 테면 덤벼 보라고 보슈를 도발하는 것도 같았다. 그런 코요테를 보자 예전에 순찰을 돌던 시절이 떠올랐다. 그때 거리에서 마주친 대다수 젊은이들의 눈에서 지금 코요테의 눈에서 본 것과 똑같은 반항기를 보았던 것이 기억이 났다.

저수지를 지난 후 보슈는 타호 드라이브로 진입해 산을 올라갔고 곧 멀홀랜드 드라이브의 동쪽 종착 지점에 도착했다. 이곳 산마루에 이 도시를 조망할 수 있는 비공식적인 전망대가 자리하고 있었다. 그 앞에는 '주차 금지'와 '전망대 야간 출입 금지' 표지판이 세워져 있었다. 그러나 사람들은 표지판 따위는 아랑곳없이 밤이고 낮이고 아무 때나 이곳을 찾아오곤 했다.

보슈는 줄줄이 늘어선 관용차들 뒤에 차를 세웠다. 대여섯 대의 표식이 있는 경찰차와 표식 없는 경찰차 외에도 과학수사대 승합차와 검시관실 왜건이 도착해 있었다. 노란색 폴리스라인 테이프가 범죄 현장을 봉쇄하고 있었고 그 안에는 은색 포르쉐 카레라 한 대가 덮개가 열린 채 서 있었다. 그 자동차 주위로 폴리스라인 테이프가 더 둘러져 있는 것을 보니 피해자의 차인 것 같았다.

보슈는 주차를 하고 차에서 내렸다. 폴리스라인 밖에 배치된 순경이 그의 이름과 경찰배지 번호 2997을 받아 적고 나서 그를 폴리스라인 안으로 들여보내 주었다. 보슈는 범죄 현장으로 다가갔다. 도시가 한눈에 내려다보이는 공터 한가운데에 시신이 있었고, 시신 양쪽으로 휴대용 작업등이 일렬로 세워져 있었다. 보슈가 다가가면서 보니까 과학수사대의 현장 감식반원들과 검시관실 직원들이 시신과 그 주변을 살펴보고 있었다. 그리고 비디오카메라를 든 감식반원이 현장을 기록하고 있었다.

"해리, 이쪽이야."

보슈가 돌아보니 제리 에드거 형사가 경찰 표식이 없는 형사 차 엔진 덮개에 기대서 있었다. 한 손에 커피 컵을 들고 누구를 기다리고 있는 것처럼 보였다. 보슈가 다가가자 그가 차에서 떨어져서 똑바로 섰다.

에드거는 예전에 보슈가 할리우드 경찰서에서 근무할 때 함께 일했던 파트너였다. 그 당시엔 보슈가 살인사건 전담반의 팀장이었는데, 지금은 에드거가 그 위치에 있었다.

"강력계 사람을 기다리는 중이었는데, 그게 자네일 줄은 몰랐어." 에드거가 말했다.

"그래, 나야."

"혼자 맡은 거야?"

"아니, 파트너는 지금 오고 있어."

"새 파트너? 자넨 작년에 에코 파크에서 그 난리가 난 이후로 통 연락이 없던데."

"그렇게 됐어. 그래, 여긴 뭐가 어떻게 된 거야?"

보슈는 에드거와 에코 파크 이야기를 하고 싶지 않았다. 사실 그 이야기는 어느 누구하고도 하고 싶지 않았다. 지금 맡고 있는 사건에만 집중하고 싶었다. 특수살인사건 전담반으로 발령받고 나서 처음 출동 명령을 받고 현장에 나온 터였다. 그는 자신의 행동을 예의 주시하는 사람들이 많다는 걸 알고 있었다. 그중에 그가 실패하기를 바라는 사람들도 적지 않을 거였다.

에드거는 옆으로 돌아서서 차 트렁크 위에 펼쳐 놓은 것들을 보슈가 볼 수 있게 해 주었다. 보슈는 안경을 꺼내 끼고 트렁크 위로 허리를 굽혔다. 많이 어두웠지만 증거물 봉투가 여러 개 놓여 있는 것은 볼 수 있었다. 봉투마다 시신에서 나온 물건이 하나씩 들어 있었다. 지갑, 열쇠고리, 클립으로 고정하는 신분증을 담은 봉투들이 보였다. 두툼한 지폐 다발을 고정시켜 놓은 지폐 클립이 담긴 증거물 봉투도 있었고, 블랙베리 휴대전화기가 담긴 것도 있었다. 휴대전화는 아직도 켜져 있었고 주인이 다시는 걸거나 받지 못할 전화들을 송수신할 준비를 갖춘 채로 초록 불을 깜박이고 있었다.

"좀 전에 검시관실 직원한테서 넘겨받았어. 검안은 10분 정도 있으면 끝날 거래." 에드거가 말했다.

보슈는 신분증이 든 봉투를 집어 들고 불빛 쪽을 향해 치켜들었다. 세인트 아가타 여성병원의 신분증이었다. 검은 머리에 검은 눈을 가진 남자가 카메라를 향해 미소 짓고 있는 사진이 붙어 있었고 스탠리 켄트 박사라고 이름이 적혀 있었다. 보슈는 이 신분증이 전자식 출입카드 역할도 한다는 것을 알아차렸다.

"키즈는 자주 봐?" 에드거가 물었다.

키즈도 보슈의 예전 파트너였고, 에코 파크 사건 이후로 경찰국장실 소속 행정직으로 전보 발령을 받았다.

"뭐 별로. 어쨌든 잘 지내고 있어."

보슈는 다른 증거물 봉투를 둘러보았다. 키즈민 라이더에서 지금 앞에 놓인 사건으로 화제를 돌리고 싶었다.

"지금까지 알아낸 사항을 얘기해 주겠어, 제리?" 보슈가 말했다.

"그러지, 기꺼이. 변사체는 한 시간 전쯤 발견됐어. 도로변에 있는 표지판 봤겠지만, 여긴 주차를 해서도 안 되고 해 떨어진 후에 얼쩡거려서도 안 되는 곳이야. 남의 집 훔쳐보는 인간들을 쫓아버리기 위해서 할리우드 경찰서가 하룻밤에도 서너 번씩 여기 순찰을 돌고 있지. 부유한 이 동네 주민들의 행복을 지켜 주기 위해서 말이야. 저기 저 집이 마돈나 집이라고 하더라고. 아니 마돈나 집이었대." 에드거가 말했다.

그는 공터에서 100미터쯤 떨어진 곳에 있는 대저택을 가리켰다. 건물의 우뚝 솟은 탑이 달빛을 받아 희미한 실루엣으로 보였다. 저택의 외관은 토스카나식 교회처럼 벽돌색과 노란색이 번갈아 있는 줄무늬를 이루고 있었다. 저택은 절벽 위에 세워져 있어서 집 안에서 창밖을 내다보는 사람에게는 도시 전체가 한눈에 내려다보이는 경이로운 장관을 선사할 것이 분명했다. 보슈는 그 인기 여가수가 탑에 올라가 서서 자기 앞에 무릎을 꿇은 도시를 내려다보는 모습을 상상했다.

보슈는 다음 보고를 들을 준비를 하고 옛 파트너를 돌아보았다.

"11시쯤 순찰차가 올라와 보니까 포르쉐가 덮개가 열린 채 서 있었대. 포르쉐는 엔진이 뒤에 있는 거 알지, 해리? 그러니까 트렁크가 열려 있었던 거야."

"그렇지."

"그래, 그건 이미 알고 있었단 말이군. 어찌 됐든, 순찰차가 멈춰 서서 살펴봤는데 포르쉐 안이나 주변에 아무도 없더라는 거야. 그래서 순경 둘이 차에서 내렸다더군. 한 명이 공터로 걸어 들어가다가 피해자를 발견했대. 얼굴을 땅에 처박고 쓰러져 있었고, 뒤통수에 두 발을 맞은 자국이 있었다대. 누가 봐도 사형을 집행한 거라더군."

보슈는 증거물 봉투 안에 든 신분증을 고갯짓으로 가리켰다.

"그리고 그 친구가 이 신분증 주인 스탠리 켄트고?"

"그런 것 같아. 신분증과 지갑 둘 다 피해자가 애로우헤드 드라이브

사거리에 사는 마흔두 살의 스탠리 켄트라고 말하고 있거든. 저 포르쉐 번호판을 조회해 봤는데 'K&K 의학물리학자들'이라는 사업체 소유로 되어 있었어. 방금 전엔 켄트를 법무부 데이터베이스에 조회해 봤는데 깨끗했어. 저 포르쉐로 두세 번 과속단속에 걸린 것 빼고는, 다른 건 전혀 없어. 바른생활 사나이였더라고."

보슈는 고개를 끄덕이며 이 모든 정보를 머릿속에 고스란히 입력했다.

"이 사건 자네가 가져간다고 해도 난 전혀 유감없어, 해리. 파트너 하나는 이달엔 법정에 들락거려야 되고, 다른 하나는 오늘 첫 번째로 터진 사건 현장에 남겨 두고 왔거든. 3루타 사건이야. 총을 난사해서 세 명이 즉사했고 네 번째 피해자는 퀸 오브 에인절스에서 생명유지 장치에 의존하고 있지." 에드거가 말했다.

보슈는 할리우드 경찰서가 전통적인 파트너 제도를 포기하고 3인 1조의 팀제로 살인사건 전담반을 운영하고 있다는 것이 기억났다.

"그 3루타 사건하고 이 사건하고 관련이 있을 가능성은?"

그는 시신 주위에 모여 있는 감식반원들과 검시관실 직원들을 가리키며 물었다.

"없어. 그 사건은 조폭들 간의 총격전이었어. 근데 이건 완전히 다른 성격인 것 같아. 사실 자네가 맡게 돼서 얼마나 다행인지 몰라." 에드거가 말했다.

"잘됐군. 최대한 빨리 집에 보내 줄게. 누가 차 안은 들여다봤어?" 보슈가 말했다.

"아니. 자넬 기다리고 있었어."

"그렇군. 애로우헤드에 있는 피해자 집엔 누가 가 봤나?"

"아니, 그것도 자네가 올 때까지 기다리고 있던 참이야."

"주변 주택들 탐문수사는?"

"그것도 아직. 우선 현장부터 살펴보고 있던 중이었어."

에드거는 이 사건이 강력계로 넘어갈 거라고 일찌감치 판단한 모양이었다. 보슈는 초동수사가 전무했다는 것이 마음에 걸렸지만 한편으론 자신과 페라스가 모든 것을 처음부터 새롭게 시작하는 것이 그리 나쁜 일은 아니라고 생각했다. 일선 경찰서에서 본부 형사 팀으로 이관되는 와중에 수사에 혼선을 빚거나 완전히 방향이 어긋나 버린 사건이 예전부터 심심치 않게 있었다.

보슈는 조명을 밝힌 공터를 바라보았다. 세어보니 총 다섯 명의 감식반원과 검시관실 직원이 시신을 검안하거나 주위를 살펴보고 있었다.

"자네가 제일 먼저 도착해서 둘러봤을 테니까 물어보는 건데, 저 전문가들의 접근을 허용하기 전에 누가 시신 주변에서 족적을 찾아보긴 찾아봤어?"

보슈는 목소리에서 짜증을 감출 수가 없었다.

"해리, 이 산마루에 올라와 어슬렁거리는 사람이 하루에 족히 200명은 될 거야. 족적을 찾아보려고 하면 크리스마스 때까지 찾아도 다 못 찾을걸. 그럴 시간은 없다고 생각했어. 이 공공 장소에 변사체가 있어서 그것부터 빨리 수습해야 했거든. 게다가 전문가의 솜씨로 보이고. 그 말은 신발, 총, 자동차, 모든 것의 흔적이 이미 오래전에 지워졌을 거란 얘기지." 에드거의 목소리에도 짜증이 묻어 있었다.

보슈는 고개를 끄덕였다. 이야기는 이쯤 해 두고 다음 일로 넘어가고 싶었다.

"그래, 알았어. 그럼 이제 자넨 가도 될 것 같은데." 그가 차분하게 말했다.

에드거는 고개를 끄덕였고 보슈는 그가 당황했는지도 모른다고 생각했다.

"아까도 말했지만, 해리, 자네가 올 줄은 몰랐어."

보슈가 올 줄 알았다면 그렇게 손 놓고 있진 않았을 거란 뜻이었다.

"그래, 알아." 보슈가 말했다.

에드거가 떠난 후, 보슈는 자기 차로 돌아가 트렁크에서 맥라이트 손전등을 꺼냈다. 그러고는 포르쉐로 걸어가면서 라텍스 장갑을 끼고 운전석 문을 열었다. 허리를 굽혀 몸을 들이밀고 차 안을 둘러보았다. 조수석에 서류 가방이 놓여 있었다. 잠겨 있지 않아서 그가 스냅단추를 누르자 탁 소리와 함께 열리면서 가방 안이 드러났다. 파일 대여섯 개와 계산기, 다양한 메모지철, 펜과 종이가 들어 있었다. 그는 가방을 닫고 제자리에 놓았다. 서류 가방이 조수석에 놓여 있는 걸 보니 피해자가 혼자 산마루로 올라왔을 거라는 생각이 들었다. 살인범을 자기 차에 태우고 올라온 것이 아니라 여기에서 살인범을 만난 것이다. 그는 이 사실이 중요한 의미를 지닐 수도 있다고 생각했다.

다음으로 보슈가 조수석 앞에 있는 글러브 박스를 열자 시신에서 발견된 것과 같은 클립식 신분증 여러 개가 바닥으로 떨어졌다. 하나씩 집으면서 살펴보니 각각의 신분증이 시내의 각기 다른 병원에서 발급된 것이었다. 그러나 모든 신분증에 적혀 있는 이름과 붙어 있는 사진은 똑같았다. 스탠리 켄트, 공터에 변사체로 누워 있는 바로 그 남자인 것 같았다.

보슈는 신분증 몇 개의 뒷면에 손으로 쓴 기호가 적혀 있는 것을 발견했다. 그는 그 기호들을 한참동안 노려보았다. 대개가 숫자 몇 개 다음에 L이나 R이 적혀 있었다. 그는 잠금장치의 비밀번호일 거라고 결론을 내렸다.

그가 글러브 박스 속을 들여다보니 신분증 겸 출입카드가 더 있었다. 죽은 남자는—그가 스탠리 켄트라면—로스앤젤레스 카운티 내에 있는 거의 모든 병원에 자유로이 출입할 수 있었다. 그리고 그 모든 병원의 보안 잠금장치를 열 수 있는 비밀번호도 갖고 있었다. 보슈는 이 신분증 겸 출입카드들이 피해자가 모종의 병원 사기극을 벌이면서 사용한 위조품이 아닐까 하는 생각을 잠깐 했다.

보슈는 신분증을 도로 집어넣고 글러브 박스를 닫았다. 그러고는 좌석 밑과 좌석 사이를 살펴보았지만 특이한 것은 아무것도 없었다. 그는 차 밖으로 몸을 빼고 똑바로 선 후 열려 있는 트렁크 쪽으로 걸어갔다.

트렁크는 작았고 비어 있었다. 그러나 손전등으로 비춰 보니 바닥에 깔린 카펫 위에 움푹 들어간 자리가 네 군데가 있는 것이 보였다. 네 개의 다리나 바퀴를 가진 정사각형의 육중한 무언가가 트렁크에 실린 적이 있었던 게 분명했다. 트렁크가 열린 채로 발견된 걸 보면 그 물건이 무엇인지는 몰라도 살인범이 가져갔을 가능성이 높았다.

"형사님?"

보슈가 돌아서서 손전등으로 순경의 얼굴을 비추었다. 현장 봉쇄선 앞에서 그의 이름과 배지 번호를 받아 적은 순경이었다. 보슈는 손전등을 내렸다.

"무슨 일이야?"

"FBI 요원이 왔습니다. 범죄 현장으로 들여보내 달라고 하는데요?"

"어디 있지?"

순경은 노란색 폴리스라인이 있는 곳으로 보슈를 안내했다. 다가가면서 보니까 한 여자가 자동차의 열린 문 옆에 서서 웃음기 없는 얼굴로 이쪽을 보고 있었다. 보슈는 그녀를 알아보고 가슴이 철렁했다.

"안녕, 해리." 그녀가 보슈를 보고 인사를 했다.

"안녕, 레이철." 보슈가 말했다.

—

## *02*
# TLD 반지

보슈가 FBI의 레이철 월링 특수 요원을 마지막으로 본 지도 거의 6개월이 다 되어 가고 있었다. 폴리스라인 옆에 서 있는 그녀를 향해 걸어가면서 그는 그동안 그녀를 생각하지 않고 지나간 날은 단 하루도 없었다는 것을 깨달았다. 그러나 그녀를 다시 만난다고 해도 한밤중에 살인사건 현장에서 다시 만나리라고는 상상도 못했었다. 그녀는 청바지에 옥스퍼드 셔츠와 남색 캐주얼 재킷을 입고 있었다. 진갈색 머리는 헝클어져 있었지만 여전히 아름다웠다. 보슈와 마찬가지로 집에서 전화를 받고 불려나온 모양이었다. 정색을 한 그녀를 보자 보슈는 두 사람의 마지막이 얼마나 안 좋게 끝났는지가 기억이 났다.

보슈가 말했다.

"저기, 내가 당신을 무시하고 있었다는 건 알겠는데 그렇다고 뭘 수고스럽게 범죄 현장까지 쫓아와서…."

"지금 농담할 때가 아니에요, 이게 내가 생각하는 그게 맞다면 말이죠."

월링이 보슈의 말을 자르고 말했다.

그들이 마지막으로 만난 것은 에코 파크 사건을 수사할 때였다. 당시 월링은 FBI의 전술정보반이라는 아리송한 부서에서 일하고 있었다. 그 부서가 정확히 어떤 일을 하는 곳인지 그녀가 설명해주지 않았고, 수사에 꼭 필요한 정보도 아니었기 때문에 보슈도 굳이 캐묻지 않았다. 그녀가 과거에 프로파일러로 일한 경험이 있고 둘 사이의 개인사도 있었기 때문에 보슈는 오랜만에 그녀에게 연락을 해 도움을 청했다. 그러나 에코 파크 사건 수사가 예기치 못한 방향으로 흘러가면서 두 사람이 또 한 번의 로맨스를 가질 가능성도 사라졌다. 지금 월링은 지극히 사무적인 태도를 보였고 보슈는 그 전술정보반이라는 데가 어떤 곳인지 곧 알게 될 것 같다는 느낌이 들었다.

"당신이 생각하는 그게 뭐지?" 보슈가 물었다.

"말할 수 있을 때 말해 줄게요. 현장 봐도 되죠?"

보슈는 마지못해 폴리스라인을 들어 주면서 그녀의 사무적인 태도에 특유의 빈정거리는 말로 맞받아쳤다.

"그럼요, 어서 들어오시죠, 월링 요원. 내 집처럼 편안하게 지내시고."

월링은 폴리스라인 밑을 걸어 들어가더니 보슈가 자기를 범죄 현장으로 안내할 권리 정도는 인정해 주겠다는 듯 멈춰 섰다.

"사실 내가 당신한테 도움을 줄 수도 있어요. 시신을 보고 나서 신원을 공식적으로 확인해 줄 수도 있으니까요." 그녀가 말했다.

그녀가 옆구리에 끼고 있던 서류철을 들어 보였다.

"그럼, 이쪽으로." 보슈가 말했다.

그는 피해자가 강렬한 형광등 불빛을 받으며 누워 있는 공터로 월링을 안내했다. 산마루 끝 낭떠러지에서 1.5미터 정도 떨어진 곳의 주황색 흙 위에 죽은 남자가 누워 있었다. 시신 너머 낭떠러지 밑에는 저수지가 달빛을 받아 은은히 빛나고 있었다. 댐 너머로는 도시가 백만 개의 불을 밝힌 담요처럼 펼쳐져 있었다. 서늘한 밤공기 속에 전등불들이 떠도는 꿈처럼 일렁이고 있었다.

보슈는 휴대용 작업등이 만들어낸 빛의 동그라미 앞에 이르자 팔을 뻗어 월링을 막아 세웠다. 검시관이 피해자의 몸을 돌려놓아서 이제 피해자는 얼굴이 위로 향하게 누워 있었다. 고인의 얼굴과 이마 여기저기에 긁힌 상처가 있었지만 보슈는 그가 포르쉐 글러브 박스 안에 있던 병원 신분증 사진에 나온 바로 그 남자라는 것을 알아보았다. 스탠리 켄트. 셔츠가 풀어 헤쳐져 있어 털 하나 없는 하얀 가슴이 드러나 보였다. 가슴 한쪽에 검시관이 간에 탐침온도계를 찔러 넣을 때 생긴 절개 상처가 있었다.

"좋은 밤이야, 해리. 아니, 좋은 아침이라고 해야겠군. 이분은 누구시지? 이기 페라스와 한 팀인 줄 알았는데." 검시관 조 펠튼이 말했다.

"페라스와 한 팀 맞아. 이분은 FBI 전술정보반의 월링 특수 요원이고." 보슈가 대답했다.

"전술정보반? 다음엔 또 어떤 걸 생각해낼까?"

"국토안보부 같은 업무를 보는 곳인가 봐. 묻지도 따지지도 말아야 하는 일들 말이야. 근데 이분이 피해자의 신원을 확인해 줄 수도 있다고 해서."

월링은 유치하다는 표정으로 보슈를 쳐다보았다.

"들어가도 되겠어, 조?" 보슈가 물었다.

"그럼, 해리, 거의 다 끝났어."

보슈가 앞으로 걸어가기 시작하자 월링이 재빨리 앞장서서 강렬한 빛 속으로 걸어 들어갔다. 그녀는 성큼성큼 걸어가 시신 앞에 버티고 섰다. 그러고는 서류철을 펼쳐 8×10 컬러 사진을 한 장 꺼냈다. 얼굴만 나온 사진이었다. 그녀는 허리를 굽히고 사진을 피해자의 얼굴 옆에 갖다 댔다. 보슈는 그녀 옆으로 다가가 직접 비교를 해 보았다.

"맞네요. 스탠리 켄트." 그녀가 말했다.

보슈는 고개를 끄덕여 동의를 표시한 후 월링이 시신 옆에서 뒤로 물러설 수 있도록 도와주려고 손을 내밀었다. 그러나 그녀는 그 손을 무시하고 스스로 뒤로 물러섰다. 보슈는 시신 옆에 쭈그리고 앉아 있는 펠튼을 내려다보았다.

"조, 뭐가 어떻게 된 건지 얘기 좀 해 주겠어?"

보슈는 시신을 가운데 두고 펠튼의 맞은편에 서서 허리를 굽히고 시신을 내려다보았다.

"여기 있는 이 남자는 무슨 이유에선지 여기로 끌려왔거나 자발적으로 와서 무릎을 꿇고 앉게 되었어."

펠튼이 피해자의 바지를 가리켰다. 양 무릎에 주황색 흙이 묻어있었다.

"그러고 나서 누군가가 그의 뒤통수에 총구를 대고 두 발을 발사했고 그는 얼굴부터 땅에 부딪히면서 쓰러졌어. 얼굴에 난 상처는 그때 생긴 거야. 땅에 닿기도 전에 사망했고."

보슈는 고개를 끄덕였다.

"총알이 빠져나간 자국이 없어. 아마 22구경처럼 작은 총알이 두개골 안을 헤집고 돌아다녔을 거야. 대단히 효율적이지." 펠튼이 덧붙였다.

보슈는 범인이 아름다운 풍경이 내려다보이는 곳에서 피해자의 머리통을 날려 버렸다던 갠들 경위의 말은 비유적인 표현이었다는 것을 깨달았다. 갠들이 과장해서 말을 하는 경향이 있다는 것을 앞으로를 위해서라도 기억해 둘 필요가 있었다.

"사망시각은?" 보슈가 펠튼에게 물었다.

"간(肝) 온도로 볼 때 네다섯 시간 전인 것 같아. 저녁 8시 전후." 검시관이 대답했다.

보슈는 펠튼의 마지막 말이 마음에 걸렸다. 저녁 8시라면 해가 져서 컴컴해졌을 것이고 일몰을 감상하던 사람들도 오래전에 자리를 떴을 거라는 건 그도 알고 있었다. 그러나 총성이 두 번이나 산마루에서 근처 절벽에 있는 주택들로 울려퍼졌을 터였다. 그런데도 경찰에 신고한 사람이 없었고, 변사체도 세 시간이나 지나서 순찰차가 우연히 발견했다는 것이다.

"지금 무슨 생각 하고 있는지 알아. 총성 생각 하고 있지? 설명이 가능해. 여러분, 피해자의 몸을 돌려 봅시다." 펠튼이 말했다.

펠튼과 조수 한 명이 시신을 뒤집는 동안 보슈는 일어서서 방해가 되지 않게 비켜서 있었다. 보슈가 월링을 쳐다보는 순간 두 사람의 눈길이 마주쳤지만, 그녀는 곧 고개를 숙이고 시신을 내려다보았다.

시신을 뒤집자 뒤통수에 총알이 들어가면서 생긴 상처가 드러났다. 피해자의 검은 머리칼은 피범벅이 되어 엉켜 있었다. 보슈의 눈길을 사로잡은 건 흰 셔츠의 등판에 사방으로 튀어 있는 작은 갈색 방울이었다. 그는 다 기억도 못하고 셀 수도 없을 만큼 수많은 범죄 현장을 들락거린 터라 피해자의 셔츠에 묻어 있는 것이 혈흔이 아니라는 것쯤은 금방 알 수 있었다.

"혈흔이 아니네?"

"그래, 맞아. 실험실에서 확인해 봐야겠지만 코카콜라 시럽인 것 같아. 빈 콜라 병이나 캔의 바닥에 남아 있는 찌꺼기." 펠튼이 말했다.

보슈가 대답을 하기 전에 월링이 끼어들었다.

"임시방편으로 만든 소음기예요. 1리터짜리 빈 페트병을 총구에 대고 테이프로 붙이면 음파가 대기 중이 아니라 병 속으로 튀어나가기 때문에 총성이 많이 약화되죠. 병에 콜라 찌꺼기가 남아 있으면, 그 액체가 표적에게 튀게 되겠죠."

펠튼이 보슈를 쳐다보며 그녀의 말이 다 옳다고 고개를 끄덕였다.

"해리, 어디서 이런 분을 모셔왔어? 대단한 전문가신데."

보슈가 월링을 바라보았다. 감명받기는 그도 마찬가지였다.

"인터넷에서 봤어요." 그녀가 말했다.

보슈는 그녀의 말을 믿지 않았지만 고개를 끄덕였다.

"그리고 주목할 게 하나 더 있어." 펠튼이 모두의 관심을 다시 시신에게로 돌렸다.

보슈가 다시 허리를 굽히고 시신을 내려다보았다. 펠튼이 시신 위로 팔을 뻗어 보슈 쪽에 있는 손을 가리켰다.

"두 손 다 이걸 끼고 있어."

펠튼은 가운데 손가락에 있는 빨간색 플라스틱 반지를 가리켰다. 보슈가 그걸 보고 다른 손도 확인했다. 다른 손에도 똑같은 빨간색 플라스틱 반지를 끼고 있었다. 그런데 손바닥 쪽에 있는 반지 면은 무슨 테이프를 붙인 듯 흰색이었다.

"이게 뭐지?" 보슈가 물었다.

펠튼이 대꾸했다. "아직은 모르겠어. 내 생각엔…."

"내가 알아요." 월링이 말했다.

보슈가 그녀를 올려다보았다. 그는 고개를 끄덕였다. 어련하시겠습니까, 그는 생각했다.

"TLD 반지라는 거예요. TLD는 '열 발광 선량측정'이란 뜻이고요. 일종의 조기 경보 장치죠. 방사능 노출 여부를 알려주는 반지예요." 그녀가 말했다.



그녀의 말에 갑자기 꺼림칙한 침묵이 찾아들었다. 잠시 후 그녀가 말을 이었다.

“하나 더 알려드리자면, TLD 스크린이 저렇게 손 안쪽으로 가게 돌려져 있으면, 보통 그 반지를 낀 사람이 방사능물질을 직접 취급하는 사람이라는 뜻이에요.” 그녀가 말했다.

보슈가 허리를 펴고 똑바로 섰다.

“자, 여러분, 시신에서 떨어집시다. 다들 뒤로 물러나요.” 그가 지시했다.

현장 감식반원들과 검시관실 직원들과 보슈가 시신에서 뒤로 물러나기 시작했다. 그러나 월링은 움직이지 않았다. 그녀는 신도들의 주목을 요구하는 목사처럼 두 손을 쳐들었다.

“잠깐만요, 잠깐만요. 그렇게 물러설 필요 없어요. 괜찮아요, 괜찮아요. 안전하다고요.” 그녀가 말했다.

모두들 멈춰 섰지만 원래의 자리로 돌아가는 사람은 아무도 없었다.

“방사능 노출 위험이 있으면, 반지에 달린 TLD 스크린이 검은색으로 변해요. 조기 경보죠. 검은색으로 변하지 않았으면, 우리 모두 안전한 거예요. 게다가 이것도 있어요.” 그녀가 말했다.

월링이 재킷을 뒤로 젖히자 호출기처럼 생긴 작은 검은색 상자가 벨트에 꽂혀 있는 것이 보였다.

“방사능 측정기예요. 문제가 있으면 이게 미친 듯이 비명을 지르니까, 내가 누구보다도 먼저 도망갈 걸요. 근데 소리 안 나잖아요. 안전한 거예요, 아시겠어요?” 그녀가 설명했다.

사람들이 마지못해 자기 자리로 돌아가기 시작했다. 보슈는 월링에게 다가가 그녀의 팔꿈치를 잡아끌었다.

“잠깐 저쪽으로 가서 얘기 좀 할까?”

그들은 공터에서 도로가로 향했다. 보슈는 상황이 바뀌고 있다는 느낌이 들었지만 내색을 하지 않으려고 애를 썼다. 그는 불안했다. 범죄 현장에 대한 통제권을 잃고 싶지 않았지만, 이런 정보는 통제권을 그에게서 빼앗아가려고 위협을 하고 있었다.

"지금 여기서 뭐하는 거요, 레이철? 무슨 일이 벌어지고 있는 거지?" 그가 물었다.

"당신처럼 나도 한밤중에 전화를 받았어요. 여기로 가 보라는 지시를 받았죠."

"그건 아무런 설명이 안 되는데."

"이것만은 확실히 말할 수 있어요. 난 당신을 돕기 위해 여기 있는 거예요."

"그럼 지금 여기서 당신이 뭐하고 있는 건지, 그리고 누가 당신을 여기로 보냈는지부터 말해 봐요. 그게 내게 큰 도움이 될 것 같으니까."

월링이 주위를 살피더니 다시 보슈를 쳐다보았다. 그러고는 폴리스라인 너머를 가리켰다.

"저쪽으로 갈까요?"

보슈는 그녀에게 길을 안내하라는 뜻으로 한 손을 내밀었다. 두 사람은 폴리스라인 밑을 지나 도로로 나갔다. 범죄 현장에 있는 어느 누구도 그들의 말을 들을 수 없을 만큼 멀리 왔다는 판단이 서자 보슈는 걸음을 멈추고 그녀를 바라보았다.

"좋아, 이만하면 된 것 같군. 지금 무슨 일이 벌어지고 있는 거요? 누가 당신을 여기로 보냈지?" 그가 말했다.

월링이 그의 눈을 바라보았다.

"지금부터 내가 하는 말은 비밀을 지켜 줘야 해요. 적어도 당분간은." 그녀가 말했다.

"이봐요, 레이철, 이러고 있을 시간이…."

“스탠리 켄트는 명단에 올라가 있는 인물이에요. 당신이나 당신 동료가 오늘 밤 국가범죄정보센터 컴퓨터(NCIC)에 그의 이름을 조회했을 때, 워싱턴 D.C.에서 경계 깃발이 올라갔고, 전술반의 나한테로 전화가 온 거예요.”

“뭐? 그럼 그가 테러범이었단 말이오?”

“아니요, 그는 의학물리학자였어요. 그리고, 내가 알기로는, 법을 잘 지키는 모범시민이었고요.”

“그렇다면 방사능 반지는 뭐고 한밤중에 FBI가 나타난 건 또 뭐요? 스탠리 켄트가 무슨 명단에 올라 있는데?”

월링은 그의 질문을 못 들은 척했다.

“뭐 좀 물어볼게요, 해리. 누가 이 남자 집이나 부인을 확인해 봤어요?”

“아직. 우선 범죄 현장부터 조사하고 있었소. 지금부터….”

“그럼 지금 당장 그 일부터 해야 돼요. 질문은 가면서 하고. 집 안으로 들어갈 필요가 있을지 모르니까 피해자의 열쇠꾸러미를 가져와요. 난 차 가져올게요.” 그녀가 다급한 어조로 말했다.

월링이 걸음을 떼기 시작했지만 보슈가 그녀의 팔을 잡았다.

“운전은 내가 하지.” 그가 말했다.

보슈는 자신의 머스탱을 가리켜 보이고는 월링을 그 자리에 남겨 두고 자리를 떴다. 형사 차로 걸어가면서 보니까 증거물 봉투들이 아직도 트렁크 위에 놓여 있었다. 에드거를 너무 일찍 돌려보낸 것이 후회가 됐다. 그는 순경을 손짓해서 불렀다.

“저기 말이야, 피해자의 집을 살펴보러 가야 해서 현장을 잠시 떠날 거야. 그리 오래 걸리진 않을 거야. 페라스 형사도 곧 도착할 거고. 그러니까 우리 둘 중 누구 하나가 올 때까지 현장 관리 좀 해 줘.”

“네, 알겠습니다.”

보슈는 휴대전화를 꺼내 파트너에게 전화를 걸었다.

"어디야?"

"방금 전에 파커 센터에서 나왔어요. 20분 정도 걸릴 겁니다."

보슈는 자기가 현장을 떠나니까 서둘러 달라고 말하고 전화를 끊었다. 그러고는 형사 차 트렁크에서 열쇠고리가 담긴 증거물 봉투를 집어 재킷 주머니에 넣었다.

보슈가 자기 차로 걸어가면서 보니 월링이 벌써 조수석에 앉아 있었다. 그녀는 통화를 끝내고 휴대전화를 덮고 있었다.

"누군데? 대통령?" 보슈가 운전석에 타고 나서 물었다.

"파트너요. 피해자 집에서 만나자고 했어요. 당신 파트너는 어디 있죠?" 그녀가 말했다.

"오는 중이지."

보슈는 시동을 걸었다. 출발하자마자 그는 질문을 퍼부어대기 시작했다.

"켄트가 테러범이 아니라면, 어떤 명단에 올라 있었단 말이오?"

"그는 의학물리학자로서 방사능물질에 직접 접근할 수 있는 권한을 갖고 있었어요. 그것 때문에 명단에 오르게 됐죠."

보슈는 피해자의 포르쉐에서 발견한 수많은 병원 신분증을 떠올렸다.

"어디에 접근할 수 있는 권한? 병원?"

"바로 맞혔어요. 방사능물질을 보관하는 곳이 병원이거든요. 이런 물질들은 주로 암 치료에 사용되죠."

보슈는 고개를 끄덕였다. 서서히 그림이 그려지고는 있었지만 아직은 정보가 충분하지 않았다.

"좋아, 그렇다면 여기서 내가 모르고 있는 부분이 뭐지, 레이철? 그걸 풀어놔 봐요."

"스탠리 켄트는 일부 세상 사람들이 손에 넣고 싶어 하는 물질들에 직접 접근할 수 있는 권한을 갖고 있었어요. 그 사람들에게 아주 대단히 가치가 있을 수 있는 물질들에요. 하지만 그들이 그걸 암 치료에 쓰려는 건 아니고요."

"테러범들이군."

"바로 그거예요."

"지금 당신 말은 이자가 병원으로 룰루랄라 걸어 들어가서 이 물질을 갖고 나올 수 있다는 거요? 규정이라는 게 있지 않나?"

월링이 고개를 끄덕였다.

"물론 있죠. 하지만 그런 규정만으로는 충분하지 않아요. 어떤 보안 시스템이든 반복과 통상적인 업무 처리 과정 속에서 균열이 생기기 마련이니까요. 과거에는 민간 항공기의 조종석 문을 잠그지 않았지만, 이젠 잠그잖아요. 절차를 바꾸고 예방 조치를 강화하기 위해서는 삶을 송두리째 바꿀 만큼 중대한 사건이 필요하죠. 무슨 말인지 알겠어요?"

보슈는 피해자의 포르쉐에서 찾아낸 병원 신분증들 중 일부의 뒷면에 적혀 있던 기호들을 떠올렸다. 스탠리 켄트가 이런 방사능물질의 보안에 대단히 안이해서 출입문 비밀번호를 신분증 뒷면에 적어 놓은 것일까? 보슈의 직감은 십중팔구는 그럴 거라고 말하고 있었다.

"응." 그가 대답했다.

"그러니까 기존의 보안 시스템이 강력하든 취약하든 상관없이 그 시스템을 피해 가야 할 거라면, 누구한테 가겠어요?" 월링이 물었다.

보슈는 고개를 끄덕였다.

"그 보안 시스템을 잘 알고 있는 사람한테 가겠지."

"바로 그거예요."

차가 애로우헤드 드라이브로 접어들자 보슈는 보도연석에 적힌 번지

수를 확인하기 시작했다.

"그러니까 이 사건이 삶을 송두리째 바꿀 만큼 중대한 사건일 수 있다고 말하는 거요, 지금?"

"아뇨, 아니에요. 아직은."

"켄트를 알았소?"

보슈는 질문을 하며 월링을 바라보았다. 그녀는 그 질문에 놀라는 기색이 역력했다. 그녀가 켄트와 아는 사이였을 가능성은 별로 없을 거라고 생각했지만, 대답은 못 듣더라도 반응이라도 보려고 던진 질문이었다. 그녀는 고개를 돌려 창밖을 내다보았다. 보슈는 그 반응이 무엇을 뜻하는지 알고 있었다. 전형적인 반응이었다. 그는 그녀가 이제 거짓말을 할 거라는 사실을 알고 있었다.

"아뇨, 만난 적도 없어요."

보슈는 다음 집 진입로 앞에 차를 세웠다.

"뭐하는 거예요?" 그녀가 물었다.

"여기요. 여기가 켄트 집이오."

그들은 집 안팎으로 불이 전혀 켜져 있지 않은 어느 집 앞에 있었다. 아무도 살지 않는 집처럼 보였다.

"아뇨, 여기가 아니에요. 켄트의 집은 여기서 한 블록 더 가서…."

월링은 보슈가 넌지시 떠본 말에 걸려든 것을 깨닫고 말을 멈췄다. 보슈는 어두운 차 안에서 잠깐 그녀를 노려보다가 입을 열었다.

"지금 다 털어놓고 싶소, 아니면 차에서 내리고 싶소?"

"해리, 말했잖아요, 말해 줄 수 없는 일도…."

"그럼 내려요, 월링 요원. 이 일은 내가 알아서 할 테니까."

"해리, 내 입장도 이해 좀 해줘…."

"이건 살인사건이오. 내 살인사건. 그만 내려요."

월링은 움직이지 않았다.

“내가 전화 한 통만 하면 당신은 다시 현장에 도착하기도 전에 수사에서 제외될 걸요.” 그녀가 말했다.

“그럼 그렇게 하든가. FBI의 꼭두각시가 되느니 지금 당장 쫓겨나는 게 나으니까. 현지 경찰을 계속 어둠 속에 두고 소똥 속에 묻어 버려라, 이게 FBI의 슬로건 아닌가? 하지만 나를 그렇게 하지는 못할걸. 오늘 밤엔 안 되지. 내 사건을 갖고 그러는 건 안 되고말고.”

보슈는 조수석 문을 열어 주려고 그녀의 무릎 위로 팔을 뻗었다. 월링이 그를 밀치더니 두 손을 들고 항복을 표시했다.

“알았어요, 알았어요. 알고 싶은 게 뭐죠?” 그녀가 말했다.

“이번에는 진실을 알고 싶군. 하나도 남김 없이 전부 다.”

—

## 03
# 더러운 폭탄

보슈는 고개를 돌려 월링을 똑바로 쳐다보았다. 그녀가 이야기를 시작할 때까지는 차를 움직이지 않을 생각이었다.

"분명히 당신은 스탠리 켄트가 누군지, 어디 사는지 알고 있었어. 근데 거짓말을 했지. 자, 말해 봐요, 스탠리 켄트가 테러범이오 아니오?" 그가 말했다.

"말했잖아요, 아니라고. 그건 진실이에요. 평범한 시민이었어요. 물리학자였죠. 관리 대상자 명단에 오른 건 사악한 자들의 손에 들어가면 국민들을 해치는 데 사용될 수 있는 방사능물질을 취급했기 때문이었어요."

"그게 무슨 말이오? 어떻게 그런 일이 일어난단 말이지?"

"노출을 통해서요. 그리고 그런 일은 다양한 형태로 일어날 수 있어요. 우선 개인에 대한 공격의 형태를 띨 수 있죠. 지난 추수감사절에 런던에서 폴로늄을 투여받은 러시아인 기억해요? 그렇게 구체적인 표적을 정하고 공격할 수 있어요. 그 경우엔 추가 피해자들도 있었지만. 켄트가 접근할 수 있었던 물질은 그것보다 더 큰 규모로, 쇼핑몰이나 지하철 등에서 사용될 수 있어요. 규모는 사용량과 전달 장치에 따라 다르겠지만."

"전달 장치? 폭탄 말이오? 켄트가 취급한 물질을 가지고 '더러운 폭탄'(Dirty Bomb: 재래식 폭탄에 방사능물질을 채운 방사능무기－옮긴이)이라도 만들 수 있단 말인가?"

"그래요, 그렇게 응용할 수 있죠."

"그런 건 도시의 전설이라고, 사실 더러운 폭탄 같은 건 없다고 생각했는데."

"공식 명칭은 사제 폭발물이에요. 그리고 이렇게 말할 수 있겠네요, 최초의 더러운 폭탄이 폭발하는 바로 그 순간까지만 도시의 전설이라고."

보슈는 고개를 끄덕이고는 다시 본론으로 돌아갔다. 그는 앞에 있는 주택을 가리켰다.

"이 집이 켄트의 집이 아니라는 건 어떻게 알았소?"

월링은 그의 질문에 짜증이 나고 머리가 아프다는 듯이 이마를 문질렀다.

"전에 가 본 적이 있으니까요, 됐어요? 작년 초에 파트너와 함께 켄트의 집을 방문해서 그의 직업이 가진 잠재적 위험에 대해 켄트 부부에게 설명해 줬어요. 그 집에 대해 안전 점검을 실시했고 부부에겐 안전 대책을 마련하라고 조언했죠. 국토안보부의 요청을 받고 그렇게 했어요. 질문에 답이 됐어요?"

"좋아, 그건 됐고. 그런 일을 한 건 전술정보반과 국토안보부의 통상적인 조치였소, 아니면 켄트가 위협을 받았기 때문이었소?"

"구체적으로 켄트를 겨냥한 위협은 없었어요. 이봐요, 해리, 이렇게 시간 낭비하고…."

"그러면 누구? 누가 위협을 받았는데?"

월링은 자세를 고쳐 앉더니 몹시 화가 난 듯 거칠게 숨을 내쉬었다.

"구체적으로 누가 위협을 받은 적은 없어요. 그냥 예방 조치를 취했을 뿐이에요. 16개월 전에 노스캐롤라이나 그린스보로에 있는 암 클리닉에 괴한이 침입했어요. 정교한 보안 장치를 교묘히 피해 들어가 세슘 137이라는 방사성 동위원소가 든 작은 튜브 스물두 개를 훔쳐갔죠. 이런 튜브 형태의 세슘 137은 합법적으로는 부인암 치료에 쓰이는 물질이에요. 누가 무슨 이유로 그곳에 침입했는지는 모르지만, 그 물질을 도둑맞은 것만은 분명했어요. 그 절도 소식을 전해들은 LA 합동테러대책반의 누군가는 LA 시내 병원에 있는 방사능물질의 보안 상태를 점검하고, 이런 물질에 접근 권한이 있고 직접 취급하는 사람들에게 안전 대책을 강구하고 경계심을 늦추지 말라고 경고하는 게 좋겠다는 생각을 하게 됐고요. 자, 이제 제발 좀 갈까요?"

"그 누군가가 바로 당신이었고."

"그래요, 맞았어요. 연방수사국의 물 흐름 효과 덕분에, 스탠리 켄트 같은 사람들을 찾아가 경고하는 임무가 나와 내 파트너에게 떨어졌어요. 우린 그에게 이제부턴 밤길 조심하라고 경고도 하고 집에 대한 안전 점검도 하기 위해서 집으로 그 부부를 찾아갔어요. 그의 이름에 깃발이 올라갔을 때 내가 전화를 받은 것도 바로 그것 때문이었죠."

보슈는 변속기를 후진으로 내리고 재빨리 진입로에서 물러났다.

"이 이야기를 왜 아까 저 위에서 해 주지 않았지?"

도로에서 그가 변속기를 드라이브에 놓고 가속 페달을 밟자 차가 덜컹하고 앞으로 쏠리면서 달려가기 시작했다.

"그린스보로에선 사망자가 없었기 때문이죠." 월링이 도전적으로 말했다. "하지만 이 사건은 다를 수 있어요. 신중하고 조심스럽게 접근하라는 지시를 받았어요. 거짓말한 건 미안해요."

"사과가 늦은 감이 없지 않군, 레이철. 그린스보로에선 세슘을 다시 찾았나?"

그녀는 대답하지 않았다.

"다시 찾았소?"

"아뇨, 아직. 암시장에서 유통됐다는 소문이 있어요. 세슘은 금전적인 가치가 대단히 큰 물질이에요. 적절하게 의료용으로 쓰인다고 해도 말이죠. 이번에는 뭐가 어떻게 된 건지 확신할 수 없는 것도 그 때문이에요. 내가 불려나온 것도 그 때문이고."

10초쯤 지나 그들은 애로우헤드 드라이브의 맞는 블록에 들어섰고 보슈는 또 번지수를 확인하기 시작했다. 그러나 월링이 집을 알려 주었다.

"저 앞 왼쪽 집인 것 같은데요. 검은색 덧문이 있는 집. 어두워서 확실히는 모르겠지만."

보슈는 진입로로 들어선 후 차가 완전히 멈추기도 전에 변속기를 주차로 밀어 넣었다. 그러고는 재빨리 차에서 내려 현관문을 향해 걸어갔다. 집은 깜깜했다. 현관 등조차 켜져 있지 않았다. 그러나 현관문을 향해 걸어가던 그는 문이 약간 열려 있는 것을 발견했다.

"문이 열려 있소." 그가 말했다.

보슈와 월링은 각자의 권총을 뽑아 들었다. 보슈는 문에 손을 얹고 천천히 밀어 열었다. 둘은 권총을 세워 들고 어둠과 고요에 잠긴 집 안으로 걸어 들어갔고 보슈는 재빨리 벽을 더듬어 전등 스위치를 찾았다.

불이 들어오자 깔끔하지만 비어 있는 거실이 모습을 드러냈다. 소란이 일어났던 흔적은 전혀 없었다.

"켄트 부인?"

월링이 큰 소리로 외쳤다. 그러고 나서 보슈를 돌아보며 낮은 목소리로 말했다. "부인만 있어요, 자녀는 없고."

월링이 한 번 더 소리쳤지만 집 안은 여전히 고요했다. 보슈는 오른쪽에 있는 복도로 걸어갔다. 거기서도 전등 스위치를 발견하고 불을 켜자 네 개의 닫힌 문과 벽감이 있는 복도가 나타났다.

벽감은 홈 오피스로 꾸며져 있었다. 컴퓨터의 푸른 화면이 창유리에 반사되어 보였다. 그들은 벽감을 지나가 차례로 문을 열어 보았다. 첫째 방은 손님용 침실 같았고 둘째 방은 유산소운동 기구들이 있고 요가용 매트가 벽에 걸려 있는 체육실이었다. 셋째 방은 손님용 욕실인데 비어 있었고 넷째 방은 부부 침실이었다.

그들은 부부 침실로 들어갔고 이번에도 보슈가 벽에 붙은 전등 스위치를 켰다. 켄트 부인이 거기 있었다.

그녀는 벌거벗긴 채 재갈이 물리고 두 손과 두 발은 등 뒤로 해서 묶인 상태로 침대에 옆으로 누워 있었다. 두 눈을 감고 있었다. 월링은 그녀가 살아 있는지 확인하기 위해 침대로 달려갔고 보슈는 침실을 가로질러 걸어가 욕실과 대형 붙박이장을 확인했다. 아무도 없었다.

보슈가 침대로 돌아가 보니 월링은 재갈을 풀고 여자의 손목과 발목을 등 뒤로 돌려 묶어놓는 데 사용된 검은색 플라스틱 스냅타이(물건을 고정할 때 쓰는 가느다란 플라스틱 띠. 의류 상품에 가격표를 연결하는 플라스틱 띠 같은 것을 이름－옮긴이)를 주머니칼로 잘라 포박을 풀어놓았다. 그러고는 이불을 끌어다가 미동도 없는 여자의 벌거벗은 몸을 덮어 주고 있었다. 방 안에서 분명히 소변 냄새가 났다.

"살아 있소?" 보슈가 물었다.

"살아 있어요. 기절한 것 같아요. 이런 상태로 누워 있었어요."

월링은 혈액순환이 잘 되지 않아 거의 보랏빛으로 변해 버린 여자의 손목과 손을 문지르기 시작했다.

"지원 요청해요." 그녀가 보슈에게 말했다.

보슈는 월링의 지시를 받을 때까지 넋을 놓고 있었던 자신에게 짜증이 났다. 그는 휴대전화를 꺼내 복도로 걸어 나가면서 종합상황실에 전화를 걸어 구급대를 요청했다.

"10분쯤 걸린다는군." 그가 전화를 끊고 침실로 돌아오면서 말했다.

보슈는 짜릿한 흥분감이 온몸을 휘감는 것을 느꼈다. 이제 살아 있는 목격자를 확보한 것이다. 침대에 누워 있는 여자는 무슨 일이 있었는지 적어도 일부만이라도 알려 줄 수 있을 것이었다. 그는 최대한 빨리 그녀의 진술을 받아내는 것이 매우 중요하다고 생각했다.

여자가 의식을 되찾으면서 큰 신음 소리를 냈다.

"켄트 부인, 괜찮아요. 괜찮아요. 이제 안전해요." 월링이 말했다.

여자는 눈앞에 낯선 사람 둘이 서 있는 걸 보고 긴장하면서 눈이 휘둥그레졌다. 월링이 신분증을 들어 보였다.

"FBI예요, 켄트 부인. 날 기억해요?"

"네? 도대체 무슨… 남편은 어디 있죠?"

여자는 일어나려다가 이불 밑에 있는 자신의 몸이 벌거벗은 상태라는 것을 깨닫고 이불을 더 끌어당겨 덮으려고 했다. 그러나 아직도 손가락에 감각이 돌아오지 않았는지 이불을 꽉 쥐지 못했다. 월링이 대신 이불을 끌어당겨 덮어 주었다.

"스탠리는 어디 있어요?"

월링은 여자와 눈높이가 같아지도록 침대 옆에 무릎을 꿇었다. 그러고는 여자의 질문에 어떻게 대답할지 지시를 바란다는 듯 보슈를 올려다보았다.

"켄트 부인, 부인의 남편은 지금 여기 없어요. 난 LA 경찰국의 보슈 형사고 이분은 FBI의 월링 요원입니다. 우린 부인의 남편에게 무슨 일이 일어났는지 알아내려고 애쓰고 있습니다." 보슈가 말했다.

여자는 보슈를 올려다보다가 월링에게로 눈길을 돌리더니 연방 요원을 뚫어지게 쳐다보았다.

"당신 기억해요. 우리에게 경고를 하러 왔었잖아요. 지금 그때 경고했던 일이 벌어지고 있는 건가요? 아까 왔던 남자들이 스탠리를 잡아간 거예요?" 그녀가 말했다.

월링이 그녀에게로 몸을 기울이며 차분한 목소리로 말했다.

"켄트 부인, 우린… 알리샤, 맞죠? 알리샤, 당신이 진정해 줘야 우리가 이야기를 하고 당신을 도울 수가 있어요. 옷 입을래요?"

알리샤 켄트가 고개를 끄덕였다.

"좋아요, 그럼 우린 나가 있을 테니까 옷 입어요. 거실에서 기다리고 있을게요. 먼저 한 가지 물어볼게요. 어디 다친 데는 없어요?" 월링이 말했다.

여자는 고개를 가로저었다.

"정말… 확실해요?"

월링은 질문을 하면서도 두려운지 구체적으로 말을 하지 못했다. 그러나 보슈는 두렵지 않았다. 이곳에서 무슨 일이 있었는지 정확하게 알고 있을 필요가 있었다.

"켄트 부인, 오늘 밤 이곳에서 성폭행을 당했습니까?"

여자는 다시 고개를 가로저었다.

"그들이 옷을 벗으라고 했어요. 그게 전부예요."

보슈는 여자의 눈빛에서 거짓말인지 아닌지 읽어낼 수 있기를 바라면서 여자의 눈을 물끄러미 쳐다보았다.

월링이 끼어들었다. "알았어요. 나가 있을 테니까 옷 입어요. 구급대가 오면 그래도 부상 여부 한번 확인할 거예요."

"난 괜찮아요. 남편은 어떻게 됐죠?" 알리샤 켄트가 물었다.

"어떻게 된 건지 우리도 잘 모릅니다. 옷 입고 거실로 나오면, 알고 있는 걸 말해 줄게요." 보슈가 말했다.

알리샤 켄트는 이불로 몸을 감싼 채 머뭇거리며 침대에서 내려섰다. 보슈는 매트리스에 있는 얼룩을 보았고, 그녀가 시련을 겪는 동안 공포가 극에 달해 저도 모르게 오줌을 쌌거나 아니면 구조를 기다리는 시간이 너무 길었던 거라고 생각했다.

그녀는 벽장을 향해 한 걸음 내딛더니 쓰러질 듯 비틀거렸다. 보슈가 얼른 다가가 그녀를 붙잡았다.

"괜찮아요?"

"괜찮아요. 약간 어지러울 뿐이에요. 지금 몇 시죠?"

보슈가 침대 오른쪽에 있는 탁자에 놓인 디지털시계를 쳐다보니 화면이 비어 있었다. 꺼졌거나 플러그가 뽑힌 거였다. 그는 여자를 붙잡은 채 오른 손목을 돌려 손목시계를 확인했다.

"새벽 1시가 다 되어 가네요."

보슈는 그녀의 몸이 굳어지는 것을 느꼈다.

"오, 하느님! 시간이 많이 지났어요. 스탠리는 어디 있죠?" 그녀가 소리쳤다.

보슈는 그녀가 똑바로 서 있도록 두 손으로 그녀의 양어깨를 잡고 있었다.

"옷 입고 나와서 얘기합시다." 그가 말했다.

알리샤 켄트는 비틀거리며 벽장으로 걸어가 문을 열었다. 벽장문 바깥쪽에 전신 거울이 붙어 있었다. 그녀가 문을 열자 보슈는 거울에 비친 자신의 모습을 보게 되었다. 한순간 그는 자신의 눈 속에서 무언가 새로운 것을 보았다고 생각했다. 아까 집을 나오기 전에 거울을 보았을 땐 없었던 무언가가 생겨 있었다. 불안감, 어쩌면 미지의 것에 대한 두려움인지도 몰랐다. 그는 이해할 수 있는 일이라고 결론지었다. 이제까지 1천여 건의 살인사건을 맡았지만, 지금 그가 가고 있는 방향으로 그를 이끌었던 사건은 한 건도 없었다. 두려운 마음이 드는 것이 당연한 일인지도 몰랐다.

알리샤 켄트는 벽장 속 벽에 붙은 고리에서 흰 타월 천으로 된 가운을 벗겨 들고 욕실로 들어갔다. 벽장문을 열어 둔 채로 가서 보슈는 자신의 모습을 그만 보기 위해 고개를 돌려야 했다.

월링이 침실에서 나갔고 보슈도 그 뒤를 따랐다.

"어떻게 생각해요?" 그녀가 복도를 걸어가면서 물었다.

"목격자를 확보했으니 운이 좋았지 뭐. 무슨 일이 일어났는지 얘기해 줄 수 있을 테니까 말이오." 보슈가 대답했다.

"그러길 바라야죠."

보슈는 알리샤 켄트가 옷을 입기를 기다리는 동안 집 안을 한 번 더 둘러보기로 했다. 이번에는 집 안에 있는 방들뿐만 아니라 뒷마당과 주차장도 살펴보았다. 차 두 대가 들어가는 차고가 비어 있다는 걸 빼고는 이상한 점은 전혀 발견하지 못했다. 켄트 부부에게 포르쉐 말고 차가 한 대 더 있었다면, 그 차는 지금 집에 없는 거였다.

집 안팎 수색이 끝난 후 보슈는 뒷마당에 서서 할리우드 간판을 올려다보면서 종합상황실에 전화를 걸어 켄트 부부의 집을 조사할 감식팀을 보내 줄 것을 요청했다. 그리고 알리샤 켄트를 검진하러 오고 있는 구급대의 예상 도착 시각을 다시 물어보니 아직도 5분 정도 남았다는 대답이 돌아왔다. 10분쯤 걸린다는 말을 듣고 나서 10분 후에 물어본 터였다.

다음으로 보슈는 갠들 경위에게 전화를 걸어 집에서 자고 있는 그를 깨웠다. 갠들은 보슈의 보고를 조용히 듣고 있었다. 연방수사기관의 관여 사실과 테러 사건이라는 방향으로 수사를 진행할 가능성이 커졌다는 사실이 갠들을 잠시 침묵하게 만들었다.

"흠… 나도 몇 사람 깨워야겠는데." 보슈의 보고가 끝나자 갠들이 말했다.

그 말은 사건 발생 사실과 수사 규모가 확대되고 있다는 사실을 경찰국 지휘계통에 따라 상부에 보고하겠다는 뜻이었다. 강력계 경위가 가장 원하지 않는 일이 있다면 그것은 아침에 경찰국장실로 불려가 사건 발생 사실과 그 심각성에 대해서 왜 일찍이 보고하지 않았느냐고 추궁을 당하는 일일 것이다. 보슈는 갠들이 이제 상부의 지시를 받기 위해서 뿐만 아니라 자기방어를 위해서 행동할 거라고 생각했다. 그건 아무래도 상관없었고 예상했던 일이기도 했다. 그런데도 그 생각이 들자 보슈도 잠시 침묵하게 됐다. LA 경찰국도 산하기구로 국토안보실을 두고 있었다. 국토안보실장은 경찰국 직원들 대다수가 자격이 없고 부적합하다고 생각하는, 어디로 튈지 모르는 사람이 맡고 있었다.

"그 모닝콜이 하들리 경감에게도 가게 될까요?" 보슈가 물었다.

돈 하들리 경감은 우연인지 필연인지 경찰위원회 제임스 하들리 위원의 쌍둥이 형제였다. 경찰위원회는 LA 경찰국에 대한 감독권과 경찰국장 임명권과 유임권을 가진 임명직 정치집단이었다. 제임스 하들리가 시장의 지명과 시 의회의 승인을 얻어 경찰위원회에 들어간 지 1년도 채 안 되어, 그의 쌍둥이 형제가 밸리 지국의 교통안전과 부책임자에서 신설된 국토안보실의 책임자로 승진했다. 이 일은 경찰국장직을 유지하고 싶어 안달이 났던 당시 경찰국장의 정치적인 조치로 여겨졌다. 그러나 그의 노력은 헛수고로 끝났다. 그는 해고당했고 새 국장이 취임했다.

그러나 권력 이동의 와중에도 돈 하들리는 국토안보실장이라는 직위를 계속 유지했다.

국토안보실의 임무는 연방 기관들과 접촉하며 정보의 지속적인 흐름을 유지하는 것이었다. 지난 6년간 로스앤젤레스가 테러범들의 표적이 된 일이 알려진 것만도 적어도 두 번이나 있었다. LA 경찰국은 매번 그 시도가 연방 요원들에 의해 저지되고 나서야 그 테러 위협에 대해 알게 되었다. 이것은 경찰국 입장에서는 대단히 치욕적인 일이어서, LA 경찰국은 연방 정부의 정보망에 침투해 자기네 뒷마당에서 벌어지는 일에 대해 연방 정부가 알고 있는 바를 신속히 알아내기 위해서 국토안보실을 신설한 것이었다.

문제는 아직도 LA 경찰국이 연방 요원들로부터 정보를 차단당하고 있지 않느냐는 의혹이 만연해 있다는 점이었다. 그래서 하들리 경감은 열패감을 숨기고 자신과 국토안보실의 존재를 정당화하기 위해서, 테러범이 관련되었을 가능성이 조금이라도 엿보이는 사건이 발생하면 검은색 정장을 차려입은 국토안보실 직원들을 대동하고 현장에 나타났고 전시용 기자회견을 수시로 개최했다. 할리우드 고속도로에서 대형 트럭이 전복된 사건이 발생했을 때에도 국토안보실 직원들이 현장에 나타났고 트럭이 우유를 실어 나르고 있었다는 사실이 밝혀지고 나서야 철수했다. 웨스트우드에 있는 유대교 회당에서 랍비가 총격당한 사건이 발생했을 때에도 국토안보실 직원들이 뛰어왔고 남녀 간의 삼각관계에서 비롯된 일이었다는 사실이 밝혀지고 나서야 돌아갔다.

그렇게 시간이 흘러갔다. 네 번째로 헛다리를 짚은 후에, 국토안보실장은 경찰국 평직원들로부터 새로운 이름을 얻게 되었다. 돈 하들리 경감은 돈 배들리(Done Badly) 경감이 되었다. 그러나 그는 아직 남아 있는 정치적인 후광 덕분에 직위를 유지할 수 있었다. 경찰국 비밀통신망에서 보슈가 마지막으로 전해들은 소문에 따르면 하들리는 부하직원 전원을 경찰대학에 보내 도시공격 전술에 대한 연수를 받게 했다.

"하들리는 잘 모르겠는데. 아마 연락을 받게 되겠지. 난 우선 강력계장님한테 보고를 할 거고 그러면 계장님은 그 윗분한테 전화를 걸겠지. 이런 건 당신이 신경 쓸 일이 아니야, 해리. 당신은 당신 일이나 열심히 하고 하들리는 걱정하지 마. 당신이 등을 보이지 않도록 조심해야 할 사람은 연방 요원들이라는 것 잊지 말고." 갠들이 보슈의 질문에 대답했다.

"알겠습니다."

"명심해, 연방 요원들이 우리가 듣고 싶은 말을 해 주기 시작할 때 항상 조심해야 돼."

보슈는 고개를 끄덕였다. 갠들의 충고는 FBI 불신이라는 LA 경찰국의 유서 깊은 전통을 반영한 것이었다. 물론 FBI도 LA 경찰국 불신이라는 유서 깊은 전통을 가지고 있었다. 국토안보실이 탄생한 것도 바로 그런 연유에서였다.

보슈가 다시 집 안으로 들어갔을 때, 월링은 휴대전화로 통화를 하고 있었고 처음 보는 남자가 거실에 서 있었다. 키가 훤칠하게 크고 40대 중반으로 보였으며 보슈가 그동안 자주 목격했던 부인할 수 없는 FBI의 자신감을 물씬 풍기고 있었다. 남자가 손을 내밀었다.

"보슈 형사시군요. 잭 브레너입니다. 레이철이 내 파트너죠." 그가 말했다.

보슈는 그와 악수를 했다. 레이철이 자기 파트너라고 말한 건 이상한 건 아니었지만 보슈에게 많은 것을 말해 주고 있었다. 두 사람 사이의 상하관계를 보여 주고 있었다. 월링이 동의할지는 모르겠지만, 브레너는 자기가 상급 파트너라고 말하고 있었다.

"아, 두 분이 인사 나누셨군요."

보슈가 돌아보았다. 월링이 전화를 끊고 보슈와 브레너를 보고 있었다.

"미안해요. 반장님한테 보고 중이었어요. 반장님이 우리 반원 전원을 이 사건 수사에 참여시키기로 결정했어요. 세 팀을 LA의 모든 병원에 급파해 켄트가 오늘 핫 랩(hot lab: 강한 방사능물질을 취급하는 연구실이나 실험실-옮긴이)에 출입했는지를 알아보겠대요." 그녀가 말했다.

"핫 랩은 방사능물질을 보관하는 곳을 말하나 보지?" 보슈가 물었다.

"그래요. 켄트는 LA 카운티에 있는 거의 모든 병원의 핫 랩에 접근할 권한을 갖고 있었어요. 오늘 어느 곳에 들어갔었는지 알아봐야 해요."

보슈는 그 수색의 범위를 단 한 군데의 의료시설로 좁힐 수 있다는 걸 알고 있었다. 세인트 아가타 여성병원. 켄트는 살해될 당시 그 병원 신분증을 패용하고 있었다. 월링과 브레너는 그 사실을 모르고 있었지만, 보슈는 아직은 그들에게 말하지 않기로 결심했다. 그는 수사가 자기 손을 벗어나고 있는 것을 느끼고 있었고 그래서 아직은 자기만 알고 있는 단 하나의 내부 정보를 꼭 붙들고 있고 싶었다.

"그럼 LA 경찰국은?" 보슈가 물었다.

월링이 무슨 말을 하기 전에 브레너가 나섰다.

"LA 경찰국이요? 당신은 어떡하느냐는 뜻이죠, 보슈 형사? 그걸 묻는 거 아닙니까?"

"그래요, 바로 그거요. 내 자리는 어디죠?"

브레너는 문은 활짝 열려 있다는 듯 두 손을 펼쳐 들었다.

"그건 걱정 마세요, 당신과 함께할 거니까. 끝까지 우리와 같이 가는 겁니다."

연방 요원은 자신의 약속이 진심이라는 듯 열심히 고개를 끄덕여 보였다.

"다행이군. 듣고 싶었던 말인데." 보슈가 말했다.

그는 파트너의 약속이 진심이라고 확인해 주길 기대하며 월링을 바라보았다. 그러나 그녀는 고개를 돌렸다.

## 04
# 완전하지 않은 세상

부부 침실에서 걸어 나오는 알리샤 켄트는 머리를 빗고 세수를 했지만 옷은 아까 본 흰 가운만 입고 있었다. 이제 보니 대단히 매력적인 여성이었다. 체구가 자그마하고 피부는 황갈색이며 어딘가 모르게 이국적인 모습이었다. 보슈는 그녀가 남편의 성을 따랐기 때문에 겉으로 드러나진 않지만 분명히 어느 먼 외국의 혈통을 이어받았을 거라고 추측했다. 그녀의 검은 머리에서는 윤기가 흘렀다. 황갈색의 얼굴은 아름다우면서도 슬픔이 깃들어 있었다.

그녀가 브레너를 쳐다보자 그는 고개를 숙여 인사를 한 후 자기소개를 했다. 알리샤 켄트는 지금 벌어지고 있는 일에 너무 경황이 없어서인지 아까 월링을 알아본 것처럼 브레너를 알아보는 기색은 보이지 않았다. 브레너는 그녀에게 소파를 가리키며 가서 앉으라고 했다.

"남편은 어디 있죠? 어찌된 일인지 알고 싶어요." 그녀가 아까보다 단호하고 차분한 목소리로 말했다.

월링은 혹시 필요할 경우 위로를 할 요량으로 그녀 옆에 앉았다. 브레너는 벽난로 가까이에 있는 의자에 앉았다. 보슈는 계속 서 있었다. 이런 소식을 전할 때 편안하게 앉아서 전하고 싶지는 않았다.

“켄트 부인, 난 살인사건 전담반 형삽니다. 내가 여기 온 것은 조금 전에 부인의 남편으로 짐작되는 한 남자의 변사체를 발견했기 때문입니다. 이런 소식을 전하게 되어 대단히 유감입니다.” 보슈가 먼저 입을 열었다. 수사 지휘권을 지키려는 노력의 일환이었다.

소식을 전해듣는 동안 알리샤 켄트의 고개가 숙여졌고 두 손이 올라가 얼굴을 덮었다. 그녀의 몸이 부르르 떨리더니 무력한 신음 소리가 손가락 사이로 새어나왔다. 그러고는 울음이 터져 나왔다. 어깨를 들썩이며 어찌나 슬피 우는지 가운 앞자락이 자꾸만 벌어져서 울면서도 두 손을 내려 가운을 잡고 있어야 했다. 월링이 팔을 뻗어 그녀의 뒷목을 어루만졌다.

브레너가 물 좀 마시겠느냐고 묻자 알리샤 켄트는 고개를 끄덕였다. 브레너가 물을 가지러 간 사이 보슈는 여자를 관찰했고 눈물이 그녀의 두 뺨을 타고 흘러내리는 것을 보았다. 누군가에게 사랑하는 사람의 사망 소식을 전하는 것은 언제나 하기 힘든 궂은일이었다. 지금까지 그가 수백 번도 넘게 해 본 일이었지만 결코 익숙해질 수도, 능숙해질 수도 없는 일이었다. 그 자신이 그런 궂은일의 대상이 된 적도 있었다. 40여 년 전 그의 어머니가 살해됐을 때, 그는 소년원의 수영장에서 수영을 하고 나온 직후에 경찰관으로부터 그 소식을 전해들었다. 그때 그는 다시 물속으로 뛰어들었고 다시는 물 위로 올라가지 않으려고 발버둥을 쳤었다.

브레너가 물을 건네자 이제 막 미망인이 된 여자는 반컵을 단숨에 마셨다. 누가 입을 열기도 전에 현관에서 노크 소리가 났고 보슈가 걸어가 문을 열어 주었다. 구급대원 두 명이 커다란 도구 상자를 들고 들어왔다. 보슈가 비켜서 주자 그들은 거실로 들어가 알리샤 켄트의 몸 상태를 살펴봤다. 보슈는 월링과 브레너에게 부엌으로 가자고 손짓을 했다. 그곳에서 조용히 의논을 할 생각이었다. 좀 더 일찍 했어야 했는데 늦은 감이 없지 않았다.

"저 여자를 어떻게 하면 좋겠소?" 보슈가 물었다.

브레너는 어떤 제안이라도 환영한다는 듯 이번에도 두 팔을 활짝 펼쳐 보였다. 습관적인 몸짓인 것 같았다.

브레너가 말했다. "당신이 주도해서 신문을 해요. 필요하다 생각되면 우리가 끼어들 테니까. 싫다면, 우리가…."

"아니, 좋아요. 내가 주도하지."

보슈가 월링을 쳐다보며 반대 의견을 기다렸지만, 그녀도 반대하지 않았다. 보슈가 부엌을 나가려고 돌아서는데 브레너의 말이 그를 잡아 세웠다.

"보슈 형사, 솔직하게 말해야 될 것 같군요." 브레너가 말했다.

보슈가 돌아섰다.

"뭘 말이오?"

"당신에 대해서 좀 알아봤어요. 소문으론 당신이…."

"알아봤다는 게 무슨 뜻이죠? 나에 대해 물어보고 다녔다는 말인가?"

"우리와 함께 일할 사람에 대해 알아 둘 필요가 있어서요. 지금까지 당신에 대해 알고 있는 건 에코 파크 사건에 관해 전해들은 게 전부라서. 그래서 난…."

"물어볼 게 있으면 나한테 직접 물어봐요."

브레너는 두 손을 손바닥이 보이게 펼쳐 들었다.

"그러죠."

보슈는 부엌을 나가 거실에 서서 구급대원들이 알리샤 켄트의 검진을 끝내기를 기다렸다. 구급대원 한 명이 알리샤의 켄트의 손목과 발목에 난 쓸린 자국에 연고 같은 것을 발라 주고 있었다. 다른 한 명은 혈압을 재고 있었다. 보슈는 그녀의 목과 손목에 밴드가 붙어 있는 것을 보았다. 그가 미처 보지 못한 상처가 있었던 모양이었다.

휴대전화가 울려 보슈는 전화를 받기 위해 부엌으로 돌아갔다. 가 보니 월링과 브레너가 없었다. 집 안 어딘가를 둘러보고 있는 게 분명했다. 보슈는 그들이 무엇을 찾고 있는지 혹은 무슨 일을 하고 있는지 몰라서 불안했다.

전화는 파트너에게서 온 거였다. 페라스가 마침내 사건 현장에 도착했다는 소식이었다.

"시신은 아직도 거기 있어?" 보슈가 물었다.

"아뇨, 검시관은 벌써 철수했습니다. 감식팀도 끝나가는 것 같던데요." 페라스가 말했다.

보슈는 그에게 수사가 진행되고 있는 방향에 대해 말해 주었다. FBI가 수사에 참여하게 되었고 스탠리 켄트가 잠재적 위험물질에 접근할 수 있는 권한을 갖고 있었다는 사실을 알려 주었다.

그러고 나서 그에게 주변 주택들 문을 두드리고 다니면서 스탠리 켄트 피살사건과 관련해 무엇을 보았거나 들은 목격자가 있는지 찾아보라고 지시했다. 총격이 있은 후에도 911에 신고한 사람이 아무도 없는 걸 보면 목격자를 확보할 가능성이 그리 크지 않다는 건 보슈도 알고 있었다.

"그걸 지금 꼭 해야 합니까, 선배님? 한밤중이라 사람들이 아직 자고…."

"그래, 이그나시오. 지금 해야 돼."

보슈는 사람들 잠을 깨우는 건 개의치 않았다. 휴대용 작업등에 전원을 공급하는 발전기에서 나는 소음 때문에 벌써 잠이 깬 사람들도 있을 것 같았다. 주변 탐문수사는 꼭 해야만 하는 일이었고, 목격자는 가능한 한 빨리 확보하는 것이 좋았다.

보슈가 부엌에서 나갔을 때 구급대원들이 짐을 챙겨 떠나고 있었다. 그들은 보슈에게 알리샤 켄트는 찰과상 같은 경미한 부상을 제외하고는 신체에 아무런 이상이 없다고 말했다. 또한 진정제 한 알을 먹게 했고 손목과 발목의 까진 상처에 바를 연고를 한 개 주었다고 말했다.

월링은 알리샤 켄트와 함께 소파에 앉아 있었고, 브레너도 벽난로 옆 자기 자리로 돌아와 있었다.

보슈는 유리로 된 커피 테이블을 가운데 두고 알리샤 켄트의 바로 맞은편에 있는 의자에 앉았다.

보슈가 입을 열었다.

"켄트 부인, 남편을 잃은 것과 충격적인 일을 겪은 것은 대단히 유감입니다. 하지만 수사를 신속하게 진행하는 것이 매우 시급하다는 걸 알아 주면 좋겠군요. 완전한 세상에서는 당신이 이야기를 할 준비가 될 때까지 우리가 기다리고 있겠지요. 하지만 이 세상은 완전한 세상이 아니죠. 오늘 충격적인 일을 겪었으니 이 세상이 완전하지 않다는 건 당신이 우리보다 더 잘 알고 있겠고. 그래서 오늘 밤에 일어난 일에 대해 당신에게 몇 가지 물어봐야겠는데 괜찮겠습니까?"

알리샤 켄트는 가슴에 팔짱을 끼고 괜찮다고 고개를 끄덕였다.

"그럼 바로 시작하죠. 무슨 일이 있었는지 말해 주겠어요?" 보슈가 말했다.

알리샤 켄트가 울먹이는 목소리로 대답했다.

"남자 두 명이었어요. 보진 못했어요. 내 말은, 얼굴이요, 얼굴은 못 봤다고요. 문을 두드리는 소리가 나서 나가 봤더니 아무도 없었어요. 그래서 문을 닫으려는데 그들이 거기 있었어요. 갑자기 튀어나왔어요. 마스크와 모자를 쓰고 있었어요. 후드티에 달린 모자요. 집 안으로 밀고 들어와서 나를 뒤에서 꽉 끌어안았어요. 칼을 갖고 있었어요. 그 사람이 나를 꽉 붙잡고 내 목에 칼을 들이댔어요. 자기가 말하는 대로 순순히 따르지 않으면 목을 찌르겠다고 했어요."

그녀는 목에 붙인 밴드를 살짝 만졌다.

"그때가 몇 시였는지 기억해요?" 보슈가 물었다.

"6시가 거의 다 됐을 때였어요. 어두워진 지 꽤 됐고 저녁을 준비하려던 참이었으니까요. 스탠리는 보통 7시면 퇴근하거든요. 사우스 카운티로 내려가거나 사막 지역으로 올라갈 때를 빼면요." 그녀가 말했다.

남편의 습관을 떠올리자 알리샤 켄트의 눈에 다시 눈물이 맺혔고 목소리도 울먹이고 있었다.

보슈는 그녀가 옆길로 새지 않게 하려고 곧바로 다음 질문으로 넘어갔다. 벌써 그녀의 말이 느려지고 있었다. 구급대원들이 준 진정제가 효과를 발휘하기 시작한 거였다.

"그자들이 무슨 짓을 했죠, 켄트 부인?" 보슈가 물었다.

"나를 침실로 끌고 갔어요. 침대에 앉아서 옷을 벗으라고 해서 시키는 대로 했어요. 그런 다음에 그들이, 그중 한 사람이 질문을 하기 시작했어요. 난 너무 무서웠어요. 그래서 히스테리를 부리기 시작하니까 그가 나를 때리면서 윽박질렀어요. 진정하고 자기가 묻는 말에 대답하라고."

"뭘 물어봤죠?"

"다는 기억이 안 나요. 너무 무서웠다니까요."

"노력해 봐요, 켄트 부인, 중요하니까. 당신 남편을 죽인 범인들을 찾는 데 도움이 될 테니까요."

"우리 집에 총이 있는지 물었고, 또 총을 어디에…."

보슈가 그녀의 말을 잘랐다. "잠깐만요, 켄트 부인. 한 번에 하나씩 합시다. 그자가 총이 있는지 물었단 말이죠. 그래서 뭐라고 대답했죠?"

"너무 무서웠어요. 그래서 그렇다고, 총이 있다고 대답했어요. 그랬더니 어디 있냐고 물어서 침대에서 남편이 자는 쪽 옆에 있는 탁자 서랍 안에 있다고 말했어요. 스탠리가 직업 때문에 겪을 수 있는 위험에 대해서 당신들이 경고를 하고 간 다음에 구입한 권총이 거기 있었거든요."

그녀는 마지막 말은 월링을 쳐다보면서 했다.

"그자들이 그 총으로 당신을 죽일 거라는 두려움은 없었어요? 총이 있는 곳을 왜 알려 줬죠?" 보슈가 물었다.

알리샤 켄트는 자신의 두 손을 내려다보았다.

"난 벌거벗은 채로 침대에 앉아 있었어요. 그들이 나를 성폭행하고 죽일 게 틀림없다고 생각했죠. 그러니 이래 죽으나 저래 죽으나 마찬가지라고 생각했던 것 같아요."

보슈는 이해한다는 듯 고개를 끄덕였다.

"그자들이 또 뭘 물어보든가요, 켄트 부인?"

"자동차 열쇠가 어디 있냐고요. 말해 줬어요. 물어보는 건 다 대답해 줬어요."

"그들이 말하는 자동차가 당신 차를 말하는 겁니까?"

"네, 내 차요. 차고에 있었어요. 열쇠는 항상 부엌 조리대 위에 두고요."

"차고를 살펴봤는데, 비어 있던데요."

"차고 문이 열리는 소리를 들었어요. 그들이 집을 나가고 난 뒤에요. 차를 가져간 게 틀림없어요."

브레너가 벌떡 일어서더니 대화에 끼어들었다.

"수배령을 내려야겠군요. 차종과 차량 번호는요?"

"크라이슬러 300이에요. 차량 번호는 기억이 안 나요. 보험 계약서에서 찾아볼게요."

브레너는 두 손을 펼쳐 들어 그녀에게 일어나지 말라는 시늉을 했다.

"그럴 필요 없어요. 내가 알아낼 수 있으니까. 지금 바로 알아봐야겠군요."

그는 조사를 방해하지 않고 전화를 걸기 위해 부엌으로 갔다. 보슈는 다시 질문을 시작했다.

"그자들이 또 뭘 물어봤죠, 켄트 부인?"

"카메라가 어디 있냐고요. 남편의 컴퓨터에 연결해서 쓰는 카메라요. 난 스탠리가 한 대 갖고 있는데 책상 서랍에 두는 것 같았다고 대답했어요. 내가 질문에 답할 때마다, 질문을 하던 남자가 다른 남자한테 통역을 해 줬어요. 그러면 다른 남자가 방을 나갔어요. 카메라를 가지러 간 것 같았어요."

월링이 일어서서 침실로 이어지는 복도를 향해 걸어갔다.

"레이철, 아무것도 건드리지 말아요. 감식팀이 오고 있으니까." 보슈가 말했다.

월링은 뒤돌아보지도 않고 손을 흔들면서 복도로 사라졌다. 잠시 후 브레너가 거실로 돌아오며 보슈에게 고개를 끄덕여 보였다.

"보로(BOLO: 용의자 및 차량 수배령 – 옮긴이) 내렸어요." 그가 말했다.

보로가 뭐냐고 알리샤 켄트가 물었다.

"차량 수배령이요. 경찰이 당신 차를 찾아볼 겁니다. 그래서 그 다음엔 그자들이 어떻게 했죠, 켄트 부인?" 보슈가 말했다.

대답을 하는 그녀의 눈에 또 눈물이 그렁그렁했다.

"그들이… 그들이 그렇게 끔찍하게 내 손발을 묶고 남편의 넥타이로 내 입을 막았어요. 그러고 나서 한 명이 카메라를 가지고 돌아오니까,

다른 한 명이 그런 내 모습을 찍었어요."

보슈는 수치심으로 그녀의 얼굴이 빨개지는 것을 보았다.

"그자가 사진을 찍었다고요?"

"네, 그게 전부예요. 그러고 나서 두 남자 모두 침실을 나갔어요. 영어를 하던 남자가 내게 허리를 굽히고 속삭였어요. 남편이 구하러 와 줄 거니까 기다려 보라고요. 그러고는 떠났어요."

꽤 긴 침묵이 흐른 후 보슈가 다시 입을 열었다.

"그자들이 침실을 나간 후에 곧장 집을 떠났나요?" 보슈가 물었다.

여자는 고개를 가로저었다.

"이야기하는 소리가 잠깐 들리더니 차고 문 소리가 났어요. 차고 문이 열리거나 닫힐 때 지진이 난 것처럼 우르르 울리는 소리가 나거든요. 그런 소리가 두 번 들렸어요. 열렸다가 닫힌 거죠. 그 후에 완전히 떠난 것 같아요."

브레너가 또 신문에 끼어들었다.

"아까 부엌에 있을 때 한 남자가 다른 남자한테 통역을 해 줬다고 말하는 걸 들은 것 같은데. 그들이 어떤 언어를 썼는지 알아요?"

보슈는 브레너가 자꾸 끼어들어서 화가 났다. 침입자들이 사용한 언어에 대해서는 나중에 물어볼 생각이었고 한 번에 한 가지씩 차근차근 물어보고 있던 중이었다. 큰 정신적 충격을 받은 피해자들에게는 그 방법이 최선이라는 것을 과거의 경험을 통해 터득했기 때문이었다.

"잘 모르겠어요. 영어를 쓴 남자는 억양이 있었는데 어느 지방 억양인지는 잘 모르겠어요. 중동부 지방 같기도 하고. 두 사람이 자기들끼리 대화할 땐 아랍어 같은 말을 썼어요. 아주 걸걸한 소리가 나는 외국어였어요. 하지만 난 할 줄 아는 외국어가 없어서 확실히는 모르겠어요."

그녀의 대답이 뭔가 확인해 주는 것이 있다는 듯 브레너는 고개를 끄덕였다.

“그자들이 당신에게 물어보거나 영어로 한 말 중에서 더 기억나는 게 있습니까?” 보슈가 물었다.

“아뇨, 그게 다예요.”

“마스크를 쓰고 있었다고 했는데, 어떤 마스크였죠?”

그녀는 잠깐 생각하다가 대답했다.

“끌어당겨 쓰는 거요. 영화에서 강도들이 쓰는 거나 사람들이 스키 탈 때 쓰는 거요.”

“모직 스키 마스크 말이군요.”

그녀가 고개를 끄덕였다.

“맞아요, 그거요.”

“그럼, 두 눈이 다 보이게 구멍이 크게 하나 뚫려 있는 거였어요, 아니면 한 눈에 하나씩 따로 뚫려 있는 거였어요?”

“음, 따로 뚫려 있는 거 같았어요. 맞아요, 따로따로요.”

“입 구멍도 있었고요?”

“어… 네, 있었어요. 그 사람이 외국어로 말할 때 그 사람 입을 봤던 게 기억나요. 무슨 말인지 알아내려고 열심히 쳐다봤거든요.”

“좋습니다, 켄트 부인. 부인의 진술이 큰 도움이 되겠는데요. 내가 물어보지 않은 게 뭐가 있죠?”

“무슨 말이죠?”

“내가 물어보지 않은 것 중에 더 기억나는 게 있느냐고요.”

그녀는 잠깐 생각하다가 고개를 가로저었다.

“글쎄요, 기억나는 건 전부 말한 것 같은데요.”

보슈는 반신반의했다. 그는 그녀에게 다시 처음부터 질문을 하기 시작했고, 새로운 각도에서 이야기에 접근했다. 이것은 새로운 세부사실을 이끌어내기 위한 것으로 그 효과가 충분히 입증된 면담 기법이었고, 이번에도 그를 실망시키지 않았다. 이야기를 다시 하면서 얻어낸 정보 중 가장 흥미로운 것은 영어로 말하던 남자가 그녀의 이메일 계정 아이디와 비밀번호를 물어봤다는 사실이었다.

“그건 왜 물어봤을까요?” 보슈가 물었다.

“모르겠어요. 왜 물어보냐고 물어보지 않았어요. 원하는 걸 주기만 했어요.” 그녀가 말했다.

알리샤 켄트가 겪은 시련에 대한 2차 진술이 거의 끝나갈 무렵 현장감식팀이 도착했고 보슈는 신문을 잠깐 쉬자고 했다. 알리샤 켄트는 소파에 그대로 앉아 있었고, 보슈는 감식팀을 부부 침실로 안내한 후 거기서부터 작업을 시작해 달라고 요청했다. 그러고는 방 한구석으로 걸어가서 파트너에게 전화를 걸었다. 페라스는 산마루에서 수상한 걸 보거나 들은 목격자는 지금까지 한 명도 찾지 못했다고 보고했다. 보슈는 탐문수사를 잠깐 쉴 때, 스탠리 켄트가 소유한 총에 관해 조회를 해 보라고 지시했다. 총기 제조사와 모델을 알아야 했다. 스탠리가 자기 총에 맞아 죽었을 가능성이 상당히 컸다.

보슈가 전화기를 덮는데 월링이 홈 오피스에서 그를 불렀다. 그리로 가 보니 그녀와 브레너가 책상 뒤에 서서 컴퓨터 화면을 들여다보고 있었다.

“이것 좀 봐요.” 레이철이 말했다.

“말했잖소, 아직 아무것도 건드리면 안 된다고.” 보슈가 말했다.

“그런 거 따질 시간이 없습니다. 이것 좀 봐요.” 브레너가 말했다.

보슈가 책상을 돌아가 컴퓨터 화면을 쳐다보았다.

“켄트 부인의 이메일 계정이 열려 있었어요. 보낸 메일함으로 들어가 봤더니, 어제 저녁 6시 21분에 남편의 이메일 계정으로 메일이 전송됐네요.” 월링이 말했다.

그녀가 버튼을 클릭하자 알리샤 켄트의 계정에서 남편의 계정으로 전송된 이메일이 열렸다. 제목이 적혀 있었다.

집에 긴급 상황: 즉시 읽을 것!

이메일 본문에 벌거벗은 알리샤 켄트가 손발이 뒤로 묶인 채 침대에 누워 있는 모습을 찍은 사진이 들어 있었다. 그 사진을 보면 남편뿐만 아니라 그 누구라도 큰 충격을 받을 것이 분명했다.

사진 밑에 메시지가 있었다.

너의 아내를 보호하고 있다. 네가 구할 수 있는 세슘을 모두 가져와라. 안전한 용기에 담아 너의 집 근처에 있는 멀홀랜드 산마루로 8시까지 가져와라. 우리가 너를 지켜보고 있을 것이다. 다른 사람에게 이 사실을 알리거나 전화를 걸면 우리가 알게 될 것이다. 그렇게 되면 너의 아내는 강간과 고문을 당한 후 갈가리 찢겨(left in to many pieces to count) 죽임을 당할 것이다. 안전에 만전을 기하여 세슘을 가져와라. 늦으면 우리가 너의 아내를 죽일 것이다.

보슈는 메일을 두 번 연속으로 읽으면서 스탠리 켄트가 느꼈을 것과 똑같은 공포감을 느꼈다.

“‘우리가 지켜보고 있을 것이다…, 우리가 알게 될 것이다…, 우리가 죽일 것이다.’ 줄임말이 하나도 없군요. ‘too many pieces’인데 ‘too’의 철자도 틀렸고, 문장 구조가 이상한 것도 꽤 있고. 영어가 모국어가 아닌 사람이 쓴 글 같아요.” 월링이 말했다.

보슈가 그녀의 말을 들으면서 다시 메시지를 보니 그녀의 말이 옳다는 생각이 들었다.

"그자들이 여기 메일을 보냈군. 남편은 사무실에서 메일을 받았고. 아니면 PDA로 받았거나. PDA를 갖고 있던가요?" 브레너가 말했다.

보슈는 이 분야에는 문외한이라 대답을 못하고 망설였다.

월링이 재빨리 구원의 손길을 내밀었다. "개인용 디지털 보조기기(personal digital assistant)요. 팜 파일럿(미국의 팜 사가 개발한 개인 휴대 단말기, 모바일 컴퓨터 – 옮긴이)이나 온갖 모바일 장치가 있는 휴대전화 같은 거요."

보슈는 고개를 끄덕였다.

"그런 것 같은데. 수거된 증거물 중에 블랙베리 휴대전화가 있었소. 미니 키보드가 달린 것 같던데." 그가 말했다.

"그거면 충분하죠. 그거면 어디서든 메일을 받고 사진을 볼 수 있었을 겁니다." 브레너가 말했다.

세 사람은 한동안 침묵하면서 이메일에서 받은 충격을 가라앉히고 있었다. 그 침묵을 깬 것은 보슈였다. 중요한 정보를 공유하지 않은 것에 죄책감을 느끼면서 그가 말했다.

"방금 생각났는데, 시신에 신분증이 있었소. 밸리 지역의 세인트 아가타 여성병원 거던데."

브레너의 눈빛이 날카로워졌다.

"그런 중요한 정보가 방금 생각났단 말이죠?" 그가 화난 목소리로 물었다.

"그렇다니까. 난…."

월링이 보슈의 말을 자르고 끼어들었다. "이제 와서 왈가왈부해 봐야 뭐하겠어요. 세인트 아가타는 부인암 클리닉이에요. 세슘은 주로 자궁경부암과 자궁암 치료에 사용되고 있죠."

보슈가 고개를 끄덕였다.

“그럼 거기로 가 봐야겠군.” 그가 말했다.

## 05
# 공포의 물결

세인트 아가타 여성병원은 샌퍼낸도 밸리 북단에 있는 실마에 위치해 있었다. 한밤중이라 그들은 170번 고속도로를 전속력으로 달려가고 있었다. 보슈는 자신의 머스탱을 운전하면서 가끔씩 연료계기판을 흘끔거렸다. 시내로 돌아오기 전에 주유를 해야 했다. 지금 차에는 그와 브레너가 타고 있었다. 월링은 알리샤 켄트 곁에 남아 신문을 계속하고 진정시키고 있기로 브레너가 결정을 내렸다. 월링은 불만인 것 같았지만, 브레너는 자기가 상급 파트너라는 사실을 분명히 하면서 그녀에게 논쟁의 기회도 주지 않았다.

세인트 아가타를 향해 달려가는 동안 브레너는 줄곧 상관들과 동료 요원들에게 전화를 걸거나 걸려오는 전화를 받았다. 보슈가 주워들은 내용을 종합해 보면 그 거대한 연방 기관이 전투태세에 돌입한 것이 분명했다. 경보 단계가 상향조정된 것이다. 스탠리 켄트에게 전송된 이메일 덕분에 초점을 맞춰야 할 부분이 어디인지 보다 확실히 알게 되었고, 연방 기관의 호기심 정도에 지나지 않았던 것이 이젠 무서운 현실이 될 가능성이 더 커진 것이다.

마침내 브레너가 전화기를 덮고 재킷 주머니에 도로 넣은 후 좌석에서 몸을 약간 돌려 보슈를 쳐다보았다.

"방공팀이 세인트 아가타로 가도록 지시해 놨어요. 그들이 방사능물질 금고로 들어가서 확인할 겁니다." 브레너가 말했다.

"방공팀이요?"

"방사능물질 공격팀이죠."

"도착 예상 시각은?"

"물어보진 않았지만 아마 우리보다 먼저 도착할 걸요. 헬리콥터가 있으니까."

보슈는 감명을 받았다. 그렇게 빨리 도착할 수 있다는 건 이런 한밤중에 도시 어딘가에서 대기 중인 신속 대응팀이 있다는 뜻이었다. 그는 자신이 그날 밤 자지 않고 전화를 기다리고 있었던 것을 떠올렸다. 방사능물질 공격팀원들도 결코 오지 않기를 바라는 전화를 기다리고 있었을 것이다. LA 경찰국 산하 국토안보실 직원들이 도시 공격 전술에 관한 연수를 받았다는 소문을 들은 기억이 났다. 하들리 경감이 방공팀도 운영하고 있는지 궁금했다.

"전면적인 조사가 될 겁니다. 국토안보부가 워싱턴 D.C.에서 직접 감독을 할 거고. 오늘 오전 9시에 동서부의 관계자들이 모두 모여 화상 회의를 할 거고요." 브레너가 말했다.

"관계자 모두란 게 누구를 말하는 거요?"

"규정이 있어요. 이런 사건이 발생하면 국토안보부, JTTF 등 모두를 불러들여야 하죠. 알파벳 잔치가 될 겁니다. NRC, DOE, RAP… 또 누가 알아요, 이 일을 해결하기 전에 FEMA까지 불러들이게 될지. 한마디로 연방 기관의 난리법석이 되겠죠."

보슈는 이런 알파벳 약자들이 무엇을 뜻하는지 알지 못했지만 굳이 알 필요도 없었다. 그에게는 '연방 기관'이라는 한 마디로 축약이 되었다.

"그 쇼는 누가 감독하는 거요?" 보슈가 물었다.

브레너가 보슈를 쳐다보았다.

"모두라고 할 수도 있고 아무도 없다고 할 수도 있죠. 말했잖아요, 난리법석이 될 거라고. 세인트 아가타 금고를 열었는데 세슘이 사라지고 없다, 그러면 오전 9시에 지옥문이 열리고 세밀하게 쪼개져 워싱턴으로부터 관리를 받게 되기 전에, 행방을 추적해서 도로 찾아 갖다놓는 것이 최선이죠."

보슈는 고개를 끄덕였다. 자기가 브레너를 잘못 판단한 것 같다는 생각이 들었다. 이 연방 요원은 관료주의라는 진구렁에서 뒹굴기를 즐기는 것이 아니라 진심으로 일을 해결하고 싶어 하는 것 같았다.

"그럼 그 전면적인 조사에서 LA 경찰국은 어떤 위치에 있게 되는 거요?"

"말했잖아요, LA 경찰국도 함께 간다고. 그 입장은 바뀌지 않았어요. 당신도 남는 겁니다, 해리. 내 추측으론 이미 우리들과 당신네들 사이에 가교가 마련되고 있을 것 같은데요. LA 경찰국에도 국토안보실이 있는 걸로 아는데, 그들이 벌써 합류했을 겁니다. 이런 일에는 모두가 힘을 합할 필요가 분명히 있으니까요."

보슈가 그를 흘끗 쳐다보았다. 브레너는 진지해 보였다.

"전에도 우리 국토안보실과 공조 수사를 해 본 적이 있소?" 보슈가 물었다.

"가끔이요. 몇몇 사건에 관해서 정보를 공유한 적이 있죠."



보슈는 고개를 끄덕였지만 브레너가 현지 경찰과 연방수사기관 사이의 간극에 대해 솔직하지 못하거나 너무나 순진한 생각을 하고 있다는 느낌이 들었다. 그러나 그는 브레너가 자기를 성이 아닌 이름으로 부르는 것을 들었고 그것이 지금 마련되고 있다는 가교들 중 하나인지 궁금했다.

"나에 대해서 알아봤다고 했는데, 누구한테 알아봤소?"

"해리, 지금 우리 일 잘 하고 있는데, 왜 자꾸 분란을 일으키려고 하죠? 내가 실수를 했다면, 사과할게요."

"좋아요. 그래서 나에 대해서 누구한테 물어봤소?"

"아이고, 참, 월링 요원에게 LA 경찰국의 선봉장이 누구냐고 물었더니 당신 이름을 대더라고요. 켄트의 집으로 차를 몰고 가면서 몇 군데 전화를 걸어봤는데, 다들 당신이 대단히 유능한 형사라고 하던데요. LA 경찰국에서 30년 넘게 근무하다가 몇 년 전에 퇴직했고, 퇴직 후 생활이 별로 마음에 안 들어서 얼마 후에 복직했고, 미해결사건 수사를 맡았다면서요. 근데 에코 파크 사건이 이상한 방향으로 흘러갔고, 당신이 월링 요원을 그 사건 수사에 끌어들였다고도 들었고. 어쨌든 그 사건으로 3~4개월 정직됐다가 책임이 없다는 게 밝혀지고 나서 얼마 전에 복귀했고 특수살인사건 전담반에 배치됐다고 하던데."

"그리고 또?"

"해리…."

"그리고 또?"

"좋아요. 그리고 또 당신과 함께 일하기가 힘들 거라는 말도 들리더군요. 특히 연방 정부기관과 함께 일할 땐 굉장히 까칠해진다면서요. 근데 난 지금까지는 그런 거 전혀 못 느끼겠던데."

보슈는 이런 정보의 대부분이 월링한테서 나왔다는 것을 알아차렸다. 그녀가 통화하는 것을 여러 번 보았고 통화 상대가 자기 파트너라고 말했던 것도 기억이 났다. 그녀가 그에 대해 그렇게 말했다면 참으로 실망스러운 일이었다. 하지만 그는 브레너가 말을 많이 아꼈다는 것을 알고 있었다. 사실 그가 연방 요원들과 부딪친 일이 너무나 잦았기 때문에—레이철 월링을 만나기 훨씬 이전부터 그랬으니까—그들은 그에 관해 살인사건 파일 만큼이나 두꺼운 자료집을 만들어 놓았을지도 모를 일이었다.

1~2분 정도 침묵이 흐른 후, 보슈는 화제를 바꾸기로 하고 먼저 입을 열었다.

"세슘에 대해서 말해 봐요." 그가 말했다.

"월링 요원은 뭐라던가요?"

"별말 안 하던데."

"세슘은 부산물이에요. 우라늄과 플루토늄이 핵분열할 때 생기죠. 체르노빌 원전 사고가 발생했을 때, 공기 중에 확산된 물질이 바로 세슘이었어요. 가루나 은백색 금속의 형태를 띠죠. 남태평양에서 핵실험이 있었을 때…."

"누가 과학 얘기 하자고 했소. 과학적으로 어떤 것인지는 관심 없고. 지금 우리가 다루고 있는 물질이 어떤 것인지를 얘기해 줘야지."

브레너는 잠깐 생각을 정리하더니 입을 열었다.

"그러죠. 우리가 말하고 있는 세슘은 연필 지우개 정도 크기의 조각 형태를 띠고 있어요. 45구경 탄창만 한 스테인리스스틸 튜브에 담겨져 봉인이 되어 있죠. 부인암 치료에 사용할 땐 계산된 시간 동안 여성의 자궁 안에 놓아서 표적 지역에 방사선을 쪼이게 하는 겁니다. 단시간 투여할 때 대단히 효과가 있는 걸로 알려져 있고요. 세슘 투여 시간을 물리학적으로 계산해서 정하는 것이 스탠리 켄트 같은 사람들이 하는 일이죠. 그런 다음엔 병원의 핫 랩으로 가서 세슘을 꺼내 와 수술실에 있는 암 전문의에게 직접 전달해 주는 거예요. 시술을 맡은 의사가 그 방사능물질을 실제로 취급하는 시간을 최소화하기 위해서 그런 시스템이 마련된 겁니다. 외과의는 수술 중에 방호복을 입을 수 없기 때문에 노출되는 시간을 최소한으로 제한해야 하거든요. 무슨 말인지 이해가 갑니까?"

보슈는 고개를 끄덕였다.

"강철 튜브 속에 들어 있으니까 누가 만져도 괜찮고?" 그가 물었다.

"아뇨. 세슘에서 나오는 감마선을 차단해 주는 물질은 납밖에 없어요. 그래서 튜브를 보관하는 금고는 납으로 테가 둘러져 있죠. 튜브를 담아 수송하는 상자도 납으로 만들고."

"그렇군. 그럼 이 물질이 세상에 퍼지면 얼마나 안 좋은 결과가 생기는 거요?"

브레너는 잠깐 생각을 정리하고 나서 대답했다.

"그건 세슘의 양과 전달 장치와 위치에 따라 다르죠. 그런 것들이 변수예요. 세슘은 반감기(방사성 원소의 원자 수가 최초의 반으로 줄어들 때까지 걸리는 시간—옮긴이)가 30년이거든요. 일반적으로, 안전 여유가 생기려면 반감기가 열 번은 지나야 한다고들 하죠." 그가 말했다.

"도대체 무슨 소린지 모르겠군. 그래서 요지가 뭐요?"

"요지는 세슘의 방사능 노출 위험이 30년마다 반으로 줄어든다는 겁니다. 지하철 역이나 사무건물과 같이 차단된 공간에 세슘을 다량 퍼뜨리면, 그곳은 앞으로 300년은 폐쇄될 수도 있다는 뜻이죠."

보슈는 경악했다.

"인명 피해는 어떻소?" 그가 물었다.

"그것도 어떻게 확산되고 어떻게 억제되느냐에 따라 달라요. 고농도의 세슘에 노출되면 두세 시간 내에 사망할 수도 있어요. 하지만 지하철역에서 사제폭탄이 터지면서 확산되면, 즉각적인 사망자 수는 아마 대단히 적을 겁니다. 하지만 사망자 수가 중요한 게 아니거든요. 이 사람들에게 중요한 건 두려움이라는 요소죠. 어느 작은 지역에서 이걸 살짝 퍼뜨리면, 그 공포의 물결은 곧 전국으로 퍼져나갈 거라는 거죠. 로스앤젤레스 같은 곳에서 퍼뜨린다? 세상은 다시는 전과 같지 않게 될 겁니다."

보슈는 고개를 끄덕거리기만 했다. 달리 할 말이 없었다.

—

## 06

# 사라진 세슘

그들은 세인트 아가타 여성병원 1층 로비로 들어가 접수직원에게 보안 책임자를 불러 달라고 요청했다. 접수직원은 보안실장은 낮 근무만 한다면서 야간 보안 책임자를 불러주겠다고 말했다. 그들이 기다리는 동안 병원의 기다란 앞마당 잔디밭에 헬리콥터가 내려앉는 소리가 들리더니 곧 네 명의 방사능물질 공격팀이 건물 안으로 들어왔다. 모두 방호복을 입고 방독면을 들고 있었다. 공격팀장은—이름표에 카일 리드라고 적혀 있었다—소형 방사능 측정기를 들고 있었다.

접수대에 앉은 여직원에게 두 번이나 재촉을 하고 나서야, 어느 빈 병실 침대에서 자다 깬 것 같은 남자가 로비로 나와 그들을 맞았다. 에드 로모라고 자기소개를 한 그는 방공팀원들이 입고 있는 방호복을 홀린 듯이 쳐다보았다. 브레너가 로모에게 신분증을 보여 주며 자기소개를 하고 대화를 이끌었다. 보슈는 반대하지 않았다. 병원 같은 곳에서는 연방 요원이 나서서 조사를 진행하고 조사의 속도를 조절하는 것이 가장 좋다는 것을 그는 알고 있었다.

"핫 랩에 들어가서 방사능물질 재고량을 확인해야겠습니다. 그리고 지난 24시간 동안 그곳에 출입한 사람이 누군지를 알려 주는 모든 기록과 카드키 데이터도 확인해야겠고요." 브레너가 말했다.

로모는 꼼짝도 않고 서 있었다. 지금 자기 앞에 펼쳐지는 상황을 이해하려고 애를 쓰는 것 같았다.

"이게 도대체 무슨 일입니까?" 마침내 그가 물었다.

브레너가 로모에게로 한 걸음 다가가 그의 공간을 침범했다.

"무슨 일인지 방금 말해 줬는데. 종양학 핫 랩에 들어가야겠다고. 당신이 우릴 그 안으로 들여보내 줄 수 없으면, 그럴 수 있는 사람을 찾아와요. 지금 당장." 브레너가 말했다.

"먼저 전화 한 통 하고요." 로모가 말했다.

"좋아요, 해요. 2분 줄 테니까 그 안에 해결 봐요. 그 후엔 당신을 밟고 지나갈 테니까."

브레너는 미소 띤 얼굴로 고개를 끄덕이며 협박을 했다.

로모는 휴대전화를 꺼내 그들로부터 몇 걸음 떨어져서 전화를 걸었다. 브레너는 따라가지 않고 로모에게 사적인 공간을 허락했다. 그는 냉소를 머금고 보슈를 쳐다보았다.

"작년에 내가 여기 안전 점검을 맡았어요. 핫 랩 출입문에는 열쇠를 넣고 돌리는 자물쇠 하나 달랑 달려 있고 끝이었어요. 들어가면 바로 금고가 있고. 안전 점검 후에 보안 시스템을 업그레이드했다더군요. 근데 성능 좋은 쥐덫을 만들면, 쥐들도 따라서 더 영리해진다는 게 문제죠."

보슈는 고개를 끄덕였다.

10분 후, 보슈, 브레너, 로모와 방공팀원들은 엘리베이터를 타고 지하층에서 내렸다. 로모의 상관이 이곳으로 오는 중이었지만 브레너는 그를 기다려 주지 않았다. 로모는 카드키로 종양학 핫 랩의 출입문을 열었다.

핫 랩에는 아무도 없었다. 브레너는 출입문 바로 옆에 있는 책상 위에서 방사능물질 재고 목록과 핫 랩 출입자 명단을 발견하고 집어 들어 읽기 시작했다. 책상 위에는 금고를 찍고 있는 카메라 화면을 보여 주는 작은 비디오 모니터가 있었다.

"여기 왔었네요." 브레너가 말했다.

"언제?" 보슈가 물었다.

"7시요, 이 기록에 따르면."

방공팀장 카일 리드가 비디오 모니터를 가리키며 로모에게 물었다.

"저거 녹화가 되는 겁니까? 켄트가 저 안에서 뭘 했는지 볼 수 있을까요?"

로모는 비디오 모니터가 거기 있는 걸 처음 본다는 눈빛으로 모니터를 쳐다보았다.

"어, 아뇨, 저건 그냥 모니턴데요. 금고에서 뭐를 갖고 나가는지는 책상 앞에 앉은 사람이 실시간으로만 확인할 수 있습니다." 그가 말했다.

로모가 연구실 맞은편 끝을 가리켰다. 그곳에 커다란 철문이 하나 있었다. 철문에서 어른 눈높이 정도에 방사능물질 경고 표지인 삼엽 마크와 함께 경고문이 적혀 있었다.

경고!

방사능 노출 위험

방호 장비

착용 요망

꾸이다도!

뻴리그로 데 라디아씨온

세 데베 우사르

에끼뽀 데 쁘로텍시온

보슈는 그 문에 자기(磁氣) 카드키 인식기뿐만 아니라 비밀번호를 누르는 디지털 도어록이 달려 있는 것을 보았다.

브레너가 출입자 명단을 훑어보면서 말했다.

"켄트가 세슘 한 개를 가져갔다고 나와 있군요. 튜브 한 개. 사유는 이송용이고. 수술에 쓰기 위해 버뱅크 메디컬 센터로 가져간다고 적어 놨네요. 수술환자 이름은 핸오버라고 적어 놨고. 그래서 현재 세슘 튜브는 서른한 개가 남아 있다고 되어 있고."

"그럼 이제 다 된 겁니까?" 로모가 물었다.

"아뇨. 재고를 직접 확인해 봐야죠. 금고실에 들어가서 금고를 열어 봐야 해요. 비밀번호가 뭐죠?" 브레너가 말했다.

"난 안 갖고 있는데요." 로모가 말했다.

"그럼 누가 갖고 있죠?"

"물리학자들이요. 그리고 핫 랩 책임자와 보안실장."

"보안실장은 지금 어디 있죠?"

"말씀드렸잖습니까. 지금 오고 있다고."

"전화해서 스피커로 연결해요."

브레너가 책상 위에 있는 전화기를 가리켰다. 로모가 책상 앞에 앉았다. 그는 전화기의 스피커폰 기능 버튼을 누르고 외우고 있는 전화번호를 눌렀다. 상대방이 즉시 전화를 받았다.

"리처드 로모입니다."

에드 로모는 친인척의 정실 인사가 드러나게 되어 당황스러운 듯 전화기 앞으로 고개를 숙였다.

"어, 네, 아버지, 저 에든데요. FBI에서 나오신 분이…."

브레너가 끼어들었다.

"로모 씨? FBI의 잭 브레너 특수 요원입니다. 1년 전에 한 번 뵙고 보안 시스템에 관해 이야기를 나눈 것으로 기억하는데요. 지금 얼마나 멀리 계시죠?"

"20분에서 25분 정도 걸릴 거요. 내 기억으론…."

"너무 멀리 계시는군요. 우린 지금 당장 핫 랩의 금고 문을 열고 금고 안을 확인해야 하는데요."

"병원 승인 없이는 열 수 없소. 아무리 FBI…."

"로모 씨, 우린 금고 안 내용물이 국익이나 국민의 안전은 전혀 고려하지 않는 사람들에게로 넘어갔다고 믿고 있습니다. 지금 당장 금고를 열어서 금고 안에 무엇이 들어 있고 무엇이 사라졌는지를 파악해야 합니다. 그래서 20분에서 25분을 기다릴 수가 없다는 겁니다. 이미 아드님께 내 신분을 분명히 밝혔고 방사능물질 공격반도 이미 도착해서 대기 중이고요. 지금 당장 움직여야 합니다. 자, 금고를 어떻게 열어야 되죠?"

스피커폰에서는 한동안 아무 말도 들리지 않았다. 잠시 후 결국 리처드 로모가 뜻을 굽혔다.

"에드, 지금 핫 랩 책상 위에 있는 전화를 쓰고 있는 거냐?"

"네."

"그럼, 자물쇠를 따고 왼쪽 맨 밑의 서랍을 열어 봐라."

에드 로모는 의자를 뒤로 굴려가 책상에서 물러난 다음 책상을 살펴보았다. 왼쪽 맨 위의 서랍에 서랍 세 개를 모두 열 수 있는 열쇠 자물쇠가 달려 있었다.

"어떤 열쇠요?" 그가 물었다.

"잠깐만."

스피커폰 너머로 열쇠 덜그럭거리는 소리가 들렸다.

"1414 한번 넣어 봐라."

에드 로모는 벨트에 달린 열쇠고리를 빼내 열쇠를 하나하나 확인하면서 1414번이 찍힌 열쇠를 찾았다. 그 열쇠를 책상 서랍에 달린 자물쇠에 밀어 넣고 돌렸다. 이제 맨 아래 서랍의 잠금장치가 풀리자 그가 서랍을 잡아당겨 열었다.

"열었어요."

"좋아. 서랍에 서류철이 하나 있다. 그걸 펼쳐서 금고실 비밀번호 목록이 있는 페이지를 찾아봐라. 비밀번호는 매주 바뀌게 되어 있거든."

로모는 서류철을 자기만 볼 수 있게 들고 펼치기 시작했다. 이때 브레너가 갑자기 팔을 뻗어 서류철을 확 뺏어갔다. 그러고는 책상에 내려놓고 안전규약이 적힌 페이지들을 한 장 한 장 넘기기 시작했다.

"그게 어디 있죠?" 브레너가 스피커폰에 대고 안달이 난 목소리로 물었다.

"마지막 부분에 있을 거요. 핫 랩 비밀번호라고 분명히 적혀 있고. 근데 주의할 점이 있소. 우린 바로 한 주 전의 비밀번호를 사용해요. 이번 주 비밀번호는 눈속임용이지. 지난주 번호를 써 봐요."

브레너는 그 페이지를 찾은 후 목록에 나와 있는 번호들을 손가락으로 훑어 내려오다가 이전 주의 비밀번호를 발견했다.

"찾았어요. 그럼 금고는 어떻게 열죠?"

리처드 로모가 달리는 차 안에서 대답했다.

"카드키를 다시 한 번 긁고 이번에는 다른 번호를 눌러 봐요. 그 번호는 내가 알지. 바뀌질 않으니까. 666이오."

"독창적이군요."

브레너가 에드 로모에게 손을 내밀었다.

"카드키 줘요."

로모가 순순히 카드를 건넸고 브레너는 그 카드를 다시 카일 리드에게 주었다.

"좋아, 카일, 가 봐. 금고실 비밀번호는 56184야. 나머진 다 들었을 테고." 브레너가 지시했다.

리드가 돌아서서 방호복을 입은 공격팀원 한 명을 가리켰다.

"저 안은 굉장히 비좁을 거야. 밀러와 나만 들어간다."

팀장과 선택된 팀원은 방독면을 쓰고 카드키와 비밀번호를 사용해 금고실 문을 열었다. 방사능 측정기는 밀러가 들었다. 그들은 금고실로 들어간 후 문을 잡아당겨 닫았다.

"저기, 저기를 매일 들락거리는 사람들도 저런 우주복은 안 입던데요." 에드 로모가 말했다.

"좋겠네, 그 사람들은. 근데 지금은 상황이 좀 다르다는 생각 안 들어요? 저 안에 뭐가 퍼져 있는지 모른단 말이죠, 지금은." 브레너가 말했다.

"그냥 해본 말이었어요." 로모가 방어적으로 말했다.

"그럼 부탁인데, 아무 말 말고 가만히 있어요, 아드님. 일은 우리가 알아서 할 테니까."

비디오 모니터를 보고 있던 보슈는 곧 보안 시스템의 결함을 발견했다. 카메라가 천장에 달려 있었는데, 리드가 방사능물질이 든 금고 앞에서 몸을 굽히자 그의 몸에 금고가 완전히 가려져서 그가 뭘 하는지 전혀 보이지 않았다. 전날 밤 7시에 켄트가 금고 안으로 들어가는 걸 누가 지켜보고 있었다고 하더라도, 켄트는 자기가 갖고 나오는 것을 쉽게 숨길 수 있었을 거라는 생각이 들었다.

방호복을 입은 두 남자가 금고실로 들어간 지 채 1분도 안 되어 나왔다. 브레너가 일어섰다. 공격팀원들은 방독면을 벗었고 리드가 브레너를 쳐다보며 고개를 가로저었다.

“금고는 비어 있어요.” 그가 말했다.

브레너가 주머니에서 휴대전화를 꺼내들었다. 그러나 그가 번호를 누르기 전에 리드가 그에게로 다가오며 스프링공책에서 찢은 종이 한 장을 내밀었다.

“이거밖에 없더라고요.” 그가 말했다.

보슈도 브레너의 어깨 너머로 쪽지를 바라보았다. 잉크로 갈겨쓴 글씨라 알아보기 힘들었다. 브레너가 큰 소리로 메모를 읽었다.

“‘미행당하고 있다. 내가 이렇게 하지 않으면 그들이 내 아내를 죽일 것이다. 세슘 캡슐 서른두 개. 하느님, 저를 용서하소서. 다른 방도가 없다.’”

—

## 07
# 한밤의 목격자

보슈와 연방 요원들은 할 말을 잃고 가만히 서 있었다. 종양학 연구실 안에 팽팽한 긴장감과 공포감이 감돌았다. 조금 전 그들은 스탠리 켄트가 세인트 아가타 여성병원의 방사능물질 금고에서 세슘 캡슐 서른두 개를 가지고 나간 것을 확인했다. 그가 그 세슘을 미지의 인물들에게 건네줬을 가능성이 컸다. 그런 다음 그 미지의 인물들이 멀홀랜드 산마루에서 켄트를 사살한 것이다.

"세슘 캡슐 서른두 개가 끼칠 수 있는 피해는 어느 정도요?" 보슈가 물었다.

브레너가 침울한 표정으로 그를 바라보았다.

"자세한 건 과학자들에게 물어봐야 하겠지만, 내 추측으론 그들이 원하는 걸 모두 이룰 수 있을 정도일 것 같은데요. 누가 어떤 메시지를 전하고 싶어 한다면, 아주 크고 분명하게 전할 수 있을 겁니다." 브레너가 말했다.

보슈는 이미 알려진 사실들과 잘 들어맞지 않는 부분이 갑자기 생각이 났다.

"잠깐. 스탠리 켄트가 끼고 있던 방사능 측정 반지에는 노출됐다는 표시가 전혀 없었잖소. 어떻게 그는 여기서 세슘을 몽땅 가지고 나오면서도 크리스마스트리처럼 불을 밝히지 않을 수 있었을까?" 그가 말했다.

브레너는 한심하다는 표정으로 고개를 내저었다.

"'돼지'를 사용했겠죠."

"뭐요?"

"이송할 때 사용하는 도구를 그렇게 불러요. 바퀴 달린 대걸레 양동이처럼 생겼죠. 물론 밀폐용 뚜껑이 있고. 납으로 만들어 육중하고 돼지처럼 땅딸막한 모양이죠. 그래서 돼지라고 부르는 겁니다."

"그럼 그가 룰루랄라 걸어 들어갔다가 그런 걸 들고 룰루랄라 걸어나올 수가 있었다는 거요?"

브레너가 책상 위에 놓인 클립보드를 가리켰다.

"암 치료를 위한 방사능물질의 병원간 이동은 이례적인 일이 아닙니다. 켄트는 캡슐 한 개를 가져간다고 적어 놓고 전부를 가져갔어요. 그게 이례적인 일이죠. 하지만 누가 돼지를 열고 확인을 해 보겠어요?" 그가 말했다.

보슈는 포르쉐의 트렁크 바닥에서 보았던 움푹 들어간 자국을 떠올렸다. 뭔가 육중한 것을 차에 실었다가 내린 것이 분명했다. 이제 그는 그게 무엇인지 알게 되었고 이는 최악의 시나리오에 힘을 실어 주는 또 하나의 증거일 뿐이었다.

보슈가 고개를 가로젓자 브레너는 그가 실험실의 보안에 대해 부정적인 평가를 하고 있는 거라고 생각했다.

"내 말 좀 들어 봐요. 작년에 우리가 와서 보안 시스템을 개편하기 전에는, 흰 의사 가운만 입으면 누구라도 여기로 곧장 걸어 들어와서 원하는 건 마음대로 금고에서 갖고 나갈 수가 있었다고요. 보안이라는 말이 무색할 정도였다니까요." 브레너가 말했다.

"아니 누가 뭐랬다고. 난…."

"전화 좀 하고 올게요." 브레너가 말했다.

그는 무리에서 떨어져서 휴대전화를 꺼냈다. 보슈는 자기도 이때를 이용해 전화를 해야겠다고 생각했다. 휴대전화를 꺼내들고 다른 사람이 들을 수 없도록 한구석으로 걸어가 파트너에게 전화를 걸었다.

"이그나시오, 나야. 별일 없나 전화해 봤어."

"이기라고 불러 주세요, 선배님. 거긴 어떻습니까?"

"좋은 소식은 없어. 켄트가 금고를 싹 비웠어. 세슘이 몽땅 사라졌어."

"정말입니까? 더러운 폭탄을 만들 수 있는 물질이라고 하시지 않았습니까?"

"그래, 맞아. 켄트가 만들고도 남을 만큼 충분히 넘겨준 것 같아. 자넨 아직 현장이야?"

"네, 아 그리고, 사건을 목격했을지도 모르는 청년 한 명을 확보했습니다."

"목격했을지도 모른다니 무슨 말이 그래? 누군데? 동네 주민?"

"아뇨, 이야기가 좀 이상하게 돌아가는데요. 마돈나가 살았다는 집 아시죠?"

"응."

"네, 그게, 예전엔 마돈나가 집주인이었는데 이젠 아니랍니다. 탐문수사를 하러 올라가서 문을 두드렸더니 지금 거기 살고 있는 주인 남자가 나와서 아무것도 본 것도 들은 것도 없다고 하더라고요. 찾아간 집마다 같은 대답이던데요. 그건 그렇고, 그 집에서 나오는데 앞뜰에 있는 커다란 화분에 심은 정원수들 뒤에 이 친구가 숨어 있는 게 보였습니다. 그래서 총을 빼들고 겨누면서 지원 요청을 했습니다. 놈이 전망대의 그 살인범일지 모른다는 생각이 들어서요. 근데 아니더라고요. 알고 보니 캐나다에서 온 버스에서 막 내린 스무 살 청년이었습니다. 마돈나가 아직도 그 집에 살고 있다고 생각하더라고요. 마돈나가 아직도 거기 산다고 나와 있는 스타 지도를 들고 마돈나 얼굴 한번 보겠다고 찾아온 거랍니다. 스토커처럼요. 담을 넘어 들어갔답니다."

"총격 장면을 봤대?"

"자긴 아무것도 본 것도 들은 것도 없다고 주장하는데, 전 잘 모르겠습니다, 선배님. 산마루에서 그 일이 벌어지고 있을 때 이 친구는 마돈나의 집을 훔쳐보고 있었을것 같아서요. 그 일이 벌어지니까 그곳에 숨어서 주위가 조용해질 때까지 기다리려고 했던 거겠죠. 제가 먼저 찾아내서 문제지만요."

보슈는 이야기에 뭔가 석연치 않은 부분이 있다고 느꼈다.

"뭐 하러 숨어 있었겠어? 도망가지 않고 왜? 총격이 있고 세 시간이나 지나서 시신이 발견됐으니까 그만큼 시간적 여유가 있었는데."

"네, 압니다. 그게 좀 이해가 안 되는 부분이죠. 어쩌면 겁을 집어먹었거나, 괜히 시신 근처에서 얼쩡거리다가 걸리면 용의자로 찍힐지 모른다고 생각했을 수도 있지 않을까요?"

보슈는 고개를 끄덕였다. 그럴 가능성도 있었다.

"무단 침입 혐의로 붙잡아 놓고 있는 거야?" 보슈가 물었다.

"네. 마돈나한테서 그 집을 산 남자에게 말했더니 협조하겠답니다. 우리가 필요하다고 말해 주면 고발을 하겠답니다. 그러니까 걱정 안 하셔도 됩니다. 붙잡아 놓고 있으면서 조사해 볼 수 있으니까요."

"좋아. 본부로 데려가서 조사실에 집어넣고 땀 좀 빼게 해 줘."

"알겠습니다, 선배님."

"그리고 이그나시오, 세슙에 대해서는 아무한테도 말하지 마."

"네, 알겠습니다."

보슈는 페라스가 또 이기라고 불러 달라고 말하기 전에 얼른 전화를 끊었다. 그러고는 브레너의 통화 내용을 엿들었다. 통화 상대는 분명히 월링이 아니었다. 태도나 어조가 공손했다. 상관과 통화하고 있는 거였다.

"여기 출입자 명단에는 7시로 나와 있습니다. 그렇다면 8시를 전후하여 산마루에서 전달이 된 것으로 봐야겠고, 우리보다 여섯 시간 반쯤 앞서 가고 있는 겁니다." 브레너가 말했다.

그는 잠깐 듣고 있다가 몇 번이나 말을 시작했지만 상대방이 번번이 말을 잘랐다.

"네, 알겠습니다. 네. 곧바로 복귀하겠습니다." 마침내 그가 말했다.

브레너가 전화기를 덮고 보슈를 쳐다보았다.

"난 헬기를 타고 돌아가 봐야 할 것 같습니다. 워싱턴에 화상 브리핑을 하라고 해서. 당신도 데려갈 수는 있지만 여기 남아서 수사를 계속하는 게 나을 것 같은데요. 내 차는 나중에 사람을 보내 가져갈게요."

"그래요 그럼."

"파트너가 목격자를 찾았답니까? 그렇게 들은 것 같은데요?"

보슈는 브레너가 자기도 통화를 하면서 그 이야긴 또 어떻게 들었는지 그저 놀라울 따름이었다.

"그렇다는데, 들어보니까 큰 기대는 안 하는 게 좋을 것 같던데. 어쨌든 나도 지금 그 친구 만나러 본부로 들어갑니다."

브레너가 엄숙하게 고개를 끄덕이더니 보슈에게 명함 한 장을 건넸다.

"뭐라도 알아내면, 전화주세요. 내 정보는 거기 다 들어 있습니다. 뭐라도 좋아요, 전화주세요."

보슈는 명함을 받아 주머니에 넣었다. 보슈와 연방 요원들은 핫 랩을 나갔고, 2~3분 후 그는 연방 헬기가 이륙해서 깜깜한 하늘로 올라가는 것을 지켜보았다. 그러고 나서 그는 자기 차에 타고 병원 주차장을 빠져나와 남쪽으로 달렸다. 고속도로로 진입하기 전에 샌퍼낸도 길에 있는 주유소에서 주유를 했다.

시내로 들어가는 차량이 그리 많지 않아서 보슈는 130킬로미터를 유지하며 쏜살같이 달려갔다. 그는 스테레오를 켜고 중앙 콘솔박스에서 시디 한 장을 뭔지 쳐다보지도 않고 집어 들었다. 첫 곡이 다섯 음쯤 흐르고 나서야 베이시스트 론 카터가 연주하는 일본 곡이라는 걸 알아차렸다. 운전하면서 듣기 좋은 음악이어서 그는 볼륨을 높였다.

음악은 보슈가 생각을 정리하는 데 도움을 주었다. 그는 수사의 무게 중심이 바뀌고 있다는 걸 깨달았다. 적어도 연방 요원들은 살인범이 아니라 사라진 세슘을 쫓고 있었다. 거기엔 미묘하고도 중요한 차이가 있었다. 그는 그래도 자기는 산마루에서 벌어진 사건에 집중하고 이것이 살인사건 수사라는 사실을 한시도 잊어서는 안 된다고 생각했다.

"난 살인범들을 찾을 테니까, 당신들은 세슘을 찾으라고." 보슈가 큰 소리로 말했다.

로스앤젤레스 스트리트 출구로 나가 시내로 들어간 보슈는 경찰국 본부 앞쪽 주차장에 차를 세웠다. 이 시각에 VIP나 고위 간부가 아닌데 여기다 주차를 했다고 뭐라고 할 사람은 아무도 없을 것 같았다.

파커 센터는 무너지기 일보 직전의 단계에 있었다. 경찰본부 건물 신축 허가는 거의 10년 전에 났지만, 예산 문제나 정치적 알력 등으로 인해 계속해서 공사가 지연되다 보니 공사 진척도는 지지부진한 상태를 면치 못하고 있었다. 한편 기존 본부 건물의 노화를 막기 위한 유지 보수 작업은 거의 이루어지지 않았다. 새 본부 건물 신축 공사가 현재 진행되고는 있지만 완공까지는 적어도 4년은 더 걸릴 것으로 추산되고 있었다. 파커 센터에서 일하는 사람들은 대개 파커 센터가 그때까지 버텨줄지 의문이라고 생각하고 있었다.

보슈가 3층 강력계 사무실로 들어갔을 때 사무실 안에는 아무도 없었다. 그는 휴대전화를 펼쳐 파트너에게 전화를 걸었다.

"어디야?"

"네, 선배님, 과학수사대에 있습니다. 살인사건 파일을 만들기 시작해야 하니까 얻을 수 있는 정보는 다 얻어 보려고요. 사무실에 들어오셨습니까?"

"방금 왔어. 목격자는 어디 넣어놨어?"

"2호실에요. 선배님이 만나 보시려고요?"

"못 보던 사람이 찔러보는 게 낫지 않겠어? 나이가 좀 지긋한 사람이."

민감한 제안이었다. 그 잠재적 목격자는 페라스의 수확물이었다. 보슈는 파트너가 암묵적으로라도 허락해 주지 않으면 그 목격자에게 다가가지 않을 생각이었다. 그러나 현재 상황으로 볼 때 그런 중요한 신문은 보슈처럼 경험 많은 사람이 하는 것이 더 나을 것 같았다.

"그러니까요. 만나 보시죠, 선배님. 전 돌아가면 비디오실에서 보고 있겠습니다. 제가 들어갈 필요가 있다 싶으시면 신호를 보내 주세요."

"알았어, 그럴게."

"계장실에 커피 새로 내려놨습니다."

"잘했어. 한 잔 마시고 싶었는데. 그전에 먼저 목격자에 대해서 얘기해 봐."

"이름은 제시 밋포드. 핼리팩스에서 왔답니다. 말하자면 떠돌이예요. 남의 차를 얻어 타고 여기까지 왔고, 그동안 노숙인 쉼터에서 주로 지냈고 날씨가 따뜻할 땐 산에 올라가서 잤답니다. 대충 그 정돕니다.”

정말 별거 없었지만 이제 시작이니까 괜찮았다.

“마돈나 집 마당에서 잘 생각이었나 보군. 그래서 그곳을 뜨지 않았나 보지.”

“아, 그건 미처 생각 못했는데요, 선배님. 선배님 말씀이 맞는 것 같습니다.”

“내가 직접 물어볼게.”

통화를 끝낸 보슈는 책상 서랍에서 머그컵을 꺼내 들고 강력계장실로 향했다. 계장실 옆 부속실에는 비서의 책상과 커피메이커가 놓인 탁자가 있었다. 갓 내린 신선한 커피향이 부속실로 들어서는 보슈를 맞았고 그는 그 향기만으로도 자신에게 꼭 필요한 카페인을 한껏 충전한 느낌이 들었다. 그는 커피 한 잔을 따르고, 바구니에 1달러를 넣은 후, 자기 자리로 돌아갔다.

강력계 사무실에는 파트너들끼리 서로 마주 보고 앉게 맞대놓은 책상들이 길게 늘어서 있었다. 그런 설계 때문에 사생활이나 업무상 비밀을 보호한다는 것은 꿈도 꿀 수 없었다. 시내 다른 경찰서의 형사과는 대개가 방음도 되고 사생활도 보장되는 칸막이 사무실로 탈바꿈했지만 파커 센터는 철거가 임박한 터라 시설 개조에는 전혀 돈을 들이지 않았다.

보슈와 페라스는 가장 최근에 강력계에 합류한 형사들이었기 때문에 그들의 책상은 긴 책상 줄의 맨 끝, 창문 없는 구석자리에 있었다. 환기가 잘 되지 않았고 비상구에서 제일 멀리 떨어져 있어서 지진 같은 위급 상황이 발생할 경우 탈출이 쉽지 않을 것 같았다.

보슈의 책상은 퇴근할 때 정리하고 간 상태 그대로 깔끔하게 정돈되어 있었다. 마주 보고 있는 파트너의 책상 위에 배낭 하나와 비닐로 된 증거물 봉투 한 개가 놓여 있었다. 보슈는 팔을 뻗어 배낭부터 집어 들었다. 열어 보니 주로 옷가지와 다른 개인용품이 들어 있었다. 잠재적 목격자의 것이 분명했다. 스티븐 킹의 《스탠드》라는 책도 들어 있고 칫솔과 치약이 든 비닐봉지도 있었다. 모두가 초라한 존재의 초라한 소지품들이었다.

그는 배낭을 도로 갖다놓고 그 옆에 있는 증거물 봉투를 집어 들었다. 그 속에는 소액의 미화와 열쇠고리, 얇은 지갑, 캐나다 여권이 들어 있었다. 할리우드의 거리 가판대에서 흔히 볼 수 있는 〈스타들의 집〉이라는 지도도 접힌 채 들어 있었다. 그는 그 지도를 펼쳐 레이크 할리우드 위, 멀홀랜드 드라이브 옆에 있는 산마루를 찾아보았다. 그 산마루 바로 왼쪽에 검은 별 한 개가 그려져 있었고 그 별 속에 23이라는 숫자가 적혀 있었다. 그 별에 펜으로 동그라미가 그려져 있었다. 지도 색인에서 23번 별을 찾아보니 '마돈나의 할리우드 집'이라고 적혀 있었다.

마돈나가 이사를 간 사실이 그 지도에는 반영되지 않은 것이 분명했다. 보슈는 그 지도에 나온 별들의 위치와 별에 덧붙여진 유명인의 집이라는 설명이 정확한 게 거의 없을 거라고 생각했다. 지도를 보니 제시 밋포드가 이젠 마돈나가 살지도 않는 집 주변을 배회하고 다닌 것을 이해할 수 있었다.

보슈는 지도를 다시 접어 다른 물건들과 함께 증거물 봉투에 도로 넣은 다음 파트너의 책상에 갖다놓았다. 그러고 나서 줄 쳐진 황색 용지 묶음과 권리포기각서를 서랍에서 꺼내 들고 자리에서 일어서서 2번 조사실로 향했다. 그 조사실은 강력계 사무실 뒷문으로 나가면 나오는 복도에 있었다.

제시 밋포드는 나이보다 어려 보였다. 검은색 곱슬머리에 뽀얀 우윳빛 피부를 갖고 있었다. 턱수염이 까칠까칠하게 솟아나고 있었는데 저

정도 기르는데도 평생이 걸렸겠다 싶었다. 한쪽 콧구멍과 한쪽 눈썹을 뚫어 은색 링을 걸고 있었다. 잔뜩 긴장하고 겁을 집어먹은 표정이었다. 작은 조사실 안에 있는 작은 탁자 앞에 앉아 있었다. 방 안에서 암내가 났다. 밋포드가 땀을 흘리고 있었으니, 물론 암내는 그 때문일 것이었다. 조사실로 들어가기 전에 복도에 있는 실내 온도 조절 장치를 살펴본 보슈는 페라스가 조사실 온도를 28도로 맞춰 놓은 것을 보았었다.

"제시, 안녕?" 보슈가 밋포드 맞은편에 있는 의자에 앉으면서 인사말을 건넸다.

"어, 별로 안녕하지 못한데요. 여기 너무 더워요."

"그래?"

"내 변호사예요?"

"아니, 제시. 네 형사야. 내 이름은 해리 보슈. 살인사건 전담이고 산마루에서 일어난 사건 수사를 맡고 있지."

보슈는 황색 용지 묶음과 커피 컵을 탁자에 내려놓았다. 밋포드가 아직도 수갑을 차고 있는 것이 보였다. 청년을 계속 혼란스럽고 두렵고 불안하게 만든 것을 보니 페라스가 완전히 형편없는 형사는 아닌 것 같았다.

"더 이상 말하고 싶지 않다고 멕시코계 형사님한테 말했는데요. 변호사를 불러 주세요."

보슈가 고개를 끄덕였다.

"멕시코계가 아니라 쿠바계 미국인이야, 제시. 그리고 넌 변호사를 부를 수가 없어. 변호사는 미국 시민들한테만 불러 주게 되어 있거든." 그가 말했다.

거짓말이었지만 스무 살 애송이가 알 리가 있겠나 싶어 해 본 말이었다. 그가 말을 이었다.

"이제 큰일 났다, 제시. 헤어진 여자 친구나 남자 친구를 스토킹하는 거 하고, 유명인을 스토킹하는 건 엄연히 다른 거거든. 여긴 유명인의 나라고 유명인의 도시야, 제시. 우린 우리의 유명인들을 잘 보호하고 있지. 오늘 밤 네가 한 짓은 캐나다에선 어떤지 모르겠지만 이 동네에선 처벌이 상당히 가혹하다, 너."

밋포드는 그렇게 하면 자신의 문제들을 물리쳐 버릴 수 있는 것처럼 세차게 고개를 가로저었다.

"근데 이젠 거기 살지도 않는다면서요. 마돈나 말이에요. 그러니까 스토킹한 게 아니죠. 무단 침입이지."

이젠 보슈가 고개를 가로저었다.

"중요한 건 의도야, 제시. 넌 마돈나가 거기 산다고 생각했어. 마돈나가 거기 산다고 적혀 있는 지도를 갖고 있었고. 심지어 거기에 동그라미를 쳐놓기까지 했지. 그러니까 법적으로는 그게 유명인 스토킹에 해당되는 거야."

"그럼 스타들의 집을 표시해 놓은 지도는 왜 파는데요?"

"음주 운전은 불법인데 술집들은 왜 주차장을 갖고 있지? 쓸데없이 말씨름하지 말자, 제시. 중요한 건 남의 집 담을 넘어 들어가도 괜찮다는 말은 지도 어디에도 나와 있지 않다는 거야. 내 말 알아듣겠어?"

밋포드는 고개를 푹 숙이고 수갑 찬 손목을 보면서 힘없이 고개를 끄덕였다.

"근데 내 말 들어 봐. 상황이 겉으로 보이는 것처럼 그렇게 심각한 건 아니니까 기운차려. 네가 스토킹과 무단 침입 혐의를 받고 있긴 하지만, 우리한테 협조하면 다 해결해 줄 수 있어." 보슈가 말했다.

밋포드가 몸을 앞으로 기울였다.

"근데 그 멕시… 쿠바 형사님한테도 말했지만, 난 진짜 아무것도 못 봤어요."

보슈는 한참 동안 아무 말 하지 않고 뜸을 들이다가 입을 열었다.

"그 형사한테 뭐랬는지는 관심 없어. 지금은 나랑 얘기하고 있잖아. 근데 너 뭔가 숨기는 게 있는 것 같은데."

"아뇨, 전혀요. 하늘에 대고 맹세해요."

밋포드는 수갑 찬 두 손을 최대한으로 쫙 펼쳐 들며 황당하다는 시늉을 했다. 그러나 보슈는 그런 몸짓에 속지 않았다. 청년은 보슈를 속여 넘기는 거짓말쟁이가 되기에는 너무 어렸다. 보슈는 정공법을 쓰기로 결심했다.

"내 말 잘 들어, 제시. 내 파트너는 유능하니까 앞으로 크게 성공할 거야. 그건 확실해. 근데 지금은 그냥 애송이일 뿐이야. 형사 생활을 한 기간이 네 턱에 그 솜털이 자라는 데 걸린 기간 정도밖에 안 되니까. 나? 나야 뭐 형사 생활 수십 년 했지. 그 말은 그동안 거짓말쟁이도 많이 만나 봤단 뜻이야. 가끔은 내가 아는 사람이 거짓말쟁이들밖에 없지 않나 하는 생각이 들 정도야. 그래서, 제시, 단언하는데, 넌 지금 나한테 거짓말을 하고 있어. 그런데 난 거짓말 하는 놈은 못 봐주거든."

"아니에요! 난…."

"그러니까 지금부터 30초 줄 테니까, 결정해. 나하고 얘기를 할 건가 말 건가. 안 한다면 데리고 내려가서 카운티 유치장에 처넣어 버릴 테니까. 거기 들어가면 너 같은 애들이 동이 트기도 전에 마이크에 대고 〈오 캐나다!〉(캐나다 국가—옮긴이)를 열창하게 만들어 줄 친구가 기다리고 있을 거야. 아까 스토킹에 대한 처벌이 가혹하다 그랬지? 그런 친굴 만나게 되는 걸 두고 하는 말이야."

밋포드는 탁자 위에 놓인 두 손을 뚫어지게 노려보고 있었다. 보슈는 기다렸고 20초가 천천히 흘러갔다. 마침내 보슈가 일어섰다.

"좋아, 제시, 일어서. 가자."

"잠깐만요, 잠깐만요, 잠깐만요!"

"왜? 일어서라고 했다! 가자. 살인사건 수사라서 이렇게 낭비할 시간이…."

"알았어요, 알았어요. 말할게요. 전부 다 봤어요, 됐어요? 전부 다 봤다고요."

보슈는 한동안 그의 표정을 관찰했다.

"산마루 얘기하는 거야? 산마루에서 있었던 충격 사건을 봤다고?" 그가 물었다.

"그래요, 다 봤다고요."

보슈는 의자를 끌어내 다시 앉았다.

## 08
# 곱게 가는 사람은 없다

보슈는 제시 밋포드가 권리포기각서에 서명하기 전에는 진술을 하지 못하게 했다. 밋포드가 이제 멀홀랜드 산마루에서 발생한 살인사건의 목격자로 간주된다는 건 중요하지 않았다. 그가 목격한 일이 무엇이든 그 자신이 범죄를—무단 침입과 스토킹—저지르던 중에 목격한 것이기 때문이었다. 보슈는 이런 사실 때문에 문제가 생기지 않도록 확실히 정리를 해야 했다. 독수독과(위법하게 수집된 증거[독수, 독이 있는 나무]에서 발견된 2차 증거[독과, 독이 있는 과일]의 증거 능력은 인정할 수 없다는 이론–옮긴이)라는 주장이 나오지 않게 해야 했다. 상대측의 반박이 나오지 않게 해야 했다. 그런 일이 일어날 위험성이 높았고, 연방 관리들은 전형적인 사후 비판자들이어서, 보슈가 미리 위험 소지를 없애야 했다.

밋포드가 권리포기각서에 서명하자 보슈가 말했다.

"좋아, 제시. 이제 네가 산마루에서 보고 들은 일을 말해 봐. 네 말이 모두 사실이고 수사에 도움이 되면, 난 너의 모든 혐의에 대한 기소를 중지할 거고 넌 자유인으로 여길 걸어 나갈 수 있을 거야."

엄밀히 말해서, 보슈는 자신의 권한을 과장하고 있었다. 그에겐 범죄 피의자의 기소를 중지하거나 피의자와 협상을 할 권한이 없었다. 그러나 밋포드는 아직 어떤 혐의로도 공식 기소되지 않았기 때문에 보슈에게 그런 권한이 필요하지도 않았다. 보슈는 그 점을 이용하고 있었다. 모든 것은 의미의 문제였다. 보슈가 진짜로 제안하는 것은 그 캐나다 청년이 정직한 진술로 협조해 주면 그에 대한 기소를 추진하지 않겠다는 것이었다.

"알았어요." 밋포드가 말했다.

"기억해, 진실만 말하는 거야. 보고 들은 것만. 다른 건 안 돼."

"알았어요."

"두 손 들어 봐."

밋포드가 두 손을 들자 보슈는 자기 열쇠로 파트너의 수갑을 풀었다. 밋포드는 혈액 순환을 돕기 위해 손목을 문지르기 시작했다. 그 모습을 보자 윌링이 알리샤 켄트의 손목을 문질러 주던 모습이 떠올랐다.

"좀 낫나?" 보슈가 물었다.

"네, 조금." 밋포드가 대답했다.

"좋아, 그럼 처음부터 시작하자. 네가 어디에서 왔고, 어디로 가는 중이었고, 산마루에서는 정확히 무엇을 보았는지 이야기해 봐."

밋포드는 고개를 끄덕이고는 20여 분에 걸쳐 그간의 정황을 진술했다. 먼저 할리우드 대로의 노점상한테서 스타 지도를 구입한 일을 이야기했다. 그러고 나서 그는 걸어서 산을 올라갔고 목적지까지 세 시간 가까이 걸렸다고 했다. 보슈는 밋포드의 몸에서 나는 암내가 그 때문일 거라고 생각했다. 밋포드가 멀홀랜드 드라이브에 도착했을 땐 이미 날이 저물고 있었고 그는 지칠 대로 지쳐 있었다. 지도에 마돈나가 산다고 적혀 있던 집은 집 안이 깜깜했다. 집에 아무도 없는 것 같았다. 실망한 밋포드는 잠깐 쉬면서 만나고 싶은 팝스타가 집에 돌아올 때까지 기다려 보기로 했다. 그는 관목 뒤에서 숨을 자리를 발견했다. 그곳에서 사냥감—그가 그 단어를 사용하지는 않았다—의 집을 둘러싼 벽에 기대앉아 기다리면 될 것 같았다. 밋포드는 그곳에서 깜빡 잠이 들었다가 무엇 때문인지 잠이 깼다고 했다.

"무엇 때문에 잠이 깼는데?" 보슈가 물었다.

"목소리요. 사람들 목소리였어요."

"뭐라고 했는데?"

"몰라요. 그냥 나를 깨운 게 사람들 목소리였다고요."

"산마루에서 얼마나 멀리 떨어져 있었지?"

"글쎄요, 한 50미터쯤? 꽤 멀리 떨어져 있었어요."

"잠이 깬 다음엔 무슨 말을 들었어?"

"아무 말도 못 들었는데요. 말을 멈췄으니까요."

"좋아, 그럼 잠이 깼을 때 무엇을 보았지?"

"공터 옆에 자동차 세 대가 서 있는 걸 봤어요. 한 대는 포르쉐였고 다른 두 대는 더 컸고요. 그 두 대는 차종은 모르겠지만 같은 차종인 것 같았어요."

"산마루에 있던 남자들을 봤어?"

"아뇨, 아무도 못 봤어요. 아주 깜깜했거든요. 근데 그때 목소리가 또 들렸는데, 산마루에서 난 목소리였어요. 어둠 속에서. 고함 소리 같았어요. 내가 그곳을 쳐다보는 바로 그 순간, 섬광과 함께 총성이 들렸어요. 두 차례나. 소음기를 달았는지 총성이 그리 크진 않았지만요. 공터에서 무릎을 꿇고 앉아 있는 사람이 보였어요. 빛이 번쩍하는 순간에 봤죠. 근데 빛이 너무 빨리 사라져서 그것밖에 못 봤어요."

보슈는 고개를 끄덕였다.

"좋아, 제시. 잘하고 있어. 내가 제대로 이해했는지 확인 한번 하고 가자. 넌 자고 있다가 사람들 목소리가 들려서 잠이 깼고 산마루 쪽을 쳐다봤더니 거기 자동차 세 대가 서 있는 게 보였어. 내가 제대로 이해했어?"

"네."

"그래, 좋아. 그다음에 목소리가 또 들려서 산마루 쪽을 쳐다봤어. 바로 그 순간 총성이 두 번 울렸어. 여기까진 어때?"

"맞아요."

보슈는 고개를 끄덕였다. 그런데 밋포드가 보슈가 듣고 싶어 하는 말을 들려주고 있는 건지도 모른다는 생각이 들었다. 그런 건지 아닌지 확인하기 위해 청년을 시험해 볼 필요가 있었다.

"그리고 총에서 섬광이 번쩍이는 순간 피해자가 무릎을 꿇고 풀썩 주저앉는 것을 봤고, 그렇지?"

"아뇨, 좀 다른데요."

"그럼 정확히 뭘 봤는지 말해 봐."

"이미 무릎을 꿇고 앉아 있었던 것 같아요. 빛이 너무 빨리 사라져서 말씀하신 것처럼 무릎을 꿇고 주저앉는 것을 다 볼 수는 없었을 거예요. 어쨌든 이미 무릎을 꿇고 앉아 있었던 것 같아요."

보슈는 고개를 끄덕였다. 밋포드가 첫 번째 시험을 통과했다.

"그래, 좋은 지적이야. 이제 네가 들은 것에 대해 얘기해 보자. 총성이 울리기 직전에 누가 고함치는 것을 들었다고 했는데, 맞아?"

"맞아요."

"좋아, 그 사람이 뭐라고 고함을 쳤어?"

청년은 잠깐 기억을 더듬다가 고개를 가로저었다.

"잘 모르겠어요."

"그래, 괜찮아. 잘 모르는 일은 말하고 싶지 않은 법이니까. 잠깐 명상 좀 하고 도움이 되는지 보자. 눈을 감아 봐."

"네?"

"눈 감으라고. 그러고 나서 그때 본 걸 떠올려 봐. 시각적 기억을 떠올리면 청각적 기억도 따라 나오거든. 넌 지금 세 대의 자동차를 보고 있어. 근데 갑자기 어떤 목소리가 들려서 산마루 쪽을 돌아보는 거야. 그 목소리가 뭐라고 했지?"

보슈가 차분하게 달래듯이 말했다. 밋포드는 그의 지시에 따라 눈을 감았다. 보슈는 기다렸다.

드디어 청년이 입을 열었다.

"잘 모르겠어요. 다는 기억이 안 나요. 알라에 대해서 뭐라고 하더니 곧바로 총을 쐈어요."

보슈는 잠깐 얼어붙은 듯 가만히 있다가 대꾸를 했다.

"알라? 아랍어 단어 '알라'?"

"확실하진 않지만, 그런 것 같아요."

"또 뭘 들었어?"

"그것밖에 없어요. 총성이 울렸잖아요. 그가 알라에 대해서 뭐라고 소리치면서 총을 쐈는데 총소리에 나머지 말이 묻혀 버렸어요."

"혹시 그가 외친 말이 '알라 아크바라'였어?"

"모르겠어요. '알라' 부분만 들었거든요."

"혹시 특정 지역의 억양이 있었나?"

"억양이요? 모르죠. 겨우 그 한 단어만 들었는데."

"영국식 발음이었어? 아니면 아랍식?"

"그것도 모르죠. 너무 멀리 떨어져 있었고 그 한 단어만 들었거든요."

보슈는 한동안 생각에 잠겼다. 9·11 테러 공격 당시 조종실 녹음 내용에 대해 읽은 기억이 났다. 테러범들은 마지막 순간에 "알라 아크바라", 다시 말해 "신은 위대하다"고 외쳤다. 스탠리 켄트의 살인범들 중 한 명도 똑같은 말을 외쳤을까?

보슈는 조심스럽고 철저하게 수사를 해야 한다고 각오를 다졌다. 밋포드가 산마루에서 들었다는 그 한 단어에 수사의 성패가 달려 있을 수도 있었다.

"제시, 페라스 형사가 널 이 방으로 데려다 놓기 전에 이 사건에 대해서 뭐라고 말했어?"

목격자는 어깨를 으쓱거렸다.

"아무 말도 안 했는데요."

"우리가 지금 뭘 찾고 있고 수사가 앞으로 어떤 방향으로 진행될 수 있다고 말해 주지 않았어?"

"아뇨, 전혀요."

보슈는 잠깐 그를 물끄러미 쳐다보았다.

"좋아, 제시. 그다음엔 무슨 일이 있었어?" 마침내 보슈가 말했다.

"총성이 울린 다음에 누군가가 공터에서 자동차 있는 곳으로 뛰어갔어요. 그곳엔 가로등이 있어서 그를 볼 수 있었어요. 차 한 대에 타더니 후진해서 포르쉐 바로 앞에 갖다 댔어요. 그러고는 트렁크를 열더니 차에서 내리더라고요. 포르쉐 트렁크는 이미 열려 있었고요."

"그자가 그러고 있는 동안 다른 남자는 어디 있었지?"

밋포드는 어리둥절한 표정이었다.

"죽었잖아요."

"아니, 나쁜 놈이 한 명 더 있었잖아, 그놈 말이야. 나쁜 놈 두 명에 피해자 한 명이었잖아, 제시. 차도 세 대 있었고, 안 그래?"

보슈는 이해를 돕기 위해 손가락 세 개를 펼쳐 보였다.

"나쁜 놈은 한 명만 봤는데요. 총 쏜 남자요. 다른 사람은 포르쉐 뒤에 있던 차 안에 앉아 있었어요. 밖으로 나오진 않았어요." 밋포드가 말했다.

"계속 차 안에 있었다고?"

"네. 실은, 총격이 있은 직후에, 그 차는 유턴을 해서 가 버리던데요."

"그리고 그 운전자는 산마루에 있는 동안 한 번도 차에서 내린 적이 없었고?"

"내가 보고 있는 동안에는요."

보슈는 이 사실에 대해 잠깐 생각해 보았다. 밋포드의 말을 들어 보면 두 용의자 사이에 노동 분업이 이루어지고 있었다. 이것은 한 남자가 질문과 통역을 도맡아 하고 다른 남자에게 지시를 했다는 알리샤 켄트의 진술과도 잘 맞아떨어졌다. 보슈는 영어를 쓰던 남자가 산마루에서 차에 남아 있었을 거라고 추측했다.

마침내 보슈가 입을 열었다.

"좋아. 다시 본론으로 돌아가자, 제시. 아까 총격이 있은 직후에 한 남자는 차를 몰고 가 버리고 다른 남자는 후진을 해서 포르쉐 가까이에 차를 대고 트렁크를 열었다고 했는데. 그래서 그다음엔 무슨 일이 있었어?"

"그 사람이 차에서 내리더니 포르쉐에서 뭔가를 꺼내 자기 차 트렁크에 실었어요. 굉장히 무거운지 쩔쩔매더라고요. 들고 있는 모습을 보니까 양 측면에 손잡이가 있는 것 같았어요."

보슈는 밋포드가 방사능물질을 이송하는 데 사용하는 '돼지'를 묘사하고 있다는 걸 알아차렸다.



"그런 다음에는?"

"차를 타고 가 버렸어요. 포르쉐 트렁크는 열린 채로 버려 두고요."
"그러고는 아무도 보지 못했고?"
"아무도요. 맹세해요."
"네가 본 남자 인상착의를 말해 봐."
"설명할 수가 없어요. 후드티를 입고 거기 달린 모자를 쓰고 있어서 얼굴을 못 봤으니까요. 스키 마스크도 쓰고 있었던 것 같고요."
"왜 그렇게 생각하지?"
밋포드는 또 어깨를 들썩거렸다.
"글쎄요. 그냥 그렇게 보였는데. 아닐 수도 있어요."
"덩치가 컸어, 작았어?"
"보통 체격이었던 것 같아요. 키는 약간 작은 편이었고."
"어떻게 생겼어?"
보슈는 인상착의를 다시 물어보았다. 중요한 문제였다. 그러나 밋포드는 고개를 가로저었다.
"못 봤다니까요. 근데 분명히 마스크는 쓰고 있었던 것 같아요." 밋포드가 주장했다.
보슈는 포기하지 않았다.
"백인, 흑인, 중동 사람?"
"그것도 모르겠어요. 그 사람은 후드 모자랑 마스크를 쓰고 있었고 난 너무 멀리 떨어져 있었고요."
"손을 떠올려 봐, 제시. 그자가 포르쉐에서 자기 차로 옮겨 신던 물건에 손잡이가 있었다고 했잖아. 그자의 손을 봤어? 손 색깔은 어땠지?"
밋포드가 잠깐 생각하더니 곧 눈을 반짝이며 대답했다.
"아뇨, 장갑을 꼈어요. 헬리팩스 기차역에서 일하는 사람들이 끼는 것처럼 진짜 큰 장갑이었기 때문에 기억이 나요. 화상을 입지 않도록 커다란 소매 끝동을 단 튼튼한 장갑이었어요.”

보슈는 고개를 끄덕였다. 하나를 얻으려고 떡밥을 던졌는데 다른 걸 얻은 형국이었다. 방호용 장갑. 밋포드가 봤다는 장갑이 방사능물질을 취급하는 사람들을 위해 특별히 고안된 장갑일 것 같다는 생각이 들었다. 그는 집에 침입한 남자들이 장갑을 끼고 있었는지 알리샤 켄트에게 물어보는 것을 잊었다는 사실을 깨달았다. 뒤에 남은 레이철 월링이 그런 세부사항들을 다시 한 번 확인했기를 바랐다.

보슈는 거기서 신문을 멈췄다. 때로는 증인들이 침묵의 순간을 가장 불편해한다. 그래서 그들이 자발적으로 빈칸을 채우기 시작한다.

그러나 밋포드는 아무 말도 하지 않았다. 한참 후에 보슈가 말을 이었다.

“포르쉐 외에도 자동차가 두 대 더 있었어. 포르쉐 뒤에 있던 자동차에 대해서 설명해 봐.”

“못하죠. 포르쉐는 어떻게 생겼는지 알지만, 다른 차들은 잘 모르거든요. 두 대 다 훨씬 더 컸던 것 같아요, 4도어처럼.”

“포르쉐 앞에 있던 차는? 세단이었어?”

“브랜드는 모른다니까요.”

“아니, 세단은 브랜드가 아니라 차종을 말하는 거야. 4도어고 트렁크가 있고… 순찰차처럼.”

“네, 그런 거요.”

보슈는 알리샤 켄트가 사라진 자기 차에 대해 설명해 준 내용을 떠올렸다.

“크라이슬러 300이 어떻게 생겼는지 알아?”

“아뇨.”

“봤던 차가 무슨 색이었어?”

"확실히는 모르겠지만 짙은 색이었어요. 검은색이나 군청색이요."

"다른 차는? 포르쉐 뒤에 있던 거."

"똑같았어요. 짙은 색 세단이었죠. 앞에 있던 것과 다른 점이 있다면 약간 작았다는 거? 근데 브랜드는 모르겠어요. 죄송합니다."

자동차 브랜드와 차종을 모르는 것이 큰 낭패라도 되는 듯이 청년은 얼굴을 찌푸렸다.

"괜찮아, 제시, 지금 잘하고 있어. 큰 도움이 됐어. 근데 다양한 세단 사진들을 보여 주면 어떤 차였는지 골라낼 수 있겠어?" 보슈가 말했다.

"아뇨, 어두워서 잘 보질 못했어요. 가로등 불빛도 밝지 않았고 너무 멀리 떨어져 있었기도 하고요."

보슈는 고개를 끄덕이긴 했지만 실망했다. 잠깐 상황을 정리해 보았다. 밋포드의 진술은 알리샤 켄트가 제공한 정보와 잘 들어맞았다. 켄트의 집에 침입한 자들이 그 집까지 타고 온 차가 있었을 것이다. 한 명은 그 차를 몰았을 것이고 다른 한 명은 알리샤 켄트의 크라이슬러를 몰고 가 세슘을 운반했을 것이다. 분명히 그렇게 했을 것 같았다.

그런 생각을 하고 있자니 밋포드에게 물어볼 질문이 또 생각났다.

"포르쉐에서 뭔가를 실은 그 두 번째 차는 어느 방향으로 갔어?"

"그 차도 유턴을 해서 산을 내려갔어요."

"그러곤 끝이야?"

"그러곤 끝이에요."

"그다음에 넌 뭐했어?"

"나요? 아무 짓도 안 했어요. 있던 자리에 계속 앉아 있었어요."

"왜?"

"겁이 나서요. 방금 전에 누가 살해당하는 걸 본 게 틀림없다고 생각했거든요."

"그가 살았는지 죽었는지, 도움이 필요하지는 않은지, 가서 확인해 보지 않았어?"

밋포드는 보슈를 외면하더니 고개를 가로저었다.

"안 했어요. 무서워서요. 죄송합니다."

"괜찮아, 제시. 죄송할 필요 없어. 이미 죽었으니까. 몸이 땅에 닿기도 전에 죽었거든. 근데 궁금한 건 네가 왜 그렇게 오래 숨어 있었나 하는 거야. 왜 산을 내려가지 않았어? 왜 911에 신고하지 않았지?"

밋포드가 항복하듯 두 손을 쳐들더니 곧 탁자 위로 내려놓았다.

"모르겠어요. 무서워서 그랬던 것 같아요. 지도를 보고 산으로 올라갔으니까, 내려오는 길도 그 길밖에 몰랐거든요. 그 길로 가면 바로 그 옆을 지나가야 하는데, 거길 지나갈 때 마침 경찰들이 오면 어쩌나 싶어서. 날 의심할 거 아니에요. 그리고 살인을 저지른 사람이 마피아나 뭐 그런 조직폭력배였다면 그리고 내가 모든 걸 지켜봤다는 걸 알게 되면, 날 죽일 거란 생각도 들고."

보슈는 고개를 끄덕였다.

"캐나다에서 미국 TV를 너무 많이 봤군. 걱정할 거 없어. 우리가 지켜 줄 테니까. 나이가 몇이지, 제시?"

"스무 살이요."

"근데, 마돈나 집에는 뭐하러 간 거야? 마돈나는 네가 좋아하기에는 나이가 좀 많지 않나?"

"아뇨, 그런 거 아니에요. 엄마 때문에 갔었어요."

"엄마 때문에 마돈나를 스토킹했다고?"

"나 스토커 아니거든요. 엄마한테 마돈나 사인이나 사진 같은 걸 받아 주고 싶었어요. 엄마한테 뭘 보내 주고 싶었는데, 가진 게 아무것도 없었거든요. 난 잘 있다는 걸 보여 주고 싶었는데. 마돈나를 만났다고 하면, 내 마음이 그나마 좀…. 어릴 때부터 마돈나 노래를 들었어요. 엄마가 마돈나 노래를 즐겨 들었거든요. 그래서 엄마한테 마돈나와 관련된 뭔가를 보내 주면 엄청 좋아하시겠다 싶었어요. 엄마 생신이 다가오는데 가진 것도 없고 해서."

"LA에는 왜 왔어, 제시?"

"글쎄요. 꼭 가야 할 곳 같았어요. 여기서 밴드에 들어갈 수 있기를 바라면서 왔어요. 근데 다들 밴드부터 결성해서 이리로 오는 것 같더라고요. 난 혼잔데."

밋포드가 방랑하는 음유 시인인 척했지만 강력계 사무실에 있던 그의 배낭에는 기타나 다른 휴대할 수 있는 악기가 없었다.

"연주자야 가수야?"

"기타리스트인데, 며칠 전에 기타를 전당포에 맡겼어요. 다시 찾아올 거예요."

"숙소는 어디야?"

"실은 숙소가 없어요. 어젯밤엔 거기 산에서 잘 생각이었어요. 그 남자한테 그런 일이 생긴 걸 보고도 그곳을 떠나지 않았던 이유도 사실 그거였어요. 정말 갈 데가 없었거든요."

보슈는 이해했다. 밋포드는 매달 버스를 타거나 남의 차를 얻어 타고 LA로 밀려들어오는 천여 명의 다른 젊은이들과 다르지 않았다. 계획이나 현금보다는 꿈을 가지고 오는 젊은이들. 기지나 기술, 지능보다는 희망을 안고 오는 젊은이들. 출세하지 못한 젊은이들 모두가 성공한 사람들을 스토킹하는 것은 아니다. 그러나 그들 모두가 공유하고 있는 것이 하나 있는데 그것은 바로 절박함이다. 어떤 사람들은 출세해서 스포트라이트를 받고 산 위의 저택을 사서 살면서도 그 절박했던 시절을 잊지 않는다.

"이쯤에서 잠깐 쉬자, 제시. 전화 몇 통 걸고 와서, 지금까지 한 이야기 다시 한 번 정리해 보자고. 괜찮지? 그런 다음엔 호텔방을 잡아주든지 할 테니까." 보슈가 말했다.

밋포드는 고개를 끄덕였다.

"거기서 봤던 차들하고 범인에 대해서 더 생각해 봐, 제시. 좀 더 자세히 말해 줘야 돼."

"노력은 하겠지만…."

그는 말을 끝맺지 못했고 잠시 후 보슈는 조사실을 나갔다.

복도에서 보슈는 조사실 에어컨을 켜고 온도를 18도로 설정했다. 곧 조사실 안이 시원해질 것이고, 밋포드는 땀이 식고 한기가 들기 시작할 것이다. 하긴 캐나다에서 왔으니 그 정도로는 끄떡없을 수도 있었다. 밋포드가 머리를 좀 식힌 뒤에 보슈가 들어가 다시 한 번 다그쳐서 뭔가 새로운 정보가 나오는지 볼 생각이었다. 보슈는 손목시계를 보았다. 새벽 5시가 다 되어 가고 있었고, 연방 요원들이 마련한 수사 관계자 회의까지는 앞으로 네 시간이 더 남아 있었다. 할 일이 많긴 했지만 밋포드를 더 찔러 볼 시간은 있었다. 1차 조사는 생산적이었다. 2차 조사에서도 수확이 더 있을 거라고 생각하지 않을 이유가 하나도 없었다.

강력계 사무실로 돌아가 보니 이그나시오 페라스가 책상 앞에 앉아서 작업을 하고 있었다. 슬라이드아웃 테이블(상판을 뺐다 밀어 넣었다 할 수 있는 테이블-옮긴이)에 노트북을 올려 놓고 타이핑을 하고 있었다. 보슈는 페라스의 책상에 다른 증거물 봉투 몇 개와 서류철 몇 개가 놓여 있는 것을 보았다. 과학수사대 현장 감식팀이 범죄 현장 두 곳에서 모아온 증거물들이었다.

"선배님, 죄송합니다, 미디어실에 들어갈 시간이 없더라고요. 뭐 새로운 거라도 나왔습니까?" 페라스가 말했다.

"아직. 잠깐 쉬는 중이야."

페라스는 서른 살이었고 운동선수의 몸을 갖고 있었다. 책상 위에는 경찰대학에서 실시한 체력 검사에서 최우수 성적을 받은 학생에게 수여하는 트로피가 놓여 있었다. 뿐만 아니라 잘생긴 얼굴에 피부는 흑갈색이었고 머리는 짧게 깎고 있었다. 초록색 눈은 상대방을 꿰뚫어볼 듯 날카로웠다.

보슈는 자기 책상으로 걸어가 일반 전화기를 집어 들었다. 상황 보고를 위해 갠들 경위를 한 번 더 깨울 생각이었다.

"피해자 권총 조회해 봤어?" 보슈가 페라스에게 물었다.

"네, ATF(주류·담배·화기 단속국－옮긴이) 데이터베이스에서 조회해 봤습니다. 6개월 전에 22구경 권총을 구입했던데요. 스미스 앤 웨슨이요."

보슈는 고개를 끄덕였다.

"22구경이라면, 그래, 사출구 상처가 생기지 않지."

"총알이 체크인은 하지만 체크아웃은 안 하죠."

페라스는 TV 광고에 나오는 장사꾼처럼 말하더니 자기가 한 농담에 자기가 낄낄거렸다. 보슈는 그 농담 속에 무슨 숨은 뜻이 있을까 생각해 보았다. 스탠리 켄트는 직업 때문에 목숨이 위태로울 수 있다고 경고를 받았다. 그 경고에 대한 그의 반응은 신변 보호용 권총을 구입하는 것이었다.

보슈는 켄트가 구입한 권총이 그의 목숨을 빼앗는 데 사용되었을 거라고, 방아쇠를 당기면서 알라를 외친 테러범이 그를 죽이는 데 사용했을 거라고 확신했다. 다른 사람을 향해 방아쇠를 당길 용기를 얻기 위해 자신의 신을 외쳐 부르다니 무슨 세상이 이런가 싶었다.

"곱게 가진 못했네요." 페라스가 말했다.

보슈는 두 개의 책상 너머에 앉아 있는 그를 쳐다보았다.

"중요한 거 하나 알려 줄까? 이 일을 계속하다 보면 뭘 알게 되는지 알아?" 보슈가 말했다.

"아뇨. 뭔데요?"

"곱게 가는 사람은 없다는 거."

—

# 09
# 셜록과 왓슨

보슈는 커피를 더 가지러 강력계장실로 갔다. 바구니에 1달러를 넣으려고 주머니에서 돈을 꺼내려는데 브레너의 명함이 나왔다. 명함을 보자 목격자를 확보했는지 알려 달라던 그의 말이 생각났다. 그러나 보슈는 조금 전 갠들 경위에게 캐나다 청년이 산마루에서 보고 들었다고 진술한 내용에 대해 보고를 하면서, 당분간은 밋포드를 감춰 두기로 경위와 합의했다. 적어도 오전 9시에 있을 연방 요원들과의 관계자 회의 때까지는 숨겨 놓을 생각이었다. 참가냐 손을 떼느냐는 그 회의에서 판가름이 날 것이었다. 연방 관리들이 앞으로도 계속 LA 경찰국을 수사에 참여시킬지 어떨지는 그 회의에서 분명히 알 수 있게 될 것이었다. 남아 있게 해주면 그때 가서 보상을 해 줄 생각이었다. 공조수사에 대한 대가로 목격자 진술을 연방 요원들에게 던져 줄 작정이었다.

한편, 갠들은 수사 진척 상황을 상부에 보고하겠다고 말했다. '알라'라는 단어가 등장한 이상, 사건이 갈수록 심각해지고 있다는 사실을 상부에 알리는 것이 그의 임무였다.

머그에 커피를 가득 따라서 자기 자리로 돌아온 보슈는 살인사건 현장에서 수거한 증거물과, 남편이 인질범들의 지시를 따르는 동안 알리샤 켄트가 붙잡혀 있었던 켄트의 집에서 수거한 증거물을 살펴보기 시작했다.

살인사건 현장에서 발견된 것들은 대부분 보슈가 이미 알고 있는 것들이었다. 그는 스탠리 켄트의 소지품들을 증거물 봉투에서 꺼내 자세히 관찰하기 시작했다. 이제는 감식반의 손을 거친 뒤라서 자유롭게 만질 수 있었다.

첫 번째 물건은 그 의학물리학자의 블랙베리였다. 보슈는 디지털 세계에는 결코 능숙하지 못했고 이 사실을 기꺼이 인정했다. 물론 자신의 휴대전화는 사용법을 잘 알고 있었지만, 전화를 걸고 받고 전화번호부에 번호를 저장하는 것 외에는 그가 알기로는 다른 기능이 없는 기본 모델이었다. 그 말은 그것보다 더 진화된 모델을 조작하려 할 때는 서툴기 짝이 없다는 뜻이었다.

"선배님, 제가 좀 도와드릴까요?"

보슈가 고개를 들어 보니 페라스가 싱긋 웃으며 보고 있었다. 보슈는 전자기기 작동법도 제대로 알지 못하는 자신이 창피하고 민망했지만, 그렇다고 도움을 거절할 정도는 아니었다. 도움을 거절하면 작은 능력적 결함이 더 큰 인격적 결함으로 번질 것 같았다.

"이거 사용법 알아?"

"그럼요."

"이 안에 이메일이 있지?"

"있을 걸요."

보슈는 일어서서 두 개의 책상 너머로 휴대전화를 건네주었다.

"어제 저녁 6시쯤 켄트가 아내한테서 긴급 상황이라고 적힌 이메일을 받았어. 그 안에 아내가 침대에 묶여 있는 모습을 찍은 사진이 들어 있었어. 그 메일을 찾아서 사진을 인쇄할 방법이 있는지 좀 알아봐 줘. 다시 봐야겠는데 이렇게 작은 액정화면으로 보는 거 말고 좀 더 큰 사진을 보고 싶어서 그래."

보슈가 말하는 동안, 페라스는 벌써 블랙베리를 조작하고 있었다.

"문제없습니다. 그 이메일을 제 이메일 계정으로 다시 보내면 됩니다. 그런 다음 제 이메일을 열어서 출력하고요." 페라스가 말했다.

그는 두 손 엄지손가락으로 전화기의 작은 키패드에 뭔가를 입력하기 시작했다. 보슈에게는 그 휴대전화가 어린애 장난감처럼 보였다. 비행기에서 아이들이 갖고 노는 장난감 같았다. 사람들이 휴대전화에 뭔가를 입력할 때 왜 항상 그렇게 열성적으로 두들겨 대는지 보슈는 도무지 이해할 수가 없었다. 그는 휴대전화가 일종의 경고라고, 문명의 쇠퇴나 인간성 쇠퇴의 징조라고 생각했지만, 그렇게 생각하는 이유를 설명할 수는 없었다. 디지털 세상을 위대한 발전이라고들 하지만 보슈는 동의할 수 없었다.

"찾아서 보냈습니다. 1~2분 있으면 들어오니까 출력하겠습니다. 또 다른 거는요?" 페라스가 말했다.

"발신 전화 통화 내역과 수신 전화 통화 내역을 알 수 있나?"

페라스는 대답이 없었다. 벌써 최근 통화 기록을 열어 보고 있었다.

"어느 정도까지 거슬러 올라갈까요?" 그가 물었다.

"글쎄, 일단 어제 정오 정도까지만 가 볼까?" 보슈가 대답했다.

"네, 지금 화면에 떴습니다. 이걸 어떻게 사용하는지 알려 드릴까요, 아니면 결과만 알려 드릴까요?"

보슈는 일어서서 책상을 돌아가 파트너의 어깨 너머로 전화기의 작은 액정화면을 바라보았다.

"지금은 대략적으로만 설명해 주고, 자세한 건 나중에 살펴보자고. 사용법을 가르쳐 주려면 온종일 걸릴 테니까." 보슈가 말했다.

페라스는 싱긋 웃으면서 고개를 끄덕였다.

"그가 전화번호부에 저장되어있는 번호로 전화를 걸었거나 그 번호로 걸려 온 전화를 받았다면, 그 번호와 함께 전화번호부에 저장된 이름이 뜨거든요." 페라스가 말했다.

"그건 알아."

"오후 내내 사무실과 여러 병원과 전화번호부에 적힌 이름들하고 통화를 엄청 많이 했네요. 전화번호부에 적힌 이름들은 동료 의사들 같고요. 세 통은 '배리'라고 적혀 있는데 켄트의 파트너일 겁니다. 주 정부 기업등록대장을 인터넷으로 열람했는데, 'K&K 의학물리학자들'은 켄트와 배리 켈버라는 사람의 공동 소유로 나와 있더라고요."

보슈는 고개를 끄덕였다.

"그래, 그 얘길 들으니까 생각나는데 오늘 아침에 제일 먼저 할 일이 그 파트너를 만나 보는 거야." 그가 말했다.

보슈는 상체를 숙이고 페라스의 책상 너머 자기 책상으로 팔을 뻗어 메모장을 집어 들었다. 그러고는 메모장에 배리 켈버라는 이름을 써 놓았다. 페라스는 휴대전화의 통화 내역을 계속 확인하고 있었다.

"이젠 6시 이후인데요. 켄트가 자기 집과 부인의 휴대전화로 번갈아 전화를 걸기 시작했습니다. 3분 동안 열 통이나 건 걸 보면 전화를 받지 않은 것 같습니다. 계속 걸고 있었네요. 부인의 이메일 계정에서 긴급 이메일을 받은 후에 계속이요."

보슈의 머릿속에서는 그림이 그려지고 있었다. 켄트는 직장에서 익숙한 사람들과 익숙한 기관들과 많은 통화를 하면서 여느 날과 다름없는 하루를 보내고 있었다. 그러다가 이메일을 받고 첨부 사진을 본 그는 집으로 전화를 걸기 시작했다. 부인이 전화를 받지 않자 그는 경악했다. 마침내 그는 통화를 포기하고 나가서 이메일에서 지시한 대로 했다. 그러나 그가 명령을 성실히 수행했음에도 불구하고, 그들은 산마루에서 그를 살해했다.

"도대체 뭐가 문제였던 거야?" 보슈가 큰 소리로 물었다.

"무슨 말씀이십니까, 선배님?"

"산마루에서 말이야. 그들이 켄트를 왜 죽였는지 아직도 이해가 안 가. 원하는 대로 다 해 줬잖아. 세슘을 넘겨줬잖아. 근데 왜?"

"글쎄요. 혹시 범인의 얼굴을 보았기 때문이 아닐까요?"

"목격자는 총 쏜 놈이 마스크를 쓰고 있었다고 했어."

"어, 그러면 뭐가 잘못된 게 아니라 원래부터 그를 죽일 계획이었는지도 모르지요. 소음기를 만들어서 사용했잖습니까. 그리고 범인이 알라를 외친 걸 보면 중간에 뭐가 틀어진 것 같은 느낌을 주진 않는데요. 오히려 계획의 일부였던 것 같은 느낌이죠."

보슈는 고개를 끄덕였다.

"그럼 그게 계획이었다면, 왜 켄트는 죽이고 그 부인은 죽이지 않았지? 왜 목격자를 남겨 뒀을까?"

"글쎄요, 선배님. 근데 강경파 무슬림들은 여자를 해치는 것을 율법으로 금하고 있지 않나요? 여자를 해치면 열반인지 천국인지 뭔지에 들어가지 못한다면서 말이죠."

보슈는 파트너가 조잡하게 언급한 문화적 관행에 대해서 아는 바가 거의 없었기 때문에 그 질문에 대답하지 못했다. 그러나 그 질문은 보슈가 얼마나 낯선 환경에 처해 있는지를 잘 보여 주었다. 그는 탐욕이나 욕정 같은 7대 죄악 중 하나가 동기가 되어 범행을 저지른 살인범들을 쫓는 데 익숙했다. 그러나 종교적 극단주의는 접해 본 적이 거의 없는 동기였다.

페라스는 블랙베리를 내려놓고 자기 노트북을 향해 돌아앉았다. 다른 형사들처럼 그도 개인 노트북을 선호했는데, 경찰국이 제공하는 컴퓨터는 모두 낡고 느리며 대개가 할리우드 대로의 매춘부가 몸속에 갖고 있는 바이러스보다 더 많은 바이러스를 갖고 있기 때문이었다.

페라스는 작업 중이던 것을 저장한 후 자신의 이메일 계정을 열었다. 켄트의 계정에서 다시 보낸 이메일이 들어와 있었다. 이메일을 연 그는 알리샤 켄트가 벌거벗고 손발이 묶인 채 침대에 누워 있는 첨부 사진을 보고는 휘파람을 불었다.

"네, 이러니 그랬겠죠." 그가 말했다.

켄트가 세슘을 넘긴 이유를 알겠다는 뜻이었다. 페라스는 결혼한 지 채 1년도 되지 않았고 부인이 임신 중이었다. 보슈는 그 젊은 파트너를 알아가고 있는 중이었지만 그가 아내를 깊이 사랑하고 있다는 것은 이미 알고 있었다. 페라스는 책상 유리 상판 밑에 아내의 사진을 여러 장 끼워 놓았다. 보슈의 책상 유리 상판 밑에는 아직 범인을 찾지 못한 살인사건 피해자들의 사진이 들어 있었다.

"그거 좀 뽑아 줘. 최대한 확대해서. 그리고 그 휴대전화 계속 연구해 봐. 뭐 또 새로운 게 있는지 찾아보라고." 보슈가 말했다.

그는 자기 자리로 돌아가 앉았다. 페라스는 이메일과 사진을 확대해서 사무실 뒤쪽에 있는 컬러프린터로 출력했다. 그러고는 프린터로 가서 출력지를 찾아 보슈에게 갖다 주었다.

보슈는 벌써 돋보기안경을 끼고 있었지만 책상 서랍에서 직사각형의 확대경을 꺼냈다. 처방받아 맞춘 돋보기로도 증거물을 자세히 살펴보는 작업을 하기에는 역부족이라는 사실을 깨닫고 구입해 둔 거였다. 그러나 사무실에 형사들이 많이 있을 때는 확대경을 절대로 사용하지 않았다. 그들에게 농담으로든 진담으로든 자기를 조롱할 거리를 주고 싶지 않았다.

그는 출력지를 책상에 놓고 그 위로 윗몸을 숙이고 확대경을 대고 살펴보았다. 우선 여자의 팔다리를 몸통 뒤로 돌려 결박한 모습을 관찰했다. 침입자들은 여자를 결박하는 데 여섯 개의 스냅타이를 사용했다. 손목과 발목에 하나씩 둘러 고리를 만들고, 하나는 두 발목을 연결하여 고리를 만들고, 나머지 하나는 발목을 연결하는 고리에 손목 고리들을 연결하여 고리를 만들었다.

여자의 손발을 묶는 방법치고는 지나치게 복잡한 방법을 쓴 것 같았다. 보슈 자신이 반항하는 여자의 손발을 재빨리 묶어야 한다면 그런 식으로 하지는 않을 것 같았다. 고리를 덜 만들고 더 쉽게 더 빨리 묶는 방법을 택했을 것이다.

이것이 무엇을 뜻하는지 아니 무슨 뜻이라도 있는 것인지는 아직은 알 수 없었다. 어쩌면 알리샤 켄트가 전혀 저항을 하지 않아서, 침입자들이 협조에 대한 보답으로 스냅타이를 넉넉히 사용해서 손발이 묶인 채 침대에 누워 있을 때 덜 힘들게 하려던 것은 아니었을까 하는 생각이 들었다. 그녀가 묶여 있는 방식을 보니 팔과 다리가 등 뒤로 최대한 잡아당겨진 것은 아닌 것 같았다.

보슈는 알리샤 켄트의 손목에 난 타박상을 떠올리면서, 침입자들이 아무리 배려를 했더라도, 벌거벗고 손발이 묶인 채로 쓰러져 있었던 시간이 그녀에겐 결코 쉽지 않은 시간이었다는 것을 깨달았다. 사진을 관찰한 후 확실히 알게 된 것은 알리샤 켄트를 다시 만나 무슨 일이 있었는지 훨씬 더 자세히 들을 필요가 있다는 점이었다.

그는 공책의 새 페이지에 결박 방법과 관련해 생각나는 질문들을 적었다. 밑의 여백에는 알리샤 켄트의 2차 신문을 준비하면서 생각나는 질문들을 적어 놓을 계획이었다.

보슈가 사진을 관찰하는 동안에 특별히 눈에 띄는 것은 더 없었다. 사진을 다 본 후 그는 확대경을 옆으로 밀어 놓고 살인 현장에 대한 현장감식반의 감식 보고서를 대충 훑어보기 시작했다. 거기에도 특별히 눈길을 끄는 것이 없자 지체 없이 켄트의 집에 대한 감식 보고서를 훑어보고  증거물 봉투를 살펴보았다. 보슈는 브레너와 함께 세인트 아가타 병원으로 가기 위해 일찍 그 집을 나왔기 때문에, 과학수사대가 침입자들이 남긴 흔적을 찾아 집 안을 수색할 때 거기에 없었다. 그래서 뭐가 발견됐는지 몹시 궁금했다.

그러나 증거물 봉투는 딱 한 개밖에 없었고, 그 속에는 알리샤 켄트의 손목과 발목을 묶는 데 사용되었고 그녀를 풀어 주기 위해 레이철 월링이 잘라낸 검은색 플라스틱 스냅타이가 들어 있었다.

"잠깐만. 켄트의 집에서 수거한 증거물이 이게 전부야?" 보슈가 비닐로 된 증거물 봉투를 들어 보이면서 물었다.

페라스가 고개를 들었다.

"그것만 주던데요. 증거물 목록 확인하셨습니까? 거기에 나와 있을 텐데요. 아직 뭘 감식 중인지도 모르죠."

보슈는 페라스가 모아 놓은 서류들을 뒤져서 현장감식반의 증거물 목록을 찾아냈다. 증거물 목록에는 과학수사대 요원들이 범죄 현장에서 수거한 모든 증거물이 기입되어 있어서 증거물의 이동과 보관의 연결고리를 추적하는 데 도움이 되었다.

목록을 보니 켄트의 집에서 감식반원들이 수거한 증거물이 여러 개 있었는데, 대부분이 가느다란 모발이나 실오라기였다. 충분히 예상할 수 있는 결과였다. 그러나 그것들 중 어느 것이 용의자들과 관련이 있는 것인지는 지금으로서는 알 수 없었다. 수십 년간 형사 생활을 한 보슈였지만 티 없이 깨끗한 범죄 현장은 아직 보지 못했다. 범죄는 항상 현장에 아무리 작은 것이라도 흔적을 남긴다는 것이 기본적인 자연의 법칙이었다. 전이는 항상 일어나기 마련이다. 문제는 그것을 찾아낼 수 있느냐는 거였다.

증거물 목록에는 스냅타이가 따로따로 기재되어 있었고, 부부 침실 카펫에서부터 손님 욕실 세면대의 배수관에 이르기까지 여러 곳에서 찾아낸 많은 모발과 실오라기가 기재되어 있었다. 홈 오피스 컴퓨터의 마우스패드와 부부 침실 침대 밑에서 발견된 니콘 카메라 렌즈 뚜껑도 증거물 목록에 올라 있었다. 보슈는 맨 마지막에 적혀 있는 것이 가장 흥미로웠다. 그 증거물은 단순히 담뱃재라고만 적혀 있었다.

보슈는 담뱃재가 증거물로서 어떤 가치가 있을 수 있는지 알 수가 없었다.

"켄트 집 수색에 참여했던 사람이 과학수사대에 아직 있을까?" 그가 페라스에게 물었다.

"30분 전엔 있었는데요. 버즈 예이츠와 지문 감식 담당이요. 어휴, 그 여자 이름은 맨날 까먹는다니까요." 페라스가 대답했다.

보슈는 전화기를 들고 과학수사대 사무실로 전화를 걸었다.

"과학수사대 예이츱니다."

"버즈, 마침 자네가 받았군."

"누구십니까?"

"해리 보슈야. 켄트 집 수색 때 수거한 담뱃재에 대해서 얘기 좀 해 주겠어?"

"아, 네, 담배 한 개비가 그대로 타 들어가서 재가 됐더라고요. 그곳에 있던 FBI 요원이 수거하라고 해서 했는데요."

"어디에 있었지?"

"그 요원이 손님 욕실 변기 물탱크 위에서 발견했어요. 누가 오줌을 누는 동안 거기다 내려놓고는 잊어버린 것 같았습니다. 그대로 끝까지 타 들어가다가 꺼졌더라고요."

"그럼 그 요원이 발견했을 땐 그냥 재였단 말이야?"

"맞습니다. 꼭 회색 애벌레 같았죠. 그 요원이 수거해서 자길 달라고 하더라고요. 자기네 실험실로 가져가서…."

"잠깐만, 버즈. 그 증거물을 그 여자에게 줬다고?"

"네, 뭐, 그렇다고 할 수 있겠네요. 그녀가…."

"그렇다고 할 수 있겠네요? 무슨 말이 그래? 넘겨줬거나 안 줬거나 둘 중 하나지. 자네가 내 사건 현장에서 수거한 담뱃재를 월링 요원에게 넘겨줬나?"

"네, 넘겨줬습니다."

예이츠가 인정했다. 그러고는 변명을 늘어놓았다.

"하지만 그전에 옥신각신도 많이 하고 보증도 받고 넘겨줬습니다. FBI 실험실이 재를 분석해서 담배 종류를 알아내면, 원산지까지 알아낼 수 있을 거라고 하더라고요. 우린 그런 일 못하거든요. 재를 만지지도 못하는데. 그 FBI 요원이 재를 분석하는 게 수사에 매우 중요하다고 했습니다. 어쩌면 외국의 테러범들이 관련되어 있을지도 모른다면서요. 그래서 넘겨주기로 한 겁니다. 그 요원이 예전에 방화사건을 수사한 적이 있었는데 화재의 원인이 된 담뱃재를 찾아내 분석해서 담배 상표를 알아내고 그것으로 용의자를 특정할 수 있었다고 하더라고요."

"그래서 그 여자 말을 믿었다고?"

"아, 네…. 믿었죠."

"그래서 내 증거를 그 여자한테 넘겨줬군."

보슈가 체념조로 말했다.

“해리, 이건 당신 혼자만의 증거가 아니잖아요. 우리 모두 한 팀으로 함께 일하는 거 아닌가요?”

“그래, 맞아, 버즈, 그런 거야.”

보슈는 전화를 끊고 욕을 중얼거렸다. 페라스가 무슨 일이냐고 물었지만 보슈는 알 필요도 없다는 듯 손을 내저었다.

“FBI가 또 사기를 쳤어.”

“선배님, 출동 명령을 받기 전에 좀 주무셨습니까?”

보슈는 책상 너머로 파트너를 쳐다보았다. 페라스가 무슨 말을 하려는 것인지 잘 알았다.

“아니. 안 잤어. 하지만 FBI에 열 받은 건 수면 부족과는 아무 관련이 없는 일이라고. 난 자네가 태어나기 전부터 이 일을 해 왔어. 그래서 수면 부족에 어떻게 대처해야 하는지 잘 알고 있지.” 보슈가 대답했다.

그러고는 커피 컵을 들어 보였다.

“건배.” 그가 말했다.

“그것만 갖고는 안 되죠, 선배님. 곧 눈꺼풀이 무거워지실 걸요.” 페라스가 대꾸했다.

“내 걱정 하지 마.”

“알겠습니다, 선배님.”

보슈는 다시 담뱃재에 대한 생각으로 돌아갔다.

“사진은 어디 있어? 켄트 집에서 찍은 사진들 가져왔지?” 그가 페라스에게 물었다.

“네, 여기 어딘가에 있을 겁니다.”

페라스는 자기 책상 위에 있는 서류철을 뒤지다가 사진이 들어 있는 서류철을 찾아내 보슈에게 건네주었다. 보슈는 사진들을 재빨리 훑어보며 손님 욕실을 찍은 사진 세 장을 골라냈다. 욕실 전체를 찍은 사진과, 변기와 함께 변기 물탱크 뚜껑 위에 있는 긴 담뱃재까지 나오게 찍은 사진, 그리고 버즈 에이츠의 표현을 빌자면 회색 애벌레를 근접 촬영한 사진이었다.

보슈는 사진 세 장을 쫙 펼쳐놓고 다시 확대경을 집어 들고 사진을 살펴보았다. 담뱃재를 근접 촬영한 사진에서는 찍은 사람이 물탱크 뚜껑 위에 15센티미터 자를 놓아서 담뱃재의 길이를 어림할 수 있게 했다. 재의 길이가 5센티미터 가까이 되는 것을 보니, 담배 한 개비가 거의 다 타 버린 것 같았다.

"뭐 좀 찾았나, 셜록?" 페라스가 물었다.

보슈는 고개를 들어 그를 쳐다봤다. 파트너가 싱긋 웃고 있었다. 보슈는 웃지 않았다. 이젠 파트너 앞에서도 확대경을 사용할 수 없겠구나 하는 생각이 들었다.

"아직이야, 왓슨." 보슈가 말했다.

그는 이 말이 페라스의 입을 다물게 해 줄지도 모른다고 생각했다. 왓슨이 되고 싶은 사람은 아무도 없으니까.

변기 사진을 살펴보던 보슈는 변기 시트가 올라가 있는 것에 주목했다. 그것은 남자가 시트를 올리고 소변을 봤다는 뜻이었다. 담뱃재까지 있으니 침입자 두 명 중 한 명일 가능성이 컸다. 보슈는 변기 위 벽을 쳐다보았다. 겨울 풍경이 담긴 작은 사진 액자가 걸려 있었다. 나뭇잎이 다 떨어진 나무들과 푸른빛을 띤 회색의 하늘은 뉴욕이나 동부의 어느 도시를 연상시켰다.

그 사진을 보니 보슈는 1년 전 미해결사건 전담반에 있을 때 종결한 사건이 떠올랐다. 그는 전화기를 들고 과학수사대에 다시 전화를 걸었다. 에이츠가 전화를 받자, 켄트의 집에서 잠재 지문을 채취한 담당자를 바꿔 달라고 부탁했다.

“잠깐 기다리세요.” 예이츠가 말했다.

조금 전 통화할 때 보슈와 껄끄러웠던 일로 아직도 기분이 나쁜 게 분명한 예이츠는 지문 감식 전문가를 전화기 앞으로 데려오는 일을 결코 서두르지 않고 이행했다. 결국 보슈는 4분 가까이 기다리게 되었고, 그동안 그는 켄트의 집에서 찍은 사진들을 확대경으로 자세히 살펴보았다.

“비티히입니다.” 드디어 지문 감식 전문가가 전화를 받았다.

보슈는 예전에 몇 번 함께 일한 적이 있어서 그녀를 알았다.

“안드레아, 나 해리 보슈. 켄트의 집에 대해서 물어볼 게 있어.”

“뭔데요?”

“손님 욕실을 레이저로 검사해 봤어?”

“그럼요. 담뱃재가 발견되고 변기 시트가 올라가 있었던 욕실 말씀하시는 거죠? 네, 했어요.”

“뭐라도 건졌어?”

“아뇨, 전혀요. 다 닦아서 지워 놨더라고요.”

“변기 위쪽 벽은 어땠어?”

“네, 거기도 확인했어요. 아무것도 없던데요.”

“그래, 됐어. 알고 싶은 게 그거였어. 고마워, 안드레아.”

“천만에요.”

보슈는 전화를 끊고 담뱃재를 근접 촬영한 사진을 바라보았다. 뭔가 석연치 않은 점이 있긴 있는데 그게 뭔지 확실히 알 수가 없었다.

“선배님, 변기 위쪽 벽에 관해서는 왜 물어보신 거였습니까?”

보슈는 페라스를 쳐다보았다. 그 젊은 형사가 보슈와 파트너가 된 데에는 경험 많은 형사가 신참 형사의 멘토가 되어 많은 것을 가르쳐 줄 수 있을 거라는 기대도 일부 작용했다. 보슈는 셜록 홈스 농담에 대한 불쾌감은 잊고 그에게 과거의 경험을 말해 주기로 결심했다.

"30년 전쯤 윌셔에서 살인사건이 발생했어. 여자와 그녀가 기르던 개가 욕조에서 익사체로 발견됐지. 욕실 전체가 깨끗이 닦여 있었고 변기 시트가 올라가 있었어. 그걸 보고 범인이 남자라는 걸 알았지. 변기는 깨끗이 닦여 있었는데 변기 위쪽 벽에서 손바닥 지문 한 개가 발견됐어. 범인은 벽을 짚고 몸을 비스듬히 기울인 채로 소변을 봤던 거야. 그 손바닥 지문이 찍힌 높이를 측정해서 범인의 키를 어림할 수 있었지. 그리고 놈이 왼손잡이라는 것도 알아냈고."

"어떻게요?"

"벽에 찍힌 지문이 오른손바닥이었거든. 남자가 오줌을 눌 땐 보통 자기가 주로 쓰는 손으로 페니스를 잡고 누잖아."

페라스는 동의의 표시로 고개를 끄덕였다.

"그래서 그 손바닥 지문으로 용의자를 찾았습니까?"

"응, 근데 30년이 지나서야 찾았지. 작년에 미해결사건 전담반에서 종결했어. 사건 발생 당시에는 데이터뱅크에 들어 있는 손바닥 지문은 별로 없었거든. 내 파트너와 내가 그 사건을 우연히 발견해서 손바닥 지문을 법무부 데이터베이스에 조회해 봤어. 일치하는 사람이 나오더군. 그자의 행방을 추적했더니 사막 지역인 텐 사우전드 팜스에서 살고 있더라고. 거기까지 잡으러 갔지. 근데 체포되기 전에 권총 자살했어."

"우와."

"그러게 말이야. 아무리 생각해 봐도 참 희한하다 싶어. 안 그래?"

"뭐가요? 자살한 거 말입니까?"

"아니, 그거 말고. 그자의 손바닥을 추적해서 텐 사우전드 팜스(Ten Thousand Palms)까지 간 거."

"아, 그러네요, 아이러니하네요. 그러면 그자와 이야기를 할 기회도 없었겠네요?"

"없었지. 하지만 그자가 범인인 건 확실했어. 난 그자가 우리 앞에서 자살한 것을 죄를 인정한 것으로 받아들였고."

"네, 물론 그렇죠. 근데 그자를 만날 기회가 있었다면 개는 왜 죽였는지 물어보고 싶네요."

보슈는 잠깐 파트너를 노려보았다.

"얘기할 기회가 있었다면, 여자를 왜 죽였는지 물어봐야 하는 것 아닐까?"

"네, 물론입니다. 근데 정말 개는 왜 죽였는지 궁금해서요."

"개가 자기를 알아볼지 모른다고 생각했겠지. 자기를 알아보고 반응을 보일지 모른다고. 그런 위험을 무릅쓰고 싶지 않았을 거야."

페라스는 보슈의 설명에 수긍한다는 듯 고개를 끄덕였다. 그런데 그 설명은 보슈가 지금 생각나는 대로 지어낸 것이었다. 수사 당시에는 개를 왜 죽였는가 하는 의문은 제기되지 않았다.

페라스는 다시 자기 일로 돌아갔고, 보슈는 의자에 등을 기대고 앉아 생각에 잠겼다. 그의 머릿속은 여러 생각과 의문들로 뒤죽박죽이었다. 그리고 지금 가장 크게 자리하고 있는 생각은 스탠리 켄트가 왜 살해됐는가 하는 근본적인 의문이었다. 알리샤 켄트는 자기를 인질로 잡았던 두 남자가 스키 마스크를 썼다고 말했다. 제시 밋포드도 산마루에서 켄트를 죽인 남자가 스키 마스크를 쓰고 있었다고 진술했다. 스탠리 켄트가 범인의 얼굴을 알아볼 수 없는 상태였다면 굳이 그를 쏴 죽인 이유가 무엇일까? 처음부터 그를 죽일 계획이었다면 왜 굳이 마스크를 썼을까? 보슈는 마스크를 쓴 것은 켄트에게 자기를 죽이지 않을 거라는 헛된 희망을 주어 협조하게 하려는 계책이었을 거라고 추측했다. 그러나 그런 결론도 석연치 않기는 마찬가지였다.

이런 의문들을 풀기에는 정보가 충분치 않다고 판단한 그는 이번에도 이 의문들을 당분간 제쳐 놓기로 했다. 그는 커피를 좀 더 마신 후 밋포드를 다시 공략해 보기 위해 조사실로 갈 준비를 했다. 그러나 먼저 휴대전화를 꺼냈다. 그는 에코 파크 사건 수사 때 받아 둔 레이철 월링의 전화번호를 아직 갖고 있었다. 절대로 삭제하지 않겠다고 결심한 번호였다.

번호를 누르면서도 보슈는 그녀가 전화번호를 바꿨을지도 모른다고 생각했다. 그러나 아직도 그 번호를 쓰고 있었고, 자동응답기로 넘어가더니 삐 소리가 난 후 메시지를 남기라는 그녀의 녹음된 목소리가 들렸다.

"해리 보슈요. 당신과 할 얘기도 많고 또 내 담뱃재도 돌려받고 싶은데. 그 범죄 현장은 내 것이었으니까 말이오." 그가 말했다.

그는 전화를 끊었다. 그는 월링이 메시지를 들으면 기분 나빠하거나 어쩌면 화를 낼 수도 있다는 걸 알고 있었다. 그럴 필요가 없고 쉽게 피할 수 있는 일인데도 무슨 이유에선지 자신이 월링과 그리고 연방수사국과의 대결을 향해 나아가고 있다는 것도 알고 있었다.

그러나 보슈는 스스로 나가떨어져 줄 수가 없었다. 레이철을 위해서라고 해도 또 한때 두 사람이 함께했던 추억을 위해서라고 해도 그렇게 할 수는 없었다. 휴대전화 전화번호부에 절대로 지우지 않고 갖고 있는 그녀의 전화번호처럼, 그가 가슴속에 늘 품고 있는 그녀와 함께하는 미래라는 희망을 위한 일이라고 해도 그렇게 할 수는 없었다.

—

## 10
# 우리가 그를 잊으면

보슈와 페라스는 마크 트웨인 호텔 출입문을 걸어 나와 아침을 맞은 거리를 둘러보았다. 서서히 동이 트고 있었다. 회색의 두꺼운 해양층이 나타나 거리에 그림자를 짙게 드리우고 있었다. 덕분에 유령의 도시처럼 보였지만 보슈는 그래도 상관없었다. 어차피 그도 그렇게 생각하고 있기 때문이었다.

"도망 안 가고 있을까요?" 페라스가 물었다.

보슈는 어깨를 으쓱거렸다.

"달리 갈 데가 없다잖아." 그가 말했다.

그들은 목격자를 스티븐 킹이라는 가명으로 호텔에 투숙시키고 나오는 길이었다. 제시 밋포드는 대단히 가치 있는 자산이 되었다. 그는 보슈가 숨겨 놓은 마지막 으뜸패였다. 그는 스탠리 켄트를 사살하고 세슘을 갖고 달아난 범인의 인상착의를 알려 주진 못했지만, 멀홀랜드 산마루에서 일어난 일을 수사관들이 분명히 이해할 수 있게 해 주었다. 또

한 그는 수사가 피의자 체포와 재판으로 이어질 경우에도 유용하게 쓰일 수 있었다. 범죄의 전말을 객관적으로 설명할 필요가 있을 때 그의 진술이 요긴하게 쓰일 것이었다. 검사는 그의 진술을 이용해 단편적인 사실들이 어떻게 연결되는지를 배심원단에게 설명할 수 있을 것이었다. 그래서 그는 범인의 신원 파악에 도움을 줄 수 있느냐의 여부와는 상관없이 중요한 자산이 되었다.

보슈는 갠들 경위와 의논 끝에 떠돌이 청년을 한동안 붙잡고 있어야 한다는 결론을 내렸다. 갠들은 밋포드를 나흘간 마크 트웨인 호텔에 붙잡아 놓을 수 있도록 호텔 숙박권 사용을 허락했다. 나흘이면 수사가 어느 방향으로 진행될지 보다 명확해질 수 있을 것이었다.

보슈와 페라스는 새벽에 페라스가 경찰국 본부 차고에서 끌고 나온 크라운 빅토리아(포드 사의 세단. 미국에서는 경찰차로 많이 쓰임 – 옮긴이)를 타고 윌콕스를 달려가 선셋으로 향했다. 보슈가 운전대를 잡고 있었다. 신호에 걸려 멈춰 서자 그는 휴대전화를 꺼냈다. 레이철 월링에게서 아무런 연락이 없어서 그는 그녀의 파트너가 준 번호로 전화를 걸었다. 브레너가 즉시 전화를 받았고 보슈는 신중하게 말문을 열었다.

"확인 한번 하는 거요. 9시에 회의 있는 거 맞죠?" 보슈가 말했다.

그는 브레너에게 수사 진전 상황을 알려 주기 전에 자기가 수사에 계속 참여한다는 것을 확인하고 싶었다.

"어, 네…. 그럼요, 회의 있는 거 맞죠. 그런데 연기됐습니다."

"언제로 말이오?"

"10시로 늦춰진 걸로 아는데. 확실한 건 나중에 전화로 알려 줄게요."

대답을 들어 보니 LA 지역 경찰들과의 회의가 확실히 정해진 것이 아닌 것 같은 느낌이 들었다. 보슈는 브레너를 몰아붙이기로 했다.

"회의 장소는요? 전술정보반 사무실?"

보슈는 예전에 월링과 함께 일하면서 전술정보반 사무실은 교외의 비밀 장소에 있다는 걸 알게 되었다. 그는 브레너가 그 위치를 털어놓는 실수를 저지를지 보고 싶었다.

"아뇨, 시내 연방 건물에서요. 14층입니다. 와서 전술정보반 회의실이 어디냐고 물어봐요. 그건 그렇고, 목격자는 얼마나 도움이 되던가요?"

보슈는 자신의 입지에 대해 좀 더 확신이 설 때까지 카드 패를 보여주지 않기로 결심했다.

"사살 장면을 멀리서 봤답니다. 그러고 나서 세슘을 갖고 달아나는 것도 봤고. 한 놈이 모든 일을 다 했다네요. 스탠리 켄트를 죽이고 나서 돼지를 포르쉐에서 다른 차 트렁크로 옮겨 실었다는 거예요. 다른 놈은 다른 차 안에서 기다리면서 구경만 했고."

"차량 번호는 봤답니까?"

"아니, 못 봤다네요. 세슘을 옮겨 실은 차는 분명히 켄트 부인의 차였을 거요. 그래야 자기네 차에 세슘의 흔적이 남지 않을 테니까 말이오."

"용의자에 대해서는 뭐라던가요?"

"아까도 말했지만, 인상착의를 설명해 주진 못했소. 스키 마스크를 쓰고 있었다는 말만 하고. 그것 말고는 아무것도 못 봤답니다."

잠깐 침묵이 흐른 후 브레너가 말했다.

"유감이군요. 그래서 그 목격자는 어떻게 했습니까?"

"그 친구? 길에다 내려줬지."

"어디 사는데요?"

"캐나다 핼리팩스."

"보슈 형사, 내 말뜻 알잖습니까."

보슈는 브레너의 어조가 바뀐 것을 알아차렸다. 어조만 바뀐 것이 아니라 그를 성으로 불렀다. 보슈는 브레너가 제시 밋포드의 정확한 소재를 그냥 심심해서 물어보는 거라고는 생각하지 않았다.

"여기 주소는 없소. 떠돌이라니까 그러네. 선셋의 데니스 앞에서 내려줬소. 거기 내려달라고 해서. 아침 사 먹으라고 20달러 지폐 한 장 쥐어줬지." 보슈가 대답했다.

그는 페라스가 거짓말을 하고 있는 자신을 빤히 쳐다보고 있는 것을 느꼈다.

"잠깐만 기다려 줄래요, 해리? 다른 전화가 들어오는군요. 워싱턴일지 몰라서." 브레너가 말했다.

다시 이름을 불러주는군, 보슈는 생각했다.

"그래요, 잭, 근데 지금 그냥 끊어도 되는데."

"아뇨, 끊지 말고 기다려요."

수화기 너머에서 통화 대기 음악이 들리자 보슈는 페라스를 돌아보았다. 페라스가 입을 열었다.

"왜 거짓말을…."

보슈가 손가락을 들어 입술에 갖다 대자 페라스가 말을 멈췄다.

"잠깐 기다려." 보슈가 말했다.

보슈가 기다리는 동안 30초가 흘렀다. 전화기에서 색소폰으로 연주하는 '왓 어 원더풀 월드'가 흐르기 시작했다. 그는 가사에서 어둡고 성스러운 밤이라는 부분이 제일 좋았다.

드디어 신호등이 바뀌었고 보슈는 선셋으로 진입했다. 잠시 후 브레너가 다시 전화를 받았다.

"해리? 미안합니다. 워싱턴 맞았어요. 우리의 상상대로, 다들 이 일에 달려들고 있네요."

이제 보슈는 브레너에게 궁금한 것은 솔직히 다 물어보기로 했다.

"당신네 쪽 새로운 사실은 뭐요?"

"많진 않아요. 국토안보부가 방사능 흔적을 추적할 수 있는 장비를 갖춘 헬리콥터 편대를 보낸답니다. 산마루부터 시작해서 세슘의 흔적을 찾아나갈 거라네요. 근데 문제는 세슘이 돼지 밖으로 나와야 흔적이 남는다는 거죠. 또 하나는, 모두가 상황을 제대로 파악하고 합심할 수 있도록 상황 점검 회의를 열 거랍니다."

"중앙 정부가 생각해낸 게 그게 전부요?"

"음, 지금은 조직 편성 단계니까요. 말했잖아요, 제대로 조직이 갖춰지면 알파벳 잔치가 될 거라고."

"그랬지 참. 연방 기관의 난리법석이 될 거라고 했지, 당신이. 연방 관리들은 그런 짓 잘 한다고."

"아뇨, 내가 언제 그런 말을 했다고 그래요. 하지만 항상 학습 곡선이라는 게 있기 마련이죠. 회의가 끝나면 모두들 수사력을 전면 가동하여 달려들 겁니다."

보슈는 분위기가 아까와는 달라졌다는 것을 확실히 느꼈다. 브레너의 방어적인 태도를 볼 때 이 대화가 녹음되고 있거나 다른 사람들이 듣고 있는 게 분명했다.

"회의 때까지 아직 몇 시간 남았는데, 당신의 다음 행보는 뭐죠, 해리?" 브레너가 물었다.

보슈는 잠깐 망설이다가 대답했다.

"내 다음 행보는 스탠리 켄트의 집으로 올라가서 켄트 부인을 다시 만나 보는 거요. 추가로 물어볼 것들이 좀 있어서. 그러고 나선 시더스에 있는 사우스 타워 건물로 갈 거고. 거기 있는 켄트의 사무실을 둘러보고 그의 파트너도 만나 볼 생각이오."

브레너는 아무 반응이 없었다. 보슈는 선셋에 있는 데니스에 다가가고 있었다. 그는 데니스 주차장으로 들어가 차를 세웠다. 창문을 통해 건물 안을 살펴보니 그 24시간 영업 식당 안에는 손님이 거의 없었다.

"아직 거기 있소, 잭?"

"어, 네, 해리, 여기 있어요. 근데 켄트의 집과 사무실에 가 볼 필요는 없을 것 같군요."

보슈는 고개를 가로저었다. 내 이럴 줄 알았다니까, 그는 생각했다.

"벌써 모두 모시고 가셨군, 안 그렇소?"

"내가 결정한 건 아니고요. 어쨌든, 내가 듣기로는, 사무실은 깨끗했답니다. 켄트의 파트너는 현재 여기서 조사를 받고 있고요. 켄트 부인은 신변 안전을 위해 모시고 왔죠. 그녀도 지금 조사를 받고 있고요."

"당신이 결정한 게 아니었다고? 그럼 누구의 결정이었소, 레이철인가?"

"그런 건 알 필요 없고요, 해리."

보슈는 차 시동을 끄고 나서 어떻게 맞받아칠 것인지 잠깐 생각했다. 마침내 그가 말했다.

"그럼 파트너랑 시내 전술정보반으로 가야겠군. 이건 분명히 살인사건 수사요. 그리고 내가 마지막으로 들은 바로는 내가 아직 그 수사를 맡고 있는 거고."

긴 침묵이 흐른 후 브레너가 대꾸했다.

"이봐요, 형사님. 사건이 생각보다 점점 더 심각해지고 있어요, 아시겠습니까? 상황 점검 회의에 초대했잖아요. 당신과 당신 파트너 둘 다. 그때 오면 켈버 씨가 무슨 말을 했는지, 그리고 또 어떤 상황 진전이 있었는지 말해 줄게요. 그때도 켈버 씨가 여기 있으면, 만날 수 있도록 해 주고요. 켄트 부인도 마찬가지고. 하지만, 분명히 말하는데, 지금 이 수사의 우선순위는 살인사건이 아닙니다. 스탠리 켄트를 죽인 범인을 찾는 게 시급한 게 아니라는 말이에요. 시급한 건 세슘을 찾는 건데 우리가 지금 거의 열 시간 가까이 뒤져 있단 말이죠."

보슈는 고개를 끄덕였다.

"살인범을 찾으면 세슘도 찾지 않을까 싶은데." 그가 말했다.

"그럴 수도 있겠죠. 그런데 경험상으로 볼 때 이 물질은 대단히 빠르게 움직이더군요. 손에서 손으로 빠르게 넘어간단 말이죠. 그래서 수사에도 굉장히 속도를 내야 돼요. 지금이 그런 단계란 말입니다. 속도를 내는 단계. 여기서 발목 잡혀 속도가 느려지는 건 안 된단 말이죠." 브레너가 대꾸했다.

"현지 경찰들한테 발목 잡히는 건 원치 않는다 그 말이군."

"무슨 뜻인지 알잖아요."

"그럼 알고말고. 이따가 10시에 봅시다, 브레너 요원."

보슈는 전화기를 덮고 차에서 내렸다. 주차장을 가로질러 식당 문을 향해 걸어가는 동안, 페라스가 질문 공세를 퍼부었다.

"목격자에 대해서 왜 거짓말을 하셨습니까, 선배님? 일이 어떻게 되어 가고 있는 겁니까? 지금 우린 여기서 뭐하는 겁니까?"

보슈는 두 손을 들어 진정하라는 손짓을 했다.

"잠깐만, 이그나시오. 잠깐 기다려. 자리에 앉아서 커피랑 먹을 것 좀 시켜 놓고 다 말해 줄 테니까."

식당 안에서 그들은 아무 자리나 골라 앉을 수 있었다. 보슈는 식당 앞문이 잘 보이는 구석의 칸막이 자리로 가서 앉았다. 여종업원이 재빨리 다가왔다. 새치가 희끗희끗한 머리를 깔끔하게 말아서 쪽을 찐 중년 여성이었다. 할리우드 데니스에서 심야 근무를 계속하다 보니 눈에서 생기가 다 빠져나간 것 같았다.

"해리, 오랜만이네요." 그녀가 말했다.

"안녕, 페기. 그러고 보니 밤샘 잠복 근무할 때 와 보고 꽤 오랜만이군."

"잘 왔어요. 늙은 형사님과 완전 젊은 파트너 형사님께 뭘 갖다드릴까요?"

보슈는 놀리는 말은 못 들은 척하고 커피와 토스트, 흰자를 완전히 익힌 계란프라이를 주문했다. 페라스는 계란흰자 오믈렛과 라테를 주문했다. 여종업원이 히죽 웃으면서 오믈렛과 라테는 지금 안 된다고 하자, 페라스는 스크램블드에그와 레귤러 커피로 만족했다. 여종업원이 자리를 뜨자, 보슈는 페라스의 질문에 답을 해 주었다.

"우리가 수사에서 배제되고 있는 거야. 그게 지금 벌어지고 있는 일이야." 보슈가 말했다.

"정말입니까? 어떻게 아십니까?"

"FBI가 벌써 미망인과 파트너를 데려다가 숨겨 놨으니까. 그리고 내 장담하는데 절대로 그 사람들을 만나게 해 주지 않을걸."

"FBI가 그렇게 말했습니까? 그 사람들을 만나게 해 줄 수 없다고요? 그들을 조사하는 게 수사의 성패가 달린 일인데요. 제 생각엔 선배님한테 피해망상 증상이 좀 있는 것 같습니다. 너무 성급하게…."

"그래? 그럼 기다려 봐, 파트너. 보고 잘 배우라고."

"9시에 회의에 들어가는 거 맞죠?"

"말은 그렇게 하더라만. 근데 9시가 아니고 10시야. 우리 앞에서 어쭙잖은 쇼를 하려 들 거야. 중요한 건 하나도 말해 주지 않고 사탕발림만 해서 우릴 쫓아내려고 할걸. '고마웠어, 친구들. 이제부턴 우리가 맡을게.' 이러겠지. 웃기지 말라 그래. 이건 살인사건이야. 누구도 날 밀어낼 수 없어, FBI조차도."

"믿음을 좀 가지시죠, 선배님."

"난 나 자신을 믿어. 그뿐이야. 전에도 이런 일 겪은 적 있어. 그래서 일이 어떻게 될지 알고 있는 거야. 한편으론, 누가 신경이나 쓴대, 지들끼리 수사를 하든 난리법석을 피우든 알아서 하라 그래, 이렇게 생각하지. 그런데 다른 한편으론 신경이 쓰이는 거야. 그들이 일을 제대로 해낼 것 같지가 않단 말이지. 그들은 세숍을 원해. 하지만 난 개자식들을 원한다고. 스탠리 켄트를 두 시간 동안이나 공포에 떨게 만들어 놓고 결국엔 무릎을 꿇려서 뒤통수에 총알을 두 방이나 박아 넣은 그 개자식들 말이야."

"이건 국가 안보가 달린 사건이지 않습니까, 선배님. 일반 사건과는 다르죠. 공공선이, 국민의 안녕과 사회안전이 달린 문제니까요."

보슈에게는 페라스가 교과서나 어느 비밀 결사의 규정을 인용하고 있는 것처럼 들렸다. 보슈는 개의치 않았다. 그에게는 자기만의 규정이 있었다.

"국민의 안녕과 사회안전은 산마루에 죽어 자빠져 있는 저 남자로부터 시작되는 거야. 우리가 그를 잊으면, 다른 모든 것을 잊을 수 있다고."

대선배인 파트너와 논쟁을 벌이는 것이 긴장되는지, 페라스는 소금통을 집어 들고 만지작거리다가 테이블에 소금을 쏟았다.

"아무도 잊지 않을 겁니다, 선배님. 이건 우선순위의 문제 아닙니까. 회의에서 이런저런 이야기가 나오면 살인사건과 관련된 정보는 어떤 거라도 우리와 공유할 겁니다, 분명히."

보슈는 좌절감이 커졌다. 젊은 친구에게 뭘 좀 가르쳐 주려는데 도대체가 귀담아 듣지를 않았다.

보슈가 말했다.

"정보 공유 이야기가 나왔으니 말인데, 정보 공유란 면에서 FBI는 코끼리처럼 먹고 생쥐처럼 똥을 싸는 집단이야. 무슨 말인지 모르겠어? 회의 같은 건 없을 거란 말이야. 우리가 그들과 한 팀이라고 생각하면서 9시까지 기다리고 있으면 회의가 10시로 연기됐다고 하지. 근데 10시가 되어서 회의장에 가 보면 아무도 안 나타나고 회의를 미루고 또 미룰걸. 그러다가 드디어 조직구성도 같은 걸 들고 나타나서 우린 한 팀이라고 떠들어 대고는 뒤꽁무니를 뺄 거야. 어떤 면에서도 절대 한 팀이 아닌데도 말이야."

페라스는 보슈의 충고를 가슴 깊이 새기고 있다는 듯 고개를 끄덕였다. 그래 놓고는 전혀 딴소리를 했다.

"그래도 목격자에 대해서 거짓말하신 것은 잘못하신 것 같습니다. 그 목격자가 그들에게도 대단히 가치 있는 존재일 수 있지 않습니까. 그가 우리에게 털어놓은 어떤 사실이 연방 요원들이 이미 알고 있는 어떤 사실과 딱 맞아떨어질 수도 있고요. 목격자가 어디 있는지 말해 줘서 해가 될 게 뭡니까? 그들이 목격자를 조사해서 우리가 알아내지 못한 중요한 사실을 알아낼 수도 있을 텐데요. 누가 압니까?"

보슈는 단호하게 고개를 가로저었다.

"무슨 말 같지도 않은 소리. 아직은 안 돼. 목격자는 우리 거야, 절대로 포기 못해. 접근 권한과 정보를 맞바꿀 수는 있겠지만 그렇지 않으면 우리가 데리고 있어야지."

여종업원이 음식 접시를 가져와 내려놓더니 테이블에 쏟아진 소금을 보고 페라스를 쳐다보았다가 고개를 돌려 보슈를 쳐다보았다.

"파트너가 어리다는 건 알겠는데요, 해리, 식탁 예절이나 좀 가르치지 그래요?"

"노력하고 있어, 페기. 근데 젊은 친구들이 도대체가 배우려 들지를 않네."

"그러게 말이에요."

그녀가 자리를 뜨자 보슈는 한 손으론 포크를 다른 손으로는 토스트를 집어 들고 급히 음식을 먹기 시작했다. 배가 고파 죽을 지경이었고 곧 정신없이 바빠질 거라는 예감이 들었다. 다음에 또 언제 식사를 할 시간이 있을지 누구도 알 수 없는 일이었다.

보슈가 계란프라이를 반쯤 먹었을 때 짙은 색 정장을 입은 남자 네 명이 식당 문을 열고 성큼성큼 걸어 들어왔다. 영락없는 연방 요원들이었다. 그들은 아무 말 없이 둘씩 짝을 지어 흩어져 식당 안을 돌아다니기 시작했다.

식당 안에는 손님이 열 명 가까이 있었는데, 대개가 심야 유흥업소에서 일을 끝내고 집으로 돌아가는 길에 들른 스트립걸들과 그들의 남자친구 겸 포주들이었다. 할리우드의 야행성 동물들이 잠자리에 들기 전에 허기를 채우고 있었다. 보슈는 침착하게 식사를 계속하면서 정장을 입은 남자들이 테이블마다 멈춰 서서 자기들 신분증을 보여 주고 손님들의 신분증을 보여 달라고 요구하는 것을 지켜보았다. 페라스는 오믈렛에 핫소스를 뿌리느라고 정신이 없어서 무슨 일이 벌어지는지 알아차리지 못했다. 보슈는 페라스를 나지막이 불러 고갯짓으로 연방 요원들을 가리켰다.

여러 테이블에 흩어져 앉아 있는 손님들 대개가 너무 지쳤거나 취해 있어서 신분증을 보여 달라는 요구에 순순히 응하고 있었다. 머리 한쪽 면을 Z자로 민 젊은 여자가 FBI 요원들에게 거칠게 항의하기 시작했지만 남자를 찾고 있는 요원들은 그녀를 무시했고, 그녀와 똑같이 Z자로 머리를 민 남자 친구가 신분증을 제시하기를 참을성 있게 기다리고 있었다.

마침내 요원 한 쌍이 보슈와 페라스가 앉아 있는 구석자리 테이블로 다가왔다. 신분증을 보니 FBI 요원 로널드 룬디와 존 파킨이라고 적혀 있었다. 그들은 보슈는 너무 늙었다고 건너뛰고 페라스에게 신분증 제시를 요구했다.

"누굴 찾는 거요?" 보슈가 물었다.

"공무 수행 중입니다, 선생님. 신분증만 확인하면 됩니다."

페라스가 경찰 배지 지갑을 펼쳤다. 한쪽에는 사진과 경찰 신분증이 들어 있었고 다른 쪽에는 형사 배지가 들어 있었다. 이것을 본 두 연방 요원이 얼어붙은 듯 동작을 멈췄다.

"재미있군. 신분증을 확인하는 걸 보니까 이름을 알고 있다는 얘긴데. 난 브레너 요원한테 목격자의 이름을 말해 준 적이 없거든. 어떻게 된 일일까? 당신네 전술정보반 사람들이 설마 우리 컴퓨터를 해킹하거나 사무실에 도청장치를 심어 놨거나 한 건 아니겠지?" 보슈가 말했다.

검문 책임자가 분명한 룬디가 보슈를 똑바로 쳐다보았다. 그의 눈은 자갈처럼 회색이었다.

"실례지만 누구신지?" 그가 물었다.

"내 신분증도 보고 싶어? 스무 살로 보인 지도 꽤 오래됐는데, 칭찬으로 받아들여야겠군."

보슈는 배지 지갑을 꺼내 펼치지 않은 그대로 룬디에게 건넸다. 그 연방 요원이 지갑을 펼치고 한참을 들여다보았다.

"히에로니머스 보슈." 룬디가 신분증에 나온 이름을 읽었다. 그러고는 말을 이었다.

"어떤 한심한 화가의 이름이 히에로니머스 보슈 아니었나? 아니면 밤샘 근무하면서 읽은 어느 밑바닥 인생의 이름하고 헷갈리는 건가?"

보슈가 그를 바라보며 미소를 지었다.

"그 화가를 르네상스 시대의 대가라고 평가하는 사람들도 있지." 보슈가 말했다.

룬디는 배지 지갑을 보슈의 접시 위로 툭 떨어뜨렸다. 계란프라이가 아직 남아 있었지만 다행히도 노른자가 다 익혀져 있었다.

"도대체 무슨 수작인지 모르겠군. 제시 밋포드는 어디 있죠?"

보슈는 천천히 배지 지갑을 집어 들고 겉에 묻은 계란 찌꺼기를 냅킨으로 닦아냈다. 천천히 뜸을 들이며 지갑을 옆으로 치우고 나서 룬디를 올려다보았다.

"제시 밋포드가 누군데?"

룬디가 허리를 굽히고 두 손으로 테이블을 짚었다.

"누군지는 본인이 더 잘 아실 테고, 우리가 좀 데리고 가야겠습니다."

보슈는 이제야 무슨 말인지 알겠다는 듯 고개를 끄덕였다.

"밋포드를 비롯한 모든 문제에 관해서는 10시 회의에서 얘기하도록 하지. 내가 켄트의 파트너와 켄트의 부인을 만나 본 다음에 말이야."

룬디는 친절함이나 유머는 전혀 담지 않은 차가운 미소를 지었다.

"이거 아시나, 보슈? 이 일이 모두 끝나면 당신한테도 르네상스 시대가 필요하겠는데요."

보슈가 다시 미소를 지었다.

"회의실에서 봅시다, 룬디 요원. 미안하지만, 우리 지금 식사 중인데. 다른 사람을 괴롭히러 가 주면 안 될까?"

보슈는 나이프를 들고 작은 플라스틱 통에서 딸기잼을 찍어내 마지막 남은 토스트 빵에 바르기 시작했다.

룬디는 허리를 펴고 똑바로 서서 보슈의 가슴에 손가락질을 했다.

"조심하는 게 좋을 거요, 보슈."

그 말을 남기고 그는 돌아서서 출입문을 향해 걸어갔다. 그러면서 다른 요원들에게 신호를 보내 출구 쪽을 가리켰다. 보슈는 그들이 식당을 나가는 것을 지켜보았다.

"경고 고마워, 룬디." 그가 말했다.

—

# 11
# 새로운 각도

해는 아직 뜨지 않았지만 날은 완전히 밝아 있었다. 멀홀랜드 산마루에는 전날 밤에 발생한 폭력의 흔적이 조금도 남아 있지 않았다. 라텍스 장갑이나 커피 컵, 폴리스라인 테이프 등 범죄 현장에 남아 있기 마련인 쓰레기조차도 말끔히 청소가 되었거나 바람에 날아간 것 같았다. 마치 스탠리 켄트가 피살되지 않은 것 같았다. 도시가 한눈에 내려다보이는 산마루에서 그의 주검이 발견되지 않은 것 같았다. 형사 생활을 하면서 수백 건의 살인사건을 수사한 보슈였지만 도시가 이렇게 빨리 상처를 치유하고—적어도 겉으로는—아무 일도 없었던 듯 돌아가는 것에는 도무지 적응이 되지 않았다.

보슈는 오렌지색의 부드러운 땅을 툭툭 차면서 흙먼지가 밑에 있는 덤불로 날아가 앉는 것을 바라보았다. 결정을 내린 그는 뒤돌아서 차를 향해 걸어갔다. 페라스가 그 모습을 지켜보았다.

"뭐 하시려고요?" 페라스가 물었다.

"켄트의 집에 가 보려고. 같이 갈 거면 타."

페라스는 잠깐 망설이다가 잰걸음으로 보슈를 쫓아갔다. 그들은 크라운 빅토리아를 타고 애로우헤드 드라이브로 달려갔다. 보슈는 FBI가 알리샤 켄트를 데려갔다는 걸 알고 있었지만 그녀 남편의 포르쉐에서 나온 열쇠고리를 아직 갖고 있었다.

10분 전 이곳을 지나갈 때 보았던 FBI 차가 아직도 켄트의 집 앞에 주차되어 있었다. 보슈는 진입로로 들어가 차를 세우고 내려서 현관문을 향해 거침없이 걸어 들어갔다. 거리에 서 있는 FBI 차의 문이 열리는 소리가 들렸지만 신경 쓰지 않았다. 그가 맞는 열쇠를 겨우 찾아내 자물쇠 구멍에 넣고 돌리는 순간 뒤에서 고함 소리가 들렸다.

"FBI요. 움직이지 말아요."

보슈는 문 손잡이를 잡았다.

"문 열지 말아요."

보슈는 돌아서서 진입로를 걸어오고 있는 남자를 쳐다보았다. 이 집을 지키는 경계 근무를 배정받은 사람은 전술정보반 조직에서 가장 낮은 계급일 거라는 것을, 전술정보반의 골칫거리거나 짐꾼이라는 것을 보슈는 알고 있었다. 그는 이 사실을 자신에게 이롭게 써먹을 수 있겠다고 생각했다.

"LA 경찰국 특수살인사건 전담반이오. 들어가서 현장 정리 좀 하려고 왔는데." 보슈가 말했다.

"아니, 무슨 말씀을. FBI가 이 사건 관할권을 넘겨받았기 때문에 지금부터는 모든 것을 FBI가 처리할 겁니다." FBI 요원이 말했다.

"미안하지만, 친구, 난 그런 얘기 못 들었거든. 그럼 이만 실례." 보슈가 말했다.

그가 문을 향해 돌아섰다.

"그 문 열지 말아요. 이건 이제 국가 안보와 관련된 사건 수사입니다. 못 믿겠으면 상관한테 확인해 보시든가." FBI 요원이 말했다.

보슈는 고개를 가로저었다.

"흠, 자네한텐 모셔야 할 상관들이 있는 모양이군. 나한텐 그냥 관리자가 있을 뿐인데."

"어쨌거나, 집 안으로 못 들어갑니다."

페라스가 보슈를 불렀다.

"선배님. 우리 그냥…."

보슈는 손을 내저어 그의 말을 잘랐다. 그러고는 연방 요원을 향해 다시 돌아섰다.

"신분증 좀 볼까?" 보슈가 말했다.

FBI 요원은 성난 표정을 지으며 신분증이 든 지갑을 꺼냈다. 그러고는 지갑을 펼쳐 들었다. 이때였다. 보슈가 요원의 손목을 잡고 팔을 뒤로 비틀었다. 요원의 몸이 앞으로 쏠리자 보슈는 팔뚝으로 요원의 몸을 밀었고 요원의 얼굴이 먼저 문에 부딪쳤다. 보슈는 신분증을 쥐고 있는 요원의 손까지 뒤로 잡아당겼다.

연방 요원이 몸을 버둥거리면서 반항을 하기 시작했지만 때는 이미 늦었다. 보슈는 요원이 문에 붙어 꼼짝하지 못하도록 어깨로 그의 몸을 누르면서 자유로운 손으로 요원의 재킷 밑을 더듬었다. 벨트에서 수갑을 발견하고 빼내 그의 두 손에 수갑을 채웠다.

"선배님, 뭐 하시는 겁니까?" 페라스가 놀라서 소리쳤다.

"말했지, 아무도 우릴 밀어내지 못한다고."

보슈는 FBI 요원의 두 손에 수갑을 채우자마자 그의 손에 있던 신분증 지갑을 낚아챘다. 지갑을 열어 이름을 확인했다. 클리포드 맥스웰. 보슈는 그를 돌려세우고 신분증을 그의 재킷 주머니로 밀어 넣었다.

"당신 형사 생활 이제 끝이야." 맥스웰이 침착하게 말했다.

"어이구 무서워라." 보슈가 말했다.

맥스웰이 페라스를 쳐다보았다.

"이 사람을 계속 따라다니면 당신도 똥물에 빠지게 될걸. 생각 잘해." 맥스웰이 말했다.

"시끄러워, 클리프. 여기서 똥물에 빠질 사람은 너밖에 없어. 전술정보반으로 돌아가서 현지 경찰 두 명한테 당했다고 말해 봐, 어떻게 될까?" 보슈가 말했다.

그 말에 맥스웰은 입을 다물었다. 보슈는 현관문을 열고 그를 앞세워 들어갔다. 그의 등을 밀며 거실로 들어가 1인용 소파에 거칠게 주저앉혔다.

"앉아. 그리고 그 더러운 입 좀 다물고." 보슈가 말했다.

그는 손을 뻗어 맥스웰의 재킷을 활짝 젖혀 무기가 어디 있는지 찾았다. 맥스웰의 권총은 왼팔 아래 권총집에 들어 있었다. 맥스웰은 두 팔이 뒤로 가게 해서 수갑이 채워진 상태라 그 권총은 있으나 마나일 것이었다. 보슈는 맥스웰이 비상용 무기를 더 숨기고 있진 않은지 확인하기 위해 아랫다리를 더듬었다. 없다는 걸 확인하고는 뒤로 물러섰다.

"쉬고 있어. 오래 안 걸릴 거야." 보슈가 말했다.

그는 복도로 향하면서 파트너에게 따라오라고 손짓을 했다.

"자넨 홈 오피스부터 시작해. 난 침실부터 시작할 테니까. 뭐든지 찾아보자고. 우리가 찾고 있던 것인지 아닌지는 보는 순간 느낌이 올 거야. 컴퓨터 좀 확인해 봐. 뭐라도 이상한 게 있으면 날 부르고." 보슈가 지시했다.

"선배님."

보슈는 복도에 멈춰 서서 페라스를 바라보았다. 젊은 파트너가 잔뜩 겁먹었다는 것을 알 수 있었다. 맥스웰이 그들의 말을 들을 수 있는 거리에 있었지만, 보슈는 페라스가 하고 싶은 말을 하도록 잠자코 기다렸다.

"이런 식으로 하면 안 되지 않습니까?" 페라스가 말했다.

"그럼 어떤 식으로 해야 되는데, 이그나시오? 대화 채널을 통해서 일을 진행해야 된다는 뜻이야? 상관에게 보고해서 상관이 저 친구 상관과 얘기해 보게 하란 말이지? 그동안 우린 라테나 한잔 마시면서 일을 해도 된다는 허락이 떨어지기를 기다리고?"

페라스가 손으로 거실 쪽을 가리키며 말했다.

"속도를 낼 필요가 있다는 건 저도 압니다. 하지만 저 사람이 이 일을 그냥 넘어갈 거라고 생각하십니까? 저 사람이 우리 배지를 거둬 갈 겁니다, 선배님. 공무 집행을 하다가 일이 잘못돼서 징계를 받는 건 상관없지만, 방금 우리가 한 일로 인해 징계를 받거나 하는 건 싫습니다."

보슈는 페라스가 '우리'라고 말한 것이 기특했고, 그 덕분에 인내심을 갖고 침착하게 그에게 한 발짝 다가가 그의 어깨에 손을 얹을 수 있었다. 보슈는 거실에 있는 맥스웰이 듣지 못하도록 목소리를 낮췄다.

"내 말 잘 들어, 이그나시오. 이 일로 인해서 자네한테 무슨 일이 생기지는 않을 거니까 걱정하지 마. 아무 일도 없을 거라고, 알았어? 내가 자네보다 좀 더 오래 이 업계에서 일했기 때문에 FBI의 생리를 좀 알지. 내 전처도 옛날에 FBI 요원이었어, 알아? 내가 다른 무엇보다 확실히 아는 건 FBI의 제1신조가 'FBI의 명예에 먹칠하지 마라'라는 거야. 콴티코(버지니아 주에 있는 도시로 FBI 연구소가 이곳에 있음-옮긴이)에서 가르치는 철학이고 모든 도시 모든 지부의 모든 요원이 뼛속 깊이 새기고 있는 신조지. 쪽팔리는 일이 없도록 하자 이거야. 그러니까 우리가 일 다 보고 저 친구를 풀어 주면 저 친구는 우리가 무슨 일을 했는지 아무한테도 말하지 않을 거야. 아니 우리가 여기 왔었다는 말도 안 할걸.

저 친구를 왜 집 앞에 세워 놓았다고 생각해? 저 친구가 FBI의 스타라서? 에이, 아니지. 저 친군 FBI의 명예에 먹칠을 해서 벌을 서고 있는 거야. 지금 더 욕을 먹을 만한 행동이나 말은 안 할걸."

보슈는 말을 멈추고 페라스의 반격을 기다렸다. 그러나 페라스는 아무 말도 하지 않았다. 그러자 보슈가 말을 이었다.

"그러니까 빨리빨리 둘러보자고. 오늘 새벽에 여기 왔을 땐 미망인만 신경 쓰다가 세인트 아가타로 뛰어가느라고 바빠서 뭘 제대로 볼 시간이 없었어. 여유를 갖고 천천히 그러나 신속하게 둘러보자. 내 말 알겠지? 밝은 낮에 둘러보면서 사건을 곱씹어 보고 싶어. 이게 내 수사방식이야. 이러다가 가끔 놀라울 정도로 중요한 걸 발견하기도 하지. 기억할 건 언제나 흔적이 남는다는 사실이야. 두 살인범이 집 안 어딘가에 분명히 흔적을 남겼는데 과학수사대를 비롯한 모든 사람들이 그걸 놓쳤을 거야. 범죄 현장에는 반드시 흔적이 남기 마련이거든. 자, 가서 찾아보자."

페라스가 고개를 끄덕였다.

"알겠습니다, 선배님."

보슈가 그의 어깨를 다독였다.

"좋아. 난 침실부터 시작할게. 자넨 홈 오피스부터 살펴봐."

보슈가 복도를 걸어가 침실 문간에 섰을 때 페라스가 또 그를 불렀다. 보슈는 복도를 되돌아가 홈 오피스로 쓰는 벽감 앞에 섰다. 파트너가 책상 뒤에 서 있었다.

"컴퓨터가 어디 있습니까?" 페라스가 물었다.

보슈는 좌절한 표정으로 고개를 가로저었다.

"책상 위에 있었어. 그것도 가져갔군."

"FBI가요?"

"아님 누구겠어? 과학수사대의 증거물 목록에는 컴퓨터가 없었어, 마우스패드만 있었지. 할 수 없지, 그냥 책상이나 뒤져 보고 주위를 살펴봐. 또 뭐 이상한 게 있는지 잘 봐. 보기만 하지, 아무것도 가져가진 않을 거야."

보슈는 다시 복도를 걸어가 부부 침실로 향했다. 그곳은 보슈가 마지막으로 본 이후로 조금도 바뀌지 않은 것 같았다. 더럽혀진 매트리스 때문에 소변 냄새가 아직도 약하게 남아 있었다.

그는 침대 왼편에 있는 협탁으로 걸어갔다. 협탁에 있는 서랍 두 개의 손잡이와 평평한 서랍 표면에 지문 채취용 검은 분말이 묻어 있었다. 협탁 위에는 램프 하나와 스탠리 켄트와 알리샤 켄트의 사진이 든 액자 하나가 놓여 있었다. 보슈는 액자를 들고 사진을 관찰했다. 부부는 꽃이 활짝 핀 장미덩굴 옆에 서 있었다. 알리샤는 얼굴에 흙 얼룩을 묻힌 채 활짝 웃고 있었다. 마치 자기 자식 옆에 자랑스럽게 서 있는 것 같았다. 그녀가 손수 가꾸는 장미덩굴인 게 틀림없었다. 그 뒤에도 장미덩굴이 더 보였다. 그 덩굴 너머 산 위에는 할리우드 간판의 처음 세 글자가 보였다. 보슈는 그 사진이 집 뒷마당에서 찍은 거라는 걸 알아차렸다. 이보다 더 행복한 부부가 또 있을까 싶었다.

보슈는 사진을 내려놓고 협탁 서랍을 차례로 열어 보았다. 윗 서랍에는 돋보기 몇 개와 책 몇 권, 처방약이 든 약통 몇 개 등 스탠리의 개인 물품이 가득 들어 있었다. 아래 서랍은 비어 있었고 스탠리가 총을 보관해 두던 서랍이라는 것이 기억이 났다.

보슈는 서랍을 닫고 협탁 반대편에 있는 방구석으로 걸어갔다. 범죄 현장을 새로운 각도에서 새롭게 보고 싶었다. 범죄 현장 사진이 필요한데 차에 놔두고 왔다는 것을 깨달았다.

보슈는 침실을 나가 복도를 걸어가 현관문으로 향했다. 거실에 이르렀을 때 맥스웰이 주저앉혀진 의자에서 내려와 바닥에 누워 있는 것이 보였다. 어떻게 했는지 수갑을 찬 두 손목이 엉덩이 아래로 내려와 있고 두 무릎은 구부리고 있어 두 손목이 엉덩이와 무릎 사이에 낀 형상이었다. 맥스웰이 벌겋게 달아오른 얼굴에 땀을 뻘뻘 흘리면서 보슈를 올려다보았다.

"끼였는데. 좀 도와줘요." 맥스웰이 말했다.

보슈는 웃음이 터져 나오는 걸 가까스로 참았다.

"잠깐만 기다려."

보슈는 현관문을 나가 자기 차로 가서 과학수사대의 범죄 현장 조사 보고서와 사진이 들어 있는 파일을 꺼냈다. 알리샤 켄트를 찍은 이메일 사진을 출력한 것도 그 속에 들어 있었다.

보슈가 다시 집 안으로 들어와 뒤쪽 방들로 이어지는 복도를 걸어가는데, 맥스웰이 그를 불렀다.

"이봐요, 좀 도와달라니까."

보슈는 맥스웰의 말을 못 들은 척했다. 복도를 걸어가다가 오피스 쪽을 흘끗 쳐다보았다. 페라스가 책상 서랍을 뒤지면서 살펴보고 싶은 것들을 꺼내 책상 위에 차곡차곡 쌓고 있었다.

침실로 들어간 보슈는 이메일 사진을 꺼내고 파일은 침대에 내려놓았다. 그러고는 사진을 높이 들고 방 안 모습을 비교했다. 잠시 후 그는 거울이 달린 벽장문 앞으로 걸어가서 사진에서와 똑같은 각도로 열어 놓았다. 사진에서는 흰 타월 천으로 된 가운이 방구석에 있는 안락의자 위에 걸쳐져 있었다. 보슈는 벽장으로 걸어가 그 가운을 찾아내 사진에서처럼 안락의자에 걸쳐 놓았다.

보슈는 이메일 사진을 찍었을 것으로 생각되는 지점으로 걸어가 섰다. 그러고는 무언가가 고개를 내밀고 말을 걸어 주길 바라면서 방 안을 둘러보았다. 침대 탁자 위에 놓인 꺼진 시계가 눈에 들어와 이메일 사진에서 시계를 확인했다. 사진 속의 시계도 꺼져 있었다.

보슈는 탁자 앞으로 걸어가 쭈그리고 앉아서 탁자 뒤를 살펴보았다. 시계의 플러그가 뽑혀 있었다. 그는 탁자 뒤로 손을 뻗어 플러그를 꽂았다. 그러자 디지털 화면에 12:00이라고 빨간색 숫자가 반짝이기 시작했다. 시계는 작동했다. 시각만 다시 설정하면 되었다.

보슈는 시계에 대해 곰곰이 생각하다가 알리샤 켄트에게 물어봐야겠다고 결론지었다. 그는 침입자들이 플러그를 뽑았을 거라고 추측했다. 문제는 그 이유였다. 어쩌면 알리샤 켄트가 손발이 묶인 채 침대에 누워 있으면서 시간이 얼마나 많이 혹은 얼마나 적게 흘렀는지 알아차리기를 원치 않았던 것인지도 몰랐다.

보슈는 시계 문제는 잠시 제쳐 두기로 하고 침대로 걸어가 파일을 펼쳐 범죄 현장 사진들을 꺼냈다. 사진을 관찰하던 그는 벽장문이 이메일 사진 속 벽장문과는 약간 다른 각도로 열려 있고, 가운이 없는 것을 발견했다. 알리샤 켄트가 구조된 후 입어서 보이지 않는 것이었다. 보슈는 벽장으로 걸어가 열린 벽장문의 각도를 범죄 현장 사진 속 문의 각도와 똑같이 맞추고 나서 침실 문 앞으로 걸어가 서서 방 안을 둘러보았다.

고개를 내밀고 말을 거는 것이 아무것도 없었다. 범죄의 흔적이 아직도 묘연했다. 보슈는 왠지 찜찜한 기분이 들었다. 뭔가를 놓치고 있다는 느낌이 들었다. 방 안에, 바로 자기 눈앞에 있는 무언가를 보지 못하고 있다는 느낌이 들었다.

실패는 스트레스를 야기한다. 손목시계를 확인한 보슈는 연방 요원들과의 회의가—실제로 열린다면 말이지만—세 시간도 채 남지 않았다는 것을 깨달았다.

침실을 나간 보슈는 부엌을 향해 복도를 걸어가면서 방마다 들어가 벽장과 서랍을 열어 봤지만 수상쩍거나 잘못된 것은 하나도 발견하지 못했다. 체육실에서 벽장문을 열어 보니 퀴퀴한 냄새가 나는 겨울옷이 옷걸이에 줄줄이 걸려 있었다. 켄트 부부는 추운 지역에서 LA로 이주했나 보았다. 다른 곳에서 이주한 사람들이 흔히 그렇듯이 켄트 부부도 겨울옷을 내다 버리지 못하고 있었다. LA를 언제까지 견딜 수 있을지 모른다고, 여차하면 도망갈 준비를 해 두는 것이 좋겠다고 생각했는지도 모를 일이었다.

보슈는 벽장 안에 있는 것들을 전혀 건드리지 않고 벽장문을 닫았다. 방을 나가려는데 벽에 고무로 된 요가용 매트가 걸려 있는 고리 옆에 직사각형의 변색된 자국이 있는 것이 눈에 띄었다. 테이프 자국이 흐릿하게 있는 것으로 보아 포스터나 커다란 달력을 테이프로 붙여 놓았다가 뗀 것 같았다.

보슈가 거실로 들어가 보니, 맥스웰은 벌겋게 달아오른 얼굴로 아직도 바닥에 누워서 땀을 뻘뻘 흘리며 발버둥을 치고 있었다. 지금은 수갑 찬 손목이 만들어낸 고리 안으로 한 다리는 빠져나왔지만, 두 팔을 앞으로 옮기려면 다른 다리도 고리 안으로 집어넣어 빼내야 하는데 그렇게 할 수가 없는 모양이었다. 그는 두 손목이 다리 사이에 묶인 것 같은 모양으로 타일 바닥에 누워 있었다. 마치 다섯 살짜리 사내아이가 오줌을 참으려고 몸을 한껏 움츠리고 있는 것 같았다.

"거의 다 끝나갑니다, 맥스웰 요원." 보슈가 말했다.

맥스웰은 대꾸하지 않았다.

부엌에서 보슈는 뒷문으로 나갔다. 뒷마당은 베란다 겸 정원으로 꾸며져 있었다. 밝을 때 마당을 보니 왠지 달라 보였다. 마당은 산비탈로 이어지고 있었고 비탈을 따라 장미덩굴이 네 줄로 층층이 서 있었다. 꽃이 활짝 핀 것도 있었고 피지 않은 것도 있었다. 어떤 것은 지지대에 의지하고 있었고 지지대에는 각기 다른 장미 품종을 적어 놓은 작은 표지판이 달려 있었다. 그는 비탈을 올라가 품종 표지판 몇 개를 살펴보다가 다시 집 안으로 들어갔다.

그는 뒷문을 잠그고 나서 부엌을 가로질러 걸어가 차 두 대용 차고로 들어가는 문을 열었다. 차고 뒷벽을 따라 여러 개의 캐비닛이 늘어서 있었다. 그는 하나하나 열어서 안에 뭐가 들어 있는지 살펴봤다. 주로 원예도구와 허드렛일용 도구였고, 장미 재배를 위한 비료도 몇 포대 있었다.

차고 안에 바퀴 달린 쓰레기통이 한 개 있었다. 보슈가 뚜껑을 열어 보니 비닐 쓰레기봉투가 하나 들어 있었다. 그는 그것을 끄집어내 묶어 둔 매듭을 풀고 들여다보았다. 부엌에서 쓰다 버린 것들이 들어 있었다. 맨 위에는 보라색 얼룩이 있는 키친타월 몇 장이 구겨진 채 놓여 있었다. 뭘 흘린 것을 닦아서 버린 것 같았다. 보슈가 한 장을 집어 들고 냄새를 맡아 보니 포도주스 냄새가 났다.

보슈는 그 키친타월을 쓰레기통에 다시 집어넣고 차고를 떠나 부엌으로 들어갔다. 부엌에 파트너가 있었다.

"빠져나오려고 난린데요." 페라스가 맥스웰 이야기를 했다.

"빠져나와 보라 그래. 오피스는 끝났어?"

"얼추요. 어디 계신가 싶어서 와 봤습니다."

"마저 끝내고 가자."

페라스가 부엌을 나간 후 보슈는 부엌 수납장을 하나하나 열어 보고 걸어 들어갈 수 있는 식료품 저장실 안을 둘러보면서 선반 위에 차곡차곡 쌓인 식료품과 주방용품을 살펴보았다. 그러고 나서 손님 욕실로 들어가 담뱃재가 놓여 있었던 곳을 살펴보았다. 흰 자기로 된 변기 뚜껑 위에 담배 한 개비의 절반 정도 길이가 갈색으로 변한 자국이 있었다.

보슈는 호기심 어린 눈초리로 그 자국을 노려보았다. 담배를 끊은 지 7년이 넘긴 했지만, 아무리 기억을 돌이켜봐도 자기는 저렇게 다 타 들어가도록 놔둔 적이 한 번도 없는 것 같았다. 그라면 담배를 다 피운 후엔 변기 속으로 던지고 물을 내렸을 것이다. 이 담배를 피우던 사람은 담배를 놔뒀다는 것을 깜빡 잊은 것이 분명했다.

집 안 수색을 마친 보슈는 거실로 돌아가서 파트너를 소리쳐 불렀다.

"이그나시오, 다 끝났어? 가자."

맥스웰은 아직 바닥에 누워 있었지만 버둥거리다 지쳐서 체념한 듯 보였다.

"아, 제발 좀! 수갑 좀 풀어 줘!" 맥스웰이 소리쳤다.

보슈가 그에게 다가갔다.

"수갑 열쇠 어디 있어?" 보슈가 물었다.

"재킷 주머니. 왼쪽."

보슈는 허리를 굽히고 맥스웰의 재킷 주머니에 손을 넣어 열쇠고리를 꺼내 하나하나 확인하며 수갑 열쇠를 찾았다. 그러고는 수갑 사이의 사슬을 잡고 맥스웰의 사정을 봐주지 않고 거칠게 홱 잡아당겨 열쇠 구멍에 열쇠를 집어넣었다.

"풀어 줄 테니까 이제부턴 착하게 굴어." 보슈가 말했다.

"뭐? 착하게 굴라고? 웃기고 있네. 그 더러운 엉덩이부터 걷어차 줄 참이니까, 내가."

보슈가 수갑 사슬을 놓자 맥스웰의 손목이 바닥으로 툭 떨어졌다.

"뭐 하는 거야? 빨리 풀라니까!" 맥스웰이 외쳤다.

"충고 하나 할게, 클리프. 다음에 또 내 엉덩이를 걷어차겠다고 위협할 일이 생기면, 내가 풀어 줄 때까지 기다렸다가 해."

보슈가 허리를 펴고 일어서서 열쇠고리를 거실 저편으로 던졌다.

"네 스스로 풀어 봐."

보슈는 현관문을 향해 걸어갔다. 페라스는 벌써 현관문을 나가고 있었다. 보슈가 현관문을 닫으면서 돌아보니 맥스웰이 거실 바닥에 널브러져 있는 것이 보였다. 연방 요원은 신호등 색깔처럼 빨개진 얼굴로 보슈 쪽을 쳐다보며 식식거리면서 마지막 위협을 내뱉었다.

"이게 끝이 아니야, 개자식아."

"그래, 알았어."

보슈는 문을 닫았다. 차로 걸어간 그는 차 지붕 너머로 파트너를 바라보았다. 페라스는 체포되어 경찰차 뒷좌석에 탄 용의자들처럼 당황한 표정이었다.

"기분 풀어." 보슈가 말했다.

그는 차에 타면서 멋진 정장을 차려입은 FBI 요원이 열쇠를 집으려고 거실 바닥을 기어가는 모습을 상상했다.

웃음이 절로 나왔다.

—

## 12
# 큰 그림

자동차가 산길을 달려 내려오는 동안 페라스는 아무 말이 없었다. 보슈는 그가 늙고 경솔한 파트너의 행동 때문에 자신의 전도유망한 경찰 생활에 위험이 닥쳤다고 생각하고 있다는 걸 알고 있었다. 보슈는 그런 생각에서 페라스를 끌어내려고 말문을 열었다.

"내 참, 헛수고만 했네. 난 아무것도 못 건졌어. 오피스에서 뭐 건진 거 있어?" 보슈가 말했다.

"별로 없습니다. 보여 드렸잖습니까, 컴퓨터가 사라진 거."

뚱한 어조였다.

"책상에는 뭐 없었어?" 보슈가 물었다.

"뭐 별로요. 한 서랍에는 소득 신고서와 그 비슷한 서류들이 들어 있었습니다. 다른 서랍에는 재산 문서들이 들어 있고요. 집문서와 라구나에 있는 투자자산 문서, 보험증서 등등 신탁 형태로 있는 재산 문서들이요. 참, 부부의 여권도 들어 있었고요."

"그렇군. 켄트가 작년엔 얼마나 벌었대?"

"세금 공제하고 실수입만 25만 달러 정도요. 그리고 회사 지분의 51퍼센트를 소유하고 있고요."

"부인도 수입이 있어?"

"아뇨. 무직이던데요."

보슈는 입을 다물고 방금 들은 내용과 이제까지의 상황을 정리해 보았다. 산길을 다 내려왔을 때 그는 고속도로를 타지 않기로 결심했다. 대신 그는 카후엥가 길을 달려 프랭클린으로 향했고 그곳에서 동쪽으로 방향을 틀었다. 조수석 창밖을 내다보고 있던 페라스는 보슈가 다른 길로 가고 있다는 것을 금방 알아차렸다.

"어디 가는 겁니까? 사무실로 들어가는 거라고 생각했는데요."

"로스 펠리즈부터 가자."

"로스 펠리즈에 뭐가 있는데요?"

"버몬트에 도넛 홀이 있지."

"한 시간 전에 아침 먹었잖아요."

보슈가 손목시계를 보니 8시가 다 되어 가고 있었다. 그는 너무 늦은 게 아니기를 바랐다.

"도넛 먹으러 가는 거 아니야."

페라스는 나지막이 욕을 내뱉으며 고개를 가로저었다.

"설마 그분을 만나러 가는 건 아니죠? 그건 아니죠?" 그가 물었다.

"벌써 놓친 게 아니라면. 걱정 되면 차에 있어."

"보고 체계에서 적어도 다섯 계단은 건너뛰는 겁니다, 지금. 걘들 경위님이 아시면 불호령이 떨어질 텐데요."

"나한테만 떨어질 거야. 자넨 차에 있어. 그럼 거기 있었다는 것도 모를 텐데, 뭘."

"아시잖습니까, 파트너가 한 일에 대해서는 연대책임이라는 것. 연대책임을 져야 파트너라고 부를 수 있는 거고요."

"이봐, 내가 다 알아서 처리할게. 합당한 보고 체계를 밟아서 올라갈 시간이 없어. 국장님이 상황을 알아야 하니까 내가 다 말씀드릴 생각이야. 다 듣고 나면 알려 줘서 고맙다고 하실걸."

"그분은 그러실지 몰라도, 걘들 경위님은 안 그럴 걸요."

"경위님도 내가 맡아 설득할게."

그 후로 그들은 목적지에 닿을 때까지 한 마디도 하지 않았다.

로스앤젤레스 경찰국은 세상에서 가장 배타적인 관료 조직들 중 하나였다. LA 경찰국이 탄생한 지 1세기가 훨씬 지났지만 아이디어나 해답이나 지도자를 외부에서 찾은 경우는 거의 없었다. 몇 년 전, 경찰국 관련 추문과 LA 지역 공동체의 혼란이 수년에 걸쳐 계속되자 시 의회가 경찰국의 수장을 경찰국 밖에서 영입하기로 결정을 내렸다. LA 경찰국의 오랜 역사에서 경찰국장직이 내부 인사의 승진으로 채워지지 않은 경우는 이때가 겨우 두 번째였다. 그 후, 사람들은 회의적인 시각은 말할 것도 없고 엄청난 호기심을 가지고 외부에서 모셔온 경찰국장을 지켜보았다. 그의 일거수일투족이 일일이 기록이 되었고 그 모든 정보는 불끈 쥔 주먹의 혈관처럼 1만여 명의 경찰을 연결시켜 주는 비공식적인 대화 채널을 통해 모두에게 전달이 되었다. 점호 시간이나 라커룸에서, 순찰차 컴퓨터의 문자메시지를 통해, 이메일과 전화로, 경찰관들이 단골로 드나드는 술집이나 뒷마당 바비큐 파티에서 정보가 오고갔다. 이젠 사우스 LA의 순경들이 새 국장이 전날 밤 무슨 할리우드 영화 시사회에 참석했는지까지 알고 있었다. 새 국장이 경찰 제복을 맡기는 세탁소가 어디인지를 밸리 지역의 성매매사건 담당 형사들이 알고 있었고, 그의 부인이 단골로 다니는 슈퍼마켓이 어디인지를 베니스의 강력계 형사들이 알고 있었다.

따라서 해리 보슈 형사와 그의 파트너 이그나시오 페라스 형사가 경찰국장이 아침마다 파커 센터로 출근하는 길에 어느 도넛 가게에 들러 커피를 사 가지고 가는지 알고 있는 것은 전혀 이상한 일이 아니었다.

아침 8시 보슈가 도넛 홀 주차장으로 들어갔을 때 국장이 타는 표식 없는 관용차는 보이지 않았다. 도넛 홀은 로스 펠리즈라는 산동네 밑에 움푹 들어간 평지에 자리 잡고 있어서 상호가 참으로 적절하게 느껴졌다. 보슈는 시동을 끄고 파트너를 돌아보았다.

"여기 있을 거야?"

페라스는 앞 유리만 뚫어지게 쳐다보고 보슈를 돌아보지 않은 채 고개를 끄덕였다.

"좋을 대로 해." 보슈가 말했다.

"선배님, 기분 나빠 하지 마시고 들으십시오. 이렇게는 안 되겠습니다. 선배님은 파트너를 원하지 않는 것 같습니다. 선배님 하시는 일에 토를 달지 않고 시키는 대로만 하는 심부름꾼을 원하시는 것 같습니다. 파트너를 바꿔 달라고 경위님께 말씀드릴 생각입니다."

보슈는 페라스를 바라보면서 생각을 가다듬었다.

"이그나시오, 우리 둘이 함께하는 첫 사건이야. 좀 더 시간을 갖고 지켜봐야 한다고 생각하지 않아? 갠들 경위도 그렇게 말할걸. 강력계에 들어온 지 얼마 되지도 않았는데 벌써부터 수틀리면 잽싸게 파트너를 갈아치우는 친구라는 평판을 얻고 싶진 않을 거 아니냐고 되물을 것 같은데."

"수틀리면 잽싸게 파트너를 갈아치우고 있는 게 아닙니다. 선배님과 저는 잘 맞지 않는 것 같아서 그러는 거죠."

"이그나시오, 지금 실수하는 거야."

"아뇨, 저는 이게 최선이라고 생각합니다. 우리 둘 다에게요."

보슈는 오랫동안 페라스를 바라보다가 운전석 문 쪽으로 고개를 돌렸다.

"아까도 말했지만, 좋을 대로 해."

보슈는 차에서 내려 도넛 가게를 향해 걸어갔다. 페라스의 반응과 결정에 실망했지만 몰아붙이지 말아야 한다는 걸 알고 있었다. 페라스에게는 곧 태어날 아기가 있었고 안전하게 일을 해야 할 필요가 있었다. 보슈는 안전을 지향하며 일을 한 적이 단 한 번도 없었고 그 결과 그가 잃은 파트너가 한두 명이 아니었다. 이 사건을 종결하고 나면 젊은 친구의 마음을 돌려 보도록 한 번 더 애를 써 봐야 할 것 같았다.

가게 안으로 들어간 보슈는 손님 두 명 뒤에 줄을 서서 기다렸다가 카운터 뒤에 서 있는 아시아계 남자에게 블랙커피 한 잔을 주문했다.

"도넛은 안 드세요?"

"도넛은 됐고, 커피만 줘요."

"카푸치노요?"

"아니, 블랙커피."

남자는 판매가 신통찮아 실망한 표정으로 뒷벽에 달린 커피 브루어로 돌아서서 커피 한 잔을 따랐다. 그가 돌아섰을 때, 보슈는 경찰 배지를 꺼내 들고 있었다.

"국장님 오셨다 가셨소?"

남자는 망설이는 눈치였다. 경찰 내의 사적인 정보망에 대해서 알지 못했기 때문에 보슈가 그걸 어떻게 알았는지 어리둥절한 것 같았고 어떻게 대답을 해야 할지 난감한 모양이었다. 그는 말을 잘못 했다가는 유명인 고객을 잃을 수도 있다는 걸 알고 있었다.

"괜찮아요. 여기서 만나기로 했는데, 내가 늦어서 그래요." 보슈가 말했다.

그는 곤란한 상황인 것처럼 애매한 미소를 지으려고 애를 썼지만, 잘 되지 않아서 그만두었다.

"아직 안 오셨는데요." 계산 직원이 말했다.

국장을 놓치지 않았다는 사실에 안도한 보슈는 커피 값을 내고 잔돈은 팁 넣는 통에 넣었다. 그러고는 구석에 있는 빈 테이블로 갔다. 아침 이 시간에는 손님들이 주로 테이크아웃을 해 갔다. 출근길에 일용할 양식을 사 갖고 가는 것이었다. 보슈는 이 도시 문화의 횡단면을 이루는 사람들이 카페인과 설탕 중독으로 하나 되어 카운터를 향해 걸어가는 모습을 10분 동안 지켜보았다.

드디어 검은색 타운카가 주차장으로 들어오는 것이 보였다. 국장은 조수석에 타고 있었다. 국장과 운전사가 차에서 내렸다. 두 사람은 주위를 살피더니 도넛 가게를 향해 걸어왔다. 보슈는 운전사도 경찰관이고 국장의 경호원 역할까지 하고 있다는 걸 알고 있었다.

그들이 들어왔을 때 카운터 앞에는 아무도 없었다.

"안녕하십니까, 국장님." 카운터 직원이 말했다.

"좋은 아침이오, 밍 선생. 늘 먹던 걸로 줘요." 국장이 대꾸했다.

보슈가 일어서서 다가갔다. 국장 뒤에 서 있던 경호원이 돌아서더니 보슈를 쳐다보며 떡 버티고 섰다. 보슈가 걸음을 멈췄다.

"국장님, 제가 커피 한 잔 사 드려도 되겠습니까?" 보슈가 물었다.

미소를 지으며 돌아선 국장은 호감을 표시하는 시민이 아니라 보슈가 서 있는 것을 보고 놀라는 기색이었다. 얼굴을 찌푸리는가 싶더니—국장은 에코 파크 사건의 여파로 아직도 곤욕을 치르고 있었다—곧 태연한 표정으로 바뀌었다.

"보슈 형사, 설마 나쁜 소식을 전하려고 온 건 아니겠지?" 경찰국장이 말했다.

“나쁜 소식이라기보다는 경고에 가깝습니다, 국장님.”

국장은 돌아서서 밍에게서 커피 한 잔과 작은 봉지를 받아 들었다.

“앉게. 5분 정도 시간이 있군. 그리고 커피 값은 내가 내지.” 국장이 말했다.

국장이 커피와 도넛 값을 치르는 동안 보슈는 자기 테이블로 돌아갔다. 그는 자리에 앉아서 국장이 커피와 도넛을 받아 들고 옆 카운터로 가서 커피에 크림과 감미료를 넣는 것을 지켜보았다. 보슈는 국장이 경찰국을 위해 업무를 잘 수행하고 있다고 생각했다. 정치적으로 잘못된 조치를 몇 번 취했고 고위 간부 임명에 있어서 논란의 여지가 있는 선택을 한 적도 몇 번 있었지만, 전반적으로 볼 때 평직원들의 사기를 크게 진작시켰다.

그것은 결코 쉬운 일이 아니었다. 신임 국장이 물려받은 경찰국은 FBI의 램파트 비리 스캔들(1990년대 LA 경찰국 갱 전담부서 크래쉬 소속 수사 요원들 사이에 광범위하게 만연했던 부정부패 사건을 통칭하는 말－옮긴이) 조사와 수많은 스캔들이 발생한 후에 협상을 통해 마련된 연방 동의 명령에 따라 운영되고 있었다. 경찰국의 공무 집행과 운영의 모든 측면이 연방 관리들의 감시와 동의 명령 준수 여부 평가를 받았다. 그 결과 경찰국은 사사건건 간섭하는 연방 기관의 질문에 대답을 해 주어야 했을 뿐만 아니라 연방 기관 보고용 서류 작업의 홍수에 시달려야 했다. 이미 그 몸집이 한껏 줄어든 경찰국이 실질적인 경찰 업무를 수행하기가 힘이 들 정도였다. 그러나 새 국장이 취임하자 놀랍게도 평 경찰관들이 협력하여 업무를 수행해내기 시작했다. 심지어 범죄율도 떨어졌다. 평소에 범죄 통계를 의혹의 눈초리로 바라보던 보슈였지만 그렇다면 실제 범죄도 줄어들었을 가능성이 크다고 생각했다.

그러나 이 모든 것을 차치하고, 보슈가 국장을 좋아하는 데는 한 가지 중요한 이유가 있었다. 2년 전 그가 보슈를 복직시켜 주었기 때문이었다. 그전에 보슈는 퇴직하고 사립탐정으로 나섰었다. 그게 실수였다는 걸 깨닫기까지는 그리 오래 걸리지 않았고, 그의 복직 의사를 알게 된 신임국장이 기꺼이 그를 다시 받아 주었다. 그로 인해 보슈는 국장에게 충성심을 갖게 되었고 지금 도넛 가게에서의 만남을 무리해서 끌고 가는 데는 그런 이유도 있었다.

국장이 보슈 맞은편에 앉았다.

"운이 좋군, 형사. 평소 같으면 한 시간 전에 왔다 갔을 걸세. 근데 어젯밤엔 세 군데에서 열린 범죄 감시 회의에 참석하느라고 늦게까지 일을 했거든."

국장은 도넛 봉지로 손을 넣어 도넛을 꺼내지 않고 봉지 가운데를 쭉 찢어 펼쳐 놓고 사 온 도넛 두 개를 먹었다. 슈가 파우더 도넛과 초콜릿 당의를 입힌 도넛이었다.

"이게 이 도시에서 가장 위험한 살인범이지." 국장이 초콜릿 도넛을 들고 말하더니 한입 베어 물었다.

보슈가 고개를 끄덕였다.

"옳은 말씀이십니다."

보슈는 어색하게 웃으면서 분위기를 누그러뜨리기 위해 할 말을 찾았다. 그의 옛 파트너 키즈민 라이더가 총상에서 회복한 후 얼마 전에 복귀했다. 그녀는 강력계에서 예전에 한 번 일한 바 있는 경찰국장실로 전보 발령을 받았다.

"제 옛 파트너는 어떻게 지냅니까, 국장님?"

"키즈? 키즈는 잘 있지. 나를 위해 일을 참 잘해 주고 있네. 내 생각엔 제자리를 찾은 것 같아."

보슈는 다시 고개를 끄덕였다. 한두 번으로 그치지 않고 연신 고개를 끄덕였다.

"자네는 제자리에 있다고 생각하나, 형사?"

보슈는 국장을 쳐다보며 자기가 보고 체계를 무시한 것을 질책하는 것은 아닐까 생각했다. 그가 대답을 생각해내기도 전에 국장이 다른 질문을 던졌다.

"멀홀랜드 산마루에서 일어난 사건 때문에 온 건가?"

보슈는 고개를 끄덕였다. 갠들 경위로부터 보고가 올라가 국장이 사건에 대해 어느 정도 보고를 받은 것이 분명했다.

"이걸 먹으려고 아침마다 한 시간씩 운동을 하지. 밤에 일어난 사건들이 팩스로 보고가 들어오면 누워서 타는 자전거를 타면서 보고서를 읽는다네. 산마루 살인사건을 자네가 맡았다는 것과 FBI가 관심을 보이고 있다는 얘기 들었네. 하들리 경감이 오늘 아침에 전화도 했더군. 테러 사건일 가능성이 있다면서." 국장이 말했다.

보슈는 돈 배들리 경감과 국토안보실까지 벌써 발을 들여놨다는 사실을 알고 깜짝 놀랐다.

"하들리 경감은 뭐 하고 계십니까? 경감님 전화 못 받았는데요." 보슈가 물었다.

"늘 하던 대로 하고 있지. 우리측 정보를 확인하고 연방 요원들과 대화 창구를 마련하려고 애쓰고 있다네."

보슈는 고개를 끄덕였다.

"그래, 무슨 말을 하고 싶은 건가, 형사? 여기 온 이유가 뭐지?"

보슈는 사건에 대해 좀 더 자세히 설명하면서, 연방 기관이 개입된 사실과 연방 기관이 LA 경찰국을 수사에서 제외시키려고 하고 있다는 것을 강조했다. 보슈는 FBI 요원들이 사라진 세슘 찾기를 급선무로 여기고 총력을 기울이고 있다고 말했다. 그러나 이 사건은 살인사건이기 때문에 LA 경찰국이 당연히 수사에 참여해야 한다고 강조했다. 그는 지금까지 수집한 증거들을 간략히 설명한 후 생각해 본 몇 가지 시나리오를 제시했다.

보슈의 이야기가 끝날 때쯤 국장은 도넛 두 개를 다 먹었다. 그는 냅킨으로 입을 닦더니 손목시계를 보았다. 그가 처음에 제시했던 5분이 훌쩍 지나 있었다.

"내게 말하지 않은 것은 뭔가?" 국장이 물었다.

보슈는 어깨를 으쓱거렸다.

"별로 없습니다. 조금 전에 피해자의 집에서 연방 요원과 주먹다짐이 좀 있긴 했습니다만, 그것 때문에 무슨 일이 생길 것 같지는 않습니다."

"자네 파트너는 왜 이 안에 들어와 있지 않나? 왜 차에서 기다리고 있지?"

보슈는 국장이 이곳에 도착한 후 주차장을 둘러보면서 페라스를 보았다는 사실을 알게 되었다.

"수사 방식에 대해 이견이 좀 있습니다. 좋은 친구이긴 한데 연방 요원들에게 너무 쉽게 져 주려고 해서요."

"LA 경찰이 그러면 안 되지, 물론."

"그럼요, 국장님."

"경찰국의 지휘 계통을 무시하고 이 문제를 들고 나를 직접 찾아오는 것이 적절한 행동이라고 파트너도 생각하던가?"

보슈는 눈을 내리깔았다. 국장의 어조가 엄격해져 있었다.

보슈가 말했다.

"실은 제 파트너는 이 일에 동의하지 않았습니다, 국장님. 이건 순전히 제 아이디어였습니다. 전 시간이 별로 없…."

"자네가 무슨 생각을 했느냐가 중요한 게 아닐세. 자네가 무슨 행동을 했느냐가 중요하지. 내가 자네라면 이 만남은 비밀로 할 걸세. 나도 물론 그럴 거고. 다시는 이런 일이 없도록 하게, 형사. 알겠나?"

"네, 알겠습니다."

국장은 도넛이 선반에 줄지어 놓여 있는 유리 진열장 쪽을 흘끗 쳐다보았다.

"그건 그렇고, 내가 여기 올 거라는 건 어떻게 알았나?" 국장이 물었다.

보슈는 어깨를 으쓱거렸다.

"글쎄요, 그냥 알았습니다."

그렇게 말하고 나니 옛 파트너로부터 정보를 얻었을 거라고 국장이 생각할지 모르겠다 싶었다. 보슈가 재빨리 말했다.

"키즈는 아닙니다, 국장님. 그냥 알게 된 겁니다. 경찰국 내에 떠도는 소문으로 들었습니다."

경찰국장이 고개를 끄덕였다.

"유감이군. 여기 좋은데. 편리하고 도넛도 맛있고 밍도 친절한데. 정말 유감이야." 그가 말했다.

보슈는 국장이 도넛 가게를 바꿀 거라는 사실을 깨달았다. 언제 어디로 가면 그를 만날 수 있다는 사실이 알려지면 그에게 좋을 게 없기 때문이었다.

"죄송합니다, 국장님. 근데 좋은 곳을 추천해 드려도 되겠습니까? 농산물시장 안에 밥스 커피 앤 도넛이라는 가게가 있는데요. 약간 돌아가야 하는 게 문제지만 커피와 도넛은 충분히 그럴 가치가 있습니다." 보슈가 말했다.

국장이 생각에 잠긴 표정으로 고개를 끄덕였다.

"기억해 두지. 그래, 원하는 게 뭔가, 보슈 형사?"

보슈는 국장이 본론으로 들어가고 싶어 한다고 생각했다.

"그 사건 수사를 제가 계속 맡아서 하고 싶습니다. 그러기 위해서는 피해자의 아내인 알리샤 켄트와 피해자의 동업자인 켈버라는 남자를 만나 봐야 하는데요. 둘 다 FBI가 보호하고 있어서 제가 접근할 수 있는 기회는 이미 다섯 시간 전에 차단이 된 것 같습니다."

보슈는 잠깐 숨을 돌린 후, 이 약속되지 않은 만남의 목적을 국장에게 털어놓았다.

"그래서 여기 온 겁니다, 국장님. 그 참고인들을 꼭 만나 봐야 합니다. 국장님께서 제게 그럴 기회를 마련해 주실 수 있을 거라고 믿습니다."

국장이 고개를 끄덕였다.

"난 경찰국장이기도 하지만, 합동테러대책반의 일원이기도 하지. 전화 몇 통 걸어서 성질 좀 부리면 대화의 창을 열 수 있을 거야. 아까도 말했지만, 하들리 경감의 국토안보실이 이미 이 일에 착수했으니까 그가 대화 창구를 개설할 수 있을 것으로 보네. 과거에는 이런 일에 관해서 정보를 차단당했지만 이젠 안 되지. 그쪽 책임자한테도 전화를 걸어서 경고를 해야겠군."

국장이 보슈를 도와주기로 결심한 것 같았다.

"역류가 뭔지 아나, 형사?"

"역류요?"

"담즙이 목구멍으로 밀고 올라오는 현상을 역류라고 하지. 그럴 땐 목구멍이 타 들어갈 듯 쓰리고 아프다네, 형사."

"네, 그렇습니까?"

"무슨 말인고 하니 내가 자넬 위해 이런 조치들을 취해서 대화의 창을 열어 주기는 하겠지만, 역류는 원하지 않는다는 말일세. 알겠나?"

"알겠습니다."

국장은 냅킨으로 입을 한 번 더 닦은 후 냅킨을 찢어진 도넛 봉지 위에 놓았다. 그러고는 설탕 가루가 검은 정장에 떨어지지 않게 조심하면서 봉지를 구겨 공으로 만들었다.

"두루두루 전화는 걸어 보겠지만 쉽지는 않을 거야. 정치적인 이해관계가 걸려 있어서 말이야."

보슈가 경찰국장을 바라보았다.

"무슨 말씀이십니까, 국장님?"

"큰 그림을 보란 말일세, 형사. 자넨 이 사건을 살인사건으로만 생각하고 있지만, 실은 그보다 훨씬 더 많은 게 걸려 있는 사건이란 말이지. 멀홀랜드 산마루에서 일어난 일을 테러 음모라는 시각에서 보면 연방정부에 아주 큰 득이 된단 말일세. 국내에서 실제로 테러 위협이 발생했다는 사실은 국민의 관심을 효과적으로 분산시키고 다른 분야에서 받고 있는 압박을 완화시킬 수가 있거든. 이라크 전쟁은 지지부진, 잃은 게 더 많고, 총선은 한 마디로 재난이었잖나. 게다가 중동은 아직도 들끓고 있고, 유가는 도무지 잡힐 줄 모르고, 레임덕을 맞고 있는 대통령의 지지율은 민망한 수준으로 떨어졌고. 연방 정부의 고민을 늘어놓자면 끝도 없지. 이럴 때 이런 사건이 터져 준 건 정말 할렐루야지. 과거의 실수를 만회할, 그리고 국민의 관심과 의견을 딴 데로 돌릴 절호의 기회니까."

보슈는 고개를 끄덕였다.

"그들이 이 사건을 테러 음모라는 방향으로 계속 밀고 갈 거라는, 아니 더 나아가 위협을 과장할 수도 있다는 말씀이십니까?"

"꼭 그렇다는 게 아니라, 형사. 난 단지 자네의 시각을 넓혀 주려는 것뿐일세. 이런 사건이 터지면, 정치적인 관계도도 잘 그릴 수 있어야 한단 말이지. 도자기 가게에 들어간 황소처럼 날뛰기만 해서는 안 된단 말일세. 과거에는 그게 자네의 주특기였긴 하지만."

보슈는 고개를 끄덕였다.

"그것뿐만 아니라, 지역 정치 상황도 고려해야 한다네. 시의회에 내 자리를 노리는 사람이 한 명 있잖나." 국장이 말했다.

국장은 자신이 쫓아낸 어빈 어빙 전 부국장 이야기를 하고 있었다. 그는 오랫동안 경찰국 고위 간부로 일하다가 물러난 후 시의회 의원직에 입후보해서 당선되었다. 이제 그는 경찰국과 현 경찰국장의 가장 강력한 비판세력이 되었다.

"어빙 말씀이십니까? 시의회에서 한 표를 행사하고 있을 뿐인데요." 보슈가 말했다.

"비밀을 많이 알고 있거든. 그 덕분에 정치 세력을 규합하기 시작할 수 있었지. 시의원 선거가 있은 다음에 내게 메시지를 보냈더군. 딱 한 마디 적혀 있었네. '기다려요.' 그가 이 사건을 절호의 기회로 이용할 수 있게 만들지 말게, 형사."

국장은 자리에서 일어서서 떠날 준비를 했다.

"내가 한 말 잘 생각해 보고 조심하게. 그리고 잊지 말게, 역류는 없어야 한다는 것." 국장이 말했다.

"네, 국장님."

국장은 돌아서서 운전사에게 고갯짓을 했다. 운전사가 문으로 걸어가 문을 열고 국장이 지나가도록 잡고 있었다.

—

## 13
# 찰리는 파도를 타지 않는다

보슈는 주차장을 빠져나갈 때까지 아무 말도 하지 않았다. 그는 하루 중 이 시간대에는 할리우드 고속도로가 출근 차량으로 몸살을 앓으니까 일반 도로가 낫겠다고 생각했다. 그중에서도 선셋 대로가 시내로 가는 가장 빠른 길일 것 같았다.

두 블록쯤 가자 페라스는 궁금증을 참지 못하고 도넛 가게에서의 일은 어떻게 되었느냐고 물었다.

"걱정하지 마, 이그나시오. 우리 둘 다 쫓겨나진 않을 거니까."

"그럼 어떻게 됐습니까?"

"자네 생각이 옳다고 하셨어. 내가 지휘 계통을 무시하고 튀어나와서는 안 되는 일이었다고. 하지만 여기저기 전화를 걸어 연방 요원들과 대화의 창구를 만들겠다고 약속하셨지."

"그럼 두고 봐야겠군요."

"그렇지, 두고 봐야지."

한동안 침묵이 흐른 후 보슈가 페라스의 파트너 교체 문제를 끄집어냈다.

"아직도 경위한테 파트너 바꿔 달라고 말해 볼 생각이야?"

페라스는 그 질문이 불편한지 잠깐 망설이다가 대답했다.

"모르겠습니다, 선배님. 아직도 그게 최선이라고 생각합니다. 우리 둘 다에게 최선이라고요. 선배님은 여자 파트너하고 일하시는 게 가장 좋을 것 같습니다."

보슈는 터져 나오려는 웃음을 간신히 참았다. 페라스는 보슈의 마지막 파트너였던 키즈민 라이더가 어떤 사람인지 모르고 있었다. 그녀가 좋은 게 좋다고 보슈의 말을 순순히 따랐던 적은 단 한 번도 없었다. 보슈가 무슨 일을 하겠다고 나설 때마다 페라스처럼 그녀도 사사건건 태클을 걸었다. 보슈가 페라스의 생각을 바로잡아 주려는 순간 보슈의 휴대전화가 울려서 그는 주머니에서 휴대전화를 꺼냈다. 갠들 경위였다.

"해리, 어디야?"

경위의 목소리는 평소보다 크고 다급했다. 게다가 흥분한 목소리여서 보슈는 그가 도넛 홀 만남에 대해 이미 소식을 전해들은 것이 아닌지 궁금했다. 국장이 벌써 그를 배신한 것일까?

"선셋이요. 들어가고 있는데요."

"실버 레이크 지났어?"

"아뇨, 아직."

"다행이네. 실버 레이크로 올라가 봐. 저수지 아래쪽에 있는 체육관으로 가 봐."

"무슨 일인데요, 경위님?"

"켄트 부부의 차가 거기서 발견됐어. 벌써 하들리와 국토안보실 직원들이 나가서 수사본부를 차리고 있대. 수사관을 보내 달라는데."

"하들리요? 그 사람이 거긴 왜요? 수사본부는 또 왜요?"

"하들리의 국토안보실이 정보를 입수하고 먼저 확인해 보고 나서 우릴 끌어들이기로 한 거야. 그 차가 요주의 인물의 집 앞에 서 있대. 수사관들을 빨리 보내 달라는데."

"'요주의 인물'이요? 그건 또 무슨 소리죠?"

"그 집이 국토안보실이 주시하고 있던 사람의 집이라는 거야. 테러 동조자로 의심받고 있는 사람의 집이래. 나도 자세한 건 몰라. 직접 가서 알아봐, 해리."

"알았어요. 곧장 그리로 갈게요."

"가서 보고 연락해. 내가 나갈 필요가 있으면 그렇다고 말하고."

물론 갠들은 사무실을 떠나 현장으로 달려오는 걸 원하지 않았다. 그러면 일상의 관리 업무와 서류 처리가 늦어지기 때문이었다. 보슈는 전화기를 덮고 속도를 내려고 했지만 교통량이 너무 많아 그럴 수가 없었다. 그는 갠들 경위에게서 얻은 빈약한 정보를 페라스에게 전해 주었다.

"FBI는요?" 페라스가 물었다.

"FBI가 뭐?"

"알고 있을까요?"

"안 물어봤는데."

"10시 회의는 어떻게 되는 겁니까?"

"그건 10시에 고민해 봐야겠지."

10분 후 드디어 그들은 실버 레이크 대로로 들어섰고 보슈는 방향을 북쪽으로 틀어 달려갔다. 이 동네는 한가운데에 자리하고 있는 실버 레이크 저수지에서 이름을 따온 동네로, 방갈로식 주택들과 2차 대전 후에 지어진 주택들이 인공 저수지를 둘러싸고 있는 모양이었다.

체육관으로 다가가면서 보니까 국토안보실의 트레이드마크인 검은색 SUV 두 대가 서 있었다. 그 번쩍이는 차량들을 보면서 보슈는 테러범을 소탕하는 부서는 시의 예산을 지원받는 데 별 어려움이 없는 모양이라고 생각했다. 그곳에는 순찰차 두 대와 시 청소 트럭도 한 대 서 있었다. 보슈는 순찰차 뒤에 차를 세우고 페라스와 함께 차에서 내렸다.

국토안보실 특유의 검은색 작업복을 입은 남자 열 명이 SUV 한 대의 접이식 뒷문 주위에 모여 있었다. 보슈가 그들에게로 걸어가자 페라스는 두세 걸음 뒤처져서 따라갔다. 보슈와 페라스를 보고 남자들이 일제히 양옆으로 비켜서며 길을 터주어서 뒷문을 올리고 빈 공간에 앉아 있는 돈 하들리 경감이 보였다. 보슈는 그를 직접 만나 본 적은 없었지만 텔레비전으로 자주 봐서 금방 알아보았다. 그는 옅은 갈색 머리에 얼굴이 붉고 덩치가 큰 남자였다. 마흔 살쯤 되어 보였는데 그중 절반은 헬스클럽에서 운동을 하면서 보낸 것 같았다. 안색이 붉어서 운동을 너무 심하게 했거나 숨을 참고 있는 사람 같은 인상을 주었다.

"보슈 형사? 아니면 페라스 형사?" 하들리가 물었다.

"내가 보슈입니다. 이쪽이 페라스고."

"두 분, 만나서 반가워요. 우리가 두 분을 위해 이 사건을 신속히 해결할 수 있을 것 같군요. 우리 직원이 영장을 받아오기를 기다리는 중인데 오면 즉시 안으로 들어갈 거요."

하들리가 일어서서 자기 부하에게 손짓을 했다. 자신감이 넘치는 태도였다.

"페레즈, 영장 어떻게 됐는지 확인해 봐. 기다리는 거 지겹군. 그리고 감시 초소에 연락해서 상황이 어떤지 알아보고."

그러고 나서 하들리는 보슈와 페라스를 향해 돌아섰다.

"이쪽으로 가실까요, 형사님들."

하들리는 무리에서 떨어져 나와 걸어갔고 보슈와 페라스가 그 뒤를 따랐다. 하들리는 듣는 귀를 염려할 필요 없이 셋이서만 이야기할 수 있도록 청소 트럭 뒤로 그들을 안내했다. 경감은 자기가 지휘관임을 과시하려는 듯 트럭의 뒷 범퍼에 한 발을 올려놓고 그쪽 무릎에 팔꿈치를 올려놓았다. 보슈는 그의 두꺼운 오른쪽 허벅지에 맨 권총집에 권총이 꽂혀 있는 것을 보았다. 반자동 권총이라는 사실만 빼면 마치 옛날 서부영화에 나오는 총잡이 같았다. 그는 껌을 씹고 있었고 그 사실을 감추려고도 하지 않았다.

보슈는 하들리에 대해 많은 이야기를 전해 들었었다. 이제 자기도 그런 이야기의 등장인물이 될 것 같다는 느낌이 들었다.

"이것 때문에 두 분을 여기로 부른 거요." 하들리가 말했다.

"이것이라니요, 그게 뭡니까, 경감님?" 보슈가 말했다.

하들리는 두 손을 맞잡아 손뼉을 치더니 대답했다.

"여기에서 두 블록 반 정도 떨어진, 저수지에 면한 도로에서 여러분이 찾고 있던 크라이슬러 300을 발견했소. 차량 번호를 확인하니 수배령에 나온 번호와 일치하고 차량을 내 눈으로 직접 확인도 했고. 우리가 찾고 있던 그 차가 맞아요."

보슈는 고개를 끄덕였다. 여기까진 괜찮은 소식이군, 근데, 뭐? 그는 생각했다.

하들리가 말을 계속했다.

"그 차는 라민 사미르라는 남자의 집 앞에 주차되어 있었소. 사미르는 몇 년 전부터 우리가 예의 주시하고 있던 사람이죠. 진짜 요주의 인물 말이오."

보슈는 어디선가 그 이름을 들어 본 것 같긴 한데 어디서인지 기억이 나지 않았다.

"그가 요주의 인물이 된 이유는요, 경감님?" 보슈가 물었다.

"사미르는 미 국민을 다치게 하고 미국의 국익을 해치고 싶어 하는 종교단체들을 공공연히 지지해 온 사람이오. 그보다 더 심각한 것은 그가 우리 젊은이들에게 조국을 미워하라고 가르친다는 거죠."

마지막 말을 들으니 보슈의 머릿속에 떠오르는 것이 있었다.

사미르가 중동의 어느 국가 출신인지는 기억나지 않았지만, 그가 예전에 남부캘리포니아 대학교(USC) 국제정치학부의 초빙교수로 있으면서 교실에서 그리고 언론 매체를 통해 반미감정을 조장하여 크게 주목을 받은 사실은 기억이 났다.

9·11 테러 이전에는 사미르가 언론에 잔물결을 일으켰다면, 9·11 테러 이후에는 그 잔물결이 파도가 되었다. 그는 미국이 전 세계 곳곳을 침략하고 공격했기 때문에 9·11 테러 공격은 정당하다고 공공연히 주장했다. 이런 주장을 통해 얻은 관심과 유명세 덕분에 그는 얼마 지나지 않아 반미 인사의 짧은 코멘트가 필요할 때 언론사가 잊지 않고 찾아가는 대표적인 반미 인사가 되었다. 그는 미국의 대 이스라엘 정책을 폄하했고, 아프가니스탄에서의 군사작전에 반대했으며, 이라크 전쟁은 석유를 둘러싼 각축전에 지나지 않는다고 주장했다.

그 후 몇 년간 사미르는 출연자들이 서로에게 고함을 질러대는 케이블 뉴스 토론 프로그램에 단골로 출연해 반미 선동가로서의 역할을 톡톡히 했다. 그는 우익과 좌익 모두를 돋보이게 하는 존재였고, 동부의 일요일 아침 프로그램에 출연하기 위해 기꺼이 새벽 4시에 일어나는 사람이었다.

한편 그는 자신의 유명세를 이용해 캠퍼스 안팎에서 많은 단체의 조직과 기금 마련을 도왔다. 그가 도움을 준 그 단체들은 보수적인 이권단체들과 신문의 추적 기사에서, 테러 조직 그리고 이슬람의 반미 지하드 조직들과 어떤 식으로든 관련이 있다는 의혹을 받았다. 심지어 그

단체들이 모든 테러 활동의 최대 배후 세력인 오사마 빈 라덴과 연줄이 닿아 있다고 주장하는 사람들도 있었다. 그러나 사미르는 무슨 일이 불거질 때마다 빠짐없이 조사를 받았지만 단 한 번도 기소된 적이 없었다. 다만 기술적인 실수를 이유로 USC에서 해고되기는 했다. 그가 이라크 전쟁이 미국이 계획한 무슬림 대학살극이라고 주장하는 논설 기사를 〈로스앤젤레스 타임즈〉에 낼 때 그 글이 온전히 자기 개인의 의견일 뿐 자기가 일하는 USC의 입장이 아니라는 사실을 명시하지 않았기 때문이었다.

사미르의 15분(인간은 누구나 평생에 15분 정도는 유명세를 누린다는, 유명한 화가이자 영화감독인 앤디 워홀의 주장에서 나온 말－옮긴이)은 금방 흘러갔다. 그는 결국 언론에서 오늘의 주요 논제에 관해 깊이 있는 의견을 제시하기 위해서가 아니라 자기가 주목을 받기 위해서 기이한 주장을 펼치는 자기도취에 빠진 선동가로 평가절하되었다. 심지어 그는 자기 단체들 중 한 곳의 이름을 YMCA, 즉 Young Muslim Cause in America(재미 무슬림 청년 연합)라고 지어, 이니셜이 같고 유구한 역사와 국제적 명성을 자랑하는 청년 단체가 세간의 주목을 받는 소송을 제기하게 만들기도 하였다.

사미르의 별은 빛을 잃었고 그는 대중의 눈에서 멀어졌다. 보슈는 텔레비전이나 신문에서 마지막으로 사미르를 본 것이 언제인지 기억도 나지 않았다. 다른 것은 모두 제쳐 두고라도, 미지의 것에 대한 두려움과 복수에 대한 열망으로 온 나라가 들끓던 시기에 사미르가 어떤 혐의로도 기소되지 않았다는 사실은 보슈에게는 사실 그에게는 아무것도 없다는 것을 보여 주는 증거로 여겨졌다. 연기 속에 정말 불씨가 있었다면, 라민 사미르는 지금 감옥에 앉아 있거나 관타나모 수용소에 갇혀 있을 것이었다. 그러나 그는 지금 여기 실버 레이크에 살고 있었고, 그래서 보슈는 하들리 경감의 주장을 믿을 수가 없었다.

보슈가 말했다.

"이 사람 기억나는데요, 경감님. 떠버리일 뿐이에요. 실제로 무슨 과격 테러단체와 관련이 있다는 구체적인 증거는 전혀…."

하들리가 정숙을 요구하는 교사처럼 손가락 하나를 들어 입에 댔다.

"확인된 증거가 없다는 거지, 전혀 없다는 뜻은 아니잖소. 이자는 팔레스타인 지하드를 비롯한 여러 무슬림 단체들을 위해서 기금을 모으고 있어요." 하들리가 말했다.

"팔레스타인 지하드요? 그게 뭐죠? 그리고 무슬림 단체들은 또 뭐고요? 무슬림 단체들은 합법적인 단체가 아니라는 말씀입니까?" 보슈가 물었다.

"아니, 내 말은 그냥 그는 나쁜 인간이고, 살인사건과 제슘 강도사건에 사용된 자동차가 그의 집 앞에 떡하니 서 있다는 거요."

"세슘인데요. 도둑맞은 물질은 제슘이 아니라 세슘입니다." 페라스가 말했다.

하들리는 누가 자기 말을 정정해 주는 것에 익숙지 않은지 눈을 가늘게 뜨고 페라스를 한동안 노려보다가 말을 이었다.

"뭐가 됐든. 그걸 뭐라고 부르든 무슨 큰 차이가 있다고 그러나, 젊은 친구. 중요한 건 우리가 여기 앉아서 압수수색영장을 기다리는 동안 그가 그걸 길 건너 저수지에 던져 버렸거나, 지금 저 집에서 그걸 집어넣은 사제 폭탄을 만들고 있을지도 모른다는 사실이겠지."

"FBI는 그게 물에서도 위협이 된다는 말은 안 하던데요." 보슈가 말했다.

하들리는 고개를 가로저었다.

"상관없소. 요지는 위협이 된다는 거죠. FBI가 그 말은 했을 텐데. FBI는 위협이 된다고 떠벌리고만 있지만, 우리는 그 위협을 막기 위해 행동으로 나서는 거요."

보슈는 토론의 열기를 식히려는 듯 한 걸음 뒤로 물러섰다. 일이 너무 빨리 진행되는 느낌이 들었다.

"그래서 안으로 들어갈 겁니까?" 보슈가 물었다.

하들리는 턱을 크게 움직이며 힘차게 껌을 씹어대고 있었다. 그는 트럭 짐칸에서 스며 나오는 쓰레기 악취를 맡지 못하고 있는 것 같았다.

"그럼, 들어가야죠. 영장이 도착하자마자." 그가 말했다.

"집 앞에 도난 차량이 서 있다는 것만 가지고 판사한테서 서명을 받아냈다고요?" 보슈가 물었다.

하들리가 부하 직원 한 명을 불렀다.

"그 봉투들 가지고 와, 페레즈."

하들리가 외쳤다. 그러고는 보슈를 바라보며 말을 이었다.

"아니, 그것만 가지고는 안 되죠. 오늘은 쓰레기 수거 하는 날이에요, 형사. 그래서 청소 트럭을 보내서 사미르 집 앞에 있는 쓰레기통 두 개를 비우게 했소. 그건 백 퍼센트 합법적인 일이에요, 형사. 그래서 뭐가 나왔는지 좀 봐요."

페레즈가 비닐로 된 증거물 봉투 몇 개를 들고 바삐 걸어와 하들리에게 건넸다.

"경감님, 감시 초소 확인해 봤는데요. 그 위는 아직까지는 조용하답니다." 페레즈가 말했다.

"고마워, 페레즈."

하들리는 증거물 봉투를 받아들고 보슈와 페라스에게로 돌아섰다. 페레즈는 SUV로 돌아갔다.

"감시 초소란 게 딴 게 아니라 저 위 나무에 한 명이 숨어 있어요. 우리가 준비되기 전에 집 안에서 무슨 움직임이 있으면 알려 주는 거죠." 하들리가 웃으면서 말했다.

하들리가 보슈에게 증거물 봉투들을 건넸다. 봉투 두 개에는 검은색 울 스키 마스크가 한 개씩 들어 있었다. 세 번째 봉투에는 손으로 그린 지도가 있는 메모지가 들어 있었다. 보슈는 그 지도를 자세히 들여다보았다. 여러 개의 선이 종횡으로 교차되어 있고, 두 개의 선에는 애로우헤드와 멀홀랜드라고 적혀 있었다. 그 두 거리를 알게 되니까 스탠리 켄트가 살다가 죽은 동네를 상당히 정확하게 그려 놓은 지도라는 생각이 들었다.

보슈는 증거물 봉투들을 하들리에게 돌려준 후 고개를 가로저었다.

"경감님, 내 생각엔 좀 더 기다려 봐야 할 것 같은데요."

하들리는 그 제안에 충격을 받은 표정이었다.

"기다리라고? 뭘 더 기다려요? 이자들 일당이 그 독극물로 저수지를 오염시켰는데도 우리는 모든 것을 철저히 확인할 때까지 기다리고 있었다고 말하면 시민들이 이해하고 칭찬해 줄 것 같아요? 어림도 없는 소리. 우린 안 기다립니다."

그는 껌을 손에 탁 뱉어 청소차 짐칸으로 던져 버림으로써 자신의 굳은 결의를 보여 주었다. 그러고는 범퍼에서 발을 내리고 자기 부하들에게로 걸어가다가 갑자기 홱 돌아서서 보슈에게로 돌아왔다.

"내 판단으로는 저 집 안에 테러 조직의 지도자가 숨어서 활동하고 있어요. 우린 지체 없이 들어가서 테러 집단을 소탕할 거요. 거기에 무슨 문제라도 있소, 보슈 형사?"

"너무 쉽다는 게 문젭니다. 우리가 모든 걸 철저히 확인하고 말고 할 것도 없어요. 범인들이 이미 그렇게 했으니까요. 이건 철저히 계획된 범죕니다, 경감님. 그들이 아무 생각 없이 자동차를 그 집 앞에 놔두었을

리도 없고 이런 증거물을 쓰레기통에 버렸을 리도 없단 말이죠. 생각해 보세요, 안 그래요?"

보슈는 여기서 말을 멈추고 하들리가 한동안 보슈가 말한 가능성에 대해 생각해 보는 것을 지켜보았다. 잠시 후 하들리는 고개를 가로저었다.

"그 차를 거기에 버리고 간 게 아닌지도 모르지. 전달 수단으로 사용할 계획인지도 모르잖소. 많은 변수가 있어요, 보슈 형사. 우리가 모르는 일들이 많단 말이오. 그래도 우린 들어갑니다. 이 모든 걸 판사 앞에 펼쳐놓았더니 판사는 저 집을 수색할 충분한 사유가 된다고 판단했소. 그거면 됐지 뭘. 예고 없이 들이닥칠 수 있는 수색 영장이 곧 도착할 거니까 그걸 써먹어야겠단 말이오." 하들리가 말했다.

보슈도 쉽게 포기하지 않았다.

"그 정보는 어디서 난 겁니까, 경감님? 자동차는 어떻게 발견했죠?"

하들리는 껌을 씹으려고 턱을 움직이다가 껌을 버렸다는 게 생각나서 움직임을 멈췄다.

"내 정보원한테서요. 이 도시에 정보망을 구축하려고 4년 동안이나 애를 써왔는데, 오늘에야 드디어 결실을 보는군." 하들리가 말했다.

"정보원이 누군지 아는 겁니까, 아니면 익명으로 제보가 들어왔단 말인가요?"

하들리는 쓸데없는 소리 하지 말라는 듯 두 손을 내저었다.

"그런 게 뭐가 중요하다고. 좋은 정보였소. 저 위에 수배령이 내려진 자동차가 있다는 정보였소. 확인해 보니 틀림없었고." 그가 말했다.

그가 저수지 쪽을 가리켰다. 보슈는 하들리가 직접적인 답변을 피하는 것으로 보아 그 정보는 익명의 제보자에게서 나왔다는 것을, 전형적인 함정이라는 것을 알아차렸다.

보슈가 말했다.

"경감님, 내 말 듣고 좀 물러나서 기다리시죠. 뭔가 석연찮은 부분이 있습니다. 이렇게 간단한 일이 아닌데, 너무 쉽게 풀려나간단 말이죠. 방향을 잘못 잡은 것 같으니까 지금부터라도 상황을…."

"물러나다니, 형사. 수많은 사람들의 목숨이 달린 문젠데."

보슈는 고개를 절레절레했다. 아무래도 하들리를 설득할 수 있을 것 같지 않았다. 하들리는 그동안 자기가 저지른 모든 실수를 단번에 만회해 줄 승리를 눈앞에 두고 있다고 믿고 있었다.

보슈가 물었다. "FBI는 어디 있죠? 그 사람들도 여기…."

"FBI는 필요 없소. 잘 훈련된 인력 있겠다, 장비 있겠다, 기술 있겠다, FBI가 왜 필요한데. 게다가 우린 용감하기까지 한데. 이번만큼은 우리 뒷마당에서 벌어지는 일을 우리 스스로 처리할 수 있다는 걸 보여 줄 수 있단 말이오." 하들리가 자신만만하게 말했다.

그는 자기가 서 있는 땅이 FBI와 LA 경찰국 간의 마지막 전쟁터라도 되는 것처럼 엄숙한 표정으로 땅을 가리켰다.

보슈가 물었다. "국장님은요? 국장님도 알고 계십니까? 실은 조금 전에…."

그는 도넛 홀에서의 만남을 비밀로 하라는 경찰국장의 지시가 생각나서 말을 멈췄다.

"조금 전에 뭐요?" 하들리가 물었다.

"아니 그냥 조금 전에 국장님이 알고 있고 승인한 일인지 궁금하다는 생각이 들었다는 말입니다."

"국장님은 국토안보실 운영에 관해 전권을 내게 맡기셨소. 당신은 누굴 체포할 때마다 일일이 국장님께 보고를 하나요?"

하들리는 돌아서서 부하 직원들에게로 돌아갔고, 보슈와 페라스는 뒤에 남아 그의 거만한 걸음걸이를 지켜보았다.

"허허 참." 페라스가 말했다.

"그러게 말이야." 보슈가 말했다.

그는 고약한 냄새가 나는 청소차 뒤에서 물러나면서 휴대전화를 꺼냈다. 전화번호부를 뒤져서 레이철 월링이라는 이름을 찾았다. 막 통화 버튼을 누른 순간 갑자기 그의 눈앞에 하들리의 얼굴이 나타났다. 그가 다가오는 소리도 듣지 못했었다.

"형사! 누구한테 전화를 하는 거요?"

보슈는 망설이지 않고 대답했다.

"우리 반장님한테요. 현장에 도착하면 보고하라고 하셔서."

"휴대전화나 무전기 사용 금지요. 그자들이 도청할 수 있으니까."

"그자들이라뇨?"

"전화기 이리 줘요."

"경감님?"

"전화기 이리 안 주면 강제로 뺏을 거요. 이런 일로 우리 작전이 타격을 입게 할 수는 없소."

보슈는 통화 종료 버튼을 누르지 않고 전화를 덮었다. 운이 좋으면 월링이 전화를 받아서 듣고 있을 수도 있었다. 들리는 내용을 종합해서 보슈가 전하고자 하는 경고의 메시지를 알아들었을 수도 있었다. 심지어 FBI가 휴대전화 발신지를 추적해 일이 완전히 틀어지기 전에 실버레이크로 출동할 수도 있었다.

보슈는 휴대전화를 하들리에게 건네주었다. 하들리는 페라스를 돌아보았다.

"자네 것도, 형사."

"경감님, 아내가 임신 8개월이라 언제…."

"휴대전화 이리 주게, 형사. 협조하든가 아니면 떠나주든가."

하들리가 손을 내밀었고 페라스는 마지못해 벨트에서 전화기를 빼내 그에게 건네주었다.

하들리는 SUV를 향해 성큼성큼 걸어가서, 조수석 문을 열고, 휴대전화 두 대를 글러브 박스에 넣었다. 그는 글러브 박스를 탁 닫고 보슈와 페라스를 돌아보았다. 마치 가져갈 테면 어디 한번 가져가 보라고 도발하는 것 같았다.

그때 세 번째 검은색 SUV가 주차장으로 들어오는 바람에 하들리의 관심이 그곳으로 옮겨 갔다. 운전자가 경감에게 엄지손가락을 치켜들어 보였다. 그러자 하들리가 집게손가락을 치켜들더니 빙빙 돌리기 시작했다.

"제군들. 수색 영장이 떨어졌다. 계획은 다들 잘 알고 있을 것이다. 페레즈, 공중 지원 요청하고 헬기가 우릴 지켜보게 하도록. 나머지 전사들은 모두 출격! 집 안으로 들어간다." 하들리가 외쳤다.

국토안보실 직원들이 각자의 무기에 실탄을 장전하고 안면 가리개가 있는 헬멧을 착용하는 모습을 지켜보는 보슈의 마음속에서는 두려움이 점점 더 커져 가고 있었다. 두 명은 방사능물질 공격팀인지 우주복 같은 방호복을 입기 시작했다.

"이건 미친 짓이에요." 페라스가 속삭였다.

"찰리는 파도를 안 타니까(영화 〈지옥의 묵시록〉에서 미군 대령이 한 말. 전쟁, 무력, 자신의 행동을 정당화하는 말－옮긴이)." 보슈가 대답했다.

"네?"

"아니야. 자넨 모를 거야."

—

# 14
# 내부의 적

헬기가 몸체를 기울이며 12만 평방미터에 달하는 광활한 고무 농장 위를 날아가 늘 그렇듯 척추가 눌리는 느낌을 주면서 착륙 지점에 수직으로 내려앉았다. '하리 카리' 보슈와 '벙크' 시몬스, 테드 퍼니스 그리고 게이브 핀리는 헬기 밖으로 뛰어내려 진흙 속을 한참 굴렀다. 질레트 대위는 헬기 회전바퀴가 만들어내는 바람에 머리에 쓴 헬멧이 날아가지 않도록 손으로 꽉 누르면서 그들을 기다리고 있었다. 엿새나 비가 내리다가 처음으로 갠 날이라 헬기가 활주부를 진흙탕에서 빼내느라고 한참을 고생하다가 겨우 이륙해서, 용수로를 따라 3군단 본부 방향으로 날아갔다.

"따라와라, 제군들." 질레트가 말했다.

보슈와 시몬스는 별명이 생길 정도로 이곳에 오래 있었지만 퍼니스와 핀리는 실무 교육만 마친 신병이어서 잔뜩 겁을 집어먹었다는 것을 보슈는 알고 있었다. 이번이 그들의 첫 실전 투입이었고, 샌디에이고 훈련부대에서 배운 그 어떤 것도 전쟁터에서 실제로 보고 듣고 냄새 맡는 것에는 아무런 도움도 되지 못했을 것이었다.

질레트 대위는 그들을 지휘관 막사로 데려가 카드 테이블 앞에 세워 놓고 작전을 설명했다. 벤 캐트 밑에 있는 땅굴은 규모가 어마어마해서, 그 위 마을을 접수하기 위해서는 먼저 그 땅굴부터 뺏어야 했다. 기지 영내에서 베트콩 공병들의 공격과 기습 공격으로 인한 사상자가 갈수록 늘어나고 있었다. 대위는 3군단 지휘부로부터 대책을 마련하라고 날마다 독촉을 받는다고 말했다. 그러나 날마다 늘어가는 사상자 때문에 괴롭다는 말은 하지 않았다. 그들은 대체가 가능했지만 3군단 대령의 호감은 대체가 불가능했다.

이번 작전은 단순한 쥐몰이 작전이었다. 대위는 땅굴에 들어가 본 적이 있는 마을 주민들의 도움을 받아 그린 지도를 펼쳤다. 그는 잠복호 네 개를 가리키면서 땅굴쥐 네 명이 동시에 땅굴로 내려가 베트콩들을 다섯 번째 잠복호 쪽으로 몰고 가면, 그 위에서 열대 번개 부대 병사들이 기다리고 있다가 베트콩이 기어 나오는 대로 사살할 것이라고 설명했다. 보슈와 동료 땅굴쥐들이 땅굴 속에서 베트콩을 몰고 가면서 폭발물을 설치해서 마지막에는 땅굴 전체가 내파되면서 작전이 끝나게 되어 있었다.

작전은 대단히 명쾌해 보였지만 땅굴로 내려가자 상황이 달라졌다. 땅굴은 막사 카드 테이블 위에서 연구했던 지도와 일치하지 않았다. 네 명의 땅굴쥐가 내려갔지만 살아서 올라온 사람은 단 한 명이었다. 그날 열대 번개 부대는 베트콩을 단 한 명도 사살하지 못했다. 그리고 그날 보슈는 그 전쟁에서 졌다는 것을, 적어도 자신은 그 전쟁에서 졌다는 것을 깨달았다. 그리고 지위가 높은 사람들은 종종 내부의 적과 맞서 싸우게 된다는 것을 알게 된 것도 바로 그날이었다.

• • •

보슈와 페라스는 하들리 경감의 SUV 뒷좌석에 탔다. 페레즈가 운전을 했고 하들리는 조수석에 앉아서 작전 지휘를 위해 무전기용 헤드셋을 끼고 있었다. 차량 라디오 스피커는 볼륨을 크게 하여 일반 주파수 안내 책자에서는 찾을 수 없는 작전용 비밀 무전 주파수에 맞춰져 있었다.

그들이 탄 SUV는 세 대의 검은색 SUV 차량 중 맨 마지막으로 달려가고 있었다. 표적의 집에서 반 블록 정도 떨어진 곳에 이르자 다른 SUV 두 대는 계획대로 그 집에 접근했고 페레즈는 속도를 줄였다.

보슈는 앞좌석 사이의 공간으로 상체를 기울이고 앞 유리를 통해 상황을 지켜보았다. 다른 SUV에는 차량마다 국토안보실 직원 네 명이 양측 문 밑 발 받침대에 발을 올려놓고 뛰어내릴 준비를 하고 있었다. 차들이 속도를 내 달려가더니 갑자기 사미르의 집을 향해 급커브를 틀었다. 한 대는 작은 크래프트맨식 방갈로의 진입로를 달려가 뒷마당으로 향했고, 다른 한 대는 보도연석 위로 뛰어올라가 잔디가 깔린 앞마당을 가로질렀다. 육중한 차량이 보도연석과 부딪치는 순간 국토안보실 직원 한 명이 손잡이를 놓쳐 잔디밭으로 굴러떨어졌다.

다른 직원들은 뛰어내려 집 현관문을 향해 걸어갔다. 보슈는 집 뒤쪽에서도 같은 상황이 벌어지고 있을 거라고 추측했다. 그는 이 작전에 동의하지는 않았지만 작전 수행의 신속함과 정확성에 탄복했다. 현관문에 폭발 장치를 설치해 구멍이 뚫리면서 펑 하는 소리가 크게 났다. 거의 동시에 집 뒤쪽에서도 똑같은 폭발음이 났다.

"좋아, 가까이 가." 하들리가 페레즈에게 지시했다.

그들이 탄 차량이 다가가는 동안, 집 안으로 들어간 직원들의 보고가 무전기를 통해 속속 들려왔다.

"집 안 진입 완료!"

"뒷문으로 진입 완료!"

"거실에는 아무도 없다! 우린…."

이 순간 자동 권총의 총성이 울리면서 말이 끊어졌다.

"발사 완료!"

"우린…."

"발사 완료!"

총성이 더 들렸지만 무전기를 통해서 들리는 것이 아니었다. 이제 그들은 사미르의 집에 충분히 가까이 접근해 있어 총성이 실제로 들렸다. 페레즈는 집 앞 도로를 가로막는 각도로 SUV를 세웠다. 네 개의 문이 일제히 열리면서 그들이 튀어나갔다. 문은 열린 채로 있었고 무전기에서는 다급한 고함 소리가 울려 퍼졌다.

"상황 종료! 상황 종료!"

"용의자 한 명이 쓰러졌다. 용의자 한 명이 쓰러져서 구급대가 필요하다. 구급대가 필요하다!"

30초도 안 되어 모든 상황이 종료되었다.

보슈는 하들리와 페레즈를 쫓아 잔디밭을 가로질러 달려갔다. 페라스가 그의 왼편에서 쫓아오고 있었다. 그들은 무기를 빼 들고 현관문 안으로 들어섰다. 하들리의 부하 한 명이 그들을 맞았다. 작업복 셔츠 오른쪽 가슴 주머니에 '펙'이라고 이름이 적혀 있었다.

"상황 종룝니다! 상황 종료!"

보슈는 권총을 옆으로 내렸지만 권총집에 다시 꽂지는 않았다. 주위를 둘러보았다. 가구랄 게 별로 없는 거실이었다. 폭발한 화약 냄새가 났고 푸른 연기가 자욱했다.

"어떻게 됐나?" 하들리가 물었다.

"한 명은 총을 맞고 쓰러졌고, 한 명은 제압된 상탭니다. 여기 뒤쪽입니다." 펙이 말했다.

그들은 펙을 따라 짧은 복도를 걸어가 바닥에 돗자리가 깔린 방으로 들어갔다. 한 남자가 바닥에 쓰러져 있었는데 가슴에 난 총알 구멍 두 군데에서 선홍색의 피가 솟아나와 크림색의 이슬람식 헐렁한 예복을 적신 후 바닥의 돗자리로 떨어지고 있었다. 보슈는 그가 라민 사미르라는 것을 알아보았다. 같은 색의 예복을 입은 젊은 여자 하나가 엎드린 채 훌쩍이고 있었고, 두 손은 등 뒤로 해서 수갑이 채워져 있었다.

상판에 불이 켜진 봉헌 초 몇 개가 놓여 있는 작은 캐비닛의 서랍 한 개가 열려 있었고 그 옆 바닥에 리볼버 권총 한 자루가 떨어져 있었다. 총은 사미르에게서 50센티미터 정도 떨어진 곳에 있었다.

"저자가 총을 가지러 가서 우리가 먼저 총격을 가했습니다." 펙이 말했다.

보슈는 사미르를 내려다보았다. 그는 의식이 없었고 가슴이 불규칙하게 들썩거리고 있었다.

"배수구로 물이 빠져나가듯 곧 생명이 빠져나가겠군. 뭘 찾아냈지?" 하들리가 말했다.

"지금까지는 아무것도 못 찾았습니다. 지금 장비를 들여오고 있습니다." 펙이 말했다.

"좋아, 집 앞에 서 있는 그 차 확인해 봐. 그리고 이 여잔 데리고 나가고." 하들리가 지시했다.

국토안보실 직원 두 명이 울고 있는 여자를 일으켜 세워 부축해서 방을 나가는 동안, 하들리는 집 밖으로 나가 크라이슬러 300이 서 있는 도로가로 걸어갔다. 보슈와 페라스가 그 뒤를 따라갔다.

그들은 차 안을 들여다보기만 할 뿐 만지지는 않았다. 보슈는 차 문이 잠겨 있지 않은 것을 발견했다. 그는 허리를 굽히고 조수석 창문을 통해 차 안을 들여다보았다.

"열쇠가 안에 있군요." 보슈가 말했다.

그는 재킷 주머니에서 라텍스 장갑 한 켤레를 꺼내 쫙 잡아당겨 꼈다.

"먼저 측정부터 합시다." 하들리가 말했다.

경감이 방사능 측정기를 들고 있는 부하 직원을 불렀다. 그 직원이 자동차의 상하좌우를 방사능 측정기로 쓸어 보았지만 트렁크 옆에서 삐삐 소리가 약하게 두세 번 들렸을 뿐 아무 소리도 나지 않았다.

"저 안에 뭐가 있는 것 같군." 하들리가 말했다.

"아닐 걸요. 아마 없을 겁니다." 보슈가 말했다.

보슈는 운전석 문을 열고 몸을 숙여 안으로 들이밀었다.

"보슈, 잠깐 기…."

보슈는 하들리가 말을 끝맺기도 전에 트렁크 버튼을 눌렀다. 압축 공기가 튀어나오듯 펑 소리가 나면서 트렁크가 열렸다. 그는 차에서 물러나 뒤쪽으로 걸어갔다. 트렁크는 비어 있었지만, 스탠리 켄트의 포르쉐 트렁크에서 보았던 것과 똑같은 움푹 들어간 자국이 네 군데에 찍혀 있었다.

"사라졌군. 벌써 넘겨준 게 틀림없소." 하들리가 트렁크 안을 들여다보면서 말했다.

"그래요, 이 차가 이리로 오기 훨씬 전에."

보슈가 하들리의 눈을 똑바로 쳐다보았다.

"아까 내가 말했죠? 방향을 잘못 잡은 겁니다, 경감님."

하들리는 다른 부하들이 대화를 듣지 못하게 보슈에게로 다가갔다. 그러나 말을 꺼내기도 전에 펙이 끼어들었다.

"경감님?"

"왜?" 하들리가 으르렁거렸다.

"용의자가 사망했습니다."

"그럼 구급대 취소하고 검시관실에 연락해."

"알겠습니다, 경감님. 근데 집 안이 깨끗합니다. 방사능물질도 전혀 없고 방사능 측정기에도 신호가 전혀 잡히지 않고 있습니다."

하들리는 보슈를 흘끗 쳐다보더니 재빨리 펙을 돌아보았다.

"다시 한 번 살펴보라고 해. 그 자식이 총을 가지러 갔었다며. 뭔가 숨기고 있었던 게 틀림없어. 필요하다면 집 안을 완전히 뒤집어봐도 돼. 특히 그 방. 꼭 무슨 테러범들의 비밀 회합 장소 같잖아." 하들리가 지시했다.

"거긴 기도실이에요. 그리고 그자가 총을 가지러 간 건 사람들이 갑자기 문을 부수고 들어오니까 겁이 나서 그랬을 겁니다." 보슈가 말했다.

펙은 꼼짝 않고 서서 보슈의 말을 듣고 있었다.

"가지 않고 뭐해! 집 안을 샅샅이 뒤져 보라고! 그 물질은 납으로 된 용기에 들어 있었어. 측정기가 울리지 않는다고 해서 여기 없다는 뜻은 아니라고!" 하들리가 소리쳤다.

펙이 서둘러 집 안으로 들어가자 하들리는 험악한 눈길을 보슈에게로 돌렸다.

"자동차 감식을 하게 감식팀을 불러야겠는데 휴대전화가 내게 없군요." 보슈가 말했다.

"가서 전화기 찾아서 전화 걸어요."

보슈는 SUV로 돌아갔다. 집 안에서 검거된 여자가 잔디밭에 서 있는 SUV 뒷좌석에 앉아 있었다. 그녀는 아직도 울고 있었고 그 눈물은 금방 마를 것 같지 않았다. 지금은 사미르를 위해서, 나중에는 자기 자신을 위해서 눈물이 흐르고 또 흐를 것 같았다.

하들리의 SUV 안으로 몸을 들이밀던 보슈는 시동이 아직도 켜져 있는 것을 알아차렸다. 그는 시동을 끄고 나서 글러브 박스를 열고 휴대전화기 두 대를 꺼냈다. 그러고는 자기 전화기를 펼쳐 레이철 월링에게 걸었던 전화가 아직도 연결되어 있는지 확인했다. 연결되어 있지 않았다. 애초에 통화가 이루어졌는지 어떤지도 알 수가 없었다.

보슈가 운전석 문 앞에서 돌아서는데 하들리가 거기 서 있었다. 아무도 그들의 대화를 들을 수 없을 만큼 두 사람은 다른 사람들로부터 멀리 떨어져 있었다.

"보슈, 우리 국토안보실의 업무를 방해하고 우릴 힘들게 하면, 당신한테도 똑같이 해 줄 거요. 알겠소?"

보슈는 잠깐 하들리를 물끄러미 쳐다보다가 대답했다.

"그럼요, 경감님. 경감님이 국토안보실의 업무에 대해서 그렇게 신경을 많이 쓰고 있는 걸 보니 기쁘기 그지없습니다."

"난 경찰국 고위직에도 경찰국 밖에도 아는 사람들이 줄줄이 깔렸소. 당신 정도는 충분히 다치게 할 수 있어요."

"충고 고마워요."

보슈는 자리를 뜨려다가 멈춰 섰다. 그러고는 무슨 말을 하려다가 말고 망설였다.

"뭐요? 말해 봐요." 하들리가 말했다.

"예전에 내가 모셨던 대위님이 생각나네요. 아주 오래전에 다른 곳에서 모셨던 분인데요. 대위가 자꾸만 헛다리를 짚고 여기저기 쑤시고 다니는 바람에 주민들이 많이 희생됐어요. 착한 사람들인데. 그래서 결국에는 그 일을 멈추게 해야 했죠. 대위는 자기 부하의 수류탄에 맞아 죽은 시체로 변소 똥 더미 속에서 발견됐어요. 문제는 대위의 신체하고 똥을 분리해낼 수가 없었다죠, 아마."

이야기를 마친 보슈가 자리를 뜨자 하들리가 그를 불러 세웠다.

“무슨 의도로 그런 말을 하는 거요? 지금 날 협박하는 거요?”

“아뇨, 그냥 그런 일이 있었다는 얘긴데요.”

“그럼 저기 죽어 자빠져 있는 놈이 착한 사람이라는 말이오? 알고 있나 모르겠는데, 비행기가 세계무역센터 건물들을 들이받았을 때 바로 저런 자들이 벌떼처럼 일어나서 환호했었소.”

보슈는 계속 걸으면서 대답했다.

“저자가 어떤 사람이었는지는 난 모르죠, 경감님. 내가 아는 건 이 사건과는 아무 관련이 없는 사람이라는 것과 그도 경감님처럼 함정에 빠졌다는 것뿐입니다. 그러니까 자동차에 대해서 제보한 사람이 누군지 알면 말해 줘요. 그게 도움이 될 테니까.”

보슈는 페라스에게 걸어가 휴대전화를 돌려주었다. 그러고는 현장에 남아 과학수사대가 와서 크라이슬러를 감식하는 것을 감독하라고 지시했다.

“선배님은 어디 가십니까?”

“시내.”

“FBI와의 회의는 어쩌죠?”

보슈는 손목시계를 보지도 않고 대답했다.

“놓쳤지 뭐. 감식반이 뭘 찾아내면 전화해 줘.”

보슈는 페라스를 그곳에 남겨 두고 타고 온 차가 주차되어 있는 체육관을 향해 거리를 걸어 내려가기 시작했다.

“보슈, 어디 가는 거요? 여기 일 다 안 끝났잖소!” 하들리가 외쳤다.

보슈는 뒤를 돌아보지 않고 손을 내저은 후 계속 걸어갔다. 체육관을 향해 절반 정도 걸어갔을 때 첫 번째 TV 방송차량이 그를 지나쳐 사미르의 집을 향해 달려갔다.

## 15
# 모비

보슈는 라민 사미르의 집을 급습한 소식이 FBI에 전해지기 전에 자기가 먼저 시내에 있는 연방 건물에 도착하고 싶었다. 그는 레이철 월링에게 몇 번이나 전화를 걸었지만 받지 않았다. 그녀가 전술정보반 사무실에 있을 것 같다는 생각은 들었지만 그곳이 어디인지 알지 못했다. FBI 본부 건물이 어디 있는지만 알고 있을 뿐이었다. 그러나 수사의 규모가 점차 확대되고 중요성이 점차 부각되고 있는 것으로 볼 때 어느 은밀한 지국이 아니라 본부 건물에서 수사 지휘가 이루어질 거라는 짐작에 기대를 걸었다.

연방 건물 안으로 들어간 보슈는 신분증을 검사하는 집행관에게 FBI에 간다고 말했다. 그가 엘리베이터를 타고 14층으로 올라가 문이 열리자 브레너가 그를 맞았다. 보슈가 왔다는 소식이 어느새 거기까지 올라온 것이었다.

"메시지 못 받았어요?" 브레너가 물었다.

"무슨 메시지요?"

"상황 점검 회의가 취소됐다는 메시지요."

"당신네들이 나타나자마자 알아차렸어야 했는데, 늦은 감이 없지 않군. 상황 점검 회의라는 건 애초에 계획도 없었잖소, 안 그래요?"

브레너는 못 들은 척했다.

"보슈, 원하는 게 뭡니까?"

"월링 요원을 만나고 싶소."

"내가 월링 요원의 파트너잖아요. 월링에게 하고 싶은 말은 뭐든지 내게 하면 됩니다."

"월링 요원한테 직접 하고 싶은데. 그녀를 만나야겠소."

브레너는 잠깐 보슈의 표정을 살폈다.

"그럼 따라오세요." 마침내 브레너가 말했다.

브레너는 대답을 기다리지 않았다. 그가 클립으로 고정하는 신분증을 문에 대자 문이 열렸고, 보슈는 그를 따라 들어갔다. 그들이 긴 복도를 걸어가는 동안 브레너는 어깨 너머로 보슈를 돌아보며 여러 가지 질문을 던졌다.

"파트너는요?" 브레너가 물었다.

"범죄 현장으로 돌아가 있소." 보슈가 말했다.

거짓말은 아니었다. 다만 어느 범죄 현장인지 구체적으로 말하지 않았을 뿐이었다.

"그 친구에겐 범죄 현장이 더 안전한 곳인 것 같아서 말이오. 당신들이 나만 괴롭히면 됐지 자꾸 내 파트너까지 귀찮게 하니까."

브레너가 갑자기 걸음을 멈추고 홱 돌아서더니 보슈 앞에 바싹 다가와 섰다.

"당신이 지금 무슨 짓을 하고 있는지 알아요, 보슈? 엄청난 반향을 불러일으킬 수 있는 사건의 수사를 방해하고 있는 겁니다, 지금. 목격자는 어디 있죠?"

보슈는 내가 말해 줄 것 같으냐는 표정으로 어깨를 으쓱거렸다.

"알리샤 켄트는 어디 있소?"

브레너는 아무 말 없이 고개를 가로저었다.

"여기서 기다려요. 월링 요원을 불러다 줄 테니까." 잠시 후 그가 말했다.

브레너는 1411이라는 숫자가 적힌 방문을 열고 보슈가 들어가도록 비켜섰다. 보슈가 방 안으로 들어가면서 보니 그날 아침 제시 밋포드와 함께 앉아 있었던 조사실과 마찬가지로 작고 창문이 없는 방이었다. 갑자기 브레너가 보슈를 방 안으로 거칠게 떠밀었다. 보슈가 재빨리 돌아서 보니 브레너가 복도에서 문을 끌어 닫고 있었다.

"이봐!"

보슈가 문 손잡이를 잡았지만 때는 이미 늦었다. 문은 밖에서 잠겼다. 문을 두 번 탕탕 두드려 보긴 했지만 브레너가 문을 열어 줄 리 없다는 것을 그는 잘 알고 있었다. 그는 돌아서서 자신이 갇혀 있는 작은 공간을 둘러보았다. LA 경찰국에 있는 조사실과 마찬가지로, 여기도 가구는 딱 세 점이 놓여 있었다. 작은 정사각형 테이블과 의자 두 개. 어딘가에 카메라가 있을 거라는 생각이 들어 그는 손을 들어 가운뎃손가락을 치켜 올렸다. 그러고는 메시지를 강조하기 위해 손을 빙글빙글 돌렸다.

보슈는 의자를 끌어내 등받이를 보며 반대 방향으로 앉았다. 언제까지든 기다려 볼 참이었다. 그는 휴대전화를 꺼내 펼쳤다. 그들이 지켜보고 있다면 그가 다른 곳에 전화를 걸어 현 상황을 보고하는 것을 원하지 않을 것 같았다. FBI에 부끄러운 일일 수 있을 테니까. 그러나 액정 화면을 보니까 신호가 잡히지 않았다. 안전실이었다. 무선 신호가 들어오거나 나갈 수 없는 방이었다. 그런 건 자기들한테 다 맡기고 들어가라는 말이군, 보슈는 생각했다. 그들이 생각해내지 못할 것이 과연 있을까 싶었다.

긴 20분이 지나고 드디어 문이 열렸다. 레이철 월링이 걸어 들어왔다. 그녀는 문을 닫고 보슈 맞은편에 있는 의자에 조용히 앉았다.

"미안해요, 해리. 전술반에 있다가 오느라고 시간이 좀 걸렸어요."

"이게 도대체 무슨 짓이오, 레이철? FBI가 경찰을 강제 구금하고 있는 건가, 지금?"

월링은 놀라는 눈치였다.

"그게 무슨 말이에요?"

"그게 무슨 말이에요?" 보슈가 놀리는 투로 그녀의 말을 따라했다. 그러고는 말을 이었다.

"당신 파트너가 날 여기 가뒀단 말이오."

"내가 들어올 땐 잠겨 있지 않았어요. 지금 한번 열어 봐요."

보슈는 필요 없다는 듯 손을 내저었다.

"됐고. 이런 일로 옥신각신할 시간 없으니까. 수사는 어떻게 진행되고 있소?"

그녀는 어떻게 대답할지 생각하는 듯 입술을 오므렸다.

"어떻게 진행되고 있냐면, 당신과 당신네 경찰국이 보석상에 침입한 도둑들처럼 이리저리 날뛰면서 눈에 보이는 진열장을 모조리 때려 부수고 있어요. 당신들은 유리와 다이아몬드도 구분 못 하더군요."

보슈는 고개를 끄덕였다.

"라민 사미르 일을 알고 있군."

"모르는 사람이 있을 것 같아요? 벌써 '어머나 세상에' 뉴스에 나왔는데. 도대체 어떻게 된 일이에요?"

"사고 한번 크게 쳤지. 덫에 걸린 거요. 국토안보실이 덫에 걸렸소."

"당신 자신이 덫에 걸렸다는 말로 들리는군요."

보슈는 탁자 위로 몸을 기울였다.

"근데 얻은 것도 많아요, 레이철. 국토안보실을 사미르에게로 몰아간 자들은 사미르가 어떤 사람인지 알고 있었고 그가 쉬운 표적이 될 거라는 것도 알고 있었소. 켄트 부부의 차를 사미르의 집 앞에 갖다놓은 것도 우리가 헛다리를 짚고 시간을 허비할 거라는 걸 알았기 때문이었지."

"아니면 사미르에 대한 보복이었을 수도 있겠죠."

"무슨 말이오?"

"사미르는 수년 동안 줄곧 CNN에 출연해서 선동적인 발언을 해 왔잖아요. 이슬람인들은 사미르가 자기들을 적에게 너무 많이 노출시켰고 미국인들이 분노와 결의를 다지게 만들었기 때문에 자기들의 대의명분을 해쳤다고 생각했을 수도 있겠죠."

보슈는 무슨 말인지 이해가 가지 않았다.

"선동이 그들의 주 무기 아닌가? 그들이 이자를 사랑할 거라고 생각했는데."

"그럴지도 모르죠. 글쎄요, 어느 쪽인지."

보슈는 그녀가 무슨 말을 하려는 것인지 알 수가 없었다. 그러나 월링이 탁자 위로 몸을 기울이자 그녀가 대단히 화가 났다는 걸 알 수 있었다.

"자, 그럼 당신이 켄트 부인의 자동차가 발견되기 전부터 어쩜 그렇게 독자적으로 사고를 치고 다닐 수 있었는지에 대해서 얘기 좀 해 볼까요?"

"무슨 소리를 하는 거요? 살인사건을 해결하려고 그러는 건데. 그건 내…."

"그래요, 도시 전체를 위험에 빠뜨리는 대가를 치르면서까지 살인사건을 해결하려고 하고 있죠. 그렇게 치졸하고 이기적이고 독선적으로 자기 관할권 운운하면서…."

"이봐요, 레이철. 지금 뭐가 위태로운지 뭐가 중요한지 내가 모를 거 같소?"

월링은 고개를 끄덕였다.

"근데 왜 중요한 목격자를 숨겨 놓고 있는 거죠? 지금 무슨 짓을 하고 있는 건지 모르겠어요? 목격자를 숨기고 FBI 요원을 불시에 공격하느라고 바빠서 수사가 어느 방향으로 가고 있는지도 모르잖아요, 지금."

보슈는 속으로 깜짝 놀라면서 몸을 뒤로 젖혔다.

"맥스웰이 그러던가, 내가 자기를 불시에 공격했다고?"

"맥스웰이 뭐라고 했는지는 중요하지 않아요. 우린 엄청난 재앙이 될 수도 있는 상황을 저지하려고 이리 뛰고 저리 뛰는데, 당신은 왜 그런 짓을 하고 다니는지 도무지 알다가도 모르겠어요."

보슈는 고개를 끄덕였다.

"당연한 거 아닌가? 담당 형사가 수사를 못하게 막아놨으니 뭘 하고 다니는지 모르는 게 당연하지, 안 그렇소?" 그가 말했다.

그녀는 달려오는 기차를 막아 세우려는 듯 두 손을 펼쳐 들어 보였다.

"알았어요, 알았어요. 그런 이야기는 그만하죠. 말해 봐요, 해리. 뭐가 문제예요?"

보슈는 월링을 바라보다가 고개를 들고 천장을 올려다보았다. 천장 구석구석을 살피다가 다시 고개를 숙이고 그녀의 눈을 바라보았다.

"듣고 싶소? 그럼 밖에 나가 산책이나 하면서 얘기하지."

월링은 망설이지 않았다.

"좋아요. 산책하면서 얘기하죠. 그러고 나선 밋포드를 나한테 넘기는 거예요." 그녀가 말했다.

월링은 일어서서 문으로 걸어갔다. 보슈는 그녀가 뒷벽 높이 붙은 에어컨 그릴을 흘끗 올려다보는 것을 놓치지 않았다. 거기에 감시 카메라가 있는 것이 분명했다.

그녀가 잠겨 있지 않은 문을 열자 복도에서 대기 중인 브레너와 다른 요원이 보였다.

"산책 좀 하고 올 게요. 단둘이." 월링이 말했다.

"즐거운 시간 보내요. 우린 여기서 세슘을 추적하고 귀중한 생명을 구하기 위해 열심히 뛰고 있을 테니까." 브레너가 말했다.

월링과 보슈는 대꾸하지 않았다. 그녀가 보슈를 안내해 복도를 걸어갔다. 그들이 엘리베이터 홀 문 앞에 이르렀을 때 뒤에서 고함 소리가 들렸다.

"이 개새끼야!"

보슈가 돌아서는 순간 맥스웰 요원의 어깨가 그의 가슴을 찍어 눌렀다. 보슈는 뒤로 밀쳐져 벽에 부딪쳤다.

"여기에선 수적으로 열세라 어쩌냐, 보슈!"

"그만둬! 클리프, 그만두라고!" 월링이 소리쳤다.

보슈는 팔을 들어 맥스웰의 머리를 끌어안고 헤드록을 걸려고 했다. 그러나 월링이 거침없이 달려들어 맥스웰의 몸을 끌어내더니 그를 복도로 밀어젖혔다.

"클리프, 돌아가! 빨리 사라져!"

맥스웰은 뒷걸음질을 치면서 월링의 어깨 너머로 보슈를 향해 손가락질을 했다.

"내 건물에서 나가, 개새끼야! 나가서 다시는 얼씬도 하지 마!"

맥스웰을 따라가던 월링은 열린 사무실이 나타나자 그를 그곳으로 밀어 넣고 문을 닫았다. 이게 무슨 소동인가 하여 복도로 나온 다른 요원들이 이 광경을 목격했다.

"다 끝났어요. 다들 자기 자리로 돌아가요." 월링이 선언했다.

그녀는 보슈에게로 돌아와 그의 어깨를 밀며 문을 통과해 엘리베이터 앞으로 갔다.

"괜찮아요?"

"숨 쉴 때만 아프군."

"나쁜 자식! 갈수록 통제 불능이네, 정말."

그들은 엘리베이터를 타고 지하 주차장으로 내려가 거기에서 경사진 출입구를 걸어 올라가 로스앤젤레스 스트리트로 나섰다. 월링이 오른쪽으로 돌아서 걸어가자 보슈가 따라갔다. 그들은 차 소리가 시끄러운 고속도로의 반대 방향으로 가고 있었다. 월링이 손목시계를 보더니 현대적인 디자인과 건축 양식의 사무 건물을 가리켰다.

"저 안에 맛있는 커피집이 있어요. 오래 앉아 있을 시간은 없지만." 그녀가 말했다.

그곳은 사회보장국 신축 건물이었다.

보슈가 한숨을 쉬더니 말했다.

"이것도 연방 정부 건물이군. 맥스웰 요원이 이것도 자기 건물이라고 생각할 것 같은데."

"이제 그만 좀 하죠?"

보슈는 어깨를 으쓱거렸다.

"사실 우리가 그 집에 다시 갔었단 말을 맥스웰이 했다는 게 놀랍소."

"말 안 할 이유라도 있나요?"

"난 맥스웰이 그 집 앞에서 보초를 서게 된 게 무슨 사고를 쳐서 물먹고 있는 거라고 생각했거든. 그러니까 우리한테 제압당해 꼼짝 못하고 있었다는 말을 굳이 하겠나 싶었지."

월링이 고개를 가로젓더니 말했다.

"뭘 잘 모르시나본데. 우선 첫째, 맥스웰이 최근에 좀 지나치게 예민한 면은 있지만 전술정보반의 어느 누구도 그런 일로 물을 먹거나 하지는 않아요. 그리고 우리의 업무가 워낙 막중하기 때문에 사고치는 사람은 우리 반에 계속 놔둘 수도 없고요. 둘째, 맥스웰은 다른 사람이 어떻게 생각할까는 신경 쓰지 않았어요. 그가 생각한 건 당신들이 어떻게 사고를 치고 다니는지를 모두가 알아야 한다는 거였죠."

보슈는 화제를 다른 방향으로 돌렸다.

"뭐 하나 물어봅시다. 당신네 반원들이 당신과 나의 관계에 대해서 알고 있소? 그러니까, 우리 과거에 대해서?"

"에코 파크에서 그 난리가 났었는데 모르는 게 더 힘들지 않을까요? 하지만 해리, 그런 건 신경 쓰지 말아요. 지금 그게 중요한 게 아니니까. 도대체 왜 그래요, 해리? 공항 하나를 폐쇄할 수 있을 정도의 세슘을 도둑맞았는데 그런 건 걱정도 안 하고. 이 일을 살인사건으로만 보고 있잖아요. 그래요, 한 남자가 죽은 건 맞지만 그게 이 사건의 핵심은 아니에요. 이건 세슘 강탈 사건이에요, 해리. 알겠어요? 세슘을 원하던 자들이 세슘을 손에 넣었어요. 그러니 알려진 유일한 목격자를 우리가 만나볼 수 있다면 큰 도움이 될 거예요. 그래서 묻는데, 그는 어디 있죠?"

"안전한 곳에 있지. 알리샤 켄트는 어디 있소? 그리고 스탠리 켄트의 동업자는?"

"안전한 곳에 있어요. 동업자는 지금 여기서 조사를 받고 있고, 켄트 부인은 전술정보반에 데려다놨는데 그녀한테서 얻을 건 다 얻었다는 판단이 설 때까지 우리가 보호하고 있으려고요."

"그리 큰 도움을 주지 못할 텐데. 그 여잔…."

"그것도 당신 생각이 틀렸어요. 벌써 얼마나 큰 도움을 줬는데요."

보슈는 놀라는 기색을 감출 수가 없었다.

"어떻게? 놈들 얼굴도 못 봤다고 했는데."

"얼굴은 못 봤대요. 근데 이름을 들었대요. 놈들이 자기들끼리 얘기할 때 이름을 들었다는 거예요."

"무슨 이름? 지난번엔 그런 얘기 안 했잖소."

월링이 고개를 끄덕였다.

"그러니까 그 목격자를 우리한테 넘기란 말이에요. 우리에겐 목격자들로부터 정보를 끌어내는 기술을 가진 전문가들이 있어요. 당신이 얻지 못하는 정보를 우리는 얻을 수 있다고요. 이미 그 부인한테서 그런 정보를 얻었고, 당신의 목격자한테서도 얻어낼 수 있어요."

보슈는 자기 얼굴이 화끈거리는 것을 느꼈다.

"그 위대한 전문가가 그 여자한테서 알아낸 이름이 뭐요?"

월링은 고개를 가로저었다.

"거래를 하려고 하면 안 되죠, 해리. 이건 국가 안보가 걸린 사건이라고요. 당신은 밖에 서서 구경이나 하고 있고 우리가 나서서 해결해야 하는 사건이요. 참, 그건 그렇고, 당신이 경찰국장한테 무슨 말을 해서 누구한테 전화를 걸어 압력을 행사하게 하더라도 그 사실은 절대로 바뀌지 않아요."

보슈는 경찰국장과의 도넛 홀 만남이 헛수고였다는 것을 깨달았다. 경찰국장조차도 이번 사건에서는 밖에 서서 구경이나 하고 있는 처지였던 것이다. 알리샤 켄트가 어떤 이름을 댔는지는 모르겠지만, 그것이 타임스 광장에 불 밝히듯 연방 기관의 득점판에 불을 밝힌 것이 틀림없었다.

"내가 가진 건 그 목격자밖에 없소. 알리샤 켄트가 말했다는 이름하고 맞바꿉시다." 보슈가 말했다.

"왜 그렇게 그 이름이 알고 싶은 거죠? 그래 봤자 그자 옆에 가지도 못할 텐데요."

"그냥 궁금해서."

월링은 가슴에 팔짱을 끼고 한동안 생각을 정리했다. 그러고는 드디어 보슈를 바라보았다.

"당신이 먼저 말해요." 그녀가 말했다.

보슈는 망설이면서 그녀의 눈을 관찰했다. 6개월 전이었다면 목숨을 걸고서라도 그녀를 믿어 주었을 것이다. 그러나 이젠 상황이 바뀌었다. 그녀를 믿을 수가 없었다.

"내 집에 데려다 놨소. 내 집이 어딘지는 기억할 거라고 생각하는데." 보슈가 말했다.

월링이 재킷 주머니에서 휴대전화를 꺼내 펼쳤다.

"잠깐만, 월링 요원. 알리샤 켄트가 말한 이름이 뭐였소?" 보슈가 말했다.

"미안해요, 해리."

"맞바꾸기로 했잖아."

"국가 안보가 걸린 문제라서요. 미안해요."

그녀가 번호를 누르기 시작했다. 보슈는 고개를 끄덕였다. 제대로 짚은 거였다.

"거짓말이었소. 목격자는 내 집에 없소." 그가 말했다.

월링이 전화기를 탁 소리가 나게 덮었다.

"도대체 왜 그래요?"

그녀가 화가 나서 물었다. 목소리가 점점 더 날카로워지고 있었다. 그녀가 말을 이었다.

"세슘을 가져간 자들보다 열네 시간 이상이나 뒤져 있다고요. 이미 전달장치에 담겨졌을지도 모른다고요. 어쩌면 벌써…."

보슈가 그녀에게로 다가갔다.

"이름을 알려 줘요, 그러면 목격자를 넘겨줄 테니까."

"알았어요!"

월링이 보슈를 밀쳤다. 그녀는 거짓말에 깜빡 속아 넘어간 자신에게 화가 나 있었다. 열두 시간도 채 안 되는 시간 동안 벌써 두 번째였으니까 그럴 만도 했다.

"모비라는 이름을 들었다고 했어요, 됐어요? 우리와 얘기할 땐 그게 이름이라는 걸 몰랐기 때문에 생각해내지 못했던 거고요."

"좋아요, 그렇다 치고. 모비가 누구요?"

"모마르 아짐 나사르라는 시리아인 테러범이에요. 지금 우리 나라에 들어와 있는 것으로 짐작되고 있어요. 친구들과 동료들한테 모비라고 알려져 있죠. 왜 그렇게 불리는지는 모르겠지만, 모비라는 가수를 닮긴 했더라고요."

"누구?"

"모르면 그냥 넘어가요. 당신 세대가 아니니까."

"하지만 당신은 알리샤 켄트가 그 이름을 들었다고 확신하고?"

"그래요. 우리에게 그 이름을 말해 줬어요. 그리고 이제 당신한테도 알려 줬으니까 말해 봐요. 목격자가 어디 있죠?"

"잠깐 기다려 봐요. 벌써 한 차례 거짓말을 했으니 확인 좀 하고."

휴대전화를 꺼내 자기 파트너에게 전화를 걸려던 보슈는 페라스가 아직 실버 레이크 사건 현장에 있어서 자기 부탁을 들어줄 수 없을 거라는 생각이 들었다. 그래서 전화기의 전화번호부를 열고 키즈민 라이더의 번호를 찾아 통화 버튼을 눌렀다.

라이더는 즉시 전화를 받았다. 보슈의 번호가 액정화면에 떴나 보았다.

"안녕하세요, 선배. 오늘 엄청 바빴다면서요."

"국장이 뭐라 그래?"

"정보원은 국장 말고도 많아요. 무슨 일이에요?"

보슈는 월링의 눈빛이 분노로 점점 더 험악해지는 것을 쳐다보면서 말했다.

"옛 동료한테 부탁 하나 하려고. 아직도 그 노트북 갖고 다녀?"

"물론이죠. 무슨 부탁이요?"

"그 컴퓨터로 〈뉴욕 타임스〉 데이터베이스에 들어갈 수 있어?"

"그럼요."

"좋아. 이름을 하나 알려 줄 테니까, 그 이름이 들어간 기사가 있는지 찾아봐 줘."

"잠깐만요. 인터넷부터 들어가야 되니까."

그리고 몇 초가 흘렀다. 다른 전화가 걸려와 전화기에서 삐삐 소리가 났지만, 보슈는 받지 않고 라이더를 기다렸다. 이윽고 그녀가 돌아왔다.

"이름이 뭔데요?"

보슈는 손으로 전화기를 덮고 월링에게 그 시리아인 테러범의 실명을 다시 한 번 불러 달라고 말했다. 그러고는 라이더에게 그 이름을 그대로 불러 주고 나서 기다렸다.

"네, 여러 개 있네요. 8년 전부터 시작해서." 라이더가 말했다.

"어떤 건지 쭉쭉 훑어봐."

보슈는 기다리고 있었다.

"음, 주로 중동 관련 기산데요. 수많은 납치사건과 폭탄테러 사건에 연루됐다는 의혹을 받고 있네요. 연방 기관 소식통에 따르면 알카에다

와 관련이 있는 것으로 보이고요."

"가장 최근 기사는 어떤 내용이야?"

"음, 잠깐만요. 베이루트에서 발생한 버스 폭탄테러 기산데요. 열여섯 명이 사망했어요. 2004년 1월 3일자 기사고요. 그 이후에는 아무것도 없어요."

"거기에 별명이나 가명이 나온 게 있어?"

"어… 아뇨. 그런 건 안 보이는데요."

"알았어, 고마워. 나중에 전화할게."

"잠깐만요, 선배."

"왜? 나 바쁜데."

"저기, 꼭 해 주고 싶은 말이 있어요. 조심해요, 선배, 알았죠? 지금 선배는 완전히 다른 리그에서 뛰고 있는 거니까요."

"그래, 알았어. 그만 끊을게." 보슈가 말했다.

그는 전화를 끊고 월링을 쳐다보았다.

"〈뉴욕 타임스〉에는 이 친구가 국내로 잠입했다는 얘기가 없다는데?"

"알려지지 않았으니까요. 알리샤 켄트의 정보가 진짜라는 것도 바로 그 때문이에요."

"그건 또 무슨 말이오? 알리샤 켄트가 이름이 아닐 수도 있는 어떤 단어를 들었다는 이유만으로 당신은 그자가 우리 나라에 몰래 들어와 있다고 믿는다는 거요?"

월링이 가슴에 팔짱을 꼈다. 인내심을 잃어 가고 있는 것 같았다.

"아뇨, 해리, 모비가 우리 나라에 들어와 있다는 건 우리가 그전부터 알고 있었어요. 지난 8월에 그가 로스앤젤레스 항구의 입국 심사대를 통과하는 모습이 찍힌 비디오를 확보했거든요. 미리 출동하지 못해서 체포하진 못했지만요. 우린 모비가 무함마드 엘-파예드라는 이름의 알카에다 공작원과 동행했다고 믿고 있어요. 어떻게 했는지는 몰라도 그들은 국내 잠입에 성공했어요. 항구의 보안 검색은 문제가 많다니까요. 어쨌든 그들이 무슨 계획을 가지고 들어왔는지 누가 알겠느냐고요."

"그자들이 세슘을 갖고 있다는 거요?"

"그건 모르죠. 근데 엘-파예드에 관한 정보에 따르면 그는 필터가 없는 터키산 담배를 피우고…."

"변기 뚜껑에 있던 담뱃재 말이군."

그녀가 고개를 끄덕였다.

"그래요, 그거. 아직 분석 중이지만, 우리 반에서는 그게 터키산 담배가 맞다고 생각하는 사람이 8대 1정도로 우세해요."

보슈는 고개를 끄덕였다. 그동안 자기가 한 행동들이, 정보를 움켜쥐고 있었던 것이 갑자기 어리석게 느껴졌다.

"목격자를 윌콕스에 있는 마크 트웨인 호텔에 투숙시켰소. 스티븐 킹이라는 이름으로 303호실에." 보슈가 말했다.

"재밌네요."

"그리고, 레이철?"

"왜요?"

"목격자는 범인이 방아쇠를 당기기 전에 알라를 소리쳐 부르는 걸 들었다고 했소."

월링은 긴가민가한 눈으로 보슈를 쳐다보며 다시 휴대전화를 펼쳤다. 그러고는 단축 번호를 누른 후 연결되기를 기다리는 동안 보슈에게 말했다.

"기도나 하고 있어요, 우리가 이 사람들을 찾아내기 전에…."

상대방이 전화를 받자 그녀는 말을 멈췄다. 그러고는 자기소개나 인사말을 하지 않고 곧장 보슈에게서 방금 들은 정보를 전했다.

"목격자는 윌콕스에 있는 마크 트웨인 호텔에 있어요. 303호실. 가서 데려와요."

윌링은 전화기를 덮고 보슈를 바라보았다. 이제 그녀는 실망하고 체념한 눈빛이었다. 보슈는 아까 긴가민가 의심하는 눈빛을 볼 때보다 기분이 더 좋지 않았다.

"가야겠어요. 내가 당신이라면 세슘을 찾을 때까지 공항, 지하철, 쇼핑몰 근처에는 얼씬도 하지 않을 거예요." 그녀가 말했다.

윌링이 돌아서서 그의 곁을 떠났다. 보슈가 그녀의 뒷모습을 물끄러미 보고 있는데 다시 전화벨이 울리기 시작했다. 그는 그녀에게서 눈을 떼지 않은 채 전화를 받았다. 검시관 조 펠튼이었다.

"해리, 왜 이렇게 전화를 안 받아?"

"무슨 일이야, 조?"

"왜 어제 할리우드에서 있은 총격전에서 중상을 입은 조폭 있잖아, 생명유지 장치를 달았던 친구. 그 장치를 오늘 뗐다 그래서 시신을 넘겨받으러 퀸 오브 에인절스에 잠깐 들렀었어."

보슈는 제리 에드거가 말했던 3루타 사건이 기억이 났다.

"그래, 그런데?"

보슈는 검시관이 시간 낭비를 하고 싶어 전화를 걸지는 않았을 거라는 걸 알고 있었다. 뭔가 이유가 있었다.

"커피 좀 마시려고 병원 휴게실에 들어갔다가 옆에서 구급대원 두 명이 하는 얘기를 우연히 들었어. 자기들이 방금 수송해 온 환자를 진찰한 응급실 의사가 ARS라고 1차 진단을 내렸다는 거야. 그 말을 들으니까 그가 산마루 살인사건과 관련이 있는 게 아닌가 싶더라고. 거기서 살해된 피해자가 방사능 측정 반지를 끼고 있었잖아, 왜."

보슈는 차분한 목소리로 물었다.

"조, ARS가 뭐야?"

"급성 방사선 증후군(Acute Radiation Syndrome). 구급대원들도 처음에는 뭔지 몰랐대. 환자가 화상을 심하게 입었고 계속 구토를 하고 있었다대. 그래서 병원으로 옮겼더니 응급실 의사가 방사능에 아주 심하게 노출된 경우라고 했다는 거야, 해리. 구급대원들도 노출 여부를 알아보기 위해 검사해 놓고 결과를 기다리고 있더라고."

보슈는 레이철 월링을 향해 걸어가기 시작했다.

"그 남자를 어디서 발견했대?"

"물어보진 않았는데 이리로 데려온 걸 보면 할리우드 어딘가가 아닐까 싶은데."

보슈는 걸음에 속도를 내기 시작했다.

"조, 전화 끊고 병원 보안 담당자 불러서 그자를 지키고 있게 해. 금방 갈게."

보슈는 전화기를 탁 소리 나게 덮고 나서 레이철을 향해 전속력으로 달리기 시작했다.

—

## *16*
# 피해자와 가해자

할리우드 고속도로를 가득 메운 차들이 시내를 향해 느릿느릿 기어가고 있었다. 모든 작용에는 크기가 같고 방향이 반대인 반작용이 따른다는 교통 물리학의 법칙에 따라 보슈는 시내와 반대 방향인 북행 차선을 쾌속으로 달리고 있었다. 물론 사이렌과 경광등의 도움도 받았다. 이것들 덕분에 앞서 달리던 별로 많지도 않은 차들이 재빨리 옆 차선으로 나가며 길을 비켜 주었다. '공권력 행사'는 보슈가 잘 아는 또 다른 법칙이었다. 그는 낡은 크라운 빅토리아로 시속 145킬로미터까지 내면서 쏜살같이 달려가고 있었고 운전대를 잡은 손에 어찌나 힘을 주었는지 관절마디가 하얗게 변해 있었다.

"어디 가는 거예요?" 레이철 월링이 시끄러운 사이렌 소리 때문에 소리쳐 물었다.

"말했잖소. 세슘이 있는 곳으로 데려다 준다고."

"그게 무슨 뜻이죠?"

"구급대가 조금 전 급성 방사선 증후군 증상을 보이는 남자를 퀸 오브 에인절스 응급실로 수송했소. 4분 후면 거기 도착할 거요."

"뭐라고요? 그 얘길 왜 지금 해요?"

출발하기 전에 이야기하지 않은 것은 보슈 자신이 유리한 출발을 하고 싶었기 때문이었지만 그녀에게 그렇게 말하지는 않았다. 그가 잠자코 있는 동안 그녀는 휴대전화를 열고 번호를 눌렀다. 그러고는 차 지붕으로 팔을 뻗어 사이렌 단추를 눌러 껐다.

보슈가 소리쳤다. "뭐하는 거요? 그게 있어야…."

"그럼 통화를 못하잖아요!"

보슈는 가속 페달에서 발을 떼고 안전을 위해 속도를 시속 110킬로미터 정도로 줄였다. 잠시 후 월링의 전화가 연결이 되었고 보슈는 그녀가 큰 소리로 지시하는 내용을 유심히 들었다. 그는 상대방이 맥스웰이 아니라 브레너이기를 바랐다.

"마크 트웨인에 파견된 팀을 퀸 오브 에인절스로 보내 줘요. 방사능 물질 공격팀도 꾸려서 그곳으로 보내 주고요. 지원팀과 에너지부 평가팀도 보내요. 방사능에 노출된 피해자가 발생했는데 그를 조사하면 사라진 물질의 행방을 알아낼 수 있을 것 같아요. 지금 당장 내가 하라는 대로 하고 다시 전화해 줘요. 난 3분 후면 현장에 도착해요."

그녀가 전화기를 덮자 보슈가 다시 사이렌 단추를 눌러 켰다.

"난 4분이라고 했는데!" 그가 외쳤다.

"4분이나 3분이나!" 그녀가 맞받아 소리쳤다.

보슈는 그럴 필요가 없는데도 다시 가속 페달을 밟았다. 그는 자기들이 가장 먼저 병원에 도착할 거라고 확신했다. 그들은 고속도로에서 벌써 실버 레이크를 지나 할리우드에 다가가고 있었다. 사실 그가 할리우드 고속도로에서 합법적으로 145킬로미터를 찍으며 달릴 수 있었던 것은 공권력의 덕이 컸다. 낮 시간에 그렇게 달려 봤다고 말할 수 있는 사람이 이 도시에는 그리 많지 않았다.

"피해자가 누구예요?" 월링이 외쳤다.

"몰라."

그들은 꽤 오랫동안 침묵했다. 보슈는 운전과 생각에 집중했다. 사건과 관련해 석연찮은 것들이 너무 많았다. 그러나 곧 그는 그런 것들을 그녀와 나누기로 했다.

"그들이 어떻게 그를 알고 표적으로 삼았을까?" 보슈가 물었다.

"뭐라고요?" 월링도 생각에 빠져 있었던 모양이었다.

"모비와 엘-파예드 말이오. 그들이 스탠리 켄트를 어떻게 알고 표적으로 삼았냐고."

"모르죠. 병원에 누워 있는 사람이 그들 중 하나라면, 가서 물어보면 되겠네요."

보슈는 잠깐 말을 하지 않았다. 고함치는 것이 힘이 들었다. 그러나 곧 다른 질문을 던졌다.

"모든 것이 그 집에서 나왔다는 사실이 이상하지 않소?"

"무슨 말이에요?"

"총, 카메라, 컴퓨터. 모든 것이 다 그 집에 있던 거잖소. 식료품 저장실엔 리터들이 콜라가 여러 병 있더군. 범인들이 알리샤 켄트를 묶을 때 쓴 건 그녀가 뒷마당의 장미를 받쳐 줄 때 쓰던 스냅타이였고. 뭔가 좀 수상쩍지 않소? 칼과 스키 마스크만 갖고 침입했다니. 이상하지 않느냔 말이지."

"이자들은 기략이 넘친다는 것을 잊으면 안돼요. 그런 기략을 훈련소에서 배우고 나온다고요. 엘-파예드는 아프가니스탄에 있는 알카에다 훈련소에서 교육을 받았어요. 그다음엔 그가 나사르를 가르쳤죠. 그들은 주변에서 구할 수 있는 것을 가지고 임시변통으로 뭘 만드는 재주가 아주 뛰어나요. 그들이 세계무역센터를 비행기 두 대로 무너뜨렸다고 볼 수도 있지만 박스 자르는 휴대용 칼 두 개로 무너뜨렸다고도 볼 수 있죠. 모든 건 어떻게 보느냐에 따라 달라져요. 그들이 가지고 있는 도구보다 더 중요한 건 그들의 무자비한 행동이에요. 그건 당신도 동의하리라고 생각하는데요."

보슈가 무슨 말이라도 하려 했지만 고속도로 나들목을 나가서 혼잡한 일반 도로로 진입하느라고 말을 할 겨를이 없었다. 2분 후 그는 드디어 사이렌을 끄고 퀸 오브 에인절스 병원의 앰뷸런스 차로로 들어섰다.

펠튼이 북적거리는 응급실에서 그들을 맞았고 그들을 침상 여섯 개가 있는 처치실로 데려갔다. 민간 청원 경찰이 커튼이 쳐져 있는 침상 밖에 서 있었다. 보슈는 그에게 배지를 보여 주면서 다가가서 살짝 고개를 끄덕여 보이고는 커튼을 젖히고 처치 공간 안으로 들어갔다.

커튼이 쳐진 공간 안에는 갈색 피부에 검은 머리칼을 가진 작은 체구의 남자가 홀로 누워 있었다. 온갖 관과 선이 머리 위에 달린 의료 기구에서 나와 팔다리와 가슴, 입과 코에 연결되어 있었다. 병원 침상은 깨끗한 비닐 텐트 속에 들어 있었다. 남자는 침상의 절반 정도를 차지할까 말까 할 만큼 체구가 작았고 어찌 보면 그를 둘러싸고 있는 의료기기의 공격을 받고 있는 피해자처럼 보였다.

두 눈은 반쯤 감겨 있었고 움직임이 없었다. 몸은 거의 알몸 상태였다. 생식기 위에는 타월을 덮어 테이프로 붙여 놓았지만 다리와 몸통은 그대로 다 보였다. 배 오른쪽과 오른쪽 엉덩이는 열화상 상처로 덮여 있었다. 오른손에도 똑같은 열화상 상처가 있었는데 피부 곳곳이 보라색으로 변하고 염증이 터져 나와 진물이 흐르고 그 주위는 빨갛게 짓물러있는 것이 보기만 해도 끔찍했다. 화상 상처 위에 투명한 연고를 바른 모양인데 크게 도움이 되는 것 같지는 않았다.

"다들 어디 있지?" 보슈가 물었다.

"해리, 가까이 가지 말아요. 의식이 없으니까 나가서 의사 얘기부터 듣고 그다음에 무슨 조치를 취해도 취하자고요." 월링이 말했다.

보슈가 환자의 화상 상처를 가리켰다.

"세슘 때문에 이렇게 될 수 있는 거요? 증상이 그렇게 빨리 나타날 수 있나?" 보슈가 물었다.

"농축된 양에 직접 노출이 되면 그럴 수 있어요. 노출 시간이 어느 정도냐에 따라 증상의 정도가 달라지죠. 이 사람은 세슘을 주머니에 넣고 다닌 것 같은데요."

"모비나 엘-파예드 같소?"

"아뇨, 둘 다 아닌 것 같아요. 자, 나가죠."

월링이 커튼 밖으로 나갔고 보슈가 그 뒤를 따랐다. 그녀는 청원 경찰에게 그 환자를 치료한 응급실 의사를 불러오라고 지시했다. 그러고는 휴대전화를 펼쳐 단축 번호 하나를 눌렀다. 상대방이 즉시 전화를 받았다.

"이거 진짜예요. 직접 노출된 경우예요. 수사 본부를 세우고 방사능 억제 시스템을 발동시켜야 해요." 월링이 말했다.

그녀는 상대방의 말을 듣고 있다가 질문에 대답했다.

"아뇨, 둘 다 아니에요. 신원 파악은 아직 안 됐어요. 되는 대로 연락할 게요."

그녀는 전화기를 덮고 보슈를 바라보았다.

"방사능물질 공격팀이 10분 이내로 도착할 거예요. 수사 지휘는 내가 할 거고요." 그녀가 말했다.

파란색 병원 가운을 입은 여자가 클립보드를 들고 그들에게로 걸어왔다.

"닥터 가너예요. 환자가 저런 부상을 입게 된 경위를 좀 더 정확히 파악할 때까지는 여러분 모두 환자 곁에 가시면 안 됩니다."

윌링과 보슈가 그녀에게 신분증을 제시했다.

"어떤 상탠가요?" 윌링이 물었다.

"지금으로서는 말씀드릴 게 별로 없습니다. 환자는 지금 전구증상을 보이고 있어요. 방사능물질에 노출됐을 때 보이는 초기 증상이요. 문제는 환자가 무엇에 얼마 동안이나 노출됐는지 알 수가 없다는 겁니다. 근데 그걸 모르면 체계적인 치료 계획을 잡을 수가 없거든요. 그래서 지금은 일반적인 치료만 하고 있습니다."

"어떤 증상들을 보이고 있죠?" 윌링이 물었다.

"화상 상처 보셨죠? 그건 가장 경미한 문제에 불과합니다. 가장 심각한 손상은 내장 기관이 입었어요. 환자의 면역 체계가 무너지고 있고 위장 벽이 거의 다 허물어졌어요. 위장관이 파괴됐고요. 지금은 안정된 상태긴 하지만 희망은 별로 없는 것 같습니다. 몸에 가해진 스트레스로 인해 한 차례 심박 정지까지 왔고요. 불과 15분 전까지 블루 팀(심박 정지 등 환자에게 응급 상황이 생겼을 때 환자를 소생시키기 위해 투입하는 응급 의료팀-옮긴이)이 여기 있다가 갔어요."

"노출 시점부터 전구증상인가 뭔가 하는 게 나타나기까지 시간은 얼마나 걸려요?" 보슈가 물었다.

"네, 전구증상 맞아요. 최초 노출 시각으로부터 한 시간 이내에 나타날 수 있어요."

보슈는 비닐 텐트 속 침상에 누운 남자를 바라보았다. 사미르가 기도실 바닥에서 죽어 가고 있을 때 하들리 경감이 했던 말이 떠올랐다. 배수구로 물이 빠져나가듯 곧 생명이 빠져나가겠군. 지금 병원 침상에 누운 남자도 그렇게 생명이 빠져나가고 있는 것 같았다.

"환자는 누구이고 어디서 발견됐죠?" 보슈가 의사에게 물었다.

가너가 대답했다. "발견 장소에 대해서는 구급대원들에게 물어보시는 게 좋겠네요. 그것까지 파악할 시간은 없었어요. 내가 들은 바로는 거리에서 발견됐다더군요. 쓰러져 있었답니다. 그리고 환자의 신원은…."

가너가 클립보드를 들고 첫 장에 나온 내용을 읽었다.

"디고베르또 곤잘베스라고 적혀 있네요. 나이는 마흔한 살. 주소 미상. 현재로서는 이게 전붑니다."

월링이 또 휴대전화를 꺼내면서 무리에서 떨어졌다. 보슈는 그녀가 전술정보반에 전화를 걸어 그 이름을 불러 주고 테러범 데이터베이스에서 검색해 보게 할 것임을 알고 있었다.

"환자 옷은 어디 있죠? 지갑은?" 보슈가 의사에게 물었다.

"환자의 옷과 모든 소지품은 방사능 노출 우려가 있어서 다른 곳으로 가져갔습니다."

"누가 소지품을 조사해 봤소?"

"아뇨, 형사님, 그렇게 위험을 무릅쓸 사람이 있을까요?"

"그럼 어디로 가져갔단 말이죠?"

"그건 간호사들한테 물어보셔야 할 것 같은데요."

가너가 처치실 중앙에 있는 간호사 구역을 가리켰다. 보슈가 그곳으로 걸어갔다. 책상 앞에 앉아 있는 간호사는 그 환자의 모든 소지품은 의료폐기물 용기에 담아 병원 소각로로 가져갔다고 말했다. 이것이 병원의 방사능 오염 환자 관리 규칙에 따른 것인지 아니면 곤잘베스와 관련해 알려지지 않은 요인들 때문에 생긴 극단적인 공포감에서 취해진 조치인지는 분명하지 않았다.

"소각로는 어디 있죠?"

간호사는 보슈에게 길을 가르쳐 주는 대신, 청원 경찰을 불러 보슈를 소각실로 모시고 가라고 지시했다. 보슈가 청원 경찰을 따라 나서려는데 월링이 그를 불렀다.

"이거 가져가요."

월링이 벨트에서 떼어낸 방사능 측정기를 보슈에게 건네며 말했다. 그러고는 말을 이었다.

"그리고 방공팀이 오고 있다는 거 잊지 말아요. 위험을 무릅쓰지 말라고요. 경보가 울리면, 철수하는 거예요. 기억해요, 무조건 철수."

"알았소."

보슈는 방사능 측정기를 주머니에 넣었다. 보슈와 청원 경찰은 바쁜 걸음으로 복도를 걸어가 계단을 이용해 지하층으로 내려갔다. 그러고는 적어도 한 블록은 족히 될 것 같은 긴 복도를 걸어 건물의 반대편 끝으로 갔다.

소각실에 도착해 보니 안에는 아무도 없었고 의료폐기물이 타고 있는 것 같지도 않았다. 바닥에 1미터 높이의 금속 통이 놓여 있었다. 뚜껑은 '유해 폐기물 조심'이라고 적힌 테이프로 봉인되어 있었다.

보슈는 작은 주머니칼이 달린 자신의 열쇠고리를 꺼냈다. 그러고는 폐기물 통 옆에 쭈그리고 앉아 봉인 테이프를 잘랐다. 청원 경찰이 뒷걸음질을 치는 모습이 눈가로 보였다.

보슈가 말했다.

"자넨 밖에서 기다리지 그래. 우리 둘 다 노출될 필요는…."

보슈가 말을 끝맺기도 전에 문이 닫히는 소리가 들렸다.

그는 폐기물 통을 내려다보며 심호흡을 한 번 한 후 뚜껑을 열었다. 디고베르또 곤잘베스의 옷가지가 아무렇게나 던져져 있었다.

보슈는 월링이 준 방사능 측정기를 주머니에서 꺼내 요술봉처럼 들고 열린 통 위를 휘저었다. 측정기는 침묵을 지키고 있었다. 그는 안도의 한숨을 내쉬었다. 그러고 나서 집에서 휴지통을 비우듯이 자연스럽게 통을 거꾸로 들고 내용물을 콘크리트 바닥에 쏟았다. 통을 옆으로 굴린 후 옷 위에서 측정기를 다시 한 번 둥글게 휘저어 보았다. 경보는 울리지 않았다.

곤잘베스의 옷은 가위로 잘라서 그의 몸에서 제거한 것이 분명했다. 더러운 청바지 한 벌과 작업복 셔츠, 티셔츠, 속옷, 그리고 양말이 있었다. 작업화는 끈이 가위로 잘린 채 놓여 있었다. 이런 옷가지들 가운데 검은 가죽으로 된 작은 지갑이 놓여 있었다.

보슈는 옷부터 살펴보기 시작했다. 작업복 셔츠 주머니에는 펜과 타이어 압력 측정기가 들어 있었다. 청바지 뒷주머니 한 곳에는 작업 장갑이 삐죽이 나와 있었고, 청바지 왼쪽 앞주머니에서는 열쇠고리와 휴대전화가 나왔다. 곤잘베스의 오른쪽 엉덩이와 손에 화상 상처가 있었던 것이 생각나서 청바지의 오른쪽 앞주머니를 벌려 봤지만 세슘은 없었다. 주머니는 비어 있었다.

보슈는 휴대전화와 열쇠고리를 지갑 옆에 내려놓고 모아 놓은 것들을 살펴보았다. 열쇠 하나에 도요타 휘장이 있었다. 그는 이 차를 찾아야 한다고 생각했다. 그는 전화기를 펼쳐 전화번호부를 찾아보려고 했지만 어떻게 하는지 알 수가 없었다. 그래서 옆으로 내려놓고 지갑을 열었다.

별것 없었다. 지갑에는 디고베르또 곤잘베스라는 이름과 사진이 있는 멕시코 운전면허증이 들어 있었다. 거주지는 멕시코의 와하까라고 적혀 있었다. 카드 꽂는 곳에는 한 여자와 어린아이 셋을 찍은 사진이 몇 장 들어 있었다. 멕시코에서 찍은 것 같았다. 취업허가증이나 시민권 서류 같은 건 보이지 않았다. 신용카드도 없었고, 지폐 넣는 곳에는 1달러짜리 지폐가 겨우 여섯 장, 그리고 밸리 지역의 전당포 몇 군데에서 받은 전당표 몇 장이 들어 있었다.

보슈는 지갑을 휴대전화 옆에 내려놓고 일어서서 자기 휴대전화를 꺼냈다. 그러고는 전화번호부를 쭉쭉 끌어내려서 월링의 휴대전화번호를 찾았다.

그녀가 즉시 전화를 받았다.

"옷을 확인해 봤는데, 세슘은 없었소."

반응이 없었다.

"레이철, 들었…."

"그래요, 들었어요. 당신이 찾았기를 바랐는데요, 해리. 그렇게 마무리가 되기를 바랐는데."

"그러게 말이야. 이름 조회에서 뭐 나온 거 있소?"

"무슨 이름이요?"

"곤잘베스. 그 이름 넣고 조회해 보지 않았나?"

"아, 그래요, 했어요. 아무것도 안 나왔어요. 정말 아무것도, 운전면허증도 안 나왔어요. 가명인 게 틀림없어요."

"여기서 멕시코 운전면허증을 찾았소. 아마도 불법체류자 같소."

레이철은 그 사실에 대해 잠깐 생각해 보는 듯 침묵하다가 대답했다.

"나사르와 엘-파예드가 멕시코 국경을 넘어 입국한 것으로 짐작하고 있어요. 그렇게 관련이 있는 건지도 모르죠. 그들과 함께 일하고 있었는지도 몰라요."

"모르겠소, 레이철. 옷이 작업복이더군. 작업화를 신고 있었고. 내 생각엔 이 친구가…."

"해리, 그만 끊어야겠어요. 우리 팀이 도착했어요."

"그래요. 나도 곧 올라갈 거요."

보슈는 자기 휴대전화를 주머니에 넣고 옷가지와 작업화를 모두 모아 폐기물 통에 도로 넣었다. 그러고는 지갑과 열쇠고리와 휴대전화를 옷 위에 올려놓고 통을 들었다. 통을 들고 계단까지 긴 복도를 걸어가는 동안 그는 다시 자기 전화기를 꺼내 경찰국 종합상황실에 전화를 걸었다. 전화를 받은 상황실 직원에게 곤잘베스가 쓰러졌다고 구급대를 요청한 신고 전화에 관해서 상세히 알려 달라고 부탁하자 끊지 말고 잠깐 기다리라는 대답이 돌아왔다.

보슈가 계단을 다 올라가 응급실로 들어섰을 때에야 상황실 직원이 그를 불렀다.

"문의하신 전화는 오전 10시 5분에 카후엥가 대로 93번지 이지 프린트로 등록된 전화에서 걸려 왔습니다. 주차장에 남자가 쓰러져 있다는 내용이었고요. 54번 소방서 소속 구급대가 출동했습니다. 반응 시간은 6분 19초 걸렸군요. 궁금한 게 또 있습니까?"

"그곳에서 가장 가까운 곳에 있는 교차로는 뭐죠?"

잠시 후 상황실 직원은 그곳에서 가장 가까운 교차로는 랭커심 대로라고 말해 주었다. 보슈는 감사인사를 하고 전화를 끊었다.

곤잘베스가 쓰러진 곳은 멀홀랜드 산마루에서 그리 멀지 않았다. 보슈는 지금까지 이 사건과 관계된 모든 장소가—살인 현장에서부터 피해자의 집, 라민 사미르의 집, 그리고 곤잘베스가 쓰러진 지점까지—토마스 브라더스 지도책 한 페이지 안에 다 들어간다는 사실을 깨달았다. LA에서 살인사건이 일어나면 보통 지도책 전체에 걸쳐 사방을 뛰어다녀야 했다. 그러나 이번 사건은 달랐다. 사건이 일어난 장소들이 다닥다닥 붙어 있었다.

보슈는 응급실 안을 둘러보았다. 아까는 대기실이 사람들로 북적였는데 지금은 한 명도 없었다. 사람들을 대피시킨 것이 틀림없었다. 지금은 방호복을 입은 요원들이 방사능 측정기를 들고 응급실 안을 돌아다니고 있었다. 보슈는 간호사 구역 옆에 서 있는 레이철 월링을 발견하고 그녀에게로 걸어가서 들고 있던 폐기물 통을 내밀었다.

"저 친구 물건들이 들어 있소."

월링은 통을 받아서 바닥에 내려놓고 방호복을 입은 요원 한 명을 불러서 통을 갖고 가서 살펴보라고 지시했다. 그러고는 보슈를 다시 쳐다보았다.

"그 속에 휴대전화가 들었는데. 뭔가 건질 게 있지 않을까?" 보슈가 레이철에게 말했다.

"그렇게 전할게요."

"피해자는 좀 어때요?"

"피해자요?"

"이 일에 관련이 있든 없든 피해자는 피해자잖소."

"그렇게 말하니까 그런 것도 같네요. 아직 의식이 없어요. 이야기할 기회가 생기기나 할지 잘 모르겠어요."

"그럼 난 갑니다."

"네? 어디요? 같이 가요."

"수사 지휘를 해야 한다고 하지 않았나?"

"딴 사람한테 넘겼어요. 세슘이 없다면 남아 있을 이유가 없죠. 함께 가요. 잠깐만 기다려 줘요. 단서를 쫓아간다고 딴 사람들한테 얘기 좀 하고요."

보슈는 망설였다. 그러나 마음속 깊은 곳에서는 그녀와 함께하기를 바라고 있었다.

"나가서 차에서 기다리지."

“어디로 갈 거죠?”

“디고베르또 곤잘베스가 테러범인지 피해자인지는 잘 모르겠지만 한 가지는 확실히 알고 있지. 도요타를 몰더군. 어딜 가면 그 차를 찾을 수 있을지 알 것 같소.”

—

# 17
# 깨달음

해리 보슈는 카후엥가 고갯길에서는 교통 물리학이 자신에게 이롭게 작용하지 않을 것임을 알고 있었다. 산맥이 잘려 나가면서 생긴 병목 구간에서는 할리우드 고속도로가 항상 양방향으로 밀렸다. 그는 일반 도로를 타고 가다가 할리우드 볼(할리우드의 원형 극장－옮긴이)을 지나서 하이랜드 애버뉴로 진입해 고갯길로 올라가기로 했다. 가는 동안 그는 레이철 월링에게 종합상황실 직원한테서 들은 정보를 전했다.

"구급대를 요청하는 전화는 랭커심 근처 카후엥가에 있는 프린트 가게에서 걸려왔소. 곤잘베스가 그 주변에 있다가 쓰러진 게 분명해요. 신고 전화는 한 남자가 주차장에 쓰러져 있다는 내용이었다는데, 그렇다면 그가 몰던 도요타가 바로 거기에 있지 않을까 싶어서. 도요타를 찾으면 분명히 세슘도 찾을 거요. 그가 왜 세슘을 갖고 있었는지는 아직도 의문이지만."

"그리고 왜 그렇게 바보같이 아무런 방호 장치도 없이 그걸 주머니에 넣었는지도요." 웰링이 덧붙였다.

"그건 그가 자신이 무엇을 갖고 있었는지 안다는 가정하에 할 수 있는 말이고. 어쩌면 몰랐을 수도 있소. 이 사건이 우리가 생각하는 그런 사건이 아닐 수도 있단 말이지."

"곤잘베스와 나사르, 엘-파예드 사이에는 연결고리가 분명히 있어요, 보슈. 어쩌면 곤잘베스가 그들을 태우고 국경을 넘어왔을 수도 있어요."

보슈는 웃음이 나오는 걸 억지로 참았다. 그녀가 그의 성을 부르는 것은 애정의 표시라는 것을 그는 알고 있었다. 예전에 성을 부를 때의 일들이 다 기억이 났다.

"그럼 라민 사미르는 이제 잊어도 될까?" 보슈가 말했다.

웰링이 고개를 가로저었다.

"난 아직도 사미르는 관심을 딴 데로 돌리기 위해 던진 미끼라고 생각해요. 속임수요." 그녀가 말했다.

"아주 좋은 미끼였지. 덕분에 강력한 돈 배들리 경감이 떨어져 나갔으니까." 보슈가 대꾸했다.

그녀가 소리 내어 웃었다.

"별명이에요?"

보슈가 고개를 끄덕였다.

"면전에선 그렇게 안 부르지, 물론."

"그럼 당신은 별명이 뭐예요? 왠지 거칠고 냉정한 느낌이 나는 별명일 것 같은데요."

보슈는 그녀를 흘끗 쳐다보며 어깨를 으쓱거렸다. 베트남에서는 별명이 하리 카리였다고 얘기해 줄까 싶었지만 그러자면 추가 설명이 필요한데 지금은 그럴 때와 장소가 아니라는 생각이 들었다.

그는 하이랜드에서 경사진 진입로를 올라가 카후엥가로 들어섰다.

고속도로와 나란히 가는 일반도로를 달리면서 고속도로를 흘끗 보니 자신의 판단이 옳았다는 것을 금방 알 수 있었다. 고속도로는 양방향이 꽉 막혀서 전혀 움직이지 못하고 있는 것 같았다.

"아직도 내 휴대전화 전화번호부에 당신 번호가 저장되어 있소. 영원히 지우고 싶지 않을 것 같군." 보슈가 말했다.

"안 그래도 아까 당신이 담뱃재에 대해서 그렇게 치졸한 메시지를 남겼을 때 내 번호 아직도 갖고 있나 싶었어요."

"당신은 내 번호 지워 버렸겠지, 레이철."

그녀는 꽤 길게 침묵하다가 대답했다.

"내 전화기에도 당신 번호 저장되어 있어요, 해리."

보슈에서 해리로 돌아갔지만 그는 저절로 웃음이 나왔다. 어쨌든 희망이 있다는 생각이 들었다.

어느새 랭커심 대로가 가까워지고 있었다. 사거리에서 우회전을 하면 대로가 터널로 이어져 고속도로 밑을 달려가게 되어 있었다. 좌회전을 하면 긴 단층 쇼핑센터에서 도로가 끝났다. 구급대를 요청하는 신고전화의 발신지인 이지 프린트 체인점이 그 쇼핑센터에 있었다. 보슈는 작은 주차장에 있는 차량들을 눈으로 훑으면서 도요타를 찾아보았다.

그는 좌회전 차선으로 미끄러져 들어가 주차장으로 들어가기 위해 기다리고 있었다. 의자에 앉은 채 몸을 돌려 카후엥가 길 양쪽 길가에 주차된 차들을 두루 살펴보았다. 재빨리 둘러봤지만 도요타는 보이지 않았다. 그러나 도요타 브랜드를 가진 승용차와 픽업트럭이 대단히 많다는 것을 그도 잘 알고 있었다. 주차장 내 프린트 가게 지정 구역에서 차를 찾지 못하면, 도로가에 주차된 차들을 훑어보며 찾아보아야 할 것 같았다.

"차량 번호나 특징 같은 거 몰라요? 색상은요?" 윌링이 물었다.

"모르고, 모르고, 몰라요."

보슈는 그녀가 한 번에 여러 가지 질문을 쏟아내는 버릇이 있다는 게 갑자기 기억이 났다.

그는 노란불에 좌회전을 하여 주차장으로 들어갔다. 빈 주차 공간이 하나도 없었지만 어차피 주차를 할 것도 아니었다. 그는 천천히 차를 몰면서 주차된 차를 하나하나 확인했다. 도요타 자동차는 한 대도 없었다.

"평소에는 사방에 깔렸더니 찾으니까 없네. 여기 어딘가에 있을 텐데." 보슈가 말했다.

"길가에서 찾아봐야겠는데요." 월링이 제안했다.

그는 고개를 끄덕이며 주차장 끝에서 좁은 이면도로로 진입했다. 좌회전을 해 빙 돌아서 다시 도로로 나올 생각이었다. 그러나 오른쪽에서 차가 오지 않는지 확인하려고 돌아보았을 때 좁은 이면도로의 반 블록 정도 떨어진 곳에 캠핑카 지붕을 얹은 낡은 흰색 픽업트럭이 서 있는 것이 보였다. 바로 옆에는 초록색 대형 쓰레기통이 있었다. 트럭 앞쪽이 그들을 향해 있어서 보슈는 차 브랜드가 뭔지 알 수 없었다.

"저거 도요탄가?" 보슈가 물었다.

월링이 돌아보았다.

"보슈, 당신 정말 천재네요." 그녀가 감탄했다.

보슈가 방향을 돌려 트럭을 향해 갔다. 다가가면서 보니까 과연 도요타 트럭이라는 것을 알 수 있었다. 월링도 알아본 모양이었다. 그녀가 휴대전화를 꺼내자 보슈는 손을 뻗어 휴대전화를 잡았다.

"먼저 확인부터 합시다. 내가 틀렸을 수도 있으니까."

"아뇨, 보슈, 연타석 홈런이에요."

그러면서도 그녀는 휴대전화를 도로 주머니에 넣었다. 보슈는 천천히 차를 몰고 픽업트럭 옆을 지나가면서 슬쩍 훑어보았다. 그러고는 블록 끝에서 유턴을 해 되돌아왔다. 트럭 뒤 3미터쯤 떨어진 곳에 차를 세웠다. 트럭 뒤에는 차량 번호판이 달려 있지 않았다. '번호판 분실'이라고 적힌 판지로 만든 표지판이 대신 그 자리에 붙어 있었다.

보슈는 디고베르또 곤잘베스의 주머니에서 찾은 열쇠고리를 가져오지 않은 것을 후회했다. 그들은 차에서 내려 갈라져서 트럭의 양쪽 면으로 다가갔다. 트럭이 가까워지자 보슈는 캠핑카 지붕에 달린 뒷창문이 5~6센티미터쯤 열려 있는 것을 발견했다. 그는 팔을 뻗어 창문을 끝까지 잡아당겨 열었다. 경첩이 창문을 열린 상태로 고정했다. 보슈는 몸을 숙이고 트럭 안을 들여다보았다. 트럭이 그늘에 서 있고 캠핑카 지붕의 창문이 모두 선팅 처리가 되어 있어서 안이 어두웠다.

"해리, 그 측정기 갖고 있어요?"

보슈는 월링에게서 받은 방사능 측정기를 주머니에서 꺼내 들고 트럭 짐칸의 어둠 속으로 몸을 숙였다. 경보가 울리지 않았다. 그는 몸을 뒤로 빼고 측정기를 다시 벨트에 꽂았다. 그러고는 걸쇠를 밀고 트럭의 뒷문을 열었다.

트럭 뒤에는 잡동사니가 널브러져 있었다. 빈 병과 깡통이 아무 데나 뒹굴고 있었고, 다리가 부러진 가죽 의자, 알루미늄 조각, 낡은 정수기를 비롯해 온갖 폐품이 다 있었다. 그리고 오른쪽에는 폐타이어가 하나 있었고 그 옆에는 바퀴 달린 대걸레 양동이처럼 생긴 납으로 된 회색 용기가 놓여 있었다.

"저거네. 저게 돼지 아닌가?" 보슈가 말했다.

"맞는 것 같아요. 맞아요!" 월링이 흥분한 목소리로 말했다.

경고 문구가 적힌 스티커나 방사능 경고 표시가 보이지 않았다. 뜯겨나간 것이었다. 보슈는 트럭 안으로 몸을 숙이고 돼지의 손잡이 하나를 잡았다. 그러고는 잡동사니들 속에서 돼지를 잡아당겨 뒷문 쪽으로 굴려 왔다. 뚜껑에는 네 군데에 잠금장치가 되어 있었다.

"우리가 열고 세슘이 안에 있는지 확인할까?" 보슈가 물었다.

"아뇨. 우린 물러나 있고 방공팀을 불러들여야죠. 보호 장비를 갖추고 있으니까." 월링이 말했다.

그녀는 휴대전화를 다시 꺼냈다. 그녀가 방사능물질 공격팀과 지원팀을 요청하는 전화를 거는 동안 보슈는 트럭 앞쪽으로 걸어갔다. 창문으로 운전 칸을 들여다보았다. 중앙 콘솔박스 위에 반쯤 먹다 남은 부리토가 납작해진 갈색 종이 봉지 위에 놓여 있는 것이 보였다. 조수석에도 잡동사니가 더 있었다. 그는 조수석에 있는 손잡이가 부러진 낡은 서류 가방과 그 위에 놓인 카메라를 한참 동안 쳐다보았다. 카메라는 고장이 나거나 낡은 것 같지 않고 신형인 것 같았다.

보슈가 문을 열어 보니 잠겨 있지 않았다. 그제야 그는 곤잘베스가 세슘 때문에 몸이 타 들어가기 시작하자 트럭이고 뭐고 다 팽개치고 뛰어나갔다는 것을 깨달았다. 트럭 문도 잠그지 않고 모든 걸 그대로 두고 주차장을 향해 비틀거리며 걸어가면서 도움을 청했던 것이다.

보슈는 운전석 문을 열고 방사능 측정기를 들이밀었다. 아무 일도 일어나지 않았다. 경보가 울리지 않았다. 그는 뒤로 물러서서 방사능 측정기를 벨트에 다시 꽂았다. 그러고는 월링이 누군가에게 돼지를 찾았다고 보고하는 것을 들으면서 주머니에서 라텍스 장갑을 꺼내 꼈다.

"아뇨, 열어 보진 않았어요. 우리가 열어 볼까요?" 그녀가 말했다.

그녀는 상대방의 말을 듣고 있다가 대답했다.

"나도 그렇게 생각했어요. 그럼 최대한 빨리 보내 줘요. 이 일도 곧 끝날 것 같네요."

보슈는 운전석 문 안으로 상체를 들이밀고 카메라를 집어 들었다. 니콘 디지털 카메라였다. 과학수사대가 켄트의 집 부부 침실의 침대 밑에서 찾은 렌즈 뚜껑에도 니콘이라고 상표가 붙어 있었던 것이 기억났다. 보슈는 지금 자기가 결박당한 알리샤 켄트를 찍은 바로 그 사진기를 들고 있는 게 분명하다고 생각했다. 사진기를 켰다. 이번에는 사용법을 아는 전자 제품을 살펴보고 있었다. 그에게도 디지털 카메라가 있었고, 딸을 만나러 홍콩에 갈 때마다 갖고 다녔기 때문에 익숙했다. 딸을 데리고 디즈니랜드 차이나에 갔을 때 산 거였다.

보슈의 카메라는 니콘이 아니었지만 그는 이 카메라는 메모리칩이 빠져 있어서 저장된 사진이 한 장도 없다는 것을 금방 알 수 있었다.

보슈는 카메라를 내려놓고 조수석에 쌓여 있는 잡동사니를 들춰 보기 시작했다. 부서진 서류 가방 외에도, 어린이용 도시락과 애플 컴퓨터 사용법 안내책자, 벽난로 도구 세트에서 나온 부지깽이가 한 개 있었다. 서로 관련이 있는 물건들이 아니었고 보슈의 관심을 끌지도 않았다. 조수석 앞 바닥에 있는 골프 퍼터와 돌돌 말린 포스터가 눈에 들어왔다.

보슈는 갈색 종이봉투와 부리토를 치우고 좌석 사이의 팔걸이에 한 팔꿈치를 대어 몸을 지탱하고 팔을 뻗어 글러브 박스를 열었다. 거기에 권총 하나가 덩그마니 놓여 있었다. 그는 권총을 들고 돌려 보았다. 스미스 앤 웨슨 22구경 리볼버였다.

“여기 살인 무기를 찾은 것 같은데.” 그가 밖을 향해 고개를 돌리고 소리쳤다.

월링은 아무 반응이 없었다. 아직도 트럭 뒤에 서서 전화기에 대고 열띤 목소리로 지시를 내리고 있었다.

보슈는 감식팀이 올 때까지 권총을 제자리에 두기로 하고 글러브 박스에 도로 집어넣고 박스를 닫았다. 돌돌 말린 포스터가 다시 눈에 들어오자 그는 순전히 호기심에서 한번 펼쳐보기로 했다. 좌석 사이의 팔걸이에 팔꿈치를 대어 몸을 지탱한 채로 조수석의 잡동사니 위에 포스터를 펼쳤다. 열두 가지 요가 자세를 그린 도표였다.

그것을 보는 순간 켄트의 집 체육실 벽에서 본 변색된 공간이 퍼뜩 떠올랐다. 백 퍼센트 확신은 못했지만 이 포스터의 치수가 벽의 변색된 공간의 치수와 정확하게 일치할 것 같다는 생각이 들었다. 그는 포스터를 재빨리 다시 만 후, 발견한 것을 월링에게 보여 주기 위해 운전 칸에서 몸을 빼기 시작했다.

그러나 몸을 빼던 보슈는 좌석 사이의 팔걸이가 저장 공간이기도 하다는 사실을 알아차렸다. 그래서 몸을 빼다가 말고 그 콘솔 박스를 열었다.

그는 그대로 얼어붙어 버렸다. 컵 홀더가 있었고 그 속에 탄창처럼 생긴 철로 된 캡슐 몇 개가 양끝이 딱 닫힌 채 놓여 있었다. 철이 어찌나 광택이 나는지 마치 은처럼 보였다. 은이라고 해도 속아 넘어갈 것 같았다.

보슈는 방사능 측정기를 캡슐 위에 대고 휘휘 돌렸다. 경보가 울리지 않았다. 그는 측정기를 뒤집어 보았다. 거기에 작은 스위치가 한 개 있었다. 그는 엄지손가락으로 그 스위치를 밀어 올렸다. 갑자기 요란한 경보음이 울렸다. 소리의 주파가 어찌나 높고 빠른지 귀를 찢을 듯한 사이렌 소리가 길게 울려 퍼지는 것 같았다.

보슈는 황급히 트럭에서 몸을 빼고 문을 쾅 닫았다. 그 바람에 포스터가 땅에 떨어졌다.

"해리! 뭐예요?" 월링이 외쳤다.

그녀가 휴대전화를 엉덩이에 대고 덮으면서 그를 향해 바삐 걸어왔다. 보슈는 다시 스위치를 밀어 측정기를 껐다.

"무슨 일이에요?" 그녀가 외쳤다.

보슈는 트럭 문 쪽을 가리켰다.

"총은 글러브 박스 속에 있고 세슘은 중앙 콘솔박스 안에 있소."

"뭐라고요?"

"팔걸이 밑 저장 공간 속에 세슘이 있다고. 그가 캡슐을 돼지에서 꺼내서 팔걸이 밑 콘솔박스 속에 넣어 둔 거요. 그래서 주머니 속에 없었던 거지."

보슈는 자신의 오른쪽 엉덩이를 만졌다. 곤잘베스가 방사능 화상을 입은 부분도 거기였다. 그가 트럭에 앉아 있었다면 콘솔박스 바로 옆에 오른쪽 엉덩이가 있었을 것이다.

월링은 오랫동안 아무 말도 하지 않았다. 그의 얼굴을 물끄러미 바라보고만 있었다.

"괜찮아요?" 마침내 그녀가 입을 열었다.

보슈는 하마터면 웃음을 터뜨릴 뻔했다.

"그야 나도 모르지. 그 질문은 한 10년쯤 지나서 해야 되지 않을까?" 그가 말했다.

그녀는 마치 뭔가를 알고 있지만 그에게 말해 줄 수는 없는 것처럼 망설이고 있었다.

"뭐요?" 보슈가 물었다.

"아무것도 아니에요. 어쨌든 검사를 받아 봐야 해요, 해리."

"의사들이 뭘 할 수 있겠소? 게다가 난 트럭 안에 오래 있지도 않았소. 세슘 옆에 앉아 있었던 곤잘베스하고는 다르단 말이지. 그자는 세슘을 뜯어먹고 있었던 거나 마찬가지고."

그녀는 대꾸하지 않았다. 보슈는 그녀에게 방사능 측정기를 건네주었다.

"그게 켜져 있지 않았더군. 난 당신이 나한테 줄 때 켜진 상태로 줬을 거라고 생각했지."

월링이 측정기를 받아 들고 살펴보았다.

"나도 켜져 있다고 생각했는데요."

보슈는 방사능 측정기를 벨트에 꽂지 않고 주머니에 넣고 다녔다는 사실을 떠올렸다. 그것을 두 번이나 넣었다 뺐다 하면서 자기도 모르는 사이에 스위치를 꺼 버린 게 틀림없었다. 그는 트럭을 쳐다보면서 자기가 자해 행위나 자살 행위를 한 건 아닐까 생각했다.

"물 좀 마셔야겠군. 트렁크에 물이 있지 참." 그가 말했다.

보슈는 자기 자동차 뒤쪽으로 걸어갔다. 그는 트렁크를 열고 월링이 자기를 볼 수 없도록 그 앞에 서서 두 손으로 범퍼를 짚고 자신의 몸이 뇌에 보내는 메시지를 읽어내려고 애를 썼다. 몸에서 무슨 일이 일어나고 있는 건 분명한데 그것이 진짜 생리적인 반응인지 아니면 방금 일어난 일에 대한 감정적인 반응인지는 알 수 없었다. 응급실 의사가 곤잘베스의 상태에 대해 설명하면서 가장 심각한 피해는 내장 기관이 입었을 거라고 했던 말이 기억이 났다. 자신의 면역 체계도 무너져 내리고 있는 것일까? 배수구로 물이 빠져 내려가듯 생명이 빠져나가고 있는 것일까?

갑자기 딸의 모습이, 공항에서 본 딸의 마지막 모습이 떠올랐다.

그는 큰 소리로 욕을 내뱉었다.

"해리?"

보슈가 고개를 들고 옆을 돌아보았다. 월링이 그를 향해 걸어오고 있었다.

"지원팀이 오고 있어요. 5분 안에 도착할 거예요. 기분은 어때요?"

"괜찮은 것 같소."

"다행이네요. 방공팀 팀장하고 얘기했는데, 노출 시간이 워낙 짧았기 때문에 심각한 피해는 없을 거래요. 그래도 응급실에 가서 검사는 받아야 한다는군요."

"피해가 심각한지 어떤지는 곧 알게 되겠지."

그는 트렁크 속으로 손을 뻗어 1리터 생수병을 꺼냈다. 잠복근무가 예상보다 길어질 때를 대비해 넣고 다니는 비상용 물이었다. 그는 뚜껑을 열고 길게 두 모금을 마셨다. 물이 차갑지는 않았지만 목구멍을 타고 내려가는 느낌이 좋았다. 목이 말랐던 거였다.

그는 생수 뚜껑을 닫아 다시 트렁크에 넣었다. 그러고는 차를 돌아 월링을 향해 걸어갔다. 그러면서 그녀 너머 남쪽으로 쭉 뻗은 길을 쳐다보았다. 지금 그들이 있는 이 좁은 이면도로는 이지 프린트의 뒤쪽을 지나 몇 블록에 걸쳐 쭉 이어져 있었고, 카후엥가의 모든 상점과 사무실의 뒤쪽을 연결하고 있었다. 길은 버햄까지 쭉 뻗어 있는 것 같았다.

이면도로를 따라 20미터 정도마다 건물 뒤편 도로가에 초록색의 대형 금속 쓰레기통이 놓여 있었다. 건물과 울타리 사이 원래의 자리에서 밀려서 앞으로 나와 있었다. 실버 레이크처럼 여기도 쓰레기 수거일이어서, 쓰레기통들이 시 청소차를 기다리고 있는 것이었다.

갑자기 모든 것이 이해가 되었다. 핵융합이 일어난 것 같았다. 두 개의 요소가 한데 합쳐져 새로운 무언가를 만들어냈다. 범죄 현장 사진들과 요가 포스터를 비롯해, 찜찜했던 모든 것에 대한 의문이 다 풀렸다. 감마선이 그를 통과하면서 엄청난 깨달음을 안겨 준 것이다. 이제 모든 것을 알고 모든 것을 이해했다.

"그잔 넝마주이야."

"누가요?"

보슈가 이면도로를 계속 바라보면서 말했다.

"디고베르또 곤잘베스 말이오. 오늘은 쓰레기 수거일이고. 쓰레기통들이 청소차를 위해 모두 앞으로 밀려나와 있잖소. 곤잘베스는 쓰레기

더미를, 쓰레기통을 뒤져서 쓸 만한 것들을 빼내 파는 사람이오. 그래서 쓰레기통들이 나와 있을 것을 알았고, 여기 오면 쓸 만한 걸 건질 수 있다는 걸 알았던 거지."

그는 잠깐 말을 멈추고 월링을 바라보다가 생각을 끝까지 다 말했다.

"그리고 다른 사람도 그걸 알고 있었고." 그가 말했다.

"그러니까 곤잘베스가 쓰레기통 속에서 세슘을 발견했단 말이에요?"

보슈는 고개를 끄덕이며 전방의 이면도로를 가리켰다.

"이 길로 쭉 가면 끝에 버햄이 있소. 버햄에서 조금 올라가면 레이크 할리우드지. 레이크 할리우드에서 조금 올라가면 산마루가 나오고. 이 사건은 지도의 한 페이지를 결코 벗어나지 않는군."

월링이 다가와 보슈 앞에 서서 그의 시야를 막았다. 그때 멀리서 사이렌 소리가 들리기 시작했다.

"지금 무슨 말을 하는 거예요? 나사르와 엘-파예드가 세슘을 산 밑에 있는 쓰레기통에 숨겨 놨단 말이에요? 그걸 이 넝마주이가 우연히 발견했고?"

"내 말은 이제 세슘은 찾았으니까 이 사건을 다시 살인사건으로 보잔 말이오. 산마루에서 내려와 이 골목까지 오는 데 5분밖에 안 걸린다니까."

"그래서 뭐요? 기껏 여기 내려와서 쓰레기통에 숨겨 놓으려고 세슘을 훔치고 켄트를 죽였단 말이에요? 하고 싶은 말이 그거예요? 아니면 그들이 세슘을 그냥 쓰레기통에 버렸다고 말하는 거예요? 왜 그러겠어요? 그게 말이 된다고 생각해요? 우리를 공포에 떨게 하고 싶긴 했겠지만 이런 식을 원했을 것 같지는 않은데요."

보슈가 세어 보니 이번에는 그녀가 여섯 개의 질문을 한꺼번에 쏟아냈다. 신기록이지 싶었다.

"나사르와 엘-파예드는 세슘 근처에 간 적도 없소. 그게 내가 하고 싶은 말이오." 보슈가 말했다.

그는 트럭으로 걸어가 땅바닥에 떨어져 있는 둘둘 말린 포스터를 집어 들고 돌아와 월링에게 건네주었다. 사이렌 소리가 더욱더 요란해지고 있었다.

그녀는 포스터를 펴서 살펴보았다.

"이게 뭐예요? 이게 무슨 의미가 있죠?"

보슈가 그녀에게서 포스터를 다시 가져가 말기 시작했다.

"곤잘베스는 권총과 카메라, 납 돼지를 발견한 쓰레기통에서 이것도 같이 발견했소."

"그래서요? 그게 무슨 뜻이냐니까요, 해리?"

한 블록 떨어진 곳에서 연방 차량 두 대가 이면도로로 들어와 청소 트럭을 위해 앞으로 밀어 놓은 대형 쓰레기통들 사이를 누비며 그들을 향해 달려오고 있었다. 다가오는 앞의 차량을 보니 잭 브레너가 운전대를 잡고 있었다.

"내 말 들려요, 해리? 그게 무슨 뜻…."

갑자기 보슈의 무릎이 풀리면서 월링을 향해 푹 쓰러졌다. 그러면서 두 팔로 그녀를 끌어안아 땅바닥에 쓰러지지는 않았다.

"보슈!"

그녀가 그를 붙잡고 소리쳤다.

"어… 기분이 좀 좋지 않아. 그만 가… 내 차로 데려다 주겠소?" 그가 중얼거렸다.

월링은 보슈가 똑바로 일어설 수 있게 부축해서 그의 자동차를 향해 걸어가기 시작했다. 보슈는 그녀의 어깨에 한 팔을 둘렀다. 연방 요원들이 차에서 내리고 차 문이 쾅 닫히는 소리가 들렸다.

"열쇠가 어디 있죠?" 월링이 물었다.

보슈가 열쇠고리를 그녀에게 건네는데 브레너가 그들에게로 곧장 달려왔다.

"뭡니까? 왜 그래요?"

"보슈 형사가 방사능에 노출됐어요. 세슘은 트럭 운전 칸 중앙 콘솔 박스에 있어요. 조심해요. 병원으로 데리고 가려고요."

브레너는 보슈가 전염병 환자인 양 깜짝 놀라 뒷걸음질을 쳤다.

"알았어요. 여유가 생기는 대로 전화해요." 브레너가 말했다.

보슈와 레이철은 자동차를 향해 계속 걸어갔다.

"힘내요, 보슈. 정신 차려요. 조금만 참아요, 곧 병원에 데려다 줄 테니까." 그녀가 말했다.

그녀가 또 한 번 그의 성을 불렀다.

## 18
# 섹스 더하기 돈은 살인과 같다

웰링이 모는 차가 덜컹거리며 출발하더니 이면도로에서 나와 카후엥가 대로로 진입해 남쪽으로 가는 차들 대열에 합류했다.

"퀸 오브 에인절스로 가서 닥터 가너가 살펴볼 수 있게 해 줄 테니까, 정신 잃지 말고 조금만 참아요, 보슈." 그녀가 말했다.

그는 성을 사용하는 애정 표현이 이제 곧 끝나겠다고 생각했다. 그는 버햄 대로로 가는 좌회전 차선을 가리켰다.

"병원은 됐고, 켄트의 집으로 갑시다." 그가 말했다.

"뭐라고요?"

"검진은 나중에 받을 테니까, 켄트의 집으로 가자고. 좌회전 차선으로 들어가요. 어서!"

웰링은 얼떨결에 좌회전 차선으로 끼어들었다.

"도대체 어떻게 된 일이에요?"

"난 괜찮소. 정말로."

"그럼 아까 쓰러진 건…."

"그 범죄 현장에서, 그리고 브레너로부터 당신을 데리고 나와야 했소. 이걸 확인하고 당신과 얘기해 보고 싶었거든, 단둘이서."

"뭘 확인해요? 무슨 얘길 한다는 거죠? 당신이 무슨 짓을 했는지 알아요? 난 내가 당신 목숨을 구하는 거라고 생각했어요. 이젠 브레너나 다른 사람이 세슘을 찾아낸 공로를 자기 것으로 돌리겠네요. 정말 감사합니다, 멍청한 형사님. 그건 내 범죄 현장이었다고요."

보슈는 재킷을 펼치고 둘둘 말아 접은 요가 포스터를 꺼냈다.

"그런 건 걱정 말아요. 범인들을 체포한 공로가 당신한테 갈 거니까. 별로 원하는 것 같지는 않지만." 보슈가 말했다.

그는 포스터를 펴서 위쪽 절반을 자신의 무릎 위로 떨어뜨렸다. 그가 관심 있는 건 아래쪽 절반이었다.

"다누라사나(요가의 활 자세－옮긴이)요." 그가 말했다.

월링이 그를 흘끗 쳐다보더니 곧 포스터로 눈길을 돌렸다.

"도대체 뭐가 어떻게 된 건지 얘기해 주기는 할 건가요?"

"알리샤 켄트는 요가를 해요. 그 집 체육실에 매트가 있더군."

"나도 봤어요. 그게 뭐요?"

"벽에 햇빛 때문에 변색된 부분 봤소? 그림이나 달력이나 포스터를 붙였다가 뗀 자국 같은 거?"

"네, 봤어요."

보슈가 포스터를 들어 보였다.

"내 장담하는데 그 집에 가서 이걸 그 자리에 대보면 딱 들어맞을 거요. 이건 곤잘베스가 세슘과 함께 발견한 게 틀림없소."

"딱 들어맞는다면 그게 무슨 의미를 갖는 거죠?"

"완전범죄가 될 뻔했다는 의미를 갖겠지. 알리샤 켄트는 공범과 짜고 남편을 살해했소. 디고베르또 곤잘베스가 그들이 버린 증거물을 우연히 발견하지 않았다면, 무사히 빠져나갔을 거요."

윌링은 말도 안 된다는 듯 고개를 절레절레했다.

"도대체 왜 이래요, 해리. 알리샤 켄트가 세슘을 확보하기 위해 국제테러범들과 짜고 남편을 죽였단 말이에요? 내가 왜 이런 말 같잖은 소릴 듣고 있어야 하는지 모르겠군요. 범죄 현장으로 돌아가야겠어요."

그녀는 유턴할 준비를 하며 백미러를 살피기 시작했다. 그들은 지금 레이크 할리우드 드라이브를 달려 올라가고 있었고 2분 후면 켄트의 집에 도착할 수 있었다.

"아니, 계속 갑시다. 거의 다 왔는데. 알리샤 켄트가 다른 사람과 사건을 공모한 건 맞지만 그가 테러범은 아니었소. 세슘이 쓰레기통에 버려진 게 그 증거지. 당신도 그랬잖소, 모비와 엘-파예드가 기껏 쓰레기통에 버리려고 세슘을 훔쳤을 리는 없다고. 그렇다면 뭘까? 이건 세슘 강도사건이 아니란 말이지. 실은 살인사건이었단 말이오. 세슘은 관심을 딴 데로 돌리기 위한 미끼에 불과했소. 라민 사미르도 마찬가지였고. 모비와 엘-파예드? 그들도 미끼였지. 이 포스터가 그 증거요."

"어떻게요?"

"다누라사나, 흔들리는 활."

보슈는 윌링이 포스터 하단 구석에 있는 요가 자세를 볼 수 있도록 포스터를 들고 있었다. 거기에는 여자가 두 팔을 등 뒤로 돌려 양 발목을 잡고 몸 앞쪽으로 둥글게 활 모양을 만들고 있는 그림이 있었다. 마치 손발이 묶여 있는 것처럼 보였다.

윌링은 커브 길을 잠깐 확인하더니 다시 고개를 돌려 그 포스터와 요가 자세를 오랫동안 쳐다보았다.



"집에 들어가서 이게 벽의 그 공간에 들어맞는지부터 확인합시다. 들어맞으면, 그건 알리샤 켄트와 살인범이 우리가 이걸 보고 그녀에게 일어난 일과 관련지어 생각할까 봐 위험 가능성을 없애기 위해 벽에서 이걸 떼어냈다는 뜻이 되는 거요." 보슈가 말했다.

"망상이에요, 해리. 아주 커다란 망상."

"이게 이야기의 맥락에 딱 들어맞는 걸 알게 되면 그런 말 쏙 들어갈걸."

"당신이 증명해 보이겠죠, 물론."

"집에 들어가자마자 증명해 보이지."

"아직 열쇠 갖고 있죠?"

"그럼."

월링은 애로우헤드 드라이브로 진입한 후 가속 페달을 밟았다. 그러나 한 블록을 간 후에는 발을 떼고 속도를 줄이면서 다시 고개를 가로저었다.

"아무리 생각해 봐도 이건 말이 안 되는 소리예요. 알리샤 켄트가 모비라는 이름을 들었다고 했거든요. 그가 잠입해 있다는 걸 그 여자가 알았을 리가 없잖아요. 그리고 당신의 목격자가 말했다면서요, 산마루에서 범인이 방아쇠를 당기면서 알라라고 외치는 소리를 들었다고. 근데 어떻게…."

"우선 들어가서 벽에 포스터를 대보기부터 합시다. 맞으면, 어떻게 된 일인지 전부 다 말해 주겠소. 약속하지. 만약에 맞지 않으면, 그땐 당신을 더 이상 성가시게 하지 않겠소."

그녀는 약간 누그러진 듯했고 군말 없이 나머지 한 블록을 더 달려 켄트의 집에 도착했다. 집 앞에 FBI 차는 보이지 않았다. 보슈는 다들 세슘 회수 현장으로 달려갔을 거라고 추측했다.

"맥스웰하고 한 판 더 붙지 않아도 되니 다행이군." 보슈가 말했다.

월링은 미소조차 짓지 않았다.

보슈는 포스터와 범죄 현장 사진이 담긴 파일을 들고 차에서 내렸다. 그는 스탠리 켄트의 열쇠로 현관문을 열었고 두 사람은 곧장 체육실로 향했다. 그들은 햇빛에 변색이 된 직사각형 자국 양옆에 자리를 잡고 섰고 보슈가 포스터를 펼쳤다. 둘이 포스터의 양옆을 붙잡고 포스터의 상단 구석을 변색 자국의 상단 구석에 갖다댔다. 보슈가 다른 손을 포스터 중앙에 대고 포스터를 꽉 눌렀다. 포스터는 벽의 변색 자국에 완벽하게 들어맞았다. 게다가 벽에 있는 테이프 자국과 포스터에 있는 테이프 자국과 남아 있는 테이프가 딱 들어맞았다. 보슈에게는 이제 의심의 여지가 없었다. 디고베르또 곤잘베스가 카후엥가 이면도로 대형 쓰레기통에서 발견한 포스터는 알리샤 켄트의 집 체육실에서 나온 것이 분명했다.

월링이 잡고 있던 포스터를 놓고 방에서 나갔다.

"거실에 있을게요. 어떻게 된 건지 전부 다 듣고 싶어요, 빨리."

보슈는 포스터를 돌돌 말아 들고 그녀를 뒤따라갔다. 월링은 몇 시간 전 보슈가 맥스웰을 앉혔던 바로 그 의자에 앉았다. 보슈는 그녀 앞에 그대로 서 있었다.

보슈가 설명을 하기 시작했다.

"그들은 이 포스터가 미스터리를 푸는 단서가 될 수도 있다고 두려워했소. 어느 똑똑한 FBI 요원이나 형사가 흔들리는 활 자세를 보고 '흠, 이 여자가 요가를 하는군, 그럼 저렇게 묶여 있어도 잘 견딜 수 있겠네, 어쩌면 이게 다 이 여자의 머리에서 나온 게 아닐까, 주의를 딴 데로 돌리려고 한 거 아닐까?' 하는 생각을 할지도 모른다고 겁이 났던 거요. 위험을 무릅쓸 수가 없었지. 포스터를 없애 버려야 했소. 그래서 세숨과 권총과 그들이 사용한 다른 모든 것들과 함께 쓰레기통에 버렸던 거요.

스키 마스크와 가짜 지도는 빼고. 그건 자동차와 함께 라민 사미르의 집 앞에 심어 놔야 했으니까."

"알리샤 켄트가 아주 고단수 범죄자군요." 월링이 빈정거리는 말투로 말했다.

보슈는 그런 말에 위축되지 않았다. 그녀를 설득시킬 자신이 있었다.

"현장에 나가 있는 당신 동료들한테 그 이면도로에 있는 쓰레기통을 전부 뒤져 보게 하면 나머지 것들도 다 찾을 수 있을 거요. 콜라 병으로 만든 소음기, 장갑, 첫 번째 스냅타이 세트, 그리고…."

"첫 번째 스냅타이 세트요?"

"그래요. 그건 이따가 얘기해 주지."

월링은 별 감흥이 없는 표정이었다.

"이따가 얘기해 줄 게 엄청 많겠는데요. 도무지 설명이 안 되는 것들이 아주 많잖아요. 모비라는 이름은 어떡할 건데요? 범인이 알라를 외쳤다는 거는요? 그리고…."

보슈가 진정하라는 듯 한 손을 들어 보였다.

"잠깐만. 물 좀 마시고. 계속 말을 하니까 목이 따갑군." 그가 말했다.

그는 아까 페라스와 함께 와서 부엌을 살펴볼 때 냉장고에서 물병을 여러 개 봤던 것을 떠올리면서 부엌으로 들어갔다.

"뭐 좀 마시겠소?" 그가 소리쳤다.

"아뇨. 여기가 우리 집도 아니잖아요, 안 그래요?" 그녀가 맞받아 소리쳤다.

그는 냉장고를 열고 물 한 병을 꺼내 열린 냉장고 문 앞에 서서 단숨에 반을 마셨다. 시원한 공기가 쾌적하게 느껴졌다. 그는 문을 닫았다가 금방 다시 열었다. 뭔가 눈에 들어오는 게 있었다. 냉장실 맨 위 칸에 포도주스가 든 플라스틱 병이 한 개 있었다. 그것을 꺼내면서 그는 아까 차고를 살펴볼 때 쓰레기통에서 포도주스가 묻은 키친타월을 봤던 것을 떠올렸다.

또 하나의 퍼즐 조각이 제자리를 찾아갔다. 그는 포도주스 병을 냉장고에 다시 집어넣고 월링이 기다리고 있는 거실로 돌아갔다. 이번에도 그는 앉지 않고 서 있었다.

"자, 그럼 시작합시다. 당신이 항구 CCTV에서 모비라고 알려진 테러범의 모습을 포착한 게 언제였소?"

"그건 또 왜…."

"제발, 그냥 대답부터 해 줘요."

"작년 8월 12일이었어요."

"좋아요, 8월 12일. 그다음엔 FBI와 국토안보부 전체에 경계 경보가 울려퍼졌겠군, 그렇지?"

그녀가 고개를 끄덕였다.

"곧바로는 아니고 시간이 좀 흐른 후에요. 비디오를 분석해서 나사르와 엘-파예드가 틀림없다는 걸 확인하는 데 두 달 가까이 걸렸거든요. FBI 전자게시판에 내가 글을 썼어요. 국내 잠입이 확인됐다고 10월 9일 자로 게시글을 올렸죠." 그녀가 말했다.

"이건 그냥 호기심에서 묻는 말인데, 왜 그 사실을 일반에 공개하지 않았소?"

"왜냐면 우린… 사실, 이건 말해 줄 수 없어요."

"말해 놓고선 뭐. 당신들은 이 두 사람을 감시하고 있으면 누군가 앞에 혹은 어느 장소에 나타날 거라고 생각하고 있었잖소. 근데 공개를 해 버리면 그자들이 아마 잠수를 탈 것이고 다시는 나타나지 않을지도 모른다고 생각한 거겠지."

"하던 얘기나 계속하시죠."

"그러지. 게시글이 10월 9일에 올라갔단 말이군. 스탠리 켄트 살해 계획이 만들어지기 시작한 날이 바로 그날이었소."

월링은 가슴에 팔짱을 끼고 보슈를 노려보았다. 이야기가 어디로 흘러가는지 그녀가 이해하기 시작했지만 그 내용이 마음에 들지 않는 건지도 모른다고 그는 생각했다.

보슈가 말했다.

"끝에서부터 시작해서 거꾸로 거슬러 올라가면 이해하기가 제일 쉬워요. 알리샤 켄트가 당신에게 모비라는 이름을 제공했소. 그 이름을 어떻게 알게 됐을까?"

"범인들이 서로를 부를 때 들었겠죠."

보슈는 고개를 가로저었다.

"아니, 당신에게 그렇게 말을 했을 뿐이지. 근데 그게 거짓말이었다면, 거짓말할 때 유용하게 써먹을 수 있는 그 이름을 어떻게 알게 됐을까? 그냥 아무 이름이나 생각나는 대로 말했는데 그게 공교롭게도 6개월 전에 이 나라에, 그것도 LA 카운티에 잠입한 것으로 확인이 된 남자의 별명이었다? 아닐걸. 레이철, 당신도 아니라고 생각할 거요. 그럴 가능성은 거의 없지."

"좋아요, 그러니까 내가 쓴 게시글을 본 FBI나 다른 연방 기관 내의 누군가가 그녀에게 그 이름을 알려 줬단 뜻이군요."

보슈가 고개를 끄덕이며 그녀를 가리켰다.

"바로 그거요. 알리샤 켄트가 FBI의 책임 조사관에게 조사를 받을 때 그 이름을 써먹을 수 있도록 그자가 미리 그 이름을 그녀에게 알려 줬던 거지. 그 이름과, 라민 사미르의 집 앞에 자동차를 버리기로 한 계획이 조화롭게 잘 맞아떨어져서 수사 방향을 완전히 잘못 잡게 되었고 FBI와 다른 모든 수사 인력이 이 일과는 전혀 관련이 없는 테러범들을 뒤쫓게 된 거고."

"그자요?"

"지금 그 이야기를 하려는 참이오. 당신 말대로, 그 게시글을 본 사람이라면 누구나 알리샤 켄트에게 그 이름을 알려 줄 수 있었을 거요. 그럴 수 있는 사람들은 엄청 많겠지. LA에만도 말이오. 그럼 어떻게 하면 그 범위를 단 한 명으로 좁힐 수 있을까?"

"모르겠어요, 말해 봐요."

보슈는 생수병을 열어 남은 물을 마저 다 마셨다. 그러고는 빈 병을 손에 들고 말을 이었다.

"계속 거슬러 올라가면서 범위를 좁혀 봐요. 알리샤 켄트의 삶이 어느 지점에서 모비를 아는 연방 기관 사람들과 교차했을까?"

월링이 얼굴을 찌푸리며 고개를 가로저었다.

"범위를 그렇게 정하면 어디라도 다 될 수 있죠. 슈퍼마켓 계산대 앞에서, 장미 비료를 사면서, 기타 등등, 어디라도."

그녀는 보슈가 이끄는 대로 잘 따라오고 있었다.

"그럼 다시 범위를 좁혀 봅시다. 모비를 알면서 동시에 그녀의 남편이 모비가 관심을 가질 수도 있는 방사능물질을 취급하는 사람이라는 사실까지 알고 있는 사람을 그녀가 만난 적이 있다면 그게 어디였을까?" 그가 말했다.

월링은 세상에 그런 사람이 어디 있겠냐는 듯 고개를 가로저었다.

"어디에서 그런 사람을 만났겠어요. 그런 사람을 만나는 건 엄청난 우연의 일치…."

그녀가 갑자기 말을 멈췄다. 깨달음의 순간을 맞은 것이었다. 보슈가 하려는 말이 완전히 이해가 되면서 순식간에 충격에 휩싸인 표정이 되었다.

"파트너와 내가 작년 초에 켄트 부부에게 경고를 하러 그 집을 찾아갔어요. 지금 당신이 하는 말은 내가 곧 용의자라는 말인데요."

보슈는 고개를 가로저었다.

"'그자'라고 했던 거 기억 안 나요? 당신 혼자 온 게 아니잖소."

그 말뜻이 이해되는 순간 그녀의 눈에서 불꽃이 튀는 것 같았다.

"말도 안 되는 소리. 그럴 리가 없어요. 어떻게 그런 생각을…."

그러나 마음속에서는 뭔가 걸리는 게 있는 듯, 파트너가 그녀의 신뢰를 저버린 어떤 기억이 떠오른 듯 그녀는 말을 끝맺지 못했다. 보슈는 그런 눈치를 채고 좀 더 밀고 들어갔다.

"뭐요?" 그가 물었다.

"아무것도 아니에요."

"뭐냐니까?"

"이봐요, 해리. 내 말 잘 들어요. 이 얘긴 아무한테도 하지 말아요. 나에게 먼저 말한 게 운 좋은 줄이나 알아요. 이 얘길 들으면 당신이 복수심에 불타는 괴짜처럼 느껴지니까요. 도대체 뭐가 있어요, 증거도 없고, 동기도 없고, 자백을 받아낸 것도 아니고, 아무것도 없잖아요. 그냥 그 뭐냐… 요가 포스터를 보고 혼자 상상의 나래를 펼친 거잖아요." 그녀가 말했다.

"사실들이 딱딱 들어맞는데 무슨 설명이 더 필요하다고. 난 이 사건의 사실들만을 말하고 있는 거요. 물론 FBI와 국토안보부와 기타 연방정부 기관들이 자신들의 존재가치를 증명하고 다른 실패에 대한 비난 여론을 잠재우기 위해서 이 사건이 테러사건으로 비화되기를 바란다는 사실은 빼고. 당신이 들으면 실망할지도 모르지만, 증거도 있고 자백도 있소. 알리샤 켄트에게 거짓말 탐지기를 들이대면 그녀가 나와 당신과 당신네 책임 조사관에게 했던 말이 전부 거짓이라는 걸 알게 될 거요.

책임 조사관은 무슨. 진짜 고단수는 알리샤 켄트였소. 그녀가 배후 조종자였단 말이오."

월링은 허리를 숙이고 바닥을 내려다보았다.

"고마워요, 해리. 당신이 그토록 경멸해 마지않는 FBI의 책임 조사관이 바로 나였답니다."

보슈가 입을 떡 벌렸다가 금방 다물었다.

"아… 그랬군…. 미안해요…. 하지만 그게 중요한 게 아니고. 내 말의 요지는 알리샤 켄트가 사건의 주동자였다는 거요. 그녀가 모든 걸 계획했고 모든 걸 거짓말로 둘러댔단 말이지. 이제 이야기가 어떻게 된 건지 알았으니까, 연기를 피워 그녀를 동굴 밖으로 유인해내는 건 그리 어렵지 않을 거요."

월링이 자리에서 일어나 앞쪽 전망창으로 걸어갔다. 버티칼 블라인드가 쳐져 있었지만 그녀는 손가락으로 젖히고 거리를 내다보았다. 보슈는 그녀가 지금까지 들은 이야기를 곱씹어 보고 있다고 생각했다.

그녀가 뒤를 돌아보지 않은 채 물었다.

"그럼 그 목격자는 어떻게 된 거죠? 범인이 '알라'라고 외치는 소리를 들었다면서요. 그 목격자도 한편이란 말인가요? 아니면 범인들이 그 목격자가 거기 있다는 것을 알고 한층 더 멋진 조작극을 꾸미기 위해 '알라'를 외쳤단 말인가요?"

보슈는 부드럽게 목소리를 가다듬었다. 목이 타 들어가는 듯 따갑고 아파서 말을 하기가 힘이 들었다.

"아니, 그건 우리가 듣고 싶은 말만 듣는다는 교훈을 보여 주는 사례라고 생각해요. 내 자신이 조사관으로서 철저하지 못했소. 그 청년은 범인이 방아쇠를 당기는 것과 동시에 알라를 외치는 걸 들었다고 했소. 확실하진 않지만 '알라'라고 한 것 같았다고 했지. 물론 그 말은 그 당시

내가 생각하고 있던 것과 잘 맞아떨어졌소. 그래서 듣고 싶은 말만 듣고 전혀 의심을 해 보지 않았지."

월링은 창가에서 의자로 돌아와 앉더니 가슴에 팔짱을 꼈다. 보슈도 이제 그녀의 바로 맞은편에 있는 의자에 앉았다. 그러고는 말을 이었다.

"하지만 소리를 지른 사람이 피해자였는지 아니면 범인이었는지 목격자가 어떻게 알았겠소? 그 청년은 50미터 가까이 떨어져 있었소. 캄캄한 밤이었고. 스탠리 켄트가 총에 맞기 전에 마지막 말을 외친 거였다고 해도 목격자가 그걸 알 수 있었을까? 자기가 사랑하는 여인이 자기를 배신한 것도 모르고, 죽기 전에 그 여인의 이름을 부른 거였다고 해도 목격자가 그걸 어떻게 알았겠느냐는 말이지."

"알리샤."

"바로 그거요. '알리샤'가 중간에 총소리 때문에 끊겨서 '알라'가 된 거지."

월링은 팔짱을 낀 팔을 풀고 앞으로 몸을 숙였다. 몸짓 언어만 보자면 좋은 신호였다. 그녀가 보슈의 말에 설득당하고 있다는 것을 보여 주는 신호였다.

"아까 첫 번째 스냅타이 세트란 말을 했잖아요. 그건 무슨 소리죠?" 그녀가 물었다.

보슈는 고개를 끄덕이고는 범죄 현장 사진들을 넣어 둔 파일을 월링에게 건네주었다. 대미를 장식하기 위해 가장 좋은 것을 남겨 두고 있었던 것이다.

그가 말했다. "사진들을 봐요. 뭐가 보이지?"

월링은 파일을 펼쳐 범죄 현장 사진들을 살펴보기 시작했다. 켄트의 집 부부 침실의 모습을 다각도에서 찍은 것들이었다.

"부부 침실이군요. 내가 놓치고 있는 게 있나요?" 그녀가 말했다.

"그렇소."

"뭐죠?"

"사진에 안 보이는 거를 찾아봐요. 사진에는 옷이 하나도 없잖소. 알리샤 켄트는 범인들이 침대에 앉아서 옷을 벗으라고 했다고 말했는데. 그럼 뭐지? 그들이 그녀의 손발을 묶기 전에 그녀에게 벗은 옷가지를 전부 치우게 했단 말인가? 옷가지를 빨래바구니에 넣어 놓게 한 다음에 묶었다고? 마지막 사진을 봐요. 스탠리 켄트가 받은 이메일 사진."

월링은 파일을 넘겨 이메일 사진을 출력한 것을 찾아냈다. 그러고는 그 사진을 뚫어지게 쳐다보았다. 보슈는 무언가를 발견한 듯 그녀의 눈빛이 반짝이는 것을 보았다.

"이제 뭐가 보이나?"

"가운이요. 우리가 그녀에게 옷을 입으라고 했을 때, 그녀는 가운을 가지러 벽장으로 들어갔어요. 저 안락의자에 가운이 없었다고요!" 그녀가 흥분해서 말했다.

보슈는 고개를 끄덕였고 이제 그들은 이야기의 그림 조각들을 주거니 받거니 하며 짜 맞추기 시작했다.

"그럼 이게 무슨 뜻일까? 배려심이 많은 테러범들이 사진을 찍은 후에 그녀를 위해 가운을 벽장으로 갖고 가서 걸어 줬다는 건가?" 그가 물었다.

"아니면 켄트 부인이 두 번 결박을 당했고 그 사이에 가운이 움직였다는 뜻도 되겠죠?"

"그리고 사진을 다시 한 번 봐요. 침대 옆 협탁 위에 놓인 시계가 플러그가 뽑혀 있소."

"그게 왜요?"

"잘은 모르겠지만 사진에 시간 도장이 찍히는 걸 범인들이 원치 않았던 거겠지. 어쩌면 그 이메일 사진을 어제 찍은 게 아닌지도 모르고. 이틀 전이나 심지어 2주 전에 총 연습을 하면서 찍어 둔 것인지도 모르지."

월링이 고개를 끄덕였고 보슈는 이젠 그녀가 조금의 의심도 없이 그의 말을 전적으로 믿고 있다는 것을 알 수 있었다.

"그녀가 사진을 찍기 위해 한 번, 구조를 기다리기 위해 또 한 번, 두 번 결박을 당했던 거네요." 그녀가 말했다.

"바로 그거요. 그래서 그녀는 산마루에서의 계획을 실행하는 걸 도와줄 여유가 있었소. 그녀가 남편을 직접 죽이지는 않았지만 그때 현장에서 다른 차에 앉아 있었지. 스탠리를 죽이고 세슘을 쓰레기통에 버리고 자동차는 사미르의 집 앞에 버려 두고는 파트너와 함께 집에 돌아와서 다시 손발이 묶인 거요."

"우리가 여기 왔을 때 그녀는 기절해 있었던 게 아니군요. 그것도 계획의 일부였고 연기였네요. 그리고 침대에 오줌을 싼 건 우리가 그녀의 말을 아무 의심 없이 믿게 하려는 아주 효과적인 행동이었고요."

"오줌 냄새가 포도주스 냄새까지 덮어 줬고."

"그건 또 무슨 말이죠?"

"그녀의 손목과 발목에 보랏빛 멍이 들어 있는 거 말이오. 이제 우리도 알다시피 그녀가 몇 시간 동안 묶여 있었던 게 아니잖소. 그런데도 멍든 자국이 있었지. 냉장고에 뚜껑을 딴 포도주스가 한 병 있고 포도주스를 적신 키친타월이 쓰레기통에 들어 있었소. 포도주스로 멍든 자국을 만든 거지."

"오, 하느님, 이럴 수가, 그걸 놓치다니."

"뭘 말이오?"

"전술정보반 조사실에 그녀와 함께 있었을 때요. 조사실이 아주 작거든요. 방에서 포도주스 냄새가 나더라고요. 그래서 우리보다 먼저 그 방에 있었던 사람이 포도주스를 마셨나 보다 했었죠. 냄새를 맡았었는데!"

"대단하군."

이젠 정말 의심의 여지가 없었다. 보슈는 월링을 설득하는 데 성공했다. 그러나 그 순간 걱정과 의심의 기색이 여름날의 구름처럼 그녀의 얼굴에 몰려왔다 사라졌다.

"그럼 범행 동기는요? 지금 우린 FBI 요원이 범인이라고 생각하는 거잖아요. 이 주장을 밀고 나가기 위해서는 모든 게 확실해야 돼요. 심지어 범행 동기까지. 미심쩍은 부분이 하나라도 남아 있어서는 안 된다고요." 그녀가 물었다.

보슈는 이 질문에 대답할 준비가 되어 있었다.

"범행 동기야 당신이 직접 봤잖소. 알리샤 켄트는 아름다운 여자요. 잭 브레너가 그녀를 원했는데 스탠리 켄트가 방해가 된 거지."

월링의 두 눈이 충격으로 휘둥그레졌다. 보슈는 자기주장을 계속 밀고 나갔다.

"그게 범행 동기요, 레이철. 당신은…."

"하지만 그는…."

"잠깐만, 내 말 끝까지 들어 봐요. 일이 이렇게 된 거요. 당신과 당신 파트너가 켄트의 직업과 관련된 위험성에 대해 경고를 하기 위해 작년 그날 켄트 부부의 집을 방문하지. 그때 알리샤와 잭이 서로에게 찌릿찌릿 전기가 통한 거요. 서로에게 관심이 생기고 끌리게 되지. 그래서 둘은 커피를 마시러 혹은 술을 한잔하러 은밀히 만나는 거요. 처음이 어렵지 그다음부터는 술술 풀리지 뭐. 둘 사이에 정사가 시작되고 비밀 연애는 쭉 지속되지. 그러다가 어느 시점에 이르자 뭔가 행동을 취해야겠다는 생각을 하게 되는 거요. 남편과 헤어질까도 생각해 보고. 그러다가 남편을 제거해야겠다는 생각을 하게 되지. 그가 죽으면 거액의 보험

금도 타고 회사 지분의 절반이 고스란히 자기 몫이 되니까. 이정도면 범행 동기로 충분하지 않을까, 레이철? 이게 이 사건의 본질이오. 이 사건은 세슘 강도사건이나 테러사건이 아니란 말이오. 기본 방정식이 그대로 적용된 사건이지. 섹스 더하기 돈은 살인과 같다. 어때요, 내 말이?"

월링은 얼굴을 찌푸리며 고개를 가로저었다.

"뭘 모르시나 본데, 잭 브레너는 유부남이에요. 자녀도 셋이나 있고요. 안정되고, 지루한 남자죠. 딴 여자한텐 관심도 없고. 그는…."

"딴 여자한테 관심 없는 남자가 어디 있어? 결혼을 했건 안 했건 자식이 몇 명이건 남자들은 누구나 딴 여자한테 관심이 있단 말이오."

월링이 조용히 말을 받았다.

"제발 내 말 끝까지 좀 들어줄 순 없어요? 브레너에 대해서는 당신 생각이 틀렸어요. 그는 알리샤 켄트를 오늘 처음 만난 거예요. 작년에 내가 여기 왔을 때 함께 왔던 파트너가 아니라고요. 그렇다고 말한 적도 없고요."

보슈는 그 소식에 깜짝 놀랐다. 그는 그녀의 지금 파트너가 작년에도 파트너였을 거라고 추정했었다. 그래서 마음속으로는 브레너를 범인으로 단정 짓고 그의 모습을 상상하며 이야기를 풀어냈었다.

"연초에 파트너가 바뀌었어요. 더 나은 팀 구성을 위한 일상적인 이동 조치죠. 난 지난 1월부터 잭과 한 팀이었어요."

"그럼 작년에 당신 파트너는 누구였소, 레이철?"

그녀는 오랫동안 보슈의 눈을 바라보다가 입을 열었다.

"클리프 맥스웰이요."

—

## 19
# 눈속임

해리 보슈는 웃음이 나올 것 같았지만, 충격이 너무 커서 겨우 고개만 가로저을 뿐 아무 일도 할 수 없었다. 레이철 월링은 지금 그에게 알리샤 켄트의 살인 공범이 클리프 맥스웰이라고 말하고 있었다.

마침내 보슈가 말했다.

"이럴 수가. 불과 다섯 시간 전에 살인범에게 수갑을 채워서 바로 이 거실 바닥에 던져 놨었는데!"

월링은 스탠리 켄트를 살해한 범인이 자기 동료이고, 세슘 강도사건은 관심을 딴 데로 돌리기 위한 장치에 불과했다는 사실에 큰 모멸감을 느끼는 표정이었다.

"이제 나머지도 다 보이지 않소? 앞으로 그가 어떤 식으로 행동할지? 그는 동정심에서 자기가 수사를 맡았던 사건의 미망인을 가끔씩 방문하기 시작할 거요. 그러다가 데이트를 하기 시작하고, 사랑에 빠지는 거지. 그걸 보고 눈살을 찌푸릴 사람이 어디 있겠소. 한편 수사관들은 여전히 모비와 엘-파예드를 찾고 있을 거고." 보슈가 말했다.

윌링이 보슈의 이야기를 받아서 이어 가기 시작했다.

"그러다가 모비와 엘-파예드를 체포하면 어떻게 될까요? 오사마 빈 라덴이 동굴에서 노환으로 죽을 때까지 그들은 이 사건에 가담했다는 사실을 한사코 부인하겠죠. 하지만 그 말을 누가 믿어 주겠어요? 누가 신경이나 쓰겠어요? 저지르지도 않은 범죄를 가지고 저질렀다고 테러범들을 몰아세우는 것보다 더 기발한 착상이 있을까요? 그들은 스스로를 방어할 수 없으니까 말이에요."

보슈가 고개를 끄덕였다.

"완전범죄가 될 뻔했지. 이 완벽한 계획이 실패로 끝나게 된 유일한 이유는 디고베르또 곤잘베스가 그 대형 쓰레기통을 뒤졌기 때문이었소. 그가 없었더라면, 우린 아직도 모비와 엘-파예드를 뒤쫓고 있을 거고, 그들이 사미르의 집을 안가로 사용했다고 생각하고 있겠지." 그가 말했다.

"그래서 이제 어떻게 하죠, 보슈?"

보슈는 어깨를 으쓱거리면서도 대답을 했다.

"전형적인 쥐덫을 한번 놓아 봅시다. 둘을 따로 조사실에 넣어놓고, 우리가 다 알아냈다고 말한 뒤, 먼저 자백하는 사람에게는 정상을 참작해 주겠다고 하는 거요. 내 생각엔 분명히 알리샤가 먼저 미끼를 물 것 같군. 애인을 포기하고, 모든 건 그가 시켜서 어쩔 수 없이 했다고 그를 비난할 거요."

"왠지 당신 말이 맞을 것 같군요. 그리고 사실, 맥스웰은 이런 일을 계획하고 지휘할 만큼 똑똑한 인간이 못 되거든요. 함께 일하면서…."

윌링의 휴대전화가 울리기 시작했다. 그녀는 주머니에서 휴대전화를 꺼내 화면을 바라보았다.

"잭이에요."

"맥스웰이 어디 있는지 물어봐요."

전화를 받은 월링은 처음에는 보슈의 상태를 묻는 질문에 대답을 했다. 브레너에게 보슈는 괜찮아 보이기는 하는데 목이 아프다고 하고 목소리가 잘 안 나오는 것 같더라고 말했다. 보슈는 생수 한 병을 더 가지러 부엌으로 가서 거기서 들었다. 월링은 화제를 자연스럽게 맥스웰 쪽으로 몰아갔다.

"그건 그렇고, 클리프는 어디 있어요? 복도에서 보슈에게 한 행동에 대해 한마디 해야겠어요. 그런 식으로 행동하다니…."

그녀는 말을 멈추고 대답을 들었다. 보슈는 갑자기 그녀의 눈이 긴장하는 빛을 띠는 것을 놓치지 않았다. 뭔가 일이 잘못된 모양이었다.

"그게 언젠데요?" 월링이 물었다.

그녀는 다시 대답을 듣더니 의자에서 일어섰다.

"저기, 잭, 그만 끊어야겠어요. 의사가 보슈한테 가도 된다고 한 것 같네요. 여기 일 끝나는 대로 그리로 갈게요."

그녀는 전화기를 덮고 보슈를 쳐다보았다.

"잭한테 거짓말하는 건 정말 못하겠어요. 뒤끝 있는 사람인데."

"뭐라고 했는데?"

"세슘 회수 현장에 요원들이 너무 많이 나와 있대요. 다들 자기 일은 제쳐 두고 뛰어와서 방공팀 시중을 들고 서 있다네요. 그래서 맥스웰이 마크 트웨인에 있는 목격자를 연행하러 가겠다고 자원했대요. 내가 원래 그곳에 가려던 팀을 다시 불러들였기 때문에 아직 아무도 목격자를 데리러 가지 않았거든요."

"그 친구 혼자 갔고?"

"잭 말로는 그래요."

"언제?"

"30분 전에요."

"제시를 죽일 생각이군."

보슈가 문을 향해 바삐 걸어가기 시작했다.

## 20
# 최대의 위협

이번에는 보슈가 운전을 했다. 할리우드로 달려가면서 그는 월링에게 제시 밋포드가 묵고 있는 객실에는 전화가 없다고 말했다. 마크 트웨인은 서비스라는 면에서는 그리 훌륭한 호텔이 아니었다. 보슈는 할리우드 경찰서의 순찰팀장에게 전화를 걸어 순찰차를 마크 트웨인에 보내 목격자의 신변을 보호해 줄 것을 요청했다. 그러고는 전화번호 안내로 전화를 걸어 마크 트웨인 호텔 전화번호를 알아낸 다음 프론트데스크로 전화를 걸었다.

"앨빈, 보슈 형사야. 오늘 아침에 갔던."

"아, 네. 무슨 일입니까, 형사님?"

"스티븐 킹을 찾아온 사람이 있었어?"

"음, 아뇨."

"지난 20분 동안 경찰처럼 생겼거나 거기 투숙객이 아닌 사람이 들어오게 문을 열어 준 적이 있나?"

"아뇨, 형사님. 왜 그러시죠?"

"앨빈, 지금 당장 그 방으로 올라가서 스티븐 킹한테 거기서 나오라고 해 줘. 그런 다음에 내 휴대전화로 전화하라고 하고."

"그럼 프론트데스크를 지킬 사람이 없는데요, 형사님."

"5분도 안 걸리는 일이야. 긴급 상황이고, 앨빈. 그가 거기서 나와야 돼. 그리고 뭐 하나 받아 적어. 내 전화번호는 323-244-5631이야. 적었어?"

"적었어요."

"그래, 그럼 빨리 가. 그리고 나 말고 다른 사람이 와서 그를 찾으면, 체크아웃하고 환불 받아서 떠났다고 해. 어서 가, 앨빈, 그리고 고마워."

보슈는 전화기를 덮고 나서 월링을 돌아보았다. 그의 얼굴에는 그 접수직원을 믿지 못하는 마음이 그대로 드러나 있었다.

"박쥐 같은 놈이야."

보슈는 속도를 높이며 운전에만 집중하려고 애를 썼다. 그들은 버햄 근처 카후엥가 대로에서 남쪽으로 막 방향을 틀었다. 할리우드의 교통 상황에 따라 다르겠지만 앞으로 5분 안에 마크 트웨인에 도착할 수 있을 것 같았다. 이런 결론이 내려지자 그는 고개를 가로저었다. 맥스웰은 30분이나 앞서 갔으니 벌써 마크 트웨인에 도착했어야 했다. 그가 뒷문으로 몰래 숨어들어가 이미 밋포드를 제거한 것이 아닐까 하는 생각이 들었다.

"맥스웰이 벌써 뒷문으로 숨어들어갔을지도 몰라. 내가 뒷골목에서 들어가 봐야겠소." 보슈가 월링에게 말했다.

"맥스웰이 그를 해치지 않을 수도 있어요. 그를 데려가서 그가 위협이 될 만큼 산마루에서 많은 것을 봤는지 어떤지 직접 조사해 보려 할 거예요." 월링이 말했다.

보슈는 고개를 가로저었다.

"그러지 않을 거요. 맥스웰은 세슘이 발견된 이상 자신의 계획이 수포로 돌아갔다는 것을 알았을 거요. 그래서 모든 위험 요소를 제거하려 들겠지. 처음에는 목격자를, 그다음에는 알리샤 켄트를."

"알리샤 켄트요? 그녀를 죽이려 들 거라고요? 이 모든 일이 그 여자 때문에 시작된 거잖아요."

"이제 그런 건 중요하지 않지. 지금은 생존 본능이 그를 지배하고 있어서 그녀가 위협으로 느껴질 거요. 그런 일은 흔히 있소. 그녀와 함께 있기 위해 넘지 말아야 할 선을 한 번 넘었으니 자신의 목숨을 구하려고 한 번 더 넘는 것은…."

보슈는 갑작스러운 깨달음에 말을 멈췄다. 큰 소리로 욕을 한 마디 내뱉고는 카후엥가 고갯길에서 벗어나자 가속페달을 밟았다. 그러고는 할리우드 볼 앞 하이랜드 애버뉴의 3차선을 가로질러 다가오는 차들 앞에서 거칠게 유턴을 했다. 차가 끽 하고 비명을 질렀고 뒷부분이 좌우로 흔들렸다. 그는 할리우드 고속도로의 남행 차선 나들목을 향해 달려갔다. 월링은 계기판과 문 손잡이를 잡고 몸을 지탱하고 있었다.

"해리, 도대체 뭐 하는 거예요? 이 길이 아니잖아요!"

그가 사이렌과 푸른색 경광등을 켜자 귀가 찢어질 듯한 사이렌 소리가 울려 퍼졌고 앞쪽 공기조절 그릴과 차 뒤쪽 창문에서 경광등 불빛이 반짝였다. 그는 월링의 질문에 큰 소리로 대답했다.

"밋포드는 관심을 딴 데로 돌리기 위한 미끼였소. 이 길이 맞아요. 지금 맥스웰에게 최대의 위협은 누구겠소?"

"알리샤요?"

"그렇지. 그리고 지금이야말로 알리샤를 전술정보반에서 데리고 나올 가장 좋은 기회잖소. 모두가 세슘을 회수하겠다고 그 이면도로에 나가 있으니까 말이지."

고속도로의 교통 상황은 상당히 양호했고 사이렌 소리가 그들의 앞길을 더 훤하게 터 주었다. 보슈는 아까도 지금과 같은 교통 상황이었다면 맥스웰이 벌써 시내에 도착했을 거라고 생각했다.

월링이 휴대전화를 펼쳐 번호를 누르기 시작했다. 이 번호, 저 번호 눌러도 아무도 전화를 받지 않는 모양이었다.

"아무도 안 받아요." 그녀가 외쳤다.

"전술정보반이 어디 있지?"

월링은 망설이지 않았다.

"브로드웨이요. 밀리언 달러 극장 알죠? 같은 건물이에요. 3번가 쪽에 들어가는 입구가 있어요."

보슈는 사이렌을 끄고 휴대전화를 펼쳤다. 파트너 번호를 누르자 페라스가 즉시 전화를 받았다.

"이그나시오, 어디야?"

"방금 전에 사무실로 돌아왔습니다. 감식팀이 자동차를 살펴봤…."

"내 말 잘 들어. 지금 하는 일은 그대로 놔두고 밀리언 달러 극장 건물의 3번가 쪽 입구에서 만나자. 어딘지 알지?"

"무슨 일입니까?"

"밀리언 달러 극장이 어디 있는지 알아?"

"네, 압니다."

"3번가 쪽 입구에서 만나자. 무슨 일인지는 만나서 얘기해 줄게."

그는 휴대전화를 덮고 다시 사이렌을 켰다.

---

# 21

## 7층

보슈에게는 그다음 10분이 열 시간처럼 느리게 흘러갔다. 그는 차들 사이를 이리저리 비집고 달려가 마침내 브로드웨이로 들어가는 나들목에 이르렀다. 그는 방향을 틀면서 사이렌을 끄고는 목적지를 향해 언덕을 달려 내려갔다. 목적지까지는 세 블록이 남아 있었다.

밀리언 달러 극장은 화려한 궁전 같은 극장들이 브로드웨이 대로 양쪽으로 줄지어 서 있고 영화 산업이 한창 번창하던 시기에 지어졌다. 그러나 그곳에서 개봉 영화가 마지막으로 상영 된지도 벌써 수십 년이 흘렀다. 그 화려했던 외장에는 한동안 영화 대신 기독교 부흥회를 알리는 대형 천막이 걸려 있곤 했었다. 지금은 극장이 문을 닫은 채 개조 공사와 부활을 기다리고 있었고, 그 위에 있는 한때 최고급이었던 12층짜리 사무 건물은 중급의 사무공간과 주거용 아파트 공간으로 바뀌어 있었다.



"비밀 부서가 비밀 사무실을 갖기에 딱 좋은 곳이군. 아무도 눈치 못

챘겠는걸." 그 건물이 시야에 들어오자 보슈가 말했다.

월링은 대꾸하지 않았다. 그녀는 또 한 군데 전화를 걸고 있었다. 잠시 후 그녀는 좌절하여 탁 소리가 나게 전화기를 덮었다.

"비서도 전화를 안 받네요. 비서는 항상 1시가 넘어서 점심 먹으러 나가는데. 요원들이 점심 먹으러 일찍 나가면 사무실에 꼭 누가 남아 있기로 되어 있는데 말이죠."

"사무실은 정확히 어디에 있고, 알리샤 켄트는 어디에 있소?"

"7층을 통째로 쓰고 있어요. 소파와 TV가 있는 휴게실이 있고요. TV를 볼 수 있게 그녀를 그 휴게실에 데려다 놨어요."

"전술정보반은 요원이 몇 명이나 되지?"

"요원 여덟 명, 비서 한 명, 서무직원 한 명이요. 서무직원은 지금 출산 휴가 중이고 비서는 점심 먹으러 나갔을 거예요. 그러길 바라요. 하지만 알리샤 켄트를 혼자 남겨 두고 가지는 않았을 거예요. 그건 규정 위반이니까. 누구라도 한 명은 그녀 옆에 꼭 붙어 있을 거예요."

3번가 사거리에서 보슈는 우회전을 하자마자 도로 가에 차를 세웠다. 이그나시오 페라스가 벌써 와서 자신의 볼보 스테이션왜건에 느긋하게 기대서 있었다. 그 앞에 다른 자동차도 한 대 주차되어 있었다. 연방 순찰차였다. 보슈와 월링이 차에서 내렸다. 보슈는 페라스에게 다가갔고, 월링은 순찰차로 걸어가 차 안을 들여다보았다.

"맥스웰 봤어?" 보슈가 페라스에게 물었다.

"누구요?"

"맥스웰 요원. 우리가 오늘 아침에 켄트의 집에서 바닥에 내다꽂았던 친구."

"아뇨, 아무도 못 봤는데요. 무슨…."

"그의 차예요." 월링이 두 사람에게 합류하며 말했다.

"이그나시오, 이분은 월링 요원이야."

"이기라고 불러 주십시오."

"레이철이에요."

두 사람은 악수를 했다.

"위로 올라간 모양이군. 계단이 몇 군데 있지?"보슈가 말했다.

"세 군데요. 하지만 그는 차 옆으로 바로 나오는 계단을 이용할 거예요." 월링이 말했다.

그녀는 건물 모퉁이 가까이에 있는 철로 된 이중문을 가리켰다. 보슈는 그 문이 잠겼는지 알아보기 위해 그곳으로 걸어갔다. 페라스와 월링이 그 뒤를 따라갔다.

"무슨 일입니까?" 페라스가 물었다.

"맥스웰이 범인이야. 그가 저…."

"네?"

보슈는 출입문을 살펴보았다. 바깥쪽엔 손잡이가 없었다. 그가 페라스를 향해 돌아섰다.

"이봐, 시간이 별로 없어. 내 말 믿어, 맥스웰이 우리가 찾는 범인이야. 그가 알리샤 켄트를 죽이려고 이 건물에 들어가 있어. 우린…."

"그 여자가 여기서 뭐하는데요?"

"여기에 FBI 사무실이 있어. 그래서 여기 있는 거야. 이제 질문 그만. 그냥 듣기만 해. 월링 요원과 내가 엘리베이터를 타고 올라갈 거야. 자넨 여기 이 문 옆에서 기다리고 있다가 맥스웰이 나오면 제압해. 알았지? 제압하라고."

"알겠습니다."

"좋아. 그리고 지원 인력 요청해. 우린 올라간다."

보슈는 손을 뻗어 페라스의 뺨을 톡톡 쳤다.

“꼼짝 말고 지키고 있어.”

그들은 페라스를 그곳에 남겨 두고 건물의 주 출입문 안으로 들어갔다. 로비라고 할 만한 것은 없고 엘리베이터만 있었다. 버튼을 누르자 엘리베이터가 열렸고 월링이 카드키를 이용해 엘리베이터를 작동시킨 후 7층 버튼을 눌렀다. 엘리베이터가 올라가기 시작했다.

“왠지 당신은 저 친구를 절대로 이기라고 부를 것 같지가 않네요.” 월링이 말했다.

보슈는 그 말은 못 들은 척했고 물어볼 말을 생각해냈다.

“이 엘리베이터가 그 층에 도착하면 벨이 울리거나 무슨 음악이라도 나오나?”

“글쎄요, 기억이…. 네, 나오는 것 같아요. 그래요, 분명히 나와요.”

“우와, 문이 열리면 그대로 당하겠는데.”

보슈는 킴버 권총을 권총집에서 빼내 슬라이드를 뒤로 당겨 발사 준비를 했다. 월링도 자기 권총으로 발사 준비를 했다. 보슈는 그녀를 엘리베이터의 옆면으로 밀고 자신은 그 반대편 벽에 붙어 섰다. 그러고는 권총을 들었다. 마침내 엘리베이터가 7층에 이르렀고 밖에서 부드러운 벨 소리가 났다. 문이 열리기 시작했고, 보슈가 먼저 노출되었다.

거기에는 아무도 없었다.

월링은 왼쪽을 가리키며 엘리베이터에서 내리면 사무실이 왼쪽에 있다고 신호를 보냈다. 보슈는 권총을 세워 들고 몸을 숙인 전투 자세로 조심스레 걸어 나갔다.

아직 아무도 보이지 않았다.

그는 왼쪽으로 걸어가기 시작했다. 어느새 월링이 다가와 그의 오른쪽에서 함께 걸었다. 그들은 천장이 높은 사무실로 들어갔다. 전술정보반 일반 요원들의 사무실로 칸막이 공간이 두 줄로 늘어서 있었고 한쪽에는 세 개의 개인 사무실이 붙어 있었다. 칸막이 공간 사이에 전자 장비가 놓인 커다란 선반들이 있었고, 책상마다 컴퓨터 모니터가 두 대씩 놓여 있었다. 명령만 떨어지면 단숨에 짐을 싸서 사무실 전체를 딴 데로 옮길 수 있을 것 같았다.

보슈는 안으로 더 걸어 들어갔고 한 개인 사무실의 창문 너머로 한 남자가 눈을 뜬 채 고개를 뒤로 젖히고 의자에 앉아 있는 것을 보았다. 그는 빨간색 턱받이를 하고 있는 것 같았다. 그러나 보슈는 그것이 피라는 것을 알았다. 남자는 가슴에 총을 맞은 거였다.

보슈가 그를 가리키자 월링도 죽은 남자를 보았다. 그녀는 헉 하고 숨을 헐떡이더니 낮은 신음 소리를 냈다.

그 사무실 문이 약간 열려 있었다. 그들은 그 문을 향해 걸어갔고 월링이 사격 자세를 취하며 경계하는 가운데 보슈가 문을 밀어젖혔다. 방 안으로 걸어 들어간 보슈는 알리샤 켄트가 벽에 등을 기대고 바닥에 앉아 있는 것을 보았다.

보슈는 그녀 옆에 쭈그리고 앉았다. 그녀는 눈을 뜨고 있었지만 죽어 있었다. 그녀의 두 발 사이에 권총 한 자루가 놓여 있었고 그녀 뒤로 보이는 벽에는 피와 뇌 파편이 사방에 튀어 있었다.

보슈는 고개를 돌려 방 안을 관찰했다. 어떤 상황극인지 이해가 갔다. 이것은 맥스웰이 꾸며낸 자작극이었다. 알리샤 켄트가 요원의 권총집에서 권총을 빼내 요원을 사살하고 자신도 바닥에 주저앉아 스스로 목숨을 끊은 것으로 보이게 만든 자작극이었다. 유서나 메모 한 장 없었지만 맥스웰이 짧은 시간 안에 꾸며낼 수 있는 최선이었을 것이다.

보슈는 월링을 돌아보았다. 그녀는 경계 태세를 풀고 죽은 요원을 멍하니 쳐다보고 있었다.

"레이철, 그가 아직 여기 있을 거요." 보슈가 말했다.

그는 일어서서 일반 요원 사무실을 수색하기 위해 문으로 걸어갔다. 창문 너머로 전자 장비를 올려놓은 선반들 뒤에서 뭔가 움직이는 것이 보였다. 그는 걸음을 멈추고 권총을 들었다. 그러고는 비상구 표지판이 붙어 있는 문을 향해 몸을 한껏 숙이고 걸어가는 사람을 눈으로 추적했다.

잠시 후 그는 맥스웰이 은폐물 뒤에서 튀어나와 문을 향해 달려가는 것을 보았다.

"맥스웰! 거기 서!" 보슈가 외쳤다.

맥스웰이 몸을 홱 돌리며 총을 들었다. 맥스웰의 등이 비상문에 부딪치는 것과 거의 동시에 그가 총을 쏘기 시작했다. 보슈 앞에 있던 창문이 산산조각이 나면서 그는 유리파편을 흠뻑 뒤집어썼다. 그도 대응 사격을 시작했고 열린 출입문을 향해 여섯 발을 쏘았지만 맥스웰은 사라졌다.

"레이철? 괜찮소?" 보슈는 비상문에서 눈을 떼지 않은 채 그녀에게 말했다.

"괜찮아요."

그녀의 목소리가 아래쪽에서 들려왔다. 총격전이 시작되자 그녀가 바닥에 납작 엎드린 것이었다.

"저 문으로 나가면 어느 쪽 출구가 나오지?"

월링이 일어섰다. 보슈는 문을 향해 걸어가면서 그녀를 흘끗 쳐다보았다. 그녀도 옷 전체에 유리 파편이 묻어 있었고 뺨에는 베인 자국이 있었다.

"그 계단으로 내려가면 그의 차가 서 있는 쪽으로 나가요."

보슈는 개인 사무실에서 비상문을 향해 달려갔다. 그러면서 휴대전화를 펼치고 파트너의 단축 번호를 눌렀다. 벨이 한 번 다 울리기도 전에 페라스가 전화를 받았다. 보슈는 벌써 계단통에 나가 있었다.

"놈이 내려간다!"

보슈는 전화기를 떨어뜨리고 계단을 뛰어 내려가기 시작했다. 저 아래쪽에서 맥스웰이 철 계단을 뛰어 내려가는 소리가 들리자 보슈는 그가 너무 많이 앞서 있다는 것을 직감했다.

—

## 22
# 검은 구멍

보슈는 한 번에 세 계단씩 뛰어 내려가 어느새 층계참 세 개를 내려가 있었다. 뒤에서 월링이 뛰어 내려오는 소리가 들렸다. 그리고 밑에서는 맥스웰이 쿵 하고 출입문에 부딪치는 소리가 들렸다. 잠시 후 고함 소리와 함께 여러 발의 총성이 울렸다. 총성이 연속으로 들려서 누가 먼저 총을 쐈는지 몇 발이나 쐈는지 알 수가 없었다.

10초 후 보슈도 출입문에 쿵 하고 몸을 부딪치며 밀고 나갔다. 인도로 나서자 페라스가 맥스웰의 연방 순찰차 뒤쪽 범퍼에 기대서 있는 것이 보였다. 그는 한 손으로는 권총을 쥐고 다른 손으로는 팔꿈치를 감싸 쥐고 있었다. 어깨에서 선홍색의 피가 퐁퐁 솟아나와 주위를 물들이고 있었다. 3번가 도로 양방향의 차들이 멈춰서 있었고 보행자들은 대피하기 위해 인도를 달려가고 있었다.

"그를 두 번 맞혔습니다. 저쪽으로 갔습니다." 페라스가 소리쳤다.

페라스는 벙커 힐 아래 3번가 지하차도 쪽을 향해 고갯짓을 했다. 보슈는 파트너에게 다가가 어깨에 난 상처를 살펴보았다. 아주 심각해 보이지는 않았다.

"지원 요청했어?" 보슈가 물었다.

"오고 있습니다."

페라스는 다친 팔을 잡고 있던 손을 떼었다가 다시 쥐면서 얼굴을 찡그렸다.

"정말 잘했어, 이기. 내가 가서 놈을 잡아올 테니까 잘 버티고 있어."

페라스가 고개를 끄덕였다. 보슈가 돌아보니 월링이 출입문 밖으로 나오고 있었고 얼굴에는 피가 묻어 있었다.

"이쪽이오. 놈도 맞았소." 보슈가 말했다.

그들은 넓은 간격으로 서서 3번가를 걸어 내려가기 시작했다. 몇 걸음을 간 후 보슈는 맥스웰의 흔적을 발견했다. 맥스웰이 중상을 입은 것이 분명했고 피를 많이 흘리고 있었다. 그렇다면 추적하기가 쉬울 것이었다.

그러나 그들이 3번가와 힐 스트리트가 만나는 사거리에 이르렀을 땐 흔적이 사라졌다. 보도에 혈흔이 보이지 않았다. 보슈는 긴 3번가 지하차도를 들여다봤지만 차들 사이를 걸어가는 사람은 보이지 않았다. 힐 스트리트를 둘러보는 데도 아무것도 보이지 않았다. 그러나 곧 그랜드 센트럴 마켓에서 소리를 지르며 뛰어나오는 사람들이 그의 관심을 끌었다.

"이쪽이오." 보슈가 말했다.

그들은 그 거대한 시장을 향해 걸음을 재촉했다. 보슈는 시장 바로 밖에서 핏자국을 다시 발견했고 곧 안으로 들어갔다. 시장은 2층 높이의 거대한 공터였고 음식점 가판대와 잡화 및 농수산물 가판대가 즐비하게 늘어서 있었다. 기름 냄새와 커피 냄새가 진동을 해서 시장 위 건물 전체에 냄새가 배어 있을 것 같았다. 시장 안은 사람들로 붐비고 왁자지껄해서 핏자국을 따라 맥스웰을 추적하기가 쉽지 않았다.

그때 갑자기 바로 앞에서 고함 소리가 들리더니 공중으로 총이 연달아 두 발 발사되었다. 그러자 곧 대 혼란이 일어났다. 수십 명의 쇼핑객과 상인들이 보슈와 월링이 서 있는 복도로 뛰어나오더니 그들을 향해 달려오기 시작했다. 그대로 있다가는 깔려 죽을 것 같았다. 보슈는 잽싸게 월링의 허리를 감싸 안고 오른쪽에 있는 넓은 콘크리트 기둥 뒤로 그녀를 끌고 가 숨었다.

사람들이 지나가자 보슈는 기둥에서 고개를 내밀고 주위를 살폈다. 시장 안은 이제 텅 비어 있었다. 맥스웰은 흔적도 보이지 않았지만 보슈는 잠시 후 복도 끝 정육점 앞에 놓인 유리 진열장 쪽에서 움직임을 감지했다. 다시 자세히 살펴보니 진열장 뒤에서 누가 움직이고 있었다. 진열장의 앞과 뒤의 유리판과 전시된 쇠고기 돼지고기 덩어리들 너머로, 맥스웰의 얼굴이 보였다. 그는 정육점 뒤편에 있는 냉장고에 등을 기대고 바닥에 앉아 있었다.

"저 앞 정육점에 있소. 당신은 오른쪽으로 가서 복도를 걸어 내려가요. 그럼 그의 오른편으로 접근할 수 있을 거요." 보슈가 월링에게 속삭였다.

"당신은요?"

"난 곧장 앞으로 가서 그의 관심을 끌 테니까."

"그러지 말고 지원 인력이 올 때까지 기다리죠."

"그럴 순 없소."

"그럴 거라고 생각했어요."

"준비됐소?"

"아뇨, 그럼 역할을 바꿔요. 내가 곧장 걸어가서 관심을 끌 테니까 당신이 돌아서 접근해요."

보슈는 그녀와 맥스웰이 서로 아는 사이니까 그게 더 낫겠다고 생각했다. 그러나 그녀가 더 큰 위험에 직면하게 될 수도 있었다.

"진심이오?" 보슈가 물었다.

"그래요. 그게 좋을 것 같아요."

보슈는 다시 한 번 기둥 밖으로 고개를 내밀고 맥스웰이 전혀 움직이지 않고 있는 것을 보았다. 그의 얼굴은 벌겋게 상기되고 땀범벅인 것 같았다. 보슈가 월링을 돌아보았다.

"아직 거기 있소."

"좋아요. 시작하죠."

그들은 떨어져서 움직이기 시작했다. 보슈는 정육점으로 이어지는 복도와 평행으로 있는 다른 복도를 따라 재빨리 걸어갔다. 그 복도 끝에는 벽이 높은 멕시코식 커피숍이 자리하고 있었다. 그는 그 벽에 몸을 숨기고 모퉁이에서 정육점을 훔쳐보았다. 여기서는 카운터 뒤의 측면이 보였다. 맥스웰은 그에게서 5~6미터쯤 떨어진 곳에 있었다. 맥스웰은 냉장고 문에 등을 기대고 쭈그리고 앉아서 아직도 두 손으로 권총을 감싸 쥐고 있었다. 셔츠는 피로 흠뻑 젖어 있었다.

보슈가 벽 뒤로 다시 몸을 숨기고 숨을 고른 후 뛰어나가려는 순간, 월링의 목소리가 들렸다.

"클리프? 나야, 레이철. 당신을 돕고 싶어."

보슈는 모퉁이에서 다시 고개를 내밀고 그곳을 살펴보았다. 월링은 정육점의 유리 진열장 앞에 서 있었다. 진열장에서 1.5미터 정도 떨어진 곳에서 총을 옆으로 내리고 서 있었다.

"도움 따윈 필요 없어. 이젠 너무 늦었어." 맥스웰이 말했다.

맥스웰이 그녀를 향해 총을 쏜다면 총알이 유리 진열장의 앞뒤 유리판을 뚫고 나가야 했다. 그런데 앞 유리판이 약간 휘어진 각도로 되어 있어서 그녀가 총에 맞기 위해서는 기적의 총알이 필요할 것 같았다. 그러나 가끔씩 기적이 일어나기도 한다는 게 문제였다. 보슈는 권총을 들고 벽에 총을 기대 흔들리지 않게 지탱하면서 여차하면 총을 쏠 준비를 했다.

"제발, 클리프. 이제 그만둬. 이런 식으로 끝내지 마." 월링이 말했다.

"달리 방법이 없어."

갑자기 맥스웰이 기침을 하면서 피를 왈칵왈칵 쏟아내며 고통스럽게 몸을 비틀었다.

"세상에, 어린 놈이 사람 잡네." 그가 중얼거리더니 다시 기침을 했다.

"클리프? 내가 그 안으로 들어갈게. 당신을 돕고 싶어." 월링이 간청을 했다.

"안 돼. 당신이 들어오면 난…."

맥스웰이 유리 진열장을 향해 총을 쏘면서 말의 끝부분은 들리지 않았다. 그는 진열장의 유리문들을 빙 둘러가며 연달아 총을 쏘았다. 월링은 몸을 숙이며 황급히 옆으로 피했고 보슈는 모퉁이 밖으로 나가 서서 두 손으로 권총을 감싸 쥐고 그를 겨냥했다. 아직 총을 쏘지는 않고 맥스웰의 권총의 총열을 조준했다. 맥스웰의 권총 총구가 월링을 향하면 그가 먼저 맥스웰의 머리를 쏠 생각이었다.

맥스웰이 총을 무릎으로 내리더니 발작적으로 웃음을 터뜨렸다. 피가 그의 양 입가로 계속 흘러내려서 기괴한 어릿광대 같아 보였다.

"내가… 내가 지금 고급 비프스테이크한테 무슨 짓을 한 거지?"

그가 다시 웃음을 터뜨렸고 덕분에 기침이 또 시작되었으며 굉장히 고통스러운 모양이었다. 기침이 좀 잦아들자 그가 말했다.

"내가 하고 싶은 말은… 그 여자가 먼저 시작했다는 거야. 남편이 죽기를 원했어. 난 그냥… 난 그냥 그 여자를 갖고 싶었어. 그뿐이야. 그런데 그 여자는 다른 방법으론 내게 오려 하지 않았어. 그래서… 그래서 그 여자가 시키는 대로 했어. 그래서… 보시다시피 이렇게 된 거야."

보슈가 맥스웰을 향해 한 걸음을 내디뎠다. 맥스웰은 그가 있다는 걸 아직 알아채지 못한 것 같았다. 그가 한 걸음 더 다가갔을 때 맥스웰이 다시 입을 열었다.

"미안해. 레이철? 동료들한테 미안하다고 전해 줘." 그가 말했다.

"클리프. 당신이 직접 말해." 월링이 말했다.

보슈가 지켜보고 있는데, 맥스웰이 갑자기 권총을 들고 총구를 자기 턱 밑에 갖다 댔다. 그러고는 조금도 망설이지 않고 방아쇠를 당겼다. 그 충격으로 그의 머리가 뒤로 확 젖혀졌고 냉장고 문에 피가 사방으로 튀었다. 총은 그의 쫙 벌린 다리 사이 콘크리트 바닥으로 떨어졌다. 맥스웰은 자기가 사랑했고 자기가 죽인 여자와 같은 모습으로 죽었다.

월링이 진열장 옆으로 돌아와 보슈 옆에 서서 죽은 연방 요원을 내려다보았다. 그녀는 아무 말도 하지 않았다. 보슈는 손목시계를 보았다. 오후 1시가 거의 다 되어 가고 있었다. 사건 발생부터 종결까지 열두 시간이 채 걸리지 않았다. 그동안 다섯 명이 사망했고, 한 명이 부상을 당했으며, 한 명은 방사능 노출로 죽어 가고 있었다.

그리고 보슈 자신도 있었다. 그는 모든 결산이 끝날 때 자신도 사상자 집계에 들어가게 될지 궁금했다. 목이 타 들어갈 것 같았고 가슴은 묵직한 느낌이 들었다.

그가 월링을 바라보니 그녀의 뺨에서 다시 피가 흐르고 있었다. 아무래도 몇 바늘 꿰매야 할 것 같았다.

"당신이 허락한다면 내가 당신을 병원까지 데려다 주지." 보슈가 말했다.

월링이 그를 바라보며 슬픈 미소를 지었다.

"빨리 가서 이기나 챙겨요."

보슈는 그녀를 맥스웰과 함께 그곳에 남겨 두고 파트너를 살펴보기 위해 밀리언 달러 극장 건물로 돌아갔다. 가면서 보니 사방에서 지원요청을 한 경찰차가 나타났고 사람들이 구름처럼 모여들고 있었다. 보슈는 범죄 현장을 관리하는 일은 순경들에게 맡기기로 했다.

페라스는 자기 차 안에 들어가 앉아 문을 열어 놓고 구급대를 기다리고 있었다. 이상한 각도로 팔을 잡고 있었고 꽤 고통스러운 표정이었다. 셔츠에는 피가 넓게 번져 있었다.

"물 좀 마실래? 내 차 트렁크에 물이 한 병 있는데." 보슈가 물었다.

"아뇨, 그냥 기다리겠습니다. 빨리 좀 와 줬으면 좋겠는데요."

소방 구급대 특유의 사이렌 소리가 멀리서 들리기 시작하더니 점점 더 가까워졌다.

"어떻게 됐습니까, 선배님?"

보슈는 자동차 옆면에 기대서서 그와 월링이 접근하자 맥스웰이 자살했다고 알려 주었다.

"참 끔찍하게도 갔네요. 그렇게 코너에 몰려서 말입니다." 페라스가 말했다.

보슈는 고개를 끄덕이기는 했지만 아무 말도 하지 않았다. 구급대를 기다리는 동안 보슈의 생각은 거리를 걸어가 산을 올라 산마루로 향했다. 그곳에서 스탠리 켄트가 마지막으로 본 것은 찬란하게 반짝이는 빛의 담요처럼 펼쳐진 아름다운 도시의 모습이었을 것이다. 스탠리에게는 천국이 자기를 기다리고 있는 것처럼 보였을지도 모를 일이었다.

그러나 보슈는 코너에 몰려 정육점에서 죽든 아니면 산마루에서 천상의 불빛을 내려다보며 죽든, 그것은 그리 중요한 일이 아니라고 생각했다. 어차피 죽는 것은 마찬가지고 중요한 건 그 마지막 모습이 아니었다. 우리 모두는 배수구를 빠져나가는 물처럼 하루하루 생명이 빠져나가고 있는 거야, 그는 생각했다. 그 검은 수챗구멍에 좀 더 가까이 다가가 있는 이들도 있고 좀 멀리 있는 이들도 있다. 그 검은 구멍이 가까워지는 것을 볼 수 있는 사람들이 있는가 하면 그 빙빙 도는 물이 언제 자기를 움켜쥐고 그 어두운 수챗구멍 속으로 밀어 넣을지 전혀 감을 잡지 못하고 있는 사람들도 있다.

중요한 건 맞서 싸우는 거야, 보슈는 혼잣말을 했다. 쉼 없이 버둥거려 보는 거라고. 그 물에 휩쓸리지 않도록 계속 버텨 보는 거야.

구급대가 브로드웨이 사거리를 돌아 멈춰 서 있는 차들을 요리조리 헤치고 다가와 마침내 골목길 초입에 멈춰 서더니 사이렌을 껐다. 보슈는 파트너를 차에서 내리게 한 후 그를 부축해서 구급대를 향해 걸어갔다.

# Bonus

《혼돈의 도시》의 제23장은 원래 마이클 코넬리의 메일링리스트에 있는 회원 대상으로 쓰여진 특별 보너스 챕터임을 밝혀둠.

## 23
# 위기 관리

냉장 보관이 되었던 수액 주머니가 보슈의 오른팔에 꽂힌 정맥 주사관과 연결이 되었다. 정맥을 타고 팔과 가슴과 심장으로 흘러드는 식염 수액이 죽음처럼 차갑게 느껴졌다. 보슈는 편안하게 있으려고 애를 썼지만 오싹하는 냉기가 척추를 타고 올라와 두 어깨와 팔까지 장악하는 것을 느낄 수 있었다. 마치 차가운 물결이 몸속을 휩쓸고 돌아다니면서 자신의 몸과 전투를 벌이는 것 같은 낯선 느낌이었다.

그는 눈을 감았다. 지금 그는 로스앤젤레스 카운티-USC 메디컬 센터 응급실의 높은 침상 위에 이불도 없이 누워 있었다. 입었던 옷은 의사들이 가져갔고 지금 그는 면으로 된 초록색 수술복을 입고 있었다. 수술복은 보온성이 거의 없었다.

칸막이 커튼 롤러가 구르는 소리가 들리자 그는 흉부 엑스레이를 찍어 가면서 결과가 나오는 즉시 알려 주러 오겠다던 의사가 왔겠거니 생각하며 눈을 떴다. 그런데 칸막이 안으로 들어서는 사람은 레이철 월링이었다. 뺨에 작은 밴드를 붙이고 있었다. 그녀는 비닐 커튼을 다시 쳤다.

"여기 오면 안 되는데 몰래 왔어요. 좀 어때요?" 웰링이 속삭였다.

"괜찮소."

"뭐 찾아낸 게 있대요?"

보슈는 고개를 가로저었다.

"찾아낼 게 있을 것 같지 않은데. 그들 생각에는…."

"그들이라뇨?"

"응급실 의사하고 방사선 종양학자말이오. 즉각적인 피해가 발생한 것 같지는 않다더군. 라드니 그레이니 떠들어대면서 나는 소위 위험 수치에 가까이 가지도 않았다던데. 라드가 뭔지는 모르겠지만 세슘에 한 시간 동안 노출된 사람이 사망하려면 300라드는 되어야 한다고 했소. 세슘에 대해서, 얼마나 많은 양에 노출됐느냐 노출된 시간은 어느 정도냐 등등 꼬치꼬치 캐묻더니만 난 2라드도 안 된다더라고."

"그 말은 그러니까?"

"그 말은 그러니까 걱정하지 않아도 된다는 뜻이지, 적어도 당분간은. 내가 노출된 양 정도면 오히려 건강에 좋을지도 모른다는 말까지 하던데."

웰링이 얼굴을 찌푸렸다.

"세슘에 노출됐는데 어떻게 그게 건강에 좋을 수가 있죠?"

"그걸 암세포를 죽이는 데 사용한다잖소. 의사들 말로는 방사능 노출이 다 나쁜 건 아니라는 이론도 있다던데. 소량에 노출되는 건 몸에 이로울 수 있다고, 몸속에 있는 종양을 제거해서 더 오래 살 수 있게 해준다고. 하지만 내가 노출된 양이 앞으로 언젠가 생길지도 모르는 암을 키워낼 세포를 파괴했는지 어떤지는 알 길이 없다고도 했소. 요지는 이 세슘이라는 물질에 관해서는 어느 누구도 그 어떤 것도 확신할 수 없다는 거더군. 어쨌든 내가 담배를 30년을 피웠는데, 오늘 노출된 방사능이 오랜 흡연으로 인한 피해를 상쇄할지도 모르지."

월링이 고개를 끄덕였지만 보슈는 그녀가 자기 말을 수긍하지 않는다는 걸 알 수 있었다. 그녀가 화제를 바꿨다.

"그건 뭐죠?"

그녀가 금속 링거대에 걸린 투명한 비닐 수액 주머니를 가리키며 물었다.

"식염수. 내보내기 전에 수분 보충을 충분히 시켜 주겠다더군. 나는 그렇다치고 당신은 어떻소, 레이철? 몇 바늘 꿰맨 것 같은데?"

보슈가 월링의 뺨에 붙은 밴드를 가리키며 말했다.

"아뇨, 나비 모양으로 밴드 붙여 놓은 거예요. 네 개."

"흉터가 남을 거라던가?"

월링은 흉터가 남든 말든 관심 없다는 듯 어깨를 으쓱거렸다. 그러나 보슈는 관심이 있었다. 그는 이유는 모르겠지만 예전부터 흉터가 있는 여자들이 좋았다.

"이그나시오에 관해서 소식 들은 건 있소?" 그가 물었다.

"조금 전에 응급실 의사를 만나 봤어요. 아직 수술 준비 중인데 상태는 괜찮아 보인다네요. 수술실에 들어가서 몸을 열어 봐야 정확히 알겠대요. 총알이 몸속에서 부서지지 않았기를 바랄 뿐이라네요."

"경찰 연루 총격사건 수사팀(OIS)에서는 누가 나왔소?"

"모르겠어요. 경찰처럼 보이는 사람들이 슬슬 나타나기 시작하고는 있는데 OIS인지 뭔지는 모르겠어요."

보슈는 굳이 기다렸다가 알아내고 싶지는 않았다.

"여길 나가야겠소. 이그나시오가 수술을 받으면 내가 남는 건데. 그럼 나만 붙들고 여덟 시간씩 질문을 해댈 거요. 예전에 다 겪어봐서 알지."

"그럴 거예요. 방금 깨달았는데 당신의 최근 파트너 두 명이 총격을 당했네요. 불운의 화신 같아요, 당신."

"뭐 그래도, 둘 다 살아 있긴 하잖소. 나도 방금 깨달은 게 있는데, 그 파트너들이 총격을 당했던 사건들 둘 다 당신과 공조 수사를 하고 있었네. 불운의 화신은 혹시 당신이 아닐까."

보슈는 옆으로 몸을 돌려 침대 밖으로 두 다리를 내리고 침대에 걸터앉았다.

"어휴, 이것 때문에 추워 죽겠군." 그가 말했다.

그는 손을 뻗어 식염수 주머니와 연결된 수액줄의 밸브를 잠갔다.

"해리, 뭐 하는 거예요?"

"이런 거 필요 없소. 물이나 많이 마시면 되지."

"그렇게 막 잠그고 링거 줄을 빼면 안 돼요!"

"왜 안 되지? 여길 나가고 싶소. 근데 옷이 없군. 가이거 계수기(방사능 오염도 측정기－옮긴이)가 삑삑 소리를 지르니까 갖고 가 버리더라고."

"지금 차림 좋은데요. 꼭 하우스(미국 TV 드라마 시리즈 〈닥터 하우스〉의 주인공－옮긴이) 같은데."

"하우스? 하우스가 누구지?"

"몰라도 되요. 텔레비전에 나오는 사람이에요."

보슈는 텔레비전을 거의 보지 않았다. 그는 수술복을 입은 자신의 몸을 내려다보면서 하우스는 TV에 나오는 의사인가 보다고 생각했다. 자신을 내려다보고 있자니 신발도 없는 게 눈에 띄었다. 의사들이 신발까지 갖다 버린 것이다.

"집에 가서 옷 좀 가져와야겠소."

그는 침대 옆에 있는 서랍을 열고 자기 지갑과 열쇠, 휴대전화와 경찰 배지가 든 지퍼백을 꺼냈다. 권총집에 든 권총은 서랍 속 다른 지퍼백 안에 있었다.

"그래도 이건 안 가져갔군."

"해리, 그냥 있어요. 의사들이 가도 된다고 할 때까지만이라도. 제발."

보슈는 체념한 듯 두 손을 들어 보이고는 수액줄의 밸브를 다시 열었다. 그러고는 두 다리를 침대 위로 올린 후 베개를 베고 누웠다.

"거래를 합시다. 난 링거를 다 맞을 때까지만 여기 있을 테니까 다 맞고 나면 당신이 날 여기서 데리고 나가 주는 거요."

"그래요, 그렇게 해요."

월링의 휴대전화가 울리자 그녀는 전화를 받기 전에 액정화면부터 확인했다.

"워싱턴이네. 받아야 해요." 그녀가 말했다.

그녀는 커튼 사이의 좁은 공간으로 빠져나가면서 전화를 받고 자기 이름을 말했다. 그러고는 멈춰서더니 조용히 듣고 있었고, 가끔씩 "아, 네."나 "네, 알겠습니다."라는 대답만 했다. 마침내 그녀가 질문할 기회를 얻었다.

"언제 확보된 정봅니까?"

보슈는 그녀가 동요된 목소리인 것으로 보아 뭔가 심상찮은 일이 벌어지고 있다는 것을 직감했다.

"제가 근처에 있습니다." 월링이 전화를 건 사람에게 말했다. 그러고는 반응을 듣고 나서 말을 이었다.

"차를 타고 지나가면서 확인한 다음에 전화드리겠습니다. 네, 다음 지시가 있을 때까지 접근. 알아들었습니다."

통화가 끝났고 그녀는 전화기를 덮으면서 커튼 사이로 들어왔다. 보슈는 그녀의 표정이 무엇을 뜻하는지 알았다. 그녀는 무슨 일에 흥분해 있었다. 좋은 쪽으로.

"뭐요?" 그가 물었다.

"이제 가 봐야겠어요."

"잠깐만. 우리 거래를 했잖소. 날 여기서 데리고 나가 주겠다고 한 것 같은데."

"그럴 수 없게 됐어요. 지금 위에서 지시가 내려왔거든요. 부국장한테서."

보슈는 다시 침대 가에 걸터앉았다.

"그럼 나도 같이 갑시다."

"안 돼요."

"접금은 접근 금지를 말하는 건가?"

"통화를 엿들었어요?"

"우리 사이엔 샤워 커튼밖에 없었소. 안 들을 수가 없던데. 대체 무슨 일이오?"

"해리, 말했잖아요, 난…."

"당신 차도 없잖소. 택시를 부를 건가? 택시를 타고 접금인 곳을 지나가 보겠다 그거요?"

월링은 잠깐 화가 난 표정이더니 곧 두 손을 들고 항복을 표시했다.

"알았어요, 알았어요. 옷은 어디 있죠?"

"말했잖소. 오염돼서 가져갔다고. 도대체 무슨 일이오, 레이철?"

"가면서 말해 줄게요. 지금은 빨리 옷을 구해와야겠어요."

"급한 건 신발이야. 가서 내 신발은 어디로 가져갔는지 물어봐요."

월링은 재빨리 커튼을 젖히고 사라졌다. 보슈는 침대에서 내려서서 수액줄의 밸브를 다시 잠그고 팔에 꽂힌 주사관에서 수액줄을 뺐다. 주사관은 어떻게 빼는 건지 몰라서 그대로 두었다. 지퍼백을 열고 소지품을 꺼내려다 보니 수술복에 주머니가 없었다. 차에 도착할 때까지만이라도 지퍼백을 들고 다녀야 할 것 같았다.

윌링이 신발과 양말 한 켤레씩을 들고 들어와 보슈에게 건넸다.

"이거 신어요. 빨리 가야 해요."

자기 신발이 아니었지만 그는 그냥 받았다.

"이그나시오 건가?"

"한동안 신을 일이 없잖아요. 당신 건 벌써 소각했대요. 이기 발이 당신 발보다 좀 더 크긴 하지만 그래도 신을 수는 있을 거예요. 같이 가려면 신어요. 같이 안 갈 거면 차 열쇠를 주고요."

보슈는 다시 침대에 걸터앉아 파트너의 양말과 신발을 신기 시작했다.

"자, 이제 끝. 어디로 가는 거요?" 보슈가 말했다.

"맥스웰이 모든 혐의를 덮어씌우려고 했던 진짜 테러범 두 명 기억하죠?"

"그럼, 모비 그리고…."

보슈는 이름이 떠오르지 않았다.

"나사르와 엘-파예드요. 오늘 아침에 워싱턴 본부에서 결정이 내려졌어요. 나중에 혹시 LA에서 폭탄 테러가 발생했을 때 FBI가 국내 잠입을 확인한 두 테러범의 소행으로 밝혀지면 좋을 게 없다고요. 그들이 국내에 있다는 걸 확인하고도 FBI가 아무런 경고 조치를 취하지 않은 거니까요."

보슈는 그 정치적 파장이 금방 이해가 갔다.

"이 사실이 국민에게 알려지면, 의회 청문회다, 내부 감찰이다, 엄청난 곤욕을 치를 거라는 걸 깨달은 거로군."

"바로 그거예요. 그래서 오늘 아침에 윗분들이 위기 관리에 나섰어요. 나사르와 엘-파예드를 1급 지명 수배자 명단에 올리고 워싱턴 주재 언론매체 앞에서 브리핑을 했어요."

"그리고?"

그는 신발을 신고 있었다. 이제 나갈 준비가 끝났다.

"근데 바로 성과가 있었어요. 에코 파크에 사는 한 여성이 그 둘의 사진을 CNN에서 보고 제보를 했대요. 나사르와 엘-파예드가 자기 차고 위에 있는 방에 살고 있다고."

"근데 그게 사실인지 아닌지 어떻게 알지?"

"둘 중 한 명이 모비라는 이름으로 불리더라고 했대요. 근데 오늘 본부가 브리핑을 할 때도 그 얘긴 안 했거든요."

보슈가 일어섰다.

"에코 파크로 돌아가는군."

"기억해요, 접금이에요, 보슈. 우린 그냥 차 안에 앉아 지켜보면서 그들이 거기 사는 게 맞는지 확인만 하면 되요. 확인이 되면 지원팀을 불러들일 거고요." 월링이 말했다.

월링이 커튼을 향해 돌아서자 그도 그녀를 따랐다.

"지난번에 에코 파크에 갔을 때보단 일이 잘 풀려야 할 텐데." 보슈가 말했다.

〈끝〉

## 감사의 글

이 작품은 허구입니다. 이 소설을 쓸 때 나는 이 이야기가 다루는 여러 분야에서 다양한 전문가들의 도움을 받았습니다. 그중에서도 특히 종양학과 의학 물리학, 세슘의 용도와 취급 방법에 대해 질문할 때마다 인내심을 가지고 친절하게 대답해 주신 래리 갠들 박사와 이그나시오 페라스 박사의 도움이 컸습니다. 그분들께 감사드립니다. 또한 법 집행 분야에서는 릭 잭슨과 데이빗 램킨, 팀 마샤, 그레그 스타우트, 그리고 익명을 원하는 몇몇 분들의 도움이 없었다면 나는 길을 잃었을 것입니다. 《혼돈의 도시》에 나오는 이런 분야와 관련된 설명 중 잘못되거나 과장된 부분이 있다면 그것은 전적으로 나의 실수임을 밝혀 둡니다.

또한 편집을 비롯해 다방면에서 도움을 주신 아샤 머치닉, 마이클 핏시, 빌리 마시, 제인 우드, 테릴 리 랭크포드, 파멜라 마셜, 캐롤린 크리스, 샤논 번, 제인 데이비스, 그리고 린다 코넬리에게도 고마움을 전합니다.

마이클 코넬리

## 작가 인터뷰

● 《혼돈의 도시》는 원래 〈뉴욕 타임스 선데이 매거진〉에 연재했던 소설이었습니다. 이 소설의 출판을 위해서 작가님은 잡지의 공간적 제약을 받지 않고 이야기를 다시 쓸 수 있었을 텐데요. 그렇게 이야기를 다시 쓰는 것은 어떤 경험이었습니까?

**마이클 코넬리:** 음, 두 가지 측면에서 즐거운 경험이었습니다. 우선, 〈뉴욕 타임스〉에 실린 이야기는 꽤 엄격한 제약이 따랐다는 말씀을 드려야겠군요. 열여섯 장(章)으로 구성되었고 각 장은 대략 3천 단어 내외로 짜여져야 했습니다. 그래서 어느 장에서는 여기저기 가지치기를 하고 다른 장에서는 이것저것 갖다 붙여야 했지요. 이제까지 열일곱 권의 책을 내면서 단어 수나 장의 길이 등에 제약을 받지 않고 작업하는 데 익숙해진 사람에게는 결코 쉽지 않은 일이었습니다. 그래서 이야기를 다시 쓰면서 내 마음대로 속도를 조절하는 것이 즐거웠습니다. 〈타임스〉에 실린 원래 이야기는 속도감이 대단하지만 이 최종판에는

그보다 더 많은 것이 담겨 있다고 생각합니다. 이야기를 다시 쓰면서 또 즐거웠던 일은 탈고하고 나서 거의 8개월 후에 다시 볼 수 있었다는 점입니다. 요즘 출판업계에서는 탈고하고 나서 한참 후에 다시 보면서 무엇을 더하고 어디를 바꿀지를 생각해 보는 일이 아주 드물거든요.

---

**● 출간된 소설과 〈뉴욕 타임스〉에 연재된 소설은 어떤 차이가 있습니까?**

**마이클 코넬리:** 출간된 소설의 스토리가 더 복합적이라고 생각합니다. 물론 주요 줄거리와 등장인물들은 바꾸지 않았어요. 〈타임스〉에서 나쁜 놈은 출간된 소설에서도 나쁜 놈이죠. 하지만 해리 보슈가 직면한 관료사회의 압박과 정치적 장애는 더 복잡하게 바꿔놨어요. 또 〈타임스〉 판에는 나오지 않았던 등장인물의 이야기가 삽입됐습니다. 꽤 중요한 의미를 지닌 이야기죠. 그리고 이야기의 시간적 배경도 현재에 가깝게 바꿨고요.

---

**● 《혼돈의 도시》의 사건들은 《에코 파크》(2006)의 사건들이 있고 나서 5개월 정도 후에 발생하는 것으로 되어 있는데요. 독자들은 책장을 펼치자마자 해리 보슈에게 새 파트너가 생겼고 이젠 그가 LA 경찰국의 미해결사건 전담반에 소속되어 있지 않다는 것을 알게 됩니다. 이 두 책들 사이의 시간에 대해서 말씀해 주시겠어요? 그동안 보슈는 무얼 하고 있었습니까?**

**마이클 코넬리:** 나는 스토리의 극적인 재미를 훼손시키지 않는 범위 내에서 최대한 현실감을 주려고 애를 씁니다. 《에코 파크》의 끝부분에서 그런 일들이 있었으니까 보슈의 행동이 적절했는지를 판단하기 위해 경찰국 내에서 대규모 감찰 조사가 있었을 거라고 생각을 해요. 그래서 보슈는 임무를 계속 수행하고 싶어 조바심을 내면서도 조사가 끝나기를 기다리고 있었을 것 같아요. 《에코 파크》의 어떤 부분도 함부로 포기하고 싶진 않지만 끝에 가니까 보슈에게 새로운 파트너가 필요하겠다는 생각이 들더군요.

---

● **13장 끝부분에서 해리 보슈가 "찰리는 파도를 안 타니까."라고 말한 건 영화 〈지옥의 묵시록〉에 나오는 대사를 인용한 건데요, 여기에 대해서 한 말씀 해 주신다면요?**

**마이클 코넬리:** 영화에서는 공중기갑 전투대대의 대령이 취미인 파도타기를 해 보겠다는 일념으로 부하들을 동원해서 무력으로 해변을 접수해 버리죠. 그러고는 황제같이 거만한 모습으로 "찰리는 파도를 안 타니까."라고 외쳐요. 나는 그 말이 전쟁과 무력이 정당하다는 생각을 은유적으로 표현한 거라고 봐요. 이런 잘못된 생각이 하들리가 잘못된 결정을 내리는 그 장면을 잘 표현해 주는 것 같아서 가져다 썼습니다.

---

**● 《혼돈의 도시》에서 보슈는 새 파트너와 일을 시작하는 데 둘의 관계는 처음부터 삐거덕거립니다. 보슈가 신입 형사에게 좋은 역할 모델이자 멘토가 될 수 있다고 생각하십니까? 앞으로 나올 해리 보슈 시리즈에서도 이기 페라스를 더 볼 수 있을까요?**

**마이클 코넬리:** 나는 그 둘의 관계를 스승과 제자의 관계로 보고 있고요, 이기 페라스는 앞으로 나올 책에서도 또 등장할 겁니다. 보슈가 형사 생활을 한 지 수십 년이 지났으니까 이 시점에서는 후배들에게 전해줄 인생 경험과 수사 경험이 많이 있다고 생각해요. 이기 페라스는 그런 경험과 함께 냉소적인 태도까지 물려받게 될 것 같네요.

———

**● 보슈는 이번에도 본능과 직감에 따라 수사를 밀고 나가고, 그 과정에서 누가 상처를 받았는지, 어떤 규칙을 지키지 않았는지는 안중에도 없는 것 같습니다. 경찰국의 공식 절차와 규칙을 무시하면서 커다란 위험을 초래하기도 하고요. 그런 행동을 하는 이유가 뭡니까? 그리고 그런 행동을 하는 보슈는 어떤 사람인가요?**

**마이클 코넬리:** 맞습니다. 보슈가 종종 그런 태도를 보이죠. 그건 그가 사명감이 불타는 사람이고 임무가 다른 어떤 규칙보다도 중요하다고 생각하기 때문이죠. 그런 그의 모습은 한마디로 "저돌적이다"라고 표현할 수 있겠네요.



———

● **작가님의 소설에서 자주 반복되는 주제 중의 하나가 FBI와 LA 경찰국 간의 신뢰 부족인데요. 그것이 이 두 기관의 관계에 대한 현실적인 평가입니까?**

**마이클 코넬리:** 어떤 측면에서는 신뢰가 부족하다고 볼 수 있고요, 꼭 신뢰가 있어야 한다고 보지도 않습니다. FBI와 LA 경찰국은 민감하고 때로는 목숨을 건 수사를 하는 거대 조직이잖습니까. 한 조직이 대단히 중요한 혹은 대단히 위험한 정보를 다른 조직과 공유하는 것이 현명한 판단이라고는 볼 수 없는 상황도 있을 것 같습니다. 특히 그 정보가 다른 조직에 속한 수천 명의 사람들에게 확산될 가능성이 있을 때는요. 내가 알지도 못하는 그 수천 명을 어떻게 신뢰할 수 있겠습니까?

---

● **FBI의 레이철 월링 요원은 《시인의 계곡》과 《에코 파크》에 나왔으니까 《혼돈의 도시》가 세 번째 등장인데요. 월링과 보슈 사이에 지속적인 관계를 맺어 줄 계획이 있으신가요?**

**마이클 코넬리:** 그렇게 멀리까지 내다보고 계획하는 스타일이 아니라서. 내가 레이철을 아주 많이 좋아하니까 아마 돌아올 겁니다. 언제, 어디서인지는 나도 잘 모르겠지만요. 지금 해리 보슈가 등장하는 소설을 집필 중인데 아직까지는 레이철이 나오지 않고 있군요.

---

● **15년 전에 선생님의 첫 작품 《블랙 에코》(1992)를 통해서 해리 보슈가 세상에 첫 선을 보였습니다. 그 후로 해리 보슈 시리즈를 열세 권을 내셨는데 그 책들에 대해서 어떻게 생각하십니까?**

**마이클 코넬리:** 해리 보슈라는 인물이 보다 현실적인 인물로 진화해 왔기를 바랍니다. 독자들이 그의 변화를 그럴 만하다고 느끼기를 바라고요. 지금까지 보슈에게 가장 중요한 변화 혹은 전환기가 있었다면 그건 자신에게 딸이 있다는 걸 알게 된 순간이라고 생각해요. 그 사실이 그를 가장 많이 변화시켰거든요. 여러 면에서 보슈는 1992년의 보슈와 다르지 않지만, 또 다른 여러 면에서는 그가 그동안 많은 것을 배웠기 때문에 상당히 많이 바뀌었다고 할 수 있겠습니다.

**혼돈의 도시**_해리 보슈 시리즈 Vol.13

**1판 1쇄 인쇄** 2014년 6월 27일
**1판 1쇄 발행** 2014년 7월 4일
**2판 1쇄 인쇄** 2015년 1월 22일
**2판 1쇄 발행** 2015년 1월 30일

**지은이** 마이클 코넬리
**옮긴이** 한정아

**발행인** 양원석
**본부장** 송명주
**편집장** 김지연
**해외저작권** 황지현, 지소연
**제작** 문태일, 김수진
**영업마케팅** 김경만, 정재만, 곽희은, 임충진, 이영인, 장현기, 김민수,
임우열, 윤기봉, 송기현, 우지연, 정미진, 이선미, 최경민

**펴낸 곳** ㈜알에이치코리아
**주소** 서울시 금천구 가산디지털2로 53, 20층(가산동, 한라시그마밸리)
**편집문의** 02-6443-8846 **구입문의** 02-6443-8838
**홈페이지** http://rhk.co.kr
**등록** 2004년 1월 15일 제2-3726호

ISBN 978-89-255-5531-7 (04840)
978-89-255-5518-8 (set)

KB068414

# MICHAEL CONNELLY

The Closers

**The Closers**

# 클로저

## The Closers

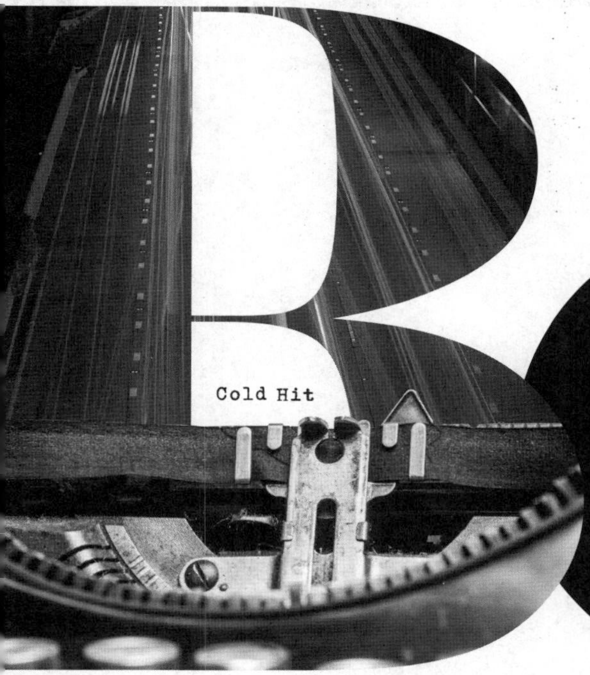

BOSCH

Cold Hit

**MICHAEL CONNELLY**

마이클 코넬리 지음 | 한정아 옮김

## Media Review

"경찰 소설에 대한 재발견은 마이클 코넬리에게 맡겨라. 코넬리는 이 장르를 예술적으로 재탄생시켰다." _뉴욕 타임스

"코넬리는 진정한 '진짜'다. 그는 스콧 터로, 엘모어 레너드, 존 그리샴 같은 작가들의 작품을 한 단계 더 발전시켰다. 그는 학교에서 가르치는 글쓰기가 아니라 진짜 세계에서 일어나는 글쓰기를 우리에게 일깨운다." _워싱턴 포스트

"해리 보슈의 귀환은 그가 사랑하는 천사들의 도시에도 환영할 만한 일이지만, 독자들에게는 더욱 멋진 일이다." _시카고 선 타임스

"《클로저》는 역동적인 작품이다. 범죄 과학 수사는 매력적이지만 LA 경찰의 가장 어두운 시절에서 비롯된 핏자국은 매 페이지를 얼룩지게 한다." _뉴욕 데일리 뉴스

"코넬리는 불쾌한 현실을 그대로 보여주는 사실주의와 겹겹으로 둘러쳐진 이야기 구조를 놀랍도록 정교하게 표현해낸다." _콜럼버스 디스패치

“코넬리의 히어로는 무언가에 강렬히 사로잡혀 있으며 투지가 넘치고, 악당은 잔인하고도 똑똑하다. 그의 소설은 충격적이고 매혹적인 반전들로 가득 차 있다.”_**엔터테인먼트 위클리**

“마이클 코넬리는 의심할 바 없는 오늘날의 도스토예프스키이며 《클로저》는 그의 가장 좋은 소설 중 하나다.”_**퍼블리셔스 위클리**

“레이먼드 챈들러처럼 마이클 코넬리도 예리한 관찰자다. 코넬리 작품의 스릴과 서스펜스는 이 작품에서도 변함없이 빈틈이 없다.” _**로스앤젤레스 타임스**

“기존 팬에게도 새로운 독자에게도 다시 형사가 된 보슈를 보는 것은 너무나 즐겁다.”_**라이브러리 저널**

“해리 보슈 시리즈는 지겨울 틈이 없다. 마이클 코넬리가 끝없이 보슈의 새로운 면들을 탐구하고 보여주기 때문이다.”_**사우스 플로리다 선센티널**

- contents -

## 제1부 푸른 종고



## 제2부 하이 징고

## 제3부 어둠이 기다린다

심연을 들여다보아야 하는

형사들에게

이 책을 바칩니다.

# 제1부

THE CLOSERS

## 푸른 종교

# 01

## 2-6 전화

로스앤젤레스 경찰국의 관례상 '2-6 전화'는 경찰에게 가장 큰 두려움을 불러일으키면서도 가장 즉각적인 반응을 이끌어내는 전화이다. 직장생활의 사활이 걸린 용건인 경우가 자주 있기 때문이다. '2-6 전화'라는 별칭은 '최대한 빨리 응답하라'라는 뜻의 경찰 무전 암호인 2와 경찰국의 수장인 경찰국장의 집무실이 있는 파커 센터 6층을 뜻하는 6을 합친 것이다. '2-6 전화'는 즉시 국장실로 오라는 경찰국장의 호출 명령이고, 자기 직위를 잘 알고 있고 만족하는 경찰관이면 누구나 지체하지 않고 그 명령을 수행한다.

해리 보슈 형사는 사직하기 전 25년 이상을 경찰에 몸담았지만 경찰국장으로부터 호출 명령을 받은 적은 한 번도 없었다. 사실 1972년 경찰대학 졸업식에서 경찰 배지를 받을 때 빼고는 경찰국장과 악수를 하거나 사적으로 대화를 나눈 적도 없었다. 보슈는 그동안 모셨던 경찰국장들 중 몇 명보다는 더 오래 근무를 했고, 물론 경찰국 내의 여러 행사와 장례식에서 그들을 직접 본 적도 있지만, 따로 만난 적은 단 한 번도 없었다. 그랬던 그가 사직하고 3년간 경찰국을 떠나 있다 복귀한 첫날 아침에 화장실 거울 앞에서 넥타이를 매고 있다가 처음으로 '2-6 전화'를 받았다. 경찰국장의 부관이 보슈의 휴대전화로 전화를 걸어온 것이다. 보슈는 번호를 어떻게 알아냈냐고 굳이 물어보지 않았다. 경찰국장실이라면 그런 식으로 시민의 개인 정보에 접근할 권한이 있을 거라고 생각했다. 보슈는 한 시간 안에 가겠다고 말했고, 부관은 그보다 빨리 와야 한다고 대꾸했다. 보슈는 시내로 향하는 101번 고속도로의 교통 상황이 허락하는 최대 속력으로 달려가면서 넥타이를 마저 맸다.

보슈가 부관과 통화를 끝내고 전화기를 덮은 순간부터 파커 센터 6층에 있는 경찰국장실의 이중문을 통과해 들어갈 때까지 정확히 24분이 걸렸다. 비록 로스앤젤레스 대로 경찰국 본부 앞에 불법 주차를 하긴 했지만, 이건 경찰국 기네스북에 올라야 할 기록이 아닌가 하는 생각이 들었다. 그의 개인 휴대전화 번호를 알아낼 정도의 정보력을 갖춘 사람들이라면 할리우드 힐즈에서 경찰국장실까지 30분 안에 달려온 것이 얼마나 대단한 업적인가도 분명히 알고 있을 것이었다.

그러나 부관인 호먼이라는 이름의 경위는 무심한 눈빛으로 보슈를 쳐다보다가 이미 두 사람이 앉아서 기다리고 있는 비닐 소파를 가리켰다.

"늦었군요. 앉으세요."

호먼이 말했다.

보슈는 괜히 몇 마디 투덜거려서 사태를 악화시키지 않기로 했다. 그는 소파로 걸어가서 팔걸이 하나씩을 차지하고 앉아 있는 정복 경찰관들 사이에 앉았다. 그들은 아무 말 없이 꼿꼿하게 앉아 있었다. 그들도 '2-6 전화'를 받고 온 게 틀림없었다.

10분이 흘렀다. 먼저 양편에 앉은 남자가 차례로 불려 들어갔고, 국장은 두 사람에게 정확히 5분씩을 할애했다. 두 번째 남자가 국장과 면담을 할 때 고성이 오가는 게 들리는가 싶더니, 잠시 후 그가 잿빛이 된 얼굴로 국장실을 나왔다. 국장의 눈으로 볼 때 그가 무슨 일을 그르친 게 분명했다. 사직한 보슈의 귀에까지 들려왔던 소문에 의하면 신임 경찰국장은 부하 직원의 실책을 가볍게 넘어가주는 사람이 아니었다. 언젠가 보슈는 〈타임스〉에서 계급이 강등된 경찰국 고위 간부에 관한 기사를 읽은 적이 있었는데, 평소에 경찰국과 대립각을 세우고 있던 한 시의원의 아들이 음주운전 사고로 체포된 사실을 국장에게 보고하지 않았다는 게 그 이유였다. 국장은 그 시의원이 전화를 걸어 자기 아들이 경찰로부터 부당한 대접을 받았다고, 마치 경찰이 자기 아들에게 바 마몬트에서 보드카 마티니 여섯 잔을 억지로 마시게 한 후 귀가할 때 차를 몰고 멀홀랜드에 있는 어떤 나무의 몸통을 치고 가라고 시키기라도 한 것처럼, 역정을 내는 것을 듣고 그 사실을 알게 되었다.

드디어 호먼이 수화기를 내려놓더니 손가락으로 보슈를 가리켰다. 보슈는 이미 일어나 있었다. 그는 부관의 신속한 안내를 받아 유니언 역과 열차 대기장이 내려다보이는 모퉁이의 사무실로 들어갔다. 전망이 좋긴 했지만 훌륭하다고 할 정도는 아니었다. 사실 이곳은 곧 철거될 예정이라 전망이 어떤가는 중요하지 않았다. 경찰국은 임시 사무실로 이전하고, 기존의 건물을 헐고 현대적인 경찰국 본부를 새로 건립할 계획이었다. 현재의 본부 건물은 평직원들 사이에서는 '유리성'이라는 별명으로 불리고 있었는데, 그것은 아마도 그 건물 안에서는 비밀이란 게 없기 때문인 듯했다. 보슈는 새 건물은 또 어떤 별명으로 불리게 될지 궁금했다.

경찰국장은 큰 책상 뒤에 앉아서 결재를 하고 있었다. 그는 고개도 들지 않고 보슈에게 책상 앞에 있는 의자에 앉으라고 말했다. 30초가 채 지나지 않아 국장은 마지막 서류에 서명을 끝내고 고개를 들어 보슈를 쳐다보았다. 그러고는 미소를 지었다.

"직접 만나 복귀를 환영한다고 말해주고 싶어서 불렀네."

국장의 말투에서 동부 지역 억양이 느껴졌다. 아무래도 좋았다. LA에서는 모두가 타 지역 출신이었다. 혹은 그렇게 보였다. 그것이 이 도시가 갖고 있는 장점이자 단점이었다.

"돌아와서 저도 기쁩니다."

보슈가 말했다.

"돌아올 수 있었던 게 다 내 덕이라는 건 알고 있나?"

이건 질문이 아니었다.

"네, 국장님, 압니다."

"당연한 거겠지만, 복직을 승인하기 전에 자네에 관해 많이 알아봤네. 자네의… 뭐랄까, 스타일이라고 할까, 그런 것에 대한 걱정이 없지 않았지만, 결국에는 자네의 재능이 이겼어. 그리고 예전 동료 키즈민 라이더한테 고맙다고 해야 할 거야. 자네를 위해 로비를 많이 했거든. 라이더는 내가 신뢰하는 훌륭한 경찰관인데, 자네를 많이 믿고 있더군."

"벌써 고맙다고 인사했는데, 또 하겠습니다."

"사직한 지 3년이 채 안 된 걸로 아는데, 보슈 형사, 자네가 복귀한 지금의 경찰국은 자네가 떠났던 그때의 경찰국과는 많이 달라졌다는 걸 알게 될 걸세."

"알고 있습니다."

"다행이군. 그럼 합의 명령에 대해서는 알고 있나?"

보슈가 경찰국을 떠난 직후, 전임 경찰국장은 일련의 개혁조치에 합의하지 않을 수 없었는데, 이는 LA 경찰국 조직 전반에서 일어나는 부패와 폭력과 인권 위반 사례에 대한 FBI의 조사가 있은 후로 LA 경찰국이 연방 정부 산하로 이양될 위기에 처하게 되어 이를 막기 위해서는 어쩔 수 없는 일이었다. 현 국장은 그 합의 내용을 실행하지 않으면 FBI로부터 지시를 받게 될 처지였다. 경찰국장부터 말단 순경에 이르기까지 경찰국 내에서 그렇게 되기를 바라는 사람은 아무도 없었다.

"네, 신문에서 읽은 적이 있습니다."

보슈가 말했다.

"훌륭해. 경찰국 동정을 계속 파악하고 있었다니 기특하군. 〈타임스〉는 뭐라 그럴지 모르겠지만, 다행히도 우리는 큰 진전을 이루고 있고 앞으로도 계속 그 여세를 몰아가고 싶네. 뿐만 아니라 기술적인 측면에서도 경찰국을 발전시켜나가려고 노력하고 있지. 지역 치안 유지 활동을 강화하고 있고, 좋은 일들을 많이 하고 있어. 하지만 자칫 한순간이라도 옛날 방식에 의존하게 되면 그 모든 노력이 물거품이 되어버릴 수가 있네. 무슨 뜻인지 알겠나?"

"알 것 같습니다."

"자네의 복직을 100퍼센트 보장할 수는 없어. 앞으로 1년 동안은 수습 기간이라고 생각을 하게. 다시 신참이 되었다고 생각을 하라고. 신병이, 가장 나이 많은 신병이 되었다고 말이야. 자네의 복직을 승인하기는 했지만 수습 기간 1년 중 어느 때라도 별다른 이유 없이 자넬 다시 쏼어내 버릴 수도 있어. 그러니 그럴 빌미를 주지 말도록."

보슈는 잠자코 있었다. 국장이 대답을 기대하는 것 같지는 않았다.

"이번 주 금요일에 경찰대학 졸업식이 있는데, 참석하길 바라네."

"네?"

"경찰대학 졸업식에 참석하라고. 우리 젊은이들의 얼굴에서 헌신에 대한 다짐을 보란 말이지. 이 경찰국의 전통을 다시 한 번 느껴보라고. 그게 자네한테, 자네가 새로이 각오를 다지는 데 도움이 될 거라고 생각하는데."

"참석하라고 하니 하겠습니다."

"그래야지. 거기서 보자고. 내 손님이니까 귀빈석 천막에 앉게 될 거야."

국장은 압지철 옆에 놓인 메모장에 보슈를 초대한 것을 메모했다. 그러고 나서 펜을 내려놓고 손을 들어 한 손가락으로 보슈를 가리켰다. 눈빛이 날카로웠다.

"내 말 잘 듣게, 보슈 형사. 법을 집행하기 위해서 법을 어기는 일은 절대로 해서는 안 되네. 항상 합법적으로 그리고 인간적으로 일을 해주길 바라네. 나는 다른 방식은 용납하지 않을 거거든. 이 도시도 다른 방식은 용납하지 않을 거고. 이의 있나?"

"없습니다, 국장님."

"그럼 앞으로 잘해보세나."

보슈는 눈치를 채고 일어섰다. 놀랍게도 국장이 따라 일어서더니 손을 내밀었다. 보슈는 악수를 청하는 줄 알고 손을 내밀었다. 국장이 보슈의 손에 뭔가를 쥐어주어서 내려다보니 금도금된 방패 모양의 배지였다. 보슈의 예전 경찰번호가 적힌 형사 배지였다. 그 번호가 다른 경찰관한테로 넘어가지 않은 것이었다. 보슈는 미소를 지을 뻔했다.

"잘 달고 다니게, 자랑스럽게."

경찰국장이 말했다.

"그러겠습니다."

이제 두 사람은 악수를 했지만, 국장은 악수를 하면서도 웃지 않았다.

"잊힌 목소리들의 합창."

국장이 말했다.

"네?"

"미해결 사건 전담반에서 다루는 사건들을 생각하면 딱 떠오르는 이

미지야. 미해결 사건 전담반은 공포의 집이지. 우리의 가장 큰 치부. 그 사건들, 그 목소리들 말이야. 그 사건들은 호수에 던져진 돌멩이 같아. 세월이 흐르면서 사람들 속으로 파문이 퍼져 나가지. 가족들과, 친구들, 이웃들에게. 그렇게 많은 파문이 일고 있는데, 이 경찰국이 그렇게 많은 목소리를 잊고 있었는데, 과연 우리를 공동체라고 할 수 있을까?"

보슈는 국장의 손을 놓았고 아무 말도 하지 않았다. 국장의 물음에 해줄 대답이 없었다.

"국장직을 맡고 나서 전담반 명칭을 바꿨네. 그 사건들은 콜드 케이스(cold case: 범죄 수사가 종결되지 않은 사건, 미결 사건—옮긴이)가 아니야. 절대로 관심이 식어버리지 않거든. 적어도 일부 사람들에게는 말이야."

"압니다."

"그렇다면 미해결 사건 전담반으로 가서 사건들을 해결하게. 그게 자네가 할 일이야. 우리가 자넬 필요로 하는 것도, 자네가 여기 있는 것도 다 그 때문일세. 내가 도박하는 심정으로 자넬 받아들이는 것도 그 때문이야. 사람들에게 우리가 잊지 않고 있다는 것을 보여주게. 로스앤젤레스에서는 어떤 사건도 영구미제로 남지 않는다는 것을 보여주라고."

"그러겠습니다."

보슈가 국장실을 나가는 동안, 국장은 여전히 서 있었고 잊힌 목소리들에게 좀 시달리고 있는 것도 같았다. 보슈 자신처럼. 보슈는 난생처음으로 최고 지휘관과 마음이 통했다는 느낌이 들었다. 군대에서는, 모름지기 군인이라면 전쟁터에 나가 싸우다가 자신을 전쟁터로 내보낸 사람들을 위해서 기꺼이 죽을 준비도 되어 있어야 한다고들 했다. 그러나 보슈는 베트남의 칠흑 같은 땅굴 속을 헤매고 다닐 때에도 그런 느낌을 가져본 적이 한 번도 없었다. 자기는 늘 혼자라는 느낌이었고, 자신을 위해서, 살아남기 위해서 싸우고 있다고 생각했다. 경찰이 되고 나서도 그런 생각은 변하지 않았고 때로는 자신이 경찰 고위 간부들을 경멸하면서도 그들을 위해 싸우고 있다는 생각을 하기도 했었다. 그러나 이제는 생각이 달라질 것 같았다.

복도에서 보슈는 엘리베이터 버튼을 필요 이상으로 세게 눌렀다. 지나치게 흥분이 되고 기운이 솟았고, 왜 그런지도 이해가 갔다. 잊힌 목소리들의 합창. 국장은 그 목소리들이 부르는 노래를 알고 있는 것 같았다. 그리고 물론 보슈도 알고 있었다. 그 노래를 듣는 데 인생의 대부분을 바친 그였다.

# 02

## 콜드 히트

보슈는 엘리베이터를 타고 딱 한 층을 내려가 5층에서 내렸다. 이곳도 그에게는 낯선 구역이었다. 5층은 언제나 일반인들의 영역이었다. 주로 경찰국의 중급 혹은 하급 행정실이 들어와 있었고, 대다수의 사무실에는 선서 안 한 직원과 예산 기획자, 분석가, 사무직원이 가득했다. 일반인들. 지금까지는 보슈가 5층에 올 이유가 전혀 없었다.

엘리베이터 앞 로비에는 특정 사무실로 가는 길을 알려주는 표지판이 하나도 보이지 않았다. 이곳은 엘리베이터에서 내리기도 전에 어디로 갈지 이미 알고 찾아오는 곳이었다. 그러나 보슈의 경우는 달랐다. 보슈는 H자 모양의 5층 복도에서 두 번이나 길을 잘못 들어 헤매고 나서야 겨우 503이라는 문패가 붙은 문을 발견했다. 문에는 방 호수를 적은 문패 외에는 아무것도 붙어 있지 않았다. 보슈는 문을 열기 전에 잠깐 멈춰 서서 자기가 지금 뭐하는 건지, 무슨 일을 시작하려는 것인지 생각했다. 그는 그 일이 옳은 일이라는 것을 알고 있었다. 마치 문 안에서 목소리들이 들리는 것 같았다. 8천 개의 목소리가.

키즈민 라이더는 문 바로 앞에 있는 책상에 걸터앉아서 김이 모락모락 나는 커피를 홀짝이고 있었다. 책상은 안내직원을 위한 것처럼 보였지만 지난 몇 주 동안 자주 통화를 했던 보슈는 미해결 사건 전담반에는 안내직원이 없다는 것을 알고 있었다. 그런 호사를 누릴 돈이 없었다. 라이더는 팔을 들고 손목시계를 보더니 고개를 가로저었다.

"8시에 만나기로 한 걸로 아는데요. 앞으로 계속 이럴 건가요, 파트너? 아침에 기분 내킬 때 아무 때나 왈츠를 추며 나타날 거냐고요."

라이더가 말했다.

보슈도 자기 시계를 보았다. 8시 5분이었다. 그는 라이더를 바라보며 미소를 지었다. 라이더도 웃으면서 말했다.

"여기서 또 만나네요."

라이더는 키가 작고 표준 체중보다 2~3킬로그램 정도 군살이 붙어 통통했다. 짧은 머리에는 이젠 새치가 제법 눈에 띄었다. 피부색이 새까매서 미소가 훨씬 더 환하게 보였다. 그녀는 책상에서 미끄러지듯 내려서더니 앉아 있던 자리 뒤쪽에 있던 다른 커피 컵을 들어서 보슈에게 건넸다.

"내 기억이 맞는지 모르겠네."

보슈는 맛을 보고 나서 고개를 끄덕였다.

"블랙이군, 내가 좋아하는 동료들처럼."

"이럴 거예요? 신고할 거예요."

라이더가 안내를 했다. 사무실은 비어 있는 것 같았다. 상당히 큰 방이었다. 수사관 아홉 명이—네 개 팀과 전담반장—사용하는 방이라고 해도 컸다. 사방 벽은 보슈가 컴퓨터 모니터에서 자주 봤던 것처럼 연한 파란색으로 페인트칠이 되어 있었고 바닥에는 회색 카펫이 깔려 있었다. 창문은 한 개도 없었다. 벽에 창문이 있어야 할 자리에는 게시판이 붙어 있거나 몇 년 전 범죄 현장을 찍은 사진이 든 액자가 걸려 있었다. 이 흑백 사진들을 보니 사진사들이 범죄 현장을 그대로 담는다는 임무보다는 예술적인 기교를 우선시한 것 같았다. 사진들이 전부 분위기가 무겁고 어두웠다. 범죄 현장의 자세한 모습이 잘 드러나지 않았다.

라이더는 보슈가 사진을 보고 있다는 것을 알아차린 것 같았다.

"그 제임스 엘로이(《LA 컨피덴셜》, 《블랙 달리아》 등으로 유명한 미국의 범죄소설가 – 옮긴이)라는 소설가가 직접 고른 것들이래요. 액자로 만들어 걸어놓으라고 했대요."

라이더가 말했다.

라이더는 방을 둘로 나누고 있는 칸막이 벽을 돌아 구석진 곳으로 보슈를 데려갔는데, 그곳에는 형사들이 마주 보고 앉을 수 있게 회색 철제 책상 두 개가 맞붙여 놓여 있었다. 라이더는 한 책상에 커피 컵을 내려놓았다. 그 위에는 벌써 서류철이 쌓여 있었고 펜이 가득 든 머그컵과 건너편에서는 보이지 않는 각도로 사진 액자 한 개가 놓여 있었다. 노트북 컴퓨터 한 대가 펼쳐진 채 윙윙 소리를 내는 중이었다. 지난주 보슈가 통관 절차를, 복직에 필요한 건강 검진과 최종 서류 제출이라는 통관 절차를 밟고 있는 사이에, 라이더가 먼저 옮겨와 있었다.

다른 책상은 깨끗하게 빈 상태로 보슈를 기다리고 있었다. 그는 그 책상 뒤로 걸어가서 커피를 내려놓았다. 그는 웃음을 억지로 참고 있었다.

"복직을 환영해요, 로이."

라이더가 말했다.

그 말에 결국에는 보슈의 얼굴에 미소가 피어올랐다. 보슈는 다시 로이라고 불린 것이 기뻤다. 그것은 이 도시의 강력반 형사들 상당수가 지키고 있는 전통이었다. 오래전에 할리우드 경찰서 강력반에서 근무

했던 러슬 쿠스터라는 전설적인 형사가 있었다. 그는 최고의 살인 사건 전문가였고, 이 도시의 강력반 형사들 중 상당수가 언제고 한 번쯤은 그의 지도를 받았다. 쿠스터는 1990년 비번일 때 발생한 총격전에서 살해되었다. 강력반 형사를 로이라고 부르는 전통의 기원은 분명하지 않았다. 일각에서는 쿠스터의 동료 한 명이 로이 어쿠프(미국 컨트리 음악 가수이자 작곡가－옮긴이)를 너무나 좋아했고, 거기에서 비롯됐다는 말이 있었다. 다른 사람들은 쿠스터가 이상적으로 생각하는 살인전담팀 형사가 흰 카우보이모자를 쓰고 말을 타고 구조 현장으로 달려와 의로운 일을 하는 로이 로저스(미국의 가수이자 카우보이 역할을 주로 했던 배우－옮긴이) 같은 사람이기 때문이라고 말했다. 아무래도 좋았다. 보슈는 다시 로이라고 불린 것을 영광이라고 생각했다.

보슈는 의자에 앉았다. 의자가 낡고 울퉁불퉁해서 오래 앉아 있으면 등이 아플 것 같았다. 보슈는 그런 일이 생기지 않기를 바랐다. 사직하기 전에도 그는 '엉덩이 붙이고 앉아 있지 말고 발로 뛰어라'라는 격언을 신조로 삼고 일했다. 이제 와서 그 신조를 바꿔야 할 이유가 없었다.

"다들 어디 갔어?"

보슈가 물었다.

"아침 먹으러요. 깜빡했어요. 지난주에 들었거든요, 보통 월요일 아침에는 다들 일찍 나와서 함께 아침을 먹는다고. 주로 퍼시픽에 간대요. 아까 출근해보니 아무도 없더라고요. 그제야 생각이 났어요. 어쨌든 곧 들어올 거예요."

퍼시픽 다이닝 카는 예전부터 LA 경찰국 고위 간부들과 강력계 형사들이 즐겨 찾는 식당이었다. 보슈는 또 다른 사실도 알고 있었다.

"달걀 요리 한 접시에 12달러나 받는 데를 갔다고? 잔업수당이 나오는 곳인가 보군, 여기가."

라이더는 맞다는 표시로 미소를 지어 보였다.

"맞아요. 하지만 선배는 국장님한테 호출 명령을 받았으니, 거기 갔더라도 그 비싼 달걀 요리를 다 먹을 수가 없었을 걸요."

"어떻게 알았어?"

"지금도 6층에 친한 사람이 있거든요. 배지 받았어요?"

"응, 주던데."

"선배가 어떤 번호를 원하는지 말씀드렸는데. 그 번호 받았어요?"

"응, 키즈, 고마워. 애써줘서 정말 고마워."

"고맙다는 말은 벌써 했잖아요, 선배. 왜 했던 말 또 하고 또 하고 그래요."

보슈는 고개를 끄덕이고는 주위를 둘러보았다. 라이더 뒤쪽 벽에 사진 액자가 하나 걸려 있었는데, 사진 속에서는 로스앤젤레스 강의 말라버린 콘크리트 강바닥에 누운 시신 옆에 형사 두 명이 서 있었다. 형사들이 쓰고 있는 모자를 보니 50년대 초반에 찍은 사진인 듯했다.

"그래, 뭐부터 시작하지?"

보슈가 물었다.

"이 전담반 형사들이 사건들을 3년 단위로 끊어서 나눴어요. 3년씩은 붙여줘야 연속성이 있으니까요. 연속 3년간의 사건들을 맡으면 그 시기와 주요 범법자들에 대해서 알게 될 거라는 거죠. 다른 시기와 겹쳐지는 사건도 있어요. 그리고 이렇게 3년간의 사건들을 맡는 게 연쇄 사건들을 파악하는 데 도움이 되기도 해요. 여기 형사들은 2년 만에 벌써 네 건이 연쇄 사건이라는 걸 알아냈어요, 그전에는 아무도 알지 못했던 사실이었죠."

보슈는 고개를 끄덕였다. 감명을 받았다.

"우리는 어떤 연도를 맡았어?"

보슈가 물었다.

"팀마다 네댓 개의 블록을 맡았어요. 우리는 신생팀이라고 네 개 주던데요."

라이더는 자기 책상의 가운데 서랍을 열고 종이 한 장을 꺼내 보슈에게 건넸다.

보슈/라이더 – 사건 배정

| | | | |
|---|---|---|---|
| 1966 | 1972 | 1987 | 1996 |
| 1967 | 1973 | 1988 | 1997 |
| 1968 | 1974 | 1989 | 1998 |

보슈는 자기 팀이 맡게 될 연도를 적은 종이를 물끄러미 바라보았다. 첫째 블록에 있는 기간의 대부분은 이곳을 떠나 베트남에 있었다.

"사랑의 여름(캘리포니아 몬터레이에서 있었던 팝 축제의 별칭. 록, 마약, 히피족으로 대변되는 1967년 여름 혹은 그런 시대의 상징적 표현–옮긴이)이군. 난 그걸 못 봤어. 그래서 내가 이렇게 된 건지도 모르겠군."

보슈가 말했다. 뭔가 말을 해야겠기에 별 뜻 없이 한 말이었다. 둘째 블록에는 그가 경찰이 된 첫해인 1972년이 들어 있었다. 순경 근무를 시작하고 둘째 날 버몬트 근교의 주택으로 출동했던 일이 떠올랐다. 동부에 사는 여성이 경찰에 전화를 걸어 자기 어머니가 전화를 받지 않는다고 가서 확인해달라고 요청했다. 보슈가 도착해보니 그 어머니는 개줄에 두 손과 두 발이 묶인 채 욕조 안에 익사체로 누워 있었다. 키우던 개도 함께 욕조 안에서 죽어 있었다. 보슈는 그 할머니 살인 사건이 자기가 맡게 될 미해결 사건 속에 들어 있을까 궁금했다.

"어떻게 이런 결과가 나온 거야? 그러니까, 우리가 왜 이 연도들을 맡게 된 거지?"

"다른 팀들이 던져준 거예요. 우리가 그 사람들 업무량을 줄여준 거죠. 사실 그때 일어난 사건 몇 건은 수사가 이미 시작된 상태예요. 그리고 지난 금요일엔 88년에 발생한 사건에서 콜드 히트(cold hit)가 나왔다는 얘기도 들었어요. 우린 오늘부터 그 사건을 맡기로 되어 있어요. 복직 환영 선물이라고 할 수 있겠네요."

"콜드 히트가 뭔대?"

"DNA 샘플이나 잠재 지문을 경찰국이나 법무부 데이터베이스에 넣고 돌렸을 때 일치하는 결과를 찾아내는 거요."

"이번엔 어떤 거였어?"

"DNA 일치래요. 자세한 건 이따가 알게 될 거예요."

"지난주에 왜 아무 말도 안 해줬어? 내가 미리 알았다면 주말에 나와서 일을 시작할 수 있었을 텐데."

"알아요, 선배. 하지만 이건 오래된 사건이에요. 결과지를 받아드는 순간부터 뛰기 시작할 필요는 없는 거죠. 미해결 사건 수사는 달라요."

"그래? 어째서?"

라이더는 짜증스러운 표정이었다. 그녀가 대답을 하기 전에 문 열리는 소리가 나더니 여러 사람의 목소리가 사무실 안으로 밀려 들어왔다. 라이더는 구석 자리에서 걸어 나갔고 보슈가 그 뒤를 따랐다. 라이더는 미해결 사건 전담반원들에게 보슈를 소개했다. 그중 팀 마샤 형사와 릭 잭슨 형사는 보슈가 예전에 수사를 함께한 적이 있어서 잘 아는 사람들이었다. 다른 두 팀은 로버트 레너 형사와 빅터 로블레토 형사가 한 팀, 케빈 로빈슨 형사와 진 노드 형사가 한 팀이었다. 보슈는 이 전담반의 책임자인 에이블 프랫뿐만 아니라 이 형사들의 이름도 익히 들어 알고 있었다. 모두가 살인 사건 수사에 있어서는 최고의 베테랑들이었다.

다정하지만 가라앉은 분위기에서 상당히 형식적인 인사가 오고 갔다. 보슈는 자신이 미해결 사건 전담반에 배치된 것을 의혹의 눈초리로 바라보는 사람이 많다는 것을 알고 있었다. 많은 형사들이 탐을 냈을 직책이었다. 거의 3년이나 떠나 있다가 돌아온 보슈가 그 직책을 맡았다는 사실이 논란을 불러일으켰다. 조금 전 경찰국장도 상기시켜주었지만 보슈가 그 일을 맡게 된 것은 키즈민 라이더 덕분이었다. 라이더가 여기로 오기 전에 맡았던 직책이 경찰국장실 소속 정책분석관이었다. 그녀가 경찰국장의 신임을 받아서 쌓은 포인트를 다 써서 보슈를 복직시키고 자기와 함께 미해결 사건 전담반에서 일하게 만든 것이다.

서로간의 악수가 끝나자, 프랫은 따로 환영 인사를 하고 싶다고 보슈와 라이더를 자기 사무실로 불렀다. 프랫은 자기 책상 뒤에 앉았고 보슈와 라이더는 책상 앞에 나란히 놓인 의자에 앉았다. 벽장 크기밖에 안 되는 사무실 안에는 다른 가구가 들어갈 공간이 전혀 없었다.

프랫은 보슈보다 몇 년 젊은 것 같았고 50대 초반으로 보였다. 몸 관리를 잘했고 자기가 미해결 사건 전담반의 상부기관 격인 강력계 소속이라는 자긍심을 갖고 있었다. 프랫은 자신의 능력과 지도력을 자신하고 있는 것 같았다. 이 도시에서 가장 어려운 사건들을 담당하는 곳이 강력계니까 그럴 만도 했다. 자기가 쫓고 있는 사람들보다 자기가 더 똑똑하고 거칠고 교활하다고 믿지 않으면, 강력계에서 버텨낼 수 없었다.

프랫이 입을 열었다.

"원래는 당신들 둘을 갈라놓으려고 했어요. 저 밖에 있는 친구들과 함께 일을 하게 하려고 했죠. 이 일은 당신들이 지금까지 해왔던 일들과는 다르거든요. 그런데 6층에서 지시가 내려왔고 그걸 거스를 생각은 없어요. 게다가 당신들이 예전에 함께 일할 때 마음이 잘 맞았다는 말도 들었고. 그러니 갈라놓으려던 계획은 없었던 것으로 하고, 미해결 사건 수사와 관련해서 몇 가지 짚고 넘어가도록 하죠. 키즈, 당신은 지난주에 이미 들었던 얘기지만, 참고 한 번 더 들어줬으면 하는데, 괜찮지?"

"그럼요."

라이더가 말했다.

"우선, 종결이란 말은 잊어버려요. 개소리니까. 종결이란 말은 언론 용어예요. 기자들이 미해결 사건에 관한 신문 기사에서 쓰는 말이죠. 종결이라니, 말 같지도 않은 소리죠. 시답지도 않은 거짓말이에요. 여기서 우리가 하는 일은 그저 해답을 찾는 것뿐이에요. 해답을 찾는 것만으로 충분해요. 그러니 괜히 과대망상에 빠지지 말아요. 수사를 하면서 만나는 유족들에게 괜한 기대감을 심어주지도 말고, 유족들의 말에 너무 영향을 받지도 말고."

프랫은 반응을 기대하고 잠깐 말을 멈췄지만 아무 반응이 없자 말을 계속했다. 보슈는 벽에 걸린 범죄 현장 사진 액자에서 한 남자가 총알 구멍이 숭숭 뚫린 공중전화박스 안에 쓰러져 있는 사진을 보고 있었다. 옛날 영화나 농수산물 시장에서 혹은 필리페 레스토랑에서나 볼 수 있는 공중전화박스였다.

"분명한 것은 이 전담반이 이 건물에서 가장 고귀한 곳이라는 겁니다. 피살자들을 잊는 도시는 길을 잃은 도시죠. 이곳은 우리는 잊지 않고 있다는 것을 보여주는 증거예요. 우리는 9회 말에 불려나오는 투수 같은 존잽니다. 마무리 투수. 우리가 끝낼 수 없으면, 아무도 끝낼 수 없는 거예요. 우리가 일을 망쳐버리면 게임은 끝나는 거고, 왜냐하면 우리가 최후의 수단이니까. 그래요, 수적으로는 우리가 턱없이 열세죠. 1960년 이후의 미해결 사건이 8천 건이나 되니까. 하지만 전담반 전체가 한 달에 겨우 한 건을 해결한다고 해도, 그래서 1년에 해결한 사건이 고작 열두 건밖에 안 된다고 해도, 우리는 의미 있는 일을 하고 있는 거예요. 우리는 마무리 투숩니다. 살인 사건 담당이라면 꼭 있어야 할 자리가 바로 여기죠."

프랫이 말했다.

보슈는 프랫의 열정에 감명을 받았다. 프랫의 눈에서 진실함과 심지어 고통까지 읽을 수가 있었다. 보슈는 고개를 끄덕였다. 이 남자 밑에서 일하고 싶다는 생각이 들었다. 이런 생각이 든 것은 보슈가 경찰국에서 일한 경험으로 볼 때 매우 드문 일이었다.

"종결이라는 것과 마무리 투수가 된다는 것은 같은 말이 아니라는 걸 잊지 말아요."

프랫이 덧붙였다.

"그러죠."

보슈가 말했다.

"두 사람이 살인전담팀에서 오래 일했다고 들었는데. 여기는 사건과의 관계가 다르다는 걸 곧 알게 될 겁니다."

"관계요?"

보슈가 되물었다.

"그래요, 관계. 최근에 발생한 살인 사건을 수사하는 것과는 완전히 다른 일이라는 뜻이죠. 최근에 발생한 살인 사건은 시신이 있고, 부검을 하고, 유족에게 통지를 하잖아요. 그런데 여기서는 이미 오래전에 사망한 피해자들을 다루죠. 부검도 없고 구체적인 범죄 현장도 없어요. 살인 사건 파일과 기록에만 의존해야 한다고요. 그것도 찾을 수 있다면 말이지만. 유족을 찾아가보면—근데 완전히 준비가 되기 전에는 찾아가지 말아요—이미 충격을 다 받고 나서 그 충격에서 벗어나는 방법을 찾았거나 찾지 못한 사람들을 만나게 될 거예요. 그게 계속 마음을 괴롭힐 거고. 미리 마음의 준비를 해둬요."

"경고 고마워요."

보슈가 말했다.

"최근에 발생한 살인 사건 같은 경우에는 모든 일이 빨리 진행이 되기 때문에 임상적인 어려움이 있기 마련이죠. 반면에 오래된 사건인 경우에는 감정적인 어려움이 있어요. 폭력이 오랜 세월에 걸쳐 유족의 삶에 미친 영향을 보게 되거든요. 그것도 각오하시고."

프랫은 책상 한쪽에 놓여 있던 두꺼운 파란색 바인더를 달력 모양의 책상패드 한가운데로 끌어왔다. 그러고는 그 바인더를 보슈와 라이더에게로 밀다가 멈췄다.

"또 하나 각오할 것은 경찰국의 상황입니다. 자료가 불완전하거나 심지어 사라지고 없는 경우도 있다는 걸 감안하세요. 구체적인 증거물이 파손되거나 사라졌을 수도 있다는 것도 각오하시고. 여기 있는 자료 가지고 처음부터 다시 시작해야 할 수도 있다는 것도요. 이 전담반은 2년 전에 구성이 됐어요. 첫 8개월 동안은 사건일지들을 훑으면서 미해결 사건을 뽑아내는 일만 했죠. 얻어낸 정보를 과학수사계로 넘겼고, 거기서 중요한 증거를 얻어냈을 때에도 자료가 완전하지 않아서 고충이 많았어요. 절망적이었어요. 좌절감이 들었죠. 살인 사건에 관해서는 공소시효가 없기는 하지만 증거물은 물론 자료까지도 어느 시점엔가는 통상적으로 폐기처분이 됐더군요."

프랫이 잠시 숨을 고른 뒤 말을 이었다.

"무슨 말이냐 하면 일부 사건에서는 가장 큰 장애물이 경찰국 자체일 수도 있다는 거예요."

"듣자하니 우리가 맡은 연도 블록 한 군데에서 콜드 히트가 나왔다던데요."

보슈가 말했다.

환영 인사는 들을 만큼 들었다는 생각이 들었다. 어서 빨리 일을 시작하고 싶었다.

프랫이 말했다.

"그래요. 그 얘긴 조금 있다가 합시다. 우선 하던 이야기부터 마저 하고요. 사실 이런 얘기를 할 기회가 자주 있는 게 아니니까 하는 김에 다 하죠. 우리 미해결 사건 전담반에서 하려고 하는 일은 간단히 말해서 오래된 사건에 새로운 기술과 기법을 적용하는 겁니다. 기술은 크게 세 가지 분야로 나뉩니다. DNA, 지문, 총기 감식, 이렇게 세 가지죠. 지난 10년 동안 이 세 분야 모두에서 비교 분석 기술이 눈부신 발전을 이뤘어요. 근데 문제는 이런 첨단 기술을 이용해서 과거의 사건들을 되돌아본 적이 한 번도 없다는 거죠. 결과적으로, DNA 증거를 채취해놓고도 그동안 단 한 번도 분류 비교가 된 적이 없는 사건들이 줄잡아 2천 건은 돼요. 1960년 이후로 지문 증거는 있는데 컴퓨터로 검색해본 적이 없는 사건들이 4천 건은 되고요. 우리 경찰국의 컴퓨터든, FBI 것이든, 법무부 것이든, 어느 누구의 컴퓨터든 말이죠. 웃기는 일이지만 너무도 슬픈 현실이라 차마 웃을 수가 없을 정도죠. 총기감식 분야도 마찬가지고. 증거가 분명히 있는데도 간과하고 넘어간 경우가 무지 많아요. 이 미해결 사건들 대부분이 그렇죠."

보슈는 고개를 절레절레했다. 세월과 무관심과 무능함에 덮여버린 사건들의 피해자 유족들이 느꼈을 좌절감이 벌써부터 그의 가슴을 답답하게 했다.

"그리고 수사 기법이 다르다는 것도 곧 알게 될 겁니다. 오늘날의 살인 사건 담당 형사가 1960년대나 70년대의 형사보다 확실히 더 유능하죠. 심지어 1980년대의 형사보다도. 그래서 구체적인 증거물을 찾아보고 사건들을 자세히 검토해보기 전이라도 분명하게 보이는 것들이 있을 거예요. 그런데 그게 사건 발생 당시에는 어느 누구에게도 분명하게 보이지 않았을 거란 말이죠."

프랫이 고개를 끄덕였다. 연설이 끝난 거였다.

이제 프랫은 빛바랜 파란색 살인 사건 파일을 보슈와 라이더에게로 밀면서 말했다.

"콜드 히트가 나온 사건 자료예요. 이거 가지고 뛰어 봐요. 이제부턴 당신들 사건이에요. 수사를 마무리하고 누구라도 잡아넣어요."

# 03

## 죽은 자들에게 새 희망을

프랫의 사무실을 나온 두 사람은 상의 끝에 라이더는 곧바로 사건 파일을 읽기 시작하고 보슈는 커피를 한 잔씩 더 가져오기로 했다. 둘은 과거의 경험을 통해서 라이더가 보슈보다 빨리 읽는다는 것과 사건 파일을 나눠서 읽는 것은 말이 안 된다는 것을 알고 있었다. 둘 다 파일을 처음부터 끝까지 읽고 수사 내용을 시간 순서대로 그리고 문서화된 순서대로 파악하고 있어야 했다.

보슈는 라이더에게 파일 읽을 시간을 많이 주겠다고 말했다. 여기 카페가 그리웠으니까, 커피가 아니라 카페가 많이 그리웠으니까, 카페에서 한 잔 마시고 갈지도 모른다고 했다.

"그럼 화장실 갔다 올 시간은 있겠네요."

라이더가 말했다.

라이더가 사무실을 나가고 나서 보슈는 자기 팀에 배정된 연도가 적혀 있는 종이를 접어 재킷 안주머니에 넣었다. 그는 503호를 나와 엘리베이터를 타고 3층으로 내려갔다. 그러고는 강력계 사무실을 거쳐서 강력계장실로 향했다.

스위트룸식의 강력계장실은 두 개의 방으로 나뉘어 있었다. 하나는 계장의 실제 사무실이었고 다른 하나는 '살인 사건 방'이라고 불렸다. 살인 사건 방에는 살인 사건 수사 관련 회의를 하는 기다란 회의 탁자가 있었고, 두 면의 벽에는 법률서적과 이 도시의 살인 사건 일지들이 꽂힌 책장이 늘어서 있었다. 100여 년 전부터 로스앤젤레스에서 발생한 살인 사건은 전부 이 가죽장정의 일지 속에 기록되어 있었다. 사건이 종결될 때마다 일지에 새로운 내용을 추가하는 것이 지난 수십 년간에 걸쳐 지켜지고 있는 통상적인 절차였다. 그래서 이 일지들은 어떤 사건이 아직 미제로 남아 있나 혹은 종결이 되었나를 알아보고 싶을 때 쉽게 참고할 수 있는 자료였다.

보슈는 일지 책의 갈라진 책등을 손가락으로 훑으며 지나갔다. 각 권마다 '살인 사건'이라는 단순한 제목과 함께 그 책에 기록된 사건 발생 연도들이 적혀 있었다. 초기에는 한 권에 몇 년의 사건들이 함께 수록되어 있었다. 그러나 1980년대에 이르자 한 권에 단 한 해 동안의 사건만 들어가 있었다. 그러다가 1988년에 발생한 살인 사건들을 기록한 책은 두 권이었다. 보슈는 그 연도가 미해결 사건 전담반의 신참인 자신과 라이더에게 배정된 이유를 확실히 알겠다는 생각이 퍼뜩 들었다. 살인 사건이 절정에 이른 해라면 미해결 사건도 절정이었을 것이다.

보슈의 손가락이 1972년에 발생한 살인 사건이 수록된 일지 책을 찾아내자 보슈는 그 두꺼운 책을 꺼내 테이블 앞에 앉았다. 그는 책장을 휙휙 넘기면서 내용을 훑어보고 목소리를 들었다. 욕조에서 익사체로 발견됐던 할머니 사건 기록도 있었다. 미해결 사건이었다. 그는 계속 책장을 넘기면서 1973년과 1974년 기록까지 훑어보고 나서는 1966, 67,

68년의 기록을 담은 책도 꺼내 훑어보았다. 찰스 맨슨(1960년대 말 일곱 명을 살해한 연쇄살인마-옮긴이)과 로버트 케네디(존 F. 케네디의 동생으로 1968년 6월 대통령 선거 유세 중 암살당함-옮긴이)에 관한 내용을 읽었다. 이름 한 번 들어본 적 없고 알지도 못했던 사람들에 관한 내용도 읽었다. 그들은 가지고 있었던 혹은 앞으로 가지게 될 다른 모든 것과 함께 이름까지 빼앗긴 사람들이었다.

이 도시의 공포를 담은 기록을 읽는 동안 보슈는 익숙한 에너지가 자신을 그러쥐고 혈관을 타고 흐르기 시작하는 것을 느꼈다. 업무에 복귀한 지 겨우 한 시간밖에 안 됐는데 벌써 살인범을 쫓고 있었다. 얼마나 오래전에 피해자가 흘린 피인지는 중요하지 않았다. 잡히지 않고 있는 살인범이 있었고 보슈가 돌아왔다. 이제 보슈는 돌아온 탕자 아들처럼 자신이 자기 자리로 돌아왔다는 것을 알았다. 그는 하나의 진실한 교회의 강물 속에서 다시 한 번 세례를 받았다. 푸른 종교라는 교회. 그리고 그는 이미 오래전에 잃어버린 사람들 속에서, 그리고 죽은 자들이 줄지어 서 있고 매 페이지마다 원혼들이 있는 이 퀴퀴한 냄새가 나는 성서 속에서 구원을 찾을 거라는 걸 알고 있었다.

"해리 보슈!"

갑자기 끼어든 소리에 깜짝 놀란 보슈는 일지 책을 탁 덮고 고개를 들었다. 강력계장인 게이브 노로나 경감이 계장실 문간에 서 있었다.

"계장님."

"돌아왔구만!"

노로나가 다가오더니 보슈의 손을 잡고 힘차게 흔들었다.

"돌아오니까 좋네요."

"벌써 숙제를 줬나보지?"

보슈가 고개를 끄덕였다.

"빨리 적응하라고 내준 거겠죠."

"'죽은 자들에게 새 희망'이 생겼군. 해리 보슈가 다시 수사를 맡았으니."

보슈는 아무 대꾸도 하지 않았다. 계장이 비꼬는 건지 아닌지 알 수가 없었다.

"언젠가 읽었던 책 제목이야."

노로나가 말했다.

"아."

"행운을 빌어. 나가서 다 잡아다 처넣어버려."

"그러려고요."

계장은 다시 한 번 악수를 하더니 자기 사무실로 들어가 문을 닫았다.

계장의 방해로 성스러운 순간을 망쳐버린 보슈는 의자에서 일어섰다. 두꺼운 살인 사건 일지들을 책장의 제자리로 도로 갖다놓기 시작했다. 그 일이 끝나자 그는 사무실을 나가 카페로 향했다.

# 04

## 베키 벌로런 살인 사건

보슈가 커피를 갖고 돌아왔을 때 키즈민 라이더는 벌써 살인 사건 파일을 반 가까이 읽고 있었다. 그녀는 보슈의 손에서 커피 컵을 받아 들었다.

"고마워요. 안 그래도 졸려서 이게 필요했는데."

"뭐야, 여기 앉아서 사건 자료를 읽는 게 결재서류를 국장 앞으로 밀어주는 것보다 지루하단 얘기야?"

"아뇨, 그런 게 아니라요. 그냥 이 안의 내용을 다 따라잡고 다 읽어내는 게 힘들어서 그래요. 이 파일의 내용을 속속들이 알고 있어야 하잖아요. 여러 가지 가능성에 대해서도 파악하고 있어야 하고."

사건 파일 옆에는 황색 괘선지철이 있고 맨 위 장에는 메모가 가득했다. 보슈가 내용을 읽을 수는 없었지만 거의 대부분의 줄이 물음표로 끝나고 있는 것이 보였다.

"게다가 지금은 다른 근육을 사용하고 있잖아요. 6층에서는 쓰지 않았던 근육을."

라이더가 덧붙였다.

"그래, 알았어. 나도 지금 바로 시작해도 될까?"

보슈가 말했다.

"그럼요."

라이더는 바인더 고리를 열고 5센티미터 정도 두께의 이미 읽은 서류 다발을 꺼내서 벌써 자기 책상 앞에 앉아 있는 보슈에게 내밀었다.

"그런 괘선지철 한 개 더 있어? 난 작은 수첩밖에 없어서."

보슈가 말했다.

라이더는 들으라는 듯이 한숨을 내쉬었다. 보슈는 그것이 그냥 장난이라는 것을, 라이더는 둘이 함께 일하게 된 것을 기뻐하고 있다는 것을 알고 있었다. 라이더는 지난 2년간 신임 경찰국장을 위해 정책을 평가하고 분쟁을 조정하는 일을 했었다. 그것은 그녀가 가장 잘할 수 있는 진짜 경찰 업무가 아니었다. 이 일이 진짜였다.

라이더는 괘선지철을 보슈의 책상을 향해 밀었다.

"펜도 줄까요?"

"아니, 그건 있는 거 같아."

보슈는 서류를 앞에 내려놓고 읽기 시작했다. 당장 일을 시작할 준비가 되어 있었고 커피 같은 각성제도 필요 없었다.

살인 사건 파일의 첫 장은 구멍이 세 개 뚫린 비닐 내지 속에 든 한 장의 컬러사진이었다. 학교 앨범 개인 사진 속의 소녀는 이국적인 매력을 풍기고 있었다. 소녀는 모카색 피부에 아몬드 모양의 눈은 놀랄 정도로 선명한 초록색이었다. 심한 곱슬머리에 자연스러운 금발 하이라이트가 카메라의 플래시 불빛을 받아 반짝였다. 눈에는 생기가 넘쳤고 진심 어린 미소를 짓고 있었다. 남들은 모르는 것을 자기는 알고 있다고 말하고 있는 듯 활짝 웃고 있었다. 소녀가 아름답다는 생각은 안 들었다. 아직은 아니었다. 소녀의 이목구비는 왠지 뭔가 조화롭지 않은 것 같은 느낌이었다. 그러나 보슈는 10대의 어색함이 점차 사라지고 나중에는 아름다운 여인이 되는 경우가 많다는 것을 알고 있었다.

그러나 열여섯 살의 레베카 벌로런에게는 그 나중이라는 것이 없었다. 1988년이 그녀의 마지막 해였다. 콜드 히트는 레베카 벌로런 살인 사건에서 나왔다.

베키—가족과 친구들에게는 이렇게 애칭으로 불렸다—는 로버트 벌로런과 뮤리얼 벌로런의 외동딸이었다. 뮤리얼은 가정주부였다. 로버트는 아일런드 하우스 그릴이라는 말리부 식당의 요리사이자 주인이었다. 벌로런 가족은 방만하게 뻗어나간 로스앤젤레스 시의 북서쪽 모퉁이인 채스워스에서도 샌타 수재너 산악도로 근처 레드 메사 길에 있는 주택에 살았다. 집 뒷마당은 나무가 우거진 오트 산 산비탈이었고, 채스워스 위로 우뚝 솟은 오트 산은 이 도시의 북서쪽 경계선 역할을 했다. 그해 여름 베키는 힐사이드 고등학교 2학년에서 3학년으로 넘어가는 과정에 있었다. 힐사이드 고등학교는 베키의 집 근처인 포터 랜치에 있는 사립학교였다. 베키는 우등생이었고 그녀의 어머니는 학교 식당에서 자원봉사를 하면서 남편의 식당에서 닭고기포와 다른 특별요리를 종종 가져와 교사들을 대접했다.

1988년 7월 6일 아침, 벌로런 부부는 딸이 사라진 것을 알게 되었다. 분명히 그 전날 밤에 뒷문이 잠겨 있는 것을 확인했는데, 잠겨 있지 않았다. 딸이 산책을 갔는지도 모른다고 생각한 부부는 걱정을 하며 두 시간을 기다렸지만 베키는 돌아오지 않았다. 그날 베키는 아버지와 함께 아버지의 말리부 식당으로 출근해서 점심시간 동안 홀 서빙 보조로 일할 예정이었는데, 말리부로 출발할 시각이 훨씬 지났는데도 돌아오지 않았다. 베키의 어머니가 딸의 행방을 알아내려고 딸 친구들에게 전화를 거는 동안 아버지는 베키를 찾으러 집 뒷산에 올라갔다. 딸아이의 흔적 하나 찾지 못하고 빈손으로 내려온 그는 아내와 의논 끝에 경찰에 신고했다.

데본셔 경찰서 소속 순경들이 출동했지만 집 안에서 침입의 흔적은 전혀 발견하지 못했다. 경찰은 이 사실과 베키가 가출률이 가장 높은 연령대에 속한다는 사실을 근거로 가출했을 가능성이 높다고 판단하고 이 사건을 통상적인 실종 사건으로 처리했다. 그러나 실종된 소녀의 부모는 이에 반발하면서 딸이 가출을 할 이유가 전혀 없다고 주장했다.

이틀 후 오트 산 승마 길에서 10미터 정도 떨어진 곳에 있는 쓰러진 참나무 몸통 옆에서 부패가 시작된 베키 벌로런의 시신이 발견되면서 그 부모의 예상이 끔찍하게 들어맞고 말았다. 애펄루사(미국에서 인기 있는 유색 품종의 말-옮긴이)를 타고 가던 여성이 이상한 냄새를 좇아 승마 길을 벗어나 숲으로 들어왔다가 시신을 발견했다. 그녀는 악취를 무시하고 그냥 지나갈 수도 있었겠지만 전신주에 붙은 실종 여학생을 찾는 전단을 본 적이 있어서 그러지 않았다.

베키 벌로런은 자기 집에서 400미터도 채 떨어지지 않은 곳에서 사망했다. 딸의 이름을 부르면서 산을 뒤지고 다니던 아버지는 딸의 시신에서 몇 미터 아니 1미터 옆을 지나쳤는지도 모른다. 그러나 그날 아침에는 그의 관심을 끌 만큼 악취가 나지 않았던 것이다.

보슈에게도 어린 딸이 있었다. 비록 먼 곳에서 엄마와 함께 살고 있지만, 그 아이가 보슈의 머릿속을 떠난 적은 단 한 번도 없었다. 보슈는 가파른 산비탈을 오르면서 앞으로 영원히 집으로 돌아오지 못할 딸아이의 이름을 소리쳐 부르는 아버지의 모습을 떠올렸다.

보슈는 사건 파일에 집중하려고 애를 썼다.

피해자는 가슴에 딱 한 발을 맞았다. 고성능 권총인 45구경 콜트 반자동 권총이 피해자의 왼쪽 발목 옆 나뭇잎들 속에 놓여 있었다. 범죄 현장 사진들을 관찰하던 보슈는 피해자의 연한 파란색 잠옷 가운에서 총알이 관통하며 생긴 탄 자국 같은 것을 발견했다. 총알구멍은 심장 바로 위쪽에 나 있었고, 보슈는 권총의 크기와 총알이 들어가면서 생긴 상처를 볼 때 피해자가 즉사했을 거라고 생각했다. 총알이 몸 안을 휘젓고 들어가면서 심장이 완전히 파괴되었을 것이다.

보슈는 현장에서 찍은 시신 사진들을 오랫동안 살펴보았다. 피해자의 양손은 묶여 있지 않았다. 입에 재갈이 물려 있지도 않았다. 얼굴은 쓰러진 나무 몸통 쪽으로 돌려져 있었다. 어떤 식으로든 방어하다 생긴 상처로 볼 만한 것도 전혀 없었다. 성폭행이나 구타를 당한 것 같은 흔적도 전혀 없었다.

처음에는 소녀의 실종을 단순 가출 사건으로 오판한 경찰이 시신이 발견됐을 때는 범죄 현장을 잘못 해석해서 상황을 악화시켰다. 현장을 둘러본 경찰은 소녀의 죽음이 자살일 가능성이 매우 높다고 판단했다. 데본셔 경찰서 강력반과 현장에 출동한 론 그린, 아르투로 가르시아 형사는 이 사건을 자살로 규정했다. 그때나 지금이나 데본셔 경찰서는 LA 경찰국에서 가장 조용한 경찰서였다. 데본셔 경찰서는 부동산 가치가 높고 주로 중상층 주민들이 사는 거대한 교외 주택가를 관할하고 있어서 로스앤젤레스 시에서도 범죄 발생 빈도가 가장 낮은 관할서들 중 하나였다. 그래서 데본셔 경찰서는 경찰들 사이에서 클럽 데브라고 불리기도 했다. 그곳은 오랜 세월을 경찰에 몸담으면서 심신이 지쳐버렸거나, 끔찍한 사건이라면 질리도록 목격한 순경들과 형사들이 가고 싶어하는 곳이었다. 또한 데본셔 경찰서는 벤투라 카운티에서 한적하고 범죄가 거의 발생하지 않는 지역으로 수백 명의 LA 경찰이 살고 있는 시미 밸리와 가장 가까운 지역을 관할했다. 시미 밸리에 사는 경찰관이 데본셔 경찰서에서 근무하면 출퇴근은 그야말로 식은 죽 먹기였고 업무량도 경찰국에서 가장 적었다.

사건 파일에 든 보고서를 읽고 있는 보슈의 마음 한구석에서는 클럽 데브의 내력이 펼쳐지고 있었다. 그는 그린 형사와 가르시아 형사의 업무를 평가하고 그들이 업무를 제대로 수행했는지를 판단하는 것이 자기가 맡은 임무의 일부라는 것을 알고 있었다. 보슈는 그 두 형사와는 안면도 없었고 함께 일을 한 경험도 없었다. 그들이 자기 능력을 어느 정도까지 발휘했고 어느 정도까지 이 사건에 전념했었는지 알 수 없었다. 초반에는 두 형사 모두 소녀의 죽음을 자살로 오판했다. 그러나 그 다음에 전개되는 기록들을 살펴보니 금방 실수를 만회하고 수사를 진행한 것을 알 수 있었다. 그들의 보고서는 철저하고 완벽하게 작성되어 있었다. 가능한 모든 추가 조치를 빠짐없이 취한 것으로 보였다.

하지만 보슈는 이런 인상을 주기 위해서 사건 파일을 조작할 수 있다는 것도 알고 있었다. 더 깊이 파들어 가고 수사를 계속하면 진실이 밝혀질 것이었다. 기록이 된 것과 되지 않은 것 사이에 엄청난 괴리가 있을 수 있다.

그 살인 사건 파일에 따르면, 그린 형사와 가르시아 형사는 부검이 완료되고 시신과 함께 발견된 권총에 대한 감식이 완료된 후 자살 가능성이 거의 없는 것으로 결과가 나오자 재빨리 수사 방향을 전환했다. 사건은 자살을 가장한 살인 사건으로 재분류되었다.

보슈는 우선 사건 파일에서 부검 소견서를 찾았다. 그는 그동안 부검 소견서를 1천 건 가까이 읽었고 부검 참관도 몇 백 번은 했기 때문에 중량 용적 결과와 부검 절차 설명 부분은 건너뛰고 곧바로 결과 요약 부분과 첨부된 사진들만 봐도 된다는 것을 알고 있었다. 아니나 다를까, 사망원인은 가슴 총상이라고 적혀 있었다. 사망추정시각은 7월 6일 자정에서 새벽 2시 사이였다. 총성을 들은 목격자가 나오지 않아서 사망추정시각은 체온의 상실도만을 근거로 해서 산출되었다고 적혀 있었다.

놀라운 사실은 다른 부분에서 발견할 수 있었다. 레베카 벌로런은 숱이 많고 긴 머리칼을 갖고 있었다. 법의관은, 그녀의 오른쪽 목덜미, 맨 아래쪽 머리카락의 뿌리 아래에서 옥스퍼드 셔츠 단추 크기 정도의 작고 둥근 화상 자국을 발견했다. 이 자국에서 5센티미터 떨어진 곳에는 이보다 훨씬 작은 화상 자국이 하나 더 있었다. 이 상처들 주위의 혈흔에서 백혈구 수치가 높은 것으로 보아 두 상처는 사망하기 직전에 생긴 것으로 보인다고 적혀 있었다.

소견서는 이 화상 자국이 전기 충격기 때문에 생긴 것이라고 결론지었다. 전기 충격기는 강력한 전하를 분출하는 소형 도구로서, 전하의 양에 따라 다르겠지만 몇 분 혹은 그 이상을 피해자를 기절시키거나 무력화시킬 수 있었다. 일반적으로 충격기에서 나온 전하는 피부의 두 접촉면에 두 개의 거의 눈에 띄지 않는 작은 자국을 남겼다. 그러나 전기 충격기의 접촉구 두 개를 피부에 똑바로 갖다 대지 않으면 아크 방전(기체 속에서 두 전극을 대립시켰을 경우 비교적 낮은 전압으로 큰 전류가 흐를 때 발생하는 방전으로 강력한 빛과 열이 발생함－옮긴이)이 발생해 베키 벌로런의 목에 난 것과 같은 화상 자국을 만들기도 했다.

부검의는 또한 피해자가 어둠 속에서 맨발로 산을 올라갔다면 발에 흙이 묻고 벤 상처나 멍이 있을 텐데 피해자의 맨발에는 흙이 전혀 묻어 있지 않았고 그런 상처도 없었다는 사실에 주목했다.

보슈는 펜으로 소견서를 톡톡 치면서 이 점에 대해 생각해보았다. 그린과 가르시아가 놓친 것이 이 점이었다. 그들은 현장에서 피해자의 발을 검사하고 자살은 위장이라는 것을 알아차렸어야 했었다. 그러나 그들은 이 점을 놓치고 지나갔고 주말에 부검 결과를 기다리면서 이틀을 허비했다. 게다가 부모의 신고 전화를 받고도 단순 가출 사건으로 판단하고 허비했던 이틀까지 합치면 살인 사건 초동수사가 너무 지연된 것이다. 수사가 너무 늦게 시작됐다는 데는 의심의 여지가 없었다. 보슈는 경찰의 늑장대응을 보고 레베카 벌로런이 죽어서도 얼마나 실망을 했을까 하는 생각이 들었다.

부검 소견서에는 피해자의 양손에 실시한 총기발사 잔여물 검사의 결과도 나와 있었다. 베키 벌로런의 오른손에서는 총기발사 잔여물이 검출됐지만 왼손에서는 검출되지 않았다. 보슈는 벌로런이 오른손잡이라고 해도 이것은 그녀가 자신을 사망에 이르게 한 총기를 직접 쏘지 않았다는 것을 의미하는 거라고 생각했다. 수사관들은 경험과—아무리 제한된 경험이라고 해도—상식에 비추어 볼 때 소녀가 무거운 권총으로 자기 가슴을 제대로 겨누고 방아쇠를 당기기 위해서는 두 손 다 사용할 수밖에 없었을 거라는 사실을 알았을 것이다. 두 손 다 사용했다면 화학 잔여물이 소녀의 양손에서 검출되었을 것이다.

부검 소견서에서 주목할 만한 사실이 한 가지 더 있었다. 소견서에는 시신을 검사한 결과 피해자가 성행위 경험이 있고, 자궁 내벽에 난 상처로 보아 최근에 임신 중절을 위해 경관 확장 자궁 소파술을 받은 것으로 보인다고 적혀 있었다. 부검의는 피해자가 사망하기 4~6주 전에 수술을 받았던 것으로 추정했다.

보슈는 부검 후에 작성되어 사건 파일에 추가된 1차 사건조서를 읽었다. 여기에서 그린 형사와 가르시아 형사는 소녀의 죽음을 살인이라고 규정했고, 소녀가 자고 있을 때 누군가가 소녀의 침실로 들어가 전기 충격기로 소녀를 무력화시킨 후 집에서 데리고 나갔다는 가설을 세워놓았다. 범인은 소녀를 데리고 산을 올라가 쓰러진 참나무 옆에 이르렀고, 거기에서 소녀를 살해한 후 아마도 충동적인 결정에 따라 자살로 어설프게 위장했을 거라고 적혀 있었다. 조서는 7월 11일 월요일에 작성되었다. 레베카 벌로런이 그 산자락에서 살해되고 닷새가 지나서였다.

보슈는 총기분석 보고서로 넘어갔다. 부검에서 자살로 위장한 것임을 보여주는 매우 설득력 있는 증거가 나왔지만, 총기 감식과 탄도학적 분석 결과도 수사관들의 가설이 사실임을 확인해주었다.

권총에서는 베키 벌로런의 오른손 지문을 제외하고는 다른 지문이 전혀 나오지 않았다. 수사관들은 피해자의 왼손 지문이나 누구의 것이든 지문 얼룩조차 나오지 않은 것은 범인이 권총을 세심하게 닦아 지문을 완전히 지운 후 베키의 오른손에 들려주고 나서 그녀의 가슴을 향하게 한 후 발사했다는 뜻이라고 판단했다. 이런 조작이 일어났을 당시 피해자는 전기 충격기 공격을 받고 의식이 없었을 가능성이 높았다.

치명적이었던 그 한 발이 발사됐을 때 권총에서 튕겨나간 탄피는 시신에서 2미터 정도 떨어진 곳에서 수거되었다. 탄피에서도 지문이나 얼룩이 전혀 발견되지 않았는데, 이것은 장갑 낀 손으로 장전을 했다는 증거였다.

수사에서 가장 중요한 증거물은 권총을 검사하다가 수거되었다. 좀 더 정확히 말하자면 총기 안에서 발견되었다. 그 권총은 살인 사건이 일어나기 2년 전인 1986년 콜트 사(社)가 제조한 마크4 시리즈 80이었다. 그 총은 해머 스퍼(권총의 공이치기 위에 손가락을 얹기 위한 돌출부—옮긴이)가 긴 것이 특징이었는데, 그 총을 발사할 때 총자루를 제대로 잡지 않으면 그 해머 스퍼가 총을 쏘는 사람에게 '문신' 상처를 남기는 것으로 유명했다. 양손으로 총자루를 잡을 때 방아쇠를 당기는 손이 총자루에서 위로 올라가 해머 스퍼에 너무 가까이 가면 이런 일이 발생했다. 방아쇠가 당겨져 총이 발사되고 탄피를 내뱉기 위해 슬라이드가 자동으로 뒤로 튀어나올 때 방아쇠를 당기는 손에 고통스러운 도장이 찍힐 수 있었다. 슬라이드가 발사 위치로 돌아가면서 총 쏘는 사람의 손을, 보통 엄지손가락과 집게손가락 사이를 꼭 집어서 살점이 떨어져 총 안으로 함께 밀려들어갔다. 이 모든 일이 순식간에 일어나 초보자라면 그런 일이 일어났는지도 모르고 넘어가는 경우가 많았다.

베키 벌로런을 살해하는 데 사용된 권총에서도 바로 그런 일이 일어났다. 권총을 분해한 총기감식 전문가는 슬라이드의 아랫면에서 작은 피부조직과 말라붙은 혈흔을 발견했다. 권총의 외부를 조사하거나 혈흔과 지문을 지우기 위해 권총을 닦은 사람은 모르고 넘어갔을 것들이었다.

그린과 가르시아는 이 사실을 조서에 추가했다. 2차 사건조서에서 그들은 그 증거물은 살인범이 베키 벌로런의 손에 권총을 쥐어준 뒤 그녀의 손을 감싸 쥐고 총구로 그녀의 가슴을 눌렀다는 사실을 보여주는 거라고 주장했다. 범인은 자신의 한 손이나 양손을 사용해서 권총이 흔들리지 않게 잡고 벌로런의 손가락으로 방아쇠를 당겼다. 발사가 되면서 슬라이드가 범인의 살점을 뜯어내 총 안으로 갖고 들어가 범인에게 '문신'을 남겼다는 것이다.

보슈는 그린과 가르시아가 조서에서 다른 가능성에 대해서는 아무런 언급도 하지 않은 것에 주목했다. 총 안에서 발견된 세포 조직과 혈흔이 살인 사건이 일어나기 전에도 이미 거기 있었고 그 총이 베키 벌로런을 쏘기 전 다른 시점에서 발사되면서 범인이 아닌 다른 사람에게 문신을 남겼을 수 있다는 가능성에 대해서는 언급이 전혀 없었다.

이렇게 다른 가능성을 간과하고 넘어가긴 했지만 어쨌든 권총에서 혈흔과 세포조직이 채취되었다. 그리고 부검을 통해 베키 벌로런의 손에는 상처가 전혀 없다는 사실을 이미 알고는 있었지만, 통상적인 혈액형 비교 검사도 실시되었다. 권총에서 채취한 혈흔의 혈액형은 O형이었다. 베키 벌로런의 혈액형은 AB+형이었다. 수사관들은 권총에 묻어 있는 혈흔이 범인의 것이라고, 살인범의 혈액형이 O형이라고 결론지었다.

그러나 범죄 수사에서 DNA 비교 검사가 상용화된 것은, 그리고 더 중요한 요건인데 캘리포니아 법원의 승인을 받아 실시하게 된 것은 1990년대에 들어서였다. 1988년은 범죄자들의 DNA 정보를 담은 데이터베이스 구축을 위한 기금이 조성되어 작업이 시작되려고 하던 시점이었다. 1988년 당시에는 베키 벌로런 살해 사건 담당 형사들이 그때그때 나타나는 잠재적 용의자들에 대해서 혈액형 비교 검사만 실시할 수 있었을 뿐이었다. 그리고 벌로런 사건에서는 주요 용의자가 단 한 명도 나오지 않았다. 수사관들이 오랜 기간 동안 열심히 수사를 했지만 결국 단 한 명도 체포하지 못했다. 그러고는 수사가 흐지부지되고 말았다.

"이젠 아니야."

보슈가 무심결에 소리를 내어 말했다.

"뭐가요?"

라이더가 물었다.

"아무것도 아니야. 혼잣말이었어."

"하고 싶은 말 있어요?"

"아직은. 다 읽어보고 나서. 끝났어?"

"거의."

"누구한테 감사해야 하는지 알겠지?"

보슈가 물었다.

라이더가 의아한 표정으로 보슈를 쳐다보았다.

"모르겠는데요."

"멜 깁슨."

"멜 깁슨이요?"

"〈리셀 웨폰〉이 언제 나왔지? 이때쯤 아니었나?"

"그럴걸요. 근데 무슨 얘길 하는 거예요? 진짜 황당한 영화였는데."

"내 말이 그 말이야. 한 손을 다른 손 위에 올려놓는 식으로 두 손을 모아 권총을 쥐고, 권총을 옆으로 들고 총을 쏘는 걸 대유행시킨 첫 번째 영화가 〈리셀 웨폰〉이었잖아. 이 권총에 혈흔이 묻은 것도 총 쏜 놈이 〈리셀 웨폰〉 팬이었기 때문이야."

라이더는 설마 그럴 리가 있겠냐는 듯이 고개를 절레절레 흔들었다.

"두고 봐. 놈을 잡아들이면 물어봐야지."

보슈가 말했다.

"그렇게 해요, 선배, 물어봐요."

"멜 깁슨이 여러 목숨 구했어. 그렇게 총을 옆으로 들고 쏘면, 아무것도 맞힐 수가 없거든. 명예 경찰관 위촉장이라도 줘야 되지 않을까 싶어."

"알았어요, 선배. 읽기 계속해도 되죠? 빨리 끝내고 싶어요."

"그럼, 되고말고. 나도 빨리 읽어야겠다."

# 05

## 미스터 클린

LA 경찰국의 미해결 사건 전담반이 가동된 직후, 벌로런 사건의 DNA 증거물이 캘리포니아 법무부로 보내졌다. 그 증거물은 미해결 사건 전담반이 1차적으로 살펴본 미해결 살인 사건들 중 수십 건에서 나온 증거물들과 함께 DNA 실험실로 보내졌다. 캘리포니아 법무부는 캘리포니아 주에서 가장 큰 DNA 데이터베이스를 보유하고 있었다. 그러나 DNA 실험실에 대한 자금과 인력 지원이 턱없이 부족해서 DNA 비교분석 요청 건이 당시 1년 이상 밀려 있었다. 게다가 LA 경찰국의 신생 전담반이 한꺼번에 수십 건을 더 요청하는 바람에 법무부 DNA 연구원들이 벌로런 사건 증거물을 분석하고 주 데이터뱅크에 있는 수천 개의 DNA 정보와 비교하는 데 18개월 가까이 걸렸다. 그 결과 단 한 개의 일치하는 DNA가, DNA 연구의 전문 용어로 '콜드 히트'가 나온 것이다.



보슈는 앞에 펼쳐져 있는 한 쪽짜리 법무부 소견서를 바라보았다. 거기에는 레베카 벌로런을 살해하는 데 사용된 무기에서 채취한 DNA가 14개의 검사항목 중 12개 항목에서 현재 서른다섯 살의 롤랜드 맥키라는 남자의 DNA와 일치했다고 적혀 있었다. 롤랜드 맥키는 로스앤젤레스 토박이였고 서류상에 나와 있는 마지막 주소지는 파노라마 시티였다. 보슈는 콜드 히트 보고서를 읽으면서 몸속에서 피가 좀 더 빨리 돌기 시작하는 것을 느꼈다. 파노라마 시티는 샌퍼낸도 밸리에 있었고 교통상황이 안 좋을 때라도 채스워스에서 자동차로 15분 거리도 안 되는 곳이었다. 이 사실이 DNA 일치 결과에 신뢰성을 한층 더해주었다. 보슈가 과학을 믿지 않는다는 말이 아니었다. 과학을 믿었다. 그러나 그는 의심의 여지없이 배심원단을 설득하기 위해서는 과학 이상의 것이 필요하다고 생각했다. 정황 증거들과 상식으로 과학적 사실을 보강할 필요가 있었다. 이것이 그런 정황 증거들 중 하나였다.

보슈는 법무부 소견서 표지에 적힌 날짜에 주목했다.

"이거 금방 받은 거라고 하지 않았어?"

보슈가 라이더에게 물었다.

"네. 금요일에 받았을걸요. 왜요?"

"여기 날짜는 지지난주 금요일로 되어 있어. 열흘 전."

라이더는 어깨를 으쓱거렸다.

"공무원들이 하는 일이 다 그렇죠 뭐. 새크라멘토(캘리포니아의 주도이자 캘리포니아 법무부 관청 소재지-옮긴이)에서 여기까지 오는 데 그만큼 걸렸나보네요."

"오래된 사건인 건 알지만 그래도 좀 더 빠릿빠릿하게 움직여줘야 하는 거 아닌가?"

라이더는 대꾸하지 않았다. 보슈도 그 정도로 끝내고 다시 소견서를 읽기 시작했다. 맥키의 DNA가 법무부 컴퓨터 데이터베이스에 들어 있었던 것은 캘리포니아에서는 성범죄로 유죄 평결을 받은 모든 성범죄자들의 혈액과 구강세포를 채취해 DNA를 분석하고 유전자 정보를 데이터베이스화하는 것이 법제화되어 있기 때문이었다. 맥키의 DNA 정보가 데이터 뱅크에 들어가는 계기가 된 범죄는 주 정부가 정한 규제의 울타리에서 거의 끝부분에 위치해 있는 것이었다. 2년 전 맥키는 로스앤젤레스에서 음란행위로 유죄 평결을 받았다. 법무부 소견서에서는 그 범죄에 대해 상세히 설명하지는 않았지만 맥키가 그로 인해 12개월의 보호관찰형을 선고받았다고 적혀 있었다. 그 정도 형량이라면 경범죄라는 뜻이었다.

보슈는 메모장에 뭔가를 적으려다말고 고개를 들고 라이더가 자료 뒷부분을 담은 파일을 덮는 것을 바라보았다.

"끝났어?"

"끝났어요."

"이제 뭐 할 거야?"

"선배가 파일 읽는 동안 증보에 가서 상자를 가져오려고요."

보슈는 라이더가 하는 말을 별 어려움 없이 알아들었다. 자신도 모르는 사이에 두문자어와 경찰 용어의 세계로 쉽게 복귀해 있었던 것이다. 증보는 파이퍼 테크(LA 경찰국의 증거물 보관소와 경찰비행중대가 있는 곳－옮긴이) 구내에 있는 증거물 보관소를 줄인 말이었다. 라이더는 그곳에 보관되어 있는 벌로런 사건 관련 증거물을, 다시 말해 살인 무기나 피해자의 옷, 그 밖에 당시 수사를 하면서 모아놓은 증거물을 모두 가져오겠다는 뜻이었다. 그 증거물은 보통 판지 상자에 넣어 테이프로 봉인이 된 후 선반 위에 놓여 보관이 되었다. 그러나 벌로런의 살인 무기에서 채취한 혈흔과 세포조직 같은 변질되는 생물학적 증거물은 예외였고, 그런 증거물은 과학수사계의 생물학 증거물 보관실에 보관되었다.

"좋은 생각이야. 근데 우선 얘를 DMV(자동차 관리국-옮긴이)와 NCIC(국가범죄정보센터-옮긴이) 데이터베이스에 넣고 돌려서 주소지를 알아보는 게 어때?"

보슈가 말했다.

"벌써 해봤어요."

라이더는 자기 책상에 놓인 노트북을 돌려서 보슈가 모니터 화면을 볼 수 있게 했다. 보슈는 화면에 떠 있는 국가범죄정보센터의 형판을 알아보았다. 그는 팔을 뻗어 화면을 끌어내리며 정보를 훑어보았다.

라이더는 이미 NCIC 데이터베이스에서 롤랜드 맥키를 검색하여 전과기록을 찾아놓았다. 2년 전 음란 행위로 유죄 평결을 받았던 것은 그가 열여덟 살 때부터—레베카 벌로런이 살해된 바로 그해였다—쌓이기 시작한 수많은 전과들 중 가장 최근의 것일 뿐이었다. 18세가 되기 전에도 범법 행위를 저질렀는지 모르겠지만 그랬더라도 청소년 보호법상 전과기록을 공개하지 않기 때문에 데이터베이스에 들어 있지 않았다. 목록에 올라온 롤랜드 맥키의 전과 대부분은 재산이나 마약 관련 범죄였다. 18세 때 자동차 절도와 빈집털이 절도로 시작해서 두 건의 마약소지혐의로 인한 구속으로 이어졌고, 음주운전으로 체포된 적도 두 번 있었으며, 또다시 빈집털이 혐의로 구속되더니 장물 수수죄로 유죄 평결을 받기도 했다. 성매수 혐의로 인해 체포된 적도 한 번 있었다. 전반적으로 볼 때 피래미 범죄자이자 마약 복용자의 인생이었다. 맥키가 주립 교도소에 간 적은 단 한 번도 없는 것 같았다. 다시 한 번 기회를 얻고 석방될 때가 종종 있었고, 감형 거래를 통해 보호관찰형을 선고받거나 카운티 교도소에서의 단기 징역형을 선고받은 적도 있었다. 스물여덟 살 때 장물 수수 혐의로 유죄를 인정하고 나서 복역한 6개월이 최장 기간인 것 같았다. 그때 그는 카운티가 운영하는 웨이사이드

아너 란초 교도소에서 복역했다.

보슈는 컴퓨터 기록을 마우스로 끌어내려가며 다 읽고 난 후 의자에 등을 기댔다. 읽은 내용이 석연치 않았다. 맥키는 살인으로 나아가는 길이라고 볼 수 있는 전과기록을 가지고 있었다. 그런데 문제는 살인이 먼저 일어났고—그것도 겨우 열여덟 살 때—그러고 나서 자질구레한 범죄들이 줄을 이었다. 앞뒤가 맞지 않는 것 같았다.

"왜요?"

라이더가 보슈의 기분을 눈치채고 물었다.

"모르겠어. 더 큰 게 있을 거라고 생각했는데. 근데 거꾸로 가고 있잖아. 살인에서 자잘한 범죄로 간다? 상식적으로 말이 안 되는 거 아닌가?"

"붙잡힌 기록이잖아요. 놈이 한 짓을 다 모아놓은 게 아니고."

보슈가 고개를 끄덕였다.

"더 어렸을 때도 저질렀겠지?"

보슈가 물었다.

"아마도. 십중팔구는요. 하지만 그 기록은 구할 수가 없을 거예요. 오래전에 폐기됐겠죠."

사실이었다. 주 정부는 청소년 범법자들의 개인정보를 보호하는 데에 비상한 노력을 기울였다. 그 아이들이 성인이 됐을 때 청소년 범죄 기록이 따라다니는 경우는 거의 없었다. 그럼에도 불구하고 보슈는 맥키가 16세 소녀를 전기 충격기로 무력화시키고 납치해 잔혹하게 살해했다면 청소년 시절에도 그런 싹이 보이는 범죄들을 저질렀을 거라고 생각했다. 보슈는 지금 살펴보고 있는 콜드 히트 건에 대해서 찜찜한 기분이 들기 시작했다. 맥키가 목표물이 아니라는 느낌이 들었다. 맥키는 목표물로 가는 수단이었다.

"자동차 관리국 데이터베이스에서 주소 찾아봤어?"

보슈가 물었다.

“선배, 그건 옛날 방식이에요. 운전면허는 4년마다 한 번씩 갱신하잖아요. 요즘에는 찾을 사람이 있으면 오토트랙을 이용한다고요.”

라이더는 사건 파일을 펼쳐서 낱장 종이 한 장을 꺼내 보슈 쪽으로 밀었다. 컴퓨터 출력지였는데 상단에 오토트랙이라고 찍혀 있었다. 라이더는 오토트랙이 경찰과 계약을 맺은 민간업체라고 설명했다. 신용평가기관과 같은 민간업체의 데이터베이스뿐만 아니라 자동차 관리국, 전기·가스·수도 등의 공공 기업 및 케이블 회사 등의 데이터베이스에 이르는 모든 공공기록에 대한 컴퓨터 검색 서비스를 제공하고 있어서, 개인의 과거와 현재 주소들을 쉽게 찾아볼 수 있다고 했다. 보슈가 컴퓨터 출력지를 훑어보니 거기에는 롤랜드 맥키가 열여덟 살 때 살았던 곳 주소에서부터 현재 주소까지 여러 개가 열거되어 있었다. 운전면허증과 자동차 등록증을 포함하여 모든 현재 데이터에 나와 있는 맥키의 주소지는 파노라마 시티의 그 주소지였다. 그런데 그 주소들 중에서 맥키가 열여덟 살 때부터 스무 살 때까지, 즉 1988년부터 1990년까지 살았던 주소에 라이더가 동그라미를 쳐놓은 게 보였다. 채스워스, 토팡가 캐니언 대로에 있는 아파트였다. 이것은 레베카 벌로런이 살해될 당시 맥키가 벌로런의 집 인근에 살고 있었다는 뜻이었다. 이 사실을 알게 되자 보슈는 찜찜했던 기분이 좀 풀렸다. 근접성은 중요한 퍼즐 조각이었다. 1988년에 맥키는 레베카 벌로런과 인근에 살았고, 따라서 레베카 벌로런을 본 적이 있거나 심지어 알고 있었을 수도 있다는 사실은, 맥키의 전과에 대한 보슈의 의구심과는 정반대에 놓이는 긍정적인 항목이었다.

“그걸 보니까 기분이 좀 나아졌어요, 선배?”

“조금.”

"다행이네요. 그럼 난 갑니다."

"난 여기 있을게."

라이더가 나간 후, 보슈는 다시 사건 파일을 읽기 시작했다. 3차 사건 조서는 침입자가 집 안에 들어간 방법에 초점을 맞추고 있었다. 문과 창문의 잠금장치는 어느 것 하나 부서지거나 강제로 연 흔적이 전혀 없었고, 집 안 열쇠는 전부 가족이나 가정부가 갖고 있었으며 가정부에게서는 아무런 혐의점도 발견되지 않았다. 수사관들은 살인범이 열려 있던 차고로 들어와 집 안과 연결된 문을 통해 집 안으로 들어갔을 거라는 가설을 세웠다. 집 안과 연결된 차고 문은 보통 로버트 벌로런이 밤에 퇴근할 때까지 잠겨 있지 않았다.

로버트 벌로런은 자기가 7월 5일 밤 10시 30분쯤 식당에서 집으로 돌아왔을 때 차고가 열려 있었다고 진술했다. 차고에서 집 안으로 들어가는 문도 잠겨 있지 않았다. 로버트 벌로런은 집으로 들어가서 차고를 닫고 연결 문을 잠갔다. 수사관들은 살인범이 그전에 이미 집 안에 들어와 있었을 거라고 추정했다.

열려 있던 차고에 대해서 벌로런 부부는 딸이 최근에 운전면허를 땄고 가끔씩 어머니의 차를 쓰도록 허락을 받았다고 설명했다. 그러나 베키는 집을 나가거나 들어올 때 차고 문을 닫는 것이 습관이 안 돼서 이 일로 부모한테 혼난 적도 한두 번 있었다. 납치되기 전 늦은 오후에도 베키는 어머니의 심부름으로 드라이클리닝한 옷을 찾으러 갔다 왔다. 그때 베키는 어머니의 자동차를 이용했다. 수사관들은 베키가 오후 5시 15분에 세탁물을 찾아서 집으로 돌아왔다는 사실을 확인했다. 수사관들은 이번에도 베키가 집으로 돌아오고 나서 차고 문을 닫거나 연결 문을 잠그는 것을 잊은 거라고 추측했다. 베키의 어머니는 그날 밤 차고 문이 당연히 닫혀 있겠지 생각하고 확인하지 않았다고 진술했다.

살인 사건이 발생한 후 탐문수사에 응했던 이웃 주민 두 명은 그날 저녁 차고 문이 열려 있는 것을 보았다고 진술했다. 따라서 로버트 벌로런이 집에 오기 전까지는 그 집 안으로 들어가기가 수월했을 것이다.

보슈는 누군가의 별 뜻 없는 실수가 그 자신을 죽음으로 몰아가는 열쇠가 되는 경우를 그동안 너무도 자주 봐왔었다. 세탁물을 찾으러 가는 일상적인 잔심부름이 살인범에게 집 안으로 침입할 기회를 제공했을 수도 있었다. 베키 벌로런은 자기도 모르는 사이에 죽음을 자초했는지도 몰랐다.

보슈는 의자를 뒤로 밀고 일어섰다. 사건 파일의 앞쪽 절반을 방금 다 읽었다. 그는 뒷부분 읽기에 착수하기 전에 커피를 한 잔 더 가져오기로 했다. 보슈가 사무실을 둘러보며 카페에서 뭐 필요한 사람 있느냐고 묻자 진 노드가 커피를 부탁했다. 보슈는 계단을 내려가 카페로 가서 주전자에서 커피 두 잔을 따른 후, 커피 값을 지불하고, 노드의 크림과 설탕을 가지러 조미료 카운터로 걸어갔다. 작은 컵에 든 크림을 커피 한 잔에 따르고 있는데 옆에 누군가 있는 느낌이 들었다. 보슈가 약간 옆으로 비켜 서서 공간을 마련해주었지만 조미료를 집으러 들어오는 손은 없었다. 보슈가 존재감이 느껴지는 곳을 향해 고개를 돌리니 어빈 S. 어빙 부국장이 보슈를 바라보며 웃고 있었다.

보슈와 어빙 부국장은 예전부터 줄곧 앙숙지간이었다. 부국장은 보슈의 적이었고 그런데도 자기도 모르는 사이에 보슈를 구제해준 적이 여러 번 있었다. 그러나 라이더에게 들은 바로는 어빙은 이제 한물간 사람이었다. 어빙은 신임 국장에 의해 인정사정없이 권좌에서 쫓겨나 파커 센터 밖에 있는 별 의미도 없는 한직으로 밀려나 있었다.

"자넨 줄 알았어, 보슈 형사. 커피 한 잔 사줄까 했더니 벌써 많이 들고 있군. 어쨌든 잠깐 앉을까?"

보슈는 커피 두 잔을 들어보였다.

"지금 일을 하다 말고 나왔습니다, 부국장님. 그리고 이걸 기다리는 사람도 있고요."

"1분이야, 형사. 그때 가도 커피는 여전히 뜨거울 걸세. 내 약속하지."

어빙이 엄격한 어조로 말했다.

어빙은 대답을 기다리지 않고 옆에 있는 탁자로 걸어갔다. 보슈가 그 뒤를 따랐다. 어빙은 여전히 반짝이는 빡빡 대머리였다. 얼굴에서는 근육질의 각진 턱이 가장 두드러져 보였다. 어빙은 의자에 앉아 허리를 꼿꼿하게 폈다. 편안해 보이지 않았다. 그는 보슈가 자리에 앉고 나서야 다시 입을 열었다. 유쾌한 어조가 돌아와 있었다.

"복직을 환영한다는 말을 해주고 싶어서 자넬 붙잡은 거야."

어빙이 말했다.

어빙이 사기꾼 같은 미소를 지었다. 보슈는 바닥에 난 작은 문을 건너가는 사람처럼 망설이다가 대답했다.

"돌아오니 저도 기쁩니다, 부국장님."

"미해결 사건 전담반이라, 자네 같이 능력 있는 형사에게 적합한 곳이지."

보슈는 델 것처럼 뜨거운 컵에서 커피를 한 모금 홀짝였다. 방금 어빙이 한 말이 칭찬인지 욕인지 알 수 없었다. 자리를 뜨고 싶었다.

"글쎄요, 두고 봐야 알겠죠. 저도 그렇기를 바랍니다. 그럼 저는 이만…."

어빙은 마치 아무것도 숨긴 게 없다는 걸 보여주려는 듯이 두 손을 쫙 펴 들었다.

"그래. 가보게. 난 그냥 복직을 환영한다는 말을 하고 싶었을 뿐이야. 그리고 고맙다는 말도."

보슈는 잠깐 망설였지만 결국 미끼를 물었다.

"뭐가 고맙다는 말씀이십니까?"

"자네가 나를 부활시켜줄 거."

보슈는 미소를 지으면서 무슨 말인지 모르겠다는 듯 고개를 가로저었다.

"무슨 말씀이신지 잘 모르겠습니다, 부국장님. 제가 어떻게 부국장님을 부활시킨단 말입니까? 요즘 길 건너 시청사 별관에서 근무하고 계신다고 들었는데요, 맞습니까? 무슨 부섭니까, 전략기획실 같은 건가요? 제가 듣기로는, 총을 집에 두고 나오셔야 한다던데요."

보슈가 말했다.

어빙은 탁자 위에 팔꿈치를 대고 두 팔을 팔짱끼고 보슈에게로 상체를 기울였다. 가식이든 아니든 이제까지 짓고 있던 미소가 순식간에 사라지고 없었다. 어빙은 단호하고도 조용하게 말했다.

"그래, 거기 있지. 하지만 장담컨대 그리 오래 있지는 않을 거야. 자네 같은 인간들이 경찰국에 복직이 되는 상황에선 말이지."

말을 마친 어빙은 의자에 등을 기대더니 일상적인 대화를 하듯 태연한 표정으로 말을 이었다.

"자네가 어떤 존재인지 아나, 보슈? 자넨 재생타이어야. 이 신임 국장은 차에 재생타이어를 끼우는 걸 좋아하더군. 근데 재생타이어를 사용하면 어떻게 되는지 아나? 파손이 되는 거야. 재생타이어가 감당하기에는 마찰과 열이 너무 크거든. 파손이 진행되다가 어떻게 되게? 빵 터지는 거지. 펑크가 나는 거야. 그러면 차는 도로를 벗어나 막가게 되는 거고."

어빙은 조용히 고개를 끄덕이며 보슈에게 생각할 시간을 주고 있었다.

"자넨 내 보증수표야, 보슈. 자넨 곧 개판을 칠 거야. 표현이 심했다면 미안하네. 어쨌든 자넨 이미 개판 친 전력이 많이 있잖아. 개판 칠 천성을 갖고 있기도 하고. 100퍼센트 장담할 수 있어. 그리고 자네가 일을 그르치면 우리의 훌륭하신 신임 국장님도 자네 같은 싸구려 재생타이어를 차에다 끼워 넣은 책임을 지셔야 하겠지."

어빙이 미소를 지었다. 보슈는 어빙이 한쪽 귀에 금 귀걸이만 하면 영락없는 미스터 클린(프럭터 앤 갬블의 세제 관련 상품 브랜드. 대머리에 한쪽 귀에만 귀걸이를 하고 있는 남자의 모습—옮긴이)이라고 생각했다.

"그래서 국장의 주가가 내려가면 내 주가는 바로 솟구치는 거지. 난 인내심이 많은 사람이야. 40년 넘게 기다려 왔는데 조금 더 못 기다리겠나."

보슈는 말이 더 나올 거라고 예상했는데 그것으로 끝이었다. 어빙은 고개를 한 번 끄덕이더니 일어섰다. 그러고는 재빨리 돌아서서 카페를 나갔다. 보슈는 분노가 목구멍으로 치밀어 오르는 것을 느꼈다. 양손에 들고 있는 커피 컵을 내려다보고 있자니 어빙이 말로 자기를 묵사발을 내는 데도 심부름꾼 아이처럼 무방비로 당하고만 있었던 자신이 참으로 한심하게 느껴졌다. 그는 일어서서 커피 컵들을 쓰레기통으로 던졌다. 503호로 돌아가면 진 노드에게 직접 내려가서 커피를 사 마시라고 해야겠다고 생각했다.

# 06

## 녹취록

보슈는 어빙과 만나고 나서 생긴 불안감을 완전히 떨쳐버리지 못한 상태로 살인 사건 파일의 뒤쪽 절반을 자기 책상으로 가져가서 내려놓고 앉았다. 어빙의 협박을 잊는 최선의 방법은 다시 사건에 몰두하는 거였다. 파일에는 부차적인 조서들과 후속 보고서가 한 무더기 남아 있었다. 수사관들이 항상 사건 파일 뒤에 대충 끼워두는 것들이었다. 보슈는 그 보고서들을 '텀블러 자물쇠'라고 불렀는데, 그 보고서들이 사건과는 별 관계도 없고 뜬금없는 것처럼 보일 때가 많아도 올바른 각도에서 보거나 적절한 자리에 놓고 보면 그림이 맞아떨어져 사건 해결의 실마리를 제공하기 때문이었다.

첫 번째 것은 혈청연구실의 소견서였는데 살인 무기에서 채취한 혈흔과 세포조직 샘플이 그 총 속에 묻어 있었던 기간에 대해서는 검사로 밝혀낼 수가 없었다는 내용이었다. 샘플 대부분은 비교 용도로 따로 보관해두었지만, 선택된 혈구들을 검사해본 결과 변질이 광범위하게 나타나지는 않았다고 적혀 있었다. 소견서를 쓴 법의학자는 혈흔이 살인 사건 발생 당시에 권총에 묻은 것인지에 대해서는 확언할 수 없다고 했다. 그것은 누구도 확실히 알 수 없다고 했다. 그러나 혈흔이 "살인 사건이 발생하기 얼마 전이나 발생 당시에" 권총에 묻은 거라는 사실은 법정에서 증언할 수 있다고 했다.

이 보고서는 롤랜드 맥키를 기소하는 데 중요한 역할을 할 문서였다. 하지만 맥키에게도 살인 사건이 일어나기 전에 그 총을 소유한 적은 있었어도 사건 발생 당시에는 가지고 있지 않았다고 방어할 기회를 줄 수 있었다. 살인 무기를 소유했던 사실을 인정하는 것은 위험한 행동이었지만, DNA 검사 결과 살인 무기에서 발견된 DNA가 맥키의 것으로 밝혀진 이상 맥키는 무기 소유 사실을 인정할 가능성이 높았다. 보슈는 혈흔과 세포 조직이 언제 권총에 묻게 되었는가를 과학이 정확히 가려주는 것이 불가능하기 때문에 검찰 측의 주장에 큰 구멍이 있다고 생각했다. 피고인 측은 그 구멍을 뛰어 넘어갈 수 있었다. 콜드 히트에 대한 확신이 줄어드는 느낌이 들었다. 과학이 하나를 주면 하나를 뺏어가는 형국이었다. 더 많은 증거가 필요했다.

사건 파일에서 다음으로 나온 것은 살인 무기의 소유주 추적을 맡았던 총기 전담반의 보고서였다. 콜트 권총 표면에 있던 일련번호는 쓸려서 사라졌지만, 산(酸)을 도포하자 제조할 때 일련번호를 눌러 찍었던 금속 표면의 압착된 부분이 부각되면서 번호가 드러났다. 그 번호를 추적해보니 1987년 노스리지의 총포상이 제조업체로부터 최초로 구입한 것으로 밝혀졌다. 그러고 나서 같은 해에 채스워스 위넷카 거리에 사는 남자에게 판매되었다. 그 남자는 1988년 6월 2일 집에 도둑이 들었을 때 권총을 도난당했다고 신고했다. 레베카 벌로런이 그 총으로 살해당하기 딱 한 달 전이었다.

이 보고서는 경찰 측에 도움이 되는 내용이었다. 맥키가 총의 원 소유주와 관계가 있었던 것이 아니라면 절도 사건이 맥키가 총을 소유했을 기간을 줄여주기 때문이었다. 절도 사건 덕분에 베키 벌로런이 집에서 납치되어 살해된 날 밤 맥키가 그 총을 가지고 있었을 가능성이 더 높아졌다.

그 절도 사건 조서 원본이 사건 파일에 들어 있었다. 피해자는 샘 바이스라는 남자였다. 독신이었고 버뱅크에 있는 워너 브라더스 영화사에서 음향 기술자로 일했다. 조서를 훑어보던 보슈는 한 가지 흥미로운 사실을 발견했다. 수사관의 소견란에 절도 피해자는 유태인인 자기를 가만두지 않겠다는 익명의 협박 전화를 여러 통 받고 나서 신변보호를 위해 권총을 구입했다고 적혀 있었다. 피해자는 전화번호부에 등재되지도 않은 자기 전화번호가 어떻게 협박범의 손에 들어가게 됐는지 모르겠고 무슨 일로 그런 협박을 받게 됐는지 모르겠다고 진술했다.

보슈는 총기 전담반의 다음 보고서를 재빨리 훑어보았는데, 납치에 사용된 전기 충격기의 모델에 관한 내용이었다. 보고서에 따르면 피해자의 피부에 있는 변색 부분으로 알 수 있는 접점간의 간격이 5.7센티미터 정도였는데, 다우니에 있는 세이프티차지라는 기업이 제조한 프로페셔널 100 모델만이 그 간격이라고 했다. 그 모델은 일반 구매와 우편주문 구매가 가능했고 살인 사건이 발생했던 당시 시중에는 1만 2천 개가 유통되고 있었다. 보슈는 베키 벌로런에게 사용된 그 전기 충격기가 확보되지 않았기 때문에 피해자의 몸에 그런 변색 자국을 만든 충격기에 대한 소유주 추적은 불가능하다는 사실을 알고 있었다. 전기 충격기는 막다른 골목이었다.

이제 보슈는 베키 벌로런의 시신이 자기 집 뒷산에서 발견된 후 그 집에서 찍은 8×10 사진들을 휙휙 넘기면서 대충 살펴보았다. 경찰이 자기 방어를 위해 찍은 사진들이었다. 그 사건은 처음에는 가출 사건으로 잘못 처리되었다. 경찰은 시신이 발견되고 부검을 통해 피해자가 살해됐다는 결론이 나오기 전까지는 전면적으로 뛰어들지 않았다. 소녀의 실종 신고가 접수되고 닷새 후에야 경찰이 돌아와 벌로런의 집을 범죄 현장으로 확보했다. 문제는 그 닷새 동안 무엇을 잃었는가 하는 점이었다.

사진들 중에는 집으로 들어가는 문 세 개를—현관문, 뒷문, 차고문—안에서 찍은 것과 밖에서 찍은 것들이 있었고, 창문의 잠금장치를 클로즈업해서 찍은 사진도 몇 장 있었다. 베키 벌로런의 침실을 찍은 사진도 몇 장 있었다. 침실 사진에서 가장 먼저 보슈의 눈에 들어온 것은 정돈된 침대였다. 납치범이 자살로 위장하기 위해 의도적으로 정돈을 해놓은 것인지, 아니면 베키의 어머니가 딸이 돌아오기를 기다리면서 정돈해놓은 것인지 알 수 없었다.

침대는 사주식 침대였는데 흰색과 분홍색이 섞여 있고 고양이가 그려져 있는 침대보가 깔려 있고 이와 어울리는 분홍색의 주름장식이 침대보의 가장자리를 두르고 있었다. 보슈는 그 침대보를 보니 딸의 침대보가 떠올랐다. 이것은 열여섯 살짜리가 아니라 훨씬 어린아이가 좋아할 만한 것으로 보여서, 베키 벌로런이 어린 시절을 그리워하면서 계속 쓰고 있었던 것인지, 아니면 심리적 안정감을 주는 담요 같은 역할을 하는 거라서 쓰고 있었던 것인지 궁금했다. 침대의 주름장식이 바닥에 일관되게 둘려져 있지 않았다. 주름장식은 바닥에 닿고도 5~6센티미터 정도 더 길어서 바닥에 뭉쳐져 있기도 하고, 한 부분은 확 부풀어서 앞으로 나와 있고 그 옆은 침대 밑으로 쑥 들어가 있기도 했다.

베키 벌로런의 서랍장과 침대 옆 탁자들을 찍은 사진도 있었다. 침실은 베키가 어렸을 때 가지고 놀았을 동물 봉제 인형들로 장식되어 있었다. 벽에는 한때 인기를 끌다 사라진 음악 그룹들의 포스터가 붙어 있었다. 존 트라볼타의 초기 영화 포스터도 있었다. 방은 매우 깔끔하게 정돈이 잘 되어 있었다. 보슈는 레베카 벌로런이 사라진 날 아침에도 이랬었는지 아니면 베키의 어머니가 딸이 돌아오기를 기다리면서 방을 정돈한 것인지 또 궁금해졌다.

범죄 현장 조사의 첫 단계로 사진 촬영부터 했을 것이었다. 그래서 사진 어디에서도 지문채취용 분말이나, 과학수사계 형사들이 현장을 조사하면서 생긴 다른 어떤 흔적도 전혀 찾아볼 수 없었다.

사진 다음으로 나온 것은 형사들이 힐사이드 고등학교의 다수 학생들을 상대로 실시한 참고인 조사에서 나온 진술조서 뭉치였다. 첫 장에 나온 참고인 명단을 보니 수사관들은 베키 벌로런과 같은 반 학생들 전원과 그 학교 3학년 남학생 전원을 참고인으로 조사했다. 그 외에도 피해자를 가르쳤던 선생님들과 학교 행정직원들을 조사한 진술조서도 있었다.

뭉치 속에는 베키 벌로런의 예전 남자 친구에 대한 전화조사 내용을 요약한 진술조서도 들어 있었다. 거기에는 그 남자 친구가 베키가 살해되기 한 해 전에 가족들과 하와이로 이사를 갔다고 적혀 있었다. 조서에 알리바이 확인서가 붙어 있었는데, 그 10대 소년의 직장 상사가 작성한 것으로, 그 소년이 살인 사건이 난 당일과 그 이후로 마우이 렌터카 대리점에 있는 세차시설에서 일했다고 적혀있었다. 그렇다면 소년이 로스앤젤레스에 와서 레베카 벌로런을 살해했을 가능성은 없어지는 거였다.

로버트 벌로런이 소유한 식당인 아일런드 하우스 그릴의 직원들을 조사한 진술조서도 따로 묶여 있었다. 당시는 그의 딸이 아버지의 식당에서 여름방학 아르바이트로 일을 시작한 지 얼마 지나지 않은 때였다.

베키는 점심 시간 동안 홀 서빙 보조로 일했다. 손님을 테이블로 안내하고 메뉴판을 놓는 것이 그녀의 임무였다. 주방 보조 같은 일에 온갖 떠돌이들을 고용하는 식당이 많았지만, 로버트 벌로런은 전과자는 고용하지 않았고, 대신 말리부 해변으로 모여든 파도타기 하는 사람들과 자유로운 영혼들을 고용했다. 이 사람들은 홀에서 일하는 레베카 벌로런과 제한적이나마 접촉을 했을 것이 분명했지만, 그들을 조사한 경찰은 즉시 혐의가 없다고 판단했다.

살해되기 전 며칠 동안 레베카 벌로런의 행적을 날짜 순서대로 정리해놓은 보고서도 있었다. 1988년 7월 4일은 월요일이었다. 레베카는 일요일 밤에 여자 친구 세 명과 함께 그중 한 친구의 집에 모여 놀다가 자고 온 것을 제외하고는 공휴일이 낀 주말의 대부분을 집에서 지냈다. 이 보고서에 붙어 있는 이 세 여자 친구들에 대한 진술조서는 길었지만 수사할 가치가 있는 정보는 하나도 없었다.

독립기념일인 월요일, 레베카는 하루 종일 집에 있다가 저녁에 부모님과 함께 발보아 공원에 가서 폭죽놀이를 구경했다. 로버트 벌로런이 밤에 일을 안 하는 드문 밤이었기 때문에 그는 가족이 함께 시간을 보내야 한다고 주장했고 레베카는 포터 랜치 지역에 사는 한 친구의 파티에 가지 못해서 화를 냈다.

화요일에는 여름방학의 일상이 재개되어 레베카는 아버지와 함께 식당으로 출근해서 점심시간 동안 홀 보조로 일했다. 오후 3시에 아버지가 레베카를 태우고 집으로 돌아왔다. 로버트 벌로런은 남은 오후 시간을 집에 머물다가 저녁 장사를 위해 식당으로 돌아갔고, 거의 같은 시각에 레베카는 어머니의 차를 몰고 드라이클리닝한 옷을 찾으러 심부름을 갔다.

보슈가 보기에 그 일정에서 의심스러운 부분이 전혀 없었고 당시 수사관들이 빠뜨린 것도 전혀 없는 것 같았다.

다음으로 보슈는 피해자의 부모에 대한 공식적인 참고인 조사에서 나온 녹취록을 읽기 시작했다. 이 조사는 7월 14일, 그러니까 그들이 딸의 실종 사실을 확인하고 일주일도 더 지난 시점에서 이루어졌다. 이때는 형사들이 사건에 대해 많은 정보를 확보한 상태여서 질문 내용이 구체적이었다. 이 녹취록이 사건에 대한 형사들의 시각을 보여줄 뿐만 아니라 그들이 가진 의문에 대한 해답을 제공해줄 수 있기 때문에, 보슈는 녹취록을 꼼꼼히 읽어 내려갔다.

사건번호 : 88-641 레베카 벌로런 살해 사건 (사망일 1988년 7월 6일)

담당 수사관 : A. 가르시아 (경찰번호 993)

조사일자 : 1988년 7월 14일 오후 2시 15분

조사장소 : 데본셔 경찰서 강력반 사무실

......................................................................

가르시아 : 조사에 응해주셔서 감사합니다. 이 조사 내용을 기록으로 남겨야 하기 때문에 녹취를 하고 있으니 이해해 주시기 바랍니다. 어떻게 지내십니까?

로버트 벌로런 : 어떻게 지낼지 잘 아시잖아요. 이 사람과 나는 엄청난 충격을 받아서 뭘 어떻게 해야 할지 모르겠습니다.

뮤리얼 벌로런 : 이런 일이 우리 딸에게 일어나지 않게 우리가 막을 수도 있지 않았을까 하는 생각이 자꾸 들어요.

그린 : 정말 유감입니다, 부인. 하지만 이 일로 자책하실 필요는 없어요. 우리가 아는 한, 이 일은 두 분이 무슨 일을 했거나 하지 않아서 일어난 게 아닙니다. 그냥 일어난 거죠. 자책하지 마세요. 이런 일을

저지른 사람을 미워하세요.

가르시아 : 그리고 우리가 그놈을 잡을 겁니다. 그건 걱정하지 마세요. 이제 두 분께 질문을 좀 드려야 할 것 같은데. 이중 몇몇 질문은 대답하기 고통스러울 수도 있을 것 같은데, 놈을 잡으려면 우리가 꼭 알아야 할 부분이니까 솔직히 대답해주시기 바랍니다.

로버트 벌로런 : 자꾸 "놈"이라고 하시는데. 용의자가 있습니까? 범인이 남잔가요?

가르시아 : 아직 확실한 건 아무것도 없습니다, 벌로런 씨. 통계학적으로 봐서 남자일 가능성이 높기 때문에 그렇게 부르는 거죠. 두 분 집 뒤에 있는 산이 가파르잖아요. 베키는 분명히 그 산으로 끌려 올라갔고요. 베키의 덩치가 크지는 않았지만 10대 소녀를 끌고 올라갔다면 남자일 가능성이 크다고 생각하는데요.

뮤리얼 벌로런 : 베키가… 성폭행은 없었다고 하셨잖아요.

가르시아 : 그건 사실입니다, 부인. 그렇다고 이 사건이 성적인 동기에서 시작된 범죄가 아니라고 단언할 수도 없지요.

로버트 벌로런 : 무슨 뜻이죠?

가르시아 : 그 이야기는 조금 있다가 하고요, 벌로런 씨. 괜찮으시다면, 우리가 먼저 질문을 하고 두 분의 질문은 나중에 받았으면 하는데 어떠세요?

로버트 벌로런 : 그렇게 하세요. 미안합니다. 우리에게 이런 일이 생기다니, 도무지 이해가 안 가는군요. 아직도 멍한 기분이에요.

가르시아 : 그러실 겁니다. 충분히 이해가 갑니다. 전에도 말씀드렸지만, 우리는 두 분의 고통을 진심으로 공감하고 안타까워하고 있습니다. 우리 경찰국도 그렇고요. 고위 간부들이 이 사건을 주시하고 있습니다.

그린 : 자 그러면, 베키가 실종되기 전으로 돌아가서 시작해볼까요? 대략 한 달쯤 전으로 돌아가죠. 그 한 달 동안 따님이 어디 간 적이 있었습니까?

로버트 벌로런 : 어디 가다니, 무슨 말이죠?

가르시아 : 언제라도 부모 곁을 떠난 적이 있었냐고요.

로버트 벌로런 : 아뇨. 겨우 열여섯 살인데요. 학교만 왔다 갔다 했죠. 혼자서 어디 가거나 한 적은 없어요.

그린 : 친구네 집에 가서 자고 온 적은요?

뮤리얼 벌로런 : 아뇨, 그런 적 없는 것 같아요.

로버트 벌로런 : 뭘 알고 싶은 거죠?

그린 : 실종되기 한두 달 전에 어디 아프지 않았습니까?

뮤리얼 벌로런 : 네, 방학 첫 주에 독감에 걸렸어요. 그래서 밥의 식당에 아르바이트 하러 가는 것도 미뤄졌죠.

그린 : 아파서 누워만 있었나요?

뮤리얼 벌로런 : 주로 그랬어요. 그게 이 일과 무슨….

가르시아 : 벌로런 부인, 따님이 그때 병원에 갔습니까?

뮤리얼 벌로런 : 아뇨, 쉬어야겠다고만 했어요. 사실 우리는 베키가 식당에서 일하고 싶지 않아서 꾀병을 부리는 거라고 생각했어요. 열도 없고 감기 증세도 없었거든요. 그래서 게으름을 피우는 거라고 생각했어요.

그린 : 그때 베키가 임신 사실을 부인에게 털어놓지 않았나요?

뮤리얼 벌로런 : 네? 아니요!

로버트 벌로런 : 이봐요, 형사, 도대체 무슨 말을 하는 거요?

그린 : 부검 결과 베키가 사망하기 한 달 전에 경관 확장 자궁 소파술을 받았다는 사실이 밝혀졌습니다. 낙태 수술 말입니다. 베키가 부인한테 독감에 걸렸다고 말했을 때 수술을 받고 쉬면서 회복 중이었던 것 같군요.

가르시아 : 이쯤에서 멈추고 잠깐 쉬시겠습니까?

그린 : 쉬도록 하죠. 나가서 마실 물 좀 가져올게요.

〔휴식〕

가르시아 : 자, 이제 다시 시작해볼까요? 두 분이 우리 입장을 좀 이해해주시고 용서해주시기 바랍니다. 두 분에게 충격을 주거나 상처를 입히려고 이런 질문을 하는 게 아닙니다. 우리는 선입관의 방해를 받지 않는 정확한 정보를 수집하기 위해 필요한 절차와 방법을 따르고 있을 뿐입니다.

로버트 벌로런 : 여러분 입장 잘 이해합니다. 여러분이 하는 일이 이젠 우리 삶의 일부가 됐어요. 남아 있는 삶의 일부가.

뮤리얼 벌로런 : 그러니까 우리 딸이 임신 중이었고 낙태 수술을 받았다는 말인가요?

가르시아 : 그렇습니다. 그리고 우리는 그 일이 한 달 후 베키에게 일어난 일과 관련이 있을 가능성이 있다고 생각하고요. 베키가 이런 수술을 받기 위해 어디에 갔을지 혹시 아세요?

뮤리얼 벌로런 : 아뇨. 그런 일이 있었다는 걸 전혀 몰랐어요. 남편도 저도.

그린 : 그리고 아까 말씀하셨듯이, 베키가 그 한 달 동안 어디 가서 자고 온 적이 한 번도 없고요?

뮤리얼 벌로런 : 네, 매일 밤 집에 있었어요.

가르시아 : 혹시 누구와 관계를 가졌던 건지 아십니까? 지난번 조사에선 부인이 베키에겐 현재 남자 친구가 없다고 말씀하셨는데요.

뮤리얼 벌로런 : 그런데 우리가 잘못 알고 있었던 거네요. 하지만, 그래요, 베키가 누구를 만나고 있었는지 혹은 누가… 이런 일을 했을지 전혀 모르겠어요.

그린 : 두 분 중 누구라도 따님의 일기를 읽어본 적이 있습니까?

로버트 벌로런 : 아뇨, 우린 경찰이 그 아이 방에서 일기장을 찾아내기 전에는 일기가 있다는 것조차 몰랐어요.

뮤리얼 벌로런 : 일기를 돌려받고 싶은데요. 돌려받을 수 있나요?

그린 : 수사가 완료될 때까지는 우리가 갖고 있어야 할 것 같지만, 그 후에는 돌려드릴 겁니다.

가르시아 : 일기에 MTL이라는 사람에 대한 언급이 몇 번 있는데요. 이 사람이 누군지 알아내 만나 봐야 할 것 같은데, 혹시 아십니까?

뮤리얼 벌로런 : 이름 첫 글자가 MTL인 사람은 즉시 떠오르는 사람이 없네요.

그린 : 학교 앨범을 봤더니 마이클 루이스라는 남학생이 있던데요. 근데 확인해보니까 가운데 이름이 찰스더군요. MTL이라는 머리글자는 암호나 약자 같아요. 예를 들면, 내 진정한 사랑(My True Love) 같은 거요.

뮤리얼 벌로런 : 그러니까 우리가 모르는 누군가가, 베키가 우리한테는 숨기고 있었던 누군가가 있다는 것은 확실하네요.

로버트 벌로런 : 도무지 믿을 수가 없군요. 두 분 말씀은 우리가 우리 딸에 대해서 잘 몰랐다는 얘긴데.

가르시아 : 죄송합니다, 벌로런 씨. 이런 사건을 조사하다보면 이렇게 깊고 큰 상처가 생기는 경우가 종종 있죠 그래도 단서가 이끄는 대로 따라가는 게 우리가 할 일입니다. 현재로서는 이게 그 단서구요.

그린 : 무엇보다도 우리는 이 부분의 수사를 계속해서 MTL이 누군지 알아내야 합니다. 그러려면 따님의 친구들과 지인들을 만나 따님에 대해 물어봐야 하고요. 그러면, 죄송하지만, 따님의 임신 사실이 알려지게 될 겁니다.

로버트 벌로런 : 이해해요. 그건 감내해야겠죠. 우리가 처음 만난 날 말씀드렸듯이, 여러분이 해야 할 일을 해주세요. 이 일을 저지른 범인을 찾아주세요.

가르시아 : 그러겠습니다. 감사합니다, 벌로런 씨.

〔조사 종료 : 오후 2시 40분〕

보슈는 이 녹취록을 한 번 더, 이번에는 메모를 해가면서 읽었다. 그러고 나서 다른 세 건의 공식 참고인 조사 녹취록으로 넘어갔다. 베키 벌로런과 가장 친했던 친구들인 타라 우드와 베일리 코스터, 그레이스 타나카를 신문한 내용이었다. 그런데 이 세 명의 소녀들—당시에는 소녀들이었다는 말이다—중에서 베키의 임신 사실이나 임신을 초래한 비밀 연애에 대해서 알고 있었다고 진술한 사람은 한 명도 없었다. 셋다 방학이 시작된 첫 주에는 베키를 보지 못했다고 말했고, 베키의 방으로 전화를 걸어도 베키가 받지 않았고 집 번호로 전화를 걸면 뮤리얼 벌로런이 받아서 딸이 아프다고 말했다고 했다. 아일런드 하우스 그릴에서 베키와 교대로 홀 보조 아르바이트를 했던 타라 우드는 베키가 살해되기 몇 주 전부터 침울해 있었고 말을 하려들지 않았다고 진술했고, 왜 그러냐고 물어봐도 베키가 들은 척도 하지 않았기 때문에 그 이유가 뭔지는 모른다고 말했다.

사건 파일에 마지막으로 들어 있는 것은 신문 기사 파일이었다. 가르시아 형사와 그린 형사는 수사 초기에 나온 신문 기사들을 스크랩해서 모아두었다. 이 사건은 〈LA 타임스〉보다는 〈데일리 뉴스〉에서 보다 비중 있게 다루어졌다. 그럴 만도 했던 것이 〈데일리 뉴스〉의 주 독자층은 샌퍼낸도 밸리 주민들이었고, 반면에 〈LA 타임스〉는 샌퍼낸도 밸리를 원치 않는 의붓자식 취급을 하면서 그 지역에서 발생한 소식은 가볍게 취급했기 때문이었다.

베키 벌로런의 실종 소식에 관한 기사는 한 개도 없었다. 신문들은 경찰과 같은 시각으로 사건을 보았던 게 분명했다. 그러나 시신이 발견되자 사건수사, 장례식, 어린 소녀의 죽음이 소녀의 출신학교에 미친 파장에 대한 기사가 우르르 쏟아져 나왔다. 심지어 사건과 관련하여 아일랜드 하우스 그릴을 소개하는 감성적 기사까지 나왔다. 이 기사는 〈LA 타임스〉에서 실은 것으로, 자기네 신문의 주 독자층인 웨스트사이드의 주민들이 이 사건에 관심을 갖게 하려는 시도였다. 말리부의 식당이라면 그들이 관심을 가질 만한 화제였다.

두 신문 모두 살인 사건의 무기를 한 달 전에 발생한 절도 사건과 연관시켰지만, 절도 사건이 반유대주의적인 성격을 띠고 있었다는 사실을 언급한 신문은 하나도 없었다. 무기에서 채취한 혈흔에 대한 언급도 어디에도 없었다. 보슈는 혈흔과 세포조직 증거물은 수사관들의 비장의 무기였을 거라고, 유력한 용의자가 나타났을 때 짠 하고 들이밀려고 깊이 숨겨둔 증거물이었을 거라고 추측했다.

그러고 보니 비통해하는 부모에 대한 인터뷰 기사도 보이지 않았다. 벌로런 부부는 딸을 잃은 슬픔을 대중 앞에 드러내지 않기로 결심한 것이 분명했다. 보슈는 그 점이 마음에 들었다. 요즘 들어 언론사들이 비극을 겪은 유족들에게 공개적으로 카메라 앞에서 혹은 신문 기사 속에서 슬퍼하라고 강요하는 경향이 짙어지는 것 같았다. 살해당한 아이의 부모는 다음번에 다른 아이가 살해되고 비통해하는 부모가 생기면 전문가랍시고 텔레비전에 출연해 이렇다저렇다 떠들어댔다. 보슈는 그런 모습이 마음에 들지 않았다. 그는 전자매체를 이용해 전 세계 사람들에게 고인과의 추억을 떠벌리지 말고 고인을 가슴 깊이 간직하는 것이 고인의 명예를 지켜주는 최선의 방법이라고 생각했다.

살인 사건 파일 맨 뒤의 비닐 주머니에 〈LA 타임스〉의 독수리 문양 휘장과 주소가 구석에 찍혀 있는 마닐라 봉투가 들어 있었다. 봉투를 꺼내 열었더니 레베카 벌로런이 살해되고 일주일 후에 있은 장례식에서 찍은 8×10 컬러사진이 몇 장 들어 있었다. 접근권과 사진을 맞바꾸는 거래가 있었던 것이 분명했다. 보슈 자신도 예전에 일정이나 예산문제로 경찰국 소속 사진사를 장례식에 보낼 수 없을 때 신문기자들과 그런 거래를 종종 했었다. 사건 취재기자에게 독점 취재할 기회를 줄 테니 그 신문사의 사진기자가 장례식 참석자들을 찍은 군중 사진을 전부 복사해서 넘겨달라고 제안했다. 언제 살인범이 나타나서 자신이 야기한 고통과 슬픔을 지켜보며 희열을 느끼려고 할지 알 수 없는 일이었다. 기자들은 언제나 제안을 받아들였다. 로스앤젤레스는 언론사의 경쟁이 세계에서 가장 치열한 시장들 중 하나이고 기자들은 기사거리에 대한 접근성에 따라 살기도 하고 죽기도 했다.

보슈는 사진을 살펴보았지만 1988년 당시 롤랜드 맥키의 모습을 알지 못했기 때문에 맥키를 찾기가 쉽지 않았다. 키즈민 라이더가 컴퓨터에서 뽑아준 사진들은 맥키가 가장 최근에 체포됐을 때 찍은 것들이었다. 그 사진들 속의 맥키는 짙은 색 눈에 머리가 벗어지고 있고 염소수염을 기르고 있었다. 그런 얼굴을 거슬러 올라가 자기 또래의 친구를 땅에 묻기 위해 모인 10대들 속에서 맥키를 찾아내기란 결코 쉬운 일이 아니었다.

보슈는 한 사진 속에 있는 베키 벌로런의 부모의 모습을 한동안 살펴보았다. 그들은 무덤 옆에 서서 상대방이 쓰러질까 봐 부축하듯 서로 어깨를 기대고 있었다. 두 사람의 얼굴에 흐르는 눈물이 보였다. 로버트 벌로런은 흑인이었고 뮤리얼 벌로런은 백인이었다. 이제야 보슈는 그들의 딸이 세월이 흐를수록 더 아름다워지는 이유를 알 것 같았다. 혼혈아들 중에는 혼혈아에게 쏟아지는 멸시의 시선과 냉대를 극복하고 성장하면서 점점 더 아름다워지는 경우가 많이 있었다.

보슈는 사진을 내려놓고 잠깐 기억을 더듬어보았다. 사건 파일 어디에서도 이 살인 사건에 인종 문제가 개입되었을 가능성이 있다는 언급을 본 적이 없었다. 그러나 살인 무기가 종교 때문에 협박을 받은 남자가 도난당한 것이었다는 사실은 그 무기가 혼혈 소녀의 살인에 사용되었다는 사실과 조금이라도 관련이 있을 것만 같았다.

이런 가능성이 사건 파일에서 언급되지 않았다는 사실은 아무 의미도 없었다. 인종 갈등은 LA 경찰국이 항상 숨기기에만 급급한 문제였다. 어떤 사실을 서류에 기록하는 것은 그 사실이 경찰국 내에 알려지게 만드는 일이었다. 큰 관심을 끄는 중대 사건의 사건조서는 지휘계통을 따라 올라가며 읽히기 마련이었다. 그러다가 그 사실이 누설되고 다른 문제로, 정치적인 문제로 비화될 수 있었다. 그러므로 인종 문제에 대한 언급이 없는 것이 보슈에게는 수사의 오점으로 보이지 않았다. 적어도 아직까지는 아니었다.

보슈는 사진을 봉투에 도로 집어넣고 사건 파일을 덮었다. 파일 안에 300페이지가 넘는 문서와 사진들이 있는데, 롤랜드 맥키라는 이름은 어디서도 본 적이 없었다. 수십 년 전에 실시된 수사에서 맥키가 지엽적인 주목조차 받지 않고 피해가는 게 정말 가능했을까? 가능했다면, 정말 그가 살인범이었을까?

이런 의문들이 마음에 걸렸다. 보슈는 항상 사건 파일을 믿으려고 노력했다. 모든 해답은 언제나 파일의 비닐 속지 안에 들어 있다고 믿었다. 그러나 이번에는 콜드 히트를 믿기가 어려웠다. 과학적 사실을 믿을 수 없다는 게 아니었다. 보슈는 맥키의 DNA가 살인 무기 속에서 발견된 혈흔과 세포 조직의 DNA와 일치했다는 사실에 대해서는 전혀 의심하지 않았다. 그런데도 뭔가 잘못됐다는 느낌이 들었다. 뭔가 빠져 있는 것 같은 느낌이었다.

보슈는 메모장을 내려다보았다. 적어놓은 게 별로 없었다. 만나봐야 할 사람들의 명단만 적혀 있을 뿐이었다.

그린과 가르시아

어머니/아버지

학교/친구들/교사들

예전 남자 친구

보호관찰관

맥키 —— 학교?

적어놓은 사람 모두가 당연히 만나봐야 할 사람들이었다. 보슈는 DNA 일치 결과 외에는 가진 게 아무것도 없다는 사실을 깨달았고, 다른 단서는 아무것도 없이 수사를 전개하는 것에 대해 또다시 불안감을 느꼈다.

보슈가 메모를 노려보고 있을 때 키즈민 라이더가 사무실로 들어왔다. 빈손이었고 심각한 표정이었다.

"왜?"

보슈가 물었다.

"나쁜 소식이에요. 살인 무기가 사라졌어요. 파일을 끝까지 읽었는지 모르겠지만 거기에 일기장 얘기가 나오거든요. 아이가 일기를 썼었어요. 그것도 없어졌어요. 전부 사라졌어요."

# 07

## 절름발이

보슈와 라이더는 나쁜 소식에 대처하는 가장 좋은 방법은 식사를 하면서 의논하는 것이라고 결론지었다. 게다가 오전 내내 사무실에 앉아서 사건 파일을 독파하는 것보다 보슈를 더 허기지게 만든 일은 없었다. 그들이 찾아간 차이니즈 프렌즈라는 식당은 브로드웨이의 차이나타운 맨 끝에 위치한 작은 식당이었고 이렇게 일찍 가야 자리를 잡을 수 있는 곳이었다. 푸짐하게 먹고도 5달러가 넘는 일이 거의 없었다. 문제는 금방 자리가 찬다는 거였다. 주로 소방국 본부 직원들과 파커 센터의 형사들, 시청 공무원들이 즐겨 찾았다. 정오까지 가지 못하면 포장 주문을 해서 땡볕 아래 버스 정류장 벤치에 앉아서 먹어야 했다.

그들은 테이블이 공립학교 교실 책상처럼 다닥다닥 붙어 있는 식당 안에서 다른 손님들에게 방해가 되지 않기 위해 사건 파일은 차에 두고 내렸다. 그러나 메모장은 가지고 가서 대화 내용이 새나가지 않도록 즉흥적으로 만들어낸 약칭을 써가며 사건에 대해 논의했다. 라이더는 아까는 총과 일기장이 증거물 보관소에서 사라졌다고만 하더니, 지금은 보관소 직원 두 명이 한 시간에 걸쳐 찾아봤지만 베키 벌로런 사건 증거물을 보관하는 상자를 찾지 못했다고 설명했다. 보슈에게는 그다지 놀랍지 않은 소식이었다. 프랫 반장이 경고했듯이 경찰국은 지난 수십 년간 축적된 증거물을 함부로 다루었다. 증거물 상자들은 목록을 작성한 다음에는 연대순으로 선반에 놓일 뿐, 범죄 종류에 따라 따로 분류되지도 않았다. 따라서 살인 사건 증거물이 절도 사건 증거물과 나란히 놓일 수도 있었다. 그리고 직원들이 정기적으로 공소시효가 만료된 사건의 증거물을 찾아 폐기할 때 실수로 다른 상자를 던져버리는 경우도 가끔 있었다. 뿐만 아니라 수십 년째 우선순위에서 밀려나 있는 증거물 보관소의 열악한 보안 상황도 문제였다. LA 경찰국 배지를 지참한 사람은 누구나 그 시설 안에 있는 모든 증거물에 어렵지 않게 접근할 수 있었다. 그래서 증거물들이 조금씩 도난당하는 일이 잦았다. 무기뿐만 아니라 블랙 달리아 사건(1947년 LA에서 발생한, 한 배우 지망생이 처참하게 살해된 사건–옮긴이), 찰스 맨슨 사건(1960년대 후반 찰스 맨슨이 추종자들을 모아 패밀리를 구성하여 35명을 끔찍하게 살해한 사건–옮긴이), 인형사 사건과 같은 유명 사건의 증거물이 사라지는 일이 드물지 않게 일어났다.

벌로런 사건의 증거물을 도난당했을 가능성은 낮아보였다. 아마도 4천 평방미터에 달하는 보관소에 가득 들어차 있는 똑같은 상자들 속에서 17년 전에 갖다놓은 상자 하나를 찾아내라니까 직원들이 건성으로 찾아보고 끝냈을 가능성이 더 높을 것 같았다.

"찾아낼 거야. 6층에 있는 당신 친구한테 겁을 좀 줘보라고 부탁해 봐. 그러면 분명히 찾아낼걸."

보슈가 말했다.

"당연히 찾아내야죠. 총이 없으면 DNA도 아무 쓸모없는데."

"그래?"

"선배, 이건 증거물의 연계 관리 문제예요. DNA가 검출된 무기, 배심원단에게 보여줄 무기도 없이 DNA만 가지고 법정으로 간다는 건 상상도 할 수 없어요. 그 무기가 없으면 검찰에 송치도 못할 걸요. 다시 찾아가지고 오라면서 쫓아낼 게 뻔하니까."

"이봐, 그러니까 내말은, 총이 사라진 것을 알고 있는 사람이 현재로선 우리 둘뿐이니까 사기 좀 칠 수 있겠다는 거야."

"무슨 말이에요?"

"결국에는 맥키와 우리가 조사실에 마주 보고 앉게 될 거라는 생각 안 들어? 근데 우리가 그 증거물 총을 갖고 있다고 하더라도 맥키가 그 총에 피를 묻히게 된 게 베키 벌로런을 쏠 때였다는 것을 의심의 여지 없이 증명해보일 수는 없어. 우리가 증명할 수 있는 건 그 피가 맥키의 피라는 것뿐이지. 그러니까 결국에는 자백에 의존할 수밖에 없겠지. 맥키를 조사실에 집어넣고 DNA 검사 결과를 들이밀면서 그 증거를 인정하는지 어떤지 보는 거야. 그 방법밖에 더 있겠어? 그러니까 신문을 하기 전에 몇 가지 준비를 해놓잔 말이야. 무기고에 가서 콜트 45구경을 빌려다가 맥키를 신문할 때 상자에서 꺼내보자고. 우리가 증거물을 모두 확보하고 있다는 인상을 주고 나서 자백을 하는지 버티는지 보잔 말이야."

"꼼수 쓰는 거 싫어요."

"꼼수 쓰는 것도 우리 직무의 일부야. 불법적인 일도 아니고. 법원에서도 그런 판단이 나왔는데 뭘."

"맥키를 확실히 잡아넣으려면 DNA말고도 더 많은 증거가 필요할 거예요."

"나도 그렇게 생각해. 난 우리가…."

보슈는 말을 멈추고 여종업원이 김이 모락모락 나는 접시 두 개를 테이블에 내려놓는 것을 지켜보았다. 보슈는 새우볶음밥을, 라이더는 폭찹을 주문했었다. 보슈는 아무 말 없이 자기 접시를 들어 볶음밥 절반을 라이더의 접시로 밀어 내렸다. 그러고는 포크를 들고 라이더의 폭찹 여섯 개 중 세 개를 집어왔다. 보슈가 복귀해서 라이더와 함께 일하게 된 지 하루도 지나지 않았지만 둘은 예전에 같은 팀에서 일할 때처럼 편안한 관계로 돌아가 있었다. 보슈는 행복했다.

"키즈, 제리 에드거는 어떻게 지내?"

보슈가 물었다.

"모르겠어요. 통화한 지 꽤 됐어요. 그 일로 서먹해진 걸 해결 못 했어요."

보슈는 고개를 끄덕였다. 그가 라이더와 함께 할리우드 경찰서에서 일할 때, 강력반 살인전담팀은 세 명으로 구성된 팀제로 운영되고 있었다. 그때 보슈, 라이더와 함께 한 팀으로 일했던 사람이 제리 에드거 형사였다. 그 후 보슈는 사직했고 얼마 후에 라이더가 승진해 경찰국 본부로 옮겨갔다. 할리우드에 홀로 남게 된 에드거는 따돌림 당한 느낌이었고 승진에서 밀려났다고 생각했다. 그러고 나서 보슈가 복직하고 라이더와 함께 강력계로 발령이 났지만, 에드거한테서는 아무 소식도 없었다.

"아까 음식이 왔을 때 무슨 말을 하려다가 만 거예요, 선배?"

"당신 말이 맞다고. 증거가 더 필요할 거야. 그래서 하나 생각해둔 게 있어. 9·11과 애국자법(9·11 테러 이후 테러 및 범죄수사에 관한 수사의 편의를 위하여 시민의 자유와 권리를 제약할 수 있도록 제정된 법률—옮긴이) 이후로 감청 허가를 받기가 쉬워졌다고 들었는데."



라이더는 새우 한 조각을 먹고 나서 대답했다.

"네, 사실이에요. 그것도 내가 국장님 지시로 추적 관찰하고 있던 분야 중 하나였어요. 감청 허가 신청 건수가 그동안 3천 퍼센트 이상 급증했어요. 물론 승인 비율도 증가했죠. 이젠 감청도 우리가 사용할 수 있는 도구라는 생각이 일반화되고 있는 것 같아요. 근데 감청 허가는 왜요?"

"맥키를 감청하고 신문에 유인 기사를 내는 게 어떨까 싶어서. 재수사에 착수했다고 하고, 권총을 언급하고, DNA 얘기를 하는 거지. 새로운 돌파구가 마련됐다고 떠벌리는 거야. DNA가 일치하는 사람을 찾아냈다는 게 아니라 찾아낼 수 있을 거라고 쓰는 거지. 그러고는 물러앉아서 맥키를 감시하고 감청을 하면서 일이 어떻게 되는지 보는 거야. 그러다가 직접 찾아가서 그 기사 때문에 어떤 동요를 일으켰는지 살펴보는 것도 괜찮을 거 같고."

라이더는 손으로 폭찹을 먹으면서 방금 들은 이야기에 대해 생각해 보는 눈치였다. 뭔가 불편한 표정이었는데 음식 때문은 아닌 것 같았다.

"왜?"

보슈가 물었다.

"맥키가 누구한테 전화를 걸까요?"

"그야 모르지. 공범이나 범행을 지시한 두목한테 걸지 않을까?"

라이더는 음식을 씹으면서 생각에 잠긴 표정으로 고개를 끄덕였다.

"선배는 3년이나 놀다가 복귀한 지 하루도 안 됐는데 벌써 나는 보지 못한 것들을 읽어내고 있군요. 아직도 선배가 내 스승이네요."

"당신은 6층 책상 뒤에 앉아 놀고먹으면서 녹이 슬어서 그래."

"농담 아니에요."

"나도 농담 아니야. 진심이라고. 이날을 너무나 오랫동안 기다려와서 만반의 준비가 되어 있는 거 아닐까."

"이 사건을 어떻게 보는지나 말해줘요, 선배. 선배의 직감에 괜한 핑계를 대지 말고요."

"실은 아직 그림이 보이질 않아서 문제야. 사건 파일 어디에도 롤랜드 맥키라는 이름이 나와 있지 않아. 그것부터가 문제야. 맥키가 근처에 살았다는 건 알지만 피해자와의 연결고리는 하나도 발견하지 못했거든."

"무슨 말이에요? 맥키의 DNA가 발견된 총이 있잖아요."

"그 혈흔은 맥키와 총과의 연결고리지, 피해자와의 연결고리는 아니지. 당신도 사건 파일 읽었잖아. 맥키의 DNA가 베키를 죽일 때 남겨진 거라고 증명할 수가 없어. 그 보고서 하나가 우리 측 주장을 완전히 묵사발을 만들 수가 있다고. 그건 커다란 구멍이야, 키즈. 배심원단이 헤엄쳐 다닐 만큼 거대한 구멍. 재판에서 맥키가 할 일은 간단해. 피고인석에서 일어서서 말하는 거야. '네, 위넷카에서 어느 집을 털 때 그 총을 훔쳤습니다. 그러고는 산에 올라가 멜 깁슨처럼 폼 잡고 몇 번 쐈는데 그 빌어먹을 총이 살점을 뜯어먹더라구요. 멜 깁슨이 쏠 땐 그렇게 뜯기는 거 못 봤는데. 너무 열이 받아서 그놈의 총을 관목숲 속으로 던져버리고는 집에 가서 밴드를 붙였습니다.' 이렇게 말이야. 게다가 과학수사계의 총기분석 보고서가, 다시 말해 우리 편이 맥키의 주장을 뒷받침해주고 있잖아. 바로 게임 끝나는 거야."

보슈의 말을 듣는 동안 라이더는 조금도 미소를 짓지 않았다. 보슈의 주장에 일리가 있다고 생각하고 있는 거였다.

"그렇게만 말하면 합리적인 의혹을 불러일으킬 거야. 우리는 그게 아니라고 증거를 댈 수도 없고. 현장에서 지문이나 모발, 섬유, 뭐 하나 건져온 게 없잖아. 게다가 맥키의 프로필을 봐도 석연치가 않아. 당신이 이 사건과 DNA 조사 결과에 대해 아무것도 모를 때 그 프로필을 봤다면, 이 친구가 살인을 저질렀을 거라고는 절대로 생각하지 못했을걸. 충동적으로 아니면 흥분이 최고조에 달해서 그런 일을 저질렀다면 몰라도. 이런 일은, 이렇게 계획적인 범행은, 그것도 열여덟 살짜리가 저질렀을 거라고는 도저히 상상도 못했을걸."

라이더는 아쉽다는 듯이 고개를 가로저었다.

"몇 시간 전만 해도 이 사건이 선배의 복직 환영 선물이라고 생각했는데. 슬램덩크인 줄 알았는데…."

"DNA 검사 결과 때문에 다들 속단하게 된 거지. 그래서 세상이 문제라는 거야. 기술이면 다 되는 줄 알거든. TV를 너무 많이 봐서 그래."

"맥키가 범인이 아니라고 생각한다는 말을 그렇게 돌려서 하는 거예요?"

"아직은 내가 무슨 생각을 하는지 나도 모르겠어."

"그러니까 맥키에게 미행을 붙이고 전화를 감청하고 겁 좀 주고 나서 누구에게 전화하는지 어떻게 행동하는지 보자는 말이군요."

보슈는 고개를 끄덕였다.

"지금 내 생각은 그래."

"먼저 프랫 반장한테 승인을 받아야 할 걸요."

"물론 규정을 따라야지. 오늘 국장님도 말씀하셨듯이."

"우와! 새로운 해리 보슈의 등장이네요."

"당신 앞에 있는 사람이 그 사람이야."

"감청 건을 추진하기 전에 실사를 마쳐야 해요. 롤랜드 맥키는 사건 관련자 그 누구에게도 전혀 알려지지 않았던 인물이었다는 것을 확인해야 돼요. 정말 그런 것으로 밝혀지면, 반장에게 가서 감청 건을 건의해보자고요."

"좋은 생각이야. 사건 파일 읽으면서 뭐 또 건진 거 있어?"

보슈는 인종문제라는 암류를 자기가 먼저 말하기 전에 라이더도 감지했는지 알고 싶었다.

"거기 있는 것만 건졌죠. 내가 놓친 게 있어요?"

라이더가 대답했다.

"글쎄…. 확실한 건 아니고."

"뭔데요?"

"베키가 혼혈아인 거 말이야. 88년에도 혼혈인을 경멸하는 사람들이 있었을 거야. 게다가 범행에 사용된 총도 도난당한 총이었잖아. 절도 피해자가 유태인이었지. 협박을 받았다고 했어. 그래서 권총을 구입했다고."

라이더는 입 안 가득 들어 있는 쌀밥을 씹으면서 생각에 잠긴 표정으로 고개를 끄덕였다.

"조사해볼 문제군요. 하지만 동기로는 충분하지 않은 것 같은데요."

라이더가 말했다.

"사건 파일에도 아무런 언급이 없었지…."

그들은 몇 분간은 아무 말 없이 먹기만 했다. 보슈는 차이니즈 프렌즈의 볶음밥에 든 새우가 이제까지 먹어본 볶음밥 새우 중에서 가장 부드럽고 달달하다고 생각했다. 폭찹은 그 음식이 놓인 플라스틱 접시처럼 얇긴 했지만 그것도 역시 맛이 일품이었다. 그리고 키즈가 옳았다. 폭찹은 손으로 먹어야 딱이었다.

"그린 형사와 가르시아 형사는 어때요?"

라이더가 물었다.

"뭐가 어때?"

"그 형사들의 수사에 대해 어떻게 평가하냐고요."

"글쎄. 후하게 준다면 C 정도? 실수를 많이 했고, 늑장을 부리기도 했잖아. 그러고 나서는 만반의 준비를 했던 것 같고. 당신은?"

"마찬가지예요. 사건 파일을 그럴듯하게 작성해놓긴 했는데, 하나 같이 호신용이란 느낌이 들었어요. 사건이 절대로 해결되지 않을 거라는 걸 알지만 최선을 다해 들춰 볼 건 다 들춰 봤다는 인상을 줄 수 있게 조서를 꾸며 놓은 것 같았어요."

보슈는 고개를 끄덕이고는 옆의 빈 의자에 놓여 있는 메모장을 내려다보았다. 만나볼 참고인 명단이 보였다.

"그 부모하고 가르시아, 그린을 만나봐야 돼. 맥키 사진도 필요하고. 열여덟 살 때 것."

"부모는 다른 사람들을 다 만나보고 나서 맨 마지막으로 만나야 할 것 같아요. 제일 중요한 사람들일지 모르지만 제일 나중에 만나야 해요. 17년이나 지나서 이런 소식을 갖고 찾아가는 거니까 미리 정보를 최대한 많이 확보한 다음에 가는 게 좋을 것 같아요."

"좋아. 그럼 보호관찰관부터 만나보자. 맥키의 보호관찰이 끝난 지 1년밖에 안 됐어. 십중팔구 밴 나이스에서 받았을 거야."

"좋아요. 그럼 거기 갔다가 아트 가르시아 형사를 만나러 걸어가면 되겠군요."

"가르시아를 찾았어? 아직도 경찰에 남아 있어?"

"찾을 필요도 없었어요. 현재 밸리 지국 경정이에요."

보슈는 고개를 끄덕였다. 그는 놀라지 않았다. 가르시아가 출세를 한 모양이었다. 경정이라면 총경 바로 밑이었다. 가르시아는 수십 년 전 자신이 벌로런 사건을 수사했던 관할서인 데본셔 경찰서를 포함해서 밸리 지역 다섯 개의 경찰서를 총괄하는 밸리 지국의 지휘계통에서 2인자가 된 것이다.

라이더가 말을 이었다.

"경찰국장실 소속 특별보좌관들은 정기 프로젝트 외에도 각자가 경찰 지국 네 군데 중에서 하나를 맡아서 일종의 연락책 역할도 수행했어요. 난 밸리 지국을 맡았죠. 그래서 가르시아 경정하고도 가끔 통화를 했어요. 보통은 밑의 직원들이나 바탄 총경하고 통화를 했지만요."

"이런, 내 파트너가 이렇게 영향력이 막강한 분이었다는 걸 몰랐네. 바탄하고 가르시아한테 밸리 지국 운영지침을 내리는 분이었구만그래."

라이더는 짐짓 짜증이 난 표정으로 고개를 설레설레했다.

"자꾸 놀리지 말아요. 그리고 6층에서 일하는 게 그렇게 나쁜 것만은 아니었어요. 경찰국이라는 조직과 운영에 대해 배운 게 얼마나 많은데요."

"그러시군. 경찰국 말이 나와서 하는 말인데, 당신한테 할 말이 있어."

"뭔데요?"

"아까 커피 가지러 내려갔다가 어빙을 만났어. 당신이 사무실을 나가고 난 직후에."

라이더는 금방 걱정스러운 표정이 되었다.

"그래서 어떻게 됐어요? 뭐래요?"

"별말 안 했어. 그냥 나를 재생타이어라고 부르면서, 내가 곧 닳아서 터져버릴 거고 그러면 나를 복귀시킨 죄로 국장이 물러나게 될 거라고 하더군. 그러고 나서, 먼지가 가라앉고 나면 물론 미스터 클린이 국장 자리에 오를 거라고 하고."

"세상에나, 선배, 복귀한 지 하루도 안 지났는데 벌써 어빙한테 엉덩이를 물렸다고요?"

보슈는 두 팔을 넓게 펼치다가 옆 테이블에 앉은 남자의 어깨를 칠 뻔했다.

"커피 사러 갔었어. 어빙이 카페에 있다가 나한테 접근했어, 키즈. 맹세코 난 내 일만 신경 쓰고 있었다고."



라이더는 고개를 숙이고 자기 접시를 바라보았다. 그러고는 한동안 보슈에게 아무 말도 하지 않고 계속 먹기만 했다. 마지막 폭찹은 반쯤 먹다가 포기하고 접시로 떨어뜨렸다.

“더는 못 먹겠어요, 선배. 나가죠.”

“난 준비됐어.”

보슈가 두 사람의 식사 값을 후하게 쳐서 탁자 위에 놓고 일어서자 라이더는 다음에는 자기가 사겠다고 말했다. 식당을 나온 그들은 보슈의 검은색 메르세데스 SUV를 타고 다시 차이나타운을 통과해 101번 고속도로의 북쪽 방향 진입로를 향해 달려갔다. 줄곧 말없이 달리다가 고속도로로 진입하자 라이더가 입을 열었다.

“선배, 어빙을 가볍게 여기지 말아요. 아주 조심해야 돼요.”

라이더가 말했다.

“항상 조심하고 있어. 그리고 단 한 번도 그 사람을 가볍게 여긴 적이 없고.”

“국장 자리를 코앞에 두고 두 번이나 밀려났어요. 이젠 이판사판으로 달려들지도 몰라요.”

“맞아. 근데 이해가 안 가는 게 뭔줄 알아? 당신 상관은 왜 국장 자리에 오르고 나서 어빙을 제거하지 않은 거지? 집 안 청소를 왜 안 했냐고. 어빙을 길 건너로 쫓아버리는 것 가지고는 위험 요소를 완전히 제거할 수 없는데 말이야. 그건 누구나 아는 사실인데.”

“그렇게 밀어버릴 수가 없었어요. 어빙은 40년 이상 경찰국에 몸담은 사람이에요. 경찰국 밖에 그리고 시청 쪽에도 연줄이 많이 있어요. 게다가 어디를 파면 시체가 많이 묻혀 있는지도 알고 있죠. 국장은 어떤 보복도 없을 거라는 확신이 들기 전에는 어빙을 완전히 내칠 수가 없을 거예요.”

다시 침묵이 흘렀다. 이른 오후, 밸리 지역으로 향하는 차는 별로 없었다. 보슈는 라디오를 켜고 뉴스 교통 전문 채널인 KFWB 방송을 들었는데, 그들이 가는 방향으로 혼잡한 곳이 있다는 보도는 없었다. 기름을 확인해보니 탱크에 절반 정도 차 있었다. 그 정도면 충분했다.

보슈와 라이더는 이미 자기들 자가용을 번갈아가며 사용하기로 합의를 했다. 두 사람이 같이 쓰라고 경찰국 관용차 한 대의 사용 승인이 났지만, 승인이 나는 것까지만 쉽고 그다음부터는 어려울 거라는 걸 둘 다 잘 알고 있었다. 실제로 차를 받을 때까지 서너 달은 족히 걸릴 것이고 그보다 더 걸릴 수도 있었다. 경찰국에는 여분의 관용차가 없었고 새 차를 살 예산도 없었다. 사용 승인을 받는 것은 개인 차의 기름 값과 주행거리에 대한 비용을 청구하기 위해 필요한 요식행위에 지나지 않았다. 보슈는 자신의 SUV로 수백, 수천 킬로미터를 달리게 될 테니 경찰국은 관용차를 구입하는 것보다 더 많은 돈을 그에게 경비로 지불하게 될 거라는 걸 알고 있었다.

마침내 보슈가 입을 열었다.

"키즈, 당신이 말 안 해도 당신이 무슨 생각하는지 알아. 당신이 나만 걱정하고 있는 게 아니라는 거 알아. 당신이 위험을 무릅쓰고 국장한테 나를 복귀시키라고 설득했다는 것도 알아. 정말이야, 키즈, 이… 이 재생타이어에 타고 있는 사람이 나 혼자만이 아니라는 거 알고 있어. 걱정할 것 없어, 키즈. 국장한테도 걱정 말라고 해. 다 알고 있으니까. 타이어가 터지는 일은 없을 거야. 내가 어빙에게 보복의 빌미를 주는 일은 결코 없을 거야."

"좋아요, 선배. 그 말을 들으니 안심이 되네요."

보슈는 말은 그냥 말일 뿐이라는 걸 알면서도 라이더에게 좀 더 믿음을 주기 위해 더 할 말을 생각해내려고 애를 썼다.



"내가 얘기 했나 모르겠는데, 그만두고 나서 처음에는 정말 좋더라고. 조직에서 나와 하고 싶은 일을 하니까. 그러다가 여기가 그리워지기 시작했고, 곧 다시 사건 수사를 시작했어. 나 혼자서. 어쨌든 그러다가 우연히 알게 됐어, 내가 다리를 약간 절기 시작했다는걸."

"다리를 전다고요?"

"약간. 한쪽 발뒤꿈치가 다른 발보다 낮은 것처럼. 한쪽으로 약간 기울어진 것 같이."

"신발에 문제가 있나 확인해봤어요?"

"확인할 필요 없었어. 신발 때문이 아니었거든. 총 때문이었어."

보슈는 라이더를 돌아보았다. 라이더는 보슈를 대할 때 툭하면 그랬듯이 양미간을 한껏 좁히고 앞만 노려보고 있었다. 보슈는 다시 고개를 돌려 전방의 도로를 바라보았다.

"그 오랜 세월 동안 항상 총을 가지고 다녔기 때문에 총이 사라지고 나니까 균형이 깨진 거지. 그래서 절름발이가 된 거야."

"별 희한한 이야기 다 들어보네요, 선배."

그들은 카후엥가 고갯길을 달리고 있었다. 보슈는 창밖으로 산을 올려다보면서, 산골짜기마다 들어선 집들 중에서 자기 집을 찾아보았다. 갈색 관목 숲 위로 불쑥 튀어나온 자기 집 베란다를 얼핏 본 것도 같았다.

"가르시아한테 전화해서 보호관찰관을 만나보고 나서 들르겠다고 알려놓지 그래?"

보슈가 물었다.

"네, 그럴게요. …선배가 지금 하는 이야기의 요점을 듣고 나서 바로."

보슈는 한참을 망설이다가 말했다.

"요점은, 총이 필요하다는 거야. 배지도 필요하고. 그것들이 없으면, 난 절름발이거든. 그것들이 필요해. 알겠어?"

보슈는 라이더를 돌아보았다. 라이더도 보슈를 쳐다보았지만 아무 말도 하지 않았다.

“이게 얼마나 소중한 기횐데. 나보고 재생타이어라고? 웃기지 말라 그래. 난 절대로 개판 치지 않아.”

# 08

88

20분 후 그들은 보슈가 이 도시에서 가장 싫어하는 곳들 중 하나인, 밴 나이스에 있는 캘리포니아 주 교정국 보호관찰 가석방 사무소 건물로 걸어들어갔다. 단층 벽돌 건물인 그곳은 보호관찰관이나 가석방 담당관을 만나려고 기다리는 사람들, 소변검사를 기다리는 사람들, 법원이 명령한 면담을 기다리는 사람들, 다시 투옥되기를 기다리는 사람들, 자유를 누릴 기회를 한 번 더 달라고 간청하는 사람들로 북적였다. 절박함과 치욕과 분노가 손에 잡힐 듯 느껴지는 곳이었다. 그곳에 가면 보슈는 어느 누구와도 눈을 마주치지 않으려고 애를 썼다.

보슈와 라이더는 다른 사람들한테는 없는 것을 갖고 있었다. 경찰 배지. 그 덕분에 그들은 줄 서서 기다리지 않고 롤랜드 맥키가 2년 전 공연음란죄로 체포된 뒤 배정받은 보호관찰관을 즉시 만나볼 수 있었다. 셀마 키블은 정부가 제공한 칸막이가 가득한 방에서 칸막이 공간 하나를 차지하고 앉아 있었다. 정부가 지급한 책상과 한 개뿐인 선반에는 그녀가 보살펴야 할, 보호관찰이나 가석방 판결을 받은 기결수들의 파일이 가득했다. 셀마 키블은 중간키에 보통 체격이었다. 밝은 색의 눈이 짙은 갈색의 피부와 극명한 대조를 이루고 있었다. 보슈와 라이더는 강력계 형사라고 자기소개를 했다. 키블의 책상 앞에는 의자가 한 개밖에 없어서 둘은 계속 서 있었다.

"강도 사건인가요, 살인 사건인가요?"

키블이 물었다.

"살인 사건이요."

라이더가 대답했다.

"그럼 저쪽 칸막이 안에 가서 남는 의자 가져다가 앉으세요. 거기 주인은 지금 점심 식사 중이니까."

보슈는 키블이 가리킨 칸막이 안에서 의자를 갖고 왔다. 의자에 앉은 라이더와 보슈는 키블에게 롤랜드 맥키에 관한 자료를 보고 싶다고 말했다. 키블은 이름은 아는데 사건 내용은 모르는 것 같았다.

"2년 전에 맡았던 공연음란죄 사건인데요, 12개월 보호관찰형이었죠."

"아, 그러면 요즘 보고 있는 친구가 아니네요. 그렇다면 자료실에 가서 찾아와야 돼요. 기억이 잘 … 아, 기억나요, 기억나요, 롤랜드 맥키. 맞아요, 재미있는 친구였죠."

"뭐가 재밌어요?"

라이더가 물었다.

키블이 미소를 지었다.

"그냥 유색인종 여성 보호관찰관과 면담하는 것을 약간 힘들어했다고 해두죠. 어쨌든 자료실에 가서 찾아올게요, 자세한 내용은 확인을 해봐야 아니까."



키블은 맥키의 이름 철자를 재차 확인하더니 칸막이 사무실을 떠났다.

"그것도 도움이 될 수 있겠어."

보슈가 말했다.

"뭐가요?"

라이더가 물었다.

"키블하고 갈등이 있었다면 분명히 당신하고도 갈등이 있겠지. 그걸 이용할 수도 있겠다고."

라이더는 고개를 끄덕였다. 그녀는 칸막이 사무실의 섬유판 벽에 붙은 신문 기사를 바라보았다. 세월이 흘러 종이가 누렇게 변해 있었다. 보슈도 허리를 굽히고 쳐다봤지만 너무 멀리 떨어져 있어서 표제밖에 보이지 않았다.

부상당한 가석방 담당관
열렬한 환영 받아

"뭐야?"

보슈가 라이더에게 물었다.

"이 여자 누군지 알겠어요. 몇 년 전에 총에 맞은 적이 있어요. 어떤 전과자의 집에 갔다가 누군가에게 총을 맞았죠. 그 전과자는 도움을 요청해놓고는 사라졌고요. 내 기억으론 그래요. BPO(the Black Peace Officers: LA에 있는 흑인 평화 경찰관 협회—옮긴이)에서 상도 받았어요. 세상에나, 살을 엄청 뺐네요."

그러고 보니 보슈도 들어본 적이 있는 이야기였다. 그는 기사에 함께 실린 사진 두 장을 살펴보았다. 한 장은 교정국 건물 앞에 서 있는 셀마 키블을 찍은 거였다. 키블 뒤로 보이는 건물 지붕에서부터 그녀의 복귀를 환영한다는 현수막이 걸려 있었다. 라이더의 말이 맞았다. 키블은 그 사진을 찍고 나서 족히 40킬로그램 정도는 감량을 한 것 같았다. 보슈는 몇 년 전 교정국 길 건너편에 있는 법원에서 자기가 맡은 사건에 대한 재판이 진행 중일 때 그 현수막을 본 기억이 났다. 그는 고개를 끄덕였다.

그리고 다른 사진을 보니 기억이 더욱 선명해졌다. 백인 여자의 머그샷(경찰 기록용 범죄자의 상반신 사진－옮긴이)이었다. 키블이 총을 맞았던 집에 살았던 전과자였다.

"저 여자가 총을 쏜 거 아니지?"

보슈가 물었다.

"네, 맞아요. 신고해서 키블의 목숨을 구한 여자죠. 그러고는 사라졌어요."

보슈는 벌떡 일어서서 책상 위에 쌓여 있는 파일 더미에 두 손을 대고 책상 위로 허리를 굽혀 신문 기사를 가까이 들여다보았다. 머그샷 사진을 살펴보았다. 흑백사진이었는데 오래전 기사를 스크랩해둔 거라서 색이 많이 질어져 있었다. 그러나 보슈는 사진 속의 얼굴을 알아보았다. 확실했다. 머리색과 눈 색깔은 달랐다. 사진 밑에 적힌 이름도 달랐다. 그러나 그가 지난해에 라스베이거스에서 만난 적이 있는 여자가 확실했다.

"내 자료를 함부로 만지면 안 되는데."

보슈는 즉시 손을 떼고 몸을 바로하고 섰고 키블은 책상을 돌아갔다.

"미안합니다. 기사 좀 보느라고."

"옛날 거예요. 뗄 때가 된 것 같군요. 여러 해 전, 한 뚱뚱했을 때 거죠."

"흑인 평화 경찰관 협회 총회에서 상 받으실 때 저도 그 자리에 있었어요."

라이더가 말했다.

“어, 정말요? 정말 행복한 밤이었어요.”

키블이 미소를 지으며 말했다.

“그 여자는 어떻게 됐습니까?”

보슈가 물었다.

“캐시 블랙이요? 잠수 탔어요. 그 후로 봤다는 사람이 아무도 없어요.”

“혐의가 있나요?”

“웃기는 건요, 없다는 거예요. 도망을 쳐서 가석방 조건을 위반하긴 했는데, 그것뿐이에요. 걔는 날 쏘지 않았어요. 오히려 내 목숨을 구해줬죠. 그것 때문에 기소 당하게 하지는 않을 작정이었어요. 하지만 가석방 조건 위반은 나도 어쩔 수 없었어요. 잠수를 탔거든요. 나를 쏜 놈이 걔를 잡아서 사막 어딘가에 묻었을지도 모르겠다는 생각이 들어요. 아니기를 바라지만. 걔는 내 인생이 좋은 방향으로 바뀌게 한 전환점이 되어준 아이예요.”

보슈는 지난해에 딸을 만나러 라스베이거스에 갔을 때 잠깐 머물렀던 공항 근처 모텔에서 옆방에 살았던 여자가 캐시 블랙이었는지 갑자기 자신이 없어졌다. 보슈는 의자에 앉아 아무 말도 하지 않았다.

“맥키 파일은 찾았어요?”

라이더가 물었다.

“여기. 살펴봐요. 근데 그 친구에 대해서 물어볼 게 있으면 지금 물어봐요. 5분 후면 오후 업무가 시작되니까. 늦게 시작하면 하루 종일 연쇄반응을 일으켜서 늦게 퇴근해야 돼요. 오늘 밤엔 그럴 수 없어요. 데이트가 있어서.”

키블은 데이트 생각만 해도 기쁜지 활짝 웃고 있었다.

“그래요, 그럼. 맥키에 대해 기억나는 게 있어요? 파일을 봤어요?”

“아까 가지고 오면서 잠깐 봤어요. 맥키는 그냥 한심한 변태였어요.

어디서 인종차별주의를 주워들은 하찮은 약쟁이였죠. 거물이 아니에요. 개를 내 맘대로 쥐었다놨다 하는 게 재밌었던 기억이 나요. 뭐, 그 정도예요."

보슈는 라이더에게로 상체를 숙이고 그녀가 펼쳐놓은 파일을 내려다보았다.

"공연음란죄라고 했는데, 성기를 노출한 경웁니까?"

보슈가 물었다.

"그걸 보면 아시겠지만, 이 친구는 술을 진탕 퍼마시고 폭주를 즐기다가 갑자기 오줌이 마려워서 어느 집 앞마당에 들어가 오줌을 눴어요. 그 집에 열세 살짜리 여자 아이가 하나 살았는데 공교롭게도 그때 마당에서 농구 연습을 하고 있었죠. 아이를 발견한 맥키는 이미 성기를 꺼내놓고 오줌을 내갈긴 마당이니 자기 걸 구경해보겠냐고 아이한테 물어봐야겠다고 생각한 거죠. 근데 그 아이 아버지가 메트로 경찰서 경찰이었고 사건 당시 마침 비번이라 집에 있었다는 거 있죠? 그 아버지가 나와서 맥키를 제압해서 땅에 엎드리게 했어요. 웃기는 건, 나중에 맥키는 우연인지는 몰라도, 자기 생각에는 우연이 아닌 것 같은데, 그 아버지가 자기를 자기가 싸놓은 오줌 웅덩이에 엎드리게 했다고 투덜거렸어요. 그게 좀 마음에 안 들었나 보더라고요."

키블은 웃으면서 이야기를 마쳤다. 보슈는 고개를 끄덕였다. 키블의 이야기가 파일에 들어 있는 사건 조서보다 더 다채로웠다.

"그러고는 유죄를 인정하고 걸어 나왔군요."

"맞아요. 검찰이 보호관찰형을 제안하니까 받아들였어요. 그래서 나한테 보내졌죠."

"12개월 동안 별 문제없었나요?"


"나를 마음에 안 들어한 거 빼고는 없었던 것 같아요. 보호관찰관 교체를 요청했지만 거절당하고 나한테 붙어 있었죠. 겉으로 드러내지 않으려고 조심했지만 분명히 있었어요. 마음속에. 내가 흑인인 것과 여자인 것, 어떤 게 더 싫었는지는 모르겠지만."

키블이 말을 끝맺으면서 라이더를 쳐다보자 라이더는 고개를 끄덕여 주었다.

파일에는 맥키의 전과와 인생을 담은 상세한 자료가 들어 있었다. 옛날에 체포될 당시에 찍은 사진들도 있었다. 이 파일은 보슈와 라이더의 표적인 맥키에 대한 기본 자료가 될 것이었다. 그 안에 든 정보가 너무 많아서 키블 앞에서 다 살펴볼 수가 없었다.

"이거 복사해 가도 될까요? 그리고 괜찮다면 이 초기 사진들 중 한 장을 빌려가고 싶은데."

보슈가 말했다.

한순간 키블의 눈이 가늘어졌다.

"옛날 사건을 수사 중이시군요, 그렇죠?"

라이더가 고개를 끄덕였다.

"아주 옛날 거요."

라이더가 말했다.

"콜드 케이스인가요?"

"미해결 사건이라고 부르죠."

라이더가 말했다.

키블은 생각에 잠긴 표정으로 고개를 끄덕였다.

"사실, 여기 있으면 아무것도 놀랍지가 않아요. 4년간 꼬리표를 달고 살다가 꼬리표를 떼기 이틀 전에 냉동 피자 한 조각을 훔치다 잡힌 사람도 봤으니까. 하지만 내가 기억하는 맥키는 살인자의 본능을 가진 사람이 아닌데. 내 의견을 묻는다면 아니라고 말하겠어요. 맥키는 추종자이지 행동가가 아니에요."

"흥미로운 평가군요. 사실 맥키가 범인이라고 확신하는 건 아닙니다. 사건에 개입되어 있다는 것만 알고 있는 정도죠."

보슈는 이제 그만 가보려고 자리에서 일어났다.

"사진은 어떡하죠? 복사를 하면 선명하지가 않아서 보여줘도 별 소용이 없을 것 같은데."

보슈가 말했다.

"돌려주겠다고 약속하시면 빌려드릴게요. 그 파일을 완전한 상태로 보관할 필요가 있어서 그래요. 맥키 같은 사람들은 내게로 돌아오는 경향이 있거든요. 무슨 말인지 아시죠?"

"그럼요. 그리고 돌려드릴게요. 참, 저기 저 신문 기사도 복사해도 될까요? 읽어보고 싶어서요."

키블은 칸막이벽에 붙은 신문 기사를 쳐다보았다.

"사진은 보지 말아요. 옛날 모습이니까."

교정국을 나온 라이더와 보슈는 길을 건너 밴 나이스 사법 센터로 갔고 두 법원 건물 사이를 통과해 중앙 광장으로 들어갔다. 그들은 도서관 옆 벤치에 앉았다. 다음 일정은 밴 나이스 경찰서에서 아르투로 가르시아를 만나는 거였는데, 밴 나이스 경찰서도 이 정부 청사 건물 하나를 쓰고 있었다. 약속시간까지 시간이 좀 남아 있어서 교정국에서 가져온 자료를 살펴볼 작정이었다.

그 파일은 롤랜드 맥키가 열여덟 살 생일날부터 시작해서 지금까지 체포된 모든 범죄에 관한 상세한 기록을 담고 있었다. 또한 그동안 보호관찰관과 가석방 담당관들이 맥키를 관리할 때 중점을 둘 측면들을 연구하면서 참고로 했던 간략한 인물소개서도 여러 장 들어 있었다. 라이더는 보슈에게 체포 보고서 뭉치를 건넸고 자신은 인물소개서를 읽기 시작했다. 그러나 곧 맥키의 인물소개서에서 벌로런 사건과 관련이 있다고 생각되는 부분을 큰 소리로 읽어서 절도 사건 체포 보고서를 읽고 있는 보슈를 방해했다.

"맥키는 1988년 여름에 채스워스 고등학교에서 고졸 학력 인정 교육 과정을 수료했어요. 채스워스에 있었다는 거네요."

라이더가 말했다.

"고졸 학력 인정 과정을 수강했다면, 그전에 학교를 중퇴했었다는 얘기잖아. 어느 고등학교를 중퇴했는지 나와 있어?"

"그건 없어요. 채스워스에서 자랐다고 적혀 있네요. 결손가정에서 자란 가난한 학생이었다고요. 아버지와 함께 살았는데, 아버지는 밴 나이스에 있는 제너럴 모터스 공장에서 용접공으로 일했고요. 힐사이드 사립 고등학교를 다녔을 것 같진 않은데요."

"그래도 확인해봐야 돼. 자기 자식은 더 나은 환경에서 공부시키고 싶은 게 부모 마음이거든. 맥키가 힐사이드에 들어가서 베키 벌로런을 알게 됐고 그 후에 중퇴를 했다면 88년에 있었던 참고인 조사에서 맥키가 빠진 이유가 설명이 되잖아."

라이더는 고개를 끄덕이기만 했다. 계속 읽고 있었다.

"이 친구는 밸리를 떠난 적이 없어요. 모든 주소지가 밸리 지역 내에 있어요."

라이더가 말했다.

"마지막 주소지는?"

"파노라마 시티요. 오토트랙에서 봤던 주소. 근데 여기에도 똑같은 주소가 나와 있는 걸 보면, 이것도 옛날 주소겠죠."

보슈는 고개를 끄덕였다. 맥키만큼 감옥깨나 들락거려본 사람이라면 보호관찰 꼬리표를 떼는 그날로 거처를 옮겨야 한다는 것을 알았을 것이다. 보호관찰관에게 주소를 남기지 말아야 했으니까. 보슈는 파노라마 시티의 주소지로 가서 확인이야 하겠지만 맥키는 사라지고 없을 거라고 생각했다. 맥키가 어디로 옮겨갔는지는 몰라도 자기 명의로 공공서비스를 신청하지 않았고 운전면허증이나 자동차 등록증을 갱신하지도 않았다. 레이더망을 피해 저공비행을 하고 있는 거였다.

"맥키가 웨이사이드 화이티즈 조직원이었다는데요."

라이더가 보고서를 다시 살펴보면서 말했다.

"놀라운 일은 아니야."

웨이사이드 화이티즈는 LA 북부, 노스 카운티에 있는 웨이사이드 아너 란초 교도소에 여러 해 동안 존재했었던 감옥 내 조직이었다. 보통 카운티 교도소에서는 인종에 따라 조직이 생겨나곤 했는데 이는 인종적 적대감 때문이라기보다는 자기 보호의 차원이었다. 나치주의 경향이 있는 웨이사이드 화이티즈 조직원들 중에 자신이 유태인임을 숨기고 있는 사람들도 적지 않았다. 자기 보호를 위해서는 어쩔 수 없었다. 어떤 조직에라도 속해야 다른 조직으로부터의 공격을 피할 수 있었다. 감옥에서 살아남기 위한 방법이었다.

맥키가 그런 조직의 일원이었다는 사실은 인종 문제가 벌로런 사건에서 어떤 역할을 했을 가능성이 있다는 보슈의 가설을 조금이나마 뒷받침해주고 있었다.

"그 일과 관련해서 뭐 더 나와 있어?"

보슈가 물었다.

"내 눈에는 안 보이는데요."

"인상착의는? 문신은?"

라이더는 서류를 들추다가 교도소 입소 서류를 꺼냈다. 그러고는 서류를 보면서 대답했다.

"네, 문신 있어요. 한 팔 이두박근에는 자기 이름이 새겨져 있고, 다른 팔에는 여자 친구 이름 같은 게 있네요. 라호와(RaHoWa)."

보슈는 라이더가 불러주는 이름 철자를 들으면서 자기 가설이 맞아 들어가는 것을 알고 짜릿한 흥분감을 느꼈다.

"그건 사람 이름이 아니야. 암호지. '인종 성전(racial holy war)'라는 뜻이고. 각 단어의 앞 철자 두 개씩을 딴 거야. 맥키는 인종차별주의 신봉자였던 거야. 가르시아와 그린이 그걸 놓쳤군, 바로 눈앞에 있는데도."

보슈는 아드레날린이 솟구치는 것을 느꼈다.

"이것 좀 보세요. 등에는 88이라는 숫자가 새겨져 있어요. 88년에 한 어떤 일을 기억하고 싶은가 보죠?"

라이더가 다급한 목소리로 말했다.

"그럴 수도 있겠지만, 암호일 가능성이 더 클걸. 언젠가 이런 백인우월주의자들 관련 사건을 하나 맡은 적이 있어서 관련 암호들을 다 기억하고 있어. 이 친구들한테는 88이 HH를 뜻하는 거야. 알파벳의 여덟 번째 철자가 H거든. 88은 HH, 다시 말해 '하일 히틀러(Heil HItler: '히틀러 만세'라는 뜻의 독일어 - 옮긴이)'라는 뜻이지. 198은 뭔줄 알아? 지크 하일(Sieg Heil: '승리 만세'라는 뜻으로 나치 친위대의 구호 - 옮긴이)이야. 진짜 기발하지 않아?"

"그래도 난 1988년을 뜻하는 것 같은데요."

"그럴지도 모르지. 직업 관련 기록도 들어 있어?"

"견인 트럭 운전사인 것 같아요. 가장 최근에 공연음란죄로 체포됐을 때도 견인 트럭을 운전하다가 세우고 오줌을 누다가 그렇게 된 거예요. 여기 과거에 일했던 직장 세 군데가 나와 있는데, 전부 견인 서비스업체예요."

"좋아. 그것부터 시작하자."

"꼭 찾아내자고요, 맥키를."

보슈는 자기 앞에 놓여 있는 체포 보고서를 내려다보았다. 1990년에 저지른 절도 사건에 관한 거였다. 맥키는 퍼시픽 자동차극장 매점에서 경찰견에게 붙잡혔다. 그는 영업시간이 끝난 후에 침입했는데, 침입과 동시에 소리가 나지 않는 경보기가 울렸다. 그는 금전등록기에서 약간의 현금을 털고 초콜릿 바 200개를 비닐봉지에 담았다. 그러고는 나가려다 말고 치즈를 녹여서 나초를 만들어 먹고 나가기로 결심했다. 맥키가 건물 안에 있을 때 경보를 듣고 경찰견과 함께 출동한 순경이 개를 매점 안으로 들여보냈다. 맥키는 카운티-USC 메디컬 센터에서 왼쪽 팔과 왼쪽 허벅지 윗부분에 생긴, 개에게 물린 상처를 치료 받고 나서 유치장으로 넘겨졌다.

체포 보고서에 따르면 맥키는 비교적 가벼운 무단침입 혐의에 대해 유죄를 인정했고 밴 나이스 구치소 복역 67일과 보호관찰 2년을 선고 받았다.

다음 체포 보고서는 맥키가 보호관찰 조건을 어기고 폭행죄로 체포된 사건에 관한 것이었다. 보슈가 그 보고서를 읽으려는 순간 라이더가 그의 손에서 서류뭉치를 빼어갔다.

"가르시아 경정을 만나러 갈 시간이에요. 그 밑에 있는 경사가 늦게 오면 못 만날 거라고 했어요."

라이더가 말했다.

라이더가 일어서자 보슈도 따라 일어섰다. 그들은 밴 나이스 경찰서를 향해 걸어갔다. 밴 나이스 경찰서 건물 3층에 LA 경찰국 밸리 지국 사무실이 있었다.

"맥키는 1990년에 그 오래된 퍼시픽 자동차극장에서 절도죄로 체포됐어."

걸어가면서 보슈가 말했다.

"그런데요?"

"그 극장은 위넷카와 프레이리의 교차로에 있었어. 지금은 거기 복합상영관이 들어와 있지. 그보다 2년 전 벌로런을 살해한 권총을 도난당했던 집과는 겨우 대여섯 블록 떨어져 있는 곳이고."

"그래서요?"

"그 두 건의 절도 사건이 겨우 다섯 블록 떨어진 곳에서 일어났단 말이야. 그 지역에서 작업하는 걸 좋아했는지도 모르지. 놈이 그 총을 훔쳤을 거야. 아니면 훔친 놈과 함께 있었거나."

라이더는 고개를 끄덕였다. 둘은 계단을 올라가 경찰서 로비로 들어가서 엘리베이터를 타고 3층으로 올라가 밸리 지국 가르시아 경정의 사무실을 찾아갔다. 약속 시간에 딱 맞춰 들어갔는데도 기다리게 만들었다. 소파에 앉아 있는 동안 보슈가 말했다.

"그 자동차극장 기억이 나. 어릴 때 두세 번 갔었어. 밴 나이스에 있던 극장에도 몇 번 갔었고."

"내가 살던 남쪽에도 자동차극장이 있었어요."

라이더가 말했다.

"거기도 지금은 복합상영관으로 바뀌었지?"

"아뇨. 그냥 주차장이에요. 거기다 복합상영관을 짓겠다고 투자할 사람이 누가 있겠어요."

"매직 존슨이 안 했어?"

보슈는 왕년의 LA 레이커스 농구 스타인 매직 존슨이 몇 개의 극장을 개장하는 등 그 지역에 거액을 투자했다는 사실을 알고 있었다.

"매직 존슨 한 명 가지고 되나요."

"그 한 명이 좋은 출발이 되지 않겠어?"

경찰복 소매에 순경 2급 줄무늬 계급장을 단 여자가 그들에게로 다가왔다.

"경정님이 지금 두 분을 만나보시겠답니다."

# 09

## 아르투로 가르시아

보슈와 라이더가 제복 여순경의 안내를 받아 경정실로 들어갔을 때 아르투로 가르시아 경정은 책상 뒤에 서서 기다리고 있었다. 가르시아도 제복 차림이었는데 차려입은 모습이 위풍당당했다. 머리색은 철회색이었고 병 닦는 솔처럼 생긴 콧수염을 기르고 있었다. 그는 과거에 경찰국이 지니고 있었고 지금은 되찾으려고 애를 쓰고 있는 자신감을 발산하고 있었다.

"형사님들, 어서 와요, 어서 와. 여기 앉아서 옛 선배한테 강력계가 어떻게 돌아가는지 얘기 좀 들려줘야지."

가르시아가 말했다.

보슈와 라이더는 책상 앞에 놓인 의자에 앉았다.

"이렇게 빨리 만나주셔서 감사합니다."

라이더가 말했다.

보슈와 라이더는 가르시아와의 대화는 라이더가 주도하기로 합의했는데, 이는 라이더가 경찰국장의 연락책 역할을 하면서 가르시아와 안면이 있었기 때문이었다. 그리고 보슈가 가르시아에 대한 혐오감과 벌로런 사건을 수사하면서 저지른 실수들에 대한 경멸감을 숨길 수 있을지 자신이 없기 때문이기도 했다.

"강력계가 부르면, 시간을 내는 게 도리지, 안 그런가?"

가르시아가 또 미소를 지었다.

"사실 저희는 미해결 사건 전담반 소속입니다."

라이더가 말했다.

가르시아의 얼굴에서 미소가 싹 사라졌고, 보슈는 잠깐이지만 그의 눈에서 고통스러운 기색을 보았다고 생각했다. 라이더는 경정실 부관을 통해 면담 약속을 하면서 어떤 사건 때문인지는 밝히지 않은 것 같았다.

"베키 벌로런 때문에 왔군."

경정이 말했다.

라이더가 고개를 끄덕였다.

"어떻게 아셨어요?"

"어떻게 알았냐고? 거기 전담반장에게 전화를 걸어서 그 사건과 관련하여 DNA 증거물이 있으니까 조사해보라고 귀띔해준 사람이 바로 나니까."

"프랫 형사 말씀이십니까?"

"그래요, 프랫. 그 전담반장한테 전화를 해서 1988년 베키 벌로런 사건을 살펴보라고 했지. 어떻게 됐나? 유전자가 일치하는 사람이 있다고 나왔소?"

라이더가 고개를 끄덕였다.

"확실히 일치하는 사람이 나왔습니다."

"누구? 그 식당에서 누군가 나올 거라고 예상하면서 17년이나 기다려 왔는데."

이 말을 듣고 보슈는 멈칫했다. 사건 파일에 로버트 벌로런의 식당 직원들을 조사한 참고인 진술조서가 있었지만 특이한 사항은 없었다. 의심스럽거나 추가 조사가 필요한 내용이 전혀 없었다. 수사관들의 조서에서도 수사 방향을 식당 쪽으로 잡고 있다는 내용이 없었다. 그런데 이제 와서 당시 수사관 한 명의 입에서 살인범은 식당 쪽 사람이었을 거라고 생각하고 있었다는 이야기를 들으니 오전에 읽은 것들과 많이 달라서 혼란스러웠다.

"어, 그건 아니고요. 그 DNA는 롤랜드 맥키라는 남자의 것과 일치하는 것으로 나왔어요. 사건 발생 당시 맥키는 열여덟 살이었고 채스워스에 살았죠. 하지만 그 식당에서 일한 적은 없는 것으로 알고 있는데요."

가르시아는 혼란스럽거나 실망스러운 것처럼 얼굴을 찌푸렸다.

"그 이름 들어보신 적 있습니까? 사건 파일에는 어디에도 나와 있지 않았는데요."

라이더가 물었다.

가르시아는 고개를 저었다.

"잘 모르겠네, 너무 오래전 일이라. 맥키가 누구지?"

"정확한 신원파악은 아직이고요. 소재지와 전과 등을 알아보고 있는 중입니다."

"내가 들어본 이름이라면 기억이 날 텐데. 권총에 묻어 있던 혈흔이 그 친구 거였다고?"

"네, 그렇게 나왔어요. 절도, 장물수수, 마약 등등 전과가 화려합니다. 그 총도 맥키가 훔쳤을 가능성이 있다고 보고 있고요."

"분명히 그랬을 거야."

가르시아가 말했다. 자기가 그렇게 생각하면 그게 사실이 된다고 믿는 듯한 말투였다.

"맥키가 총하고 관련이 있는 것은 분명합니다. 하지만 맥키와 베키와의 연결고리는 아직 찾고 있는 중이죠. 그래서 경정님이 혹시 뭐라도 기억하시나 싶어서 와본 겁니다."

"그 부모는 만나봤소?"

"아직이요. 우선 경정님부터 뵈러 온 겁니다."

"불쌍한 사람들이야. 그 일로 두 사람의 인생이 끝이 났으니까."

"그 부모하고 계속 연락하셨어요?"

"처음에는 그랬지. 사건을 맡고 있는 동안은. 하지만 경위로 승진하고 순찰대로 돌아가게 돼서 사건을 포기할 수밖에 없었소. 그 후로는 연락이 끊어졌고. 그전에 연락을 주고받을 땐 주로 베키 엄마, 뮤리얼하고 연락을 했고. 그 아버지는… 문제가 있었지. 잘 살지 못하더구만. 집 나가고 이혼하고. 식당도 날리고. 마지막으로 들은 바로는, 노숙인 생활을 하고 있었소. 그러다가 가끔씩 집에 와서 뮤리얼에게 돈을 요구했다고 하고."

"아까 식당 직원이 범인일 거라고 추측하신 이유는 뭐죠?"

가르시아는 잘 잡히지 않는 기억을 잡으려고 더듬거리는 것이 괴로운 듯 고개를 가로저었다.

"글쎄, 기억이 잘…. 그냥 느낌이 그래서. 이 사건에는 뭔가 이상한 구석이 있었소. 수상한 냄새가 나는 점이 있었지."

"어떤 점이요?"

"두 사람 다 사건 파일은 읽어봤을 테고. 피해자는 강간을 당하지 않았소. 그 언덕으로 끌려올라갔고 자살처럼 꾸며졌지. 어설프게 말이야. 하지만 사실은 사형을 집행한 거지. 그러니까 전혀 모르는 침입자가 아니란 말이오. 피해자가 아는 누군가가 피해자가 죽기를 바란 거요. 그래서 자기가 직접 그 집으로 숨어들어갔거나, 다른 누군가를 들여보낸 거지."

"임신 사실과 관련이 있다고 생각하세요?"

라이더가 물었다.

가르시아가 고개를 끄덕였다.

"관련이 있다고 생각했지만 확실히 입증하지는 못했소."

"MTL, 그것도 못 밝혀내셨고요."

"엠티 엘(Empty L)?"

"아뇨, 엠 티 엘이요. 레베카가 일기장에 썼던 머리글자요. 그 부모를 공식 조사할 때 언급하셨던데요. '내 진정한 사랑'이라고. 기억나세요?"

"아, 그래요, 머리글자. 암호 같았는데. 그게 뭔지 못 풀었지. 누군지 밝혀내지도 못했고. 일기장을 찾고 있소?"

보슈는 고개를 끄덕였고 라이더가 대답했다.

"전부 다 찾고 있어요. 일기장, 총, 전부 다요. 증거물 보관소에 있던 증거물 상자가 송두리째 사라졌어요."

가르시아는 경찰국의 한심한 행정업무 때문에 평생을 고생한 사람 같은 표정으로 고개를 절레절레했다.

"놀랍지도 않군. 그런 일이 어디 한두 번인가, 안 그래요?"

"그렇죠."

"그래도 한 가지 말해주자면, 그 상자를 찾아내더라도 일기장은 거기 없을 거요."

"왜죠?"

"돌려줬으니까."

"부모한테요?"

"그 엄마한테. 아까도 말했지만 난 경위로 진급해서 사우스 지국으로 전근을 가게 됐었소. 론 그린은 그때 이미 퇴직하고 없었고. 그 사건을 딴 사람한테 넘기고 가야 했는데, 그러면 그걸로 끝이라는 걸 알았지. 그 사건에 우리처럼 관심을 기울일 사람이 아무도 없었거든. 그래서 뮤리얼에게 전근을 간다고 전하면서 그 일기장을 돌려줬소…"

가르시아는 잠시 숨을 고른 뒤 말을 계속했다.

"불쌍한 여자였소. 그 여자한테는 시간이 7월의 그날로 딱 멈춰버린 것 같았지. 그 여자는 얼어붙어버린 것 같았소. 앞으로 갈 수도 없고 뒤로 돌아갈 수도 없고. 떠나기 전에 마지막으로 보러 갔을 때가 기억이 나는군. 사건이 있고 나서 1년쯤 지났을 때요. 베키의 침실을 보여주더군. 손끝 하나 대지 않은 상태였소. 베키가 납치되던 날 밤의 상태 그대로였지."

라이더는 침울한 표정으로 고개를 끄덕였다. 가르시아는 입을 다물었다. 마침내 보슈가 목소리를 가다듬고 상체를 앞으로 약간 숙이며 가르시아에게 라이더가 했던 것과 똑같은 질문을 던졌다.

"아까 우리가 들어와서 DNA가 일치하는 사람을 찾았다고 했을 때, 경정님은 식당 직원일 거라고 추측하셨습니다. 왜죠?"

보슈는 자기가 대화에 끼어들어서 라이더가 기분이 상했는지 보려고 그녀를 바라보았다. 그런 것 같지는 않았다.

"이유는 모르겠소. 아까도 말했지만 난 항상 범인이 그쪽에서 나올 거라고 생각했었소. 그쪽을 완전히 확실하게 확인하지 못했다는 찜찜함이 남아서인지 모르겠지만."

"그 아버지 말씀하시는 겁니까?"

가르시아가 고개를 끄덕였다.

"그 아버지한테서 수상한 냄새가 났었소. 요즘에도 이런 표현을 쓰는

지 모르겠지만, 그 당시에는 많이 썼지, 수상한 냄새가 나다."

"왜요? 어째서 그 아버지한테서 수상한 냄새가 났죠?"

라이더가 물었다.

가르시아가 대답하기 전에 제복을 입은 부관 한 명이 사무실로 들어왔다.

"경정님? 다들 회의실에서 기다리고 있습니다."

"알았네, 경사. 곧 가지."

경사가 나간 후 가르시아는 질문을 잊은 듯한 표정으로 라이더를 다시 쳐다보았다.

"사건 파일에는 아버지를 의심해볼 만한 내용이 전혀 없었어요. 경정님은 왜 그 아버지한테서 수상한 냄새가 난다고 생각하셨죠?"

라이더가 말했다.

"잘 모르겠소. 일종의 직감이랄까. 보통 아버지들처럼 행동하지 않았소. 너무 조용했지. 한 번도 화를 안 냈고 소리를 지르지도 않고. 누가 자기 딸을 납치해갔는데도 말이오. 론이나 나를 따로 불러내 '놈을 찾으면 첫 발은 내가 쏠 거요.'라는 말도 하지 않았소. 난 그런 걸 예상했는데."

보슈가 볼 때는, DNA 검사 결과 맥키가 살인 무기를 사용했던 것으로 밝혀졌다고 해도 여전히 다른 용의자가 있을 수 있었다. 로버트 벌로런도 물론 용의자로 볼 수 있었다. 그러나 보슈는 딸이 살해된 것에 대한 아버지의 감정적 반응을 근거로 한 가르시아의 직감은 설득력이 없다고 판단하고 무시했다. 이제까지 수백 건의 살인 사건을 수사한 경험으로 볼 때 반응을 보고 판단하거나 의심을 해서는 절대로 안 되었다. 이제까지 별별 반응을 다 봤지만 그런 반응은 아무 의미가 없었다. 이제까지 만나본 사람들 중에서 가장 크게 흐느끼고 비명을 질렀던 사람이 나중에는 살인범으로 밝혀진 적도 있었다.

보슈는 가르시아의 직감과 의심을 고려할 가치가 없다고 일축하면서 가르시아도 무시하고 있었다. 가르시아와 그린은 초동수사에서 이런저런 실수를 저질렀지만 곧바로 살인 사건으로 방향을 전환해 원칙에 따라 철저히 수사를 했다. 사건 파일에 그렇게 나와 있었다. 그러나 보슈는 제대로 된 조치나 성과는 모두 그린이 취하거나 거둔 것일 거라고 추측했다. 가르시아가 관리직으로 옮겨가기 위해 강력반 형사를 그만뒀다는 이야기를 들었을 때 그런 사실을 간파했어야 했는데 이제야 파악한 것이다.

"살인전담팀에서는 얼마나 근무하셨습니까?"

보슈가 물었다.

"3년."

"줄곧 데본셔 경찰서에서요?"

"그래요."

보슈는 재빨리 셈을 해보았다. 데본셔는 그 당시에도 발생 사건 수가 그리 많지 않았을 것이다. 가르시아는 그 3년 동안 많아 봐야 20여 건의 살인 사건을 맡아 수사를 했을 터였다. 그 정도의 경험은 수사를 잘 해내기에는 충분치가 않았다. 보슈는 좀 더 파고 들어가 보기로 했다.

"예전 동료는 어땠습니까? 로버트 벌로런에 대해 경정님과 같은 생각을 하고 있었나요?"

"나보다는 좀 더 그를 이해해주는 편이었지."

"아직도 연락하십니까?"

"누구 말이오, 아버지?"

"아뇨, 그린 형사요."

"아니, 오래전에 퇴직했다니까 그러네."

"압니다, 하지만 아직도 연락을 하시냐고요."

가르시아는 고개를 가로저었다.

"아니, 그린은 죽었소. 퇴직하고 훔볼트 카운티로 올라갔지. 그때 총은 여기 놔두고 갔어야 했는데. 거기서는 시간은 남아도는데 할 일이 별로 없었나보더군."

"자살했습니까?"

가르시아가 고개를 끄덕였다.

보슈는 고개를 숙이고 바닥을 노려보았다. 그가 충격을 받은 것은 론 그린의 죽음 때문이 아니었다. 그린과는 알지도 못하는 사이였다. 사건과의 연결고리 한 개가 끊어진 것이 실망스러웠다. 가르시아는 큰 도움이 되지 못할 것임을 보슈는 알고 있었다.

"인종문제는요?"

보슈가 물었다. 라이더가 대화를 주도하기로 합의해놓고 또다시 참견하고 나선 것이다.

"그게 왜? 이 사건에 인종문제가 깔려 있다고? 그런 관점으로는 본 적이 없는데."

가르시아가 말했다.

"인종이 다른 부부 사이에서 태어난 혼혈아입니다. 총을 도난당한 피해자는 종교적 이유로 괴롭힘을 당하던 사람이었고요."

"그건 너무 과장된 생각이고. 이 맥키라는 인물이 인종문제와 관련이 있다는 무슨 정보라도 있는 거요?"

"그런 것도 같아서요."

"우리 때는 구체적인 용의자를 확보하는 호사를 누리지 못했는데. 그 당시 우리의 기술력으로는 그런 정보를 얻는 건 꿈도 못 꿨거든."

가르시아가 냉정하게 말했고, 보슈는 자기가 그의 심기를 건드렸다는 사실을 깨달았다. 가르시아는 이제 와서 비판받는 것을 참을 수 없었던 것이다. 그런 걸 참아낼 수 있는 형사는 하나도 없었다. 아무리 경험이 미천한 형사라고 해도.

"맥키 이야기는 뒤늦게 따따부따하는 거라는 건 알지만, 우리가 현재 살펴보고 있는 부분이 그거라서요."

라이더가 재빨리 끼어들었다.

가르시아는 좀 누그러진 것 같았다.

"이해해요. 들춰 볼 돌은 다 들춰 보자는 거겠지."

가르시아가 자리에서 일어섰다.

"형사님들, 이렇게 금방 일어나서 미안합니다. 하루 종일이라도 여러분과 이 사건에 대해 이야기를 나누고 싶은데. 예전에는 나쁜 놈들을 감옥에 처넣는 일을 했었지만, 요즘에는 예산과 배치에 관한 회의에 들어가는 일을 하고 있어서 말이오."

딱 맞는 일을 하고 있구만 뭘. 보슈는 생각했다. 보슈는 라이더를 흘끗 쳐다보았다. 그가 미해결 사건 전담반에서 함께 일하자고 라이더를 설득해 끌어내서 그녀가 가르시아와 비슷한 운명을 맞지 않도록 구해줬다는 것을 그녀도 알고 있는지 궁금했다.

"부탁 하나 할까. 그 맥키라는 놈을 잡으면, 알려줘요. 내려가서 조사실 창문을 통해서라도 보고 싶으니까. 얼마나 기다려온 순간인데."

가르시아가 말했다.

"그럼요, 경정님."

라이더가 보슈를 노려보던 눈길을 거두고 가르시아를 바라보며 대답했다. 그러고는 말을 이었다.

"그렇게 하겠습니다. 경정님도 혹시 우리에게 도움이 될 만한 게 생각나시면, 전화주세요. 제 번호는 여기에 다 있습니다."

라이더는 의자에서 일어선 후 명함을 탁자에 내려놓았다.

"그러지."

가르시아가 회의에 가려고 책상을 돌아서 걸어가기 시작했다.

"경정님께 부탁드리고 싶은 일이 있습니다."

보슈가 말했다.

가르시아가 걸음을 멈추고 보슈를 바라보았다.

"그게 뭐요, 형사? 회의에 들어가야 하니까 빨리 말해 봐요."

"신문 기사를 하나 내서 새들을 관목 숲에서 몰아내볼까 생각 중입니다. 그 기사가 경정님한테서 나왔으면 좋을 것 같은데요. 예전에 살인전담팀 형사였던 경정이 그 옛날 미결 사건 때문에 괴로워하다 미해결 사건 전담반에 전화를 걸어 DNA 검사를 해보라고 귀띔한다. 결과는, 짜자잔, 일치하는 사람을 찾아냈다."

가르시아가 고개를 끄덕였다. 보슈의 이야기가 그의 자부심을 한껏 높여 놓은 것 같았다.

"그래, 그것도 괜찮을 것 같군. 뭐든 원하는 대로 해요. 필요할 때 연락만 주면 내도록 해보지. 어디가 좋을까? 〈데일리 뉴스〉? 거기 아는 기자가 몇 명 있는데. 밸리 지역을 대표하는 신문이기도 하고."

보슈가 고개를 끄덕였다.

"네, 우리도 거기를 생각하고 있었습니다."

보슈가 말했다.

"좋아요. 연락 줘요. 이제 그만 가봐야겠소."

가르시아가 재빨리 사무실을 나갔다. 라이더와 보슈는 서로를 쳐다보다가 바로 뒤따라 나갔다. 복도로 나와 엘리베이터를 기다리면서 라이더는 유인용 신문 기사를 내는 일을 가르시아에게 부탁한 이유가 뭐냐고 물었다.

"자기가 무슨 말을 하는지도 모르는 사람이기 때문이지. 그런 기사를 내는 데는 그런 사람이 딱이거든."

"그럼 안 되잖아요. 신중해야지."

"걱정하지 마. 잘될 거야."

엘리베이터가 열리자 보슈와 라이더는 안으로 들어갔다. 안에는 아무도 없었다. 문이 닫히자마자 라이더가 공격을 감행했다.

"선배, 짚을 건 지금 똑바로 짚고 넘어가죠. 우리 파트너 맞아요? 가르시아한테 그런 이야기를 할 거라는 건 미리 알려줬어야죠. 먼저 상의를 하고 들어갔어야 했던 거 아닌가요?"

보슈가 고개를 끄덕였다.

"당신 말이 맞아. 그리고 우린 파트너 맞아. 다시는 그런 일이 없도록 할게."

"좋아요."

엘리베이터 문이 열리자 라이더가 보슈를 뒤에 버려두고 먼저 걸어 나갔다.

# 10

## 베리타스(진리)

힐사이드 사립 고등학교는 포터 랜치 산자락에 아늑하게 자리 잡은 스페인풍의 건물이었다. 교정에는 아름다운 잔디밭이 펼쳐져 있었고 뒤에는 산들이 우뚝 솟아 있었다. 마치 그 산들이 학교를 보듬고 보호해주는 것 같았다. 교정을 둘러본 보슈는 부모라면 누구나 자녀를 이 학교에 보내고 싶어 할 것 같다고 생각했다. 초등학교 입학이 1년밖에 남지 않은 딸이 떠올랐다. 그 아이를 이런 학교에, 적어도 겉으로 볼 때는 이런 모습인 학교에 보내고 싶었다.

보슈와 라이더는 행정실을 가리키는 표지판을 따라갔다. 보슈는 접수대 뒤에 앉은 직원에게 경찰 배지를 보인 후 롤랜드 맥키라는 학생이 힐사이드를 다녔는지 알아보러 왔다고 말했다. 직원은 안쪽 사무실로 사라졌고 곧 한 남자가 나타났다. 배가 농구공만 했고 눈썹은 짙었으며 두꺼운 안경을 끼고 있었다. 이마를 따라 완벽하게 정리된 머리 선을 보니 부분 가발을 착용한 게 분명했다.

"힐사이드 고등학교 교장 고든 스토다드입니다. 앳킨스 부인 말로는 형사분들이라던데요. 지금 부인이 그 이름을 찾아보고 있습니다. 근데 제게는 생소한 이름이군요. 여기서 근무한 지 25년이 다 되어가는데도 말이죠. 정확히 언제 학교를 다녔는지 아세요? 그걸 알면 도움이 될 텐데요."

25년이라니 놀라웠다. 스토다드는 40대 중반 정도로 보였다. 대학을 졸업하고 곧장 힐사이드에 와서 줄곧 이곳에서 근무한 것이 틀림없었다. 보슈는 그것이 힐사이드 교사들의 연봉이 높다는 증거인지 아니면 스토다드가 이 학교에 애정을 갖고 헌신하고 있다는 증거인지 알 수 없었다. 그러나 보슈가 공·사립 학교 교사들에 대해 알고 있는 바를 근거로 하자면 연봉이 높다는 증거일 거라는 생각이 들었다.

"그 친구가 여길 다녔다면 80년대일 겁니다. 아주 오래전이라 선생님이 기억하기 힘드실 겁니다."

"네, 하지만 전 여길 거쳐 간 학생들을 많이 기억하고 있습니다. 거의 다 기억하고 있죠. 25년 동안 줄곧 교장으로 일한 건 아니고. 처음에는 평교사였죠. 과학을 가르치다가, 나중에는 과학부장을 맡았고요."

"레베카 벌로런을 기억하세요?"

라이더가 물었다.

스토다드의 얼굴이 창백해졌다.

"네, 기억합니다. 레베카에게 과학을 가르쳤죠. 그 일 때문에 오신 겁니까? 그 맥키라는 소년을 체포했나요? 아니, 참, 이제는 성인이 되었겠군요. 맥키가 범인입니까?"

"아직은 모릅니다. 사건을 재수사하고 있는데 맥키라는 이름이 툭 튀어나와서 확인을 하고 있는 것뿐입니다."

보슈가 재빨리 대답했다.

"명판을 보셨습니까?"

스토다드가 물었다.

"네?"

"1층 로비에 레베카를 기리는 명판이 붙어 있어요. 같은 반 학생들이 기금을 모아 만든 거죠. 대단히 흐뭇한 일인 동시에 아주 슬픈 일이기도 합니다. 하지만 그 명판은 소기의 목적을 잘 달성하고 있어요. 여기에서 생활하는 사람들은 누구나 레베카 벌로런을 기억하고 있으니까요."

"못 봤는데요. 나가는 길에 찾아봐야겠군요."

"아직도 레베카를 기억하는 사람들이 많습니다. 이 학교가 선생님들에게 드리는 연봉이 그다지 만족스럽지 못할 수도 있고, 선생님들 대다수가 생계 유지를 위해 부업을 할 수밖에 없을지도 모르지만, 그럼에도 불구하고 여기 선생님들은 대단히 헌신적인 분들입니다. 레베카를 가르쳤던 선생님들 몇 분은 아직도 여기 남아 계시고요. 레베카와 함께 학교를 다녔던 학생이 나중에 모교로 돌아와 교편을 잡고 있는 분도 있죠, 세이블 선생이라고. 사실 베일리는 레베카와 친했던 친구들 중 하나였던 걸로 기억합니다."

보슈가 라이더를 흘끗 쳐다보자 라이더는 눈을 치켜떴다. 안 그래도 베키 벌로런의 친구들을 찾아볼 생각이었는데, 여기서 갑자기 기회가 생긴 것이다. 보슈는 베일리라는 이름을 기억하고 있었다. 베키 벌로런이 실종되기 이틀 전날 밤에 친구 집에 함께 모여 잤던 세 친구들 중 한 명이 베일리 코스터였다.

사건 관련 참고인을 조사할 수 있는 절호의 기회였다. 보슈와 라이더가 지금 세이블을 만나보지 않으면 세이블이 스토다드에게서 롤랜드 맥키에 관한 이야기를 들을 게 뻔했다. 그건 보슈가 원하지 않는 일이었다. 그는 사건에 관한 정보가 관련자들에게 전해지는 흐름을 자기가 조절하고 싶었다.

"오늘 출근했습니까? 지금 만나볼 수 있을까요?"

보슈가 물었다.

스토다드는 접수대 옆 벽에 붙은 벽시계를 올려다보았다.

"지금은 수업 중이지만 20분 후면 오늘 수업이 모두 끝나거든요. 기다려도 괜찮으시다면 그때 만나보실 수 있을 겁니다."

"괜찮고말고요."

"좋습니다. 그럼 세이블 선생 교실에 사람을 보내서 수업이 끝나면 행정실로 오라고 알려놓을게요."

서무직원 앳킨스 부인이 스토다드 뒤에서 나타났다.

"저기, 괜찮으시다면, 우리가 그 선생님 교실로 가서 만나보고 싶은데요. 그분께 불편을 끼치고 싶지 않아서요."

라이더가 말했다.

보슈는 고개를 끄덕였다. 라이더도 보슈와 같은 생각을 하고 있는 거였다. 그들은 어떤 종류의 메시지라도 세이블 선생에게 미리 전달되는 것을 원치 않았다. 직접 만나 세이블 선생을 보면서 말을 들어볼 때까지는 그녀가 베키 벌로런에 대해 생각하고 마음의 준비를 하는 것을 원치 않았다.

"편한 대로 하세요. 원하시는 대로."

스토다드가 말했다.

스토다드는 뒤에 앳킨스 부인이 서 있는 것을 알아차리고 어떻게 됐느냐고 물었다.

"우리 학교에 롤랜드 맥키라는 학생이 있었다는 기록은 전혀 없는데요."



"성이 맥키인 학생은 있었나요?"

라이더가 물었다.

"네, 맥키가 한 명 있었는데, 이름이 그레고리였고, 1996년과 97년 2년 동안 다녔어요."

롤랜드 맥키의 남동생이거나 사촌동생일 가능성이 전혀 없는 것은 아니었다. 확인해볼 필요가 있을 것 같았다.

"그 학생의 현주소나 연락 전화번호가 있는지 알아봐주시겠어요?"

라이더가 물었다.

앳킨스 부인은 허락을 구하듯 스토다드 교장을 바라보았고 교장은 고개를 끄덕였다. 그러자 다시 행정실을 나갔다. 보슈는 벽시계를 확인했다. 시간이 20분 가까이 남아 있었다.

"교장 선생님, 세이블 선생을 기다리는 동안 보고 싶어서 그러는데 80년대 후반의 학교 앨범이 있습니까?"

보슈가 물었다.

"그럼요, 물론이죠. 도서관에 모셔다 드리고 찾아드릴게요."

도서관으로 가는 길에 스토다드는 1층 로비 벽, 레베카 벌로런의 동급생들이 붙여놓은 명판 앞으로 보슈와 라이더를 데려갔다. 레베카의 이름과 생년월일, 사망일자와 함께 '우리는 당신을 영원히 기억할 것입니다'라고 젊은이답게 야심찬 약속이 적혀 있는 소박한 추모비였다.

"귀여운 학생이었어요. 뭐든지 열심이었죠. 그 가족도 마찬가지였고요. 참으로 비극적인 일입니다."

스토다드가 말했다.

스토다드는 셔츠 소맷자락으로 명판에 있는, 웃고 있는 베키 벌로런의 모습을 담은 코팅 사진에서 먼지를 닦아냈다.

도서관은 복도 맨 끝에 있었다. 학교가 파할 시간이 다가와서 그런지 탁자에 앉아 있거나 서가를 둘러보는 학생이 거의 없었다. 스토다드는 보슈와 라이더에게 탁자에 자리를 잡고 앉으라고 속삭인 후 서고로 걸어갔다. 1분도 채 지나지 않아 그는 학교 앨범 세 권을 들고 돌아와 탁자에 내려놓았다. 앨범마다 표지에는 〈베리타스〉(진리라는 뜻의 라틴어-옮긴이)라는 제목과 연도가 찍혀 있었다. 스토다드가 가져온 학교 앨범은 1986년, 1987년, 1988년 것이었다.

"이게 마지막 3년 겁니다. 베키는 1학년부터 다닌 걸로 기억하는데, 이전 것들이 필요하시면 말씀하세요. 서가에 있으니까요."

스토다드가 속삭였다.

보슈는 고개를 가로저었다.

"괜찮습니다. 지금은 이거면 될 것 같은데요. 떠나기 전에 행정실에 잠깐 들르겠습니다. 앳킨스 부인한테 들을 이야기도 있고 하니까."

"그래요, 그건 알아서 하시고."

"아, 세이블 선생 교실이 어디죠?"

스토다드는 교실 호수와 함께 도서관에서 찾아가는 길을 알려주었다. 그러고는 교장실로 돌아가 있겠다면서 자리를 떴다. 떠나기 전에 문 옆 탁자 앞에 앉은 남학생들에게 몇 마디를 속삭였다. 그러자 남학생들은 바닥에 던져놓은 배낭을 집어서 지나다니는 사람에게 방해가 되지 않게 탁자 밑으로 끌어넣었다. 소년들이 배낭을 아무렇게나 던져놓은 것을 보자 보슈는 베트남 소년들이 가방을 내려놓던 모습이, 오로지 자기 어깨에서 무거운 짐을 벗는 것에만 신경을 쓰던 그 모습이 떠올랐다.

스토다드가 나가자, 남학생들은 교장이 나간 문을 쳐다보며 얼굴을 찌푸렸다.

라이더는 보슈 앞에 놓인 앨범 중 1988년 것을 가져갔고 보슈는 1986년 앨범을 펼쳤다. 롤랜드 맥키가 어느 시점엔가 이 학교에 다니다가 사건이 나기 전에 중퇴했을 거라는 보슈의 가설을 앳킨스 부인이 일축했기 때문에 보슈는 앨범에서 중요한 무언가를 발견할 거라고 기대하지 않았다. 이미 그는 맥키와 베키 벌로런 사이의 연결고리는—그런 게 있다면 말이지만—다른 곳에서 찾게 될 거라고 체념해버린 상태였다.

보슈는 머릿속으로 셈을 해본 뒤 8학년(미국은 초등학교 5년제, 중학교 3년제, 고등학교 4년제로 구성되어 있으며, 중1, 고1 식으로 부르기보다는 초등학교 1학년부터 시작해 7학년, 10학년 식으로 부름-옮긴이) 사진이 나올 때까지 앨범 페이지를 넘겼다. 베키 벌로런의 사진이 금방 눈에 띄었다. 베키는 두 갈래로 땋은 머리였고 치아 교정기를 끼고 있었다. 웃고 있었지만 이제 막 사춘기에 접어들어서 그런지 어딘가 어색해 보였다. 베키는 앨범 사진 속 자신의 모습을 마음에 안 들어 했을 것 같았다. 베키네 반의 다양한 동아리 활동과 단체 활동을 소개하는 단체 사진들을 살펴보던 보슈는 베키가 어떤 특별활동을 했는지 알아냈다. 베키는 축구를 했고 과학과 미술 동아리, 그리고 학생회 반대표 모임 사진에 나와 있었다. 모든 사진에서 베키는 항상 뒷줄에 서 있거나 한쪽 구석에 서 있었다. 보슈는 사진사가 베키의 자리를 지정해준 것인지 아니면 베키 자신이 그런 자리가 편해서 거기 섰던 것인지 궁금했다.

라이더는 1988년 앨범을 느긋하게 살펴보고 있었다. 한 페이지 한 페이지 찬찬히 훑어보고, 교사들 사진이 나왔을 땐 앨범을 들어 보슈에게 보여주기도 했다. 그녀는 젊은 고든 스토다드의 사진을 가리켜 보였는데, 사진 속의 스토다드는 머리가 훨씬 길었고 안경은 쓰지 않았다. 지금보다 호리호리하고 더 건강해 보였다.

"이 남자 좀 봐 봐요. 이래서 늙는 건 죄라니까."

라이더가 말했다.

"죄 안 짓는 사람 있으면 나와 보라고 해."

1987년 앨범으로 넘어간 보슈는 베키 벌로런의 사진 속에서 갓 꽃을 피우기 시작한 어린 소녀를 보았다. 베키는 더 활짝 웃고 있었고 자신감이 넘쳐 보였다. 치아 교정기를 계속 끼고 있었는지는 모르겠지만 끼고 있었더라도 눈에 띄지 않았다. 단체 사진에서 베키는 앞줄 중앙으로 자리를 옮겨가 있었다. 학생회 사진 속에서는 아직 학급 임원은 아니었지만, 가슴에 팔짱을 끼고 지도자 같은 자세를 취하고 있었다. 당당한 자세와 움츠러들지 않는 눈길을 보니 학교생활을 아주 잘하고 있다는 것이 느껴졌다. 그랬던 그녀를 누군가가 막아 세운 것이다.

보슈는 몇 장을 더 넘겨보고는 앨범을 덮었다. 그러고는 베일리 코스터 세이블을 만나러 가려고 종이 울리기를 기다렸다.

"아무것도 없어요?"

라이더가 물었다.

"가치가 있는 건. 그래도 그 당시의 베키를 본 건 도움이 된 것 같아. 제자리에 있는, 자기 환경 속에 있는 모습을 본 게."

"맞아요. 이것 좀 보세요."

보슈와 라이더는 서로 마주 보고 앉아 있었다. 라이더는 보슈가 볼 수 있게 1988년 앨범을 돌려서 보여주었다. 라이더는 마침내 2학년 학급 사진에 이르러 있었다. 오른쪽 페이지 위쪽 절반은 남학생 한 명과 여학생 네 명이 벽 앞에서 포즈를 취하고 있는 모습을 찍은 사진이었다. 보슈는 그곳이 학생용 주차장 출입구 벽이라는 것을 알아보았다. 여학생들 중 한 명이 베키 벌로런이었다. 사진 위에는 '학생회 임원들'이라고 설명이 붙어 있었다. 사진 밑에는 학생 이름과 각자의 지위가 적혀 있었다. 베키 벌로런은 학생회 대의원이라고 적혀 있었다. 베일리 코스터는 학년장이었다.

라이더가 다시 앨범을 돌리려고 하자 보슈가 앨범을 붙잡고 한동안 사진을 자세히 살펴보았다. 베키 벌로런은 자세와 모습으로 볼 때 어색한 사춘기는 완전히 벗어난 것 같았다. 보슈의 눈에는 사진 속의 베키가 소녀로 보이지 않았다. 베키는 매력적이고 자신감이 넘치는 아가씨로 변해가고 있었다. 보슈가 앨범을 놓자 라이더가 도로 가져갔다.

"살아 있었다면 남자깨나 울렸겠는걸."

보슈가 말했다.

"이미 울렸는지도 모르죠. 어쩌면 울릴 남자를 잘못 골랐는지도 모르고요."

"그 안에 또 다른 건 없어?"

"이거 한번 보세요."

라이더는 펼쳐져 있는 앨범을 다시 돌려놓았다. 펼쳐진 두 페이지에는 그해 여름 미술 동아리가 프랑스로 수학여행을 갔을 때 찍은 사진들이 있었다. 남녀 학생 20여 명과 부모 혹은 교사 대여섯 명이 노트르담 대성당 앞에서, 루브르 박물관 앞마당에서, 그리고 세느 강 관광보트에서 포즈를 취하고 있었다. 라이더는 그중 한 장의 사진 속에서 레베카 벌로런을 가리켰다.

"프랑스에 갔었군. 그게 왜?"

보슈가 말했다.

"거기서 누굴 만났을 수도 있잖아요. 국제적인 사건이 될 수도 있다고요. 거기도 한번 가서 확인해봐야 할 것 같아요."

라이더는 웃음을 참으려고 애를 쓰고 있었다.

"그래. 출장 신청서 작성해서 6층으로 올려 보내."

보슈가 말했다.

"이런, 선배, 유머감각은 아직 복귀 안 했나 보군요."

"그래, 그런 것 같지."

마침 학교 종이 울려서 하루의 모든 수업뿐만 아니라 보슈와 라이더의 토론도 끝을 내주었다. 보슈와 라이더는 일어서서 앨범은 탁자에 그대로 두고 도서관을 나왔다. 스토다드 교장이 가르쳐준 대로 베일리 세이블의 교실을 찾아가면서 보니까 학생들이 서둘러서 학교를 빠져나가고 있었다. 여학생들은 흰 블라우스에 체크무늬 치마를 입고 있었고, 남학생들은 황갈색 바지에 흰 폴로셔츠를 입고 있었다.

보슈와 라이더가 B-6 교실의 열린 문 안을 들여다보았더니 교실 앞 중앙에 놓인 책상 뒤에 한 여자가 앉아 있었다. 숙제를 채점하고 있는 것 같았는데 한 번도 고개를 들지 않았다. 베일리 세이블은 보슈와 라이더가 방금 전 앨범에서 보았던 2학년 학년장하고는 조금도 닮은 것 같지 않았다. 머리 색이 더 짙어지고 길이는 더 짧아졌고, 몸은 더 불고 육중해져 있었다. 스토다드처럼 그녀도 안경을 끼고 있었다. 이제 겨우 서른둘 혹은 서른세 살 정도 됐을 텐데 그보다 더 나이 들어 보였다.

교실에 학생 한 명이 남아 있었다. 금발의 예쁘장한 소녀였는데 배낭에 책을 밀어 넣고 있었다. 책가방을 다 싸자 배낭의 지퍼를 닫아 메고 문을 향해 걸어왔다.

"내일 뵐게요, 세이블 선생님."

"잘 가, 케이틀린."

그 학생은 보슈와 라이더 옆을 지나가면서 호기심 어린 눈으로 쳐다보고 갔다. 형사들은 교실 안으로 들어섰고 보슈가 문을 끌어당겨 닫았다. 그 소리에 베일리 세이블이 고개를 들었다.

"무슨 일이시죠?"

세이블이 물었다.

보슈가 나섰다.

"잠시 이야기 좀 나누고 싶어서요. 스토다드 교장 선생님한테 선생님 교실로 찾아가도 된다는 허락을 받고 왔습니다."

보슈가 책상을 향해 다가갔다. 교사는 경계하는 눈초리로 보슈를 올려다보았다.

"학부모세요?"

"아뇨, 형삽니다, 세이블 선생님. 나는 해리 보슈, 이쪽은 키즈민 라이더라고 하고요. 베키 벌로런에 대해서 몇 가지 물어볼 것이 있어서요."

세이블은 명치를 얻어맞은 것 같은 반응을 보였다. 그토록 오랜 세월이 흘렀건만 그 일은 마음속 깊이 가라앉지 못하고 표면 바로 밑에 숨어 있었던 것이다.

"오 하느님, 오 하느님."

세이블이 중얼거렸다.

"갑자기 찾아와서 미안해요."

"무슨 일이 있나요? 찾아내셨어요? 누가…."

세이블은 말을 끝맺지 못했다.

"아뇨, 재수사 중이에요. 선생님이 우리를 도와줄 수 있을 것 같고요."

보슈가 말했다.

"어떻게요?"

보슈는 주머니에 손을 넣어 아까 교정국 보호관찰 자료에서 갖고 온 롤랜드 맥키의 머그샷 사진을 꺼냈다. 18세의 자동차 절도범 맥키의 모습이었다. 보슈는 그 사진을 세이블이 채점하고 있던 숙제 더미 위에 내려놓았다. 세이블이 그 사진을 내려다보았다.

"그 사진 속에 있는 남자 알아요?"

보슈가 물었다.

"17년 전에 찍은 거예요. 베키가 사망했을 당시에."

라이더가 덧붙였다.

세이블은 경찰 카메라를 도전적으로 노려보고 있는 맥키를 내려다보았다. 그녀는 오랫동안 아무 말도 하지 않았다. 보슈가 라이더를 쳐다보며 고개를 끄덕였다. 나서보라는 신호였다.

"그 당시에 베키나 다른 친구 누구라도 만났을 수도 있는 사람 같은데요?"

라이더가 말했다.

"이 학교 다녔어요?"

세이블이 물었다.

"아뇨, 그건 아닌 것 같아요. 하지만 이 지역에서 살았어요."

"이 남자가 범인이에요?"

"아직은 몰라요. 베키와 무슨 관계가 있었는지 알아보는 중이에요."

"이름이 뭐죠?"

라이더가 보슈를 쳐다보자 보슈는 다시 고개를 끄덕였다.

"롤랜드 맥키. 낯익은 얼굴인가요?"

"글쎄요. 그때를 기억해내는 게 쉽지 않네요. 낯선 사람의 얼굴을 기억해내는 게."

"그러니까 선생님이 알았던 사람은 분명히 아니라는 말이죠?"

"네."

"당신 모르게 베키 혼자 알고 있었던 남자일 수도 있을까요?"

세이블은 한참 동안 생각한 후에 대답했다.

"그럴 수도 있겠네요. 임신했었다면서요. 전 전혀 몰랐어요. 그러니까 이 남자에 대해서도 모르고 있었을 수도 있을 것 같아요. 이 남자가 애 아빠였어요?"

"아직 몰라요."

청하지도 않았는데 세이블이 보슈의 다음 질문을 먼저 끌어내 주었다.

"세이블 선생, 그 후로 많은 세월이 흘렀어요. 그때의 친구를 옹호해주고 싶은 마음은 우리도 이해해요. 하지만 알고 있는 게 더 있으면 지금 말해줘요. 이 사건을 해결하기 위해 누군가 나서는 것도 이번이 마지막일 테니까."

보슈가 말했다.

"베키가 임신한 거 말씀하시는 거예요? 그때 전 정말 몰랐어요. 죄송해요. 경찰이 그 일에 대해 묻기 시작했을 때 저도 남들만큼 충격을 받았어요."

"베키가 그 일에 대해 누군가에게 털어놓으려고 했다면, 그 누군가가 당신이었을까요?"

이번에도 세이블은 곧바로 대답하지 않았다. 잠깐 생각을 해보는 것 같았다.

"잘 모르겠어요. 우린 아주 가까운 사이였지만, 베키는 다른 애들하고도 그렇게 친했어요. 1학년 때부터 함께 어울려 다닌 친구가 네 명 있었어요. 1학년 땐 우리 스스로 '키티 캣 클럽'이라고 부르고 다녔죠. 네 명 다 애완용 고양이를 길렀거든요. 어떤 때는 누구랑 더 친하고 다른 때에는 다른 누구랑 더 친하고 그런 식이었죠. 친한 정도는 계속 바뀌었어요. 하지만 우리 넷은 항상 함께 어울려 다녔어요."

보슈가 고개를 끄덕였다.

"베키가 살해된 그해 여름에는 누가 베키랑 제일 친했죠?"

"아마 타라였을 거예요. 그 일 때문에 가장 힘들어했으니까요."

보슈는 라이더를 쳐다보면서 베키가 죽기 이틀 전날 밤 친구 집에서 함께 잤던 친구들 이름을 기억해 내려고 애를 쓰고 있었다.

"타라 우드요?"

라이더가 물었다.

"네, 맞아요, 타라 우드. 그해 여름에는 둘이 많이 어울려 다녔어요. 베키의 아빠가 말리부에서 식당을 하고 계셨는데 거기서 둘이 아르바이트를 했거든요. 시간대를 달리해서 홀 보조 아르바이트를 했어요. 그해 여름에는 걔네 둘이서 항상 그 얘기만 했던 것 같아요."

"어떤 얘기요?"

라이더가 물었다.

"어떤 유명인이 식당에 왔었나 하는 것들이요. 숀 펜이나 찰리 쉰 같은 배우들 말이에요. 그리고 식당에서 일하는 남자들이 어떤 일을 하나, 누가 멋진가 하는 얘기를 할 때도 종종 있었어요. 전 거기서 일을 하지 않아서 그런 이야기에 별 관심이 없었지만요."

"특별히 어떤 한 남자에 대해서 이야기를 한 적은 없었어요?"

세이블은 잠깐 생각을 더듬어 본 후에 대답했다.

"네, 제 기억으로는 없어요. 그 사람들이 걔네들하고 너무나 달랐기 때문에 그 사람들 얘기를 했던 것 같아요. 그 사람들은 서핑객들이거나 연기자 지망생들이었거든요. 반면에 타라와 베키는 밸리 출신 여자애들이잖아요. 걔네들한텐 문화적 충돌 같은 경험이었던 거죠."

"베키가 식당 직원하고 사귀고 있었나요?"

보슈가 물었다.

"제가 알기로는 그런 일 없었어요. 하지만 아까도 말씀드렸다시피, 전 베키의 임신 사실도 몰랐었잖아요. 그러니까 걔 인생에 제가 모르는 어떤 남자가 있었던 거죠. 걔는 그걸 비밀로 했어요."

"베키와 타라가 거기서 같이 일해서 샘 안 났어요?"

라이더가 물었다.

"전혀요. 전 일할 필요가 없었고, 그래서 정말 행복했거든요."

라이더가 의도적으로 대화를 어떤 방향으로 이끌어가려는 것 같아서 보슈는 잠자코 들어보기로 했다.

"친구들이 모이면 뭐하고 놀았어요?"

라이더가 물었다.

"글쎄요, 늘 하던 걸 했겠죠. 쇼핑도 가고 영화 보러도 가고 그랬어요."

세이블이 대답했다.

"차는 누가 갖고 있었어요?"

"타라도 있었고 저도 있었어요. 타라는 컨버터블을 갖고 있었죠. 우린…."

세이블은 그때의 기억이 떠올라 감정이 북받치는지 말을 끝맺지 못했다.

"우린 뭐요?"

라이더가 물었다.

"학교가 파하고 나서 타라의 차를 타고 라임킬른 계곡으로 올라갔던 일이 기억이 나네요. 자주 갔었어요. 타라는 트렁크에 냉장 박스를 갖고 다녔고, 타라의 아버지는 타라가 냉장고에서 아버지가 마실 맥주 몇 병을 가지고 나와도 눈치채지 못했어요. 한번은 그 위에서 순찰차의 단속에 걸려 차를 세운 일이 있어요. 우린 맥주를 교복 치마 밑으로 숨겼어요. 완벽하게 숨겨지더군요. 순경이 전혀 눈치를 못 채더라고요."

세이블은 그때를 추억하며 미소를 지었다.

"물론, 지금은 교사니까 그런 일을 감시하는 입장이 되어버렸죠. 우리 학교 교복은 아직도 그때랑 똑같아요."

"베키가 식당에서 일을 시작하기 전에는 어땠어요? 방학이 시작되고 난 직후에 일주일간 아팠다던데. 그때 병문안을 가거나 통화를 했나요?"

보슈가 대화의 방향을 다시 레베카 벌로런 쪽으로 돌려놓았다.

"그랬을 거예요. 형사들은 그때 베키가 임신중절 수술을 받았다고 하더군요. 그러니까 진짜 아픈 게 아니었다고요. 회복 중이었던 거라고. 하지만 그때 전 몰랐어요. 베키가 아프구나 생각하고 말았던 것 같아요. 우리가 그주에 통화를 했는지 안 했는지는 잘 기억이 안 나요."

"그 당시에 형사들이 이런 것들을 다 물어봤었어요?"

"네, 분명히 그랬던 것 같아요."

"힐사이드 고등학교 여학생이 임신을 했다면 어디로 갔을까요? 그 당시에 말이에요."

라이더가 물었다.

"병원 말이에요?"

"네."

베일리 세이블의 목이 빨개졌다. 당혹스러운 질문인 것 같았다. 세이블이 고개를 가로저었다.

"모르겠어요. 그 일은 베키가 …살해된 것 만큼이나 충격이었어요. 그 일 때문에 우리가 친구를 잘 모르고 있었다고 생각하게 됐어요. 베키는 이 모든 일들을 내게 털어놓을 만큼 나를 신뢰하진 못했던 거라는 사실을 깨닫게 되니까 너무 슬펐어요. 지금도 그때 일을 생각하면 그런 생각이 들곤 하죠."

"베키에게 당신도 아는 남자 친구가 있었나요?"

보슈가 물었다.

"그땐 없었어요. 그 일이 일어났던 당시에는요. 1학년 땐 남자 친구가 있었는데, 가족과 함께 하와이로 이사를 가버렸어요. 그게 그 전년도 여름이었어요. 그러고 나서 한 학년 내내 베키는 혼자였어요. 적어도 전 그렇게 생각했어요. 누구랑 댄스파티에 가거나 게임을 하러 간 적이 한 번도 없었거든요. 이유는 딴 데 있었는데."

"임신했기 때문에."

라이더가 말했다.

"그렇죠. 그것 때문이지 않았을까요?"

"아기 아버지가 누구였죠?"

단도직입적인 질문이 단서가 될 반응을 이끌어내길 바라면서 보슈가 물었다.

그러나 세이블은 어깨를 으쓱거렸다.

"모르죠. 저도 줄곧 그게 궁금했어요."

보슈는 고개를 끄덕였다. 얻은 게 아무것도 없었다.

"하와이로 이사 간 남자 친구와 헤어진 거요. 베키는 어떻게 받아들였어요?"

보슈가 물었다.

"굉장히 낙심했던 것 같아요. 정말 힘들어했어요. 꼭 로미오와 줄리엣 같았어요."

"왜요?"

"부모 때문에 헤어진 거니까요."

"둘이 사귀는 걸 부모가 반대했어요?"

"아뇨, 남자애 아버지가 하와이에서 취직이 됐다던가 뭐 그랬었죠. 그래서 이사를 갈 수밖에 없었고 걔네들은 헤어졌고요."

보슈는 다시 고개를 끄덕였다. 모아들이고 있는 정보 중 어떤 것이 유용한 것인지는 알 수 없었지만 가능한 한 그물을 넓게 던지는 것이 좋겠다고 생각했다.

"타라 우드가 지금은 어디 사는지 알아요?"

보슈가 물었다.

세이블은 고개를 가로저었다.

"졸업 후 10년 만에 동창회가 있었는데 타라는 나오지 않았어요. 연락이 끊겼어요. 그래도 그레이스 타나카하고는 가끔씩 연락해요. 하지만 그레이스가 저 위쪽 베이 지역에 살아서 자주 만나지는 못해요."

"타나카의 전화번호를 받을 수 있을까요?"

"그럼요, 여기 있어요."

세이블은 손을 아래로 뻗어 책상 서랍을 열고 지갑을 꺼냈다. 그녀가 전화번호 수첩을 꺼내는 동안 보슈는 책상에 있던 맥키의 사진을 집어 들어 자기 주머니에 도로 집어넣었다. 세이블이 전화번호를 불러주자 라이더가 수첩에 번호를 받아 적었다.

"510? 어디죠? 오클랜드?"

라이더가 물었다.

"헤이워드에 살아요. 샌프란시스코에서 살고 싶은데 자기 연봉으로는 어림도 없대요."

"직업이 뭐죠?"

"금속 조각가요."

"성이 아직도 타나카인가요?"

"네. 미혼이거든요. 걔는…."

"왜요?"

"알고 보니 동성연애자였어요."

"알고 보니?"

"우린 전혀 몰랐거든요. 한마디도 안 해줬어요. 걔가 그곳으로 이사를 가고 나서, 지금으로부터 한 8년쯤 전인가 걔네 집에 놀러간 적이 있었어요. 그때 알았어요."

"확실했어요?"

"확실했어요."



"타나카는 졸업 10주년 동창회에 왔고요?"

"네, 왔었어요. 즐거운 자리였지만 슬프기도 했어요. 사람들이 베키에 대해서, 그 사건이 미제로 남은 것에 대해서 이야기를 했거든요. 타라가 참석하지 않은 것도 아마 그 때문이었을 거예요. 베키에게 일어난 일을 떠올리고 싶지 않았을 거예요."

"20주년 동창회까지는 사건을 해결해서 분위기를 바꿔놓을 수 있을 거예요."

보슈가 말했다. 말이 끝나기가 무섭게 경솔한 말을 했다 싶어 후회가 되었다.

"미안합니다. 적절치 못한 말이군요."

"아뇨, 여러분이 바꿔주시기를 바라요. 전 줄곧 베키를 생각하며 살고 있어요. 누가 그런 일을 저질렀는지, 왜 그들이 잡히지 않는지 항상 궁금해하고 있어요. 매일 아침 출근할 때마다 명판에 있는 베키의 사진을 봐요. 기분이 묘하죠. 내가 학년장이었을 때 그 명판을 만들려고 모금행사를 주도했거든요."

"그들이요?"

보슈가 되물었다.

"네?"

"왜 그들이 잡히지 않는지 궁금해하고 있다면서요. 왜 '그들'이라고 표현했죠?"

"글쎄요. 그, 그녀, 아무래도 상관없어요."

보슈는 고개를 끄덕였다.

"세이블 선생님, 시간 내줘서 고마워요. 부탁이 있는데, 우리와 이런 이야기 나눈 것을 아무한테도 말하지 말아줄래요? 사람들이 우리를 만날 준비를 하고 있는 것을 원하지 않아서 그래요. 무슨 뜻인지 아시죠?"

"저한테 나타나신 것처럼 하시려고요?"

"바로 그겁니다. 그리고 뭔가 다른 게 생각나면, 어떤 거라도 말하고 싶은 게 생각나면, 내 동료가 우리 전화번호가 전부 적혀 있는 명함을 줄 거니까 연락 주세요."

"알겠습니다."

세이블은 아득한 옛날로 돌아가 있는 것 같았다. 형사들은 작별 인사를 한 뒤 채점할 숙제가 쌓여 있는 곳에 세이블을 남겨두고 나왔다. 보슈는 그녀가 네 소녀들이 절친한 사이였고 미래가 그들 앞에서 바다처럼 반짝이던 때를 떠올리고 있을 거라고 생각했다.

보슈와 라이더는 떠나기 전에 타라 우드라는 졸업생의 현재 연락처가 학교에 있는지 알아보기 위해 행정실에 들렀다. 고든 스토다드 교장이 앳킨스 부인에게 찾아보라고 지시했지만 결과는 없는 것으로 나왔다. 보슈는 1988년 앨범을 빌려가서 사진 몇 장을 복사해도 되겠느냐고 물었고 스토다드는 허락했다.

"마침 나도 퇴근하는 길인데, 같이 가시죠."

스토다드가 말했다.

그들은 잡담을 나누며 도서관으로 돌아갔고 이미 서고의 제자리로 돌아가 있던 앨범을 스토다드가 찾아와 그들에게 건네주었다. 주차장으로 나가는 길에 스토다드와 그들은 다시 한 번 베키 벌로런의 추모 명판 앞에서 걸음을 멈췄다. 보슈는 돋을새김이 된 베키 벌로런이라는 이름 철자들을 어루만져 보았다. 오랜 동안 많은 학생들이 같은 행동을 해서 그런지 철자들의 가장자리가 닳아 부드러워져 있었다.

# 11

## 탬파 견인

라이더가 파일을 참조하여 전화를 거는 동안 보슈는 파노라마 시티를 향해 차를 몰았다. 파노라마 시티는 405번 도로의 동쪽, 데본셔 경찰서의 맞은편 지역이었다.

파노라마 시티는 오래전 밴 나이스가 가진 부정적인 이미지와 거리를 둘 필요가 있다고 판단한 그곳 주민들이 밴 나이스의 북쪽 땅을 뚝 잘라서 만든 지역이었다. 그러나 지명과 거리 표지판 몇 개를 제외하고는 실질적으로 바뀐 것은 아무것도 없었다. 그래도 파노라마 시티라고 하면 깨끗하고 아름답고 범죄가 없는 도시 같은 느낌이 났고, 주민들의 자부심도 높아졌다. 그러나 여러 해가 지나자 주민 단체들이 이번엔 파노라마 시티라는 이름에 따라다니는 부정적인 이미지와 거리를 두기 위해—실질적인 변화가 힘들다면 이미지만이라도 바꾸기 위해—지명을 개명해달라고 청원서를 제출했다. 로스앤젤레스는 이런 식으로 끊임없이 이미지 변신을 하고 있었다. 과거의 실패를 뒤로하고 새로 시작하기 위해, 똑같은 펜과 똑같은 얼굴을 가지고서도 이름을 바꾸고 또 바꾸는 작가들이나 배우들처럼.

예상했던 대로 롤랜드 맥키는 가장 최근의 보호관찰 기간 동안 일했던 자동차 견인업체를 그만두고 사라졌다. 그러나 역시 예상했던 대로 그는 행적을 감추는 데 있어 특별히 똑똑하지도 않았다. 보호관찰 자료에는 인생의 대부분을 보호관찰이나 가석방 상태로 지낸 그가 그동안 거쳐 간 직장이 총 망라되어 있었다. 맥키는 주 법원의 감시를 받는 기간 동안 견인업체 두 군데에서 견인 트럭을 몰았다. 라이더는 지인을 가장해 두 업체에 전화를 걸었고 맥키가 현재 일하는 업체를 쉽게 알아냈다. 탬파 견인이라는 업체였다. 라이더는 그 업체로 전화를 걸어 맥키가 오늘 근무하는지 물었다. 잠시 후 그녀는 전화기를 덮고 보슈를 쳐다보았다.

"탬파 견인이요. 4시에 출근한대요."

보슈는 손목시계를 보았다. 맥키의 출근 시각까지 10분이 남아 있었다.

"지나가면서 한번 보고 가자. 주소지는 그다음에 확인하고. 탬파 뭐야?"

"탬파 앤 로스코우요. 그 병원 건너편에 있나 봐요."

"병원 이름은 로스코우 앤 레제다잖아. 왜 로스코우 견인이라고 하지 않았지?"

"예리하기도 하셔라. 그건 그렇고 맥키를 보고 나서는 뭐 하죠?"

"맥키한테 걸어가서 17년 전에 베키 벌로런을 죽였냐고 물어보고 그렇다고 하면 체포해서 데리고 가야지 뭐."

"농담 말고요, 선배."

"모르겠어. 어떡하면 좋겠어?"

"아까 선배가 말한 것처럼 맥키의 주소지를 확인하고 나서 베키의 부모를 만나보는 게 좋을 것 같아요. 맥키를 상대로 일을 꾸미기 전에, 특히 신문 기사를 내기 전에, 부모를 만나 맥키에 대해 물어볼 필요가 있다고 생각해요. 베키의 집에 들러서 그 엄마를 만나보는 게 어떨까요? 지금 벌써 근처에 와 있잖아요. 지금 찾아가보는 게 나을 것 같아요."

"아직 여기 산다면 말이지. 오토트랙으로 확인해봤어?"

보슈가 말했다.

"뭐 하러 그래요. 계속 거기 살고 있을 텐데. 가르시아 경정 말 못 들었어요? 딸의 원혼이 그 집 안에 있어요. 절대로 그 집을 떠나지 않을 걸요."

보슈는 라이더의 말이 옳다고 생각했지만 대꾸는 하지 않았다. 그는 데본셔 대로를 동쪽으로 달려 탬파 거리에 이르러서는 로스코우 대로를 향해 달려내려갔다. 4시가 되기 2, 3분 전에 교차로에 다다랐다. 가서 보니 탬파 견인은 기술자의 작업 공간이 두 개 있는 쉐브론 주유소였다. 보슈는 길 건너편에 있는 작고 긴 상가 건물 주차장에 차를 세우고 시동을 껐다.

4시가 넘었는데도 롤랜드 맥키는 나타나지 않았지만 보슈는 별로 놀라지 않았다. 맥키가 차를 견인하는 일을 하고 싶어서 신 나게 달려올 사람으로는 보이지 않았기 때문이었다.

4시 15분이 되자 라이더가 말했다.

"왜 안 올까요? 아마도 내 전화를 받고…."

"저기 온다."

흙받이 네 군데가 전부 칠이 벗겨져 회색 밑칠 페인트가 드러난, 생산된 지 30년쯤 되어 보이는 낡은 카마로 한 대가 주유소로 들어와 주유기 옆에 섰다. 보슈는 운전사를 한 번 흘끗 쳐다보고 말았지만, 맥키라는 것을 확인하기에는 충분했다. 보슈는 앞좌석 사물함으로 팔을 뻗어 라스베이거스행 비행기 기내에서 산 쌍안경을 꺼냈다.

보슈는 구부정하게 앉아서 쌍안경으로 카마로를 지켜보았다. 맥키가 카마로에서 내리더니 주유소의 열려 있는 차고 쪽으로 걸어갔다. 그는 군청색 바지에 그보다 옅은 파란색 셔츠로 이루어진 작업복을 입고 있었다. 왼쪽 가슴 주머니에는 '로'라고 적힌 타원형의 헝겊조각이 붙어 있었다. 바지 뒷주머니엔 작업용 장갑이 삐죽 꽂혀 있었다.

차고 안 유압식 리프트 위에 구식 포드 타우루스가 올라가 있었고 그 밑에서는 한 남자가 몽키 스패너를 들고 작업을 하고 있었다. 맥키가 들어가자 몽키 스패너를 든 수리공이 무심하게 손을 뻗어 맥키와 손바닥을 마주쳤다. 수리공이 무슨 말을 하자 맥키는 멈춰 서서 들었다.

"전화가 왔었단 이야기를 하는 것 같아. 심각하게 걱정하는 표정은 아니군. 방금 주머니에서 휴대전화를 꺼냈어. 전화를 걸었을 것 같은 사람에게 해보는 것 같은데."

보슈가 말했다.

"저기, 전화했었어?"

보슈가 맥키의 입술을 읽고 따라했다.

맥키는 더 말하지 않고 통화를 끝냈다.

"아닌가 봐."

보슈가 말했다.

맥키는 휴대전화를 주머니에 도로 집어넣었다.

"한 명한테 걸어보고 끝이네요. 친구가 별로 없나 봐요."

라이더가 말했다.

"셔츠에 붙은 헝겊 조각에 '로'라고 이름이 적혀 있어. 동료가 전화 건 사람이 롤랜드를 찾았다고 전해줬으면, 그렇게 부를 사람이 누구라는 걸 알았겠지. 어쩌면 자기 아버지였을 거라고 생각했는지 모르지, 용접공이었다던."

"그래서 지금은 뭐하고 있어요?"

"안 보여. 뒤로 들어갔어."

"주변을 둘러보기 전에 여길 뜨는 게 나을 것 같은데요."

"뭘 그렇게까지. 전화 한 통 받았다고 17년 만에 누가 자기를 쫓고 있다고 생각했을라고?"

"아뇨, 베키 때문이 아니라요. 맥키가 요즘에 무슨 짓을 하고 있는지 모르니까 걱정이 된다는 거죠. 우리 자신도 모르는 사이에 어떤 일에 휘말리고 있는 건지도 모르잖아요."

보슈는 쌍안경을 내렸다. 일리 있는 말이었다. 보슈는 시동을 켰다.

"좋아, 볼 만큼 봤으니까. 여길 뜨자고. 뮤리얼 벌로런을 만나러 가자."

"파노라마 시티는요?"

"거긴 나중에. 맥키가 이젠 거기 안 산다는 거 둘 다 알고 있잖아. 확인하는 건 형식적인 절차일 뿐이니까."

보슈는 후진으로 주차공간을 빠져나가기 시작했다.

"뮤리얼에게 먼저 전화를 걸어야 할까요?"

라이더가 물었다.

"아니. 그냥 찾아가서 문을 두드려보자."

"그게 우리 특기긴 하죠."

# 12

## 시간이 멈춰진 방

10분 후 보슈와 라이더는 벌로런 가(家) 주택 앞에 서 있었다. 베키 벌로런이 살았던 동네는 여전히 쾌적하고 안전해 보였다. 널찍한 레드메사 도로의 양옆 인도를 따라 나무들이 울창하게 늘어서서 시원한 그늘을 드리우고 있었다. 이곳에 있는 주택들은 대개가 거대한 부지 위에 자유롭게 늘어서있는 랜치 하우스(기다란 평면 유형의 주택으로 햇볕이 잘 들게 방들을 일렬로 지은 것이 특징－옮긴이)였다. 1960년대에 로스앤젤레스의 북쪽 한구석인 이곳에 사람들을 끌어들여 정착하게 만든 것은 바로 드넓은 땅이었다. 40년이 흐르자 나무들이 우거졌고 동네는 조화로운 느낌을 갖게 되었다.

벌로런 가는 2층이 있는 몇 안 되는 집들 중 하나였다. 전형적인 랜치 하우스 양식이었지만 차 두 대가 들어가는 차고 위에 지붕이 튀어나와 있었다. 보슈는 사건 자료를 통해서 베키의 침실이 2층이고, 차고 위 집 뒤쪽으로 있다는 것을 알고 있었다.

차고 문은 닫혀 있었다. 집에 누가 있는지 없는지 알 수가 없었다. 보슈와 라이더는 진입로에 차를 세우고 현관을 향해 걸어갔다. 보슈가 초인종을 누르자 아주 멀리서 들려오는 것 같은 쓸쓸한 느낌이 나는 단조의 차임벨 소리가 집 안에서 들려왔다.

볼품없는 몸매를 가려주는 파란색의 볼품없는 박스 원피스를 입은 여자가 문을 열어주었다. 납작한 샌들을 신고 있었다. 머리는 붉은색으로 염색했는데 주황빛이 너무 강했다. 집에서 염색을 했는데 계획대로 잘 되지 않았지만, 그런 사실을 모르고 있거나 신경 쓰지 않는 것 같았다. 여자가 문을 여는 순간 잿빛 고양이 한 마리가 열린 문틈으로 튀어나와 앞마당으로 달려갔다.

"스모크, 빠방 조심해!"

여자가 고양이를 향해 큰 소리로 외쳤다. 그러고 나서 보슈와 라이더를 쳐다보았다.

"무슨 일이시죠?"

"벌로런 부인이신가요?"

라이더가 물었다.

"그런데요. 무슨 일이시죠?"

"경찰입니다. 따님에 대해 말씀 좀 나누고 싶어서 왔어요."

라이더의 입에서 '경찰'이란 말이 나오고 '따님'이란 말은 나오기도 전에, 뮤리얼 벌로런은 두 손을 입으로 가져가면서 마치 자기 딸이 죽었다는 소식을 처음 들었을 때처럼 반응했다.

"오 하느님! 오 하느님! 범인을 잡았다고 말해줘요. 내 아기를 내게서 빼앗아간 나쁜 놈을 잡았다고 말해줘요."

라이더는 손을 뻗어 여자의 어깨를 어루만졌다.

"그렇게 단순한 문제가 아니에요, 부인. 들어가서 얘기해도 될까요?"

라이더가 말했다.

뮤리얼 벌로런은 뒤로 물러서서 보슈와 라이더를 맞아들였다. 그녀가 뭐라고 중얼거리고 있는 것 같았는데, 보슈는 기도를 하는 건지 모른다고 생각했다. 보슈와 라이더가 집 안으로 들어오자 그녀는 탈출한 고양이가 달려간 앞마당을 향해 한 번 더 경고의 말을 외치고 나서 현관문을 닫았다.

집 안에서 고약한 냄새가 나는 것으로 보아 고양이가 자주 탈출한 것 같지는 않았다. 안내를 받아 들어간 거실은 깔끔하게 정돈이 되어 있었지만 가구는 구식이고 낡은 것들이었다. 고양이 오줌 냄새가 코를 찔렀다. 보슈는 뮤리얼 벌로런을 파커 센터로 불러 조사할 걸 그랬다고 후회했다가, 그렇게 하지 않기를 잘했다고 마음을 고쳐먹었다. 이곳을 살펴볼 필요가 있었다.

보슈와 라이더는 긴 소파에 나란히 앉았고 뮤리얼은 유리 상판을 깐 커피 탁자 건너편에 있는 1인용 소파로 바삐 걸어가 앉았다. 탁자 유리 상판에 고양이 발자국이 어지러이 찍혀 있는 것이 보슈의 눈에 들어왔다.

"뭐예요? 새로운 소식이라도 있나요?"

뮤리얼이 절박한 표정으로 물었다.

"우리가 재수사를 시작했다는 것이 새로운 소식이겠네요. 저는 라이더 형사고요, 이분은 보슈 형사님이세요. 경찰국 미해결 사건 전담반 소속이죠."

이곳으로 달려오는 동안 보슈와 라이더는 벌로런 가 가족들에게 정보를 줄 때 신중하자고 의견을 모았다. 가족의 상황을 제대로 파악할 때까지는 정보를 주는 것보다는 받는 것이 나을 거라는 판단에서였다.

"뭐 새로운 단서라도 나왔어요?"

뮤리얼이 다급하게 물었다.

"이제 시작 단곈데요. 지금은 당시 수사 내용 중 상당 부분을 파악한 상태예요. 사건을 정확히 파악하려고 애를 쓰고 있어요. 잠깐 들러서 재수사를 시작했다는 사실을 알려드리고 싶어서 왔어요."

라이더가 대답했다.

뮤리얼 벌로런은 약간 풀이 죽은 것 같았다. 그토록 오랜 세월이 흐른 후 경찰이 다시 나타났다는 것은 뭔가 새로운 소식이 있다는 증거라고 생각했던 게 틀림없었다. 보슈는 확실한 DNA 증거가—콜드 히트가—나왔다는 사실을 알려줄 수 없어서 죄책감이 가슴을 찌르는 것 같았지만, 현재로서는 말하지 않는 것이 최선이라고 판단했다.

"새로운 단서가 두 개 나왔습니다."

보슈가 처음으로 입을 열었다.

"우선, 사건 자료를 살펴보다가 이 사진을 발견했는데요."

보슈는 주머니에서 롤랜드 맥키의 열여덟 살 때 사진을 꺼내 탁자 위 뮤리얼 앞에 놓았다. 뮤리얼은 즉시 상체를 숙이고 사진을 바라보았다. 보슈가 말을 계속했다.

"사건과 어떤 관계가 있는 사람인지는 모르고요. 부인이 이 남자를 알아보고, 그 당시에 알았던 사람인지 아닌지 말해줄 수도 있겠다 싶은데요."

뮤리얼은 아무 대꾸도 하지 않은 채 사진만 보고 있었다.

"1988년도 사진입니다."

보슈가 뮤리얼의 기억을 돕기 위해 설명을 덧붙였다.

"누구죠?"

마침내 뮤리얼이 물었다.

"자세히는 모르겠고, 이름은 롤랜드 맥키, 따님이 사망한 후 자잘한 범죄를 많이 저지른 전과잡니다. 사건 파일에 이 친구 사진이 들어 있는 이유를 모르겠어서요. 누군지 알아보시겠어요?"

"아트나 론에게 물어보셨어요?"

보슈는 하마터면 아트와 론이 누구냐고 물어볼 뻔했다.

"실은, 그런 형사는 오래전에 퇴직했고 돌아가셨더군요. 가르시아 형사는 현재 경정이고요. 가르시아 경정을 만나보긴 했지만 맥키가 누군지 모르겠다던대요. 부인은 어떻습니까? 이 친구가 따님이 아는 사람이었을 가능성이 있을까요? 누군지 아시겠어요?"

"그랬을 수도 있겠죠. 왠지 낯이 익은 것 같기도 해요."

보슈는 고개를 끄덕였다.

"어떻게 아는 사람인지, 어디서 만난 사람인지 아세요?"

"아뇨, 기억이 안 나요. 형사님이 말씀해주세요. 그러면 기억을 되살리는 데 도움이 될 것 같은데."

보슈는 라이더를 향해 흘끗 곁눈질을 했다. 전혀 예상 못한 일은 아니었지만, 피해자의 부모가 돕고 싶은 마음이 몹시도 간절해서 경찰이 듣고 싶어 하는 말이 무엇인지 물어보게 되면 항상 일이 복잡해졌다. 뮤리얼 벌로런은 자기 딸을 죽인 범인이 사법부의 심판을 받는 날이 오기를 17년이나 기다려왔다. 그런 일이 일어날 가능성을 결코 저해하지 않는 대답을 신중하게 고를 것이 분명했다. 이 시점에서는 사법부의 심판이 잘못된 심판인지 아닌지는 중요하지 않았다. 지난 17년은 뮤리얼에게는 딸에 대한 기억 때문에 너무도 잔인했던 세월이었다. 대가를 치를 누군가가 필요했다.

"우리는 아는 게 별로 없어서 말씀드릴 수가 없군요, 벌로런 부인. 생각해보시고 기억이 나면 말씀해주세요."

보슈가 말했다.

뮤리얼 벌로런은 마치 또 한 번의 기회를 놓쳐버린 것처럼 슬프게 고개를 끄덕였다.

"벌로런 부인, 무슨 일을 하세요?"

라이더가 물었다.

그 질문에 앞에 앉은 여자는 기억과 갈망에서 벗어나 현실로 되돌아온 것 같았다.

"장사를 해요, 인터넷으로."

뮤리얼이 사무적으로 대답했다.

보슈와 라이더는 추가 설명을 기다렸지만 나오지 않았다.

"정말이요? 어떤 걸 파는데요?"

라이더가 물었다.

"아무거나 닥치는 대로요. 개인 벼룩시장을 찾아다니면서 물건을 찾아내죠. 책, 장난감, 옷 같은 것들이요. 사람들은 어떤 거라도 사고, 어떤 값이라도 치르죠. 오늘 아침에는 냅킨 링(냅킨을 끼워 넣는 고리 - 옮긴이) 두 개를 50달러에 팔았어요. 아주 오래된 것들이었죠."

"부인의 남편한테도 이 사진에 대해 묻고 싶은데요. 어디 가면 만날 수 있을까요?"

보슈가 말했다.

뮤리얼은 고개를 가로저었다.

"저 아래 장난감 나라 어딘가에 있겠죠. 소식 들은 지 아주 오래됐어요."

잠깐 동안 우울한 침묵이 흘렀다. 로스앤젤레스 시내에 있는 노숙인 쉼터들 대부분이 장난감 제조업체들과 도매상들, 몇 개의 소매상점들이 몇 블록에 걸쳐 모여 있는 장난감 지역의 언저리에 자리하고 있었다. 그곳에서는 장난감 가게 문 앞에서 자고 있는 노숙인의 모습을 심심치 않게 볼 수 있었다.

뮤리얼 벌로런은 자기 남편이 거리를 어슬렁거리는 인간쓰레기의 세계에서 길을 잃고 헤매고 있다고 말하고 있었다. 할리우드 스타들이 드나드는 식당의 주인이었던 그가 거리를 떠도는 노숙인 신세로 전락하고 만 것이다. 그러나 완전히 노숙인은 아니었다. 아직도 여기에 그의 집이 있었다. 그에게 일어난 일 때문에 이곳에 머물 수 없을 뿐이었다. 반면에 그의 아내는 이곳을 떠나려고 하지 않았다.

"언제 이혼하셨어요?"

라이더가 물었다.

"이혼 안 했어요. 난 로버트가 언젠가는 깨달을 거라고 생각했어요. 아무리 멀리 달아나도 우리에게 일어난 일에서 완전히 벗어날 수는 없다는 것을요. 그걸 깨닫고 집으로 돌아올 거라고 생각했죠. 아직은 그런 일이 일어나지 않았지만요."

"부인은 따님의 친구들을 전부 알고 있었다고 생각하십니까?"

보슈가 물었다.

뮤리얼은 오랫동안 이 질문에 대해 생각했다.

"베키가 사라진 그날 아침까지는 그렇게 생각했어요. 하지만 그 후로 새로운 사실을 많이 알게 됐죠. 베키에게 비밀이 많았더군요. 나를 가장 괴롭히는 일들 중에 하나가 바로 그거예요. 우리에게 비밀로 한 게 많았다는 것이 아니라, 비밀로 해야 한다고 생각했다는 사실이요. 베키가 우리에게 도움을 청했더라면 상황은 완전히 달라졌을 거라고 생각해요."

"임신 말씀인가요?"

뮤리얼이 고개를 끄덕였다.

"왜 그 일이 베키의 죽음과 관련이 있다고 생각하시죠?"

"엄마의 본능이에요. 근거는 없어요. 모든 게 그 일에서 시작됐다는 생각이 들어요."

보슈는 고개를 끄덕였다. 그러나 비밀을 갖고 있었다고 그 딸을 비난

할 수는 없었다. 보슈가 그 딸의 나이 정도였을 때는 이미 친부모 없이 혼자 살고 있었다. 그래서 친부모와의 관계가 어땠을지 알 수가 없었다.

"가르시아 경정을 만나봤는데요. 몇 년 전에 따님의 일기장을 부인에게 돌려드렸다고 하던데. 일기장 아직 갖고 계세요?"

라이더가 말했다.

뮤리얼은 화들짝 놀란 표정이었다.

"매일 밤 조금씩 읽고 있어요. 그걸 뺏어가지는 않겠죠? 그건 내 성서예요!"

"빌려가서 복사하고 돌려드릴게요. 가르시아 경정이 그때 복사를 해놨어야 했는데 안 했더라고요."

"그걸 잃어버리고 싶지 않아요."

"잃어버리다니요, 부인. 약속할게요. 복사하고 곧장 돌려드릴게요."

"지금 필요해요? 내 침대 옆에 있는데."

"네, 가져다주실 수 있다면요."

뮤리얼 벌로런은 그들을 남겨두고 집 안 왼쪽으로 이어지는 복도로 사라졌다. 보슈는 라이더를 쳐다보며 어떻게 생각하냐는 듯 눈을 치켜떴다. 라이더는 어깨를 으쓱거렸다. 나중에 이야기하자는 뜻이었다.

"예전에 딸아이가 고양이를 한 마리 더 사자고 조른 적이 있었어. 전처는 안 된다고, 한 마리면 충분하다고 하더라고. 이제야 그 이유를 알겠네."

보슈가 속삭였다.

그 말에 라이더가 웃고 있는데 뮤리얼이 꽃무늬 표지에 '나의 일기장'이라는 제목이 금박으로 돋을새김 되어 있는 작은 공책을 가지고 나타났다. 금박이 벗겨지고 있었다. 누군가가 그 공책을 수도 없이 만진 결과였다. 뮤리얼이 일기장을 라이더에게 건네자, 웃고 있다가 들켜서 머쓱해 있던 라이더는 한껏 경건하게 공책을 받아들었다.

"벌로런 부인, 괜찮으시다면 집 안을 좀 둘러보고 싶은데요. 우리가 책에서 보고 읽은 것과 실제 집 안 모습을 비교하기 위해서 말이죠."

보슈가 말했다.

"책이라뇨?"

"아, 죄송합니다. 경찰들끼리 하는 말인데 그만. 우리는 사건에 관한 모든 수사 기록을 커다란 파일에 보관합니다. 그걸 책이라고 부르죠."

"살인 사건 책이요?"

"네, 맞습니다. 둘러봐도 되겠죠? 뒷문을 살펴보고, 나가서 집 뒤쪽도 둘러보고 싶은데요."

뮤리얼 벌로런은 팔을 들어 가야 할 방향을 가리켰다. 보슈와 라이더는 자리에서 일어났다.

"완전히 바뀌었어요. 옛날에는 그 위에 집이라고는 한 채도 없었어요. 뒷문을 열고 나가면 곧장 산으로 올라갈 수 있었죠. 근데 그 산을 계단식으로 개발하더군요. 지금은 수백만 달러를 호가하는 고급 주택이 즐비해요. 내 딸이 발견된 지점에 대 저택이 서 있더군요. 생각만 해도 끔찍해요."

보슈는 대꾸할 말이 없었다. 그래서 그냥 고개만 끄덕인 후 뮤리얼을 따라 짧은 복도를 걸어 부엌으로 들어갔다. 부엌 안에는 유리창이 달린 문이 있었다. 뒷마당으로 나가는 문이었다. 뮤리얼이 잠겨 있던 문을 열자 그들은 뒷마당으로 걸어 나갔다. 마당은 유칼립투스 나무들이 무성한 가파른 산으로 이어지고 있었다. 그 나무들 사이로 스페인 기와를 얹은 대 저택의 지붕 윤곽이 보였다.

"예전에는 저 위가 완전히 개방되어 있었어요. 나무밖에 없었고요. 하지만 이젠 집들이 들어서 있어요. 집마다 대문이 있고요. 옛날처럼 내가 걸어 올라가게 허락해주지 않아요. 내가 종종 그 위로 소풍을 가서 베키의 자리에 앉아 있다 오고 하니까 거지 나부랭이로 아는 것 같아요."

뮤리얼이 말했다.

보슈는 고개를 끄덕였고 딸이 살해된 지점에서 소풍을 하는 엄마의 모습을 떠올려보았다. 잠시 후 그는 그 생각을 떨쳐버리고 산의 지형을 자세히 살펴보려고 애를 썼다. 부검 소견서에는 베키 벌로런의 몸무게가 43.5킬로그램이라고 나와 있었다. 그렇게 가벼웠다고 해도 그녀를 끌고 이렇게 가파른 경사면을 오르는 것은 굉장히 힘들었을 것이다. 범인이 두 명 이상일 수도 있지 않을까 하는 생각이 들었다. 베일리 세이블이 범인을 '그들'이라고 지칭했던 것도 떠올랐다.

보슈가 뮤리얼 벌로런을 바라보니, 그녀는 말없이 가만히 서서 눈을 감고 있었다. 고개를 살짝 옆으로 기울이고 있어서 늦은 오후의 햇살이 그녀의 얼굴을 따사롭게 보듬고 있었다. 보슈는 그녀가 잃어버린 딸과 이런 식으로 교감을 하고 있는 것은 아닐까 생각했다. 보슈와 라이더의 시선을 느꼈는지, 뮤리얼 벌로런이 눈은 계속 감은 채로 말했다.

"난 이곳을 사랑해요. 절대로 이곳을 떠나지 않을 거예요."

"따님의 침실을 볼 수 있을까요?"

보슈가 물었다.

뮤리얼이 눈을 떴다.

"다시 집 안으로 들어가기 전에 발을 닦아주세요."

뮤리얼은 보슈와 라이더를 데리고 다시 집 안으로 들어가서 부엌을 지나 복도로 향했다. 위층으로 올라가는 계단은 차고로 나가는 문 바로 옆에서 시작되었다. 차고 문은 열려 있었고, 뮤리얼 벌로런이 개인 벼룩시장을 돌아다니면서 모아들인 게 분명한 물건들과 차곡차곡 쌓인 상자들 사이로 낡은 소형 승합차 한 대가 얼핏 보였다. 그러고 보니 차고

문이 계단과 아주 가까웠다. 이 사실이 어떤 의미를 갖는지는 아직 알 수 없었다. 그러나 사건 조서에 범인이 집 안 어딘가에 숨어서 가족들이 잠이 들기를 기다렸을지 모른다고 적혀 있던 것이 기억났다. 차고가 바로 그런 장소일 것 같았다.

계단 한쪽 편으로 개인 벼룩시장에서 산 물건을 담은 상자가 줄지어 늘어서 있어서 계단이 비좁았다. 라이더가 먼저 올라갔다. 뮤리얼은 보슈에게 다음으로 가라고 신호를 보냈고 보슈가 곁을 지나가자 속삭이는 목소리로 말했다.

"자녀가 있으세요?"

보슈는 자기 대답이 그녀에게 상처를 줄 거라는 걸 알면서도 어쩔 수 없이 고개를 끄덕였다.

"딸이 하나 있습니다."

뮤리얼도 고개를 끄덕였다.

"절대로 시야에서 놓치지 마세요."

보슈는 딸아이가 자신의 시야에서 멀리 떨어진 곳에서 엄마와 함께 살고 있다는 사실을 뮤리얼에게 말하지 않았다. 그냥 고개만 끄덕인 후 계단을 올라갔다.

2층에는 층계참이 있었고 침실 두 개와 그 사이에 욕실이 하나 있었다. 베키 벌로런의 침실은 뒤쪽에 있었고 창문은 모두 산 쪽으로 나 있었다.

뮤리얼이 잠가놓은 문을 열었다. 그들이 들어선 방 안은 시간 왜곡 현상(다른 것은 모두 다 변했는데 어떤 것 하나만은 과거 그대로 전혀 달라진 게 없다는 뜻—옮긴이)이 벌어지고 있는 것 같았다. 그 방은 보슈가 사건 파일에서 살펴보았던 17년 전 사진들 속의 모습과 조금도 달라지지 않았다. 집 안 다른 곳은 무너져가는 삶의 잡동사니와 쓰레기가 넘쳐났지만 베키 벌로런이 잠을 자고 전화로 수다를 떨고 비밀 일기를 썼던 방은 전혀 변하지 않은 상태였다. 그 방 주인이 살다 간 세월보다 더 긴 세월을 그대로 보존되고 있었다.

보슈는 방 안으로 더 걸어 들어가서 조용히 주위를 둘러보았다. 고양이조차 이곳을 침범하지는 못했다. 공기가 깨끗하고 신선했다.

"그 아이가 사라진 날 아침 상태 그대로예요. 내가 침대 정리를 한 것만 빼면요."

뮤리얼이 말했다.

보슈는 고양이가 그려진 누비 침대보를 바라보았다. 누비 침대보가 침대 가장자리를 넘어가 아래로 드리워져 있었고, 침대보의 주름장식은 바닥에 닿아 예쁘게 출렁이고 있었다.

"부인과 남편은 반대편 침실에서 주무시고 계셨고요?"

보슈가 물었다.

"네, 맞아요. 레베카는 사생활 보호를 원하는 나이였어요. 아래층에, 반대편으로 침실이 두 개 있어요. 원래 그 아이의 침실은 거기 있었죠. 그런데 열네 살이 되더니 이 위로 올라왔어요."

보슈는 고개를 끄덕이고는 다른 질문을 하기에 앞서 주위를 둘러보았다.

"여긴 얼마나 자주 올라오세요, 벌로런 부인?"

라이더가 물었다.

"매일이요. 잠이 안 올 때는, 그럴 때가 많은데, 여기 와서 누워요. 그래도 이불 속으로는 들어가지 않아요. 그 아이 침대니까요."

보슈는 자신이 뮤리얼 벌로런의 말에 수긍하듯 또 고개를 끄덕이고 있는 것을 깨달았다. 그는 화장대로 걸어갔다. 거울 틀에 사진 몇 장이 끼워져 있었다. 보슈는 그중 한 장에서 어린 베일리 세이블을 발견했다.

에펠탑 앞에서 찍은 베키의 독사진도 있었다. 검은색 베레모를 쓰고 있었다. 함께 여행을 갔던 미술 동아리 친구들은 한 명도 보이지 않았다.

거울에는 베키가 한 남학생과 찍은 사진도 있었다. 둘은 디즈니랜드에서 놀이기구를 타고 있거나 샌타 모니카 부두에 있는 것 같았다.

"이 친구는 누구죠?"

보슈가 물었다.

뮤리얼이 다가와서 사진을 보았다.

"얘요? 대니 코초프예요. 베키의 첫 남자 친구였죠."

보슈는 고개를 끄덕였다. 하와이로 이사 간 소년.

"그 아이가 떠나고 나서 베키가 얼마나 상심했는지 몰라요."

뮤리얼이 덧붙였다.

"그게 정확히 언제였습니까?"

"그 전년도 여름이요. 6월이었어요. 베키는 1학년을, 대니는 2학년을 마치고 난 직후였죠. 대니가 한 살 많았어요."

"그 가족이 이사 간 이유는 뭐였죠?"

"대니 아빠가 렌터카 회사에서 일했는데 마우이에 있는 새 지점으로 전근을 가게 됐어요. 승진이었죠."

보슈는 라이더가 방금 뮤리얼이 준 정보의 중요성을 간파했는지 알아보려고 라이더를 흘끗 쳐다보았다. 라이더는 고개를 살짝 한 번 가로저었다. 알아차리지 못한 거였다. 그러나 보슈는 더 캐묻고 싶었다.

"대니가 힐사이드 고등학교에 다녔어요?"

보슈가 물었다.

"네, 둘이 거기서 만났어요."

뮤리얼이 대답했다.

화장대를 내려다보던 보슈의 눈에 에펠탑이 들어 있는 싸구려 스노우 글로브(둥그런 구슬 모양 속에 건물이나 인형이 들어가 있고 반짝이는 은가루가 들어가 있어서 흔들면 하늘에서 눈이 내리듯 은가루가 펄럭이면서 내리는 장난감–옮긴이)가 들어왔다. 물이 많이 증발해버려서 공 안쪽 꼭대기에 거품이 생겼고 에펠탑의 끄트머리는 물에서 공기주머니 속으로 삐죽 솟아나와 있었다.

"대니도 미술 동아리였나요? 파리 수학여행에 대니도 함께 갔습니까?"

"아뇨, 그전에 이사 갔어요. 대니는 6월에 이사 갔고 수학여행은 8월 마지막 주에 갔어요."

뮤리얼이 말했다.

"그 후로 베키가 대니를 다시 만났거나 전화를 받은 적이 있었나요?"

보슈가 물었다.

"네, 그럼요. 편지를 주고받았고 전화 통화도 했어요. 처음에는 서로 번갈아가며 전화를 걸었는데, 전화요금이 너무 많이 나오더군요. 그래서 언제부턴가는 계속 대니가 전화를 걸었어요. 매일 밤 취침 시각 전에요. 그 일이 쭉… 베키가 그렇게 될 때까지 쭉 계속됐어요."

보슈는 팔을 위로 뻗어 거울 틀에 끼워져 있는 사진을 빼냈다. 그러고는 대니 코초프를 자세히 살펴보았다.

"따님이 그렇게 되고 나서는 어떻게 됐는데요? 대니는 그 사실을 어떻게 알게 됐죠? 어떤 반응을 보이던가요?"

"그러니까… 우리가 그 집으로 전화를 걸어서 걔 아빠에게 알렸어요. 대니를 앉혀놓고 말해주라고 말이죠. 나중에 들었는데, 대니가 충격을 많이 받았다더군요. 왜 아니겠어요."

"대니 아버지가 대니에게 알려줬군요. 부인이나 남편이 대니와 직접 통화를 한 적은 없고요?"

"없어요. 근데 대니한테서 장문의 편지를 받은 적은 있어요. 베키가 자기한테 얼마나 소중한 존재였는지 모른다고 썼더군요. 정말 슬프고도 달콤한 편지였어요. 베키에 대해서 해준 말 하나하나가 다 그랬어요."

"그랬군요. 장례식에는 왔습니까?"

"아뇨, 안 왔어요. 걔네 부모는 대니가 섬에 계속 머무는 게 대니에게 제일 좋겠다고 생각했어요. 정신적 충격이 너무 컸으니까요. 코초프 씨가 전화를 했더군요. 대니는 못 갈 것 같다고."

보슈는 고개를 끄덕였다. 그러고는 거울에서 돌아서면서 사진을 자기 주머니 속으로 슬쩍 밀어 넣었다. 뮤리얼은 알아차리지 못했다.

"그 후에는 어땠죠? 그 장문의 편지 이후에요. 대니가 연락을 한 적이 있습니까? 전화를 걸어와서 통화를 한 적이 있나요?"

"아뇨, 그 후로는 연락이 끊어졌어요. 그 편지 이후로는 한 번도 연락이 없었어요."

"그 편지 아직도 가지고 계세요?"

라이더가 물었다.

"물론이죠. 베키에 관한 건 하나도 버리지 않고 다 모아뒀어요. 베키를 추억하는 편지가 서랍 한 개를 가득 채울 정도예요. 사랑을 많이 받은 아이였어요."

"그 편지 좀 빌려주셔야겠는데요, 벌로런 부인. 그리고 언젠가는 서랍 전체를 살펴봐야 할지도 모르겠고요."

"왜요?"

"사람 일은 모르는 거니까요."

보슈가 말했다.

라이더가 덧붙였다.

"뒤집어보지 않은 돌을 남겨두고 싶지 않아서요. 괴로우시겠지만, 우리가 무슨 일을 하고 있는 것인지 잊지 마시고 도와주셨으면 해요. 우린 따님을 그렇게 만든 범인을 찾으려는 거예요. 오랜 세월이 흐르긴 했어도 대가를 치르지 않고 편히 살게 내버려 둘 수는 없는 일이잖아요."

뮤리얼 벌로런은 고개를 끄덕였다. 어느새 그녀는 침대에서 작은 쿠션을 집어 들어 두 손으로 꽉 끌어안고 있었다. 오래전에 딸이 만든 쿠션인 것 같았다. 작은 파란색 정사각형 모양에 가운데는 빨간색 펠트 천으로 만든 하트가 꿰매어져 있었다. 그걸 들고 있으니 뮤리얼 벌로런이 표적처럼 보였다.

# 13

## 의혹

보슈가 운전을 하는 동안 라이더는 베키가 살해된 후 대니 코초프가 베키의 부모에게 보낸 편지를 읽었다. 한 장짜리였는데, 주로 베키에 대한 좋은 추억들을 풀어놓고 있었다.

"'두 분께는 이런 일이 일어나게 되어 정말 유감이라는 말씀밖에 드릴 말씀이 없습니다. 평생 베키를 그리워할 것 같아요. 사랑을 담아서, 대니.' 그러고는 끝이네요."

"어디 소인이 찍혔어?"

라이더는 봉투를 뒤집어서 살펴보았다.

"마우이요, 1988년 7월 29일."

"참 일찍도 보냈다."

"쓰기가 힘들었는지도 모르죠. 대니를 의심하는 거예요, 선배?"

"아니, 그게 아니라 가르시아와 그린이 전화 한 통 받고 대니를 용의선상에서 완전히 배제시킨 게 마음에 걸려서 그래. 사건 파일에 적혀 있던 거 기억 나? 아르바이트 직장 상관이 진술했다며, 대니는 사건 당일과 그다음 날 렌터카 대리점에서 세차를 하고 있었다고 진술했다고. 그 말이 사실이라면 대니가 LA로 날아가서 베키를 죽이고 집으로 돌아와 그다음 날 정시에 출근하는 것은 불가능해."

"그렇죠. 그래서요?"

"근데 아까 뮤리얼이 그랬잖아, 대니의 아버지가 렌터카 체인점을 운영했다고. 사건 파일에는 그런 이야기가 전혀 없었어. 가르시아와 그린은 그 사실을 알고 있었을까? 내기할까? 대니가 세차 아르바이트를 한 곳이 자기 아빠가 운영하는 체인점이었다는 데 얼마 걸래? 대니의 알리바이를 증명해줬던 상관이 대니 아빠 밑에서 일하는 직원이었다는 데에는 얼마 걸겠어?"

"이런, 아까 내가 했던 파리 출장 얘기는 농담이었는데. 선배도 마우이 출장을 꿈꾸고 있는 것 같은데요."

"수사를 엉성하게 해놓은 게 마음에 안 들어서 그래. 미진한 부분이 많잖아. 우리가 직접 대니 코초프를 만나서 용의 선상에 올리든지 빼든지 해야 돼. 이렇게 오랜 세월이 흘렀는데 그게 가능할지 모르겠지만."

"오토트랙이 있잖아요."

"오토트랙이 대니를 찾아줄 수는 있겠지. 하지만 대니를 용의 선상에서 배제시켜주지는 못할 거야."

"대니의 알리바이가 거짓이라는 걸 입증한다고 칩시다. 그럼 뭐예요, 열여섯 살짜리 남자애가 하와이에서 LA로 몰래 날아와서 예전 여자 친구를 살해하고 돌아갔단 말이에요? 아무한테도 들키지 않고?"

"처음부터 그럴 계획이었던 건 아니겠지. 그리고 열일곱 살이야. 뮤리얼이 그랬잖아, 대니가 한 살 많다고."

"우와, 열일곱 살."

라이더가 정말 엄청난 차이라는 듯 비꼬는 투로 말했다.

"난 열여덟 살 때 베트남에서 휴가를 받아 하와이로 갔었어. 거기서 본토로 들어가는 건 금지돼 있었지. 하지만 난 하와이에 도착하자마자 옷을 갈아입고 민간인 것처럼 보이는 여행 가방을 하나 사서 들고 헌병들 앞을 지나쳐서 LA로 가는 비행기에 올랐어. 열일곱 살짜리도 충분히 할 수 있었을 거라고 생각해."

"알았어요, 선배."

"이봐, 내 말의 요지는 수사가 너무 엉성했다는 거야. 사건 파일을 보면, 그린과 가르시아는 전화 한 통 받고 나서 이 친구의 혐의를 풀어줬다고 되어 있어. 항공편을 확인해봤다는 내용이 전혀 없어. 이젠 확인하기엔 너무 늦어버렸고. 그게 찜찜하단 말이야."

"무슨 말인지 알겠어요. 하지만 잊지 말아야 할 게 있어요. 논리의 삼각형을 어떻게 완성하느냐 하는 거요. 대니와 베키의 관계는 쉽게 파악할 수 있고, 베키와 맥키 사이에는 총이라는 연결고리가 있어요. 그럼 대니와 맥키를 연결시켜주는 건 뭐죠?"

보슈는 고개를 끄덕였다. 좋은 지적이었다. 그렇다고 대니 코초프에 대한 느낌이 좋아지지는 않았다.

"또 하나, 대니가 편지에 썼다는 말도 이상해. 이런 일이 일어나게 되어 유감이라고 했다며. '일어나게 되어'라는 말은 무슨 뜻일까?"

보슈가 말했다.

"그건 그냥 수사학적 표현이에요, 선배. 그게 대니의 혐의를 입증하는 증거가 될 수는 없어요."

"그걸 증거로 내세우겠다는 게 아니야. 왜 그런 식으로 말을 했는지 궁금하다는 거지."

"아직 살아 있으면, 찾아서 물어보면 되겠네요."

어느새 그들은 405번 도로 밑을 가로질러 파노라마 시티에 들어와 있었다. 보슈가 대니 코초프 이야기를 더 이상 하지 않자 라이더가 뮤리얼 벌로런 이야기를 꺼냈다.

"베키 엄마는 그날을 끝으로 삶이 멈춘 것 같아요."

라이더가 말했다.

"그러게 말이야."

"안됐어요. 그들이 굳이 그 딸을 산으로 끌고 올라갈 필요가 없었는데. 그냥 집 안에 있는 사람들을 모두 다 죽이는 게 나을 뻔했어요. 사실 다 죽인 거나 마찬가지긴 하지만."

보슈는 라이더의 생각이 지나치다 싶었지만 말은 하지 않았다.

"그들?"

대신 다른 것을 잡고 늘어졌다.

"네?"

"그들이 굳이 그 딸을 산으로 끌고 올라갈 필요가 없었다며. 베일리 세이블이 말했듯이 그들이라고 했잖아."

"글쎄요. 그 산을 보니까, 한 사람이 끌고 올라가는 건 도저히 가능했을 것 같지 않아서요. 굉장히 가파르잖아요."

"그래, 맞아. 나도 같은 생각을 하고 있었어. 범인이 둘이라는 거."

"맥키를 겁을 줘 보자는 선배 생각이 점점 더 마음에 들어요. 맥키를 찾아내 겁을 주면 코초프든 다른 누구든 공범이 엮여 나올 수도 있겠는데요."

보슈는 밴 나이스 대로에서 남쪽으로 방향을 틀어 그 블록의 절반을 차지하고 있는 낡은 아파트 단지 앞에 차를 세웠다. 파노라마 뷰 스위츠라는 이름의 아파트였다. 로비 유리문 왼쪽에 '임대사무실'이라는 간판이 보였다. 간판에는 달이나 주 단위로 임대가 가능하다고 적혀 있었다. 보슈는 변속기를 주차 칸으로 옮겨놓았다.

"코초프 외에, 또 뭘 생각하고 있었어요, 선배?"

"베키의 다른 두 친구들도 행방을 수소문해서 만나 봐야겠어. 당신은 레즈비언을 맡으면 되겠군. 난 베키 아버지부터 만나보고 싶어. 찾아낼 수 있다면 말이지."

"좋아요. 선배는 아버지를 맡고 난 레즈비언을 맡죠 뭐. 샌프란시스코에 올라가 보게 생겼네요."

"샌프란시스코가 아니라 헤이워드야. 그리고 도움이 필요하면 말해, 거기 경위 한 명을 알거든. 그 여자를 대신 찾아줘서 LA 시가 출장비를 절약할 수 있게 해줄 거야."

"선배는 정말 재미라고는 눈곱만큼도 없는 사람이네요. 난 북쪽의 자매들하고 친해지고 싶단 말이에요."

"국장이 당신에 대해 알고 있어?"

"처음에는 몰랐죠. 나중에 알았을 때도 전혀 신경 안 쓰던데요."

보슈는 고개를 끄덕였다. 국장의 그런 점이 마음에 들었다.

"또 다른 건요?"

라이더가 물었다.

"샘 바이스."

"샘 바이스가 누구죠?"

"절도 피해자. 베키를 죽인 총의 원 주인."

"그 사람이 왜요?"

"그 당시에는 롤랜드 맥키라는 이름이 나오지 않았어. 샘 바이스를 만나서 롤랜드 맥키를 아느냐고 물어볼 필요가 있겠다 싶어."

"좋아요, 통과."

"그런 다음에는 맥키한테 작전 들어가서 반응을 살펴봐야겠지."

"그럼 이 일 끝내고 나서 프랫 반장한테 가보죠."

두 사람은 동시에 문을 열고 차에서 내렸다. 차를 돌아서 오던 보슈는 라이더가 자기 표정을 살피고 있는 것을 느꼈다.

"왜?"

보슈가 물었다.

"뭐 또 다른 게 있군요."

"무슨 말이야?"

"마음에 걸리는 게 더 있죠? 선배 왼쪽 눈썹 주위에 그렇게 주름이 생기면, 뭔가 마음에 걸리는 게 있다는 뜻이잖아요."

"전처도 항상 그랬지, 난 포커 치면 큰일 난다고. 얼굴에 너무 많은 게 드러난다고."

"그래, 뭐예요?"

"아직은 잘 모르겠어. 그 방이 왠지 마음에 걸려."

"그 집에 있는 방이요? 베키 침실? 걔 엄마가 방을 그렇게 놔둔 게 섬뜩하다는 거예요?"

"아니, 사실, 방을 그렇게 놔둔 건 괜찮았어. 이해할 수 있어. 문제는 다른 거야. 뭔가 잘못된 것 같아. 뭔가 다른 것 같단 말이야. 열심히 생각해보고 답이 나오면 말해줄게."

"알았어요, 선배가 잘하는 게 그거니까."

그들은 유리문을 열고 파노라마 뷰 스위츠 안으로 들어갔다. 10분 후 그들은 들어갈 때 이미 알고 있었던 사실을, 맥키는 보호관찰 기간이 끝나자마자 이사를 나갔다는 사실을 확인했다.

예상했던 대로 맥키는 우편물을 받을 주소지를 남겨놓지 않았다.

# 14

## 감청 계획

에이블 프랫 미해결 사건 전담반장은 책상 뒤에 앉아서 플라스틱 통에 든 콘플레이크 요거트를 먹고 있었다. 보슈는 그가 쩝쩝 빨아먹는 소리와 바삭바삭 씹어 먹는 소리가 자꾸만 귀에 거슬렸다. 그들은 20분째 프랫의 사무실에 앉아서 레베카 벌로런 사건에 대한 하루의 수사 진행상황을 보고하고 있었다.

"젠장, 아직도 배가 안 차네."

프랫이 딸딸 긁어서 다 먹고 나서 말했다.

"무슨 식단이 그래요, 사우스 비치식 다이어트 하는 거예요?"

라이더가 물었다.

"아니, 나만의 다이어트. 정말 필요한 건 남부 지국식 다이어트인데."

"네? 남부 지국식 다이어트가 뭔데요?"

보슈는 라이더가 긴장하는 것을 느낄 수 있었다. LA 경찰국 남부 지국은 LA 시 흑인 지역사회의 대부분을 관할하고 있었다. 라이더는 프랫이 방금 한 말이 에둘러서 한 인종차별적인 언급이 아닌지 의심하는 것 같았다. 보슈는 경찰국 내에서 '우리 대 그들'이라는 심리가 한껏 고조되어 백인 경찰들이 흑인이나 라틴계 경찰들 앞에서 인종차별적인 색채를 띤 말을 하는 것을 종종 들은 적이 있었다. 그들은 같은 경찰들끼리는 푸른색이 피부색을 대신한다고 믿고 있었기 때문에 그런 언급을 주저하지 않았다. 라이더는 프랫이 그런 경찰들 중 하나가 아닌지 알아보려고 하고 있었다.

"예민하게 굴기는. 내 말은 그냥 내가 예전에 10년간 남부 지국에서 일했을 땐 체중 걱정을 할 필요가 전혀 없었다는 뜻이야. 거긴 바빠서 항상 뛰어다녔거든. 근데 강력계로 돌아오니까 2년 만에 7킬로그램이 찌더라고. 슬픈 일이지."

라이더가 긴장을 풀었고 보슈도 따라서 긴장을 풀었다.

"엉덩이 붙이고 앉아 있지 말고 발로 뛰어라. 할리우드 경찰서 직원들의 신조죠."

보슈가 말했다.

"좋은 신조군요. 근데 책임자로 있을 때는 그러기가 힘들어요. 여기 엉덩이 붙이고 앉아서 당신들이 어떻게 발로 뛰고 있는지 이야기를 듣고 있어야 하니까."

"그래도 연봉은 많이 받잖아요."

라이더가 말했다.

"어이구, 그럼, 그렇고말고."

라이더의 말이 우스갯소리일 수밖에 없는 것이, 프랫은 관리자라서 잔업수당을 받을 수가 없었다. 그러나 그의 부하직원들은 잔업수당을 탈 수 있었기 때문에 프랫이 반장이라고 하더라도 그의 부하 형사들이 연봉은 더 많을 가능성이 얼마든지 있었다.

프랫은 앉은 채로 의자를 돌리더니 옆에 있는 작은 냉장 박스를 열었다. 그러고는 요거트를 또 한 통 꺼냈다.

"젠장."

프랫은 상체를 똑바로 펴고 요거트 뚜껑을 열면서 중얼거렸다.

이번에는 콘플레이크를 넣지 않았다. 그가 흰색의 끈적끈적한 액체를 입안으로 떠 넣기 시작했고 보슈는 후루룩 쩝쩝 소리만 참으면 되었다.

프랫이 요거트를 입 안 가득 넣은 채로 입을 열었다.

"좋아요, 그러니까 정리를 해보면, 재수사를 시작한 지 하루도 안 됐는데 그 총과 맥키라는 한심한 인간과의 관계를 파악했다는 말이구만. 맥키가 이 총을 쐈다는 거고. 근데 맥키와 피해자와의 연결고리는 아직 찾지 못했고, 따라서 피해자를 죽인 그 총알을 발사한 사람이 맥키라는 사실을 밝혀낼 수 없다는 거고."

"그렇죠. 그리고 다른 것들도 있고요."

라이더가 말했다.

프랫이 말을 이었다.

"내가 피고인 측 변호인이라면, 맥키에게 공소시효가 오래전에 만료된 절도 사건에 대해서는 유죄를 인정하라고 하겠어요. 총을 훔쳐서 시험적으로 쏴봤더니 총에 손가락 살이 집혀서 떨어져 나갔다고, 그래서 그 빌어먹을 총을 버렸다고, 살인 사건이 일어나기 훨씬 전에 버렸다고 말하게 하는 거죠. 이렇게 말하라고 시키는 거예요. '아뇨, 검사님, 난 그 총으로 그 여학생을 죽이지 않았어요. 그리고 검사님은 내가 그랬다는 증거를 댈 수가 없을걸요. 내가 개를 본 적이 있는지조차 증명할 수가 없을걸요.'"

라이더와 보슈는 고개를 끄덕였다.

"그러니까 결론은 아무 성과도 없었다는 거구만."

두 사람은 다시 고개를 끄덕였다.

"그래도 고작 하루 일한 것 치고는 나쁘지 않군요. 그래서 어떻게 하고 싶은데요?"

"감청을 해봤으면 좋겠어요. 두 군데, 아니 세 군데를요. 맥키의 휴대전화에 하나, 주유소 전화에 하나. 그러고 나서 맥키 집을 찾아냈는데 그 집에 전화가 있으면 그 전화에도 하나 달아야겠죠. 그러고는 우리가 재수사를 시작했다는 신문 기사를 내고 맥키가 그 기사를 보게 하는 거예요. 그런 다음에는 누구한테 전화를 걸어서 그 이야기를 하는지 보는 거죠."

"도대체 무슨 근거로 맥키가 17년 전에 저지른 살인 사건에 대해 다른 사람과 의논을 할 거라고 생각하는 거죠? 저질렀다면 말이지만."

"아까도 말했듯이, 지금까지 이 친구와 피해자 사이의 연결고리를 전혀 찾을 수가 없었기 때문이죠. 그러니까 중간에 누가 있을 거라고 생각하는 겁니다. 맥키가 그 누군가의 사주를 받고 이런 일을 저질렀거나, 그 누군가가 직접 이 일을 저지를 수 있도록 무기를 조달했던 거겠죠."

"제3의 가능성도 있어요. 맥키가 공범이었을 가능성이요. 피해자는 가파른 산 위로 끌려 올라갔어요. 덩치가 큰 사람의 짓이었거나 공범의 도움을 받아 저지른 짓이었을 거예요."

라이더가 덧붙였다.

프랫은 요거트를 두 숟가락 떠먹고 나서는 얼굴을 찌푸리며 요거트 통을 내려다보다가 말했다.

"좋아요. 신문은 어떡할 거요? 유인 기사를 실을 수 있겠어요?"

"그럴 것 같아요. 밸리 지국 가르시아 경정의 도움을 받으려고 해요. 가르시아 경정은 이 사건 발생 당시 담당형사였어요. 해결되지 않은 이 사건이 머릿속을 떠나지 않고 괴롭혔다, 그러다가 재수사를 시작했다,

뭐 이런 식으로 나가려고요. 〈데일리 뉴스〉에 아는 기자가 있대요."

라이더가 대답했다.

"좋아요, 괜찮은 계획인 것 같군. 영장을 작성해서 갖고 와요. 경감님 결재를 받아 검찰청에 갖고 가서 승인을 받고 판사한테 제출해야 하니까, 시간이 좀 걸릴 거요. 판사의 허락이 떨어지면, 다른 팀들을 차출해서 감청을 맡기고 당신들은 그 친구를 감시하면 되겠군."

보슈와 라이더는 동시에 자리에서 일어섰다. 보슈는 약간의 아드레날린이 혈관 속으로 들어온 것 같은 느낌이 들었다.

"지금 현재 이 맥키라는 친구가 무슨 일을 꾸미고 있을 가능성은 전혀 없어요?"

프랫이 물었다.

"무슨 말이죠?"

보슈가 물었다.

"지금 어떤 범죄를 저지르려 한다는 걸 증명할 수만 있으면 영장 수속을 더 신속히 처리할 수 있을 텐데."

보슈는 이 문제에 대해 잠시 생각해보았다.

"현재로서는 없어요. 하지만 하나 만들어낼 수는 있겠죠."

"좋아요. 그러면 일이 쉬워질 거요."

# 15

## 상충되는 기억

영장 작성은 라이더가 맡았다. 라이더는 법률 용어는 물론이고 컴퓨터도 편하게 다룰 줄 알았다. 보슈는 예전 수사 때도 여러 번 그녀가 컴퓨터 기술을 활용하는 것을 본 적이 있었다. 그래서 암묵적으로 그렇게 결정이 되었다. 라이더는 롤랜드 맥키의 휴대전화, 그의 직장인 주유소 전화, 그리고 그의 집에 전화가 가설되어 있을 경우 그 전화에서 롤랜드 맥키가 전화를 걸거나 그에게 걸려오는 전화를 추적하고 통화 내용을 엿들을 수 있도록 법원의 허가를 구하는 영장을 작성해야 했다. 논리의 사슬과 명분에 취약한 부분이 없도록 신경을 쓰면서 맥키의 혐의를 그럴듯하게 풀어놓아야 했기 때문에 수고스러운 작업이 될 것이었다. 라이더가 작성한 영장이 먼저 프랫을, 그다음에는 노로나 경감을 설득시켜야 했고, 그러고 나서는 법 집행 기관이 시민의 자유를 억압하지 않는지 경계하는 역할을 하는 지방검사를, 그리고 최종적으로는 검사와 똑같은 책임을 갖고 있지만 말도 안 되는 실수를 할 경우에는 유권자들의 심판을 받아야 하는 판사를 설득시켜야 했다. 보슈와 라이더에게는 딱 한 번의 기회가 있었고, 그 기회를 잘 살려서 영장을 제대로 작성해야 했다. 아니, 라이더가 제대로 작성해야 했다.

그러나 그 모든 것은 자기 주변에서 수사가 이루어지고 있다는 사실을 맥키에게 들키지 않은 채 그의 전화번호 여러 개를 힘겹게 얻어내고 나서야 가능했다.

그들은 탬파 견인부터 시작했다. 업종별 전화번호부에 실린 반쪽짜리 광고에 24시간 영업하는 탬파 견인의 전화번호 두 개가 실려 있었다. 다음으로 전화번호 안내에 문의한 결과 맥키는 개인적으로든 공적으로든 본인 명의로 개설한 유선 전화가 하나도 없는 것으로 밝혀졌다. 그 말은 맥키의 집에 전화가 아예 없거나 다른 사람 명의로 개설되어 있다는 뜻이었다. 어느 쪽인지는 맥키의 주거지를 파악하면 금방 알 수 있었다.

마지막으로 알아내기 가장 어려웠던 것은 맥키의 휴대전화 번호였다. 전화번호 안내는 휴대전화 번호는 안내하지 않았다. 대다수의 이동통신사들이 고객의 개인 번호를 알려주기 전에 법원이 발부한 수색영장을 요구했기 때문에 이동통신사에 일일이 전화를 걸어서 번호를 알아내려면 수 주일은 아니더라도 여러 날이 걸릴 수 있었다. 그래서 법집행 기관 수사관들은 자기네가 필요로 하는 전화번호를 알아내기 위해 편법을 즐겨 쓰곤 했다. 주로 쓰는 편법이 악의 없는 유인성 메시지를 남겨서 전화를 걸어오는 즉시 휴대전화 번호를 알아내는 방법이었다. 그중 가장 일반적인 방법은 다시 전화를 걸어주는 선착순 100명에게 텔레비전이나 디브이디 플레이어를 준다는 식으로 경품 행사 메시지를 남기는 것이었다. 그러나 이 방법을 쓰려면 경찰 전화가 아닌 일반 전화를 사용해야 했고 표적이 본인의 휴대전화 번호가 상대방의 액정화면에 뜨지 않도록 가리는 경우에는 성공한다는 보장도 없이 오랜 시간을 기다리게 될 수도 있었다. 라이더와 보슈는 그런 부작용을 감수할 만큼 시간이 넉넉하지 않았다. 이미 맥키의 이름을 공개해버린 상태였다. 목표물을 향해 신속하게 움직여야 했다.

"걱정하지 마. 계획이 있어."

보슈가 라이더에게 말했다.

"그럼 나는 잠자코 앉아서 구경만 하고 있을게요."

맥키가 현재 주유소에서 근무 중이라는 것을 알고 있었던 보슈는 그 주유소로 전화를 걸어 견인차가 필요하다고 말했다. 잠깐 기다리라더니 이윽고 롤랜드 맥키로 짐작되는 남자가 전화를 받았다.

"견인차가 필요하다고요?"

"견인을 해주거나 밀어서 시동을 걸어줬으면 좋겠는데. 시동이 안 걸리네."

"어딘데요?"

"데본셔 근처 토팡가에 있는 앨버슨스(미국의 대형 슈퍼마켓 체인 – 옮긴이) 주차장."

"여긴 거기서 한참 멀리 떨어진 탬파예요. 그 근처 업체를 불러요."

"알아요, 근데 내가 당신네 근처에 살거든. 로스코우 바로 옆에 말이야, 병원 뒤쪽."

"그렇다면 뭐. 차종은요?"

보슈는 아까 맥키가 타고 있었던 차가 떠올랐다. 맥키의 관심을 끌기 위해 같은 차종을 대기로 했다.

"72년형 카마로."

"개조한 거요?"

"하고 있지."

"15분쯤 걸려요."

"알았어. 당신 이름은?"

"로."

"로? 배를 젓는다고 할 때 로(Row)?"

"롤랜드 할 때 로요. 출발합니다."

맥키는 전화를 끊었다. 보슈는 5분을 기다렸고, 그동안 라이더에게 계획을 설명하면서 라이더가 해야 할 일을 알려주었다. 라이더는 맥키의 휴대전화 번호를 알아내고, 감청을 허가하는 수색영장을 전달할 수 있도록 그 휴대전화의 통신사를 알아내야 했다.

보슈의 지시에 따라 라이더는 맥키가 일하는 쉐브론 주유소로 전화를 걸어 자기 차 브레이크에서 끽끽 소리가 난다고 상세하게 설명을 하면서 서비스 신청을 했다. 라이더가 한참 설명하고 있을 때 보슈는 전화번호부에 나와 있는 그 주유소의 다른 번호로 전화를 걸었다. 예상했던 대로 주유소 직원은 라이더에게 잠깐 기다리라고 한 뒤 보슈의 전화를 받았다. 보슈가 그에게 말했다.

"로에게 연락을 해야 하는데 번호 알아요? 밀어서 시동을 걸어준다고 나한테로 오고 있는데, 벌써 시동이 걸려버렸네."

"휴대전화로 연락해보세요."

맥키의 동료가 난감해하며 말했다.

그가 보슈에게 번호를 알려주자 보슈는 책상 건너편에 앉아 있는 라이더를 바라보며 두 손 엄지손가락을 치켜 올렸다. 라이더는 연극을 마저 끝내고 전화를 끊었다.

"하나 해결, 하나 남았군."

보슈가 말했다.

"내가 더 어려운 거네요."

라이더가 말했다.

라이더가 방금 입수한 맥키의 휴대전화 번호로 전화를 걸었고 보슈는 내선으로 통화를 엿들었다. 아마도 쇼핑 센터 주차장에서 고장 난 72년형 카마로를 찾아 두리번거리고 있을 맥키가 전화를 받자 라이더는 무심한 공무원 같은 목소리로 고객님이 가입하신 AT&T 이동통신인데 현재의 장거리 요금제보다 훨씬 저렴한 요금제가 있어 안내하러 전화했다고 말했다.

"웃기시네."

맥키가 라이더의 장광설을 끊고 끼어들었다.

"실례지만 뭐라고 하셨죠, 고객님?"

라이더가 대꾸했다.

"'웃기시네'라고 했어요. 통신사 바꾸게 하려고 별 사기를 다 치는구만."

"무슨 말씀이신지 모르겠습니다만, 고객님. 고객님은 AT&T 이동통신 가입자 명단에 올라 있는데요. 아닙니까?"

"아니라니까 그러네. 난 스프린트 가입잔데 뭔 소리야. 장거리 전화 서비스 같은 건 신청하지도 않았고 필요도 없고. 그러니까 개수작 부리지 말고 전화 끊어. 알겠어?"

맥키가 전화를 끊자 라이더가 웃음을 터뜨렸다.

"열 좀 받은 것 같은데요."

라이더가 말했다.

"채스워스를 가로질러 신 나게 달려갔는데 아무것도 없잖아. 나라도 열 받겠다."

보슈가 말했다.

"스프린트래요. 이제 멋들어지게 영장 작성하는 일만 남았군요. 근데 선배, 맥키에게 전화해야 돼요. 동료가 자기 번호를 줬다는데 선배가 전화 안 하면 의심하지 않겠어요?"

보슈는 고개를 끄덕인 후 맥키의 휴대전화로 전화를 걸었다. 다행히도 전화는 음성사서함으로 넘어갔다. 맥키가 주유소에 있는 동료에게 견인하기로 한 차가 보이지 않는다고 열불을 내고 있는 모양이었다. 보슈는 시동이 걸려서 집으로 가고 있다고 미안하다고 메시지를 남겼다. 그러고 나서 그는 전화기를 덮고 라이더를 쳐다보았다.

그들은 일정에 대해서 좀 더 이야기를 나눴고 라이더는 그날 밤과 그 다음 날을 영장 작성에만 전적으로 매달리고 결재 단계를 밟아가는 동안에는 대기하고 있기로 결정했다. 라이더는 보슈에게 최종 승인을 받으러 갈 때는 함께 가자고 했다. 담당형사 두 사람 모두가 판사실에 나타나면 승인을 받는 데 도움이 될 거라는 판단에서였다. 그때까지 보슈는 수사를 계속하며, 조사 대상자 명단에 올라 있는 나머지 사람들을 추적하고, 신문 기사 게재 건도 추진하기로 했다. 시간 조정이 문제였다. 그들은 맥키가 사용하는 모든 전화에 감청장치 설치를 완료하고 나서야 신문에 기사가 실리기를 바랐다. 이 모든 일정을 세심하게 맞추는 것이 관건이었다.

"퇴근할게요, 선배. 내 노트북으로 시작하려고요."

라이더가 말했다.

"멋들어지게 써줘."

"선배는 뭐할 거예요?"

"오늘 밤에 끝내고 싶은 일이 몇 가지 있어. 장난감 지역으로 내려가 보려고."

"혼자서요?"

"노숙인들인데 뭐."



"그렇긴 해도, 노숙인들의 80퍼센트는 집에 문제 많고 세상에 불만 많고 교도소에 간다고 해도 손해 볼 거 없는 사람들이에요. 조심하세요. 센트럴 경찰서에 전화해서 차를 보내줄 수 있는지 확인해보는 게 어때요? 오늘 밤엔 남는 U-보트가 있을지도 모르니까요."

U-보트는 순경 한 명이 타는 순찰차로, 주로 상황실장의 전령 역할을 할 때 사용했다. 보슈는 다른 누가 보호자로 따라 붙는 것을 원하지 않았다. 그는 라이더에게 자기는 괜찮으니까 걱정 말라고 했고, 오토트랙 프로그램 사용법이나 알려주고 빨리 들어가 보라고 했다.

"우선 컴퓨터가 있어야겠죠. 난 내 노트북으로 들어가 봤어요."

보슈는 라이더 옆으로 돌아가서 그녀가 오토트랙 웹사이트에 들어가 로그인 정보를 입력하고 이름 검색창을 띄우는 것을 지켜보았다.

"누구부터 시작할까요?"

라이더가 물었다.

"로버트 벌로런부터 할까?"

라이더는 이름을 입력한 후 검색 범위를 설정했다.

"얼마나 걸려?"

보슈가 물었다.

"빨리 돼요."

2, 3분이 지나자 레베카 벌로런의 아버지의 거주지가 컴퓨터 화면에 줄지어 나타났다. 그러나 그 목록은 채스워스의 집에서 멈췄다. 로버트 벌로런은 지난 10여 년 동안 운전면허를 갱신하지 않았고, 부동산을 매입한 적도 없었으며, 유권자 등록도 하지 않았고, 신용 카드를 신청하거나 전기, 가스, 수도 같은 공공서비스를 자기 명의로 신청하지도 않았다. 완전한 공백이었다. 적어도 전자 세상에서는 완전히 사라져 버린 것이다.

"아직도 거리를 헤매고 있는 모양이네요."

라이더가 말했다.

"아직 살아 있다면 말이지."

라이더가 오토트랙 검색창에 타라 우드와 대니얼 코초프라는 이름을 입력하자 둘 다 동명이인이 여러 명 나타났다. 그러나 예상 나이를 치고 주소지를 하와이와 캘리포니아 주로 좁히자 그들이 찾고 있는 타라 우드와 대니얼 코초프의 주소지 목록이 나타났다. 우드는 고등학교 동창회에는 나가지 않았는지 몰라도 멀리 이사를 갔기 때문은 아니었다. 밸리에서 산을 넘어 샌타 모니카로 옮겨갔을 뿐이었다. 한편 대니얼 코초프는 오래전에 하와이에서 돌아와 2, 3년간 베니스에서 살다가 다시 마우이로 돌아갔고, 현 거주지는 마우이로 되어 있었다.

보슈가 오토트랙에 넣고 돌려보라고 라이더에게 말해준 마지막 이름은 샘 바이스, 레베카 벌로런을 살해하는 데 사용된 권총을 도난당한 절도 피해자였다. 샘 바이스라는 이름을 가진 사람이 수백 명이 나타났지만, 문제의 샘 바이스를 찾는 것은 어렵지 않았다. 그는 절도 사건이 일어났던 집에 그대로 살고 있었다. 심지어 전화번호도 바꾸지 않고 그때와 똑같았다. 그곳에 뿌리를 내린 거였다.

라이더는 모든 정보를 출력해서 보슈에게 건네주었고 아까 베일리 세이블에게서 받은 그레이스 타나카의 전화번호도 건네주었다. 그러고는 집에서 수색영장을 작성하는 데 필요한 것들을 모으기 시작했다.

"무슨 일 있으면 호출해줘요."

속을 댄 노트북 가방에 노트북을 집어넣으면서 라이더가 말했다.

라이더가 떠난 후 보슈가 프랫의 방문 위에 달린 벽시계를 바라보니 6시가 조금 지나 있었다. 한 시간 정도 이름들을 더 추적해보다가 장난감 지역으로 내려가 로버트 벌로런을 찾아보기로 작정했다. 그는 인간 쓰레기장 같은 지역을 뒤지다보면 우울해질 게 뻔하니까 출발을 미루고 있다는 것을 자신도 알고 있었다. 그래서 그는 다시 한 번 시계를 확인하면서 전화를 이용한 수색 작업은 딱 한 시간만 하고 나가자고 다짐했다.

보슈는 먼저 LA 지역에 사는 사람들부터 찾아보기로 했지만 곧 난관에 부딪쳤다. 타라 우드와 샘 바이스 모두 전화를 받지 않았고 자동 응답기로 넘어갔다. 보슈는 타라 우드에게는 자기소개를 하고 휴대전화 번호를 알려준 뒤 베키 벌로런에 관한 일이라고 밝혔다. 우드가 친구 이름을 듣고 호기심이 생겨서 전화를 걸어주기를 바라는 마음에서였다. 그러나 바이스에게는 이름과 전화번호만 알려주고 끊었다. 간접적으로나마 16세 소녀를 살해한 무기를 제공한 사람이 느끼고 있을지도 모르는 죄책감의 원천에 대한 일이라는 것을 미리 알려주고 싶지 않았다.

다음으로 보슈는 헤이워드에 사는 그레이스 타나카의 집으로 전화를 걸었고 그녀는 벨이 여섯 번 울리고 나서 전화를 받았다. 그녀는 처음에는 전화가 중요한 일을 방해한 듯 화난 목소리로 전화를 받았지만, 보슈가 레베카 벌로런의 일로 전화했다고 설명하자 거친 태도와 목소리가 누그러졌다.

"오 하느님, 무슨 일이 있어요?"

그레이스 타나카가 물었다.

"경찰국이 이 사건에 다시 주목하고 재수사를 시작했습니다. 이름이 하나 나왔는데요. 베키 사건에 관련이 있을지도 모르는 사람이라, 그가 어떤 식으로든 베키나 베키의 친구들과 관련이 있었는지 밝혀내려고 하고 있어요."

보슈가 말했다.

"이름이 뭔데요?"

그레이스 타나카가 서둘러 물었다.

"롤랜드 맥키요. 베키보다 두 살 많았죠. 힐사이드 고등학교에 다니지는 않았지만 채스워스에 살았고요. 들어본 이름인가요?"

"글쎄요. 잘 기억이 안 나네요. 어떻게 관련이 있었죠? 아기 아빠였어요?"

"아빠요?"

"경찰 말로는 베키가 임신 중이었다던데요. 아니, 그러니까 임신한 적이 있었다던데요."

"아뇨, 그런 식으로 관련이 있는 건지 어떤 건지 아직 아무것도 모릅니다. 그러니까 낯선 이름이다 그거죠?"

"네."

"로라는 애칭으로 불리고 있는데."

"그래도 모르겠네요."

"그리고 말씀하시는 걸 들으니 베키의 임신 사실을 몰랐던 것 같은데, 맞습니까?"

"몰랐어요. 우리들 아무도 몰랐어요. 그러니까 베키 친구들은요."

보슈는 그레이스 타나카에게는 보이지 않는다는 걸 알면서도 고개를 끄덕였다. 타나카가 보슈의 침묵이 불편해져서 뭔가 도움이 되는 말을 해주기를 바라면서 그는 아무 말도 하지 않았다.

"음, 그 남자 사진이 있나요?"

마침내 그레이스 타나카가 물었다.

보슈가 기대했던 말은 아니었다.

"네. 거기로 가서 보여줄 방법을 찾아야겠군요. 사진을 보면 뭐라도 기억이 날지 모르니까."

보슈가 말했다.

"그냥 스캔해서 이메일로 보내주시면 안 돼요?"

보슈는 어떻게 해달라는 것인지 알았다. 자기는 할 수 없었지만 키즈 라이더라면 가능할 것이었다.

"그렇게 하죠. 동료가 컴퓨터 전문가거든요. 지금 여기 없지만요."

"제 이메일 주소를 알려드릴 테니까 그분이 돌아오면 사진을 보내게 하시면 되겠네요."

보슈는 수첩에 그레이스 타나카가 불러주는 이메일 주소를 받아 적었다. 그러고는 다음 날 아침에 이메일을 받아보게 될 거라고 말했다.

"더 하실 말씀 있으세요, 형사님?"

보슈는 이쯤에서 통화를 끝내고 라이더에게 사진을 보내고 나서 그레이스 타나카와 접촉해보라고 시킬 수 있었다. 그러나 감정과 기억들을 흔들어놓을 기회를 놓치고 싶지 않았다. 어쩌면 뭔가 나올지도 모를 일이었다.

"물어보고 싶은 게 두세 가지 더 있는데. 그러니까, 그해 여름 당신과 베키는 어떤 관계였죠?"

"무슨 말씀이세요? 우린 친구였어요. 초등학교 1학년 때부터 알았던 친구였죠."

"그랬군요. 그럼 당신이 베키와 가장 친했다고 생각해요?"

"아뇨, 아마 타라와 제일 친했을 걸요."

베키가 사망할 당시에는 타라 우드가 베키와 가장 친했다는 것을 또 한 번 확인하는 순간이었다.

"그러니까 베키가 임신 사실을 알고 나서 당신한테는 고백하지 않았다는 말이군요."

"네, 아까도 말했잖아요, 걔가 죽은 후에야 알았다고."

"당신은 어땠죠? 베키에게 비밀을 고백했나요?"

"물론 그랬죠."

"모든 걸 다?"

"형사님, 지금 무슨 말씀을 하시려는 거예요?"

"당신이 동성애자라는 걸 베키도 알았어요?"

"그게 이 일하고 무슨 상관이죠?"

"난 단지 그 모임이 어떤 모임이었는지 파악하려는 것뿐입니다. 키티캣 클럽 말이에요, 당신들 네 명이…."

"아뇨."

갑자기 그레이스 타나카의 대답이 툭 튀어나왔다. 그녀가 말을 계속했다.

"베키는 몰랐어요. 아무도 몰랐죠. 사실 그땐 나 자신도 몰랐던 것 같아요. 됐어요, 형사님? 이제 만족하세요?"

"미안합니다, 타나카 씨. 그때 상황을 가능한 한 제대로 파악해야 돼서 그래요. 솔직한 답변 고마워요. 마지막 질문입니다. 베키가 수술을 받고 나서 병원에 있고 본인은 운전을 할 수가 없기 때문에 자기를 태워서 집으로 데려다줄 사람이 필요했다면, 누구한테 전화를 했을까요?"

오랜 침묵이 흐른 뒤 그레이스 타나카가 대답했다.

"모르겠어요, 형사님. 그게 나였으면 좋았을 것 같네요. 힘들 때 기댈 수 있는 그런 친구였으면 좋았을 텐데. 근데 다른 사람이었나 봐요."

"타라 우드?"

"그건 본인한테 물어보셔야죠. 그만 끊겠습니다, 보슈 형사님."

그레이스 타나카가 전화를 끊자 보슈는 학교 앨범을 펼쳐 그녀의 사진을 찾아보았다. 오래전 사진 속의 그레이스 타나카는 자그마한 아시아계 소녀였고, 보슈가 방금 들었던 퉁명스러운 목소리와는 전혀 어울리지 않는 모습이었다.

보슈는 라이더에게 남길 말을 메모했다. 그레이스 타나카의 이메일

주소를 적은 뒤 맥키의 사진을 스캔해서 보내라고 지시했다. 그리고 성적 정체성 이야기를 꺼내자 타나카가 민감한 반응을 보였다고 조심하라고도 적어놓았다. 보슈는 라이더가 아침에 출근해서 바로 볼 수 있도록 쪽지를 그녀의 책상 위로 밀어놓았다.

이제 전화 한 통만 마저 걸면 되었다. 대니얼 코초프에게 전화를 걸어야 했다. 오토트랙 검색 결과에 따르면 그는 마우이에 살고 있었고, 그곳은 LA보다 두 시간 늦었다.

보슈가 오토트랙 검색에서 찾은 번호를 눌렀더니 여자가 전화를 받았다. 여자는 대니얼 코초프의 아내라고 자기소개를 하더니 남편은 출근하고 없고, 현재 포시즌 호텔에서 연회 담당 지배인으로 일하고 있다고 말했다. 보슈가 그녀에게서 받은 직장 번호로 전화를 걸었더니 대니얼 코초프에게로 연결이 되었다. 대니얼 코초프는 통화할 시간이 얼마 없다면서도 보슈를 5분이나 기다리게 한 후 호텔 안에서 좀 더 사적인 공간으로 옮겨가 다시 전화를 받았다. 처음에는 대화가 별 소득 없이 흘러갔다. 그레이스 타나카가 그랬듯, 코초프도 롤랜드 맥키라는 이름을 모른다고 했다. 그리고 보슈의 전화를 성가시다고 생각하거나 사생활 침해로 여기는 것 같았다. 자기는 결혼해서 자식이 셋이나 있고 베키 벌로런에 대해서는 거의 생각해본 적이 없다고 설명했다. 자기 가족은 베키가 죽기 1년 전에 본토에서 하와이로 이사를 갔다는 사실도 상기시켰다.

"당신이 하와이로 이사 가고 나서도 두 사람이 오랫동안 꽤 자주 통화를 했다던데요."

보슈가 말했다.

"누가 그런 말을 했는지 모르겠군요. 하여튼, 예, 통화를 했던 건 맞습니다. 특히 초반에는요. 베키가 내게 전화를 걸면 요금이 너무 많이 나온다고 베키네 부모님이 뭐라고 하신다고 해서 내가 전화를 걸어야 했었죠. 그건 그냥 핑계라고 생각했습니다. 걔네 부모님들은 나를 그만 떨쳐내버리고 싶었던 거겠죠. 어쨌든 그래서 내가 전화를 걸어야 했고, 통화를 했지만, 뭐, 그게 다 무슨 소용이겠습니까? 난 하와이에 있고 걔는 LA에 있었는데요. 그래서 끝이 났죠. 그러고 나서 금방 새 여자 친구를 사귀었고요. 지금 내 아내요. 그 뒤로는 베키한테 전화 거는 걸 그만뒀고요. 그렇게 줄곧 연락 없이 지내다가 나중에 그런 일이 생겼다는 소식을 들었고 담당 형사한테서 전화를 받았었죠."

대니얼 코초프가 말했다.

"담당 형사한테서 전화를 받기 전에 이미 사건에 대해 알고 있었다고요?"

"네, 들었어요. 벌로런 부인이 아버지한테 전화를 걸어서 알렸고 아버지가 내게 전해주시더군요. 그리고 거기 사는 친구들한테서도 전화가 왔었고요. 내가 알고 싶어 할 거라고 생각했다더군요. 참 기분이 묘했습니다. 내가 알았던 친구가 그렇게 세상에서 사라졌다는 게 말이죠."

"그러게요."

보슈는 더 물어볼 것이 있나 생각해보았다. 코초프의 이야기는 뮤리얼 벌로런의 진술과 약간씩 어긋나고 있었다. 조만간 두 사람의 진술을 정리하고 맞추어 볼 필요가 있겠다는 생각이 들었다. 그리고 코초프의 알리바이도 석연치가 않았다.

"저기요, 형사님, 이제 끊어야겠습니다. 근무 중이라서요. 더 하실 말씀 있습니까?"

코초프가 말했다.

"두세 가지만 더 물어봅시다. 레베카가 죽기 전 언제부터 전화를 걸지 않았는지 기억나요?"

"음, 글쎄요. 이사 간 첫해 여름이 끝나갈 무렵이었던 것 같습니다. 그쯤부터요. 상당히 오래전이었죠, 거의 1년쯤 전이요."

보슈는 코초프를 몰아세워서 무슨 말이 나오나 보기로 작정했다. 보통은 직접 만나 시도해봤을 일이지만 하와이로 출장 갈 시간도 경비도 없었다.

"그러니까 당신과 베키와의 관계는 베키가 사망할 당시에는 분명히 끝나 있었단 말이죠?"

"네, 확실합니다."

보슈는 그 당시의 통화내역을 확보할 가능성은 그리 높지 않다고 생각했다.

"전화를 걸 때는 항상 같은 시간에 걸었어요? 특정한 시각에 걸기로 약속이라도 한 것처럼?"

"그랬을 겁니다. 내가 사는 곳은 LA보다 두 시간 늦은 곳이었기 때문에 너무 늦게 전화를 걸 수는 없었어요. 보통 저녁 식사를 마치고 나서 전화를 걸었는데 그러면 거기는 베키가 잠자리에 들기 직전이었죠. 하지만 아까도 말씀드렸다시피, 그리 오래가지는 않았습니다."

"그렇군요. 이제 지극히 사적인 질문을 해야 할 것 같은데. 레베카 벌로런과 성관계를 가졌습니까?"

한동안 침묵이 흘렀다.

"그게 이 일과 무슨 상관이죠?"

"설명할 수는 없어요, 댄. 하지만 분명히 수사의 일부이고, 이 사건과 관계가 있을 것 같군요. 대답해줄래요?"

"안 가졌습니다."

보슈는 더 말이 나오기를 기다렸지만 코초프는 더 이상 아무 말도 하지 않았다.

"정말요? 둘이 섹스를 한 적이 한 번도 없다고요?"

마침내 보슈가 물었다.

"한 번도 없습니다. 베키는 준비가 안 됐다고 했고 나도 강요하지 않았습니다. 저기, 이제 그만 끊어야겠습니다."

"알았어요, 근데 한두 가지만 더요. 범인이 잡히기를 바랄 것 같은데, 안 그래요?"

"네, 그렇죠. 근데 내가 지금 근무 중이라서요."

"그래요, 알아요. 근데 물어봅시다. 당신이 레베카를 마지막으로 봤을 때가 언제였죠?"

"정확한 날짜는 기억이 안 나지만, 우리가 이사를 가던 날이었을 겁니다. 마지막 작별 인사를 할 때요. 이사 가던 날 오전이요."

"그러니까 가족이 하와이로 이사 가고 나서는 LA로 돌아온 적이 없다는 말이죠?"

"네, 그때는요. 근데 그런 일이 있고 난 다음에는 돌아갔었죠. 졸업 후에 돌아가서 베니스에서 2년 살다가 다시 이곳으로 돌아왔어요."

"하지만 가족이 하와이로 이사를 간 시점부터 레베카가 살해당한 때까지는 돌아온 적이 없다, 그 말인가요?"

"네, 맞습니다."

"그러면 내가 만나본 다른 참고인이 레베카가 실종되기 직전인 독립기념일이 낀 그 주말에 당신을 시내에서 봤다고 말했다면, 그건 사실이 아니라는 거네요?"

"그렇죠, 사실이 아니죠. 근데 그게 무슨 소립니까? 말했잖아요. 한 번도 안 갔었다고. 새 여자 친구가 생겼다니까요. 장례식에도 안 갔습니다. 날 봤다고 누가 그러던가요? 그레이스요? 걔는 나를 안 좋아했어요. 그 레즈비언 말입니다. 나와 베키 사이를 갈라놓으려고 얼마나 애를 썼는지 몰라요."

"누군지는 말해줄 수 없어요, 댄. 마찬가지로 당신이 내게 비밀스럽게 하고 싶은 말이 있으면 난 그것도 듣고 비밀을 지켜줄 거요."

"누군지는 몰라도 기가 막힌 거짓말쟁이군요! 터무니없는 거짓말이라고요! 사건 기록을 확인해보세요! 난 알리바이가 있단 말입니다. 베키가 납치된 날, 난 일을 하고 있었고 그다음 날도 일을 하고 있었다고요. 그런데 어떻게 거기 갔다 올 수 있었겠어요? 누가 그런 말을 했는지는 몰라도 얼토당토않은 거짓말입니다!"

코초프가 날카로워진 목소리로 항변했다.

"아니, 당신 알리바이가 거짓이겠지. 당신 아버지가 당신 상관을 시켜서 만들어낸 거니까. 식은 죽 먹기였겠죠."

잠깐 침묵이 흐른 후 코초프가 대꾸했다.

"도대체 무슨 말을 하는지 모르겠군요. 아버지는 누구한테도 거짓으로 만들어내라고 시키지 않았습니다. 그게 사실입니다. 우리 대리점엔 근무시간 기록표가 있었고, 내 상관이 경찰한테 그대로 말해줬다고요. 근데 17년이나 지난 후에 전화해서 말도 안 되는 이야길 하고 있는 겁니까? 지금 장난해요?"

"알았어요, 댄, 진정해요. 누구나 실수할 때가 있잖아요. 특히 그 오랜 세월을 거슬러 올라갈 땐 말이죠."

"이런 일에 말려들고 싶은 생각은 눈곱만큼도 없습니다. 처자식이 딸린 몸이라고요, 형사님."

"진정하라니까 그러네. 무슨 일에 끌어들이려는 게 아니에요. 그냥 통화 한 번 하는 거고 잠깐 이야기나 나누자는 건데 왜 이렇게 예민하게 굴어요? 어쨌든, 이 일과 관련해서 내게 해줄 수 있거나 해주고 싶은 이야기가 더 있어요?"

"아뇨, 알고 있는 건 전부 말씀드렸습니다. 아무것도 모른다고 말이죠. 이제 그만 끊겠습니다. 이번엔 진짭니다."

"그러니까 베키가 임신했다고 했을 때 딴 남자 아이라는 게 분명했기 때문에 화가 났던 거요?"

보슈가 물었다.

아무 대답이 없자 보슈는 좀 더 찔러보기로 했다.

"특히 당신들 둘이 사귈 때는 베키가 당신과 관계를 맺으려고 하지 않았기 때문에 더 화가 났던 건가?"

보슈는 자기 말이 지나쳤고 속내를 다 드러내 보이고 말았다는 사실을 깨달았다. 코초프는 보슈가 자신을 어르고 달래보기도 하고 찔러보고도 있다는 사실을 알아차렸다. 코초프는 화를 누르고 침착한 목소리로 대꾸했다.

"베키는 내게 그런 말을 한 적이 한 번도 없습니다. 난 계속 모르고 있다가 사건이 일어나고 나서 나중에 들어서 알았고요."

"진짜요? 누가 말해주던가요?"

"기억 안 납니다. 친구들 중 하나겠죠."

"그래요? 베키는 일기장에 다른 이야길 써놨던데. 일기 곳곳에 당신 이름이 나오던데. 그리고 당신에게 말했더니 당신이 화를 냈다는 얘기도 적혀 있고."

갑자기 코초프가 웃음을 터뜨렸고, 그 순간 보슈는 일을 완전히 그르쳤다는 것을 깨달았다.

"형사님, 웃기는 소리 좀 하지 마세요. 거짓말을 하는 사람은 당신이군요. 이건 정말 설득력이 약합니다. 나도 〈법과 질서〉(Law and Order: 미국의 텔레비전 드라마 시리즈–옮긴이) 보거든요."

"〈CSI〉도 봐요?"

"네, 그런데요?"

"살인범의 DNA를 채취해놓은 게 있어요. 그게 누구 것인지 밝혀내면, 유죄 평결은 따 놓은 당상이지. DNA야말로 최종 종결자거든."

"잘됐군요. 내 것과 비교해보시죠, 그럼 다 끝날 테니까요."

보슈는 이젠 자신이 주춤거리며 뒤로 물러서야 한다는 것을 깨달았다. 빨리 통화를 끝내야 했다.

"좋아요, 댄. 결과가 나오면 알려드리지. 어쨌든, 협조해줘서 고마워요. 마지막 질문. 연회 담당 지배인이 뭐요?"

"여기 호텔에서 말입니까? 대규모 파티와 회의, 결혼식 같은 행사들을 준비하는 책임자죠. 대규모의 단체 손님이 들어올 때 행사가 순조롭게 진행되도록 관리하는 일을 합니다."

"좋아요, 그럼 그 일에 복귀하도록 놓아드리지. 그럼 이만."

전화를 끊은 보슈는 책상 앞에 앉아 코초프와의 통화에 대해 생각했다. 처음에는 대화에서 우세를 점했다가 점차로 코초프에게 밀려 허둥댔던 것이 당황스러웠다. 3년간 심문 기술을 쓴 적이 별로 없었기 때문이라고 자위해보았지만 그렇다고 화끈거림이 사라지지는 않았다. 어서 빨리 심문 기술을 원상복귀시켜야 했다.

통화 중에 나온 내용 중 생각해볼 것들이 많았다. 보슈는 코초프가 살인 사건이 나기 직전 자기를 LA에서 본 사람이 있다는 말에 화를 내며 부인한 것에는 큰 의미를 두지 않았다. 실은 보슈가 지어낸 말이었으니까, 코초프가 화를 낸 것도 당연했다. 그런데 주목할 만한 것은 코초프의 분노가 그레이스 타나카에게 집중되어 있다는 사실이었다. 키즈 라이더를 통해서라도 둘의 관계를 좀 더 파헤쳐볼 필요가 있을 것 같았다.

보슈는 또 레베카 벌로런의 임신 사실을 몰랐다는 코초프의 진술에 대해서 생각해보았다. 보슈는 코초프의 말이 사실이라는 것을 직감했다. 임신 사실을 몰랐다고 해서 코초프가 용의 선상에서 완전히 배제되는 것은 아니지만, 적어도 후순위로 밀려나기는 했다. 보슈는 코초프가 한 말을 전부 라이더에게 들려주고 라이더도 자신과 같은 생각인지 들어보기로 했다.

코초프와의 통화에서 거둔 가장 흥미로운 수확은 코초프의 기억과 피해자의 어머니인 뮤리얼 벌로런의 기억에 상충되는 부분이 있다는 사실이었다. 뮤리얼 벌로런은 자기 딸이 살해당하기 직전까지 코초프가 충실하게 전화를 걸어왔다고 말했다. 반면에 코초프는 그러지 않았다고 했다. 보슈는 코초프가 거짓말을 할 이유가 없다고 생각했다. 코초프가 거짓말을 한 게 아니라면, 뮤리얼 벌로런의 기억이 잘못된 것이다. 아니면 베키가 어머니에게 매일 밤 잠자리에 들기 전에 전화를 걸어오는 사람이 코초프라고 거짓말을 한 것이다. 베키가 연인과의 관계와 그 관계에서 비롯된 임신 사실을 숨기고 있었던 것을 보면 매일 밤 걸려온 전화가 코초프에게서 온 것이 아닐 가능성도 있었다. 다른 누군가에게서 걸려온 전화일 수도 있었다. 보슈는 그 다른 누군가를 X씨라고 부르기로 했다.

보슈는 사건 파일에서 뮤리얼 벌로런의 집 전화번호를 찾아 전화를 걸었다. 성가시게 해서 미안하다고 한 뒤 몇 가지 추가로 물어볼 것이 있어 전화했다고 설명했다. 뮤리얼은 성가시지 않다고 말했다.

"물어볼 게 뭐죠?"

"따님 침대 옆 탁자에 놓인 전화기 말인데요. 집 전화를 연결해서 쓰는 거였습니까, 아니면 따로 개설한 건가요?"

"따로 개설한 거였어요. 전화번호가 따로 있었죠."

"그럼 대니얼 코초프가 밤에 베키에게 전화를 했을 때 그 전화를 받은 사람은 늘 베키였겠군요?"

"맞아요, 자기 방에서 받았어요. 그 전화번호를 가진 전화기는 그 방 것 하나뿐이었거든요."

"그럼 대니가 전화했다는 걸 부인이 알 수 있었던 건 베키가 그렇게 말했기 때문이겠군요."

"아뇨, 전화벨이 울리는 걸 들은 적도 몇 번 있어요. 대니가 전화를 한 거였어요."

"아니, 제 말은요, 벌로런 부인, 그 전화를 부인이 받은 적이 없고 부인이 직접 대니 코초프와 통화를 한 적도 없냐는 거죠."

"맞아요. 베키의 개인 전화였으니까요."

"그럼 전화벨이 울리고 베키가 누구와 통화하는 소리가 들렸을 때 누구랑 통화한 건지 부인이 알 수 있는 길은 오직 베키의 입을 통해서였겠군요. 맞습니까?"

"어, 네, 그랬을 거예요. 그때 계속 전화를 걸어온 사람이 대니가 아니었다는 말인가요?"

"아직 확실히는 모릅니다. 근데 하와이에 사는 대니와 통화를 했더니 베키가 납치되기 훨씬 전에 연락이 끊어졌다고 하더군요. 전화 걸기를 그만뒀다고요. 새 여자 친구가 생겨서요. 하와이에."

이번엔 긴 침묵이 흘렀다. 결국 보슈가 먼저 입을 열었다.

"그때 베키가 통화를 한 사람이 누구였을지 혹시 아십니까, 벌로런 부인?"

잠시 또 침묵이 흐른 뒤 뮤리얼 벌로런이 힘없이 대답했다.

"걔 여자 친구들 중 한 명이겠죠."

"그럴 수도 있고요. 또 생각나는 사람은 없습니까?"

보슈가 말했다.

"혼란스럽군요. 모든 것을 새로 배우는 느낌이에요."

이번에는 뮤리얼 벌로런이 머뭇거리지 않고 말했다.

"죄송합니다, 벌로런 부인. 꼭 필요한 일이 아니라면 이런 말씀을 드리지 않을 텐데요. 유감스럽게도 확인이 꼭 필요한 일이라서 말씀드리는 겁니다. 부인과 남편께서는 베키의 임신에 대해서 어떤 결론이라도 내리신 적이 있습니까?"

"무슨 말씀이세요? 우리는 그 일이 일어날 때까지는 전혀 몰랐어요."

"알겠습니다. 제 말은요, 숨겨놓은 남자 친구와의 사이에서 아기가 생긴 거라고 생각했느냐, 아니면 어느 날 갑자기 아무런 관계도 없는 남자와 실수를 해서 생긴 거라고 생각했느냐 하는 겁니다."

"그러니까 하룻밤 실수를 해서 생긴 거냐고요? 내 딸을 그런 아이로 보시는 건가요?"

"아뇨, 부인, 따님에 대해서 이렇다 저렇다 평가를 하는 게 아니고요. 그냥 여쭤보는 겁니다. 부인을 화나게 하고 싶지는 않지만 레베카를 죽인 범인을 찾고 싶어서 이러는 겁니다. 그러려면 알아야 할 모든 것을 알아야 하거든요."

"결론을 내릴 수가 없었어요, 형사님. 베키가 떠났는데 그걸 캐봐야 무슨 소용인가 싶었어요. 우린 모든 걸 경찰에 넘겼고 우리가 알고 사랑했던 딸아이의 모습만을 기억하려고 애를 썼어요. 딸이 있다고 하셨는데. 이해해주셨으면 좋겠어요."

뮤리얼 벌로런이 차가운 목소리로 말했다.

"이해합니다. 솔직하게 대답해주셔서 감사하고요. 마지막 질문인데요, 꼭 대답하실 필요는 없으니까 부담 갖지 마시고. 따님에 대해 그 사건에 대해 신문기자와 인터뷰를 하실 의향이 있으십니까?"

"뭐하러요? 그때도 안 했는데요. 이제 와서 대중 앞에 그 아이 이야기를 까발리고 싶지 않아요."

"부인의 생각 존중합니다. 근데 이번에는 인터뷰가 새를 밖으로 내모는 걸 도와줄 수도 있기 때문에 인터뷰에 응해주시면 좋겠는데요."

"그러니까 숨어 있던 범인이 밖으로 나오게 할 수도 있단 말인가요?"

"바로 그겁니다."

"그렇다면 지금 당장이라도 해야죠."

"감사합니다, 벌로런 부인. 다시 연락드리겠습니다."

# 16

## 채스워스 에이츠

에이벌 프랫은 정장 재킷을 입고 자기 사무실에서 걸어 나왔다. 보슈는 구석진 곳에 있는 자기 책상 앞에 앉아서 손가락 두 개로 타자를 치고 있었다. 뮤리얼 벌로런과의 통화 내용을 기록으로 남기는 중이었다. 그레이스 타나카와 대니얼 코초프와의 전화조사 내용을 요약한 기록은 벌써 완성되어 책상 위에 놓여 있었다.

“키즈는 어딨죠?”

프랫이 물었다.

“집에서 영장 작성하고 있어요. 집에서 생각이 더 잘 난다고요.”

“난 집에 가면 생각이란 걸 할 수가 없는데, 반응만 할 수 있지. 아들 쌍둥이가 있거든요.”

“행운을 빌어요.”

“맞아요, 행운이 필요하죠. 먼저 퇴근합니다. 내일 봅시다.”

“네.”

그러나 프랫은 그대로 서 있었다. 보슈는 타자기에서 눈을 들어 프랫을 쳐다보았다. 프랫은 뭔가 마음에 안 드는 게 있는 것 같았다. 어쩌면 타자기가 문제인지도 몰랐다.

"저쪽 책상에 있던데, 안 쓰는 것 같아서."

"안 쓰는 것 맞아요. 요즘에는 다들 컴퓨터를 쓰니까. 진짜 구식이시구만."

"그러게요. 보통은 문서 작성은 키즈가 맡아서 하는데, 시간 좀 때우려고 하고 있어요."

"야근해요?"

"니켈(LA 시내에서 빈민층이 모여 사는 5번가의 별칭 – 옮긴이)에 가보려고요."

"5번가요? 거긴 뭐하러?"

"피해자의 아버지를 찾아보려고요."

프랫은 심각한 표정으로 고개를 가로저었다.

"또 한 분이 그리로 가셨구만. 그런 일이 이번이 처음이 아니죠."

보슈는 고개를 끄덕였다.

"사건의 파급효과죠."

보슈가 말했다.

"맞아요, 파급효과."

프랫이 동의했다.

보슈는 프랫과 함께 나가면서 대화를 통해 어떤 사람인지 좀 더 알아볼까 하는 생각이 들었지만, 마침 휴대전화가 울리기 시작했다. 보슈가 허리띠에서 전화기를 빼내 액정화면을 보니 샘 바이스라는 이름이 떠 있었다.

"받아야겠네요."

"그래요, 해리. 거기 가서 조심하시고."

"고맙습니다, 반장님."

보슈는 전화기를 펼쳤다.

"보슈 형삽니다."

"형사요?"

보슈는 바이스에게 메시지를 남길 때는 아무런 정보도 주지 않은 것이 기억났다.

"바이스 씨, 저는 해리 보슈라고 합니다. LA 경찰국 소속 형사죠. 현재 수사하고 있는 사건과 관련해서 몇 가지 물어보고 싶은 게 있어서 전화했습니다."

"얼마든지 물어보세요, 형사님. 내 총에 관한 겁니까?"

보슈는 갑자기 날아온 정곡을 찌르는 질문에 당황했다.

"왜 그렇게 생각하시죠?"

"내 총이 미결 살인 사건에서 살인 무기로 사용됐다는 것을 알고 있으니까요. 그리고 LA 경찰국이 내게 물어보고 싶은 거라고는 그것밖에 없을 것 같아서 말이죠."

"네, 맞습니다, 총에 관한 겁니다, 바이스 씨. 몇 가지 물어봐도 될까요?"

"그 소녀를 죽인 범인을 찾기 위한 거라면 뭐든지 물어보세요."

"감사합니다. 제일 먼저 물어보고 싶은 것은 선생님이 도둑맞은 무기가 살인 사건에 사용됐다는 것을 언제 어떻게 알게 됐느냐, 혹은 언제 어디서 들었느냐 하는 겁니다."

"살인 사건 기사를 신문에서 봤고요, 보고 들은 얘기를 짜맞춰봤죠. 내 절도 사건 담당 형사한테 전화를 걸어서 물었더니 원치 않았던 대답이 돌아오더군요."

"원치 않았던 대답이라고 하는 이유는요, 바이스 씨?"

"평생 짊어지고 살아야 할 짐이었으니까요."

"하지만 선생님이 잘못한 건 아니잖습니까."

"알아요, 하지만 그렇다고 기분이 나아지진 않더군요. 내가 그 총을 샀던 건 불량배 몇 놈이 자꾸 괴롭혔기 때문이에요. 내 자신을 보호하고 싶었죠. 근데 내가 산 그 총이 종국에는 그 어린 소녀를 죽음으로 몰아간 도구가 됐잖아요. 머릿속으로 과거사를 바꿔본 게 한두 번이 아닙니다. 내가 그렇게 고집을 부리지 않았으면 어떻게 됐을까? 그 빌어먹을 총을 사는 대신 짐 싸들고 이사를 가버렸으면 어떻게 됐을까? 무슨 말인지 알겠어요?"

"네, 충분히 이해합니다."

"어쨌든 그건 그렇고, 또 무슨 얘기가 듣고 싶습니까, 보슈 형사?"

"몇 가지 질문에 대답해주시면 됩니다. 한번 전화나 걸어보자고 건 겁니다. 그게 경찰국 내에 17년간 쌓인 서류를 파헤치는 것보다 쉬울 것 같아서요. 그 권총 절도 사건에 관한 1차 조서를 봤더니 담당 수사관이 존 맥클러런이라고 적혀 있던데요. 그 사람 기억하십니까?"

"그럼요, 기억하죠."

"그 형사가 사건을 해결했나요?"

"못한 걸로 알고 있는데요. 존은 처음에는 절도 사건이 나를 협박했던 불량배들과 관련이 있을지도 모른다고 생각했었죠."

"정말 그렇던가요?"

"존은 아니라고 하더군요. 하지만 난 그 말을 믿을 수가 없었어요. 절도범들이 집 안을 정말 난장판으로 만들어놨거든요. 훔쳐갈 물건을 찾고 있었던 것 같지가 않았다고요. 물건들을, 내 소유물을 다 망가뜨려놓았더군요. 집 안으로 들어가 그 난장판을 보니까 그들의 엄청난 분노가 느껴졌었어요."

"절도범들이라고 말씀하시는 이유가 뭐죠? 범인이 두 명 이상이라고 경찰이 그러던가요?"

"존은 범인이 적어도 두세 명은 될 거라고 추측했어요. 내가 집을 비운 시간이 딱 한 시간이었거든요. 뭘 사러 잠깐 나갔다 왔었죠. 한 명이라면 그 시간 안에 그렇게 난장판을 만들어놓지는 못했을 거라는 거죠."

"조서에는 범인이 훔쳐간 물건이 그 권총과 동전 수집품 그리고 약간의 현금이라고 되어 있던데요. 잃어버린 걸 나중에 알게 된 물건이 또 있었나요?"

"아뇨, 그것뿐이었어요. 그걸로 끝이었죠. 적어도 동전은 돌려받았어요. 제일 가치가 있었던 거죠. 아버지가 어렸을 때 수집하셨던 거거든요."

"그건 어떻게 돌려받았습니까?"

"존 맥클러런 형사한테서요. 도둑맞고 2주 후에 갖다 주더군요."

"그걸 어디서 찾았는지 말해주던가요?"

"웨스트 할리우드에 있는 전당포에서 찾았다고 했어요. 그리고 그 총이 어떻게 됐는지는 우리 모두 잘 알고 있는 사실이고. 근데 그 총은 내게 돌아오지 않았어요. 준다고 해도 받지 않았을 테지만 말이죠."

"알겠습니다. 선생님 집을 턴 범인이 누구라고 생각하는지 맥클러런 형사가 말한 적이 있습니까? 가설을 갖고 있던가요?"

"존은 또 다른 불량배 무리가 그랬을 거라고 생각했어요. 채스워스 에이츠(the Chatsworth Eights)가 아니라요."

보슈는 채스워스 에이츠라는 말을 전에도 들어본 적이 있는 것 같았지만, 어디서 들었는지는 기억이 나지 않았다.

"바이스 씨, 아무것도 모르는 사람한테 말한다고 생각하고 말씀해주세요. 채스워스 에이츠가 뭡니까?"

"여기 밸리 지역에서 활동했던 불량배 조직이에요. 전부 백인 아이들이었어요. 스킨헤드족이었죠. 1988년 당시에는 여기서 온갖 범죄를 일삼았어요. 증오 범죄를요. 신문에서 그렇게 부르더군요. 그 시대에 생긴 신조어였는데 인종이나 종교를 동기로 자행된 범죄를 일컫는 말이었죠."

"그리고 선생님이 이 조직의 표적이었고요?"

"그래요, 몇 통의 협박전화를 받았어요. 유태인 놈들은 다 죽여버리겠다는 식의 전형적인 협박이었어요."

"그런데 경찰은 채스워스 에이츠가 선생님의 권총을 훔친 게 아니라고 했고요."

"네."

"이상하지 않습니까? 경찰이 협박 전화와 절도 사건 사이에 아무런 관련점도 찾지 못했다는 게."

"나도 그렇게 생각했지만, 형사는 내가 아니라 맥클러런이었으니까요."

"에이츠가 선생님을 표적으로 삼은 이유가 뭐죠, 바이스 씨? 선생님이 유태인이라는 건 알겠는데, 그래도 특별히 선생님을 고른 이유가 있을 것 같은데요?"

"간단하죠. 그 자식들 중 한 명이 우리 동네에 살았어요. 빌리 버카트라는 놈이었는데 우리 집에서 네 집 건너에 걔네 집이 있었죠. 하누카('성전 봉헌절'이라는 뜻으로 12월에 8일간 거행되는 유태교의 큰 축제－옮긴이) 때 창턱에 메노라(유태인들이 하누카 축제의식에 사용하는 여러 갈래로 된 큰 촛대－옮긴이)를 놓아두었는데, 그게 모든 일의 발단이 됐어요."

"그래서 버카트는 어떻게 됐죠?"

"감옥에 갔어요. 나한테가 아니라 다른 사람들에게 저지른 일 때문에요. 경찰이 다른 범죄들과 관련하여 버카트와 몇 놈들을 잡아들였어요. 그 자식들이 우리 집에서 두세 블록 떨어진 곳에서 십자가를 불태웠었죠. 흑인 가정집의 앞마당에서요. 그리고 다른 악행들도 저질렀고요. 아주 비열한 짓들을 저질렀고 공공기물도 파손했죠. 유태교 회당에 불을 지른 적도 있어요."

"근데 선생님 집을 털지는 않았단 말이군요."

"그래요. 경찰 판단은 그랬어요. 종교적인 동기에서 자행된 범죄라는 것을 보여주는 낙서나 다른 증거가 아무것도 없었어요. 그냥 어질러져 있기만 했죠. 그래서 경찰은 증오 범죄로 분류하지 않았죠."

보슈는 더 물어볼 것이 있나 생각하며 잠시 머뭇거리고 있었다. 그러나 사건에 대해 충분한 정보가 없어서 똑똑한 질문을 할 수가 없었다.

"알겠습니다, 바이스 씨, 시간 내주셔서 감사합니다. 그리고 나쁜 기억들을 되살리게 만들어서 죄송하고요."

"그런 걱정 마세요, 형사. 그 기억들이 잠을 자고 있지 않았으니까요."

보슈는 전화기를 덮었다. 이제 누구에게 전화를 걸어야 하나 생각해 보았다. 존 맥클러런은 누군지 알지도 못했고 17년이 지난 지금까지도 데본셔 경찰서에 남아 있을 가능성도 거의 없었다. 그때 떠오르는 사람이 있었다. 제리 에드거. 보슈가 할리우드 경찰서에 있을 때 같은 팀 동료였던 제리 에드거는 할리우드로 오기 전에 데본셔 경찰서에 있었다고 했다. 1988년에도 그곳에 있었을 것 같았다.

보슈가 할리우드 경찰서 강력반 살인전담팀으로 전화를 걸었지만 자동 응답기로 넘어갔다. 다들 일찍 퇴근한 모양이었다. 그는 형사과 대표 번호로 전화를 걸어 에드거가 있는지 물었다. 보슈의 기억으로는 앞쪽 접수대에 퇴근기록부가 있었다. 전화를 받은 직원은 에드거가 이미 퇴근했다고 말했다.

세 번째로 보슈는 에드거의 휴대전화로 전화를 걸었다. 예전 동료는 즉시 전화를 받았다.

"할리우드에선 요즘 다들 일찍 퇴근하나 봐."

보슈가 말했다.

"도대체 누구… 해리, 자네야?"

"그래, 나야. 어떻게 지내, 제리?"

"언제쯤 연락이 오나 궁금해하던 참이었어. 오늘부터 시작한 거야?"

"세상에서 제일 늙은 신병이지. 그리고 벌써 엄청난 주목을 받고 있어. 키즈랑 기가 막힌 사건을 수사하고 있거든."

에드거는 아무 대답도 하지 않았고, 보슈는 라이더 얘기를 꺼낸 것이 실수였다는 걸 깨달았다. 그들 사이에는 엄청난 간극이 아직도 존재하고 있을 뿐만 아니라 꽝꽝 얼어붙어 있는 것이 분명했다.

"그건 그렇고, 자네의 그 큰 머리를 써먹을 일이 생겼어. 클럽 데브 시절로 돌아가는 일이야."

"그래? 언제?"

"1988년. 채스워스 에이츠. 기억해?"

에드거가 잠시 생각을 더듬는 동안 침묵이 흘렀다.

"그럼, 에이츠, 기억하고말고. 머리 빡빡 밀고 문신을 하면 진짜 사나이가 된다고 생각하던 떨떨한 백인 아이들이었지. 똥을 많이도 싸지르더니 결국 그 똥 지들이 밟더라구. 오래가지 못했어."

"롤랜드 맥키라는 애 기억나? 당시엔 열여덟 살이었는데."

잠시 후 에드거는 생각 안 난다고 대답했다.

"에이츠는 누구 담당이었어?"

보슈가 물었다.

"클럽 데브가 안 맡았어. 걔네들 일은 전부 토끼 굴로 떨어졌지(《이상한 나라의 앨리스》에서 앨리스가 토끼 굴로 떨어지면서 이상한 나라로 들어가게 된 데에서 비롯된 표현으로 '혼란이나 혼동에 빠지다'라는 뜻. 여기서는 사회혼란에 대처하는 시민소요 대응반으로 넘어갔다는 뜻으로 쓰임 – 옮긴이)."

"시소대?"

"딩동댕."

시민소요 대응반. 경찰국 본부 산하 부서로, 음모에 관해 정탐활동을 벌이고 정보를 모아들이긴 했지만 실제로 성과는 별로 거두지 못했던, 잘 알려지지 않은 부서였다. 1988년에는 시소대가 당시 총경이었던 어빈 어빙의 지휘 아래 있었을 것이다. 지금은 존재하지 않았다. 어빙이 부국장급으로 승진하고 나서 즉시 시소대를 해체했고, 경찰국 직원들 상당수는 그것이 어빙이 시소대의 활동을 은폐하고 시소대와 거리를 두기 위해 취한 조치라고 믿었다.

"별 도움이 안 되겠군."

보슈가 말했다.

"미안. 무슨 사건인데?"

"오트 산에서 발생한 여학생 살인 사건."

"집에서 납치됐던 애?"

"응."

"그것도 기억나. 내가 맡은 건 아니고. 살인전담팀에 들어간 지 얼마 안 됐을 때였지. 하지만 그 사건은 기억이 나. 에이츠가 거기 관련이 있었다고?"

"아니. 에이츠와 관련이 있을지도 모르는 이름이 하나 튀어나와서 그래. 관련이 있다는 게 아니라 있을지도 모른다는 거야. 그건 그렇고, 에이츠는 내가 생각하는 그 뜻인가?"

"맞아, 친구, 알파벳의 여덟 번째 글자 H. 8이 두 개, 88, 즉 HH. HH는 하일…."

"…히틀러. 그래, 그럴 거라고 생각했어."

보슈는 범죄가 발생한 연도에 중요한 의미가 있을지도 모른다는 키즈민 라이더의 추측이 맞았다고 생각했다. 레베카 벌로런 살인 사건과 채스워스 에이츠가 저지른 다른 범죄들이 모두 1988년에 발생했다. 겉으로 보기에는 사소한 범죄들로 보이는 지류가 한데 합쳐져 거대한 강물을 이루었다. 이제 어빈 어빙과 시민소요 대응반도 이 강물로 흘러들어와 있었다. 살인 무기에서 발견된 DNA가 견인 트럭을 모는 별 볼 일 없는 친구의 것으로 밝혀진 작은 일이 점점 더 큰 사건으로 번져가고 있었다.

"제리, 데본셔에서 근무했던 존 맥클러런이라는 형사 기억해?"

"존 맥클러런? 아니, 기억 안 나는데. 담당이 뭐였는데?"

"절도 사건 조서에서 이름을 봤어."

"아니, 절도 사건 전담팀은 분명히 아니야. 내가 살인전담팀으로 가기 전에 절도전담팀에 있었거든. 거기 존 맥클러런이라는 사람은 없었어. 누군데?"

"말했잖아, 조서에서 본 이름이라고. 누군지는 이제부터 알아내야지."

보슈는 그렇다면 맥클러런은 당시 시민소요 대응반 소속이었을 것이고 샘 바이스의 집에서 발생한 절도 사건 수사는 채스워스 에이츠 수사의 일부로 넘어갔을 거라는 생각이 들었다. 이 모든 것을 에드거에게 말해주고 싶지는 않았다.

"제리, 그러니까 그 당시 자넨 살인전담팀 신참이었단 말이지?"

"응."

"그린과 가르시아는 잘 알겠네?"

"아니, 별로. 내가 들어가고 나서 둘 다 오래 있지 않고 떠났어. 그린은 경찰을 그만뒀고 그로부터 1년 후에 가르시아는 경위가 됐지."

"자네가 본 걸로 판단할 때, 그 사람들 어땠어?"

"뭐가 어땠다는 거야?"

"살인전담팀 형사로서 어땠냐고."

"해리, 그때 난 어리바리한 신참이었거든. 내가 뭘 알았겠어? 계속 배우고 있는 중이었는데. 그래도 그 사람들에 대한 의견을 굳이 말해본다면, 주도권을 잡고 있던 건 그린이었어. 가르시아는 가정부였고. 가르시아가 거울과 빗을 갖고도 자기 콧수염 속에 있는 똥을 찾아낼 수 없을 거라고 말하는 사람들도 있었지."

보슈는 아무 대꾸도 하지 않았다. 가르시아를 가정부라고 칭한 걸 보면 에드거는 가르시아가 자기 동료에게 빌붙어 살았다고 말하고 있었다. 진짜 살인전담 형사는 그린이었고 가르시아는 그린을 보조하고 사건 파일을 관리하고 확충하는 일을 했다는 것이다. 살인전담팀 형사들이 그런 관계로, 알파 독(alpha dog: 망을 보는 개의 무리를 이끌며 상황을 통제하는 개－옮긴이)과 조수의 관계로 정착이 되는 경우가 많이 있었다.

"그럴 필요도 없었을 거야."

에드거가 말했다.

"무슨 필요가 없었다는 거야?"

"콧수염 속에서 똥을 찾을 필요 말이야. 성공가도를 달리고 있었거든. 곧 경위로 승진해서 데본셔를 떠났지. 지금은 밸리 지국 2인자야, 알아?"

"그래, 알아. 근데 그 사람을 직접 보면 콧수염이니 똥이니 하는 말은 안 나올걸."

"그래, 그렇겠지."

보슈는 벌로런 사건 수사에서는 그린이 어떻게 주도하고 가르시아는 어떻게 보조를 했을까 생각해보았다. 진실이라는 얼음판 밑에서 작은 금이 갈라져 퍼져가고 있었다.

"그게 끝이야, 해리?"

"그린은 사직하고 얼마 안 돼서 자살했다던데."

"그래, 나도 들었어. 그때도 놀라지 않았던 것으로 기억해. 그린은 언제라도 금방 그런 짓을 저지를 사람으로 보였거든. 시소대를 건드려보려고? 어빙이 책임자였다는 거 알아?"

"그래, 제리, 알아. 그리고 거길 건드려볼 생각은 없어."

"하게 생겼으면 조심하라고, 친구."

보슈는 화제를 바꿔 조금 더 이야기하다가 전화를 끊고 싶었다. 에드거는 예전부터 경찰국 내 소식통이었다. 보슈는 촉새 같은 예전 동료의 싼 입을 통해 자신이 경찰에 복귀하자마자 어빙에게 덤벼들고 있다는 소문이 퍼지는 것은 원치 않았다.

"그래, 할리우드는 요즘 어때?"

보슈가 물었다.

"내진 개조 공사 후에 형사과로 돌아온 지 얼마 안 됐어. 옛날 모습이 거의 다 사라졌어. 거의 1년 가까이 2층에서 점호를 하는데 갑갑해서 미치는 줄 알았어."

"사무실은 어때?"

"보험회사 사무실 같아. 책상마다 방음 칸막이가 설치돼 있어. 정부 물품이라 온통 회색이야. 괜찮긴 한데 예전 같지는 않아."

"안 봐도 비디오야."

"그리고 3급 형사들한테는 책상 양편으로 서랍이 있는 큰 책상을 주고 나머지들한테는 한편에만 서랍 있는 거 줬다."

보슈는 미소를 지었다. 이런 작은 모욕들이 경찰국 내에서 점점 더 과장된 소문으로 번져나갔지만, 그런 결정을 내린 행정 간부들은 그 사실을 전혀 알지 못했다. 일례로 감찰계가 파커 센터에서 오래된 브래드베리 빌딩으로 옮겨갔을 때 다른 일반 직원들 사이에서는 그곳으로 옮겨간 감찰계장실에 벽난로가 있다는 소문이 돌았었다.

"그래서 어쩔 건데, 제리?"

"늘 똑같지 뭐. 엉덩이 붙이고 앉아 있지 말고 발로 뛰어야지."

"그럼 그럼."

"밤길 조심해, 해리."

"항상 조심하고 있어."

전화를 끊은 보슈는 한동안 책상 앞에 우두커니 앉아서 에드거와의 대화와, 그 대화가 수사에 가져온 의미에 대해서 생각해보았다. 정말 이 사건이 시민소요 대응반과 관련이 있다면, 이건 완전히 다른 사건이 되는 거였다.

보슈는 레베카 벌로런 살인 사건 파일을 내려다보다가, 아직도 그대로 펼쳐져 있는 샘 바이스 절도 사건 조서에 휘갈겨 쓴 존 맥클러런이라는 서명을 노려보았다. 그러다가 전화기를 집어 들고 파커 센터 인사계로 전화를 걸어 전화를 받은 당직 경찰관에게 존 맥클러런이라는 형사의 근무지를 물었다. 그는 절도 사건조서에 있는 맥클러런의 경찰 배지 번호를 불러주었다. 당직 경찰관이 찾아볼 때까지 기다리면서 보슈는 맥클러런이 오래전에 퇴직했다는 대답을 예상하고 있었다. 17년이라는 세월이 흘렀으니 말이었다.

그러나 다시 수화기를 든 당직 경찰관은 조금 전 보슈가 일러준 경찰 배지 번호를 가진 존 맥클러런이라는 경찰관이 지금은 전략기획실 소속 경위라고 알려주었다. 보슈의 머릿속 신경 세포들이 활발히 움직이기 시작했다. 17년 전 맥클러런은 시민소요 대응반에서 어빙 밑에서 일했다. 지금은 근무부서와 직위가 바뀌긴 했지만 여전히 어빙 밑에서 일하고 있었다. 그리고 어빙은 보슈가 시소대와 관련이 있는 사건을 맡은 첫날 파커 센터의 카페에서 우연히 보슈와 마주친 것이다.

"하이 징고(High Jingo: 경찰 고위층이 개입된 사건. 윗선의 입김이 작용하는 사건 – 옮긴이)구만."

보슈는 전화를 끊으면서 혼잣말을 했다.

바다로 나서는 전함처럼, 이 사건은 천천히, 확실히, 그리고 도저히 막아 세울 수 없을 정도로 단호하게 새로운 방향으로 접어들고 있었다. 보슈는 가슴속에서 무언가 울컥하는 것을 느꼈다. 어빙이 자신의 길을 막고 나선 기가 막힌 우연에 대해 생각했다. 우연이라면 말이지만. 보슈는 그들이 콜드 히트를 얻어낸 사건이 무슨 사건인지, 그리고 그 수사가 어느 방향으로 흘러갈 것인지 어빙 부국장이 이미 알고 있었던 것은 아닐까 생각했다.

경찰국은 날마다 비밀을 묻었다. 그것은 기정사실이었다. 그러나 17년 전엔 누가 상상이나 했을까, 어느 날 새크라멘토에 있는 법무부 실험실에서 이루어진 화학반응 검사가 기름진 흙에 삽을 밀어 넣고 과거를 파헤쳐 비밀이 세상에 드러나게 할 수도 있다는 것을.

# 17

## 상처받은 도시

보슈는 집으로 차를 몰면서 레베카 벌로런의 시신을 감싸고 있는 수많은 덩굴손에 대해 생각했다. 그는 전리품을 주시해야 한다는 것을 알고 있었다. 증거가 사건 해결의 열쇠였다. 경찰국 내의 정치적 이해관계가 얽혀 있고 부패와 은닉이 일어났을 가능성이 높다는 것은 이 사건이 높은 분의 입김이 있는 하이 징고 사건이라는 뜻이었다. 경찰 고위층의 개입은 수사에 충분히 위협이 될 수 있고 의도한 목표에서 관심을 딴 데로 돌리게 할 수도 있었다. 보슈는 그것을 경계하는 동시에 피해야 했다.

마침내 그는 수사에 드리운 어빙의 그림자에 대한 생각을 제쳐두고 사건에 집중할 수 있게 되었다. 꼬리에 꼬리를 물던 생각이 어느새 레베카의 침실과, 그 오랜 세월 동안 그 방을 조금도 건드리지 않고 그대로 보존한 레베카의 어머니에 대한 생각으로 이어졌다. 보슈는 그렇게 침실을 곱게 모셔둔 것이 딸을 잃었다는 사실 때문인지 아니면 딸을 잃게 된 정황 때문인지 궁금했다. 자연스러운 이유로, 혹은 사고나 이혼과 같은 정황 때문에 아이를 잃었더라도 그렇게 했을까? 보슈에게는 볼 기회가 별로 없는 딸이 하나 있었다. 그는 아이를 보지 못한다는 사실이 고통스러웠다. 가까이 있든 멀리 있든 딸아이는 보슈를 완벽하게 무장해제시키고 나약한 인간이 되게 했다. 보슈 자신도 딸의 침실을 박물관처럼 보존한 어머니나 오래전에 세상과 담을 쌓은 아버지 같은 신세가 될 수 있었다.

이런 생각보다 더 마음을 불편하게 하는 것이 있었다. 레베카의 침실이 자꾸만 마음에 걸렸다. 그게 뭔지 정확하게 집어낼 수는 없었지만, 뭔가 이상하다는 느낌과 함께 계속 찜찜한 기분이 들었다. 보슈는 고가 고속도로를 달리며 왼쪽으로 펼쳐지는 할리우드 시가지를 바라보았다. 하늘에는 아직도 약간의 석양빛이 남아 있긴 했지만, 밤이 시작되고 있었다. 어둠이 너무 오랜 시간을 기다려온 것이다. 탐조등 불빛이 수평선 위를 종횡으로 움직이고 있었다. 할리우드와 바인 거리가 만나는 구석에서 시작된 탐조등이었다. 보슈에게는 그 불빛이 멋져 보였다. 그 불빛이 집같이 포근한 느낌을 주었다.

산에 있는 자기 집에 도착한 보슈는 우편함과 전화기의 메시지를 확인한 후 경찰 복귀를 기념하여 산 정장을 벗었다. 다음에 한 번 더 입고 세탁소에 갖다 줘야겠다고 생각하면서 옷을 벽장에 조심스레 걸었다. 그러고는 청바지에 검은색 폴라티를 입고 검은색 운동화를 신었다. 오른쪽 어깨 부분이 해진 캐주얼 재킷을 입고 총과 배지와 지갑을 재킷 안주머니로 옮겨 넣었다. 그러고는 다시 차를 타고 시내 장난감 지역으로 향했다.

보슈는 침입이나 파손을 걱정할 필요가 없게 차를 재팬타운에 있는 박물관 주차장에 세우기로 결정했다. 거기서 5번가를 향해 걸어가면서 보니 노숙인들이 점점 더 많아졌다. 그들을 돌보는 노숙인 쉼터와 지원 센터 상당수가 로스앤젤레스 대로 남쪽 5번가에 다섯 블록에 걸쳐 줄지어 서 있었다. 지원 센터와 값싼 주거 호텔 밖 인도에는 삶을 잃어버린 사람들의 더럽고 초라하고 빈약한 소지품이 가득 든 판지 상자와 쇼핑 카트가 줄지어 늘어서 있었다. 마치 사회 붕괴라는 이름의 폭탄이 터져 부상당하고 뿌리가 뽑힌 사람들이라는 파편이 사방에 널려 있는 것 같았다. 여기저기서 남녀 노숙인들이 무슨 소린지 알아듣지도 못할 소리를, 밤에 들으면 섬뜩할 소리를 외쳐대고 있었다. 이곳은 자체의 규칙과 논리로 움직이는 독자적인 도시 같았다. 상처가 너무 깊어서 지원 센터가 붙여놓은 반창고로는 흐르는 피를 막을 수 없는 상처받은 도시 같았다.

걸어가던 보슈의 머릿속에 이제까지 돈이나 담배, 다른 뭔가를 구걸하는 사람이 한 명도 없었다는 생각이 퍼뜩 들었다. 그는 그 역설에 주목했다. 이 도시에서 노숙인의 인구밀도가 가장 높은 이곳이 적어도 일반 시민에게는 적선을 강요당하지 않을 수 있는 가장 안전한 곳인 것 같았다.

로스앤젤레스 노숙인 지원 센터 본부와 구세군은 이곳에 주요 지원 센터들을 두고 있었다. 보슈는 그곳들부터 살펴보기로 했다. 그는 로버트 벌로런의 12년 전 운전면허증 사진과 그보다 더 오래된, 딸의 장례식에서 찍은 사진을 갖고 있었다. 그는 이 사진들을 지원 센터 운영자들과 날마다 수백 개의 접시에 무료 음식을 올려놓는 급식소 직원들에게 보여주었다. 처음에는 별 반응이 없었는데, 급식소 직원 한 명이 벌로런을 알아보았다. 2, 3년 전에 꽤 정기적으로 급식소를 드나들었던 '손님'이라고 기억했다.

"꽤 오래됐죠. 그 후로는 본 적이 없어요."

급식소 직원이 말했다.

지원 센터에서 한 시간가량 탐문수사를 벌인 보슈는 밖으로 나와 거리를 걸어 내려가며 규모가 작은 노숙인 쉼터와 너저분한 호텔에 들어가 사진을 보여주었다. 벌로런을 알아보는 사람이 두세 명 있었지만 새로운 사실은 하나도 없었고, 그들이 봤다는 그 남자가 오래전 인간의 레이다망에서 완전히 빠져나간 그 사람이 맞다고 입증할 수 있는 증거도 전혀 없었다. 밤 10시 30분까지 돌아다니던 보슈는 내일 다시 와서 탐문수사를 끝내야겠다고 마음먹었다. 차가 있는 재팬타운으로 돌아가면서 방금 전까지 몰두했던 일들을 떠올리자 우울해졌다. 로버트 벌로런을 찾을 수 있다는 희망이 점점 더 줄어들고 있었다. 고개를 숙이고 두 손을 양쪽 주머니에 넣고 걷던 보슈는 남자 둘이 다가오는 것을 보지 못했다. 보슈가 나란히 붙어 있는 두 장난감 상점 앞을 지나가자 상점 사이의 구석진 공간에서 남자 두 명이 걸어 나왔다. 한 명이 보슈 앞을 가로막고 섰다. 다른 한 명은 뒤에서 다가왔다. 보슈는 걸음을 멈췄다.

"이봐요, 선교사 아저씨."

보슈 앞을 가로막은 남자가 말했다.

남자가 옆으로 내려들고 있는 칼날이 반 블록 떨어진 곳에 있는 가로등의 희미한 불빛을 받아 번쩍였다. 보슈는 몸을 약간 틀어서 뒤에 있는 남자도 살펴보았다. 보슈보다 키가 작았다. 손에 콘크리트 덩어리를 들고 있는 것 같았다. 깨진 보도 블록 덩어리 같았다. 두 남자 모두 옷을 여러 겹 껴입고 있었다. 이쪽 동네에서 흔히 볼 수 있는 옷차림이었다. 한 명은 흑인, 다른 한 명은 백인이었다.

"급식소는 전부 문을 닫았는데 우린 아직도 배가 고프단 말이야. 돈 가진 것 좀 있어요? 그러니까 좀 빌리잔 말이지."

칼을 든 남자가 말했다.

보슈는 고개를 저었다.

"아니, 없는데."

"없어? 확실해? 지갑이 두둑한 것 같은데. 그러지 말고 있는 것 같이 좀 나눠 씁시다."

보슈의 마음속에서 분노가 확 치밀어 올랐다. 그 순간 자신이 무엇을 할 수 있고 무엇을 할 것인지 분명히 알 수 있었다. 총을 뽑아들고 이자들의 몸에 총알을 박아 넣을 생각이었다. 그렇게 해도 동료 경찰들로부터 의례적인 조사만 받고 무사히 걸어 나올 수 있을 거였다. 칼날이 보슈의 면죄부였다. 보슈의 양옆에 버티고 선 남자들은 자기들이 지금 어디로 걸어들어왔는지 모르고 있었다. 보슈는 아주 오래전 땅굴 속에 있었을 때의 느낌이 되살아났다. 모든 것은 단 하나의 문제로 귀결되었다. 죽이느냐 죽임을 당하느냐 하는 문제밖에 없었다. 거기에는 절대적인 순수함이 있었고, 회색지대나 다른 무언가가 비집고 들어올 공간이 없었다.

그때 갑자기 상황이 바뀌었다. 보슈는 칼을 든 남자가 자기를 뚫어지게 노려보면서 자기 눈에서 뭔가를 읽어내고 있는 것을 보았다. 포식자가 경쟁자를 가늠해보고 있었다. 칼 든 남자는 거의 감지할 수 없을 정도이긴 했지만 확실히 기가 죽는 것 같았다. 그는 물리적으로 뒤로 물러서지는 않았지만 분명히 뒤로 물러섰다.

세상에는 독심술사라고 불리는 사람들이 있었다. 그러나 사실 그들은 마음을 읽어내는 것이 아니라 얼굴을, 표정을 읽어내는 사람들이었다. 그들은 눈과 입과 눈썹을 구성하는 무수히 많은 근육의 움직임을 해석할 수 있는 기술을 갖고 있었다. 그런 근육의 움직임을 읽어서 의향을 알아냈다. 보슈에게도 그런 기술이 있었다. 그의 전처는 보슈보다도 훨씬 더 좋은 기술을 갖고 있어서 직업적으로 포커를 하고 있었다.

칼 든 남자도 그런 기술을 갖고 있었다. 이번에는 그 기술이 그의 목숨을 살렸다.

"아니, 됐시다, 신경 끄슈."

칼 든 남자가 말했다.

그는 장난감 가게들 사이의 어두운 공간 쪽으로 한 걸음 물러섰다.

"즐거운 밤 보내슈, 선교사 아저씨."

그가 어둠 속으로 물러나면서 말했다.

보슈는 다른 남자를 향해 완전히 돌아서서 그를 쳐다보았다. 그도 한마디 말없이 어두운 공간 속으로 물러섰다. 거기 숨어서 다음 표적을 기다릴 모양이었다.

보슈는 거리를 위아래로 둘러보았다. 차도 인적도 끊긴 것 같았다. 그는 돌아서서 자기 차를 향해 걸어갔다. 걸어가면서 휴대전화를 꺼내 센트럴 경찰서 순찰대에 전화를 걸었다. 전화를 받은 상황실 경사에게 방금 만난 두 남자 이야기를 한 뒤 순찰차를 보내달라고 요청했다.

"그놈의 동네에선 거리 블록마다 그런 일이 일어나는데. 그래서 뭐 어쩌란 말입니까?"

경사가 말했다.

"순찰차를 보내서 쫓아버리란 말요. 그래야 그런 짓을 저지르기 전에 한 번 더 생각해볼 것 아닌가."

"그럼 직접 쫓아버리지 그랬어요?"

"난 사건 수사 중이란 말이오, 경사. 내 일을 던져놓고 당신 일이나 서류 작업을 대신 해줄 수는 없는 것 아닌가 말이지."

"이봐요, 내 일에 대해 이래라저래라 하지 말아요. 하여튼 정장 입은 인간들은 다 똑같다니까. 당신이…."

"이봐요, 경사, 내일 아침에 사건 조서들을 확인해봐서, 여기서 누가 다쳤는데, 용의자가 흑인과 백인 2인조라는 내용이 있으면, 멘즈 웨어하우스(미국의 남성복 판매업체-옮긴이)에서 볼 수 있는 것보다 더 많은 정장을 보게 될 거요. 내 보증하지."

보슈는 상황실 경사의 마지막 항변을 무시하고 전화기를 덮었다. 그러고는 발걸음을 재촉해 자기 차로 돌아가서 다시 101번 고속도로를 타고 밸리를 향해 달려갔다.

# 18

## 우연과 필연

탬파 견인을 지켜볼 잠복 장소를 찾기가 쉽지 않았다. 다른 두 길모퉁이에 있는 상가들은 둘 다 문을 닫은 상태라 주차장이 텅 비어 있었다. 그중 어디에라도 주차를 하면 눈에 잘 띌 것 같았다. 세 번째 길모퉁이에 있는 탬파 견인의 경쟁업체는 아직 영업 중이어서, 정탐을 위해 이용할 수가 없었다. 상황을 살핀 보슈는 한 블록 떨어진 로스코우에 차를 세우고 교차로로 걸어왔다. 한 시간 전에 만난 강도미수범들한테서 아이디어를 얻은 보슈는 한 상가의 어두운 벽감 속에 숨었다. 탬파 주유소를 잘 지켜볼 수 있는 자리였다. 이곳에서 정탐을 할 때 문제는 맥키가 퇴근할 때 맥키를 놓치지 않을 정도로 재빨리 자기 차로 돌아갈 수 있느냐 하는 점이었다.

보슈가 아까 전화번호부에서 찾아본 광고에는 탬파 견인이 24시간 영업을 한다고 적혀 있었다. 지금은 자정이 가까워오고 있었고 보슈는 오후 4시에 근무를 시작한 맥키가 곧 일을 끝내고 나올 거라고 확신했다.

자정부터 근무하는 직원과 교대를 하고 나오거나 아니면 자정 이후로는 전화로 견인 요청이 들어오면 출동할 것 같았다.

가끔씩 담배 생각이 다시 날 때가 있는데 지금이 바로 그런 때였다. 담배를 피우면 항상 시간이 더 빨리 가는 것 같았고 잠복근무를 할 때마다 마음속에서 커져가는 불안감을 좀 무디게 해주었다. 그러나 금연을 한 지 4년이 넘었고 지금까지 공들여 쌓은 탑을 무너뜨리고 싶지 않았다. 2년 전 자기에게 딸이 있다는 것을 알게 된 후로는 가끔씩 마음이 약해져도 무사히 넘어갈 수 있었다. 딸이 없었다면 다시 담배를 피우고 있을 게 뻔했다. 겨우 중독은 면했지만, 완전히 끊지는 못한 셈이었다.

보슈는 휴대전화를 꺼내 주유소 쪽에서는 액정화면의 불빛이 보이지 않게 전화기의 각도를 조정한 후 키즈 라이더의 집 전화번호를 눌렀다. 라이더는 전화를 받지 않았다. 휴대전화로도 걸어보았지만 받지 않기는 마찬가지였다. 영장 작성에 집중하려고 전화를 전부 꺼놓은 것 같았다. 예전에도 그런 적이 있었다. 그래도 긴급 상황을 위해 호출기는 켜놓았을 테지만, 보슈는 자기가 저녁에 몇 통의 전화통화로 알아낸 소식이 긴급 상황이라고 할 정도까지는 안 된다고 생각했다. 그는 다음 날 아침 라이더를 만날 때까지 기다렸다가 지금까지 알아낸 것들을 말해주기로 했다.

보슈는 전화기를 주머니에 집어넣고 쌍안경을 눈에 갖다 댔다. 주유소 사무실 창문 너머로 낡은 회색 책상 뒤에 앉아 있는 맥키가 보였다. 비슷한 파란색 작업복을 입은 남자가 한 명 더 있었다. 한가한 밤인 게 틀림없었다. 두 남자가 책상 위에 두 다리를 척 걸쳐 올려놓고 앞쪽 창문 위 벽에 높이 달린 무언가를 올려다보고 있었다. 그들이 집중하고 있는 게 무엇인지 보이지는 않았지만, 방 안의 조명이 계속 바뀌는 걸 보면 텔레비전이 틀림없었다.

휴대전화가 울리자 보슈는 쌍안경을 그대로 들고 보면서 주머니에서 전화기를 꺼내 받았다. 보슈한테서 부재중 전화가 와 있는 걸 보고 키즈 라이더가 전화를 건 거라고 생각해서 액정화면을 확인하지도 않았다.

"안녕."

"보슈 형사님?"

라이더가 아니었다. 보슈는 쌍안경을 내렸다.

"네, 보슙니다. 무엇을 도와드릴까요?"

"타라 우드예요. 남겨놓으신 메시지를 들었어요."

"아, 네, 전화해줘서 고마워요."

"형사님 휴대전화인가 보네요. 너무 늦게 전화를 해서 죄송해요. 방금 들어왔거든요. 형사님 사무실 전화에 메시지나 남겨놓을 생각이었는데."

"괜찮아요. 아직 근무 중이니까."

보슈는 다른 사람들에게 했던 것과 똑같은 절차에 따라 탐문 조사를 했다. 입으로는 롤랜드 맥키라는 이름을 언급하면서 눈은 쌍안경으로 맥키를 관찰했다. 맥키는 아직도 책상 뒤에 앉아서 텔레비전을 보고 있었다. 타라 우드도 레베카 벌로런의 다른 친구들이 그랬듯이 견인 트럭 운전사의 이름을 들어본 적이 없다고 대답했다. 이번에는 보슈가 질문을 하나 더 추가해서, 채스워스 에이츠를 기억하냐고 물었지만 그것에 대한 기억도 희미했다. 마지막으로 보슈는 다음 날 맥키의 사진을 보여주고 추가 조사를 해도 되겠냐고 물었다. 우드는 승낙은 하면서도 자기가 홍보 담당자로 있는 CBS 텔레비전 스튜디오로 보슈가 직접 와야 한다고 조건을 달았다. CBS는 보슈가 이 도시에서 가장 좋아하는 장소들 중 하나인 농산물 시장 근처에 있었다. 보슈는 농산물 시장에 가서 점심으로 검보(닭이나 해산물에 오크라라는 채소를 넣어 걸쭉하게 끓인 수프－옮긴이)를 한 사발 먹고 나서 타라 우드를 만나 맥키의 사진을 보여주고 레베카 벌로런의 임신에 대해서도 물어봐야겠다고 생각했다. 그는 약속시간을 오후 1시로 잡았고 타라 우드는 자기 사무실에 있겠다고 말했다.

"굉장히 오래된 사건인데요. 콜드 케이스 전담반에 계시나요?"

우드가 말했다.

"우리는 미해결 사건 전담반이라고 부르죠."

"우리 방송에 〈콜드 케이스〉라는 드라마가 있어요. 토요일 밤에 방송되는 건데. 제가 홍보를 맡고 있거든요. 제 생각에는… 형사님이 세트장을 방문해서 형사 역할을 맡은 배우들을 만나주시면 어떨까 싶은데요. 그 배우들도 형사님을 만나면 아주 좋아할 거예요."

보슈는 타라 우드가 자기를 홍보에 이용하려는 것 같은 느낌을 받았다. 그는 텔레비전을 올려다보고 있는 맥키를 창문 너머로 쳐다보면서 타라 우드의 관심을 곧 시작할 감청 연극에 이용해보는 건 어떨까 잠깐 궁리했다. 그러나 신문 기사로 시작하는 게 더 쉽겠다고 결론짓고 금방 포기했다.

"그래요, 그것도 좋겠군요. 하지만 그건 나중에 생각해볼 일인 것 같고. 지금은 이 사건 수사에 총력을 기울이고 있는 상황이라 내일은 당신만 만나봐야겠는데요."

"그렇게 하세요. 찾고 있는 범인을 꼭 찾으시길 바랍니다. 이 드라마를 맡은 후로 계속 레베카 생각이 났어요. 지금은 수사가 어떻게 됐나 궁금했고요. 근데 갑자기 형사님이 전화를 하신 거예요. 기분이 묘했어요. 좋은 쪽으로 묘했다고요. 내일 뵙겠습니다, 형사님."

보슈도 인사를 하고 나서 전화를 끊었다.

2, 3분 후 자정 정각이 되자, 주유소의 전등이 전부 꺼졌다. 보슈는

24시간 영업하는 견인 서비스라고 해서 반드시 24시간 내내 사무실 문을 열어놓고 있다는 뜻은 아니라는 것을 알고 있었다. 밤 동안은 맥키나 다른 직원이 전화로 견인 요청을 받아서 일을 하는 게 틀림없었다.

보슈는 슬그머니 잠복 장소에서 빠져나와 자기 차가 서 있는 로스코우로 서둘러 돌아갔다. 차에 타는 순간 맥키의 카마로에 시동이 걸리면서 우르릉거리는 묵직한 소리가 났다. 보슈도 시동을 켜고 인도에 바짝 붙인 차를 떼어내 교차로로 돌아갔다. 교차로 빨간 신호등에 걸려 멈춰 서서 보니 회색 페인트칠을 한 범퍼가 있는 카마로가 교차로를 가로질러 템파 도로 남쪽으로 달려가고 있었다. 보슈는 잠깐 기다리면서 다른 차가 있는지 모든 차선을 확인한 후 빨간 신호등을 무시하고 재빨리 카마로를 뒤쫓기 시작했다.

맥키가 먼저 들른 곳은 밴 나이스 철도 선로 근처 세풀베다 대로에 있는 사이드 포켓이라는 술집이었다. 파란색 네온간판이 있고 검게 칠한 창문에는 쇠창살이 꽂혀 있는 작은 바였다. 보슈는 그 안이 어떤지 어떤 남자들이 모이는지 알 것 같았다. 그는 차에서 내리기 전에 캐주얼 재킷을 벗고, 권총과 수갑과 여분의 탄창을 재킷 안에 넣고 돌돌 말아서 조수석 앞 바닥에 내려놓았다. 그러고는 차에서 내려 차문을 잠그고 청바지에서 셔츠 자락을 꺼내면서 바를 향해 걸어갔다.

술집 안은 보슈가 예상했던 대로였다. 포켓볼대 두 대와, 서서 마시는 바가 있었고, 흠집이 곳곳에 나 있는 나무 칸막이 자리들이 일렬로 늘어서 있었다. 술집 안에서의 흡연은 불법이었지만 자욱한 푸른 담배 연기가 탁자 전등 밑을 유령처럼 맴돌고 있었다. 불평하는 사람은 아무도 없었다.

대개의 남자들은 자신의 약을 가슴 앞에 들고 있었는데, 그것은 그들이 서 있다는 뜻이었다. 대다수는 자기 지갑에 사슬을 매달고 있었고 팔뚝에는 문신이 있었다. 보슈는 옷차림을 바꾸긴 했지만 그래도 눈에 띌 거라고 생각했고 심지어 자기가 이곳에 어울리지 않는 사람이라는 것을 스스로 광고하고 있을지도 모른다고 생각했다. 바 한구석에 설치된 텔레비전 아래로 바가 둥글게 돌아가는 곳 그늘에 빈자리가 한 개 보였다. 보슈는 슬그머니 그곳으로 가서 바 위로 상체를 숙이고 기대서서, 이제 남들 눈에 덜 띄었으면 좋겠다고 생각했다.

바텐더는 티셔츠 위에 검은색 가죽조끼를 입은 몹시 지쳐 보이는 여자였는데 한동안 보슈를 무시하고 있었다. 보슈는 그래도 괜찮았다. 어차피 술을 마시러 온 게 아니었다. 그는 맥키가 포켓볼대 위에 25센트짜리 동전 몇 개를 올려놓고 차례를 기다리는 것을 지켜보았다. 맥키도 아직 술을 주문하지 않고 있었다.

맥키는 10분 동안 벽 선반에 기대서 있는 큐대들을 하나하나 살펴보다가 촉감이 마음에 드는 것을 하나 골라냈다. 그러고는 포켓볼대 옆에 서서 기다리면서 근처에 모여 있는 남자들과 이야기를 나눴다. 그 남자들은 맥키가 이전에 이곳에서 포켓볼을 치다가 만난 사람들인 듯했고 대화는 그냥 일상적인 잡담 정도로 보였다.

바텐더가 가져다 준 맥주와 위스키를 섞은 폭탄주를 홀짝이며 맥키를 지켜보던 보슈는 처음에는 사람들이 자기를 보고 있다고 생각했는데 실은 그의 머리 위로 30센티미터도 안 떨어진 곳에 달려 있는 텔레비전을 보고 있다는 것을 알아차렸다.

마침내 맥키의 차례가 돌아왔고, 알고 보니 포켓볼을 꽤 잘 쳤다. 금방 판세를 장악하더니 일곱 명의 도전자를 차례로 물리치면서 돈이나 맥주를 땄다. 30분쯤 후에는 강력한 경쟁자가 없어서 재미가 시들해졌는지 손놀림이 무뎌지기 시작했다. 여덟 번째 도전자를 맞은 맥키가 에이트 볼을 깔끔하게 집어넣을 기회를 놓치자 도전자가 그를 물리쳤다.

맥키는 기분 좋게 패배를 받아들이고는 초록색 펠트 천 위에 5달러짜리 지폐 한 장을 탁 소리 나게 내려놓고 나서 자리를 떴다. 보슈가 계산해본 바로는 맥키는 그날 밤 적어도 25달러와 맥주 세 병을 땄다.

맥키가 롤링 락(미국산 라거 맥주—옮긴이)을 들고 바에 있는 빈자리로 걸어가는 것을 보면서 보슈는 슬슬 자리를 뜰 준비를 했다. 보슈는 빈 폭탄주 잔 밑에 10달러짜리 지폐 한 장을 끼워놓고 맥키에게는 얼굴을 보이지 않으려고 주의하면서 돌아섰다. 그러고는 바를 나와 자기 차가 있는 곳으로 돌아갔다. 차에 타자마자 총을 바지 오른쪽 뒷주머니에, 손잡이가 위로 오게 해서 다시 끼워넣었다. 시동을 걸고 세풀베다 대로로 달려가서 남쪽으로 한 블록을 달려갔다. 그러고는 차를 돌려서 소화전 앞 인도에 차를 바짝 갖다 대고 섰다. 사이드 포켓의 앞문이 잘 보였고 맥키의 차가 파노라마 시티를 향해 세풀베다 대로를 달려가면 곧장 뒤쫓을 수 있는 위치였다. 보호관찰 기간이 끝난 후 맥키가 주거지를 바꿨는지 몰라도 그리 멀리 가지는 않았을 것 같았다.

이번에는 기다림이 오래가지 않았다. 맥키는 공짜 맥주만 마시고 나온 게 분명했다. 보슈보다 10분 후에 바를 나오더니 카마로를 타고 세풀베다 대로에서 남쪽으로 달려갔다.

보슈의 예상이 빗나갔다. 맥키는 파노라마 시티와 밸리 북쪽 지역에서 멀어지고 있었다. 보슈가 그를 미행하려면 차량 통행이 거의 없는 세풀베다 대로에서 유턴을 해야 했다. 그 모습이 맥키의 백미러에 고스란히 잡힐 것 같았다. 그래서 보슈는 잠깐 기다리면서 사이드미러로 카마로가 작아지는 것을 지켜보았다.

카마로의 방향전환 지시등이 깜박이기 시작하자 보슈는 가속페달을 힘차게 밟고 SUV를 180도로 회전시켰다. 운전대를 너무 많이 돌려서 차가 뒤로 돌아갈 뻔했지만 겨우 바로 잡고 세풀베다 대로 남쪽으로 달려가기 시작했다. 빅토리 대로에서 우회전을 한 후 405번 고가도로 신호등 앞에서 카마로를 따라잡았다. 맥키는 고속도로로 올라가지 않고 빅토리 대로 서쪽으로 달려가고 있었다.

보슈가 맥키 눈에 띄지 않으려고 애를 쓰면서 미행하고 있는 동안, 맥키는 계속 달려서 우드랜드 힐즈로 들어갔다. 101번 고속도로 근처에 있는 마리아노 거리에서 마침내 어느 기다란 진입로로 들어가더니 작은 주택 옆에 차를 세웠다. 보슈는 그곳을 지나쳐 한참 더 달려가 주차를 하고 걸어서 되돌아왔다. 그 집 현관문이 닫히는 소리가 나더니 현관 위 전등이 꺼지는 것이 보였다.

주위를 둘러보던 보슈는 이곳이 깃발형 부지로 이루어진 동네라는 것을 알아차렸다. 수십 년 전 이 동네의 개발 계획이 수립되었을 때, 이곳에 말 목장과 작은 농원들이 들어설 예정이었기 때문에 토지가 큼직큼직하게 구획이 되었다. 그런데 도시가 성장해서 이곳까지 뻗어오자 말들과 채소들이 쫓겨났다. 토지가 작게 나뉘면서, 길 앞쪽에 한 부지가 있고 그 옆으로 길고 좁은 진입로가 뒤로 뻗어가면서 뒤에 있는 부지와 연결이 되는 식의 깃발형 부지가 생겨나게 되었다.

그런 이유로 관찰이 어려웠다. 보슈는 허리를 굽히고 긴 진입로를 기어가면서 길 앞쪽에 있는 집과 뒤쪽에 있는 맥키의 집을 살펴보았다. 맥키는 낡은 포드 150 픽업트럭 옆에 카마로를 세워놓았다. 맥키에게 동거인이 있을지도 모른다는 뜻이었다.

트럭에 가까이 다가간 보슈는 걸음을 멈추고 포드 트럭의 번호판을 수첩에 적었다. 픽업트럭에 '마지막으로 LA를 떠나는 미국인은 깃발을 가져가세요.'(다인종, 다민족, 다문화 사회가 되는 것을 싫어하는 미국인들의 마음을 표현한 문구—옮긴이)라고 적힌 자동차 범퍼 스티커가 눈에 띄었다. 보슈의 마음속에서 서서히 윤곽을 드러내고 있는 그림에 작은 붓질이

한 차례 더 이루어졌다.

보슈는 최대한 소리를 내지 않고 맥키의 집 옆으로 난 돌길을 걸어갔다. 그 집은 무릎 높이의 기반 위에 지어져서 창문들이 보슈가 들여다보기에는 너무 높았다. 집 뒤편에 이르자 사람들 목소리가 들렸고, 어두운 뒷방에서 푸른빛이 명멸하는 것을 보니 텔레비전에서 나오는 소리가 틀림없었다. 보슈가 뒷마당을 가로지르려고 걸음을 내딛기 시작했을 때 갑자기 휴대전화가 울렸다. 그는 재빨리 손을 뻗어 소리를 껐다. 그와 동시에 부리나케 돌길을 되돌아 나와 진입로로 향했다. 진입로에서 거리까지는 냅다 뛰어갔다. 뒤에서 무슨 소리가 나나 귀를 기울였지만 아무 소리도 안 들렸다. 거리에 도착해서 그 집을 돌아봤지만 집 안에서 누군가가 텔레비전 소음 너머로 보슈의 전화벨 소리를 들었다고 믿을 만한 근거는 전혀 보이지 않았다.

정말 아슬아슬했었다. 보슈는 숨이 가빴다. 그는 자기 차로 돌아가서 일촉즉발의 위기에서 벗어난 흥분을 가라앉히고 마음을 진정시키려고 애를 썼다. 대니얼 코초프 전화 조사도 형편이 없더니, 또다시 이런 일까지 생긴 걸 보면, 수사 실력이 녹슨 것이 분명하다는 생각이 들었다. 맥키의 집 주변을 기어 다니기 전에 전화기를 진동 모드로 바꿔놓아야 했었는데 깜빡했다. 모든 일을 망치고 표적과 맞닥뜨리게 만들 수도 있었을 실수였다. 3년 전 보슈가 경찰을 그만두기 전에는 이런 일이 한 번도 없었다. 보슈는 어빙이 자기를 재생타이어라고 부르면서 곧 타이어가 터지고 펑크가 날 거라고 말했던 게 생각이 났다.

차에 타고 나서 휴대전화기의 수신전화 목록을 찾아보니 키즈 라이더에게서 온 전화였다. 그는 라이더에게 전화를 걸었다.

"선배, 부재중 전화 목록을 보니까 조금 전에 전화했었네요. 전화기를 다 꺼놓고 있었어요. 무슨 일이에요?"

"별일 아니었어. 어떻게 돼가나 물어보려고."

"잘 되어가고 있어요. 뼈대는 다 잡아놨고 작성도 거의 끝났고요. 내일 아침에 완전히 끝내고 나서 절차를 밟아가려고요."

"수고가 많군."

"그러게요, 이제 그만하고 쉴 생각이에요. 선배는요? 로버트 벌로런은 찾았어요?"

"아직. 하지만 당신한테 줄 주소는 하나 건졌어. 퇴근하는 맥키를 미행했거든. 우드랜드 힐즈 고속도로 옆에 있는 작은 주택으로 들어갔어. 거기 전화가 가설되어 있을지도 몰라. 있으면 감청 영장을 청구할 때 추가해야 할 것 같아."

"좋아요. 주소 말해주세요. 확인하는 건 어렵지 않을 거예요. 근데 혼자서 용의자를 미행하는 건 안 좋은 것 같아요. 현명하지 못한 일이에요, 선배."

"맥키의 주소를 알아내야 했잖아."

미행하다가 놓칠 뻔했던 일은 말하지 않을 생각이었다. 보슈는 라이더에게 주소를 말해주었고 라이더가 받아 적는 동안 잠깐 기다려주었다.

"그 외에도 건진 게 좀 있어. 전화를 몇 통 걸었거든."

보슈가 말했다.

"복귀 첫날을 엄청 바쁘게 지냈네요. 뭘 알아냈어요?"

보슈는 라이더가 퇴근하고 난 후 자신이 걸었던 전화와 받았던 전화의 내용을 이야기해주었다. 듣는 동안 라이더는 아무것도 묻지 않았고 보슈의 이야기가 끝나고 나서도 침묵을 지켰다.

"그게 지금까지 일어난 일 전부야. 당신 생각은 어때, 키즈?"

보슈가 말했다.

"그림이 맞춰지고 있는 것도 같네요, 선배."

"그래, 나도 같은 생각을 하고 있었어. 게다가 1988년이라는 것도 있잖아. 당신이 그 연도에 주목하고 있는 걸로 아는데. 이 망할 자식들이 88년에 뭔가 지들 주장을 내세우려고 했던 건지도 모르지. 문제는 그 일이 전부 시민소요 대응반 토끼 굴 속으로 사라졌다는 거야. 거기서 그 자료들이 어떻게 됐는지 누가 알겠어. 아마 어빙이 증거물 보관소에 있는 증거물 소각로 속으로 다 던져버렸을걸."

"다는 아니에요. 새 국장이 취임한 뒤 모든 사안에 대해 완전히 파악하고 평가하고 싶어 했어요. 시체들이 어디 묻혔는지 알고 싶어 했죠. 어쨌든, 내가 그 일을 맡진 않았지만 그런 사실을 알고 있었고, 시소대가 해체되고 나서도 시소대 자료의 상당 부분이 보존됐다는 이야기도 들었어요. 많은 자료를 어빙이 특별 보관소에 갖다 놨다더라고요."

"특별 보관소? 그건 또 뭐야?"

"아무나 못 들어가는 곳이란 뜻이죠, 뭐. 윗전의 허락이 필요하다는 거죠. 파커 센터 지하에 있어요. 주로 내부 수사 건들이고요. 정치적 성격의 사건, 위험한 사건들이죠. 이 채스워스 에이츠 건은 사실 거기 들어갈 자격이 안 되는 것 같은데요, 다른 것과 관련이 있는 게 아니라면."

"예를 들면?"

"예를 들면 경찰국이나 시의 누군가하고 말이에요."

후자는 시 정부의 권력 있는 인사를 의미했다.

"거기 들어가서 이 사건 파일이 아직 있는지 살펴볼 수 있겠어? 6층에 있는 당신 친구 힘 좀 빌리면 안 될까? 그 친구라면…."

"노력해볼게요."

"그래, 해봐."

"그건 그렇고, 선배는 어떻게 된 거예요? 오늘 밤에 로버트 벌로런을 찾아 나설 거라고 들은 것 같은데, 용의자를 미행했다니요."

"갔었어. 근데 못 찾았어."

보슈는 라이더에게 장난감 지역에 들렀던 이야기를 강도 미수범들을 만난 이야기는 빼고 들려주었다. 그 일과 맥키의 집 뒤에서 갑자기 전화벨이 울려 낭패를 본 일은 알리고 싶지 않았다.

"내일 아침에 다시 가볼 생각이야."

보슈가 결론적으로 말했다.

"좋아요, 선배. 괜찮은 계획인 것 같네요. 난 선배가 들어올 때까지 영장을 받아놓을게요. 시소대 자료들도 찾아보고요."

보슈는 잠시 망설였지만 어떤 경고나 걱정이라도 파트너와 솔직하게 나누기로 결심했다. 그는 앞 창유리 밖 어두운 거리를 바라보았다. 근처 고속도로를 달리는 자동차 소리가 들렸다.

"키즈, 조심해."

"왜요, 선배?"

"하이 징고 사건이란 말이 무슨 뜻인지 알아?"

"고위 간부가 간섭하는 사건이란 뜻 아닌가요?"

"그래, 맞아."

"그래서요?"

"그러니까 조심하라고. 이 사건은 사방에 어빙의 지문이 묻어 있어. 겉으로 드러나지는 않지만 분명히 있어."

"어빙과 카페에서 마주친 게 우연이 아니라고 생각하세요?"

"난 우연 같은 거 안 믿어. 그런 건 없다고 생각해."

라이더는 잠깐 침묵하다가 대답했다.

"알았어요, 선배, 조심할게요. 그래도 비밀로 묻어두는 건 없는 거죠? 제대로 수사하고 벌 받을 사람이 벌 받게 하는 거 맞죠? 모두가 중요하거나 아무도 중요하지 않다, 기억하죠?"

"그럼. 기억하지. 내일 봐."

"푹 쉬세요, 선배."

라이더가 전화를 끊은 뒤에도 보슈는 오랫동안 멍하니 차 안에 앉아 있었다.

# 19

## 우리 모두가 알다시피

보슈는 시동을 켜고 차를 몰아 마리아노에서 천천히 유턴을 한 후 맥키의 집으로 이어지는 진입로 앞을 지나갔다. 그곳은 쥐 죽은 듯 고요했고 창문마다 불이 꺼져 있었다.

고속도로를 탄 보슈는 밸리 지역을 관통하여 동쪽으로 달려가 카후엥가 고갯길로 들어섰다. 운전을 하면서 휴대전화로 경찰본부 상황실에 전화를 걸어 맥키 차 옆에 서 있던 포드 픽업트럭의 차적 조회를 요청했다. 조회 결과 등록된 소유주는 윌리엄 버카트라는 37세의 남자였고, 1980년대 후반에 전과 기록이 있었지만 그 후 15년 동안은 깨끗했다. 상황실 직원은 버카트가 체포된 혐의들이 형법조항 숫자만 입력되어 있다면서 캘리포니아 형법조항 숫자를 불러주었다.

보슈는 가중 폭행과 장물수수죄는 금방 알 수 있었다. 그러나 1988년의 죄목 한 개는 그도 모르는 조항이었다.

"거기 형법전 가진 사람 있으면 그게 뭔지 좀 찾아줄래요?"

보슈가 물었다. 상황실이 바쁘지 않아서 지금 통화하고 있는 직원이 직접 찾아주면 좋겠다는 생각이 들었다. 현장에 나가 있는 경찰관들이 적절한 인용 조항을 확인하기 위해 상황실로 전화를 걸어 문의하는 경우가 자주 있기 때문에 본부 상황실에는 항상 형법전이 비치되어 있었다.

"잠깐만 기다리세요."

보슈는 기다리면서 나들목으로 나와 우드로 윌슨 거리를 타고 자기 집을 향해 산을 올라갔다.

"형사님?"

"네."

"증오 범죄네요."

"알았어요. 찾아봐줘서 고마워요."

"무슨 말씀을."

보슈는 자기 집 간이 차고로 들어가서 시동을 껐다. 맥키의 동거인 혹은 집주인이 1988년, 레베카 벌로런이 살해된 바로 그해에 증오 범죄 혐의로 기소되었다. 이 윌리엄 버카트가 샘 바이스가 자기 이웃에 살았고 자기를 괴롭혔던 사람들 중 한 명이라고 말했던 빌리 버카트와 동일인물일 가능성이 높았다. 보슈는 이 모든 사실이 어떻게 들어맞는지는 알 수 없었지만, 이 사실이 같은 그림의 일부라는 것을 확신했다. 맥키에 관한 교정국 자료를 집으로 가져오지 않은 것이 아쉬웠다. 하지만 너무 피곤해서 시내까지 되돌아가 자료를 가져올 수는 없었다. 그는 이 밤은 그대로 넘어가고 다음 날 아침 출근하면 자료를 처음부터 끝까지 읽어보기로 결심했다. 그리고 윌리엄 버카트의 증오 범죄에 관한 자료도 확보할 생각이었다.

보슈가 안으로 들어갔을 때 집 안은 조용했다. 그는 전화기를 집어 들고 냉장고에서 맥주 한 병을 꺼낸 후 도시의 밤풍경을 감상하기 위해 베란다로 나갔다. 가는 길에 시디 플레이어를 켰다. 이미 시디가 들어 있어서 곧 실외 스피커로 보즈 스캑스(1970년대 빌리 조엘과 함께 미국의 가요계를 풍미했던 가수 겸 작곡가-옮긴이)의 목소리가 들렸다. '포 올 위 노우(For All We Know: 우리 모두가 알다시피)'를 부르고 있었다.

그 노래 소리에 고속도로에서 올라오는 차 소리도 작게 섞여서 들려왔다. 밤하늘을 가로지르는 유니버설 스튜디오의 탐조등 불빛이 보이지 않았다. 너무 늦은 시각이라 이미 꺼진 거였다. 그래도 도시의 밤풍경은 밤에만 볼 수 있는 매력이 넘쳐났다. 도시는 100만 개의 꿈으로 아름답게 반짝이고 있었다. 비록 모두 다 좋은 꿈은 아닐지라도.

보슈는 키즈 라이더에게 다시 전화를 걸어 윌리엄 버카트 관련 사실에 대해 말해줄까 생각했지만 그것도 아침까지 기다리기로 했다. 도시를 둘러보며 하루를 정리해보니 하루 동안의 행동과 성과는 만족스러웠지만, 마음이 불편하기도 했다. 하이 징고 때문이었다.

칼을 들고 있던 강도 미수범이 보슈를 선교사라고 부른 것이 완전히 터무니없지는 않았다. 어찌 보면 맞는 말이기도 했다. 보슈는 선교사처럼 인생의 사명을 갖고 있었고, 사직 후 3년이 지난 지금 그는 다시 그 사명을 완수하려고 나선 것이다. 그러나 그것이 전적으로 잘한 일이라고 자신을 설득할 수는 없었다. 저기 반짝이는 탐조등 불빛과 꿈들 너머 어딘가에 무언가가, 그는 볼 수 없는 무언가가 있었다. 그것이 보슈를 기다리고 있었다.

보슈가 전화기의 통화 버튼을 누르니 발신음이 끊어지지 않고 들렸다. 새 메시지가 한 개도 없다는 뜻이었다. 그래도 그는 검색 번호를 누르고 그 전주에 저장해둔 메시지를 재생했다. 전처와 딸이 머나먼 곳으로 여행을 가던 날 밤에 딸이 남겨놓은 메시지였다. 딸의 가녀린 목소리가 들려왔다.

"안녕, 아빠. 잘 자, 아빠."

딸아이가 말했다.

아이가 한 말은 그것뿐이었지만, 그것으로 충분했다. 보슈는 다음번에 또 듣고 싶을 때를 위해 메시지를 저장한 후 전화기를 껐다.

# 제2부

THE
CLOSERS

# 하이 징고

# 20

## 증오 범죄

다음 날 아침 7시 50분 보슈는 니켈로 돌아와 있었다. 메트로 노숙인 쉼터에서 아침 식사를 받으려고 줄을 선 사람들을 지켜보면서 그 뒤로 보이는 주방의 스팀 탁자(요리를 그릇째 두는, 스팀이 통하는 금속제 보온대－옮긴이) 뒤에 서 있는 로버트 벌로런을 간간이 훔쳐보고 있었다. 운이 좋았다. 이른 아침 이곳은 마치 노숙인들의 근무 교대가 이루어진 듯했다. 어둠 속 거리를 어슬렁거리던 사람들은 잠으로 전날 밤의 패배를 떨쳐내고 있었다. 그들 대신 제1조의 노숙인들이, 밤에는 거리를 떠나 잘 곳을 찾아 숨어들 만큼 똑똑한 사람들이 거리로 나왔다. 보슈는 이번에도 큰 쉼터들부터 시작해서 훑어갈 작정이었다. 이번에도 재팬타운에 주차하고 노숙인 지역으로 걸어오면서, 노숙인들 중에 제일 정신이 말짱해 보이는 사람들에게 벌로런의 사진을 보여주었더니, 곧바로 반응이 나오기 시작했다. 이 사람들은 벌로런을 알아보았다. 어떤 이들은 사진 속의 남자를 본 적이 있는데 지금은 훨씬 더 늙었다고 말했다. 나중에 만난 한 남자는 사무적인 말투로 "알아요, 이 사람 요리사요."라고 말하더니 메트로 노숙인 쉼터로 가보라고 했다.

메트로 노숙인 쉼터는 구세군 본부와 로스앤젤레스 노숙인 지원 센터 주변에 모여 있는 작은 규모의 노숙인 쉼터들 중 하나였고, 이런 소규모의 쉼터들은 넘쳐나는 노숙인들을 지원하기 위해, 특히 LA의 따뜻한 날씨 때문에 북쪽 추운 지방에서 노숙인들이 몰려오는 겨울철에 그들을 지원하기 위해 설립되었다. 이들 소규모 쉼터들은 하루 세 끼를 지원할 재원이 확보되지 않아서 합의를 통해 하루 한 끼만을 지원하고 있었다. 메트로 쉼터에서는 날마다 아침 7시부터 아침 식사를 제공하고 있었다. 보슈가 그곳에 도착해보니 비틀거리고 남루한 행색의 남녀 노숙인들의 줄이 식당 문 밖으로까지 나와 있었고, 식당 안에는 간이 탁자들이 여러 개의 긴 줄로 빼곡히 들어차 있었다. 거리에서 들은 말로는 메트로가 제공하는 아침 식사가 니켈에서 가장 맛있다고 했다.

경찰 배지를 들어 보이며 식당 안으로 들어간 보슈는 배식대 너머 주방에 있는 로버트 벌로런을 금방 알아보았다. 벌로런은 한 가지 특정한 일을 하고 있는 것 같지 않았다. 여러 음식의 준비 상황을 점검하고 있었다. 주방장 같았다. 그는 짙은 색 바지 위에 단추가 두 줄로 달린 흰색 요리사 셔츠를 입고, 무릎 아래로 내려오는 새하얀 앞치마를 두르고, 흰색의 키 큰 요리사 모자를 쓰고 있었다.

아침 식사는 청피망 홍피망이 든 스크램블드에그와 해시 브라운즈(다진 감자와 양파를 섞어 노릇하게 지진 요리－옮긴이), 굵게 빻은 옥수수와 원반 모양의 소시지 요리였다. 보기도 좋아 보이고 맛있는 냄새도 났는데, 보슈가 빨리 하루 일을 시작하고 싶어서 아무것도 먹지 않고 집을 나와서 더 그런지도 몰랐다. 배식줄 오른쪽에는 커피 마시는 곳이 있었는데 스스로 커피를 따라 마실 수 있도록 커다란 커피 주전자 두 개가 놓여 있었다. 여기저기 이가 빠지고 오래 써서 누래진 두꺼운 도자기 컵들이 줄줄이 놓여 있는 선반도 몇 개 있었다. 보슈는 컵 한 개를 집어 들고 입을 델 것처럼 뜨거운 블랙커피를 따라 홀짝이면서 기다렸다. 벌로런이 새로 요리한 스크램블드에그를 담은 뜨겁고 두꺼운 프라이팬을 앞치마 자락으로 감싸 쥐고 배식대를 향해 성큼성큼 걸어오자 보슈가 행동을 개시했다.

"이봐요, 요리사님."

배식 숟가락들이 달그락거리는 소리와 웅성거리는 목소리들 사이로 보슈가 벌로런을 불렀다.

벌로런이 건너다보았고 보슈가 '손님'이 아니라는 것을 즉시 알아차린 것 같았다. 보슈는 전날 밤과 마찬가지로 캐주얼하게 옷을 입었지만 심지어 자기가 경찰이라는 것까지 벌로런이 알아차렸을지 모른다는 생각이 들었다. 벌로런은 배식대에서 보슈를 향해 다가왔다. 그러나 바로 앞까지 다가오지는 않았다. 마치 주방과 식사 공간 사이에 보이지 않는 경계선이 바닥에 그어져 있는 듯 그 경계선을 넘어오지 않았다. 그는 방금 스팀 탁자에서 들고 온 거의 빈 프라이팬을 앞치마로 거머쥔 채로 서 있었다.

"제가 도와드릴 일이 있습니까?"

벌로런이 물었다.

"네, 잠깐 시간 있으세요? 말씀 좀 나누고 싶은데요."

"아뇨, 없는데요. 배식 중이라."

"따님에 관한 일입니다."

보슈는 벌로런의 눈빛이 약간 흔들리는 것을 보았다. 벌로런은 잠깐 고개를 숙였다가 다시 들고 보슈를 바라보았다.

"경찰이오?"

보슈가 고개를 끄덕였다.

"이 바쁜 일만 끝내고 볼까요? 마지막 음식들을 내놓고 있어서."

"그러죠."

"식사하실래요? 시장하신 것 같은데."

"어…."

보슈는 붐비는 식당 안을 둘러보았다. 어디 앉아야 할지 난감했다. 이런 무료 급식소는 감옥과 마찬가지로 무언의 규약이 존재했다. 게다가 노숙인들 중에는 심각한 정신질환을 앓는 사람들이 적지 않아, 잘못 자리를 잡고 앉았다가는 큰 낭패를 볼 수도 있었다.

"나랑 저 뒤로 갑시다. 뒤에도 테이블이 있으니까."

벌로런이 말했다.

보슈가 벌로런을 돌아보니 그는 벌써 주방을 향해 걸어가고 있었다. 그를 따라간 보슈는 조리구역과 배식 준비구역을 거쳐서 뒷방으로 안내받았다. 그곳에는 스테인리스 테이블이 있었고 담배꽁초가 수북한 재떨이만 덩그마니 놓여 있었다.

"앉으세요."

벌로런이 재떨이를 집어 들더니 뒤로 돌려 들고 있었다. 감추려는 것 같지는 않았다. 웨이터나 지배인이 손님을 위해 완벽한 테이블을 준비하려는 것 같았다. 보슈는 감사 인사를 하고 자리에 앉았다.

"곧 올게요."

벌로런은 1분도 채 지나지 않아 조금 전 보슈가 배식대에서 보았던 음식들을 가득 담은 접시를 들고 다시 나타났다. 보슈는 그가 포크와 나이프를 내려놓으면서 손을 떠는 것을 보았다.

"고맙습니다. 근데 음식이 모자라지는 않을까요? 들어오는 사람들이 많은데."

"오늘은 아무도 그냥 돌려보내지 않을 정도로 있어요. 늦게 오지만 않으면 말이죠. 커피 맛이 어때요?"

"좋은데요, 고맙습니다. 그리고 아까 저 밖에서 저 사람들하고 함께 앉는 걸 꺼렸던 건 아니고요. 어디 앉으면 좋을지 모르겠어서."

"이해해요. 굳이 설명 안 해도 되는데. 저기 저 쟁반들을 치우고 돌아와서 얘기하죠. 누구 체포된 사람이라도?"

보슈는 벌로린을 바라보았다. 희망에 찬, 심지어 간절하기까지 한 눈빛이었다.

"아직은요. 하지만 지켜보고 있는 사람은 있어요."

보슈가 말했다.

"최대한 빨리 돌아올게요. 드세요. 그 스크램블드에그, 내가 말리부 스크램블이라고 이름 붙인 겁니다."

보슈는 접시를 내려다보았다. 벌로린은 주방으로 돌아갔다.

계란 요리는 맛이 있었다. 음식이 다 괜찮았다. 토스트는 없었지만, 그것까지 바라면 너무 염치가 없는 것 같았다. 보슈가 앉아 있는 휴게실은 주방의 조리구역과 남자 두 명이 산업용 식기 세척기에 설거지할 그릇을 집어넣고 있는 커다란 방 사이에 있었다. 양쪽에서 나오는 소음이 회색 타일 벽에 부딪쳤다 돌아오는 바람에 굉장히 시끄러웠다. 주방에는 뒷골목으로 연결되는 양쪽으로 여닫는 문이 있었다. 문 하나가 열려 있어서 시원한 공기가 들어와 식기 세척기의 증기와 주방에서 나오는 열을 식혀주고 있었다.

보슈는 깨끗하게 음식을 싹싹 긁어먹고 남은 커피를 접시에 흘려 씻어낸 후, 일어서서 소음이 없는 곳에서 통화를 하기 위해 뒷골목으로 나갔다. 발을 내딛고 보니 그곳은 야영지였다. 노숙인 지원 센터의 벽과 장난감 상점 벽 사이에 만들어진 길을 따라서 판지와 캔버스 천으로 만든 판잣집들이 끝도 없이 늘어서 있었다. 조용했다. 이 집들은 노숙인들이 자체적으로 만든 쉼터인 것 같았다. 지원 센터의 기숙사에 이들을 위한 공간이 없어서가 아니었다. 지원 센터의 기본 규칙들을 지켜야만 침대를 배정받을 수 있는데, 이 골목에 있는 사람들은 그런 규칙들을 지키고 싶지 않은 거였다.

보슈가 키즈 라이더의 휴대전화로 전화를 걸자 라이더가 즉시 전화를 받았다. 그녀는 벌써 미해결 사건 전담반 사무실인 503호에 나와 있고 감청 영장을 제출했다고 했다. 보슈가 낮은 목소리로 말했다.

"베키 아버지를 찾았어."

"잘하셨어요. 실력이 여전하네요. 그래, 뭐래요? 맥키를 알아봤어요?"

"아직 말은 못해봤어."

보슈는 상황을 설명했고 라이더 쪽엔 새로운 소식이 있느냐고 물었다.

"영장은 지금 경감 책상에 있어요. 10시까지 경감한테서 가타부타 소식이 없으면 에이벌이 결재를 요구하며 밀어붙일 거고, 영장은 지휘계통을 따라 올라갈 거예요."

"언제 출근했어?"

"일찍이요. 이 일을 빨리 끝내놓고 싶어서요."

"어젯밤에 베키 일기장 읽어볼 시간 있었어?"

"네, 자려고 누워서 읽었어요. 별 도움은 안 됐어요. 여고생의 비밀 이야기였죠. 짝사랑, 매주 바뀌는 누구한테 반했다는 이야기 등등이요. MTL이라는 말이 나오는데, 그게 누군지 알 수 있는 단서가 전혀 없어요. 그가 얼마나 특별한지 써내려간 것을 보면 어쩌면 환상의 인물인지 모르겠다는 생각도 들어요. 가르시아가 그 일기장을 그 애 엄마한테 돌려준 게 옳았다고 생각해요. 우리한테 별 도움이 되지 않을 거더라고요."

"MTL이 '그'라고 언급이 되어 있어?"

"흠, 선배, 예리하네요. 그 생각은 못했는데. 일기장이 여기 있으니까 확인해볼게요. 내가 모르는 뭔가를 알고 있는 거예요?"

"아냐, 그냥 돌다리를 다 두드려보는 거지. 대니 코초프는 어때? 일기에 그 친구 이야기도 있어?"

"초반에요. 이름을 그대로 썼더라고요. 그러고 나서 그 이름이 빠지더니 의문의 MTL이 그 자리를 메운 거죠."

"X씨가 말이지…."

"저기요, 좀 있다가 6층에 올라갈 거예요. 올라가서 우리가 얘기했던 옛날 자료들에 접근할 수 있는지 알아볼게요."

보슈는 라이더가 시민소요 대응반 파일이라고 구체적으로 말하지 않은 것을 주목했다. 프랫이나 다른 누가 옆에 있어서 조심하고 있는 게 아닌가 싶었다.

"옆에 누가 있어, 키즈?"

"네."

"신중하게 행동해, 알았지?"

"알았어요."

"좋아. 행운을 빌어. 그건 그렇고, 마리아노에 있는 집 전화는 찾았어?"

"네. 윌리엄 버카트라는 사람 이름으로 한 대가 개설되어 있어요. 동거인인 것 같아요. 맥키보다 두세 살 많고 증오 범죄를 포함한 전과가 있어요. 최근에는 아무것도 없지만 증오 범죄 전과는 1988년에 생긴 거였어요."

라이더가 말했다.

"그런데 말이야, 그 친구가 샘 바이스의 이웃이었어. 어젯밤에 통화할 때 그 이야길 안 한 것 같은데."

"정보가 너무 많이 쏟아지네요."

"그러게. 그나저나 궁금한 게 하나 있는데. 맥키의 휴대전화 번호는 왜 오토트랙에 안 떴을까?"

"그 궁금증은 선배보다 내가 먼저 생겼어요. 번호를 확인해봤더니 명의자가 맥키가 아니었어요. 벨린다 메시어라는 이름으로 개통됐더라고요. 주소지는 멜바 거리고요, 거기도 우드랜드 힐즈죠. 전과는 교통위반 건 몇 개 빼고는 깨끗해요. 아마도 맥키의 여자 친구인 것 같아요."

"그럴 수도 있고."

"시간이 나면 그 여자에 대해서도 조사를 해볼 생각이에요. 뭔가 느낌이 와요, 선배. 모두 한 곳으로 모이고 있어요. 모두 88년 사건과 관련이 있잖아요. 그 증오 범죄 자료를 찾아봤지만…."

"시소대가 가져갔대?"

"바로 그거예요. 그래서 6층에 올라가보는 거예요."

"좋아, 또 다른 건?"

"출근하자마자 증거물 보관소부터 가봤는데요. 그 증거물 상자는 아직 못 찾았대요. 아직도 총이 확보 안 된 거죠. 이젠 그걸 어디에 잘못 둔 게 아니라 누가 의도적으로 가져간 게 아닌가 하는 생각이 들기 시작했어요."

"그러게 말이야."

보슈도 같은 생각이었다. 경찰국 내부 인사가 이 사건에 개입이 됐다면, 그 증거물은 의도적으로 영구히 분실된 것일 수 있었다.

"좋아. 그 일기장 이야기 잠깐만 더 하고 걔 아빠 만나러 들어가 봐야겠어. 거기에 임신 사실에 관해 어떻게 써놨어?"

보슈가 말했다.

"그 이야긴 안 썼더라고요. 쓸 때마다 날짜를 적어놨는데 일기가 4월 말에 끝이 났어요. 아마도 임신 사실을 알게 된 게 그땐가 봐요. 부모님이 일기를 몰래 훔쳐볼까 봐 일기 쓰기를 중단한 것 같아요."

"어디를 자주 갔는지 나와 있어?"

"영화 이야기를 많이 써놨어요. 누구랑 갔나 하는 거 말고 구체적으로 어떤 영화를 봤다는 거 하고 감상이 어땠나 하는 거 하고요. 베키가 어디서 범인의 표적이 되었나, 생각하는 거예요?"

맥키와 레베카 벌로런의 길이 어디서 만나게 됐는지 알아내야 했다. 동기가 무엇이든 이것이 현재 가장 큰 의문점이었다. 맥키는 어디서 벌로런을 알게 되어 표적으로 삼았던 것일까?

"영화관. 거기서 둘이 만났을 수도 있었겠군."

보슈가 말했다.

"그렇죠. 그리고 밸리 지역의 극장은 전부 쇼핑몰 안에 있으니까, 둘의 접선 가능 지역이 훨씬 더 넓어지네요."

"좀 더 생각해보자고."

보슈는 로버트 벌로런을 만나고 나서 사무실로 들어가겠다고 말하고 전화를 끊었다. 휴게실로 돌아가 보니 식기 세척실에서 나오는 소음이 아까보다 더 커진 것 같았다. 배식이 거의 끝나가고 있었고, 설거지 담당자들이 식기를 세척기 안으로 계속 던져 넣고 있었다. 보슈가 다시 탁자 앞에 앉고 보니 누가 그의 빈 접시를 치웠는지 아무것도 없었다. 보슈는 라이더와 나눈 이야기를 다시 떠올려보았다. 쇼핑몰은 거대한 교차로였고, 맥키 같은 사람이 레베카 벌로런 같은 사람과 스치고 지나갈 수 있는 장소였다. 보슈는 그 우연한 만남이, 맥키가 얼굴과 머리카락과 눈빛을 볼 때 혼혈이 분명한 소녀를 우연히 만난 것이 과연 그런 범죄로 발전할 수 있었을까 궁금했다. 그 우연한 만남이 맥키를 그토록 자극할 수 있었을까? 소녀의 집까지 미행해 알아두고 나서 나중에 혼자 혹은 공범과 함께 다시 가서 소녀를 납치해 살해할 정도로?

가능성이 별로 없어 보이긴 했지만 대개의 가설이 다 처음에는 가능성이 없어 보였다. 보슈는 당시의 수사에 경찰국 수뇌부의 입김이 작용했을 가능성에 대해 생각해 보았다. 사건 자료에는 인종적인 각도에서 수사한 내용이 전혀 없었다. 그러나 1988년 당시 경찰국이 발 벗고 나서서 인종적인 측면을 배제시켰을 수도 있었다. 경찰국과 시 정부에는 사각 지대가 있었다. 1988년 당시 인종적인 적대감이라는 염증이 생겨서 피부 밑에서 곪아가고 있었지만 경찰국과 시 정부는 이를 외면했다. 곪을 대로 곪은 상처는 몇 년 후 결국 터져버렸고, 단 사흘간의 폭동으로 도시 전체가 쑥대밭이 되었다. 사반세기 만에 미국에서 일어난 최악의 폭동이었다. 그 인종적인 적대감이라는 염증을 피부 밑에 계속 숨겨두기 위해서 레베카 벌로런 살인 사건 수사를 방해했을 수도 있다는 사실을 염두에 두어야 했다.

"시작할까요?"

보슈가 고개를 들어보니 로버트 벌로런이 곁에 서 있었다. 일이 고됐는지 벌로런의 이마에는 땀이 송골송골 맺혀 있었다. 지금은 요리사 모자를 한 손에 들고 있었다. 아직도 손을 약간 떨고 있었다.

"네, 그럼요. 앉으시죠?"

벌로런은 보슈의 맞은편 자리에 앉았다.

"항상 이런가요? 이렇게 사람이 많아요?"

보슈가 물었다.

"매일 아침 이래요. 오늘은 162인분이 나갔어요. 우리를 의지하는 사람들이 많아요. 아니다, 잠깐만요, 정확히 163인분이군요. 형사님 걸 잊었네요. 음식은 어땠습니까?"

"아주 맛있었어요. 감사합니다, 연료가 필요했는데."

"계란 요리가 내 장기죠."

"자니 카슨(미국의 유명 코미디언이자 토크쇼 진행자-옮긴이) 같은 말리부 단골들을 위해 요리하는 것과는 좀 다를 것 같은데요?"

"그렇죠, 그래도 그곳이 그립지는 않아요. 전혀. 그곳은 진실로 내가 속한 곳을 찾아가기 위한 여정의 기착지 같은 곳이었어요. 이제 난 우리 주 예수 그리스도의 도움으로 여기 있게 됐고, 이곳이야말로 내가 있고 싶은 곳이에요."

보슈는 고개를 끄덕였다. 의도한 것이든 아니든, 벌로런은 보슈에게 신앙의 힘으로 새 삶을 찾게 되었다고 말하고 있었다. 하지만 보슈는 신앙에 대해 가장 많이 떠벌리는 사람이 실제로는 신앙이 가장 약하다는 것을 경험으로 알고 있었다.

"날 어떻게 찾아내셨죠?"

벌로런이 물었다.

"어제 제가 동료와 함께 부인을 만나봤는데, 부인이 당신 소식을 마지막으로 들었을 때 당신이 여기 있다고 들었다고 하더군요. 그래서 어젯밤부터 찾아다녔죠."

"나라면 밤에 여기 거리를 돌아다니진 않을 겁니다."

벌로런의 목소리에서 카리브해 억양이 약간 느껴졌다. 그러나 오랜 세월이 흘러 점차 희미해진 듯했다.

"배식을 하는 게 아니라 배식 줄에 서 있는 당신을 찾아낼 줄 알았는데요."

"사실 얼마 전까지만 해도 그 줄에 서 있었어요. 그때 거기에 서 있었기 때문에 오늘 여기에 서 있을 수 있게 된 거죠."

보슈는 다시 고개를 끄덕였다. 이렇게 판에 박힌 시련 극복기는 전에도 여러 번 들은 적이 있었다.

"금주하신 지 얼마나 됐습니까?"

벌로런이 미소를 지었다.

"이번에요? 3년이 조금 넘었죠."

"17년 전의 충격을 되살리게 하고 싶진 않습니다만, 우리가 재수사를 시작했습니다."

"괜찮아요, 형사님. 나는 매일 밤 눈을 감을 때마다, 그리고 매일 아침 예수님께 기도를 할 때마다 재수사를 시작하는 걸요."

보슈는 다시 고개를 끄덕였다.

"여기서 할까요, 아니면 산책을 나갈까요, 아니면 파커 센터로 가서 조용한 방에 앉아서 할까요?"

"여기가 좋겠군요. 난 여기가 편해요."

"좋습니다. 그럼 먼저 현재 상황에 대해 간략히 말씀드리죠. 저는 미해결 사건 전담반 소속입니다. 따님 사건에 관해 재수사를 시작한 것은 최근에 새로운 정보를 입수했기 때문입니다."

"무슨 정보요?"

보슈는 로버트 벌로런에게는 다른 접근법을 사용하기로 결심했다. 베키의 엄마에게는 정보를 알려주지 않았지만, 아버지에게는 모두 털어놓기로 했다.

"범행에 사용된 무기에서 발견된 혈흔과 사건 당시 채스워스에 살았던 것으로 추정되는 한 남자의 혈흔이 일치한다는 결과를 입수했어요. DNA가 일치한다는 거죠. DNA가 일치한다는 게 무슨 뜻인지 아십니까?"

벌로런이 고개를 끄덕였다.

"알죠. O. J. 사건에서 많이 봤잖아요."

"확실한 결과가 나왔어요. 그렇다고 그 남자가 레베카를 죽인 범인이란 뜻은 아니고요, 그 범행에 관련이 있었다는 뜻이죠. 그 덕분에 우린 사건 해결에 좀 더 가까워졌고요."

"누굽니까?"

"그건 조금 있다 말씀드리고, 먼저 당신에 관한 질문과 사건에 관한 질문부터 몇 가지 할게요, 벌로런 씨."

"나에 관한 질문이라니 뭐요?"

보슈는 벌로런의 얼굴에 긴장한 기색이 떠오르는 것을 놓치지 않았다. 벌로런의 두 눈가 피부가 팽팽해졌다. 보슈는 벌로런이 노숙인 지원센터의 요리사가 된 것을 건강의 신호로 잘못 받아들이고 라이더가 노숙인들에 관해 해줬던 경고를 잊었다면 이 남자를 무심하게 보고 넘어갈 뻔했다고 생각했다.

"레베카가 살해된 후로 지금까지 어떻게 지내셨는지 알고 싶군요."

보슈가 말했다.

"그게 이 일과 무슨 상관이죠?"

"아무 상관이 없을 수도 있겠지만, 그냥 알고 싶어서요."

"넘어져서 블랙홀에 빠졌어요. 빛을 보고 빠져나오기까지 오랜 시간이 걸렸죠. 자녀가 있습니까?"

"하나요. 딸이죠."

"그러면 내 말을 이해할 수 있겠군요. 내가 내 딸을 잃었듯이 아이를 잃으면 그것으로 끝입니다. 모든 게 끝나는 거예요. 차창 밖으로 던져진 빈 병 같은 신세가 되죠. 차는 그냥 쓱 가버리고 당신은 깨진 채 길가에 버려지는 거예요."

보슈는 고개를 끄덕였다. 무슨 말인지 알았다. 그 자신이 비명이 절로 나올 만큼 나약해져 있었고, 먼 도시에서 일어나는 일이 자신을 살게도 죽게도 혹은 벌로런처럼 블랙홀에 빠지게도 할 수 있다는 걸 알고 있었기 때문이었다.

"따님이 죽고 나서 식당을 잃으셨죠?"

"그랬죠. 그런데 그게 내게 일어난 제일 좋은 일이었어요. 그 일이 일어났기 때문에 난 내 자신이 누구인지 알아낼 수 있었고 그리고 여기로 올 수 있었으니까요."

보슈는 그런 감성적인 방어기제는 무너지기 쉽다는 것을 알고 있었다. 벌로런의 논리대로 하자면 딸의 죽음이 그에게 일어날 수 있었던 제일 좋은 일이 되고 말았다. 딸의 죽음이 식당을 잃게 만들었고, 식당을 잃은 것이 그 모든 좋은 깨달음을 얻게 해줬으니까 말이다. 말도 안 되는 소리였고 탁자를 마주 보고 앉은 두 남자 모두 그 사실을 알고 있었지만, 그중 한 명은 단지 그 사실을 인정할 수가 없을 뿐이었다.

"벌로런 씨, 당신이 어떻게 다시 일어설 수 있게 되었나 하는 이야기는 다른 사람들과의 만남을 위해, 저기 줄 서서 기다리는 지친 사람들을 위해 남겨두시고, 제게는 어떻게 넘어졌는지를 말씀해주시죠. 어떻게 그 블랙홀에 빠졌는지를 말씀해주세요."

"그냥 빠졌어요."

"자녀를 잃었다고 모두가 그렇게 깊이 블랙홀에 빠지지는 않지요. 당신만 이런 일을 겪은 것도 아니고요, 벌로런 씨. 자녀를 잃고 나중에는 TV에 출연하는 사람들도 있고, 하원의원 선거에 출마하는 사람들도 있어요. 당신에게는 무슨 일이 일어난 겁니까? 당신은 왜 다른 거죠? 당신이 딸을 더 많이 사랑했기 때문이라는 말은 하지 마세요. 누구나 자기 자식을 사랑합니다."

벌로런은 한동안 말이 없었다. 입술을 굳게 다물고 생각을 하고 있었다. 보슈는 자기가 그를 화나게 했다는 것을 알 수 있었다. 상관없었다. 좀 더 밀어붙일 필요가 있었다.

"그렇죠, 맞아요."

마침내 벌로런이 말했다.

그러나 그뿐이었다. 보슈는 벌로런의 턱 근육이 씰룩이는 것을 볼 수 있었다. 지난 17년간의 고통이 그의 얼굴에 그대로 드러나 있었다. 보슈는 코스 요리 메뉴판을 읽듯 그 고통을 읽어낼 수 있었다. 전채요리, 주 요리, 후식. 좌절, 분노, 벗어날 수 없는 상실감.

"뭐가 그렇다는 거죠, 벌로런 씨?"

벌로런은 고개를 끄덕였다. 그는 마지막 장애물을 치워냈다.

"당신네들을 비난했지만 사실 비난받을 사람은 바로 납니다. 내가 내 딸을 죽음 속에 버려뒀으니까요. 그러고 나니까 그 죄책감에서 숨을 수 있는 유일한 장소는 병 속이었어요. 술병이 입을 벌려 블랙홀을 만들더군요. 이해가 됩니까?"

보슈는 고개를 끄덕였다.

"이해하려고 노력하고 있습니다. 당신네들을 비난했다는 말은 무슨 뜻이죠? 경찰들 말입니까? 아니면 백인들이요?"

"둘 다요."

벌로런은 의자에서 몸을 돌려서 테이블 옆 타일 벽을 등지고 앉아 문 너머 뒷골목을 바라보았다. 보슈의 눈을 피하고 있었다. 보슈는 눈을 맞추고 대화를 하고 싶었지만, 벌로런이 이야기를 계속하는 한 잠자코 있을 생각이었다.

"그럼 먼저 경찰들 이야기부터 할까요? 경찰들을 비난하는 이유가 뭡니까? 경찰들이 무슨 짓을 했는데요?"

"당신이 속한 집단의 사람들이 무슨 짓을 했는지 내가 말해줄 거라고 생각해요?"

보슈는 대답하기 전에 신중하게 생각했다. 이 질문이 이 탐문수사의 성패가 달린 질문이라는 것을 느꼈고 이 남자가 뭔가 중요한 것을 포기했다는 느낌도 들었다.

"우선 짚고 넘어가자면, 당신은 당신 딸을 사랑했습니다, 맞죠?"

보슈가 말했다.

"물론입니다."

"벌로런 씨, 베키에게 일어난 일은 절대로 일어나서는 안 되는 일이었습니다. 그건 제가 어찌할 수 없는 일이죠. 하지만 베키의 입장을 대변하려고 노력할 수는 있습니다. 그러려고 당신을 찾아온 거고요. 17년 전에 그 경찰들이 한 일을 되풀이하려고 온 게 아니란 말입니다. 어찌됐든 지금은 그들 대다수가 세상을 떴고요. 당신이 아직도 딸을 사랑한다면, 딸에 대한 추억을 사랑한다면, 말해주세요. 그게 내가 당신 딸을 대변할 수 있도록 도와주는 겁니다. 당신이 그때 했던 일을 속죄할 수 있는 유일한 길이기도 하고요."

보슈가 설득하는 동안 벌로런이 고개를 살짝 끄덕이기 시작했다. 보슈는 벌로런이 넘어왔다는 것을, 곧 입을 열 거라는 것을 알았다. 이것은 구원에 관한 문제였다. 얼마나 오랜 세월이 흘렀는가는 중요하지 않았다. 구원이란 언제나 굳게 닫힌 입을 열게 하는 만능 열쇠였다.

눈물 한 방울이 벌로런의 왼쪽 뺨을 타고 흘러내렸다. 검은 피부라서 겨우 알아볼 수 있었다. 더러워진 흰 요리사 셔츠에 앞치마를 두른 남자가 클립보드를 들고 휴게실로 들어왔지만 보슈는 재빨리 손을 저어 쫓았다. 보슈가 잠자코 기다리자 마침내 벌로런이 입을 열었다.

"난 내 딸이 아니라 나 자신을 선택했어요. 그런데 결국에는 내 자신을 잃게 되더군요."

벌로런이 말했다.

"어떻게 그렇게 됐습니까?"

벌로런은 마치 비밀이 새나가는 걸 막으려는 듯 한 손을 들어 입을 가렸다. 그러나 잠시 후 마침내 손을 내려놓고 말했다.

"어느 날인가 신문에서 내 딸을 죽인 총이 누군가가 도난당한 총이었다는 기사를 읽었어요. 그린 형사와 가르시아 형사한테서 듣지 못했던 이야기였죠. 그래서 그린 형사에게 물었더니 그 총의 주인은 겁이 나서 총을 가지고 있었던 거라고 하더군요. 유태인 남자였는데 협박을 받았었다고. 그 얘기를 들으니까…."

벌로런은 거기서 말을 멈췄고 보슈는 이야기를 계속하도록 그를 유도해야 했다.

"그 이야기를 들으니까 레베카가 혼혈아이기 때문에 표적이 됐다는 생각이 들었나요? 아버지가 흑인이라?"

벌로런이 고개를 끄덕였다.

"그래요, 그렇게 생각했어요, 왜냐하면 가끔씩 그런 이야기를 듣거나 그런 눈빛을 봤으니까요. 모두가 다 그 아이를 예쁘게 봐준 건 아니었어요. 우리처럼 그러진 않았죠. 난 웨스트사이드에 살고 있었는데, 뮤리얼은 그 위쪽에서 살기를 고집했죠. 거기가 아내의 고향이었으니까요."

"그린 형사가 뭐라던가요?"

"아니라고, 그런 요인은 없었다고 말하더군요. 그 문제를 살펴봤는데 그럴 가능성은 없다고. …뭔가 이상했어요. 형사들이 그 문제를 덮으려는 것처럼 보였어요. 난 계속 전화를 해서 물어봤죠. 조사해달라고 끈질기게 매달렸어요. 나중에는 우리 식당 단골인 경찰위원회 위원을 찾아갔어요. 이야기를 하니까 알아봐주겠다고 하더군요."

벌로런은 고개를 끄덕였다. 보슈에게가 아니라 자기 자신에게 보이는 행동 같았다. 그는 딸을 위해 정의를 요구하는 아버지로서 당연히 해야 할 일을 했다고 굳게 믿고 있는 거였다.

"그래서 어떻게 됐죠?"

보슈가 물었다.

"그러고 나니까 경찰 두 명이 찾아왔더군요."

"그린과 가르시아가 아니었고요?"

"네, 그 사람들이 아니라 다른 경찰들이요. 우리 식당으로 찾아왔더군요."

"그 사람들 이름이 뭐였죠?"

벌로런은 고개를 가로저었다.

"이름은 안 알려줬어요. 그냥 경찰 배지만 보여주더군요. 둘 다 형사였던 걸로 기억해요. 내가 뭘 잘못 알고 그린을 몰아세우고 있는 거라고 말하더군요. 괜한 분란 일으키지 말고 그만두라고 했어요. 정말 그렇게 말했어요, 괜한 분란 일으키지 말라고. 내 딸의 억울한 죽음을 밝히려고 하는 내가 문제라는 식이었어요."

벌로런은 굳은 얼굴로 고개를 가로저었다. 그토록 오랜 세월이 흘렀지만 분노는 조금도 무디어지지 않은 듯했다. 보슈는 그 당시 LA 경찰이 어떤 식으로 수사를 했는지 자신이 너무나 잘 알고 있으면서도 뻔한 질문을 했다.

"그들이 당신을 협박했습니까?"

벌로런이 콧방귀를 뀌었다.

"그래요, 협박을 하더군요. 내 딸이 임신하고 나서 중절 수술을 받으러 갔던 병원은 찾아낼 수 없었다고 했어요. 그래서 아기 아빠가 누군지를 밝힐 수 있는 세포조직 같은 증거물이 없다고 하더군요. 누가 아빤지 혹은 아빠가 아닌지 확인할 방법이 전혀 없다는 거였어요. 그러면서 몇몇 사람들에게, 예를 들면 경찰위원회에 있는 내 손님한테, 나와 내 딸에 대해서 몇 가지 질문만 넌지시 던져놓으면 금방 소문이 퍼지기 시작할 거라고 했어요. 적절한 곳에서 몇 가지 질문만 던져놓으면 사람들은 금방 그 아기 아빠가 나라고 생각할 거라고 했어요."

보슈는 잠자코 듣고 있었다. 자신도 분노가 치밀어 오르는 것을 느꼈다.

"그 사람들은 내가 장사를 계속하기 어려울 거라고 했어요, 내가… 내가 내 딸한테 그런 짓을 했다고 다들 생각하게 되면 말이죠."

벌로런의 검은 얼굴에서 눈물이 주르륵 흘러내리고 있었다. 벌로런은 눈물을 닦지도 참으려고도 하지 않았다.

"그래서 난 그들이 원하는 대로 했어요. 그만두고 물러섰죠. 괜한 분란을 일으키고 돌아다니는 걸 그만뒀어요. 그래봤자 아무 소용없다고, 베키를 되찾아올 수 없다고 내 자신을 위로하면서요. 그러고는 그런 형사에게 다시는 전화를 걸지 않았고… 그 사람들도 사건을 해결하지 못했죠. 그러고 나서 얼마 후부터는 내가 잃은 것과 내가 한 일을 잊기 위해, 내가 내 딸보다 나 자신과 자존심과 명성과 사업을 더 중요하게 생각했다는 사실을 잊기 위해 술을 마시기 시작했어요. 그러니까 금방, 알지도 못하는 사이에, 블랙홀에 빠지게 되더군요. 푹 빠졌었고 아직도 기어 나오고 있는 중이에요."

잠시 후 벌로런이 고개를 돌려 보슈를 쳐다보았다.

"이 정도면 대답이 됐나요, 형사님?"

"죄송합니다, 벌로런 씨. 그런 일이 일어나서 유감입니다. 모든 게, 정말 죄송합니다."

"당신이 듣고 싶었던 이야기 아닌가요, 형사님?"

"난 그냥 진실을 알고 싶었을 뿐입니다. 믿으실지 모르겠지만, 이 이야기가 나를 도와줄 겁니다. 내가 베키를 대변할 수 있게 도와줄 겁니다. 당신을 찾아왔던 두 형사에 대해 설명 좀 해주시죠."

벌로런은 고개를 가로저었다.

"오래전 일이라. 지금 그 사람들이 내 앞에 서 있다고 해도 못 알아볼 거예요. 둘 다 백인이었다는 것만 기억이 나네요. 한 명은 머리를 박박 밀고 가슴에 팔짱을 끼고 서 있는 모습이 영락없는 미스터 클린 같다고 생각했던 기억도 나는군요."

보슈는 고개를 끄덕였고 분노로 어깨에 힘이 들어가는 것을 느꼈다. 미스터 클린이 누군지 알고 있었다.

"당신 부인은 이 일에 관해 어느 정도까지 알고 있죠?"

보슈가 차분한 어조로 물었다.

벨로런은 고개를 저었다.

"뮤리얼은 아무것도 몰라요. 말하지 않았으니까요. 이건 내가 지고 가야 할 짐이었으니까요."

벨로런은 눈물을 닦았다. 오랫동안 마음에 담아두었던 이야기를 마침내 털어놓음으로써 어느 정도 위로를 받은 것 같았다.

보슈는 뒷주머니에 손을 넣어 롤랜드 맥키의 옛날 사진을 꺼내서 테이블 위 벨로런 앞에 놓았다.

"이 친구를 알아보겠어요?"

벨로런은 오랫동안 사진을 바라보다가 고개를 가로저었다.

"내가 아는 사람인가요? 누구죠?"

"이름은 롤랜드 맥키. 따님보다 두 살이 많고요. 힐사이드 고등학교에 다니진 않았지만 채스워스에서 살았었죠."

보슈는 반응을 기다렸지만 아무 반응도 나오지 않았다. 벨로런은 탁자 위에 놓인 사진을 뚫어지게 쳐다보고만 있었다.

"전과자 사진이군요. 죄목은요?"

"자동차 절도요. 하지만 극단적인 백인우월주의자들하고 어울려 다닌 기록이 있어요. 감옥 안에서부터 시작해서 나와서도요. 들어본 이름인가요?"

"아뇨, 내가 아는 사람인가요?"

"그건 나도 모르죠. 혹시나 해서 물어보는 겁니다. 혹시 따님이 그 이름을 말하거나 로라는 사람에 대해 말한 적이 있었는지 기억나세요?"

벌로런은 고개를 저었다.

"따님과 이 남자가 어디서 마주쳤었는지 알아보려는 겁니다. 밸리는 넓은 지역이잖아요. 둘이 어디서라도 마주칠…."

"이 친구가 어느 학교에 다녔죠?"

"채스워스 고등학교에 다녔지만 졸업은 못했어요. 고졸 학력 인정 교육과정을 수료했죠."

"레베카도 납치되기 전해 여름에 채스워스 고등학교에서 운전 연수를 받았는데요."

"1987년에요?"

벌로런이 고개를 끄덕였다.

"확인해봐야겠군요."

그러나 보슈는 좋은 단서라고는 생각하지 않았다. 맥키는 1987년 여름이 되기 전에 중퇴를 했고 1988년이 되어서야 고졸 학력 인정 학위를 받으러 돌아왔다. 그래도 확인해볼 필요는 있었다.

"영화는요? 베키가 영화관과 쇼핑몰에 가는 걸 좋아했나요?"

벌로런이 어깨를 으쓱했다.

"베키는 열여섯 살이었어요. 당연히 영화를 좋아했죠. 그 아이 친구들 대다수가 차를 갖고 있었고요. 열여섯 살이 되고 차가 생기니까 사방팔방 안 가는 곳이 없었죠. 아내는 그 아이들을 '쓰리 엠'에 열광하는 애들이라고 불렀어요. 영화(movies)와 쇼핑몰(malls)과 마돈나요."

"어느 쇼핑몰이요? 어느 극장이죠?"

"주로 가까운 노스리지 몰에 갔어요. 그리고 위넷카 거리에 있는 자동차 극장도 즐겨 찾았죠. 자동차 안에 앉아 영화를 보면서 수다도 떨 수 있어서 좋아했었죠. 한 아이가 컨버터블이 있어서 그 차를 타고 다니는 걸 좋아했어요."

보슈는 자동차 극장이라는 말에 귀가 번쩍 뜨이는 것 같았다. 자동차 극장은 아까 라이더와 통화하면서 극장 이야기를 할 때는 잊고 있었던 거였다. 롤랜드 맥키가 위넷카 거리에 있는 그 자동차 극장에서 절도를 하다가 체포된 적이 있었다. 그곳이 맥키와 베키가 마주친 곳이었을 가능성이 제일 높은 것 같았다.

"레베카와 친구들이 그 자동차 극장에 얼마나 자주 갔습니까?"

"주로 금요일 밤에 갔던 걸로 기억해요, 새 영화가 나오면 말이죠."

"거기서 남자 친구들을 만났나요?"

"그랬을 거예요. 추측일 뿐이지만요. 내 딸이 친구들과 함께 영화관에 가고 남자 친구를 만나는 게 잘못된 일도 아니고 부자연스러운 일도 아니었죠. 사람들은 최악의 일이 일어나고 나서야 '딸이 누구와 함께 있었는지도 모른단 말이야?'라고 비난하죠. 아내와 나는 우리 딸이 아무 문제없이 행복하다고 생각했어요. 우린 그 아이를 찾을 수 있는 가장 좋은 학교에 보냈어요. 그 아이 친구들은 다들 좋은 집안 아이들이었고요. 딸아이를 24시간 내내 지켜보고 있을 수는 없잖아요. 금요일 밤엔 식당도 늦게까지 영업했고. 빌어먹을, 그러고 보니 거의 매일 밤을 늦게까지 일했네요."

"이해합니다. 지금 당신이 아버지로서 어땠는지 평가하려는 게 아닙니다, 벌로런 씨. 특별히 잘못한 일도 없는 것 같고요. 난 그냥 그물을 끼당기고 있는 겁니다. 뭐가 중요한 단서가 될지 모르기 때문에 가능한 한 많은 정보를 수집하고 있을 뿐이에요."

"그래요, 근데 그 그물은 오래전에 바위에 걸려서 찢어졌어요."

"그렇지 않을 수도 있죠."

"그렇다면 이 맥키라는 남자가 범인이라고 생각하는 거군요?"

"맥키는 어떤 식으로든 이 사건과 관련이 있어요. 그건 확실합니다. 곧 더 많은 걸 알아낼 겁니다. 그건 약속할 수 있습니다."

벌로런은 조사를 시작하고 나서 처음으로 고개를 돌려 보슈의 눈을 똑바로 쳐다보았다.

"기회가 오면, 그 아이의 입장을 대변해주겠습니까, 형사님?"

보슈는 천천히 고개를 끄덕였다. 벌로런이 무엇을 요구하고 있는지 알 것 같았다.

"네, 벌로런 씨, 그럴 겁니다."

# 21

## 행동하는 용기

키즈민 라이더는 마치 오전 내내 보슈를 기다리고 있었던 것마냥 가슴에 팔짱을 끼고 자기 책상 앞에 앉아 있었다. 보슈는 그녀의 표정이 어두운 걸 보고 무슨 일이 있다는 걸 직감했다.

"시소대 자료 구했구나?"

보슈가 물었다.

"보긴 봤어요. 가지고 나올 수는 없었고요."

보슈는 고개를 끄덕였다. 그러고 나서 라이더의 맞은편에 있는 자기 자리에 미끄러지듯 앉았다.

"좋은 내용이야?"

보슈가 물었다.

"보는 시각에 따라 다르겠죠."

"그렇군. 나도 뭐 좀 건졌어."

보슈는 주위를 둘러보았다. 에이벌 프랫의 방문이 열려 있었고, 프랫은 책상 옆에 있는 작은 냉장고 쪽으로 몸을 숙이고 있었다. 둘의 대화가 들릴 만한 거리에 있었다. 프랫을 믿지 못한다는 뜻이 아니었다. 믿었다. 다만 프랫이 듣고 싶지 않거나 들을 준비가 안 된 이야기를 듣게 하고 싶지 않았다. 아까 통화를 할 때 말조심을 한 것을 보면 라이더도 같은 생각인 게 분명했다.

보슈는 다시 동료를 바라보았다.

"산책 좀 할까?"

"좋아요."

그들은 일어서서 밖으로 향했다. 전담반장실 문 앞을 지나가던 보슈가 고개를 안으로 들이밀었다. 프랫은 통화중이었다. 프랫이 쳐다보자 보슈는 컵을 들어 마시는 시늉을 해보인 후 프랫을 가리켰다. 프랫은 고개를 저어 커피를 마시자는 제안을 거절하더니 요거트 통을 들어보였는데 필요한 것을 이미 가졌다고 말하는 것 같았다. 통 안 요거트 속에 작은 초록색 덩어리들이 보였다. 보슈는 초록색 과일이 뭐가 있을까 생각해봤지만 떠오르는 건 키위뿐이었다. 그는 요거트 맛을 더 형편없게 만드는 유일한 방법은 키위를 넣는 것일 거라고 생각하면서 자리를 떴다.

보슈와 라이더는 엘리베이터를 타고 로비로 내려와 출입문 밖으로 나가 추모 분수가 있는 곳으로 걸어갔다.

"어디로 가실래요?"

키즈가 물었다.

"이야깃거리가 얼마나 있느냐에 달렸지."

"많을 것 같은데요."

"예전에 내가 파커 센터에서 일했을 때는 담배를 피웠었어. 좀 걸으면서 생각할 필요가 있을 때면 유니언 역으로 가서 매점에서 담배를 사곤 했었지. 그 역을 좋아했어. 대합실에 있는 의자도 편안했고. 예전에는 그랬었어."

"좋아요, 거기로 가요."

그들은 유니언 역을 향해 출발해 로스앤젤레스 대로를 북쪽으로 걸어갔다. 처음 지나친 건물은 연방정부 청사였는데, 2001년 차량 폭탄의 접근을 막기 위해 설치한 콘크리트 장벽이 아직 그대로 있었다. 그 건물 앞 인도를 막고 한 줄로 길게 늘어선 사람들은 테러의 위협 따위는 안중에도 없는 것 같았다. 이민국으로 들어가려고 기다리고 있는 사람들이었는데 다들 서류를 꼭 쥐고 있었고 무슨 일이 있어도 시민권을 따내고야 말겠다는 비장함이 엿보였다. 그들이 기다리는 건물 정면 벽에는 천사 같은 옷을 입고 하늘을 올려다보면서 천국을 기다리고 있는 사람들을 그린 타일 모자이크화가 있었다.

"먼저 시작해요, 선배. 로버트 벌로런은 어땠어요?"

라이더가 말했다.

보슈는 조금 더 걷다가 입을 열었다.

"괜찮은 사람이었어. 블랙홀에서 빠져나오려고 애를 쓰고 있더라고. 날마다 100인분이 넘는 아침 식사를 만들고 있어. 나도 먹어봤는데 맛도 꽤 괜찮더라고."

"그리고 가격은 퍼시픽 다이닝 카에는 댈 것도 아니겠고요. 그 사람이 무슨 말을 했기에 그렇게 화가 났어요?"

"응?"

"선배가 내 마음을 읽듯이 나도 선배 마음을 읽는다고요. 벌로런이 선배를 화나게 하는 말을 했다는 걸 알겠는데요, 뭘."

보슈는 고개를 끄덕였다. 3년 만에 다시 함께 일하는 것 같지가 않았다.

"어빙 이야기였어. 적어도 난 그렇게 생각해."

"말해 봐요."

보슈는 벌로런에게서 들은 지 한 시간도 채 안 된 이야기를 라이더에게 그대로 옮겼다. 이야기의 끝머리에서 그는 경찰 배지를 들고 식당으로 찾아와 벌로런이 인종차별문제란 각도에서 수사를 촉구하는 것을 그만두게 하기 위해 협박을 했다는 두 경찰관에 대해 들은 인상착의를—제한된 것이긴 하지만—설명했다.

"듣고 보니 진짜 어빙 같네요."

라이더가 말했다.

"그리고 어빙의 푸들 강아지 한 마리하고. 아마도 맥클러런이었을 거야."

"그럴 수도 있겠네요. 그러니까 선배는 벌로런이 맨 정신이었다고 믿는 거예요? 니켈을 전전한 지 오래됐는데도?"

"그런 것 같아. 이번에는 3년째 안 마시고 있다고 했어. 그렇지만 어떤 일을 17년간 곱씹다보면 머릿속 생각을 사실이라고 믿게 되지. 그래도, 벌로런이 한 말이 전부 이 사건의 성격에 맞아떨어지는 것 같아. 그들이 이 사건을 밀어붙인 것 같아, 키즈. 수사가 어느 한 방향으로 흘러가니까 다른 방향으로 몰아간 거지. 어떤 결과가 나올지 알고 있었는지도 몰라. 이 도시가 불탈 거라는 걸 알고 있었는지도 모르지. 로드니 킹(1991년 백인 경찰들에게 구타를 당한 흑인, 구타 장면을 담은 CCTV가 공개돼 LA 폭동을 촉발시킴–옮긴이)은 휘발유가 아니었어. 성냥일 뿐이었지. 그 전에 벌써 상황이 악화되고 있었고 당국자들은 레베카 벌로런 사건이 터지니까 공공 선을 위해서는 다른 방향으로 가야 한다고 판단을 했던 것 같아. 그래서 레베카 벌로런을 위한 정의를 희생한 거지."

그들은 101번 고속도로를 가로지르는 로스앤젤레스 대로 고가도로

위를 걷고 있었다. 밑에 있는 여덟 개 차선에서 차들이 기어가면서 배기가스를 내뿜고 있었다. 강렬한 햇빛이 차들의 바람막이 창과 건물들과 콘크리트 도로 위를 비추고 있었다. 보슈는 레이밴 선글라스를 꼈다.

차 소리가 시끄러워서 라이더는 목소리를 높여야 했다.

"선배답지 않네요."

"뭐가?"

"그들이 그렇게 나쁜 짓을 하게 된 좋은 이유를 찾는 게요. 보통 나쁜 이유를 찾잖아요."

"당신은 그 시소대 자료에서 나쁜 이유를 찾아냈단 말이야?"

라이더는 침울한 표정으로 고개를 끄덕였다.

"그런 것 같아요."

"그리고 당신이 룰루랄라 들어가서 자료를 들춰보게 내버려 두더란 말이지?"

"오늘 아침에 출근하자마자 6층 그분을 찾아갔었어요. 스타벅스 커피 한 잔 들고요. 여기 카페 커피 엄청 싫어하거든요. 효과가 있더라고요. 커피 한 잔 주고 나서 우리가 얻은 정보가 뭔지, 뭘 하고 싶은지 얘기했죠. 기본적으로 그분은 나를 믿거든요. 그래서 특별 문서 보관소를 둘러보라고 허락해주더군요."

"시민소요 대응반은 그 양반이 여기 들어오기 훨씬 전에 생겨났다가 사라졌는데, 알고 있더라고?"

"취임하고 나서 보고를 받았을 거예요. 아니 취임하기도 전에 보고받았을지도 모르고요."

"맥키와 채스워스 에이츠에 대해 구체적으로 얘기해줬어?"

"구체적으로는 아니고요. 그냥 우리가 맡은 사건이 예전에 시소대가 맡았던 사건과 관련이 있어서, 특별 문서 보관소에 들어가서 자료를 찾아봐야 한다고만 말했어요. 호먼 경위를 딸려 보내더군요. 둘이 거기 들어가서 자료를 찾아냈어요. 난 탁자 맞은편에 앉은 호먼의 감시를 받으면서 자료를 다 훑어봤어요. 근데 이거 알아요? 특별 문서 보관소엔 자료가 정말 엄청나게 많더라고요."

"시체들이 묻혀 있는 곳이니까…."

보슈는 좀 더 말하고 싶었지만 어떻게 표현할지 난감했다. 라이더가 그를 쳐다보더니 그의 마음을 읽어냈다.

"왜요, 선배?"

보슈가 아무 말이 없자 라이더는 끝까지 기다렸다.

"키즈, 6층 친구가 당신을 믿는다고 했지? 당신은 그 친구를 믿어?"

라이더는 보슈의 눈을 바라보면서 대답했다.

"내가 선배를 믿듯이요."

보슈도 라이더를 바라보았다.

"그럼 됐어."

라이더는 아카디아로 빠지지 않으려고 돌아섰지만 보슈는 천사들의 도시의 모태가 된 그 옛 마을을 가리켰다. 먼 길을 택해 오래 걷고 싶었다.

"여기 꽤 오랜만에 오는 거야. 구경 좀 하자."

그들은 부활절이면 가톨릭 신부들이 동물들을 강복했던 둥근 마당을 가로질러 걸어가서 멕시코 문화원을 지나갔다. 그러고는 값싼 기념품을 파는 가판대와 츄로스 가판대가 줄지어 늘어선 곡선의 아케이드(양쪽에 상점들이 늘어서 있는 아치로 둘러싸인 통로－옮긴이)를 지나갔다. 녹음된 마리아치 음악(멕시코 전통 음악－옮긴이)이 숨어 있는 스피커를 통해 흘러나왔고 실제로 연주하는 기타 소리도 들렸다.

아빌라 어도비(LA에서 가장 오래된 건물－옮긴이) 앞 벤치에 악사가 앉아 있었다. 보슈와 라이더는 발걸음을 멈추고 늙은 악사의 멕시코 발라드 음악 연주를 감상했다. 보슈가 언젠가 들어본 적이 있는 노래였지만 곡명은 알 수 없었다.

보슈는 악사 뒤로 보이는, 흙담에 둘러싸인 건물을 바라보면서, 돈 프란시스코 아빌라는 1818년 이곳에 말뚝을 박고 집을 짓기 시작했을 때 어떤 역사의 첫 삽을 뜬 것인지 상상이나 했을까 생각해보았다. 이곳에서 한 도시가 자라날 것을 알았을까? 다른 어느 도시 못지않게 위대한 도시. 상스럽기도 한 도시. 목적지가 된 도시. 발명과 재발명의 도시. 꿈을 이루기가 언덕에 세워놓은 표지판에 이르는 것만큼이나 쉬워 보이지만 현실은 항상 달랐던 도시. 언덕 위 표지판을 향해 가는 길에는 출입문이 떡 하니 가로막고 서 있었고 문은 잠겨 있었다.

이곳은 부자와 빈자, 스타 배우와 엑스트라, 끌고 다니는 자와 끌려 다니는 자, 포식자와 먹이가 넘쳐나는 도시였다. 배부른 자들과 굶주린 자들이 있을 뿐 중간이 없었다. 그럼에도 불구하고 날마다 많은 사람들이 몰려와 들어와 살려고 폭탄 방호벽 뒤에 줄을 서서 기다리는 도시였다.

보슈는 주머니에서 접은 지폐 뭉치를 꺼내 5달러짜리 한 장을 늙은 악사의 바구니에 떨어뜨렸다. 그러고 나서 그는 라이더와 함께 오래된 쿠카몽가 포도주 양조장을 가로질러—포도주통 저장 창고들은 화랑과 화가의 작업실로 변해 있었다—알라메다로 나갔다. 그 거리를 가로질러 유니언 철도역으로 들어가니 바로 앞에 높은 시계탑이 나타났다. 앞쪽 보도에서 그들은 해시계 옆을 지나갔는데 해시계의 화강암 받침대에 글귀가 새겨져 있었다.

진정으로 보는 눈

진심으로 믿는 신앙

행동하는 용기

유니언 역은 그 역이 봉사하는 도시를 모방하고 사람들이 그 역에 기대하는 역할에 맞게 설계되었다. 유니언 역은 건축양식의 용광로였다. 수많은 건축양식 중에서도 스페인 식민지 시대 양식, 미션 양식, 스트림라인 모던 양식, 아트 데코 양식, 사우스웨스턴 양식과 아랍풍의 무어리시 양식이 잘 드러나고 있었다. 그러나 용광로가 끓어 넘치는 경우가 많은 다른 곳들과는 달리, 이 기차역의 건축양식들은 자연스럽게 조화를 이루어 독특하고 아름다운 건축물이 되었다. 보슈는 그래서 유니언 역을 사랑했다.

유리문을 통과하니 동굴같이 휑뎅그렁한 입구 홀이 나타났고, 3층 높이의 아치형 길 너머로 거대한 대합실이 보였다. 그곳을 바라보던 보슈는 예전에도 이곳에 단지 담배를 사기 위해서 온 게 아니라 마음을 다잡기 위해서 왔었다는 사실이 기억났다. 유니언 역에 가는 것은 성당에, 우아한 선의 디자인과 기능과 시민의 자부심이 잘 어우러진 성당 안으로 들어가는 것과 같았다. 중앙 대합실에서는 여행객들의 목소리가 높은 공간으로 올라가 나직한 속삭임으로 변했다.

"나도 여기 정말 좋아해요. 〈블레이드 러너〉라는 영화 봤어요?"

라이더가 말했다.

보슈는 고개를 끄덕였다. 언젠가 본 적이 있었다.

"여기가 경찰서였지?"

보슈가 물었다.

"네."

"〈고백〉은 봤어?"

"아뇨, 좋았어요?"

"응, 한번 봐봐. 그것도 블랙 달리아와 LA 경찰국의 음모를 다룬 거야."

라이더는 끙하고 신음 소리를 냈다.

"고맙지만 지금은 그런 거 보면 안 될 것 같은데요."

그들은 유니언 베이글에서 커피를 사들고 대합실로 들어갔다. 그곳에는 갈색 가죽 의자들이 호화로운 신도석처럼 여러 줄로 줄지어 놓여 있었다. 보슈는 이곳에 올 때마다 그랬듯 자연스럽게 위를 올려다보게 되었다. 머리 위로 10미터가 넘는 높이의 천장에 거대한 샹들리에 여섯 개가 두 줄로 매달려 있었다. 라이더도 위를 올려다보았다.

잠시 후 보슈는 신문가판대 옆에 있는 나란히 빈 좌석 두 개를 가리켰다. 그들은 부드러운 속을 댄 가죽의자에 앉아서 넓은 나무 팔걸이 위에 커피 컵을 올려놓았다.

"이제 얘기 좀 할까요?"

라이더가 물었다.

"당신만 괜찮다면."

보슈가 대답했다. 그러고는 곧바로 질문을 쏟아냈다.

"특별 문서 보관소에서 본 자료에 뭐가 들어 있었어? 뭐가 그렇게 나빴는데?"

"우선 맥키가 그 자료에 들어 있었어요."

"벌로런 사건 용의자로?"

"아뇨, 그 파일은 벌로런하고는 아무런 상관이 없어요. 그 자료에서 벌로런은 컴퓨터 화면에 뜬 깜빡이보다도 못한 존재예요. 레베카 벌로런이 그날 밤 침실에서 납치된 일은 고사하고 임신도 하기 전에 발생했고, 철저하게 입막음이 된 사건의 수사에 관한 자료였어요."

"좋아, 근데 그게 우리랑 무슨 관련이 있다는 거지?"

"전혀 관련이 없을 수도 있고, 아주 크게 관련이 있을 수도 있어요. 맥키랑 함께 살고 있는 남자 알죠, 윌리엄 버카트?"

"응."

"그자도 자료에 들어 있어요. 다만 그때는 빌리 블리츠크리그(blitzkrieg: 급습, 기습공격이라는 뜻-옮긴이)라는 이름으로 더 많이 알려져 있었죠. 채스워스 에이츠에서는 그 별명으로 불렸어요."

"그렇군."

"1988년 3월 빌리 블리츠크리그는 노스 할리우드에 있는 유대교 회당을 파손한 죄로 1년형을 선고받았어요. 기물을 부수고, 낙서를 하고, 똥을 누고, 온갖 짓을 다 저질렀더라고요."

"증오 범죄군. 잡힌 게 개 하나였어?"

라이더가 고개를 끄덕였다.

"그 회당에서 한 블록 떨어진 곳에 있는 하수도 뚜껑 밑에서 스프레이 깡통이 하나 발견됐는데 거기에서 잠재지문이 한 개 나왔어요. 그래서 빌리가 잡힌 거죠. 유죄답변을 하지 않으면 경찰이 놈을 본보기로 삼았을 텐데, 놈이 그걸 알고 있었던 거예요."

보슈는 고개를 끄덕였다. 라이더의 말을 방해할까 봐 찍 소리도 내지 않았다.

"신문보도와 텔레비전 방송에서는 버카튼지 블리츠크리근지 뭔지 하는 놈이 채스워스 에이츠의 두목으로 묘사가 됐어요. 놈은 친애하는 아돌프 히틀러를 기리기 위해 1988년을 인종적 민족적 대격변의 해로 만들자고 주장했대요. 라호와니, 백인 쓰레기들에 대한 보복이니 뭐니 떠들어 댔다대요. 다들 미네소타 바이킹스(미식축구팀-옮긴이) 유니폼을 입고 돌아다녔대요. 바이킹은 순수 혈통이었다잖아요. 그리고 다들 몸에 88 문신을 새겼고요."

"그림이 그려지는구만."

"어쨌든, 그 채스워스 에이츠 조직원들은 버카트를 요긴하게 잘 써먹었어요. 앞에 내세워 증오 범죄를 저지르다가 회당에서 잡히게 만들었고, 연방 수사관들이 버카트의 그 뾰족한 머리 위에서 시민권 춤을 추고 싶어 안달이 나게 만들었으니까요. 그해에는 정초부터 범죄가 많이 발생했어요. 그들은 새해 첫날 채스워스에 있는 흑인 가정의 잔디밭에서 십자가를 불태우면서 새해를 맞이했죠. 그 후로도 십자가를 태우고 돌아다니고, 협박전화를 하고, 폭탄을 설치했다고 겁을 주기도 했고요. 그 유대교 회당에 침입도 했고, 심지어 엘시노에 있는 유대계 어린이집의 기물을 파손하기도 했어요. 이 모든 게 1월 초에 일어났어요. 그리고 그들은 사거리로 나가서 멕시코계 노동자들을 차에 태워 사막으로 끌고 가서 거기서 그 노동자들을 폭행하거나 버려두고 돌아오거나, 혹은 둘 다를 행하기도 했어요. 보통은 폭행하고 버려두고 왔고요. 그들 표현을 빌리자면 불화를 조장하는 거였어요. 그 불화가 인종의 격리로 가는데 도움이 된다고 믿었던 거죠."

"그래, 그런 얘기 나도 들어봤어."

"네. 어쨌든 아까도 말했듯이 그들은 버카트를 이 모든 일의 주동자로 만들려고 했어요. 그러다가 잡혀서 재판을 받으면, 버카트는 연방 교도소에서 최소 10년은 복역해야 했을 거예요."

"그렇다면 뭐 고민할 필요도 없었겠군. 유죄답변거래를 했구만 뭐."

라이더가 고개를 끄덕였다.

"버카트는 웨이사이드 교도소에서 1년 복역과 보호관찰 5년을 선고받았고, 다른 조직원들은 사법처리도 안 됐어요. 그러고 나서 에이츠도 사라졌죠. 해체가 됐고 그것으로 협박도 끝이 났어요. 3월 말 이전에 모든 게 끝났어요. 벌로런 사건이 발생하기 훨씬 이전에요."

보슈는 라이더에게서 들은 이야기를 곱씹으면서 한 여자가 어린 여자아이의 손을 잡아끌고 메트로라인 선 입구를 향해 바삐 걸어가는 모습을 바라보았다. 여자는 무거운 여행 가방도 들고 있었고, 오로지 앞에 있는 문만 쳐다보면서 걸음을 재촉하고 있었다. 여자아이는 고개를 들고 천장을 올려다보면서 끌려가고 있었다. 아이가 뭔가를 보면서 웃고 있었다. 보슈도 고개를 들어보니 아치형 천장의 사각형 나무판 하나에 풍선 한 개가 걸려 있었다. 한 아이가 맞은 재앙이 다른 아이를 웃게 만든 것이다. 풍선은 주황색과 흰색이 섞인 물고기 모양이었고, 보슈는 어린 딸 덕분에 그것이 만화영화에 나오는 니모라는 물고기라는 것을 알고 있었다. 딸의 모습이 잠깐 떠올랐지만 사건에만 집중하려고 재빨리 생각을 떨쳐냈다. 그러고는 라이더를 쳐다보았다.

"그래, 그 사건에서 맥키는 어디에 있었던 거야?"

보슈가 물었다.

"맥키는 제일 빌빌거리는 인간이었어요. 조직에서 허드렛일이나 하는 위치였죠. 처음에는 완벽한 포섭대상이라고 여겨졌었나 봐요. 현재도 미래도 없는 고등학교 중퇴생이었으니까요. 당시에는 절도죄로 보호관찰을 받고 있던 중이었고, 미성년자였지만 자동차 절도, 절도, 마약 소지 등으로 체포된 전과가 수두룩했고요. 그래서 자기들이 찾던 친구라고 생각했던 거죠. 낙오자를 백인 전사로 쉽게 탈바꿈시킬 수 있다고 믿었나 봐요. 그런데 맥키를 조직에 끌어들이자마자 그가 버카트의 표현을 그대로 빌리자면 '방금 배에서 내린 깜둥이보다 더 멍청하다'는 걸 알게 됐어요. 얼마나 멍청했던지 낙서를 하러 돌아다니는 일도 시킬 수가 없을 정도였으니까요. 인종차별주의자의 기본 어휘의 철자도 제대로 쓰지 못했거든요. 사실, 조직 내에서 맥키는 '웨지(Wej)'라는 별명으로 불렸어요. 쐐기를 박는다(wedge)고 할 때의 그 웨지가 아니고, '쥬(Jew: 유대인)'를 거꾸로 쓴 거죠. 언젠가 유대교 회당 벽에 스프레이로 그렇게 갈겨썼더래요."

"난독증이야?"

"그런가 봐요."

보슈는 고개를 절레절레했다.

"확실한 DNA 증거물이 있어도 얘는 아닌 것 같은데."

"그러게 말이에요. 맥키가 역할을 하긴 했지만 주된 역할은 아니었던 것 같아요. 머리에 든 게 별로 없고요."

보슈는 맥키 이야기는 이쯤 해두고 라이더가 초반에 보고한 내용으로 돌아가기로 했다.

"그건 그렇고, 경찰이 이 채스워스 에이츠 조직들에 대해 이렇게 많은 정보를 확보해놓고도, 왜 버카트만 잡아넣었지?"

"안 그래도 그 이야기를 하려던 참이에요."

"높은 분의 입김이 들어오는 부분이 이거야?"

"맞았어요. 버카트가 채스워스 에이츠의 두목이긴 했지만, 최고 우두머리는 아니었어요."

"아하."

"최고 우두머리는 리처드 로스라는 남자로 밝혀졌어요. 다른 조직원들보다 나이가 많고 열렬한 인종차별주의자였죠. 스물한 살이었고 말을 번드르르하게 잘해서 버카트를 비롯한 조직원들 대다수를 직접 끌어들였고 모든 일을 기획했대요."

보슈는 고개를 끄덕였다. 리처드 로스가 흔한 이름이긴 했지만 생각나는 사람이 있었다.

"리처드 로스 2세 아니야?"

"바로 맞혔어요. 그 유명한 로스 경감의 아들이에요."

리처드 로스 경감은 보슈의 신참 시절에 오랫동안 감찰계장으로 재직한 인물이었다. 지금은 은퇴했다.

보슈는 더 듣지 않아도 이야기가 어떻게 돌아가는지 알 것 같았다.

"그래서 경찰은 리처드 로스 2세를 빼내 그 아버지와 경찰국이 오물을 뒤집어쓰는 것을 막았던 거로군. 모든 허물은 조직의 2인자인 버카트에게 돌리고. 버카트는 웨이사이드에 수감되고 조직은 해체됐고. 그 모든 걸 치기 어린 장난 정도로 생각하고 넘어갔단 말이구만."

"딩동댕."

"그리고 채스워스 에이츠에 관한 모든 정보는 리처드 로스 2세의 입에서 나왔고."

"훌륭하시네요. 그게 거래 조건이었어요. 리처드 2세는 조직원들 모두를 포기했고, 그걸 담보로 시소대가 조용히 조직을 와해시켰어요. 그러고 나서 리처드 로스 2세는 완전히 손 털고 물러났고요."

"어빙다운 해결방식이군."

"근데 웃기는 게 뭔줄 알아요? 어빙도 유태인식 이름이라는 거예요."

보슈는 고개를 가로저었다.

"그게 사실이든 아니든, 별로 웃기지는 않은데."

보슈가 말했다.

"그래요, 알아요."

"어빙이 이게 웬 떡이야 했겠네."

"조서의 행간을 읽어보면, 어빙은 모든 면을 다 파악하고 있었던 것 같아요."

"이 거래로 어빙은 감찰계를 통제할 수 있게 됐겠군. 수사대상과 수사방법에 대해 절대적인 통제권을 발휘했을 거야. 그 일로 인해 로스 경감은 완전히 어빙의 손아귀에 들어가게 되었고. 이제야 그때 일어난 일들이 이해가 되기 시작하는군."

"대체적으로 내가 경찰이 되기 이전에 일어난 일들이네요."

"그러니까 경찰이 에이츠 문제를 해결해주고, 어빙은 그 대가로 리처드 로스를 개 목걸이에 묶어 끌고 다니는 큰 상을 받은 거구만."

보슈는 말을 하면서 생각을 정리했다.

"그런데 그때 레베카 벌로런이 에이츠가 괴롭히고 있었던 남자의 집에서 도난당한 총으로, 경찰이 놓아준 빌빌이들 중에 한 명이 훔친 것으로 추정되는 총으로 살해된 거야. 그 살인 사건 때문에 에이츠 애들이 다시 조명을 받게 되면 거래가 완전히 무산될 수도 있게 된 거지."

"그렇죠. 그래서 수사에 개입을 한 거예요. 수사를 다른 방향으로 몰아가고, 결국 아무도 잡아넣지 못하고 지지부진해지고 만 거죠."

"개자식들."

보슈가 중얼거렸다.

"가엾은 선배. 몇 년 쉬었다고 아직도 녹이 많이 슬어 있네요. 그들이 수사를 다른 방향으로 몬 게 도시가 불타는 것을 막기 위해서였다고 생각한 거죠? 그렇게 영웅적인 일이 아니었는데."

"그러게, 이제 보니 자기네 앞가림하고 로스와의 거래로 갖게 된 유리한 입장을 고수하려고 그랬던 거였군. 어빙이 갖게 된 통제권을 놓치기 싫어서 말이야."

"아직까지는 전부 추측에 불과해요."

라이더가 주의를 주었다.

"그래, 알아, 행간을 읽은 거라는 거."

보슈는 적어도 1년 이상 피우지 않고 있던 담배 생각이 간절해졌다. 신문가판대를 보니 카운터 뒤 선반에 꽂힌 담뱃갑들이 눈에 들어왔다.

고개를 돌렸다. 천장에 걸려 있는 풍선을 올려다보았다. 거기 걸려 옴짝달싹 못하고 있는 니모가 어떤 기분일지 알 것 같았다.

"로스 경감은 언제 퇴직했어?"

보슈가 물었다.

"91년에요. 근속 25년이 될 때까지 버티다가 사직했어요. 어빙이 그러라고 눈감아 준 거죠. 확인해보니까 아이다호로 이사를 갔더라고요. 리처드 2세도 조회해보니까 아버지보다 먼저 올라갔더군요. 출입구가 따로 있는 고급 주택단지 안에 있는 저택에서 편안하게 살았겠죠."

"그리고 92년 로드니 킹 사건 이후 LA가 뒤집어졌을 땐 거기서 배꼽이 빠져라 웃고 있었을 테고."

"그랬겠죠. 하지만 그리 오랫동안 웃지는 못했어요. 93년에 음주운전으로 사망했어요. 시골에서 열린 반정부집회에 참석하고 돌아오는 길에요. 뿌린 대로 거둔 거죠."

보슈는 가슴이 쿵하고 내려앉는 느낌이었다. 벌로런 피살 사건과 관련해서 리처드 로스 2세에 대해 관심이 생기던 중이었다. 리처드 로스 2세가 맥키를 이용해 무기를 확보하고 맥키의 도움을 받아 피해자를 산으로 끌고 올라가 죽였을 수도 있었다. 그런데 그가 죽고 없다는 거다. 결국에는 이렇게 막다른 골목에 이르러 끝날 일이었나? 레베카 벌로런의 부모를 찾아가 오래전에 딸을 죽인 범인도 이미 사망했다고 말해야 하나? 그걸로 그 부모는 위로를 받을 수 있을까?

"지금 무슨 생각하는지 알아요. 리처드 로스 2세가 범인이었을 수도 있겠다 생각하죠? 난 아니에요. 조회해본 바에 따르면, 그는 88년 5월에 아이다호 운전면허증을 취득했어요. 아마도 벌로런이 살해되기 전에 이미 그 북쪽 지방에서 살고 있었던 거겠죠."

"그래, 아마도."

보슈는 자동차국 컴퓨터 데이터베이스 조회 결과에 믿음이 가지 않았다. 그는 또 다른 뭔가가 튀어나오지 않을까 생각하며 지금까지 모은 모든 정보를 필터에 걸러보았다.

"좋아, 그러면 내가 전부 제대로 이해했나 잠깐 복습해보자. 1988년 자기들을 에이츠라고 부르면서 미식축구 유니폼을 입고 돌아다니며 인종 성전(聖戰)을 시작하려고 애를 쓰던 친구들이 있었어. 얘네들을 살펴본 경찰국은 곧 얘네들을 배후조종하는 두목이 우리의 감찰계장 로스 경감의 아들이라는 것을 알게 되지. 어빙 총경은 그 얘기를 듣고 '흠, 이걸 나한테 이롭게 이용할 수 있겠는데.'라고 생각하지. 그래서 그는 리처드 2세를 쫓는 걸 중단시키고 대신 윌리엄 '빌리 블리츠' 버카트를 심판대에 세우는 거야. 그 후로 에이츠는 금방 해체되고 말지. 착한 사람들이 1승을 거둔 거야. 그러고 나서 리처드 2세가 무사히 빠져나가고. 덕분에 리처드 1세를 손아귀에 넣고 흔들게 됐으니까 이번엔 어빙이 1승을 거둔 거고. 그 후로 영원히 다들 행복하게 사는 거야. 놓친 게 있어?"

"근데 빌리 블리츠크리그거든요."

"그래, 블리츠크리그. 그래서 이 모든 일이 초봄까지는 마무리가 된다는 말이지?"

"3월 말까지요. 그러고 나서 리처드 로스 2세는 5월 초에 아이다호로 이사를 가고요."

"그래, 그러고 나서 6월에는 누가 샘 바이스의 집에 침입해서 총을 훔치지. 그러고 나서 7월에는, 다름 아닌 우리나라 생일에, 혼혈아 소녀가 집에서 납치되어 살해되지. 강간은 당하지 않고 살해됐어. 기억해둬야 할 일이야. 살인은 자살로 위장이 됐어. 하지만 위장술이 형편없어서, 언뜻 보기에는 이런 짓을 해본 적이 없는 사람이 저지른 것 같아 보이지. 사건을 맡은 가르시아와 그린이 결국 자살이 아닌 살인임을 간파하고 수사를 해보지만 성과는 별로 없어. 왜냐하면 그 형사들이 알고 있었는지 모르고 있었는지 몰라도 윗전들이 수사를 그런 방향으로 몰고 갔거든. 그로부터 17년이 지난 지금, 살인 무기는 살인 사건이 나기 두세 달 전에 에이츠 조직원들과 어울려 다녔던 사람과 관련이 있는 것으로 밝혀지지. 뭐 빠트린 거 있나?"

"아뇨, 다 들어간 것 같은데요."

"그런데 문제는 에이츠가 와해되지 않았을 수도 있느냐는 거야. 자기네 정체를 숨긴 채로 계속해서 불화를 조장할 수가 있었을까? 그리고 살인까지 저지를 정도로 공세를 강화할 수가 있었을까?"

라이더는 천천히 고개를 가로저었다.

"어떤 가정도 가능하기는 하지만, 말이 안 되잖아요. 에이츠가 십자가를 불태우고 유대교 회당에 낙서를 했던 것은 자기네 주장을 공표하는 거였어요, 선언적인 목적에서 한 행동이었죠. 하지만 누군가를 죽이고 자살로 위장하는 것은 그런 선언적인 행동이 아니잖아요."

보슈는 고개를 끄덕였다. 라이더의 말이 옳았다. 논리적으로 자연스럽게 이해가 되지 않았다.

"그리고 LA 경찰국이 자기들을 주시하고 있다는 걸 알고 있었어. 일부가 활동을 계속했더라도 비밀스럽게 행동했겠지."

보슈가 말했다.

"말했잖아요, 어떤 가정이라도 가능하다고."

"그래, 그러니까 그때 리처드 로스 2세는 아이다호에 살고 있었던 것으로 추정되고 버카트는 웨이사이드에서 복역 중이었어. 두목 둘이 빠진 거야. 그렇다면 맥키 외에 누가 더 남아 있었을까?"

"자료에는 다섯 명의 이름이 더 있어요. 눈에 띄는 이름은 하나도 없었고요."

"당분간은 그 친구들을 용의자로 보고 수사해보자고. 데이터베이스를 돌려서 그 후로 어디서 무엇을… 잠깐만, 잠깐만. 그때 버카트가 웨이사이드에 있었다고? 1년형을 받았다고 했던가? 그렇다면 사고만 안 쳤으면 5, 6개월 후에 나왔을 텐데. 정확하게 언제 들어갔지?"

라이더는 고개를 가로저었다.

"웨이사이드에 수감된 건 3월 말이거나 4월 초쯤 됐을 거예요. 시기가 맞지…."

"수감된 날짜는 중요하지 않아. 체포된 게 언제였지? 그 유대교 회당 사건이 언제 있었어?"

"1월이었어요. 1월 초요. 자료에 정확한 날짜가 나와 있어요."

"그래, 1월 초. 페인트 깡통에 묻은 지문이 버카트 거였다고 했지? 1988년 그 당시엔 그걸 확인하는 데 시일이 얼마나 걸렸을까? 모든 걸 수작업으로 했을 때인데. 이렇게 중대사건이라면 일주일 정도? 1월 말 이전에 버카트를 잡아들였고 보석 신청을 하지 않았다면…."

보슈는 두 팔을 넓게 벌렸고, 라이더가 말을 이어받았다.

"2월, 3월, 4월, 5월, 6월. 5개월이에요. 감형제도가 있으니까 7월이 되기 전에 출감했을 가능성이 커요!"

보슈는 고개를 끄덕였다. 카운티 구치소는 재판을 기다리는 피고인이나 1년 이하의 징역형을 선고받은 기결수들을 수감했다. 세월이 흐르면서 수감자가 늘어났고 법원이 명령한 최대 수용인원을 지켜야했기 때문에 형기를 채우지 않은 수감자를 일찍 내보내는 감형제도를 실시했다. 감형일 비율은 각 구치소의 수용인원 사정에 따라 달랐지만 복역일 하루당 3일을 감형해줄 만큼 높을 때도 있었다.

"느낌이 좋아요, 선배."

"너무 좋아서 오히려 불안해. 확실히 알아봐야 해."

"사무실로 돌아가면 바로 컴퓨터 앞에 앉아서 버카트가 웨이사이드에서 언제 출감했는지 알아볼게요. 근데 이게 감청하고는 무슨 상관이 있죠?"

보슈는 잠깐 동안 감청 건은 좀 천천히 진행을 시켜야 할까 생각해보았다.

"감청 건은 그대로 진행하자. 웨이사이드 출감 날짜가 들어맞으면, 맥키와 더불어 버카트도 지켜봐야겠지. 맥키가 약한 쪽이니까 맥키를 겁주자고. 일하고 있을 때, 버카트와 떨어져 있을 때 하는 거야. 우리 추측이 맞다면, 버카트에게 전화를 걸겠지."

보슈는 의자에서 일어섰다.

"그래도 다른 이름들도 다 확인해봐야 해. 에이츠의 다른 조직원들."

보슈가 덧붙였다.

라이더는 그대로 앉아서 보슈를 올려다보았다.

"먹혀들 것 같아요?"

보슈는 어깨를 으쓱거렸다.

"그래야 할 텐데 모르지."

보슈는 커다란 동굴 같은 대합실을 둘러보았다. 다른 사람들의 얼굴과 눈을 살펴보면서 재빨리 고개를 돌리는 사람이 없나 찾아보았다. 여행객 무리 속에서 어빙을 보게 될 거라는 기대도 약간 있었다. 현장에 나타난 미스터 클린. 과거에도 보슈는 어빙이 범죄 현장에 나타날 때마다 미스터 클린을 떠올리곤 했었다.

라이더도 일어났다. 둘은 빈 커피 컵을 근처 쓰레기통으로 던지고 나서 기차역 출입문을 향해 걸어갔다. 문 앞에 다다른 보슈는 뒤를 돌아보며 미행자가 있는지 살폈다. 이젠 그럴 가능성도 고려해야 했다. 20분 전만 해도 참으로 포근하고 매력적이던 곳이 이젠 수상하고 으스스한 곳으로 변해버렸다. 안에서 들리는 목소리들도 이제는 다정한 속삭임이 아니었다. 날카로운 느낌이 있었다. 화난 목소리들이었다.

밖으로 나오니 해가 구름 뒤로 숨어 버리고 없었다. 사무실로 돌아가는 동안에는 선글라스를 낄 필요가 없을 것 같았다.

"미안해요, 선배."

라이더가 말했다.

"뭐가?"

"이젠 상황이 많이 달라졌다고 생각했어요. 그래서 선배한테 돌아오라고 부추긴 거고요. 근데 여전하네요. 복귀하고 처음 맡은 사건이 이게 뭐예요, 하이 징고 사건이니."

보슈는 고개를 끄덕이면서 앞쪽 진입로로 걸어갔다. 해시계의 화강암 받침대에 새겨진 글귀를 보았다. 그중 마지막 줄이 눈길을 사로잡았다.

행동하는 용기

"난 걱정 안 해. 걱정할 건 그 사람들이지."

보슈가 말했다.

# 22

## 인터뷰

"좋아요, 합시다."

보슈가 준비됐느냐고 묻자 가르시아 경정이 대답했다.

보슈는 고개를 끄덕이고는 문으로 걸어가서 〈데일리 뉴스〉의 두 여기자를 맞아들였다.

"안녕하세요, 맥킨지 워드입니다."

먼저 들어오는 여기자가 말했다. 취재기자인 게 분명했다. 뒤따라오는 여기자는 카메라 가방과 삼각대를 들고 있었다.

"에미 워드입니다."

사진기자가 말했다.

"자매요?"

가르시아는 두 여기자가 쏙 빼닮았는데도 물어보나마나한 질문을 했다. 둘 다 20대였고 매력적인 금발에 환하게 미소를 짓고 있었다.

"제가 언니예요. 몇 살 차이 안 나지만요."

맥킨지 워드가 말했다.

그들은 악수를 주고받았다.

"자매가 어떻게 같은 신문사에서 일하게 되고, 더군다나 한 팀으로 취재를 다니게 됐나?"

가르시아가 물었다.

"제가 2, 3년 먼저 들어왔고 나중에 에미가 들어왔어요. 뭐 대단히 놀라운 일은 아닌 것 같은데요. 둘이 함께 취재한 적도 많아요. 어떤 사진기자하고 나가느냐는 그때그때 상황에 따라 달라요. 오늘은 함께 나왔지만, 내일은 그렇게 안 될 수도 있어요."

"먼저 사진부터 찍어도 괜찮을까요? 이거 끝나고 나서 곧바로 다른 곳 취재가 있어서요."

에미가 말했다.

"물론이지. 어디서 찍으면 좋을까?"

가르시아가 무한 친절을 베풀었다.

에미 워드는 사건 파일이 펼쳐져 있는 회의탁자 앞에 가르시아를 앉게 하고 사진 찍을 준비를 하기 시작했다. 사건 파일은 사진 찍을 때 소품으로 쓰려고 보슈가 가져온 거였다. 준비를 하는 동안 보슈와 맥킨지 워드는 한쪽 옆으로 비켜서서 담소를 나누었다. 둘은 이미 길게 통화를 했었고, 맥킨지 워드는 거래에 합의를 했었다. 인터뷰 다음 날 신문에 기사를 내면 보슈가 살인범을 잡을 경우 독점 취재권을 그녀에게 준다는 조건이었다. 맥킨지 워드가 쉽게 합의를 해준 것은 아니었다. 먼저 나서서 서투르게 의사를 타진했던 가르시아는 그녀가 시큰둥한 반응을 보이자 보슈에게 협상해보라고 넘겼다. 현명한 보슈는 기사를 실을 날짜와 기사 내용에 관해 경찰국이 간섭하는 것을 좋아할 기자는 한 명도 없다는 것을 알고 있었다. 그래서 보슈는 기사 내용은 포기하고 실을 날짜에만 집중했다. 맥킨지 워드가 보슈 자신의 목적에 부합되는 기사를 쓸 수 있고 써줄 것이라는 가정 하에 움직였다. 보슈는 가능하면 빨리 기사가 실리기를 바랐다. 키즈 라이더가 이날 오후에 판사와 면담 약속을 잡아놓고 있었다. 감청 허가가 떨어지면 다음 날 아침까지는 준비가 끝날 것이었다.

"벌로런 부인한테는 알려놓으셨어요?"

맥킨지 워드 기자가 보슈에게 물었다.

"그럼요, 오후 내내 집에 있을 거고 인터뷰를 할 준비가 되어 있어요."

"그 당시 기사들을 다 읽어봤어요. 내가 여덟 살 때 일어났던 일이더라고요. 기사에는 피해자의 아버지와 식당에 대한 언급이 몇 번 있었는데요. 그 아버지도 오늘 만나볼 수 있을까요?"

"아뇨. 그는 떠나고 없어요. 그리고 이건 어머니의 이야깁니다. 17년간이나 딸의 침실을 털끝 하나 건드리지 않고 그대로 보존했던 사람이 바로 그 어머니였어요. 원한다면 침실을 촬영해도 된다고 허락도 했고."

"정말이요?"

"정말이요."

맥킨지 워드는 자기 동생이 가르시아를 찍을 준비를 하는 것을 바라보았다. 보슈는 맥킨지가 무슨 생각을 하고 있는지 알았다. 침실에서 세월에 갇혀 있는 어머니를 찍은 사진이 탁자 위에 자료를 놓고 앉아 있는 늙은 형사의 사진보다 훨씬 더 좋은 사진이 될 거라고 생각하고 있었다. 맥킨지는 자기 지갑을 뒤지기 시작하면서 보슈를 쳐다보았다.

"그럼 전화해서 에미를 계속 데리고 있을 수 있는지 알아봐야겠네요."

"그렇게 해요."

맥킨지 워드는 사무실을 나갔다. 아마도 피해자의 어머니를 인터뷰하면서 더 좋은 사진을 찍을 기회가 생겼으니까 에미를 계속 쓰겠다고 편집자에게 말하는 걸 가르시아가 듣게 될까 봐 그러는 것 같았다.

3분 후에 돌아온 맥킨지는 보슈에게 고개를 끄덕여 보였고, 보슈는 그것을 에미가 계속 있게 됐다는 뜻으로 받아들였다.

"그러니까 이거 내일 실리는 거죠?"

보슈는 다시 한 번 확인을 했다.

"창문 기사로 배정됐어요. 편집장이 기다렸다가 일요일 특집기사로 멋들어지게 내자는데, 경쟁지가 먼저 내면 어쩌느냐고 안 된다고 했어요. 〈타임스〉를 누를 절호의 기회라고요."

"잘했어요. 그런데 〈타임스〉가 아무것도 안 내면 뭐라고 하지 않을까? 당신이 속였다는 걸 알게 될 텐데."

"아뇨, 우리가 선수를 쳐서 〈타임스〉가 기사를 포기한 거라고 생각할 거예요. 늘 있는 일이거든요."

보슈는 생각에 잠긴 표정으로 고개를 끄덕인 후에 물었다.

"창문 기사로 배정됐다는 말이 무슨 뜻이죠?"

"우린 날마다 1면에 사진을 곁들인 특집 기사를 실어요. 그게 1면 중앙에 오기 때문에 거리에 있는 신문 자판기 진열창을 통해 볼 수 있어요. 그래서 창문 기사라고 부르죠. 제일 명당자리예요."

"그렇군."

보슈는 기사가 만들어낼 드라마를 생각하니 흥분이 되었다.

"여러분들이 지금 나를 속이는 거라면, 절대 잊지 않을 거예요."

맥킨지가 조용히 말했다.

위협적인 어조였다. 기자의 강단이 서서히 드러나고 있었다. 보슈는 아무것도 감출게 없다는 듯 양팔을 활짝 펴보였다.

"그런 일은 없을 거요. 독점기사는 당신한테 줄 거니까. 감청을 하자마자 당신한테 전화할 거요. 당신한테만."

"고마워요. 자, 그럼, 규칙을 다시 한 번 짚고 넘어가죠. 기사에 형사님 이름을 밝히면서 인용보도는 할 수 있지만 사진 게재는 안 된다, 맞죠?"

"맞아요. 잠복근무를 하게 될 수도 있어서 그래요. 내 얼굴이 신문에 나는 건 원치 않아요."

"알았어요. 근데 무슨 잠복근무요?"

"그건 지금 알 수 없고. 할 수도 있으니까 만일의 상황에 대비하겠다는 거요. 더욱이, 사진을 찍으려면 저기 경정님을 찍는 게 더 낫죠. 나보다 훨씬 더 오랫동안 이 사건을 맡았었으니까."

"기사에 필요한 건 스크랩 기사와 이전에 통화한 내용으로 대부분 확보한 것 같긴 하지만, 단 몇 분이라도 두 분과 마주 앉아서 이야기를 나누고 싶은데요."

"얼마든지."

"끝났어."

몇 분 후 에미 워드가 말했다. 그러고는 장비를 분해하기 시작했다.

"사진부 데스크에 전화해 봐. 일정에 변화가 있을 거야. 넌 계속 나랑 같이 다니는 걸로."

"알았어."

별 관심 없다는 듯한 얼굴로 에미가 말했다.

"인터뷰하고 있을 테니까 나가서 전화하고 와. 최대한 빨리 돌아가서 기사를 써야겠어."

맥킨지가 말했다.

사진기자는 근무일정 변경 사항을 확인하러 밖으로 나갔고 취재기자와 보슈는 회의 탁자를 가운데 두고 가르시아 경정과 마주 앉았다. 맥킨지는 먼저 가르시아에게 그토록 오랫동안 이 사건을 잊지 않고 있었던 이유와 미해결 사건 전담반에 재수사를 촉구하게 된 계기가 무엇인지 물었다. 가르시아가 형사들을 괴롭히는 사건들에 관해 횡설수설하는 것을 들으면서 보슈의 마음속에서는 그에 대한 경멸감이 치밀어 올랐다. 보슈는 기자가 모르는 것을 알고 있었다. 가르시아가 알고 했든 모르고 했든 간에 17년 전에는 그 사건 수사가 올바른 방향으로 가지 못하게 막는 것을 도왔다는 사실을 알고 있었다. 자기가 맡은 사건 수사가 어떤 식으로든 조작이 되었다는 것을 가르시아 자신은 몰랐던 것처럼 보였다. 그런 모습을 보니 보슈의 마음이 좀 누그러지는 것 같았다. 그러나 그런 것을 보면 가르시아 개인이 부패했거나 경찰국 상부의 압력에 굴복한 것 같지는 않다고 해도, 적어도 그가 무능했다는 것을 보여주는 증거는 되었다.

취재기자는 가르시아에게 몇 가지 질문을 더 던진 후 보슈에게로 관심을 돌려 17년이 지난 지금 그 사건 수사에 어떤 새로운 상황이 발생했는지 물었다.

"제일 중요한 것은 총을 쏜 사람의 DNA를 확보했다는 거요. 살인에 사용된 무기에서 채취한 세포조직과 혈흔을 과학수사계가 보관하고 있었죠. 그걸 분석해서 법무부 데이터베이스에 DNA 정보가 들어 있는 전과자의 것인지 찾아내거나, 그걸 비교해서 용의자들을 용의 선상에서 배제하거나 새로운 용의자를 확보할 수 있게 될 거라고 기대하고 있지요. 현재 우리는 사건 관계자 전원에 대해 조사를 진행하고 있어요. 용의자로 판단되는 사람의 DNA를 우리가 갖고 있는 것과 대조해볼 거죠. 1988년에는 가르시아 경정님이 할 수 없었던 일이지만, 지금은 가능하거든요. 이번에는 상황이 달라질 거라고 믿고 있어요."

보슈는 살인에 사용된 권총에서 총을 쏜 사람의 DNA 샘플을 추출해 낸 경위를 좀 더 자세히 설명했다. 취재기자는 이 우연한 발견에 상당한 관심을 보이면서 상세하게 메모를 했다.

보슈는 흡족했다. 그는 총과 DNA 이야기가 신문에 실리기를 바랐다. 맥키가 그 기사를 읽고 자기 DNA가 발견됐다는 것을 알게 되기를 바랐다. 자기 DNA가 비교 분석되고 있다고 생각하기를 바랐다. 맥키는 자기 DNA 샘플이 이미 법무부의 데이터베이스에 들어 있다는 것을 알고 있을 터였다. 보슈는 맥키가 이 기사를 읽고 극도의 공포에 휩싸이기를 기대했다. 어쩌면 맥키는 도주를 하려 할 수도 있고, 누군가에게 전화를 걸어 그 범죄에 대해 의논할 수도 있었다. 어떤 것이든 실수를 하나만 해주면 족했다.

"법무부에서 결과는 언제 나오나요?"

맥킨지가 물었다.

보슈는 대답을 망설였다. 기자에게 대놓고 거짓말을 하고 싶지는 않았다.

"그게 좀 말하기가 곤란해요. 법무부는 비교분석 요청에 우선순위를 매겨 작업을 하고 있어서 빨리 나오기도 하고 좀 오래 걸리기도 하죠. 조만간 나올 겁니다."

보슈가 자기 대답에 만족하고 있는데, 취재기자가 그의 참호에 수류탄을 한 개 더 던져 넣었다.

"인종적인 측면은 어떤가요? 스크랩 기사를 전부 읽어봤지만 피해자가 혼혈아였다는 사실과 관련해서는 아무런 문제 제기도 이루어지지 않았던 것 같은데요. 인종적인 측면이 이 살인 사건의 동기로 작용했을 거라고는 생각 안 하세요?"

보슈는 가르시아를 흘끗 쳐다보면서 구원요청을 했다.

가르시아가 나섰다.

"그 점에 관해서는 1988년에 충분히 조사가 됐소. 인종문제가 관련되었다고 생각할 만한 증거가 전혀 발견되지 않았지. 그런 사실이 기사에는 나오지 않았던 모양이구만."

취재기자는 보슈를 바라보았다. 그 문제에 대해 현 담당자의 견해도 듣고 싶은 거였다.

"사건 자료를 철저히 재검토했지만 인종문제가 동기로 작용했을 거라고 판단할 만한 근거는 전혀 발견하지 못했어요. 현재 우리가 전면적으로 끝까지 재수사를 하고 있으니까, 범죄 동기로 작용했을 수도 있는 요소가 있다면 조만간 찾아낼 겁니다."

보슈가 말했다.

보슈는 맥킨지 워드를 쳐다보면서 그녀가 그의 대답에 만족하지 않고 좀 더 꼬치꼬치 캐물을 경우를 대비했다. 인종문제가 관련이 있다는 것을 기사에 살짝 흘려놓으면 어떨까 생각해보았다. 그러면 맥키에게서 반응이 나올 가능성이 더 높아질 것 같았다. 그러나 맥키에게 경찰이 얼마나 가까이 왔는지 알려줄 수도 있겠다 싶었다. 그래서 보슈는 이 정도의 대답으로 끝내기로 했다.

취재기자는 더 캐묻지 않고 수첩을 덮었다.

"지금은 이 정도로 충분한 것 같네요. 벌로런 부인을 만나러 가야겠어요. 인터뷰가 끝나면 빨리 신문사로 돌아가서 기사를 쓰고요. 그래야 내일 자에 낼 수 있을 테니까요. 비상 연락이 가능한 전화번호 한 개 주시겠어요, 보슈 형사님? 연락할 필요가 있을 때 빨리 할 수 있게 말이에요."

보슈는 맥킨지 워드에게 한 방 먹었다고 생각했다. 그는 마지못해 자기 휴대전화 번호를 알려주었다. 이제 보슈의 직통 전화번호를 갖게 된 맥킨지 워드가 어떤 사건, 어떤 기사와 관련해서든 연락을 시도할 수 있게 된 것이다. 거래를 위해 지불한 마지막 대금이었다.

모두 자리에서 일어섰다. 어느새 에미 워드가 조용히 들어와 인터뷰가 진행되는 동안 문 옆 자리에 앉아 있었던 모양이었다. 보슈와 가르시아는 두 여기자에게 와줘서 고맙다고 말한 후 작별 인사를 했다. 보슈는 가르시아와 함께 사무실에 남았다.

"잘된 것 같군."

문이 닫힌 후 가르시아가 말했다.

"그래야지요. 내 휴대전화 번호까지 희생시켰는데요. 3년 동안 그 번호를 썼는데, 이제 번호를 바꾸고 모두에게 새 번호를 알려줘야 하게 생겼네요. 정말 귀찮은데."

보슈가 말했다.

가르시아는 불평을 못 들은 척했다.

"이 맥키라는 친구가 기사를 볼 거라고 어떻게 장담하지?"

"장담 못 합니다. 실은, 난독증인 것 같거든요. 글을 아예 못 읽을 수도 있어요."

가르시아가 입을 떡 벌렸다.

"그럼 뭐 하러 이런 일을 하는 거요?"

"걱정 마세요. 맥키가 기사에 대해 알게 할 방법이 있습니다. 다 준비해뒀죠. 그건 그렇고 어제부터 또 한 명의 이름이 튀어나왔는데요. 윌리엄 버카트라고, 그때나 지금이나 맥키의 동료인 것 같습니다. 경정님이 수사를 하실 당시엔 빌리 블리츠크리그로 통했는데. 혹시 들어보신 적 있습니까?"

가르시아는 아까 카메라 앞에서 보여줬던 것처럼 깊이 생각에 잠긴 표정을 짓더니 자기 책상 뒤로 돌아갔다. 그러고는 고개를 가로저었다.

"처음 듣는 이름인 것 같은데."

가르시아가 말했다.

"그렇겠죠. 들었다면 기억이 났을 테니까요."

가르시아는 그대로 서서 책상 위로 허리를 굽히고 일정표를 바라보았다.

"가만있자, 다음 일정이 뭐였더라?"

"저랑 얘기하는 겁니다, 경정님."

보슈가 말했다.

가르시아가 보슈를 쳐다보았다.

"무슨 얘기?"

"새로이 알게 된 이 문제에 대해 몇 분 더 이야기를 나누면서 정리를 하고 싶은데요."

"무슨 문제 말이오? 그 블리츠크리그라는 친구?"

"그렇습니다. 그리고 기자가 물어봤고 우리가 거짓으로 대답한 문제에 대해서도요. 인종문제라는 측면이요."

보슈는 가르시아의 얼굴이 돌처럼 굳어지는 것을 지켜보았다.

"기자에게도 어제 당신에게도 거짓말한 적 없는데. 그런 걸 발견하지 못했다니까 그러네. 우리는 이 사건에 인종문제가 관련이 있다는 근거는 전혀 찾지 못했소."

"우리요?"

"내 동료와 나 말이오."

"확실합니까?"

가르시아의 책상 위에 놓인 전화기에서 전화벨이 울렸다. 가르시아는 수화기를 거칠게 집어 들더니 "전화 연결하지 말고, 방해하지 마."라고 말하고는 수화기를 던지듯이 내려놓았다.

"형사, 자네가 누구와 대화하고 있는지 잊지 말아줬으면 좋겠군. '확실합니까?'라니, 무슨 뜻으로 하는 말인가? 무슨 말을 하는 거지?"

"저보다 높은 경정님께 마땅히 존경을 표하면서 말씀드리겠습니다.

1988년 당시 인종문제 측면에 대한 수사는 차단되었습니다. 인종문제가 관련이 있다는 근거는 전혀 보지 못했다고 하셨는데 그 말씀을 믿습니다. 알고 계셨다면 미해결 사건 전담반의 프랫 반장에게 전화를 걸어 DNA 증거가 있다는 걸 상기시켰을 것 같지는 않으니까요. 경정님은 모르셨다고 하더라도, 동료는 분명히 알고 있었을 겁니다. 동료가 이 사건과 관련하여 상부에서 압력이 있었다는 말을 한 적은 없습니까?"

"론 그린은 내가 알았던 혹은 함께 일했던 형사들 중에 가장 훌륭한 형사였어. 자네가 그의 평판을 더럽히게 내버려 두지 않겠네."

두 사람은 책상을 사이에 두고 1미터 정도 떨어져 서서 서로를 노려보고 있었다.

"평판 따위는 관심 없습니다. 진실에 관심이 있죠. 어제 그린 형사가 사건 발생 후 몇 년 있다가 자살했다고 하셨는데요. 이유가 뭐죠? 유서가 있었습니까?"

"그야 물론 짐 때문이지, 형사. 그 짐을 더 이상 견뎌낼 수가 없었던 거야. 잡아넣지 못한 범인들 때문에 자책을 했던 거지."

"잡아넣지 않은 범인들 아닐까요?"

가르시아는 보슈를 향해 분노의 삿대질을 했다.

"어디서 감히. 자넨 지금 살얼음 위를 걷고 있는 거야, 보슈. 내가 6층으로 전화 한 통만 걸면 자넨 오늘 해가 떨어지기 전에 거리로 쫓겨날 걸세. 알겠나? 자네에 대해 좀 알고 있지. 그만뒀다가 어제 복귀했더군. 그러니 절차고 뭐고 없이 전화 한 통화면 바로 쫓겨나는 거야. 알겠나?"

"그럼요, 알다마다요."

보슈는 책상 앞에 있는 의자에 앉았다. 그러면서 방 안의 긴장이 약간이라도 완화되길 바랐다. 가르시아도 망설이다가 따라 앉았다.

"자네가 방금 한 말은 대단히 모욕적이었네."

가르시아가 화난 목소리로 말했다.

"죄송합니다, 경정님. 경정님이 뭘 알고 계셨나 알아보려고 했던 겁니다."

"무슨 말인지 모르겠군."

"죄송합니다만, 분명히 경찰 수뇌부가 이 사건의 수사를 방해했습니다. 지금 단계에서 누군지 이름을 밝히고 싶지는 않습니다. 아직 현직에 있는 분들도 있으니까요. 하지만 분명한 건 이 사건이 인종문제와 깊은 관련이 있다는 겁니다. 맥키와 버카트가 관련된 것만 봐도 그렇죠. 그리고 그 당시에는 맥키나 버카트가 수사 선상에 오르지 않았지만, 그들의 관련성을 보여주는 증거들은 권총을 비롯하여 다수 있었습니다. 전 경정님이 수사 조작에 관여했는지 알아내야 했습니다. 그런데 경정님 반응을 보니 관여하지 않은 게 확실한 것 같군요."

"그렇지만 내 동료는 관여를 했고, 그 사실을 나한테는 비밀로 했다는 말 아닌가."

보슈는 고개를 끄덕였다.

"불가능한 일이야. 론과 나는 가까운 사이였네."

가르시아가 항변했다.

"팀 동료들은 다들 가까운 사입니다, 경정님. 하지만 그런 비밀을 나눌 정도로 친하지는 않죠. 제가 이해한 바로는, 경정님은 서류 작업을 담당하셨고, 그린 형사가 수사를 주관한 것 같은데요. 그린 형사가 경찰국 상부로부터 압력을 받았다고 하더라도 경정님께는 그 사실을 비밀로 했을 수도 있습니다. 그랬던 것 같군요. 경정님을 보호하려는 것일 수도 있겠고, 그런 압력에 속수무책인 자신이 부끄러웠을 수도 있겠죠."

가르시아는 보슈로부터 눈길을 거두고 책상을 내려다보았다. 보슈는 그가 기억을 더듬고 있다는 것을 알 수 있었다. 돌처럼 굳어 있던 표정이 서서히 풀어지고 있었다.

"뭔가 이상하다는 걸 나도 알고 있었던 것 같군. 처음부터는 아니고 중간에 말이야."

가르시아가 조용히 말했다.

"어떻게 아셨습니까?"

"수사 초기에 우리는 그 부모를 한 사람씩 나눠 맡기로 했었어. 론이 아버지를 맡았고 나는 어머니를 맡았지. 따로 조사를 했던 거야. 근데 론은 그 아버지한테 시달리고 있었네. 그 아버지라는 사람이 굉장히 변덕스러운 사람이었거든. 줄곧 수동적인 태도를 보이다가 어느 날부터 갑자기 론을 따라다니면서 결과를 내놓으라고 닦달을 하기 시작했어. 하지만 그것 말고 다른 뭐가 더 있었던 것 같은데 론은 아무 말도 안 해 주더군."

"그게 뭔지 물어보셨나요?"

"그럼, 물어봤지. 그냥 그 아버지가 다루기 힘든 사람이라고만 하더군. 인종에 대해 피해망상이 있어서 자기 딸이 혼혈아이기 때문에 살해됐다고 생각하더래. 그러고 나서 론이 한 말은 지금도 잊히지가 않아. '근데 그쪽으로는 갈 수 없어.' 그 말만 했지. 내가 아는 론 그린은 그런 말을 할 사람이 아닌데 싶은 생각에 의아했었네. 그쪽으로는 갈 수 없다니. 내가 아는 론 그린은 수사가 흘러가는 대로 어느 방향으로라도 쫓아가는 사람이었거든. 그에게는 갈 수 없는 곳, 성역이란 게 없었네, 전혀. 적어도 그 사건 전까지는."

가르시아가 보슈를 올려다보자 보슈는 목례를 해보였다. 솔직하게 말해줘서 고맙다는 표시였다.

"그 일이 나중에 일어난 일에도 영향을 미쳤다고 생각하십니까?"

보슈가 물었다.

"자살 말인가?"

"네."

"그럴 수도 있겠지. 글쎄, 잘 모르겠네. 어떤 일이라도 가능하겠지. 그 사건 이후로 우린 서로 다른 길로 갔어. 동료와의 관계에서 아쉬운 건, 함께 일하다가 헤어지고 나면, 나눌 이야기가 별로 없어진다는 거야."

"맞습니다."

보슈가 말했다.

"난 경위로 승진한 후 77번가(街) 경찰서에 배속됐지. 어느 날 간부 회의에서 론이 죽었다는 소식을 들었어. 공지사항으로 나오더군. 그게 우리가 그동안 얼마나 멀어졌는지를 보여주는 단적인 예라고 생각하네. 론이 자살한 걸 일주일이나 지나서 알게 됐으니."

보슈는 고개를 끄덕이기만 했다. 할 말이 떠오르지 않았다.

"사실, 지금도 간부 회의에 들어가 봐야 하네, 형사. 자네도 가봐야 할 시간이고."

가르시아가 말했다.

"알겠습니다, 경정님. 그런데 상부에서 론 그린 형사를 그렇게 강하게 압박하려면 뭔가 꼬투리가 있었을 것 같은데요. 혹시 뭐 기억나는 것 없습니까? 당시 감찰계 형사가 그린 형사를 따라다니진 않았나요?"

가르시아는 고개를 설레설레했다. 보슈의 질문에 '아니다'라고 대답을 하는 것이 아니었다. 뭔가 다른 것이 있었다고 말하고 있는 거였다.

"이놈의 경찰국에는 살인 사건을 수사하는 형사보다 경찰을 조사하는 형사가 더 많다는 게 문제야. 내가 최고 권력자가 되면 그것부터 바꿔야겠다 싶어."

"론 그린 형사에 대한 조사가 있었다는 말입니까?"

"인사기록에 허물이 하나도 안 적혀 있는 사람이 드물 거란 말일세.

물론 론에 대한 파일도 있었네. 용의자를 폭행한 혐의를 받았었어. 기가 막힌 일이었지. 론이 그 애를 차 뒷칸에 태우는 데 아이가 머리를 부딪쳐서 몇 바늘 꿰맸어. 별것 아니었단 말이야, 알겠나? 근데 알고 보니까 이 애가 상당한 연줄이 있었고, 감찰계가 그냥 안 넘어가더라고."

"그럼 그걸 꼬투리 잡아서 수사에 관여할 수 있었겠군요."

"그랬을 수도 있겠지, 자네가 음모론을 얼마나 믿느냐에 따라 다르겠지만."

LA 경찰국이라면 그런 음모를 꾸미고도 남았을 거라고 믿습니다, 보슈는 이렇게 생각했지만 입 밖으로 내지는 않았다. 대신 그는 이렇게 말했다.

"알겠습니다, 경정님. 이제 그림이 보이는 것 같군요. 가보겠습니다."

보슈는 자리에서 일어났다.

"자네가 이 모든 것을 다 알아야 한다는 건 이해하네. 하지만 나를 그렇게 공격해댄 건 불쾌하군."

가르시아가 말했다.

"죄송합니다, 경정님."

"아니, 죄송해하지 않는 거 알아, 보슈 형사. 진심이 아니라는 거."

보슈는 아무 말도 하지 않았다. 문을 향해 걸어가서 문을 열었다. 가르시아를 돌아보며 뭔가 할 말을 생각해내려고 애를 썼지만 아무 말도 생각나지 않았다. 보슈는 그냥 돌아서서 걸어 나간 후 조용히 문을 닫았다.

# 23

## 72시간

보슈가 도착했을 때 키즈 라이더는 아직도 앤 뎀차크 판사실 밖 대기실에 앉아 있었다. 오후 중반 밴 나이스에서 시내로 돌아가는 차들이 많아 거북이 운행을 하면서 보슈는 판사와의 면담을 놓쳤을 수도 있겠다고 생각했었다. 라이더는 잡지를 읽고 있었다. 그 모습을 본 보슈는 자기라면 수사가 이 정도로 진행됐을 때 한가롭게 잡지를 뒤적이고 있지는 못할 거라는 생각이 먼저 들었다. 그는 오로지 한 가지 일에만 집중했다. 이상하게도 자신의 그런 성격이 파도타기와 비슷하다는 생각이 들었다. 그렇게 한 가지 일에만 집중하는 것이 1964년 여름 양부모의 집을 뛰쳐나와 해변에서 살던 그때 이후로 한 번도 해보지 못했던 파도타기와 비슷하다는 생각이 들었다. 그로부터 수십 년이 흘렀지만 아직도 그 물 터널이 기억났다. 파도타기의 목표는 그 물 터널 속으로, 물이 완벽하게 회오리바람을 일으키며 돌고 있는 곳, 물과 보드 말고는 아무것도 없는 그 물 터널 속으로 자신을 몰아넣는 거였다. 지금 보슈가 바로 그런 물 터널 속에 있었다. 수사 외에는 아무것도 없었다.

"얼마나 기다리고 있는 거야?"

보슈가 물었다.

라이더가 손목시계를 살펴보았다.

"40분 정도요."

"판사는 줄곧 저 안에서 영장을 검토하고 있고?"

"네."

"걱정돼?"

"아뇨. 전에도 만난 적이 있어요. 선배가 떠나고 나서 할리우드에서 맡은 사건 때문에 한 번. 꼼꼼한 사람이에요. 처음부터 끝까지 다 읽어요. 그래서 시간이 좀 걸리지만, 좋은 판사들 중 한 명이에요."

"내일 기사가 나갈 거야. 오늘 서명을 받아야 돼."

"알아요, 선배. 긴장 풀어요. 앉아요."

보슈는 그대로 서 있었다. 판사들은 돌아가면서 영장 심사 업무를 맡았다. 뎀차크가 걸린 것은 행운이었다.

"난 한 번도 만난 적 없어. 검사 출신이야?"

보슈가 말했다.

"아뇨. 그 반대예요. 국선 변호인이었어요."

보슈는 끙 하고 신음 소리를 냈다. 경험으로 볼 때 형사 사건 담당 변호사로 일하다가 판사가 된 사람들은 하나같이 법정에 선 피고인에게 조금이라도 호의를 보였다.

"큰일 났군."

보슈가 말했다.

"큰일 안 났어요. 괜찮을 거예요. 제발 좀 앉으세요. 왜 자꾸 불안하게 만들어요?"

"주디 샴페인은 아직도 판사로 있나? 주디 샴페인한테 갖고 가자."

주디 샴페인 판사는 검사 출신이었고 전직 형사와 결혼한 유부녀였다. 다들 남편이 잡고 아내가 요리한다고 놀려대곤 했었다. 주디 샴페인이 판사가 된 후로 보슈는 영장을 청구할 때 그녀를 즐겨 찾았다. 그녀가 경찰에게 호의적이기 때문이 아니었다. 호의적이지 않았다. 대신 그녀는 대단히 공정했고, 보슈는 그 점을 높이 샀다.

"아직 판사긴 하지만 우리가 돌아다니면서 수색영장을 사 모으는 게 아니잖아요. 알면서 왜 그래요, 선배. 이제 좀 앉아주실래요? 보여줄 게 있어요."

보슈는 라이더 옆 의자에 앉았다.

"뭔데?"

"버카트의 보호관찰 기록을 구했어요."

라이더는 가방에서 파일을 꺼내 펼쳐서 커피 탁자 위에 놓고 보슈 앞으로 밀었다. 그러고는 가석방 허가서의 어느 줄 위를 손가락으로 톡톡 쳤다. 보슈는 윗몸을 숙이고 허가서를 읽었다.

"1988년 7월 1일 웨이사이드에서 가석방으로 풀려남. 7월 5일 밴 나이스 가석방·보호 관찰국에 신고."

보슈는 허리를 펴고 앉아 라이더를 쳐다보았다.

"이 친구도 용의 선상에 올려야겠군."

"그러니까요. 버카트는 1월 27일 유대교 회당에 대한 공공기물 파손죄로 체포됐어요. 보석 신청은 하지 않았고, 판결 선고 전 구금일수의 산입 조항(재판까지의 기간을 형량에 합산시키는 제도-옮긴이) 덕분에 웨이사이드에서는 5개월만 살고 가석방됐죠. 베키 사건에 개입했을 가능성이 충분히 있어요, 선배."

그림 조각들이 하나 둘씩 맞춰지자 보슈는 흥분이 되기 시작했다.

"좋아, 좋아. 영장 고쳐서 버카트까지 포함시켰어?"

"집어넣긴 했는데, 크게 부각은 안 시켰어요. 아직까지는 직접적인 관련이 있는 사람은 맥키라서요, 권총 때문에."

보슈는 고개를 끄덕이고는 방 안 저편에 있는 판사 서기의 빈 책상을 바라보았다. 책상 위 명패에는 'KATHY CHRZANOWSKI'라고 적혀 있었다. 보슈는 저 이름은 어떻게 발음할까, 그리고 저 이름의 주인은 어디 갔을까 궁금했다. 그러다가 그는 판사실 안의 상황에 대해 추측하지 않기로 결심했다.

"가르시아 경정에게 들은 최신 소식 알려줄까?"

보슈가 물었다.

라이더는 보호관찰 기록 파일을 가방에 도로 집어넣고 있었다.

"네."

다음 10분간 보슈는 가르시아의 사무실로 찾아갔던 일, 신문사 인터뷰, 그리고 마지막에 경정이 털어놓은 이야기를 들려주었다.

"경정이 전부 다 말해준 것 같아요?"

라이더가 물었다.

"경정이 그 당시에 일어난 일에 대해 알고 있는 바를 사실대로 다 말해준 것 같냐고? 아니, 말해주고 싶은 만큼은 말해준 것 같은데."

"난 가르시아 경정도 그 거래에 대해 알고 있었을 거라고 생각해요. 팀 동료가 그런 거래를 하는데 다른 동료가 몰랐을 리가 없어요. 더군다나 그렇게 중대한 거래를요."

"알고 있었다면, 뭐하러 프랫에게 전화를 걸어서 DNA를 법무부 데이터베이스에 넣고 돌려보라고 했겠어? 지난 17년 동안 그랬던 것처럼 가만히 깔고 앉아 있을 일이지."

"반드시 그렇지만은 않아요. 죄책감이 이상한 방식으로 표출되기도 하거든요. 어쩌면 그 세월동안 가르시아가 죄책감에 괴로워하다가 자기도 할 만큼 했다고 자위하려고 프랫에게 전화를 건 걸지도 몰라요. 게다가, 당시에 어빙하고 거래를 했던 거잖아요. 새 국장이 취임하면서 어빙이 한직으로 내쳐졌으니 제보를 해도 안전하겠다고 생각했을 수도 있고요."

보슈는 그린이 괴로워했다면 잡아넣지 못한 범인들이 아니라 잡아넣지 않은 범인들 때문이 아니냐는 자신의 말에 가르시아가 보인 반응에 대해 생각해보았다. 가르시아가 그렇게 화를 낸 건 괴로워했던 사람이 그린이 아니라 가르시아 자신이었기 때문인지도 모른다는 생각이 들었다.

"글쎄, 잘 모르겠어. 어쩌면…."

보슈의 휴대전화가 울렸다. 주머니에서 전화기를 꺼내는데 라이더가 말했다.

"들어가기 전에 끄는 게 좋을걸요. 뎀차크 판사는 자기 사무실에서 휴대전화가 울리는 것 질색한대요. 전화벨이 울려서 전화기를 압수당한 검사도 있다던데요."

보슈는 고개를 끄덕이고는 전화기를 펼쳐 전화를 받았다.

"보슈 형사님?"

"네."

"타라 우드예요. 우리 만날 약속이 되어 있던 것 아닌가요?"

타라 우드가 말을 끝맺기도 전에 보슈는 CBS에서 그녀를 만나기로 했던 것과 만나기 전에 점심으로 검보를 먹고 들어가기로 했던 것을 까맣게 잊고 있었다는 게 퍼뜩 기억이 났다. 이제까지 점심 먹을 시간도 없었다.

"타라, 정말 미안해요. 다른 일이 생겨서 뛰어다니느라고 바빴어요.

전화를 했어야 했는데 깜박했군요. 그래도 만나줄 의향이 있다면, 약속 시간을 다시 잡읍시다."

"네, 그래요. 실은 여기 드라마 작가 두 명이 기다리고 있었거든요. 형사님을 만나보고 싶어 해서요."

"무슨 드라마요?"

"〈콜드 케이스〉요. 기억하시죠, 우리가 그…."

"아, 맞아요, 〈콜드 케이스〉. 미안합니다."

이제 보슈는 그다지 미안하지 않았다. 타라 우드는 보슈와의 만남을 드라마 홍보에 이용하려고 했다. 보슈는 타라 우드에게 레베카 벌로런에 대한 감정이 남아 있기나 한지 궁금했다. 그의 생각을 읽었는지 타라 우드가 수사에 대해 물었다.

"수사와 관련해서 무슨 일이 있는 거예요? 그래서 못 오신 거예요?"

"비슷해요. 그래요, 무슨 일이 있긴 있죠. 수사에 진전이 있긴 하지만 지금 말해줄 수는 없어요. 어젯밤에 말해준 이름에 대해 생각 좀 해봤어요? 롤랜드 맥키에 대해서? 들어본 이름인가요?"

"아뇨, 아직도요."

"다른 이름도 하나 있어요. 윌리엄 버카트. 빌 버카트라고도 하고. 어때요?"

우드가 기억을 더듬는 동안 긴 침묵이 흘렀다.

"아뇨, 죄송해요. 모르는 사람인 것 같아요."

"빌리 블리츠크리그라는 이름은요?"

"빌리 블리츠크리그요? 지금 농담하시는 거죠?"

"아뇨, 왜요? 아는 이름인가요?"

"아뇨, 전혀요. 헤비 메탈 록 가수 이름 같은데요."

"아니, 아닌데. 그러니까 지금 말한 이름들 중에 들어본 이름이 하나도 없다는 거죠?"

"죄송해요, 형사님."

무슨 소리가 들려 보슈가 고개를 들었더니 판사실 열린 문 앞에서 한 여자가 그들을 부르고 있었다. 라이더가 보슈를 쳐다보며 손가락으로 목을 가로로 베며 그만 끊으라는 시늉을 했다.

"저기, 타라, 이만 끊어야겠어요. 만날 약속은 최대한 빨리 전화해서 잡을게요. 다시 한 번 미안하고, 금방 전화할게요. 고마워요."

보슈는 우드가 대답하기 전에 얼른 전화기를 덮고 전원을 껐다. 그러고는 라이더를 따라 아까 그 어려운 이름의 서기일 것 같은 여자가 붙잡고 있는 문 안으로 걸어 들어갔다.

문 맞은편에 보이는 전면 유리창에는 블라인드가 내려져 있었다. 책상에 놓인 스탠드 불빛만이 판사실을 밝히고 있었다. 책상 뒤에는 60대 후반으로 보이는 여자가 앉아 있었다. 짙은 갈색의 커다란 책상 뒤에 앉아 있어서 그런지 왜소해 보였다. 친절한 표정을 짓고 있어서 보슈는 감청 허가를 받고 판사실을 나가게 될 것 같다는 희망을 품었다.

"형사분들, 어서 와서 앉으세요. 밖에 오래 세워놔서 미안합니다."

뎀차크 판사가 말했다.

"괜찮습니다, 판사님. 서류를 자세히 검토해주셔서 감사합니다."

라이더가 말했다.

보슈와 라이더는 책상 앞에 있는 의자에 앉았다. 판사는 검은색 법복을 입고 있지 않았다. 보슈는 방 한구석에 있는 모자걸이에 법복이 걸려 있는 것을 보았다. 모자걸이 옆 벽에는 뎀차크 판사가 지나치게 진보적이라는 악명을 떨치고 있는 캘리포니아 주 대법원 판사와 함께 찍은 사진이 든 액자가 걸려 있었다. 그것을 본 순간 보슈는 긴장이 되었다. 책상 위에도 사진 액자가 두 개 놓여 있었다. 하나에는 나이가 지긋

한 남자와 어린 사내아이가 골프채를 들고 있는 사진이 들어 있었다. 판사의 남편과 손자인 것 같았다. 다른 액자에는 아홉 살이나 열 살쯤 되어 보이는 어린 여자아이가 그네를 타고 있는 사진이 담겨 있었다. 사진 색이 바랜 것을 보니 옛날 사진이었다. 아마도 판사의 딸인 것 같았다. 보슈는 자식을 키워봤고 어린 손자까지 있다는 사실이 판사의 결정에 긍정적인 영향을 미칠 거라고 생각했다.

"영장을 받으려고 굉장히 서두르는 것 같은데. 무슨 긴급한 이유라도 있어요?"

판사가 말했다.

보슈가 라이더를 쳐다보자 라이더가 몸을 앞으로 비스듬히 숙이고 대답했다. 판사 앞에서는 라이더만 말하기로 했다. 보슈는 이 영장을 받아내는 것이 중요하다는 메시지를 판사에게 전하기 위해 들러리로 와 있는 거였다. 때로는 경찰도 로비스트가 되어야 했다.

"네, 판사님, 두 가지 이유가 있어요. 제일 중요한 이유는 내일자 〈데일리 뉴스〉에 이 사건 관련 기사가 실린다는 겁니다. 그러면 주요 용의자인 롤랜드 맥키가 다른 용의자들에게 연락해서 그 살인 사건에 관해 의논을 할지도 모르거든요. 그 용의자들 중 한 명은 이미 영장에 이름이 들어가 있고요. 영장에서 보시듯이 우리는 이 사건에 적어도 두 명 이상이 관련되어 있다고 판단하고 있지만, 현재 관련 증거를 찾아낸 용의자는 맥키뿐입니다. 신문 기사가 나올 때 우리도 때맞추어 감청을 할 수만 있다면, 맥키의 통화 내용을 듣고서 다른 관련자들의 신원을 파악할 수 있을 것 같습니다."

판사는 고개를 끄덕였지만 보슈와 라이더를 쳐다보지는 않았다. 그녀는 눈을 내리깔고 영장 신청서와 허가서를 보고 있었다. 심각한 표정이어서 보슈는 불길한 느낌이 들기 시작했다. 잠깐 침묵이 흐른 뒤 판사가 입을 열었다.

"서두르는 또 다른 이유는?"

잠깐 넋을 놓고 있었던지 라이더가 화들짝 놀라며 말했다.

"아, 네. 또 다른 이유는 롤랜드 맥키가 아직도 범죄 활동에 가담하고 있을 가능성이 있기 때문입니다. 이번에는 어떤 범죄를 저지르고 있는지 정확하게 알지는 못하지만, 맥키의 대화 내용 감청을 빨리 시작하면 할수록 그 정보의 진위를 빨리 확인하고 또 다른 피해자가 나오는 것을 좀 더 빨리 막을 수 있을 것 같습니다. 영장 청구서에서 보시듯이 우리는 맥키가 과거에 적어도 한 건의 살인 사건에 가담했었다는 사실을 알고 있습니다. 그래서 시간 낭비 하지 않는 게 좋겠다고 생각해서 서두르는 겁니다."

보슈는 라이더의 대답에 탄복했다. 판사가 영장 허가서에 서명하도록 강하게 압박하는, 철저하게 준비가 된 대답이었다. 더군다나 판사는 선출직 공무원이었다. 영장 신청 기각이 가져올 파장을 고려해야 했다. 경찰이 맥키의 통화 내용을 감청했다면 막을 수도 있었을 어떤 범죄를 맥키가 저질렀다면, 맥키의 사생활 보호권을 지켜주려는 판사의 노력에는 무관심한 유권자들로부터 책임 추궁을 당하게 될 터였다.

"알겠어요. 그럼, 구체적인 예를 들지는 못하면서도 맥키가 현재 범죄 활동에 가담하고 있다고 믿게 된 이유는 뭐죠?"

뎀차크 판사가 라이더의 말에 싸늘하게 반응했다.

"여러 가지 이유가 있습니다, 판사님. 롤랜드 맥키는 12개월 전에 성범죄 관련 보호관찰형을 마치자마자 새 주소지로 이사를 갔는데, 등기 권리증이나 임대차 계약서에 자기 이름을 사용하지 않았습니다. 이전 집주인이나 우체국에 우편물 전송 주소를 남겨놓지도 않았고요. 그리고 이전에 전과 기록에 오른 범죄를 저지를 때 함께했던 전과자와 같은 집에서 살고 있습니다. 그 전과자의 이름은 윌리엄 버카트, 제출한 영장 청구서에도 이름이 올라 있죠. 그리고 청구서에서 보시다시피, 맥키는 본인 명의로 등록되지 않은 전화를 사용하고 있고요. 레이더망 아래로 저공비행을 하고 있는 것이 분명합니다, 판사님. 이런 모든 정황들을 종합해 볼 때 맥키는 범죄 가담을 숨기기 위해 조심하고 있는 것으로 판단됩니다."

"아니면 정부의 간섭을 피하고 싶어서 그런 건지도 모르죠. 설득력이 별로 없군요, 형사. 다른 건 없어요? 다른 뭐가 더 필요한데."

라이더는 눈을 동그랗게 뜨고 보슈를 곁눈질했다. 대기실에서 보여줬던 자신감이 사라지고 있었다. 보슈는 라이더가 영장 청구서에서 그리고 지금 판사 앞에서 하고 싶은 말을 다 했다는 것을 알고 있었다. 남은 말이 없었다. 보슈는 목소리를 가다듬고 허리를 약간 굽히고는 처음으로 입을 열었다.

"판사님, 맥키가 현재 동거하고 있는 사내와 함께 저질렀던 과거의 범죄행위는 증오 범죄였습니다. 이자들이 많은 이들을 다치게 했고 위협했습니다. 많은 사람들을 말입니다."

보슈는 의자에 등을 기대고 앉으면서 방금 자기가 한 말이 판사에게 영장을 승인하라는 압력을 한층 더 증가시켰기를 바랐다.

"그 증오 범죄들이 언제 일어났죠?"

판사가 물었다.

"1980년대 후반에 증오 범죄 혐의로 기소됐습니다. 하지만 그 후로 얼마나 오랫동안 범죄 행위를 계속했는지 누가 알겠습니까? 분명한 것은 두 사람의 유대관계가 지속되어 왔다는 겁니다."

보슈가 말했다.

판사는 그 후 1분 동안 아무 말도 하지 않고 라이더가 작성한 영장 청구서의 요약 부분을 읽고 또 읽었다. 책상 한쪽 편에 놓인 작은 빨간 전구에 불이 들어왔다. 법정에서 진행될 예정인 일을 시작할 준비가 되었다는 뜻임을 보슈는 알고 있었다. 모든 변호인들과 당사자들이 참석해 기다리고 있다는 뜻이었다.

마침내 뎀차크 판사는 고개를 가로저었다.

"당신들 편을 들어줄 수가 없군요, 형사님들. 맥키가 총을 가지고 있었다는 증거는 있지만 그 총을 살인 현장에서 사용했다는 증거는 없잖아요. 사건이 있기 며칠 혹은 몇 주일 전에 그 총을 사용했을 수도 있는 거고요."

판사는 자기 앞에 펼쳐져 있는 서류들을 향해 손을 내저었다.

"맥키가 피해자와 그 친구들이 즐겨 갔던 자동차 극장에서 절도죄로 체포된 적이 있다는 근거는 아무리 봐도 설득력이 너무 약해요. 있지도 않은 사실을 보라고 하고 서명을 하라고 하니 정말 당혹스럽군요."

"있습니다. 거기 있다고요."

보슈가 말했다.

라이더가 얼른 보슈의 팔을 잡아 자제력을 잃지 말라고 경고를 보냈다.

"내 눈에는 안 보여요, 형사. 지금 당신들은 보석금을 낼 테니 빼내달라고 하면서 충분한 보석금은 가져오지도 않고 부족한 금액은 나보고 채우라고 하는 거나 마찬가지예요. 그렇게는 못해요. 지금 상태로는 안 되겠어요."

뎀차크 판사가 말했다.

"판사님, 서명을 못 받으면 신문 기사가 주는 기회를 놓치게 됩니다."

라이더가 말했다.

판사가 라이더에게 미소를 지었다.

"그건 나와는 그리고 내 일과는 상관 없는 일이에요, 형사. 잘 알고 있을 텐데요. 나는 경찰국 소속이 아닙니다. 나는 경찰과 별개인 사법부 소속이고, 제시되는 사건의 사실들만 가지고 판단을 해야 합니다."

보슈가 나섰다.

"피해자는 혼혈아였습니다. 이 친구는 증오 범죄 전과가 있었고요. 그가 그 권총을 훔쳤고 그 총이 혼혈 소녀를 살해하는 데 사용이 됐습니다. 연관성이 바로 거기 있잖습니까."

"증거물의 연관성이 아니잖아요, 형사. 추론에 따른 정황적 연관성이지."

보슈와 판사는 잠깐 동안 서로 노려보았다.

"자녀가 있으십니까, 판사님?"

보슈가 물었다.

판사의 두 뺨이 금방 발그레해졌다.

"그게 이 일이랑 무슨 상관이죠?"

"판사님, 영장 청구서를 보강해서 다시 오겠습니다."

라이더가 끼어들었다.

"아니, 다시 오기는요. 영장이 지금 당장 필요합니다, 판사님. 이 친구는 17년 동안이나 자유롭게 거리를 활보하고 다녔습니다. 피해자가 판사님 따님이었다면 어쩌시겠습니까? 그래도 외면할 수 있을까요? 레베카 벌로런은 외동딸이었습니다."

뎀차크 판사의 눈 색깔이 짙어졌다. 그녀는 침착하면서도 분노를 담은 어조로 말했다.

"나는 그 어떤 것도 외면하지 않아요, 형사. 이 사건을 면밀하게 살펴보고 있는 사람이 이 방 안에 나 혼자뿐인 것 같군요. 그리고 이 말을 덧붙여야 할 것 같은데, 당신들이 계속해서 사법부를 모독하고 사법부의 기능에 의문을 제기하면 법정 모독죄로 구금할 겁니다. 내가 부르면

5초 안에 집행관이 나타날 거예요. 당신들은 유치장에서 휴식 시간을 가지면서 영장 청구에 무슨 문제가 있었나 살펴보면 되겠군요."

보슈는 굴하지 않고 계속 밀어붙였다.

"피해자의 어머니는 아직도 그 집에서 살고 있습니다. 피해자가 납치된 침실은 살해된 그날과 똑같은 상태로 남아 있고요. 침대보도 그대로, 베개도 그대로, 모든 게 그대로죠. 그 방이, 그리고 그 어머니가 세월 속에 얼어붙은 겁니다."

"하지만 그런 사실들은 이 일과는 직접적인 관련이 없어요."

"피해자의 아버지는 알코올 중독자가 됐습니다. 사업체를 잃고 곧이어 아내와 집도 잃었죠. 오늘 아침에 5번가로 가서 그를 만나봤습니다. 현재 거기서 살고 있더군요. 이것도 직접적인 관련은 없지만, 알고 싶으실지도 모른다 싶어서 말씀드리는 겁니다. 우리가 충분한 사실을 확보하지는 못했지만 그 사건이 가져온 파문은 많이 파악했습니다, 판사님."

판사는 보슈를 노려보았고 보슈는 유치장으로 가거나 영장에 서명을 받아서 걸어 나가거나 둘 중 하나일 거라고 생각했다. 중간이 있을 수 없었다. 잠시 후 판사의 눈에 고통스러운 빛이 어른거렸다. 형사 사법제도의 참호 속에서—어느 쪽 참호에서였든—시간을 보낸 사람은 누구나 어느 정도 세월이 흐르고 나면 저런 표정을 가지게 된다.

"알았어요, 형사."

마침내 뎀차크 판사가 말했다.

판사는 고개를 숙이고 영장 마지막 페이지 하단에 서명을 했고 감청 기간을 지정하는 공란을 채우기 시작했다.

"하지만 아직 완전히 납득이 된 건 아니에요. 그래서 72시간만 주겠어요."

판사가 엄격하게 말했다.

"판사님."

보슈가 말했다.

그러나 라이더가 다시 보슈의 팔을 잡고, 그가 승인을 거부로 바꾸지 못하게 막았다. 그러고는 자기가 말했다.

"판사님, 72시간은 너무 짧습니다. 적어도 일주일은 기대하고 있었는데요."

"신문 기사가 내일 나온다고 하지 않았나요?"

판사가 되물었다.

"네, 판사님, 그럴 예정이긴 하지만…."

"그러면 금방 무슨 결과가 나오겠군요. 영장 기한을 연장할 필요가 있겠다 싶으면 금요일에 다시 와서 나를 설득시켜 봐요. 72시간이에요. 그리고 매일 아침 상황보고서를 제출해줘요. 보고서가 안 올라오면 두 사람 다 법정 모독죄로 구금할 겁니다. 당신들이 낚시질 하는 것을 허락하는 게 아니에요. 보고서에 적힌 내용이 적합하지 않으면, 영장 기한을 더 줄일 겁니다. 알겠어요?"

"네, 알겠습니다, 판사님."

보슈와 라이더가 동시에 대답했다.

"좋아요. 이제 나는 법정에서 재판 준비 회의가 있어서. 여러분은 여러분의 일터로 나는 내 일터로 갈 시간이군요."

라이더가 서류를 모은 후 보슈와 함께 판사에게 감사 인사를 했다. 두 사람이 문을 향해 걸어가는데 뎀차크 판사가 보슈를 불러 세웠다.

"보슈 형사?"

보슈가 돌아서서 뎀차크 판사를 쳐다보았다.

"네, 판사님?"

"사진을 봤죠? 내 딸 사진 말이에요. 내게도 외동딸이 있다고 추측했던 거죠?"

보슈는 잠깐 동안 판사를 바라보다가 고개를 끄덕였다.

"제게도 외동딸이 있습니다. 그래서 그 부모 심정이 어떤지 알고 있죠."

보슈가 말했다.

판사는 한동안 보슈를 쳐다보다가 말했다.

"이제 가도 됩니다."

보슈는 목례를 하고 나서 라이더를 따라 문을 나갔다.

# 24

## 의심

그들은 법원을 나올 때까지 아무 말도 하지 않았다. 마치 징크스를 만들지 않고 그곳을 벗어나고 싶어 하는 것 같았고, 방금 전까지 판사실에서 있었던 일에 대해 한 마디라도 하면 그 소리가 건물 내에 메아리쳐서 판사가 마음을 바꿔 그들을 다시 불러들이게 만들지도 모른다고 생각하는 것 같았다. 감청 허가 영장에 판사의 서명을 받은 이상, 이제 그들의 관심은 오로지 법원을 빠져나가는 것밖에 없었다.

크고 밋밋한 법원 건물 앞 인도로 나서자마자 보슈가 라이더를 쳐다보면서 웃었다.

"정말 아슬아슬했지?"

보슈가 말했다.

라이더도 웃으면서 고개를 끄덕였다.

"파문이요? 하하. 판사를 아주 머리끝까지 약을 올리던데요. 난 아래로 내려가서 선배 보석금을 내주게 생겼다 싶었어요."

두 사람은 파커 센터를 향해 걸어가기 시작했다. 보슈는 휴대전화를 꺼내 전원을 켰다.

"아, 정말 아슬아슬했어. 어쨌든 받아냈으니까. 프랫 반장한테 전화해서 다른 팀원들하고 회의 좀 잡아달라고 말해줄래?"

"네, 그럴게요. 난 들어가서 말하려고 했는데."

보슈가 전화기를 확인하니 부재중 전화가 한 통 와 있었고 메시지가 한 개 남겨져 있었다. 모르는 전화번호긴 한데, 지역번호가 818인걸 보니 밸리 지역이었다. 메시지를 확인하니 듣고 싶지 않은 목소리가 들렸다.

"보슈 형사님, 〈데일리 뉴스〉의 맥킨지 워드 기자예요. 가능한 한 빨리 형사님과 롤랜드 맥키에 대해서 이야기를 나누고 싶은데요. 형사님 답변을 듣지 못하면 기사는 잡고 있어야 할 것 같네요. 전화주세요."

"빌어먹을."

보슈가 메시지를 삭제하면서 투덜거렸다.

"왜요?"

라이더가 물었다.

"기자야. 뮤리얼 벌로런한테 맥키 얘기는 하지 말라고 했는데, 말이 나와 버렸나 봐. 아니면 기자한테 다른 취재원이 있거나."

"빌어먹을."

"그렇다 그랬잖아."

보슈와 라이더는 더 이상 말하지 않고 좀 더 걸어갔다. 가면서 보슈는 기자 문제를 어떻게 처리할 것인지 궁리했다. 기사에서 맥키라는 이름이 언급이 되면 맥키는 전화고 뭐고 없이 황급히 달아날 것이 뻔하기 때문에 기사에 나오지 않게 해야 했다.

"어쩌려고요?"

라이더가 먼저 입을 뗐다.

"모르겠어. 잘 구슬려 봐야지. 필요하다면 거짓말을 해서라도. 맥키라는 이름을 기사에 낼 수는 없는 일이잖아."

"기사는 꼭 나와야 해요, 선배. 우리에겐 72시간밖에 없다고요."

"알아. 생각 좀 해볼게."

보슈는 전화기를 펼쳐 뮤리얼 벌로런에게 전화를 걸었다. 벌로런이 전화를 받자 보슈는 인터뷰는 잘 했느냐고 물었다. 벌로런은 잘 했다고 대답했고 인터뷰가 끝나서 안도하고 있는 중이라고 말했다.

"기자들이 사진을 찍던가요?"

"네, 침실을 찍고 싶어 했어요. 난 그 방을 공개하는 게 썩 내키지는 않았지만, 열어줬어요."

"이해해요. 협조해줘서 고맙습니다. 그 기사가 우리에게 도움이 될 겁니다. 수사 해결에 좀 더 가까워지고 있는데, 그 신문 기사가 나오면 일이 더 빨라질 거예요. 인터뷰에 응해줘서 고마워요."

"도움이 된다면, 다행이고요."

"네. 근데 말이죠, 롤랜드 맥키라는 이름을 기자한테 말씀하셨어요?"

"아뇨, 하지 말라면서요. 그래서 안 했는데."

"정말입니까?"

"정말이잖고요. 기자가 형사들이 뭐라더냐고 물었지만, 그 사람에 대해서는 한 마디도 하지 않았어요. 왜요?"

"그냥요. 그냥 확인해두려고요. 고마워요, 뮤리얼. 새로운 소식이 들어오는 대로 연락드리죠."

보슈는 전화기를 덮었다. 뮤리얼 벌로런이 거짓말을 하는 것 같지는 않았다. 그 기자에게 다른 취재원이 있는 게 분명했다.

"뭐래요?"

라이더가 물었다.

"말 안 했대."

"그럼 누가 했을까요?"

"좋은 질문이야."

보슈가 아직 전화기를 들고 있을 때 진동이 느껴지는 것과 동시에 벨이 울리기 시작했다. 액정화면을 확인하니 아까 그 번호였다.

"기자야. 받아야 돼."

보슈가 전화를 받았다.

"보슈 형사님, 맥킨지 워드예요. 마감이 코앞이라서 지금 이야기 좀 나눠야겠는데요."

"좋아요. 방금 메시지 확인했어요. 법원에 있어서 전화기를 꺼두었죠."

"롤랜드 맥키에 대해서는 왜 말씀 안 해주셨어요?"

"무슨 말이죠?"

"롤랜드 맥키요. 이미 롤랜드 맥키라는 용의자를 확보했다는 얘기 들었어요."

"누가 그럽디까?"

"그런 건 중요하지 않고요. 중요한 건 형사님이 내게 중요한 정보 하나를 알려주지 않았다는 거예요. 롤랜드 맥키가 주요 용의잔가요? 형사님이 어쩔 셈이었는지 내가 맞혀볼까요? 양다리 걸치고 있다가 그 정보는 〈LA 타임스〉에 넘기려는 거죠?"

보슈는 빨리 머리를 굴려야 했다. 기자는 마감에 쫓겨 안달이 난 것과 동시에 화가 난 것 같았다. 화가 난 기자는 문제가 될 수 있었다. 빨리 진정시키고 맥키는 건드리지 못하게 해야 했다. 그나마 다행인 것은 기자가 권총에서 발견된 DNA가 맥키의 것이었다는 사실에 대해서는 언급하지 않았다는 사실이었다. 그걸 보면 취재원이 경찰국 내부 사람은 아니고 제한된 정보를 가진 사람인 것 같았다.

"우선, 이 정보를 〈타임스〉에 넘길 생각은 전혀 없어요. 내일 기사가 나오는 한 이 기사는 당신이 독점으로 내는 거요. 둘째, 당신이 어디서 그 이름을 들었는지가 중요한 것은 그 정보가 틀렸기 때문이에요. 지금 난 당신을 도우려는 거요, 맥킨지. 그 이름을 기사에 내면 큰 실수를 하는 겁니다. 심지어 고소를 당할 수도 있어요."

"그렇다면 롤랜드 맥키라는 사람은 누구죠?"

"당신 취재원은 누구죠?"

"말해줄 수 없다는 거 아시잖아요."

"왜 안 되죠?"

보슈는 지연전술을 쓰면서 생각할 시간을 벌고 있었다. 기자가 취재원 보호법에 대해 떠들어대는 동안, 보슈는 마음속으로 자기와 라이더가 맥키에 대해 물어봤었던 경찰국 밖의 사람들을 하나하나 떠올리며 확인을 하고 있었다. 레베카 벌로런의 세 친구 타라 우드, 베일리 세이블, 그레이스 타나카. 로버트 벌로런, 대니 코초프, 가석방 담당관 셀마 키블, 레베카 벌로런이 다녔던 고등학교 교장 고든 스토다드, 그리고 학생 명부에서 맥키 이름을 찾아봐주었던 서무직원 앳킨스 부인.

그리고 뎀차크 판사도 있었지만 가능성은 거의 없을 것 같았다. 우드의 문자 메시지는 보슈와 라이더가 뎀차크 판사를 만나고 있을 때 남겨졌다. 판사가 판사실에 홀로 앉아 영장 청구서를 검토하다가 전화기를 집어 들고 기자에게 전화를 걸었을 것 같지는 않았다. 그때는 담당 취재기자가 누군지는 물론이고 그런 신문 기사가 나올 거라는 사실조차 알지 못하고 있었을 때니까.

보슈는 마감에 쫓긴 기자가 신문사로 돌아가서 기사를 위한 추가 정보를 얻기 위해 여기저기 전화를 걸어봤을 거라고 추측했다. 기자는 통화한 누군가로부터 롤랜드 맥키라는 이름을 들었을 것이다. 그녀가 뮤리얼 벌로런과 인터뷰를 끝내고 나서 그 짧은 시간 안에 로버트 벌로런의 소재를 파악했거나 더 나아가 그와 접촉을 했을 것 같지는 않았다. 또한 LA가 아닌 외지에 살고 있는 그레이스 타나카와 대니 코초프와 연락이 닿았을 것 같지도 않았다. 맥키라는 이름을 이미 알고 있지 않았다면 키블에게 연락을 했을 가능성도 없었다. 그렇다면 타라 우드와 학교 관계자 세 명—스토다드, 세이블, 혹은 서무직원—만 남았다. 아무래도 기자가 가장 쉽게 연락을 취할 수 있는 곳은 학교였을 테니까 그 셋 중에 한 명이 틀림없을 것 같았다. 생각이 여기에 미치자 보슈는 조금 안심이 되었고 기자의 위협을 잘 처리할 수 있을 것 같았다.

"형사님?"

"아, 미안해요. 차를 피하느라고."

"형사님 대답은 뭐죠? 롤랜드 맥키가 누구죠?"

"별로 안 중요한 사람이에요. 설명이 미진한 부분이죠. 아니 부분이었죠. 이미 해결을 봤으니까."

"설명해주세요."

"이 사건은 우리가 물려받은 사건이에요, 알죠? 여러 해 동안 사건 자료는 여기 보관되었다가 저리로 옮겨졌다가 하면서 돌아다녔어요. 그러면서 자료들이 뒤죽박죽 섞이게 되었다 그 말입니다. 그래서 우린 사건을 맡은 후 곧 바로 자료정리부터 해야 했어요. 그러다가 파일 안에서 낱장으로 돌아다니던 롤랜드 맥키라는 남자의 사진을 발견했는데, 누군지 이 사건과 어떤 관련이 있는지 도통 모르겠더란 말이죠. 그래서 탐문 수사를 통해 사건 관련자들에 대해 알아가면서, 몇몇 사람들한테 그 사진을 보여주고 누군지 뭐하던 사람인지 아느냐고 물었어요. 하지만 맥킨지, 그 어느 누구에게도 그가 주요 용의자라고 말하지 않았어요.

사실입니다. 그러니까 당신이 과장을 하고 있거나 당신한테 맥키 이야기를 해준 사람이 과장을 했던 거요."

침묵이 흘렀다. 보슈는 맥킨지 워드가 맥키라는 이름을 들은 그 인터뷰의 내용을 곱씹어보고 있을 거라고 추측했다.

"그럼 롤랜드 맥키는 누구예요?"

맥킨지 워드가 물었다.

"사건 발생 당시 채스워스에 살고 있었고 소년범 전과가 있던 남자예요. 맥키가 위넷카 거리에 있는 오래된 자동차 극장에 잘 다녔는데 거기가 마침 레베카와 그 친구들도 즐겨 찾던 곳이더란 말이죠. 하지만 1988년 당시에 벌써 맥키는 아무 관련이 없는 것으로 밝혀졌어요. 우린 그 사진을 사람들한테 보여주고 다닐 때까지는 그 사실을 몰랐어요."

보슈의 말에는 진실과, 진실과는 약간 차이가 나는 이야기가 섞여 있었다. 이번에도 기자는 침묵하면서 보슈의 대답을 되새김질했다.

보슈가 말을 이었다.

"맥키 이야기는 누구한테 들었어요? 고든 스토다드 교장인가, 아니면 베일리 세이블 선생? 혹시 학교와 관련이 있는지 알아보려고 사진을 가져가서 물어봤는데 그 학교를 다닌 적도 없다더군요. 그 후엔 묻고 다니기를 아예 그만뒀죠."

"지금 한 말 사실이에요?"

"이봐요, 맥킨지, 당신 하고 싶은 대로 해요. 하지만 우리가 그 친구에 대해 물어보고 다녔다는 이유만으로 그 친구 이름을 신문에 낸다면 그 친구와 변호사한테서 전화가 걸려올 거요. 우린 많은 사람들에 대해 물어보고 다녀요. 그게 우리 일이거든."

좀 더 침묵이 흘렀다. 보슈는 이 침묵을 자신이 폭탄의 뇌관을 성공적으로 제거했다는 의미로 받아들였다.

마침내 맥킨지 워드 기자가 입을 열었다.

"학교 앨범을 찾아보고 사진을 복사하려고 학교에 찾아갔었어요. 형사님들이 도서관에 한 권뿐이던 88년 앨범을 가져가셨다더군요."

맥킨지 워드 기자는 보슈의 추측이 맞았다는 것을 확인해주면서도 취재원은 포기하지 않았다.

"미안해요. 앨범은 내 책상에 있는데. 시간이 얼마나 있는지 모르겠지만 원한다면 사람을 보내서 가져가요."

"아뇨, 시간이 없어요. 대신 학교 벽에 있는 추모 명판을 찍어 왔어요. 그걸로 될 것 같아요. 그리고 우리 자료실에서 피해자 사진도 한 장 찾았고요. 그걸 쓰려고요."

"나도 추모 명판 봤어요. 좋더군요."

"다들 자부심이 대단하더라고요."

"그래, 이제 이 문제는 오해가 풀린 건가요, 맥킨지?"

"네, 말끔히요. 형사님이 뭔가 큰 걸 숨기고 있다는 생각이 들어서 좀 흥분했었어요."

"신문에 낼 만큼 큰 건 못 건졌어요, 아직은."

"네, 그럼 전 돌아가서 기사를 마저 써야겠네요."

"내일 창문 기사로 나오는 것 맞죠?"

"기사를 다 쓰면요. 내일 기사 보고 나서 어떤지 전화해 주세요."

"그러죠."

보슈는 전화기를 덮고 라이더를 쳐다보았다.

"무사히 넘어간 것 같아."

보슈가 말했다.

"우와, 선배, 정말 대단하네요. 위기 피하기의 달인 같아요. 필요하다면 얼룩말한테 몸에서 흰 줄무늬를 빼라고 설득할 수도 있겠어요."

보슈는 미소를 지었다. 그러고는 스프링 거리에 있는 시청 별관 건물을 올려다보았다. 파커 센터에서 쫓겨난 어빈 어빙이 지금은 별관에서 근무하고 있었다. 보슈는 미스터 클린이 지금 전략기획실의 거울 창문 뒤에서 자기들을 내려다보고 있을지도 모르겠다는 생각을 했다. 그러다가 좋은 생각이 떠올랐다.

"키즈?"

"네?"

"맥클러런을 알아?"

"아뇨, 잘 몰라요."

"그래도 어떻게 생겼는지는 알지?"

"그럼요. 간부 회의에서 봤어요. 어빙은 별관으로 내쳐진 후에는 회의에 참석하지 않았어요. 맥클러런을 대신 보냈죠."

"그럼 사람들 속에서 집어낼 수 있겠네?"

"그럼요. 근데 무슨 일이에요, 선배?"

"맥클러런을 만나서 겁을 좀 줘서 어빙에게 메시지를 전하면 어떨까 싶어서."

"지금 당장이요?"

"안 될 거 있나? 이왕 온 김에."

보슈는 별관 건물을 향해 손짓을 했다.

"그럴 시간 없어요, 선배. 게다가 뭐 하러 먼저 싸움을 걸어요? 어빙은 피할 수 있을 때까지 피하는 게 상책인데."

"알았어, 키즈. 하지만 피할 수 없을 때가 곧 올 거야. 분명히."

그들은 입을 다물고 각자 사건에 대해 골똘히 생각하며 유리 성 안으로 들어갔다.

# 25

## 창백한 말을 탄 자

에이벌 프랫은 미해결 사건 전담반원들 전원과 감청 지원을 위해 차출된 강력계 형사 네 명까지 모두 전담반 사무실로 소집했다. 회의가 시작되자 프랫은 곧 회의의 주재권을 보슈와 라이더에게 넘겨주었고, 두 사람은 30분 동안 수사 진행상황에 대해 보고를 했다. 그들 뒤에 있는 게시판에는 롤랜드 맥키와 윌리엄 버카트의 가장 최근 운전면허증 사진을 확대한 사진을 붙여놓았다. 다른 형사들은 질문을 거의 하지 않았다. 보고가 끝난 후 보슈와 라이더는 주재권을 다시 프랫에게 넘겼다.

프랫이 말했다.

"좋아요. 이 일에는 모두 힘을 보태야 합니다. 2인 1조로 조를 편성, 6개조로 움직이겠습니다. 2개조는 감청 센터를 맡고, 2개조는 맥키를, 다른 2개조는 버카트를 맡습니다. 미해결 사건 전담반 팀들은 맥키와 감청 센터를 맡으세요. 강력계 손님들은 버카트를 맡으시고. 이 일을 주도하는 키즈와 해리한테는 우선 선택권을 줬는데 맥키를 감시하는 야간 조를 맡겠답니다. 나머지 분들은 남은 교대 조를 어떻게 맡을 건지 잘 상의해서 결정하세요. 내일 아침, 신문이 가판대에 깔릴 시간인 6시에 행동 개시합니다."

형사들을 두 명씩 6개 조로 나누어 열두 시간씩 근무하고 교대할 계획이었다. 근무 교대는 오전 6시와 오후 6시에 있었다. 보슈와 라이더가 담당하는 사건이기 때문에, 두 사람은 근무 시간을 먼저 선택할 수 있었고, 매일 오후 6시부터 맥키를 감시하는 밤 근무를 선택했다. 밤샘 잠복근무를 해야 했지만, 보슈의 육감으로는 맥키가 움직이거나 전화를 건다면 밤에 그럴 것 같았다. 보슈는 그런 일이 발생할 때 현장에 있고 싶었다.

보슈와 라이더 조는 다른 한 조와 번갈아가며 근무 교대를 할 예정이었다. 미해결 사건 전담반의 다른 두 팀도 LA 산업단지(로스앤젤레스 카운티 샌 가브리엘 밸리에 있는 산업단지-옮긴이)에서 교대근무를 하기로 되어 있었다. 로스앤젤레스 카운티의 모든 법 집행 기관은 LA 산업단지에 들어 있는 리슨텍이라는 민간 계약업체의 감청 센터를 이용하고 있었다. 감청하는 전화선이 지나가는 전신주 옆에 승합차를 세워놓고 그 안에 앉아서 엿듣는 것은 옛날 일이 되어버렸다. 리슨텍은 조용하고 에어컨이 설치된 감청 센터를 제공하고 있었고, 전자 제어반이 설치되어 있어 로스앤젤레스 카운티에서 휴대전화까지 포함하여 모든 전화기로 걸고 받는 통화 내역을 감시하고 통화 내용을 녹음할 수 있었다. 심지어 신선한 커피를 파는 카페와 자판기도 있었다. 원한다면 피자를 배달시킬 수도 있었다.

리슨텍은 감청 서비스를 동시에 90건까지 제공할 수 있었다. 라이더의 설명에 따르면 리슨텍은 법 집행 기관들이 확대된 감청 관련법을 이용하기 시작했던 2001년에 설립되었다. 감청 수요가 늘 것을 간파한 민간 업체가 음향조정실이라고도 알려진 지역 감청 센터들 사이에 끼어들었다. 그로 인해 감청 작업이 용이해졌다. 그러나 따라야 할 규칙들은 여전히 있었다.

프랫이 말했다.

"감청 센터에 약간의 문제가 있습니다. 법은 아직도 한 사람이 하나의 전화선을 감청하게 규정하고 있어요. 한 사람이 한 번에 두 개의 전화선을 감청하면 안 된다는 거죠. 하지만 우리는 인원 문제 때문에 두 명이 세 개의 전화선을 감청해야 합니다. 그러면 어떻게 해야 법을 어기지 않으면서 이 일을 할 수 있을까요? 번갈아 하는 겁니다. 하나의 전화선은 롤랜드 맥키의 휴대전화인데요. 그건 계속 감청할 겁니다. 하지만 다른 두 선은 부수적인 거니까. 그걸 번갈아 하는 거죠. 하나는 맥키의 집 전화이고 다른 하나는 직장 전화입니다. 그러니까 맥키가 집에 있을 때는 집 전화선을 감청하고 있다가, 맥키가 일을 하는 오후 4시부터 자정까지는 직장 전화로 바꿔 감청하는 거죠. 그러면 우리가 어떤 전화선을 감청하든 상관없이, 이 세 전화선에 대해 24시간 동안의 통화내역 기록 장치를 확보하게 되는 거죠."

"강력계에서 한 명 더 차출해서 세 번째 선을 맡으면 안 되나요?"

라이더가 물었다.

프랫은 고개를 가로저었다.

"노로나 경감이 네 명이나 차출해줬는데 더 어떻게 말을 해. 놓치는 것도 그다지 많지 않을 거야. 통화내역 기록 장치가 있으니까."

프랫이 말했다.

통화내역 기록 장치는 전화 감청 과정의 일부였다. 수사관들은 감청되고 있는 전화의 모든 통화내용을 들을 수 있지만, 통화내역 기록 장치는 영장에 나와 있는 모든 전화의—감청되고 있지 않은 전화라도—수신통화와 발신통화 내역을 기록했다. 따라서 수사관들은 발신, 수신통화의 상대방 전화번호뿐만 아니라 전화가 온 시각과 통화 시간 정보까지 확보할 수 있었다.

"질문 있습니까?"

프랫이 물었다.

보슈는 질문이 없을 거라고 생각했다. 대단히 단순한 계획이었다. 그러나 미해결 사건 전담반의 레너 형사가 손을 들었고 프랫이 그를 향해 고개를 끄덕였다.

"이거 잔업수당 나와요?"

"그럼요. 하지만 아까도 말했듯이, 현재로서는 영장에서 허락받은 시간이 72시간뿐이에요."

프랫이 대답했다.

"72시간 다 채워야 될 텐데 말이에요. 우리 애 말리부 여름 캠프비 내야 되는데."

듣고 있던 사람들이 웃음을 터뜨렸다.

팀 마샤와 릭 잭슨은 보슈와 라이더와 같이 맥키를 감시하는 길거리 잠복조를 자원했다. 다른 네 사람은 리슨텍 감청 센터 근무를 맡았는데, 레너와 로블레토는 주간조를, 로빈슨과 노드는 보슈와 라이더처럼 야간조를 맡았다. 리슨텍 센터는 쾌적하고 편안했지만, 환경과 관계없이 실내에 갇혀 있기를 원치 않는 경찰이 꽤 있었다. 항상 거리를 선택하는 경찰들이 있었는데, 마샤와 잭슨이 그랬고, 보슈는 자기도 그런 부류라는 것을 알고 있었다.

프랫은 모든 팀원의 휴대전화 번호와 잠복할 때 사용할 무전 채널 번호가 적힌 쪽지를 나눠주면서 회의를 마무리했다.

"현장 팀들은 장비 창고에 무전기가 있으니까 가져가요. 무전기를 항상 켜두세요. 해리, 키즈, 내가 말 안한 거 있어요?"

프랫이 말했다.

"다 하신 것 같은데요."

라이더가 말했다.

"허가받은 시간이 많지 않기 때문에 내일 밤까지 별 조짐이 보이지 않으면 유인책을 좀 쓸 겁니다. 내일 나오는 신문 기사를 반드시 보게 만들어야 하니까요."

보슈가 말했다.

"난독증이라면서 읽을 수나 있겠어요?"

레너가 물었다.

"고졸 학력 인정 과정을 수강했으니까 읽을 수 있을 거예요. 어떻게든 신문을 코앞에 펼쳐 놓기만 하면 되요."

보슈가 말했다.

다들 고개를 끄덕여 동의를 표시했고 프랫이 마무리 발언을 했다.

"좋아요, 여러분, 이것으로 회의를 마치겠습니다. 나는 24시간 대기하고 있을 테니까 무슨 일이 생기면 언제라도 연락주세요. 침착하고 신중하게 행동합시다. 우리 쪽에 무슨 일이 생기면 안 되니까 말이죠. 내일 아침부터 근무 시작하는 사람들은 지금 퇴근해서 푹 자고 나오는 게 좋겠군요. 그리고 영장에 허가받은 시간이 얼마 없다는 걸 잊지 마시고. 허가 시한은 금요일 밤까집니다. 그러니 빨리 나가서 잡아들일 놈들을 잡아들입시다. 우리는 마무리 투수들입니다. 사건을 빨리 마무리합시다."

보슈와 라이더는 일어서서 몇 분 동안 다른 형사들과 사건에 대해 이런저런 이야기를 나누었고, 그 후 보슈는 자기들의 구석진 자리로 돌아갔다. 그는 책상 위에 쌓인 사건 자료 더미에서 맥키의 보호관찰 자료 사본을 끄집어냈다. 지금까지는 꼼꼼히 읽어볼 기회가 없었는데, 지금 읽어봐야 할 것 같았다.

맥키의 보호관찰 자료는 계속 추가가 되고 있었다. 맥키가 계속해서 체포가 되고 형사재판을 받아왔기 때문에 재판기록과 보호관찰기록이 기존의 자료 앞에 계속해서 덧붙여지고 있었다. 따라서 자료는 역순으로 정리가 되어 있었다. 보슈가 가장 관심 있는 부분은 맥키의 청년 시절 자료였다. 그래서 그는 자료를 계속 넘기면서 시간을 거슬러 올라갔다.

맥키가 성인이 되어 처음 체포된 것은 18세 생일을 맞고 겨우 한 달이 지났을 때였다. 1987년 8월 자동차 절도죄로 체포되었는데, 후속 보고서에서는 자동차를 훔쳐 폭주족 행세를 하고 다니다가 체포되었다고 적혀 있었다. 자기 옆집 사람의 쉐보레 콜벳을 훔친 거였다. 이웃이 진입로에서 차에 시동을 걸어두고 선글라스를 가지러 집 안으로 들어간 사이에 맥키가 냉큼 그 차를 타고 달아나 버렸다.

맥키는 유죄를 인정했고 자료에 들어 있는 선고 전 보고서(보호관찰관이나 교정국 직원이 형사사건에서 유죄 평결을 받은 피고인에 대해 작성하는 보고서. 피고인의 삶과 범죄를 저지른 정황 등을 자세하게 조사하여 판사에게 제출. 판사는 이 보고서를 참고하여 형량을 결정함 – 옮긴이)는 그의 미성년 전과를 언급했지만 채스워스 에이츠에 대해서는 아무런 언급도 하지 않았다. 1987년 9월 고등법원 판사는 이 어린 자동차 절도범에게 1년의 보호관찰형을 선고했다. 판사는 맥키가 범죄로 점철된 인생을 사는 것을 막으려고 설득에 설득을 거듭했다.

선고 공판 속기록이 파일에 들어 있었다. 보슈는 2쪽에 걸친 판사의 강연을 읽었다. 판사는 맥키 같은 젊은이들을 100번도 넘게 봤다고 말했다. 맥키가 그 젊은이들과 똑같은 벼랑에 서 있다고 했다. 한 번의 단순한 범죄가 인생의 교훈이 될 수도 있지만, 벼랑 아래로 떨어지는 첫 걸음이 될 수도 있다고 했다. 판사는 맥키에게 잘못된 길을 걷지 말라고 타일렀다. 어떤 길로 갈 것인지 열심히 고민하고 나서 올바른 결정을 내리기를 바란다고 충고했다.

판사의 진심 어린 경고는 쇠귀에 경 읽기로 끝나고 말았다. 그로부터 6주 후 맥키는 이웃집 부부가 일하러 나가고 없는 빈집을 털다가 절도죄로 다시 체포되었다. 맥키는 경보기를 해제하고 들어갔지만, 어찌된 일인지 무단침입 경보가 경비회사에 전달이 되었고 순찰차가 득달같이 달려왔다. 맥키가 비디오카메라를 비롯한 여러 전자제품과 보석을 긁어모아 뒷문으로 걸어 나왔을 때 순경 두 명이 권총을 빼들고 기다리고 있었다.

차량 절도죄로 보호관찰 중이었던 맥키는 곧바로 카운티 유치장에 구금되어 재판을 기다리게 되었다. 36일간 구금되었다가 같은 판사 앞에 선 맥키는 속기록에 따르면 용서를 빌면서 한 번만 더 기회를 달라고 간청했다. 이번에는 선고 전 보고서에 약물 검사 결과 맥키가 마리화나 상용자였다는 사실이 밝혀졌다는 것과 채스워스 지역 출신의 불량청소년들과 어울려 다녔다는 사실이 언급되어 있었다.

보슈는 이 불량청소년들이 채스워스 에이츠일 거라고 추측했다. 때는 12월 초순이었고, 테러를 감행해 아돌프 히틀러에게 상징적인 경의를 표하려는 계획의 실행 예정일을 몇 주 앞두고 있을 때였다. 그러나 이런 점은 선고 전 보고서에 나와 있지 않았다. 보고서에서는 단순히 맥키가 불량청소년들과 어울려 다녔다고만 적혀 있었다. 판사가 맥키에게 형을 선고할 때, 그 불량청소년들이 얼마나 불량했는지는 알지 못했을 것이다.

맥키는 3년형을 선고받았고 판결 선고 전 구금일수는 본형에 산입이 되었다. 또한 2년의 보호관찰에도 처해졌다. 교도소가 맥키 같은 어린 범죄자에게는 범죄 학교의 역할을 한다는 것을 알고 있었던 판사는 맥키에게 한 번 더 기회를 주면서 이번에는 철저하게 범죄와 단절을 시키려고 애를 썼다. 맥키는 법정에서 석방되어 걸어 나왔지만, 판사는 보호관찰에 엄격한 조건들을 붙였다. 이에 따라 맥키는 매주 약물 검사를 받아야 했고, 취업을 해야 했으며, 9개월 이내에 고졸 학력 인정 과정 수료증을 취득해야 했다. 판사는 맥키가 이 조건들 중 어느 하나라도 완수하지 못하면 곧바로 주립 교도소에 수감되어 3년 형기를 마쳐야 할 거라고 엄포를 놓았다.

속기록에서 판사는 이렇게 말했다.

"피고인은 이 판결이 가혹하다고 생각할지 모르지만 나는 매우 관대하다고 생각합니다. 지금 피고인에게 마지막 기회를 주는 거예요. 이번에도 나를 실망시키면, 의심의 여지 없이 피고인은 교도소로 가게 될 겁니다. 사회가 지금 마지막으로 피고인을 돕고자 하고 있어요. 이번에도 실패하면 사회는 피고인을 그냥 내치고 말 겁니다. 무슨 말인지 알겠습니까, 피고인?"

"네, 알겠습니다, 판사님."

맥키가 대답했다.

파일에는 법원이 요구한 채스워스 고등학교 고졸 학력 인정 과정 수료증과 성적 증명서 사본이 들어 있었다. 맥키는 1988년 8월에 고졸 학력 인정 과정 수료증을 취득했다. 레베카 벌로런이 침실에서 납치되어 살해당하고 한 달이 조금 지났을 때였다.

맥키를 범죄의 세계에서 빼내려는 판사의 노력은 칭송받아 마땅했지만, 보슈는 그런 노력으로 인해 레베카 벌로런이 목숨을 잃은 것은 아닌가 하는 생각이 들었다. 맥키가 실제로 벌로런을 향해 방아쇠를 당겼든 그렇지 않든 간에, 벌로런을 살해한 권총을 소유하고 있었던 사람이었다. 맥키가 수감되어 있었다면 일련의 사건들의 연결고리가 끊어져 살인에까지 이르지 않았을 거라고 생각할 수 있을까? 보슈는 확신할 수 없었다. 맥키가 무기 조달자의 역할만 했을 가능성도 있었다. 맥키가 없었다면 다른 사람이 그 역할을 했을 것이다. 보슈는 이미 일어난 일련의 사건들을 가지고 그런 일이 일어나지 않았다면 어떤 일이 일어나거나 일어나지 않았을 거라고 생각하는 것은 어리석다는 사실을 알고 있었다.

"뭐예요?"

보슈는 깜짝 놀라 고개를 들었다. 라이더가 자기 책상 앞에 서 있었다. 보슈는 파일을 덮었다.

"별거 아냐. 맥키의 보호관찰 기록을 읽고 있었어. 초기 기록. 처음에는 어떤 판사가 맥키에게 관심을 보이더니 곧 포기했어. 맥키가 고졸 학력 인정 과정 수료증을 따게 한 것이 판사의 최고 업적이랄까."

"그 수료증이 맥키에겐 꽤 도움이 됐겠죠, 안 그래요?"

"그렇지."

보슈는 다시 입을 다물었다. 보슈도 고졸 학력 인정 과정 수료증이 있었다. 보슈도 한때 자동차 절도범으로 판사 앞에 선 적이 있었다. 그가 훔쳐서 타고 다녔던 차도 콜벳이었다. 하지만 이웃의 자동차는 아니었다. 양부의 자동차였다. 보슈는 양부에게 '엿 먹어라'라는 메시지를 전달하는 방편으로 자동차를 훔쳤다. 그러나 진짜 큰 엿을 먹인 것은 양부였다. 보슈는 파양되어 보육원으로 돌려보내졌고 거기서 자활을 준비하게 되었다.

"내가 열한 살 때 어머니가 돌아가셨어."

보슈가 뜬금없이 말했다.

라이더가 눈을 치켜뜨며 보슈를 쳐다보았다.

"알아요. 근데 그 얘기는 왜 해요?"

"몰라. 그 후엔 보육원에서 오래 살았어. 위탁가정에 가서 살았던 적도 몇 번 있었지만, 단 한 번도 오래 살지 못했어. 항상 보육원으로 돌아갔지."

라이더는 기다렸지만 보슈는 말을 잇지 않았다.

"그래서요?"

라이더가 보슈를 부추겼다.

"보육원에는 조직은 없었어. 하지만 자연스럽게 무리가 만들어지긴 했지. 백인 아이들은 백인 아이들끼리 어울렸고, 흑인은 흑인들끼리, 라틴계는 라틴계끼리 몰려다녔어. 당시에는 아시아계는 없었고."

보슈가 말했다.

"무슨 말을 하는 거예요, 맥키라는 자식한테 동정심이라도 생긴 거예요?"

"아니."

"맥키는 어린 소녀를 살해했거나 적어도 살해를 도왔어요, 선배."

"알아, 키즈. 그런 뜻이 아니야."

"그럼 무슨 뜻인데요?"

"모르겠어. 그냥, 사람들은 왜 각기 다른 길을 걷게 되는 건지 궁금해. 이 친구는 어쩌다가 인종 혐오자가 됐을까? 나는 왜 안 됐을까?"

"선배, 너무 예민해진 것 같아요. 오늘 밤은 집에 가서 푹 주무세요. 내일 밤엔 못 잘 테니까 자둬야 해요."

보슈는 고개를 끄덕였지만 움직이지는 않았다.

"퇴근할 거예요?"

라이더가 물었다.

"응, 조금 있다가. 나가려고?"

"네, 할리우드 경찰서 범죄전담팀에 따라가 달라고 하지 않는다면요."

"나 혼자 가도 돼. 내일 아침에 신문 받아보고 나서 얘기하자고."

"그래요. 근데 우리 동네에서는 어디서 〈데일리 뉴스〉를 구할 수 있을지 모르겠어요. 선배한테 전화해서 읽어달라고 할지도 몰라요."

〈데일리 뉴스〉는 밸리 지역 시민들이 주로 보았고, 시내 다른 지역에서는 구하기 어려울 때도 가끔 있었다. 라이더는 잉글우드 근처, 어린 시절을 보낸 바로 그 동네에서 아직까지 살고 있었다.

"좋아. 사다놓고 기다릴 테니까 전화해. 우리 집에서 산을 내려오면 바로 산자락에 신문 자판기가 있거든."

라이더는 책상 서랍을 열고 지갑을 꺼냈다. 그러고는 보슈를 쳐다보며 또 눈을 치켜떴다.

"정말로 할 거예요, 문신?"

라이더는 다음 날 맥키를 유인하기 위해 마련한 계획에 대해 말하고 있었다. 보슈를 고개를 끄덕였다.

"내 말이 먹혀들게 하려면 해야 될 것 같아. 한동안 긴팔 입으면 되지 뭐. 여름까지는 아직 멀었는데."

"하지만 그럴 필요가 없었다면요? 맥키가 신문 기사를 보고 바로 전화기를 집어 들고 떠들어대기 시작하면 어떡해요?"

"그럴 거 같진 않아. 그리고 영구적인 것도 아닌데 뭘. 비키 랜드레스 말로는 샤워를 얼마나 자주 하느냐에 따라 다르지만 길어야 2주 정도 간대. 샌타 모니카 부두에서 애들이 하는 헤나 문신하곤 다르다던데. 그건 꽤 오래 간다대."

라이더는 고개를 끄덕였다.

"알았어요, 선배. 그럼 내일 아침에 전화할게요."

"그래, 키즈. 푹 쉬어."

라이더가 구석진 자리에서 걸어 나가기 시작했다.

"저기, 키즈?"

보슈가 라이더의 등을 바라보며 불렀다.

"네?"

라이더가 걸음을 멈추고 돌아보았다.

"어때? 돌아오니까 기뻐?"

라이더는 보슈의 말을 금방 알아들었다. 살인 사건 담당으로 돌아오니까 기쁘냐는 뜻이었다.

"그야 물론 기쁘죠. 이 창백한 말을 탄 자(요한계시록 6장 8절에 나오는 죽음의 상징인 창백한 말을 탄 사람. 죽음의 사자를 뜻함-옮긴이)를 잡아넣고 사건을 해결하면 기뻐서 기절할 것 같아요."

"그러게."

보슈가 말했다.

라이더가 떠나고 나서, 보슈는 그녀가 맥키를 창백한 말을 탄 자라고 부른 것은 무슨 뜻일까 생각해보았다. 성서에 나온 말인 것 같은데, 정확히 어디서 어떻게 언급되었는지는 알 수 없었다. 어쩌면 남쪽 지역에서는 인종차별주의자를 그렇게 부르는지도 모른다는 생각이 들었다. 보슈는 다음 날 라이더에게 물어보기로 했다. 그는 다시 보호관찰 자료를 뒤적이다가 곧 포기했다. 이젠 지금 여기에 집중할 때라는 걸 알고 있었다. 과거가 아니라. 이미 이루어진 선택과 가지 않은 길을 돌아볼 때가 아니었다.

보슈는 일어서서 보호관찰 자료와 벌로런 사건 자료를 모아 옆구리에 꼈다. 내일 잠복 중 한가할 때 좋은 읽을거리가 될 것 같았다. 보슈는 먼저 퇴근한다고 인사를 하러 에이벌 프랫 반장의 사무실 안으로 고개를 빼죽 들이밀었다.

"행운을 빌어요, 해리. 빨리 종결해요."

프랫이 말했다.

"그래야죠."

# 26

## 문신

보슈는 할리우드 경찰서 뒤쪽 주차장에 차를 세우고 뒷문을 통해 건물 안으로 들어갔다. 굉장히 오랜만에 오는 거였지만 내부가 완전히 바뀐 것을 금방 알 수 있었다. 에드거가 말했던 내진 개조 공사를 위해 건물 안의 모든 공간을 건드린 것 같았다. 예전에 유치장이 있던 자리에 상황실이 있었다. 예전에는 방이 따로 없어 눈치를 보면서 형사과 사무실을 빌려 쓰던 순경들을 위한 조서 작성실도 보였다.

범죄전담팀으로 올라가기 전에 혹시 자료를 구할 수 있을까 해서 형사과 사무실부터 들르기로 했다. 보슈는 뒤쪽 복도를 걸어가다가 이름은 기억 안 나고 성이 맥도날드인 상황실 경사와 마주쳤다.

"여어, 해리, 복귀했어요? 진짜 오랜만인데요."

"복귀했어, 6번."

"잘됐네요."

6번은 할리우드 경찰서를 뜻하는 무전 암호였다. 순찰 경사를 6번이라고 부르는 것은 살인담당 형사를 로이라고 부르는 것과 마찬가지였다. 보슈는 이렇게 부르면서 이름이 생각 안 나는 어색한 순간을 무사히 넘어갈 수 있었다. 복도 끝에 다다르자 그 경사의 이름이 밥이라는 게 기억이 났다.

강력반 살인전담팀은 거대한 형사과 사무실의 뒤쪽 끝에 있었다. 에드거의 말이 옳았다. 그곳은 이제까지 보슈가 보았던 형사과 사무실하고는 판이하게 달랐다. 그곳은 회색의 몰개성적인 공간으로 변해 있었다. 무작위로 전화를 걸어 사업체 사장들과 할머니들에게 고가의 펜이나 시분할 방식 제품들을 바가지를 씌워 팔아먹는 사기꾼들의 사무실 같았다. 보슈는 책상을 둘러싼 방음 칸막이 하나 위로 에드거의 정수리가 불쑥 튀어나온 것을 보았다. 사무실에 에드거 혼자 남아 있는 것 같았다. 늦은 시각이긴 했지만 많이 늦지는 않았는데.

보슈는 그곳으로 걸어가 칸막이 위에서 에드거를 내려다보았다. 에드거는 고개를 숙이고 〈LA 타임스〉의 크로스워드 퍼즐을 풀고 있었다. 퍼즐 풀기는 에드거가 매일 치르는 의식이었다. 그는 화장실에 갈 때도 점심 식사를 하러 갈 때도 잠복근무를 나갈 때도 신문을 갖고 다니면서 퍼즐을 풀었다. 퍼즐을 다 못 풀면 집에 갈 생각도 하지 않았다.

에드거는 보슈가 와 있다는 것을 알아차리지 못했다. 보슈는 조용히 뒤로 걸어가 에드거 옆에 있는 칸막이 자리로 숨어들어갔다. 책상 밑 발 놓는 공간에 놓인 철제 쓰레기통을 조심스럽게 집어 들고 오리걸음으로 빠져나와 에드거 바로 뒤로 가서 섰다. 그러고는 1미터 높이에서 쓰레기통을 새로 깐 회색 리놀륨 장판 위로 떨어뜨렸다. 그러자 총성에 맞먹을 정도로 크고 날카로운 소리가 났다. 에드거가 자리에서 벌떡 일어서는 것과 동시에 연필은 천장을 향해 날아갔다. 그는 뭐라고 소리를 지르려다가 보슈를 발견했다.

"빌어먹을, 보슈!"

"잘 있었어, 제리?"

보슈는 배꼽 빠지게 웃어젖히면서 겨우 인사말을 건넸다.

"빌어먹을, 보슈!"

"그래 아까 말했잖아. 오늘 밤 할리우드는 아주 평안한가 봐."

"도대체 여기서 뭐 하는 거야? 설마 날 놀래키려고 온 건 아니겠지?"

"근무 중이야, 친구. 위층 범죄팀 분장사하고 약속이 있어서 왔어. 자넨 뭐하고 있었어?"

"다 끝나가던 중이었어. 곧 퇴근할 참이었지."

보슈가 허리를 굽히고 들여다보니 크로스워드의 빈칸이 거의 다 채워져 있었다. 지운 흔적도 몇 개 보였다. 에드거는 크로스워드 퍼즐을 풀 때 절대로 펜을 사용하지 않았다. 에드거의 오래된 빨간색 사전이 책꽂이에서 빠져 나와 책상 위에 놓여 있었다.

"또 컨닝했어, 제리? 사전 쓰면 안 된다니까 그러네."

에드거는 의자에 털썩 주저앉았다. 보슈가 놀래킨 일과 보슈가 한 말 때문에 화가 단단히 난 것 같았다.

"웃기는 소리. 내가 하고 싶은 대로 하면 되지 뭘. 규칙 같은 건 없어, 해리. 날 좀 혼자 내버려 두고 자넨 빨리 올라가보지 그래? 분장사한테 아이라인이나 멋지게 그려달라고 해, 손님 좀 받게."

"그래, 그러지 뭐. 자네가 첫 손님이 되어준다면야."

"됐고. 그래, 여긴 뭐가 필요해서 온 거야, 아님 잔소리나 한바탕 늘어놓으려고 들른 거야?"

마침내 에드거가 씩 웃었고 보슈는 이제 둘 사이가 완전히 회복되었다고 생각했다.

"둘 다. 옛날 자료를 찾아볼 게 있어서. 이제 이 궁전에서는 그런 자료들을 어디다 두지?"

"얼마나 오래된 건데? 마이크로필름 작업을 위해 시내로 보내기 시작했는데."

"2000년쯤인 것 같은데. 마이클 앨런 스미스 기억해?"

에드거가 고개를 끄덕였다.

"물론 기억하지. 나 같은 사람이 스미스를 어떻게 잊어. 그 자식이 왜?"

"그 자식 사진이 필요해. 그 자료 아직 여기 있을까?"

"응, 그 정도로 신선한 건 아직 있어. 날 따라와."

에드거는 잠긴 문 앞으로 보슈를 데려갔다. 에드거가 열쇠로 문을 열었고, 곧 두 사람은 푸른색 바인더가 가득 꽂힌 책장이 줄지어 서 있는 작은 방으로 들어갔다. 에드거는 마이클 앨런 스미스 살인 사건 파일을 찾아내 책꽂이에서 빼냈다. 그러고는 그 파일을 보슈의 손으로 떨어뜨렸다. 무거웠다. 상당히 힘든 사건이었던 게 기억났다.

보슈는 살인 사건 파일을 들고 에드거 옆 자리로 가서 들춰보다가 스미스의 상반신을 찍은 사진과 문신을 근접 촬영한 사진 몇 장을 찾아냈다. 스미스의 문신은 5년 전 남창 세 명을 살해한 스미스의 신원을 확인하고 기소하는 데 결정적인 역할을 했다. 보슈와 에드거와 라이더가 그 사건을 맡았다. 스미스는 공공연한 백인 우월주의자였고 샌타 모니카 대로에서 골라잡은 흑인 복장도착 남창들을 은밀히 성매매했다. 그러고는 인종적, 성적 선을 넘은 것에 죄책감을 느끼고 그들을 살해했다. 살인을 하면 자기가 저지른 죄에 대한 자괴감이 많이 줄어드는 모양이었다. 이 사건 수사의 돌파구가 된 결정적인 단서는 라이더가 찾아낸 남창의 증언이었다. 그는 피해자 한 명이 고객과 함께 승합차에 타는 것을 목격했다. 그는 그 고객의 손에 그려진 독특한 문신을 기억해냈다. 그리고 그 문신 덕분에 결국 경찰은 스미스를 찾아냈다. 스미스는 전국의 여러 교도소를 돌아다니면서 다양한 문신들을 수집해 왔었다. 남창 살인 사건으로 스미스는 재판을 받고, 유죄 평결을 받고, 사형 선고를 받았지만, 줄기차게 항소를 제기하면서 아직도 주사기를 피하고 있었다.

보슈는 교도소 잉크로 그린 문신이 있는 스미스의 목과 두 손과 왼팔 윗 팔뚝을 찍은 사진들을 꺼냈다.

"위층에서 이게 필요해. 자료실 문을 닫아야 하면 닫고 퇴근해. 이 사진들은 자네 책상 위에 놓고 갈게."

에드거가 고개를 끄덕였다.

"그래, 그렇게 해. 근데 뭘 어쩔 셈이야, 해리? 그 더러운 그림을 자네 몸에 새기겠다고?"

"그래, 제리. 마이클처럼 하려고."

에드거의 눈이 가늘어졌다.

"어제 말한 채스워스 에이츠 건하고 관련된 거야?"

보슈가 미소를 지었다.

"우와, 제리, 형사해도 되겠다. 진짜 예리한데."

에드거는 보슈의 빈정거림을 또 참아준다는 듯 고개를 끄덕였다.

"머리도 그렇게 자를 거야?"

에드거가 물었다.

"아니, 그 정도까지 갈 생각은 아니고. 개심한 스킨헤드 정도로 해두려고."

보슈가 말했다.

"그렇군."

"저기, 제리, 오늘 밤에 바빠? 이건 그리 오래 안 걸릴 거야. 퍼즐 다 풀면서 기다려줄래? 머소즈에서 스테이크라도 같이 먹게."

보슈는 말을 하니까 정말 먹고 싶어졌다. 스테이크와 보드카 마티니.

"안 돼, 해리, 셰리 라일리의 은퇴 기념 만찬이 있어서 스포츠맨즈 랏지(LA 스튜디오 시티 벤츄라 대로에 있는 유서 깊은 호텔–옮긴이)에 가봐야 해. 그것 때문에 시간 때우고 있었던 거야. 교통 혼잡 시간대를 피해가려고."

셰리 라일리는 성범죄 담당 수사관이었다. 보슈도 가끔 그녀와 함께 일한 적이 있었지만, 둘은 결코 가까운 사이가 되지 못했다. 섹스와 살인 사건이 한데 엉키면, 사건은 보통 너무나 잔혹하고 까다로워서 일 외에 다른 것을 함께 할 여유가 거의 없었다. 보슈는 그녀가 은퇴한다는 사실도 모르고 있었다.

"스테이크는 나중에 먹자고. 괜찮지?"

에드거가 말했다.

"그럼, 괜찮고 말고. 가서 재미있게 놀다 와. 라일리한테 내가 안부 전한다고 행운을 빈다고 전해줘. 그리고 사진 고마워. 책상에 두고 갈게."

보슈는 복도를 향해 걸어가다가 에드거가 투덜거리는 소리를 들었다. 돌아보니 예전 동료가 일어서서 두 팔을 벌린 채 자기 칸막이 자리 안을 두리번거리고 있었다.

"이놈의 연필이 어디 갔지?"

보슈가 바닥을 훑어보았지만 연필은 보이지 않았다. 결국 고개를 들어 천장을 바라보니 에드거의 머리 위 천장 소리흡수 타일에 연필이 꽂혀 있는 것이 보였다.

"제리, 올라간 게 내려오지 않을 때도 가끔 있어."

천장을 올려다본 에드거는 연필을 발견했다. 풀쩍 뛰었지만 처음에는 실패했고 두 번째 뛸 때 연필을 잡았다.

2층 범죄수사팀 사무실 문이 잠겨 있었지만 이상한 일은 아니었다. 보슈가 문을 두드리자 사복 차림의 낯선 수사관이 재빨리 문을 열어주었다.

"비키 있어요? 약속이 되어 있는데."

"들어오세요."

수사관이 뒤로 물러서서 보슈가 들어오게 공간을 마련해주었다. 이 방은 개조 공사가 진행되는 동안에도 그다지 바뀐 것 같지 않았다. 양쪽 벽을 따라 작업대가 늘어서 있는 긴 방이었다. 범죄수사팀 각 수사관의 자리 위 벽에 영화 포스터 액자가 걸려 있었다. 할리우드 경찰서에서는 실제로 할리우드 경찰서 안에서 촬영이 된 영화의 포스터만이 벽을 장식할 수 있었다. 〈블루 네온 나잇〉이라는 보슈는 보지 못했던 영화 포스터 밑 작업대 앞에 비키 랜드레스가 앉아 있었다. 비키와 아까 문을 열어준 수사관만 사무실 안에 남아 있었다. 다른 사람들은 벌써 야간 위장 근무를 위해 거리로 나간 모양이었다.

"어서 와, 해리."

랜드레스가 말했다.

"안녕, 비키. 이 일 해줄 시간 있어?"

"당신을 위해서라면 언제라도 시간을 내야지."

랜드레스는 전직 할리우드 분장사였다. 20년 전 어느 날 그녀는 세트장 경비 아르바이트를 하는 비번 순경의 설득으로 순찰차 동승근무를 하게 되었다. 그 순경은 여자를 꾀려는 속셈이었다. 여자가 순찰차를 타고 돌아다니면서 스릴과 흥미를 느껴서 다른 결과를 가져올지 모른다는 바람이 있었다. 다른 결과를 가져오긴 했다. 랜드레스는 경찰대학에 입학해서 예비 경찰관이 되었고 한 달에 두 번 순찰차를 타고 교대근무를 했고 필요한 곳에서 대신 근무를 했다. 그러다가 범죄수사팀의 누군가가 랜드레스의 본업이 뭔지 알게 되었고 그녀에게 두 번의 근무를 범죄수사팀에서 해달라고 부탁했다. 그곳에서 랜드레스는 위장 근무 경찰관들을 매춘부나 포주, 마약상용자나 노숙인처럼 분장을 해주는 일을 맡았다. 곧 랜드레스는 경찰 일이 영화 일보다 더 재미있다고 생각하게 되었다. 그녀는 영화 일을 그만두고 전업 경찰이 되었다. 그녀의 분장 기술은 높이 평가를 받았고, 그녀는 할리우드 경찰서에서 없어서는 안 될 존재가 되었다.

보슈는 비키 랜드레스에게 마이클 앨런 스미스의 문신 사진들을 보여주었고, 랜드레스는 한동안 문신을 관찰했다.

"멋진 친구지?"

마침내 랜드레스가 말했다.

"최고지."

"이걸 오늘 밤에 다 하겠다고?"

"아니, 목에 번개 문신만 해볼까 하는데. 그리고 가능하면 이두박근에도."

"전부 교도소에서 한 거네. 조잡하기 짝이 없어. 단색이고. 할 수 있겠어. 여기 와 앉아서 셔츠 좀 벗어 봐."

랜드레스는 보슈를 작업대 앞으로 데려갔고, 보슈는 몸에 칠하는 다양한 색상의 화장품과 분이 놓인 선반 옆 걸상에 앉았다. 위쪽 선반에는 가발을 쓰고 목걸이를 한 마네킹 머리들이 줄지어 놓여 있었다. 누가 그랬는지 이 마네킹 머리들 밑에는 할리우드 경찰서 간부들의 이름이 붙여져 있었다.

보슈는 셔츠를 벗고 넥타이를 끌렀다. 속에는 티셔츠를 입고 있었다.

"보이기는 하지만 너무 선명하지는 않았으면 좋겠어. 이런 티셔츠를 입고 있으면 문신이 살짝 드러나는 정도로만. 뭔지, 무슨 뜻인지 알 수 있을 정도로만."

보슈가 말했다.

"문제없어. 움직이지 말고 가만히 있어."

랜드레스는 분필로 보슈의 셔츠 소매와 목 부분의 끝선이 있는 피부에 선을 그었다.

"이게 문신이 보이고 안 보이는 경계선이 될 거야. 이 밖으로는 얼마나 나오고 이 속으로는 얼마나 들어가고 싶은지만 말해줘."

"알았어."

"그 티셔츠도 벗어, 해리."

랜드레스가 욕정을 숨기지 않고 육감적인 목소리로 말했다. 보슈는 티셔츠를 머리 위로 잡아끌어 올려 벗어서 셔츠와 넥타이를 벗어놓은 의자를 향해 던졌다. 그러고는 랜드레스를 향해 돌아앉았고 랜드레스는 그의 가슴과 어깨를 살펴보았다. 그녀가 손을 뻗어 보슈의 왼쪽 어깨에 있는 흉터를 만졌다.

"새로 생긴 거네."

랜드레스가 말했다.

"옛날에 생긴 거야."

"당신의 벌거벗은 몸을 보는 거 꽤 오랜만이네."

"그래, 그런 것 같군."

"그 옛날 당신이 파란색 제복을 입은 애송이였을 땐 당신 말이라면 깜빡 넘어가서 무슨 짓이라도 했었는데. 경찰까지 됐잖아."

"난 내 차에 타라고 꼬셨지, 경찰국에 들어오라고 꼬신 건 아니었어. 그건 자신을 탓하라고."

보슈는 당황해서 얼굴이 화끈거렸다. 20년 전 두 사람은 연애를 했었지만 누구도 서로에게 헌신하지 않았고 헌신을 요구하지도 않았기 때문에 금방 끝이 났었다. 둘은 각자의 길을 갔지만 항상 편한 친구 사이로 남아 있었고, 특히 보슈가 할리우드 경찰서 강력반 살인전담팀으로 전근을 와서 두 사람이 같은 건물에서 일하게 됐을 때는 더 그랬다.

"어머나, 얼굴 빨개진 거 봐. 그 후로 지나온 세월이 얼만데."

랜드레스가 말했다.

"그게 아니라…."

보슈는 더 이상 말이 안 나왔다. 랜드레스는 보슈에게로 더 가까이 걸상을 굴려 다가왔다. 그녀는 손을 들어 보슈의 오른팔 맨 윗부분에 있는 땅굴 쥐 문신을 엄지손가락으로 비볐다.

"이건 기억난다. 잘 견디질 못했네?"

랜드레스가 말했다.

랜드레스의 말이 맞았다. 보슈가 베트남에서 새긴 그 땅굴 쥐 문신은 세월이 흐르면서 윤곽선이 사라졌고 색도 많이 희미해졌다. 총을 든 쥐가 땅굴에서 나오는 모습이라는 걸 알아보기도 힘들었다. 그 문신은 한데 얻어맞아 멍이 든 것처럼 보였다.

"나도 지금 견디기 힘들어, 비키."

보슈가 말했다. 랜드레스는 보슈의 투정을 못 들은 척하고 곧바로 작업에 착수했다. 우선 아이라이너 펜슬로 보슈의 몸에 문신의 윤곽을 그렸다. 마이클 앨런 스미스는 목에 자칭 '게슈타포 옷깃'이라는 것을 새겨놓고 있었다. 목 양옆에 그려진 'SS'를 상징하는 쌍둥이 번개 문양이 그것이었다. 히틀러의 고위 부관들이 입었던 제복의 옷깃에 붙어 있었던 상징물을 그대로 본 딴 것이었다. 랜드레스는 보슈의 피부에 이 문양을 금방 수월하게 그려 넣었다. 보슈는 간지러워서 가만히 있기가 힘이 들었다. 이젠 이두박근 차례였다.

"어느 팔?"

랜드레스가 물었다.

"왼팔."



보슈는 맥키와의 만남을 염두에 두고 있었다. 자기가 맥키의 오른쪽에 앉게 될 가능성이 더 높다고 생각했다. 그렇다면 자신의 왼팔이 맥키의 시야에 들어갈 거라는 뜻이었다.

랜드레스는 보슈에게 잘 베껴 그릴 수 있게 스미스의 팔을 찍은 사진을 자기 팔 옆에 들고 있으라고 말했다. 스미스의 이두박근에는 해골이 그려져 있었는데 해골 머리 부분에는 동그라미 속에 만자(卍字)가 새겨져 있었다. 스미스는 자기가 기소된 살인죄 혐의에 대해서는 단 한 번도 혐의를 인정하지 않았지만, 인종차별주의자로서의 신념과 자기 몸에 있는 여러 문신들의 기원에 대해서는 매우 솔직하게 털어놓았다. 그 이두박근에 새겨진 해골 문양은 2차 대전 선전 포스터에서 본 딴 것이었다.

스케치 작업이 목에서 팔로 옮겨가자 보슈는 숨쉬기가 수월해졌고 랜드레스는 보슈와 대화를 시작할 수 있었다.

"그래, 요즘 어때?"

랜드레스가 물었다.

"그냥 그래."

"사직하니까 심심했어?"

"당연하지."

"그래서 뭐하고 지냈어, 해리?"

"옛날 사건 두 건 해결했어. 하지만 주로 라스베이거스에서 지냈어. 내 딸에 대해 알아가려고 애를 쓰면서."

랜드레스는 일하다 말고 몸을 뒤로 젖히고는 깜짝 놀란 눈으로 보슈를 올려다보았다.

"그래, 나도 처음 들었을 땐 얼마나 놀랐는지 몰라."

보슈가 말했다.

"몇 살이야?"

"곧 여섯 살 돼."

"복직했는데 아이를 만나러 갈 시간이 되겠어?"

"안 되도 상관없어. 어차피 거기 안 사니까."

"그럼 어디 사는데?"

"애 엄마가 홍콩으로 데려갔어, 1년간 거기서 산다고."

"홍콩? 홍콩에 뭐가 있는데?"

"직장. 1년 계약했대."

"당신하고 상의도 안 하고?"

"그걸 상의했다고 해야 하나 모르겠지만, 어쨌든 간다고 말은 했어. 변호사한테 물어봤더니 나로서는 어쩔 도리가 없다더라고."

"그건 불공평하다, 해리."

"괜찮아. 일주일에 한 번은 통화를 해. 휴가를 받으면 곧장 날아갈 거야."

"당신한테 불공평하다는 얘기가 아닌데. 딸한테 불공평하다는 얘기지. 딸은 아빠랑 가까이 있어야 하는데."

보슈는 고개를 끄덕였다. 움직이지 않아야 하기 때문에 그것밖에 할 수 없었다. 몇 분 후 랜드레스는 스케치 작업을 마쳤고, 상자를 열어 할리우드 문신 잉크 병과 펜처럼 생긴 문신 침을 꺼냈다.

"파란색이야. 교도소에서는 대부분 이걸 써. 피부에 구멍을 뚫지는 않을 거니까 2주일쯤 지나면 벗겨질 거야."

랜드레스가 말했다.

"확실해?"

"대체로 그렇다고. 예전에 함께 일했던 배우는 예외였지만. 그 남자 팔에 스페이드의 에이스 문신을 그려줬거든. 근데 웃긴 건 그 문신이 벗겨지지 않은 것 있지? 전혀. 결국에는 그가 내 문신 그림 위에 진짜로 문신을 해야 했어. 열 받아 죽으려고 그러더라고."

"나도 내 목에 번개를 그려 넣은 채 평생을 살아야 한다면 열 좀 받을 것 같은데. 그러니까 그려넣기 전에, 비키, 뭐…."

보슈는 랜드레스가 자기를 바라보며 웃고 있는 것을 깨닫고 말을 멈췄다.

"농담이었어, 보슈. 이건 할리우드 마술이야. 두세 번 빡빡 문지르면 벗겨진다고, 알았어?"

"그렇다면 뭐."

"그럼 가만히 좀 있어, 빨리 끝내게."

랜드레스는 보슈의 피부에 그려진 연필 그림 위에 남색 잉크를 덧칠하기 시작했다. 그녀는 자꾸만 헝겊으로 잉크를 꾹꾹 찍어 닦아내면서 숨 쉬지 말라고 주문했고, 보슈는 어떻게 숨을 안 쉬냐고 항변했다. 30분이 채 안 되어 작업이 끝났다. 랜드레스에게서 손거울을 받아든 보슈는 목을 자세히 살펴보았다. 문신이 진짜 같아 보여서 보기 좋았다. 한편으로는 자기 피부에 그런 증오의 상징이 그려져 있어서 낯설게 느껴지기도 했다.

"이제 셔츠 입어도 돼?"

"몇 분만 더 있다가."

랜드레스가 다시 보슈의 어깨에 있는 흉터를 어루만졌다.

"시내 그 땅굴에서 총에 맞았을 때 생긴 거야?"

"응."

"불쌍한 해리."

"운 좋은 해리가 맞겠지."

랜드레스가 도구들을 챙겨 넣기 시작했고 보슈는 셔츠를 벗은 채 앉아서 어색해하고 있었다.

"그래, 오늘 밤엔 무슨 임무야?"

보슈는 무슨 말인가 해야겠다 싶어 이렇게 물었다.

"나? 아무 일도 없는데. 퇴근할 거야."

"일 다 끝났다고?"

"응, 오늘은 낮 근무였어. 코닥 센터 옆에 있는 호텔을 제집 드나들 듯 하는 매춘부 아이들 잡기. 새로운 할리우드에서 그런 걸 봐줄 수는 없잖아, 안 그래? 그래서 네 명을 잡아들였지."

"미안해, 비키. 나 때문에 남아 있었다는 걸 몰랐어. 알았다면 좀 더 일찍 왔을 텐데. 젠장, 아래층에서 에드거하고 농담 따먹기 실컷 하다가 올라왔는데. 그러면 그렇다고 말해주지 그랬어."

"괜찮아. 얼굴 보니까 좋네. 복직을 환영한다고 직접 말해주고 싶었어."

보슈는 갑자기 무슨 생각이 떠올랐다.

"비키, 우리 머소즈 가서 같이 저녁 먹을까? 아니면 당신도 스포츠맨즈 랏지에 가봐야 돼?"

"스포츠맨즈 랏지엔 뭐 하러. 그런 모임은 꼭 종방연 같아서 말이야. 옛날에 종방연 가는 것도 엄청 싫어했거든."

"그럼 머소즈 갈까?"

"그런 곳에서 이렇게 공공연한 인종차별주의자 돼지새끼하고 함께 있는 걸 들켜도 괜찮을까 모르겠네."

보슈도 이번에는 농담이라는 걸 알았다. 보슈가 미소를 짓자 랜드레스도 미소를 지으며 저녁을 함께 먹자는 제안을 받아들이겠다고 말했다.

"한 가지 조건이 있어."

랜드레스가 말했다.

"뭔데?"

"셔츠 다시 입는 것."

# 27

## 딸의 영혼과 함께한 17년

보슈는 자명종이 울린 것도 아닌데 다음 날 아침 5시 30분에 잠이 깼다. 특이한 일이 아니었다. 사건 수사라는 파도타기를 할 때에는 늘 이랬다. 깨어 있는 시간이 잠자는 시간보다 훨씬 많았다. 보드 위에서 계속해서 파도를 타기 위해 할 수 있는 일을 다 했다. 근무가 시작되려면 아직도 열두 시간 이상 기다려야 했지만, 보슈는 이날이 수사에 있어 가장 중요한 날이 되리라는 것을 알고 있어서, 더 이상 잠을 잘 수가 없었다.

보슈는 캄캄하고 낯선 환경에서 옷을 주섬주섬 입고 부엌을 찾아갔고, 거기서 사야 할 식품 들을 적어놓는 메모장을 발견했다. 그는 메모를 해서 자동 커피 메이커 앞에 놓았다. 전날 밤 비키 랜드레스가 커피 끓이는 시간을 오전 7시로 맞춰놓는 것을 보았다. 메모에는 저녁 함께 해줘서 고맙다는 말과 작별 인사 정도만 적어놓았다. 또 보자거나 무슨 약속을 하지 않았다. 랜드레스도 그런 걸 기대하지는 않으리라는 것을 보슈는 알고 있었다. 둘 사이는 20년이 지나도 바뀐 것이 거의 없었다. 둘은 서로를 정말 좋아했지만, 그것을 토대로 집을 지을 만큼 애정이 충분하지는 않았다.

비키 랜드레스의 집이 있는 로스 펠리즈와 카후엥가 고갯길 사이의 거리들은 어슴푸레한 엷은 안개로 덮여 있었다. 사람들은 자동차 라이트를 켠 채로 달리고 있었는데, 밤새도록 달리고 있는 것이거나, 라이트가 세상을 깨우는 데 도움을 줄 거라고 생각하는 모양이었다. 보슈는 새벽은 황혼 녘에 비하면 아무것도 아니라는 것을 알고 있었다. 새벽은 항상 볼품없이 찾아왔다. 마치 태양이 뭔가 어설프고 서두르고 있는 것 같았다. 반면에 황혼 녘은 좀 더 자연스럽게 찾아왔고 달은 태양보다 인내심이 많았다. 인생이나 자연이나 항상 어둠이 더 오래가는 것 같았다.

보슈는 밤에 대한 생각을 떨쳐버리고 수사에만 집중하려고 노력했다. 지금 다른 동료들은 우드랜드 힐즈의 마리아노 거리에 있거나 산업단지 내의 리슨텍 감청 센터에서 작업을 준비하고 있을 것이었다. 롤랜드 맥키가 자는 동안 경찰이 조용히 그를 향해 포위망을 좁혀가고 있었다. 보슈는 그렇게 생각했다. 그런 생각을 하니 긴장과 흥분이 느껴졌다. 보슈는 여전히 맥키가 레베카 벌로런을 향해 방아쇠를 당긴 사람은 아닐 거라고 생각했다. 그러나 그는 맥키가 권총을 제공했고, 오늘은 그들을 방아쇠를 당긴 범인에게로, 그게 윌리엄 버카트이든 다른 누구든 간에, 범인에게로 이끌어줄 거라고 확신했다.

보슈는 자기 집이 있는 산의 아래쪽에 있는 포퀴토 마스(멕시코 식당 체인-옮긴이) 앞 주차장으로 들어갔다. 메르세데스의 시동을 끄지 않은 채 차에서 내려 일렬로 서 있는 신문 자판기 앞으로 걸어갔다. 레베카 벌로런의 얼굴이 자판기의 얼룩진 플라스틱 창 안에서 보슈를 내다보고 있었다. 보슈는 맥박이 조금 빨라지는 것을 느꼈다. 기사 내용은 중요하지 않았다. 이제 유인작업이 본격적으로 시작됐다는 것이 중요했다.

보슈는 자판기에 동전을 집어넣고 신문을 꺼냈다. 다시 동전을 넣고 한 부 더 꺼냈다. 하나는 자료로 남겨놓기 위한 거였고, 다른 하나는 맥키를 위한 거였다. 보슈는 산을 올라가 집에 갈 때까지 신문을 굳이 읽어보지 않았다. 집 안으로 들어가서 커피를 한 주전자 올려놓은 다음에야 부엌에 그대로 서서 기사를 읽었다. 창문 기사 속의 사진은 딸의 침대에 앉아 있는 뮤리얼 벌로런을 찍은 거였다. 침실은 깔끔했고 침대는 방바닥에 닿은 주름장식에 이르기까지 완벽하게 정돈이 되어 있었다. 사진 윗부분 한구석에 작은 레베카 사진이 삽입되어 있었다. 〈데일리 뉴스〉의 자료실은 학교 앨범 사진을 갖고 있었던 모양이었다. 사진 위에는 '어머니의 오랜 기다림'이라는 표제가 실려 있었다.

침실 사진 밑에는 에머슨 워드라고 사진기자 이름이 적혀 있었다. 그 밑에 실린 사진 설명에는 "뮤리얼 벌로런이 딸의 침실에 앉아 있다. 그 침실은 벌로런 부인의 슬픔이 그러하듯이 세월이 지나도 고스란히 그때 그대로였다."라고 적혀 있었다.

사진 밑, 본문 위에는 기사 요약문—예전에 한 기자한테 들은 바로는 '부제'라고 부른다고 했다—이 실려 있었다. "딸의 영혼과 함께한 17년. 뮤리얼 벌로런은 딸의 목숨을 빼앗아간 사람이 누군지 알기 위해 17년을 기다려왔다. 수사를 재개한 LA 경찰은 범인의 신원 확보에 근접한 듯 보인다."

완벽한 부제였다. 맥키가 부제를 본다면, 두려움이라는 차가운 손가락이 가슴을 콕콕 찌르는 것을 느낄 것이다. 보슈는 기대감에 부풀어 기사를 읽었다.

17년 전 여름, 레베카 벌로런이라는 아리따운 여고생이 채스워스에 있는 자기 집에서 납치되어 오트 산에서 잔혹하게 살해당했다. 사건은 미궁에 빠졌고, 그 이후로 그 여고생의 가정은 해체되었으며, 경찰과 지역사회는 사건을 해결하지 못했다는 죄책감에 시달리게 되었다.

그러나 피해자의 어머니 뮤리얼 벌로런에게 다시 희망이 생겼다. 로스앤젤레스 경찰국이 재수사에 돌입했고 이제야 사건 종결의 가능성이 생겼기 때문이다. 이번에는 형사들이 1988년에는 확보하지 못했던 단서까지 확보한 상태. 바로 범인의 DNA다.

2년 전 LA 경찰국 내 미결 사건들을 재수사하기 위해 미해결 사건 전담반이 구성되자, 1988년 벌로런 사건을 담당했던 형사가 — 지금은 밸리 지국 경정이다 — 재수사를 촉구하면서 미해결 사건 전담반이 재수사에 돌입하게 된 것이다.

"미결 사건들을 재수사할 전담반이 생겼다는 소식을 듣자마자 전화를 걸었습니다. 레베카 벌로런 사건은 줄곧 나를 괴롭혔던 사건이라서요. 그 예쁘고 어린 여고생이 그렇게 집에서 납치되어 살해되다니. 우리 사회에서 어떤 살인도 절대로 용납되어서는 안 되지만, 이 사건은 사회에 미치는 파장이 다른 사건들보다 훨씬 더 컸어요. 지금까지 17년이라는 세월을 나는 그 사건 때문에 괴로워하며 살아왔습니다." 아르투로 가르시아 경정이 어제 밸리 지국 경정실에서 이렇게 말했다.

그 사건으로 괴로워하며 살아오기는 레베카의 어머니 뮤리얼 벌로런도 마찬가지였다. 그녀는 열여섯 살 된 딸이 납치된 레드 메사 길의 바로 그 집에서 살고 있었다. 레베카의 침실은 레베카가 뒷문으로 끌려 나가 다시 돌아오지 못한 그날 밤에 시간이 멈춘 채 조금도 변하지 않은 상태로 보존되고 있었다.

"아무것도 바꾸고 싶지 않아요. 딸아이의 체취가 남아 있는 방을 함부로 바꾸다니요. 앞으로도 절대로 이 방을 바꾸지 않을 거고 이 집을 떠나지도 않을 거예요."

어제 눈물이 그렁그렁한 어머니가 딸의 침대보를 어루만지면서 말했다.

재수사를 맡은 해리 보슈 형사는 현재 이 사건을 해결할 수 있는 중요한 단서를 몇 가지 확보했다고 〈데일리 뉴스〉에 밝혔다. 이 사건에 가장 큰 도움을 준 것은 1988년 이후로 이루어진 기술의 발전이었다. 살인 무기 안에서 레베카 벌로런의 것이 아닌 혈흔이 발견되었다. 보슈 형사는 그 권총의 공이치기가 총을 쏜 사람의 손을 "물어서", 혈흔과 세포 조직을 남겼다고 설명했다. 1988년에는 그 혈흔과 세포조직 샘플의 분석과 유형 분류와 보존만이 가능했다. 그러나 지금은 그것을 토대로 용의자를 확인할 수 있게 되었다. 이젠 그 용의자를 찾기만 하면 되는 것이다.

"과거에도 철저하게 수사를 한 사건이었습니다. 수백 명이 조사를 받았고, 수백 개의 단서를 확인해봤죠. 지금도 그 모든 작업을 되짚어 하고 있지만 실은 DNA에 희망을 걸고 있습니다. DNA가 수사의 돌파구가 될 거라고 믿습니다." 보슈 형사가 말했다.

보슈 형사는 피해자가 성폭행을 당하지는 않았지만 성 심리 범죄의 요소들이 있다고 설명했다. 10년 전 캘리포니아 주 법무부는 성관련 범죄로 유죄 평결을 받은 모든 기결수의 DNA 샘플을 확보하는 데이터베이스 구축 작업을 시작했다. 벌로런 사건에서 채취된 DNA는 그 법무부의 데이터베이스와 비교 작업이 진행되고 있다. 보슈 형사는 레베카 벌로런 살인 사건이 단일 범죄가 아닐 가능성이 있다고 판단하고 있었다.

"살인범이 이 범죄 하나만을 저지르고 그 후로는 법을 준수하는 모범시민으로 살았을 가능성은 별로 없을 것 같습니다. 이 범죄의 특성으로 볼 때 이자는 다른 범죄를 저질렀을 가능성이 높아요. 이자가 한 번이라도 체포되어 DNA 정보가 데이터베이스에 입력이 되었다면, 신원 확인은 시간문제입니다."

레베카 벌로런은 1988년 7월 5일 한밤중에 자기 집에서 납치되었다. 경찰과 이웃 주민들이 사흘 동안 주변을 수색했지만 그녀의 행방을 보여주는 작은 실마리 하나도 발견하지 못했다. 그러다가 오트 산에서 승마를 하던 한 여성이 쓰러진 나무 뒤에 숨겨진 레베카의 시신을 발견했다. 경찰은 레베카가 사망하기 6주 전쯤 임신 중절 수술을 받았다는 사실을 포함하여 많은 것들을 밝혀낼 수 있었지만, 범인이 누구인지 범인이 그 집에 어떻게 들어갔는지에 대해서는 아무것도 확인할 수가 없었다.

그 후 지금까지의 세월 동안, 그 범죄는 많은 사람들의 삶에 영향을 미쳤다. 피해자의 부모는 별거를 했고, 뮤리얼 벌로런은 예전에 말리부 식당을 경영했던 남편 로버트 벌로런이 현재 어디서 지내는지도 모른다고 했다. 그녀는 부부 사이가 그렇게 틀어지고 만 직접적인 원인은 딸의 죽음으로 인한 중압감과 슬픔이었다고 말했다.

당시 사건을 맡았던 수사관들 중 한 명인 로날드 그린 형사는 조기 퇴직을 한 후 얼마 있다가 자살했다. 가르시아 경정은 미제로 남은 벌로런 사건이 예전 동료가 스스로 생을 마감하기로 결정하는 데 영향을 미쳤다고 믿는다고 말했다.

"로니가 안타까워했던 사건들이 여럿 있었죠. 이 사건도 그중 하나였던 것으로 알고 있습니다." 가르시아 경정이 말했다.

인기 학생이었던 레베카 벌로런이 다녔던 힐사이드 고등학교에는 그녀의 삶과 죽음을 기억하는 기념물이 있다. 그녀의 동급생들이 세운 추모 명판이 그 고급 사립학교의 1층 복도 벽에 붙어 있다.

"우리는 레베카 같은 멋진 학생을 잊고 싶지 않습니다." 고든 스토다드 교장이 말했다. 그는 레베카 벌로런이 학교를 다녔을 당시에는 평교사로 재직했다고 한다.

레베카의 동급생이자 친한 친구였던 베일리 코스터 세이블은 이제 힐사이드의 교사가 되었다. 세이블은 레베카가 살해되기 이틀 전에 함께 밤을 보내기도 했다. 레베카의 죽음이 줄곧 세이블을 괴롭혔고 날마다 그 친구를 생각한다고 말했다.

"그런 일은 누구에게라도 일어날 수 있었을 거라고 생각해요. 그러니까 항상 같은 의문이 생기더군요. 그런데 왜 레베카였을까 하는 의문이요." 어제 수업이 끝난 후 기자를 만난 세이블이 말했다.

로스앤젤레스 경찰이 마침내 그 의문에 대한 해답을 곧 찾아낼 것으로 기대된다.

보슈는 기사가 이어지고 있는 2면에 실린 사진을 보았다. 베일리 세이블 선생과 고든 스토다드 교장이 힐사이드 고등학교 벽에 붙은 추모 명판의 양옆에 서 있었다. 이 사진도 에머슨 워드가 찍었다고 적혀 있었다. 다음과 같은 사진 설명이 적혀 있었다. "친구와 선생님: 베일리 세이블은 레베카 벌로런과 함께 학교를 다녔던 친구였고, 고든 스토다드는 벌로런의 과학 선생님이었다. 현재 교장이 된 스토다드는 '베키는 좋은 학생이었어요. 이런 일은 절대로 일어나지 말았어야 합니다.'라고 말했다."

보슈는 머그컵에 커피를 따라 홀짝이면서 기사를 다시 한 번 읽었다. 그러고 나서는 들뜬 마음으로 전화기를 집어 들고 키즈민 라이더의 집으로 전화를 걸었다. 라이더가 졸린 목소리로 전화를 받았다.

"키즈, 기사가 완벽해. 맥킨지 워드가 우리가 원하는 모든 것들을 기사에 다 집어넣어놨어."

"선배? 지금 몇 시예요?"

"7시 다 됐어. 준비 완료야."

"선배, 우린 야간근무잖아요. 안 자고 뭐하는 거예요? 아침 7시에 전화를 걸다니 도대체 나한테 왜 이러는 거예요?"

보슈는 자신의 실수를 깨달았다.

"미안해. 흥분이 되어서 그만."

"두 시간 후에 다시 전화주세요."

라이더는 전화를 끊었다. 퉁명스런 말투였다.

보슈는 의기소침하지 않고 재킷 주머니에서 접은 쪽지 한 장을 꺼냈다. 어제 회의 때 프랫이 돌렸던 비상연락망 쪽지였다. 보슈는 팀 마샤의 휴대전화로 전화를 걸었다.

"나 보슈. 시작했어?"

보슈가 말했다.

"응, 잘 보고 있어."

"움직임이 있어?"

"쥐 죽은 듯 조용해. 자정까지 일했으면, 아무래도 늦잠을 자겠지."

"그 친구 차가 거기 있어? 카마로?"

"그래, 해리, 여기 있어."

"좋아. 신문 기사 읽었어?"

"아직. 맥키와 버카트 집 앞에 우리 말고 한 팀이 더 있으니까 우린 잠깐 쉬면서 커피와 신문 좀 사오려고."

"그래. 일이 잘될 것 같아."

"그래야지."

전화를 끊고 난 보슈는 맥키나 버카트가 마리아노에 있는 그 집을 떠나기 전까지는 그곳에 감시조가 두 팀이 있다는 사실을 깨달았다. 시간과 돈의 낭비였지만 달리 방법이 없었다. 감시대상 중 한 명이 언제 집을 나설지 알 수 없는 일이었다. 버카트에 대해서는 아는 바가 거의 없었다. 직업이 있는지 없는지조차 모르고 있었다.

다음으로 보슈는 리슨텍 감청 센터에 있는 레너에게 전화를 걸었다. 레너는 미해결 사건 전담반에서 가장 연장자라는 걸 내세워서 자기 팀 동료와 함께 감청 센터 주간 근무를 얻어냈다.

"뭐 나온 거 있어요?"

보슈가 레너에게 물었다.

"아직, 나오면 당신한테 제일 먼저 알려줄게."

보슈는 레너에게 감사 인사를 한 후 전화를 끊었다. 그리고 손목시계를 보았다. 아직 7시 30분도 안 됐다. 보슈는 자기 근무가 시작될 때까지 기다리다보면 하루가 굉장히 길겠다고 생각했다. 그는 머그컵에 커피를 다 따르고 나서 신문을 다시 쳐다보았다. 왠지 모르겠지만 죽은 소녀의 침실 사진이 자꾸만 거슬렸다. 뭔가 이상한 게 있는데 그게 뭔지 끄집어낼 수가 없었다. 그는 눈을 감고 다섯까지 센 후 갑자기 눈을 확 떴다. 그렇게 하면 뭔가 툭 튀어나와 줄 것처럼. 그러나 사진은 비밀을 보여주지 않았다. 짜증이 나기 시작하는데 갑자기 전화벨이 울렸다.

라이더였다.

"정말 고마워요. 다시 잠을 잘 수가 있어야지요. 오늘 밤에 눈 크게 뜨고 있어야 될 거예요, 선배, 난 안 그럴 테니까."

"미안해, 키즈. 그럴게."

"기사 읽어주세요."

보슈가 기사를 읽어주었고, 읽기가 끝나자 라이더도 보슈가 느낀 흥분을 공유하기 시작한 것 같았다. 두 사람은 기사가 틀림없이 맥키의 반응을 끌어낼 수 있을 거라고 생각했다. 문제는 맥키가 기사를 보고 읽게 만드는 거였는데, 그것도 충분히 가능하다고 생각했다.

"알았어요, 선배. 이제 움직여봐야겠어요. 낮에 할 일이 몇 가지 있으니까."

"알았어, 키즈, 거기서 보자고. 탬파, 주유소 남쪽으로 한 블록 떨어진 곳에서 5시 45분 어때?"

"그전에 무슨 일 생기지 않으면 그럴게요."

"그래, 나도."

전화를 끊고 나서 보슈는 침실로 들어가 밤샘 잠복하기에 편안하고 맥키를 위해 연극을 하는 데도 도움이 되는 옷으로 갈아입었다. 그는 많이 빨아서 줄어들어 소매 부분이 꽉 죄고 짧아져 이두박근이 드러나는 흰 티셔츠를 골랐다. 그 티셔츠 위에 남방을 입기 전에 거울 앞에서 자기 모습을 살펴보았다. 해골 문신의 절반이 드러나 보였고 티셔츠 목

부분 위로 SS 번개 모양이 드러났다.

문신이 전날 밤보다 더 진짜 같았다. 보슈는 비키 랜드레스의 집에서 샤워를 했는데, 비키는 교도소에서 한 문신이 대체로 그렇듯이 물이 닿으면 잉크가 약간씩 희미해질 거라고 했었다. 샤워를 두세 번 하고 나면 잉크가 씻겨 내려갈 거라고 경고하면서, 필요하다면 덧칠을 해주겠다고 했다. 보슈는 문신이 필요한 건 하루뿐이고 그 이상 필요할 일은 없을 거라고 말해주었다. 연극을 하면 그 자리에서 효과가 있든가 없든가 결정이 나는 거라고 말했다.

보슈는 티셔츠 위에 긴팔 남방을 입었다. 거울로 확인하니 남방 속에 피 흘리는 해골 문신이 비쳐 보였다. 해골 머리에 있는 두꺼운 검은색 만자(卍字) 모양은 확실히 보였다.

보슈는 준비는 끝났는데 근무 시작 시간까지 시간이 많이 남아서 거실을 서성거리면서 무엇을 할까 궁리를 했다. 그러다가 딸에게 전화를 걸기로 했다. 딸의 사랑스럽고 유쾌한 목소리를 들으면 힘이 날 것 같았다.

그는 냉장고 문에 붙은 포스트잇에 적힌 카오룽(홍콩 섬 맞은편의 반도 · 도시. 홍콩 행정구의 일부—옮긴이)에 있는 인터콘티넨털 호텔 전화번호를 곁눈질해 보면서 눌렀다. 그곳은 저녁 8시가 다 됐을 것이고 딸은 아직은 안 자고 있을 것이다. 그러나 엘리노어 위시의 방으로 연결이 됐지만 받지 않았다. 시차를 잘못 알았나 싶었다. 어쩌면 너무 일찍 혹은 너무 늦은 시각에 전화를 건 것인지도 몰랐다.

벨이 여섯 번이 울린 후 자동 응답기로 넘어가더니 녹음된 목소리가 메시지를 남기는 방법을 영어와 광둥어로 알려주었다. 보슈는 엘리노어와 딸을 위해 짤막한 메시지를 남긴 후 전화를 끊었다.

보슈는 딸에 대한 생각에 혹은 딸이 얼마나 멀리 떨어져 있는가 하는 생각에 빠져들고 싶지가 않아서 사건 파일을 펼쳐, 이제까지 놓치고 있었던 부분을 보게 되기를 바라면서 자료를 다시 읽기 시작했다. 사건에 대해서는 이미 모든 것을 알고 있었고, 당시의 권력자들이 수사를 어떻게 무마하려고 했는지 다 알고 있었지만, 그래도 그는 사건 파일을 믿었다. 불가사의한 의문에 대한 해답은 항상 자료 속 세부 사실에 있다고 믿었다.

다시 읽기를 끝내고 맥키의 보호관찰 자료 사본을 집어 들려던 보슈는 갑자기 무슨 생각이 떠올라 뮤리얼 벌로런에게 전화를 걸었다. 그녀는 집에 있었다.

"신문 기사 봤어요?"

보슈가 물었다.

"네, 보고 있자니 정말 슬프네요."

"왜요?"

"이제야 전부 현실로 느껴져서요. 이건 현실이 아니겠거니 꿈이겠거니 생각하며 밀쳐내고 살았거든요."

"그랬군요. 하지만 기사가 우리를 도와 줄 겁니다. 약속할 수 있어요. 인터뷰에 응해줘서 고마워요."

"도움이 된다면 어떤 일이라도 기꺼이 할게요."

"고마워요, 뮤리얼. 그건 그렇고 남편을 찾아냈다는 걸 알려주려고 전화했어요. 어제 아침에 만났어요."

긴 침묵이 흐른 후 뮤리얼 벌로런이 입을 열었다.

"정말이요? 어디 있어요?"

"5번가요. 노숙인을 위한 무료 급식소를 운영하고 있어요. 아침 식사를 제공하고 있더군요. 메트로 노숙인 쉼터라는 곳이죠. 알고 싶어 할지도 모르겠다 싶어서 말해주는 겁니다."

또다시 침묵. 보슈는 뮤리얼 벌로런이 물어보고 싶은 게 많은 것 같아서 기꺼이 기다리고 있었다.

"거기서 일을 한다고요?"

"그래요, 지금은 술을 끊었더군요. 3년 됐대요. 처음에는 밥을 얻어먹으려고 갔다가 일하게 된 것 같더라고요. 지금은 급식소 주방장이에요. 음식도 맛있어요. 나도 어제 거기서 먹어봤습니다."

"그랬군요."

"전화번호를 받아둔 게 있는데. 직통 전화는 아니에요. 자기 방엔 전화가 없다더군요. 주방에 있는 전환데, 아침에는 항상 거기 있답니다. 9시가 넘으면 한가하다고 하고."

"그렇군요."

"번호 불러줄까요, 뮤리얼?"

지금까지보다 훨씬 더 긴 침묵이 흘렀다. 결국에는 보슈가 대답을 대신했다.

"이렇게 합시다. 내가 번호를 가지고 있으니까, 필요하면 전화해요. 됐죠?"

"그래요, 형사님. 고마워요."

"무슨 말씀을. 이제 끊어야겠군요. 오늘이야말로 수사에 중대한 돌파구가 마련될 것 같아요."

"그러면 꼭 전화해주세요."

"당신한테 제일 먼저 할 거예요."

아침 식사 이야기를 하니까 배가 고파졌다. 벌써 정오가 다 되어가고 있는데 전날 밤 머소즈에서 스테이크를 먹은 후로는 먹은 게 아무것도 없었다. 그는 침실로 들어가서 좀 더 쉬다가 늦은 점심을 먹고 일을 시작하면 되겠다고 생각했다. 스튜디오 시티에 있는 듀파스에 갈 생각이었다. 그곳은 노스리지로 가는 길에 있었다. 잠복근무에는 팬케이크가 딱 좋은 음식이었다. 버터 바른 팬케이크 풀 세트를 주문해서 먹으면 위 속에 찰흙처럼 들러붙어 밤새도록 든든할 것이었다.

침실로 들어간 보슈는 침대에 똑바로 누워서 눈을 감았다. 수사에 대해 생각하려고 했지만 생각은 사이공의 더러운 스튜디오에서 술김에 팔에 문신을 새겨 넣던 때로 흘러갔다. 살짝 잠이 들려고 하자 바늘을 든 남자가, 그의 미소와 몸에서 나던 냄새가 기억이 났다. 남자가 했던 말도 기억이 났다.

"진짜 할 거요? 잊지 말아요. 이걸 한 번 하면 평생 가지고 가야 해요."

보슈도 미소를 지으며 대답했다.

"이미 하나 있는데요."

그러고 나서 꿈속에서 남자의 웃는 얼굴이 비키 랜드레스의 얼굴로 바뀌었다. 그녀의 입술에는 빨간 립스틱이 마구 칠해져 있었다. 그녀는 문신 침을 들고 있었다.

"준비됐어, 마이클?"

랜드레스가 말했다.

"난 마이클이 아니야."

보슈가 말했다.

"괜찮아. 당신이 누군지는 중요치 않아. 다들 바늘을 피하고 있어. 하지만 누구도 도망 못 가."

랜드레스가 말했다.

# 28

## 위장

보슈가 약속 장소에 도착해보니 키즈민 라이더가 먼저 와 있었다. 보슈는 차에서 내려 벌로런 사건 파일과 다른 자료들을 경찰 표식이 없는 라이더의 흰색 타우루스로 가져갔다.

"트렁크에 자리 있어?"

보슈가 타려다 말고 라이더를 바라보며 물었다.

"비었어요. 왜요?"

"열어봐. 스페어타이어를 집에 놔두고 온다는 게 깜박했어."

보슈는 자신의 메르세데스-벤츠 SUV로 돌아가서 뒷칸에서 스페어타이어를 꺼내 라이더의 트렁크로 가져다 넣었다. 그런 다음 도구 상자에서 스크루드라이버를 꺼내 자기 차 번호판을 떼어내 그것들도 라이더의 차 트렁크에 넣었다. 그러고 나서 라이더의 차에 타고 탬파로 올라가 맥키가 일하는 주유소의 맞은편에 있는 쇼핑 센터로 갔다. 주간 잠복조인 마샤와 잭슨이 주차장 안에 있는 자기들 차에 앉아서 대기하고 있었다.

그들 차 옆에 빈 자리가 있어서 라이더가 그 자리로 들어갔다. 모두들 차에 그대로 앉아서 창문을 내리고 이야기를 나누고 무전기를 주고받았다. 보슈는 무전기를 건네받았지만 자기와 라이더는 무전기를 사용하지 않을 거라고 생각했다.

"그래서?"

보슈가 물었다.

"그래서, 아무것도 없어. 말라버린 우물물을 퍼내려고 하는 것 같아, 해리."

잭슨이 말했다.

"전혀 움직임이 없다고요?"

라이더가 물었다.

"놈이 신문을 봤다거나, 놈이 아는 사람 누가 신문을 봤다는 걸 보여주는 낌새 같은 것도 전혀 없어. 20분 전에 감청 센터에 확인해봤는데, 전화 한 통도 걸려오지 않았대, 신문 건에 대한 전화는 차치하고 말이야. 근무를 시작한 후로 견인 요청 전화도 한 통 없었어."

보슈는 고개를 끄덕였다. 아직은 별로 걱정이 되지 않았다. 약간의 유인책이 필요할 때가 있는데, 지금이 바로 그런 때였다.

"좋은 계획이 있을 거라고 믿어, 해리."

마샤가 큰 소리로 말했다. 그는 자기 차 운전석에 앉아 있었고, 보슈는 라이더의 차 조수석에 앉아 있어서 거리가 가장 멀었다.

"계속 있으려고? 아무런 움직임이 없다면 기다리고 있을 필요도 없는데. 난 시작할 준비됐어."

보슈가 대답했다.

잭슨이 고개를 끄덕였다.

"그럼 바로 시작해. 지원이 필요할까?"

잭슨이 말했다.

"글쎄. 그냥 미끼 한 개만 던져 놓으려고. 하지만 어떻게 될지 모르지. 지원팀이 있으면 해될 것도 없겠고."

"좋아. 어쨌든 지켜보고 있을게. 만일의 경우, 신호는 뭐로 할까?"

보슈는 일이 잘못되어 지원팀을 불러들여야 할 경우 어떻게 신호를 보낼지 생각해본 적이 없었다.

"경적을 울릴 것 같은데. 아니면 총소리가 나거나."

보슈가 말했다.

보슈가 미소를 지었고, 모두들 고개를 끄덕였다. 그러고 나서 라이더는 주차공간에서 빠져나와 탬파 남쪽으로 내려가 보슈의 차가 서 있는 곳으로 달려갔다.

"이거 정말 확신해요?"

라이더가 메르세데스 옆에 차를 대면서 물었다.

"응."

보슈는 이곳으로 오는 중에 라이더가 아코디언 파일을 하나 가져온 것을 보았다. 파일은 운전석과 조수석 사이 팔걸이에 놓여 있었다.

"이건 뭐야?"

"선배가 아침 일찍 잠을 깨워놔서 일찍 출근했었어요. 채스워스 에이츠의 다른 조직원 다섯 명을 추적해봤죠."

"아주 잘했어. 아직도 여기 사는 사람이 있어?"

"두 명이 여기 살아요. 그런데 둘 다 어릴 적의 치기는 졸업을 한 것 같아요. 전과가 전혀 없어요. 둘 다 직장도 괜찮게 잡았고요."

"다른 친구들은 어때?"

"아직까지도 백인우월주의를 신봉하고 있는 것 같은 사람은 프랭크 시몬스라는 남자가 유일해요. 고등학생 때 오레곤에서 이곳으로 내려왔더군요. 2년 후에는 에이츠에 합류하고요. 지금은 프레스노에 살고 있어요. 하지만 기관총 판매 혐의로 오비스포 교도소에서 2년형을 살았고요."

"그걸 이용해볼까 봐. 언제 오비스포에 있었어?"

"잠깐만요."

라이더는 아코디언 파일을 열고 뒤지다가 프랭크 시몬스라는 이름이 적힌 얇은 마닐라 파일을 꺼냈다. 그것을 펼쳐서 시몬스의 머그샷 사진을 보슈에게 보여주었다.

"6년 전이에요. 6년 전에 출소했어요."

라이더가 말했다.

보슈는 사진을 관찰하면서 시몬스의 모습을 세세한 부분까지 기억하려고 애를 썼다. 시몬스는 짙은 갈색의 짧은 머리였고 눈도 짙은 갈색이었다. 피부는 핏기 하나 없이 창백한 백색이었고 얼굴에는 여드름 흉터가 남아 있었다. 그 이런 모습을 상쇄하고 좀 더 거칠게 보이고 싶었는지 염소수염을 기르고 있었다.

"그 짓은 어디서 저질렀대, 여기?"

보슈가 물었다.

"아뇨, 실은 프레스노에서였대요. 여기서 문제를 일으키고는 거기로 올라갔던 거죠."

"기관총은 누구한테 팔고 있었어?"

"FBI 프레스노 지국에 전화를 걸어 한 요원과 통화했는데요. 내 신원을 확인하기 전에는 협조할 수 없다더라고요. 지금 그의 전화를 기다리고 있는 중이에요."

"수고 많았어."

"아직도 시몬스가 거기 FBI의 적극적인 관심을 받고 있는데, 그 요원이 말 안 해주려고 하는 것 같은 인상을 받았어요."

보슈는 고개를 끄덕였다.

"벌로런 사건이 일어났을 당시에는 시몬스가 어디 살고 있었어?"

"그걸 모르겠어요. 시몬스는 에이츠 조직원들 중에서 나이가 어린 축에 드는 친구니까, 아마도 부모님과 함께 살고 있었겠죠. 오토트랙으로 검색을 해봐도 1990년 이전 것은 검색이 안 돼요. 1990년에는 프레스노에 살았고요."

"그러니까 그 친구 부모가 이 일이 있고 나서 이사를 간 게 아니라면, 그 친구는 그때 밸리에 있었다는 말이구만."

"가능해요."

"그래, 이거 괜찮네, 키즈. 써먹을 수 있겠어. 우들리 옆에 있는 발보아 공원 꼭대기로 올라갈 테니까 따라와. 거기가 좋을 것 같아. 골프 코스가 있고 주차장도 있거든. 차가 많을 거야. 당신들이 거기 차를 세워놔도 이상하게 보이지 않을 거고. 알았어?"

"알았어요."

"다른 친구들한테도 알려줘."

보슈는 배지 지갑과 수갑과 공무수행용 권총을 꺼내 차 바닥에 내려놓았다.

"선배, 예비로 하나 갖고 있죠?"

"당신이 있는데 뭘, 안 그래?"

"농담 말고요."

"그래 키즈. 발목에 작은 권총 한 개 매달아 놨어. 괜찮을 거야."

보슈는 차에서 내려 자기 차로 옮겨 탔다. 공원으로 가는 동안 그는 계획한 연극을 마음속으로 연습해보았다. 준비가 되었고 흥분이 되었다.

10분 후 그는 공원 도로 갓길에 차를 세우고 시동을 끈 후 차에서 내렸다. 차의 오른쪽 앞쪽으로 가서 타이어 밸브를 열어 타이어에서 바람을 뺐다. 압축공기 탱크를 장착하고 다니는 견인 트럭도 있기 때문에 보슈는 주머니칼로 타이어 밸브 가지 부분을 찢었다. 이제는 타이어에 바람을 넣는 게 아니라 타이어 자체를 새로 갈아야 했다.

준비가 끝나자 보슈는 휴대전화를 펼쳐 맥키가 일하는 주유소로 전화를 걸었다. 견인이 필요하다고 말하자 상대방은 잠깐 기다리라고 했다. 1분이 족히 지난 후 다른 목소리가 전화를 받았다. 롤랜드 맥키였다.

"뭐가 필요하다고요?"

"견인. 타이어에 펑크가 났는데 밸브 있는 데가 찢어진 것 같아."

"차종은요?"

"검은색 메르세데스 SUV."

"스페어타이어는요?"

"훔쳐갔어, 어떤 깜…. 지난주에 사우스 센트럴에서 도둑맞았어."

"저런. 거긴 뭐 하러 갔어요."

"누군 가고 싶어 갔겠어? 그래, 견인을 해줄 거요 말거요?"

"해야죠. 어딘데요?"

보슈가 현재 위치를 말해주었다. 이번에는 주유소에서 아주 가까운 곳이라서 맥키가 다른 데를 부르라고 권하지 않았다.

"알았어요, 10분 안에 갈게요. 내가 갈 때까지 차 옆에 있어요."

맥키가 말했다.

"달리 갈 데도 없어."

보슈는 전화기를 덮고 SUV의 뒷문을 열었다. 겉에 입은 남방 자락을 바지에서 꺼낸 후 남방을 벗어서 차 뒷공간에 놓았다. 이제 새로 한 문신들이 부분적으로 드러났다. 그는 차 테일 게이트(트럭이나 왜건 등의 뒤에 달려 있고 들어 올려 여는 문짝–옮긴이)에 앉아서 기다렸다. 2분 후 휴대전화가 울렸다. 라이더였다.

"선배, 리슨텍에서 선배가 방금 맥키하고 한 통화를 나한테 전달해줬는데요. 아주 그럴듯하던데요."

"다행이군."

"방금 맥키 옆에 붙은 잠복조 사람들이랑 통화했어요. 맥키가 움직이고 있어요. 잠복조가 따라가고 있고요."

"알았어, 나도 준비됐어."

"선배 몸에 휴대용 녹음기를 붙여놓을걸 그랬어요. 이 친구가 선배한테 무슨 말을 할지 모르잖아요."

"티셔츠 한 장 달랑 입었는데 그 안에 어떻게 숨겨. 게다가, 놈이 생판 처음 보는 사람한테 자기가 신문에 나온 그 여고생을 죽인 범인이라고 털어놓는다고? 차라리 내가 로또 복권도 안 사고 로또에 당첨되는 게 더 가능성이 높을걸."

"하긴요."

"끊을게, 키즈."

"행운을 빌어요, 선배. 조심하세요."

"항상 명심할게."

보슈는 전화기를 덮었다.

# 29

## 위기의 순간

견인 트럭은 메르세데스가 가까워지자 속도를 줄였다. 보슈는 테일게이트를 들어 올려 만든 그늘 아래 앉아서 〈데일리 뉴스〉를 읽다가 고개를 들었다. 보슈는 견인 트럭 운전사를 향해 신문을 휘저으며 일어섰다. 트럭은 옆을 지나가 메르세데스 앞에 멈춰 섰다. 그러고는 후진을 해서 메르세데스에서 1.5미터 정도 떨어진 곳까지 근접한 후 완전히 멈춰 섰다. 운전자가 내렸다. 롤랜드 맥키였다.

맥키는 손바닥 부분이 기름얼룩으로 시커멓게 변한 가죽 장갑을 끼고 있었다. 보슈한테는 아는 척도 하지 않고 메르세데스의 앞쪽으로 다가가서 펑크 난 타이어를 내려다보았다. 보슈가 신문을 든 채로 차를 돌아오면서 보니 맥키는 웅크리고 앉아서 타이어 밸브를 쳐다보고 있었다. 그러다가 팔을 뻗어 밸브를 꾹꾹 눌러보자 칼에 베어 찢어진 부분이 드러났다.

"칼에 베인 것 같은데요."

맥키가 말했다.

"유리조각 같은 것에 찍혔나보군."

보슈가 말했다.

"게다가 스페어도 없고. 정말 개 같은 일 아닌가요?"

맥키는 보슈 뒤에서 쏟아져 내리는 햇빛 때문에 눈을 찡그리며 보슈를 올려다보았다.

"그러게 말이야."

보슈가 맞장구를 쳤다.

"견인해 들어가서 타이어에 밸브를 새로 달아야 할 것 같네요. 주유소 차고에 들어가고 나서 15분 정도 걸릴 거예요."

"좋아. 그렇게 하자고."

"자동차 협회가 결제하나요, 아님 보험회산가요?"

"아니, 내가 현금으로 낼 거야."

맥키는 견인 서비스 요금 85달러에 견인 거리 1.6킬로미터당 3달러가 추가된다고 말했다. 밸브 교체 비용은 기계 값에 25달러가 추가된다고 했다.

"좋아. 그렇게 하자고."

보슈가 같은 말을 반복했다.

맥키가 일어서서 보슈를 쳐다보았다. 보슈의 목을 흘끗 보는 것 같더니 금방 고개를 돌렸다. 문신에 대해서는 아무 말도 하지 않았다.

대신 맥키는 이렇게 말했다.

"테일 게이트는 닫아놓는 게 좋을 걸요. 차 안에 있는 물건을 전부 길바닥에 던져버리고 싶은 게 아니라면."

맥키가 미소를 지었다. 견인 트럭 운전사가 즐겨하는 농담인 모양이었다.

"셔츠를 꺼내고 닫을게. 자네 옆에 타도 괜찮지?"

보슈가 말했다.

"택시를 불러서 폼 나게 가시든가."

"나야 영어를 하는 사람하고 가고 싶지."

맥키는 호탕하게 웃어젖혔고 보슈는 자기 차 뒤쪽으로 걸어갔다. 그러고는 차 옆에 서서 지켜보고 있었다. 맥키는 보슈의 차를 트럭에 연결하기 시작했다. 연결한 다음에는 자기 트럭 옆에 서서 지렛대를 눌러 보슈의 SUV의 앞쪽을 공중으로 들어 올렸다. 맥키는 차체 앞쪽을 충분히 높이 들어 올린 다음 모든 체인과 벨트를 점검하고 나서 떠날 준비가 끝났다고 말했다. 모든 일이 10분도 채 안 되어 마무리가 되었다. 보슈는 남방을 접어 팔에 걸고 신문은 접어서 손에 들고서 견인 트럭에 올라탔다. 신문은 레베카 벌로런의 사진이 보이게 접혀 있었다.

"에어컨 있어? 밖에서 땀을 엄청 흘려서."

보슈가 문을 당겨 닫으면서 말했다.

"아저씨만 흘렸나요, 나도 흘렸지. 차에서 에어컨 빵빵하게 틀어놓고 앉아서 기다리지 그랬어요? 이놈의 똥차는 여름에는 에어컨이 없고 겨울에는 히터가 없어요. 꼭 이혼한 전 마누라 같다니깐요."

견인 트럭 유머 하나 추가요, 보슈는 생각했다. 맥키는 견인 서비스 신청서와 펜이 붙어 있는 클립보드를 보슈에게 건넸다.

"작성해줘요. 그럼 되는 거니까."

맥키가 말했다.

"알았어."

보슈는 미리 생각해둔 가명과 가짜 주소를 적어 넣기 시작했다. 맥키는 계기반에서 마이크를 끌어당겨 마이크에 대고 말했다.

"이봐, 케니?"

잠시 후 응답이 있었다.

"말해."

"스파이더한테 아직 나가지 말라고 해. 밸브 새로 갈 타이어 갖고 들어가니까."

맥키가 말했다.

"지랄 좀 하겠는데. 벌써 다 씻었거든."

"그대로 전해줘. 안녕."

맥키는 마이크를 계기반 마이크 걸이에 도로 꽂았다.

"안 가고 있을까?"

보슈가 물었다.

"그러길 바라야죠. 아니면 내일까지 기다려야 되니까."

"그럴 순 없어. 다시 나서야 하거든."

"그래요? 어디 가는데요?"

"바스토."

맥키는 견인 트럭에 시동을 걸고 몸을 왼쪽으로 틀어 옆 창문을 내다보면서 갓길에서 도로로 들어가도 괜찮은지 확인했다. 그런 자세로는 보슈가 보이지 않을 것이었다. 보슈는 재빨리 티셔츠 왼쪽 소매를 걷어 올려 해골 문신이 절반 이상 드러나게 했다.

견인 트럭이 도로로 들어서서 달리기 시작했다. 보슈가 조수석 창밖을 흘끗 내다보니 골프장 주차장에 있는 라이더의 차와 다른 감시팀 차가 보였다. 보슈는 열린 창턱에 팔꿈치를 올려놓고 손은 창문 위쪽 틀에 댔다. 그러고는 맥키가 보지 않을 때, 엄지손가락을 치켜 올려 감시팀에게 신호를 보냈다.

"바스토에는 뭐 하러요?"

맥키가 물었다.

"집이 거기라서. 오늘 밤엔 집에 들어가 볼까 하고."

"여기서는 뭐하다가요?"

"이런 일 저런 일."

"사우스 센트럴은요? 지난주에 거기서 그 새끼들이랑 뭐했어요?"

보슈는 '그 새끼들'이 주로 LA 남부지역에 사는 소수민들을 의미한다는 것을 알아차렸다. 보슈는 고개를 돌려 너무 꼬치꼬치 캐묻는다는 표정으로 날카롭게 맥키를 바라보았다.

"이런 일 저런 일."

보슈가 차분한 목소리로 같은 말을 반복했다.

"그러시구나."

맥키가 대답하면서 운전대에서 두 손을 떼어 항복한다는 듯 들어보였다.

"이봐, 친구, 내가 뭘 했는지가 뭐가 중요해. 자네가 이 도시를 완전 잘 지켜주면 되지, 안 그래?"

맥키가 미소를 지었다.

"무슨 말인지 알겠어요."

맥키가 말했다.

보슈는 두 사람이 잡담 이상으로 진지한 이야기를 할 만큼 가까워졌다고 생각했다. 맥키가 문신을 봤을 것이고 보슈가 어떤 인간인지 감을 잡으려고 애쓰고 있다는 생각도 들었다. 보슈는 화제가 신문 기사 쪽으로 바뀌도록 또 한 번 살짝 유인해줄 때가 되었다고 생각했다.

보슈는 레베카 벌로런의 사진이 보이게 해서 신문을 둘 사이의 좌석에 내려놓았다. 그러고는 남방을 다시 입기 시작했다. 몸을 앞으로 숙이고 두 팔을 벌려 옷을 입었다. 맥키를 보지는 못했지만 이렇게 옷을 입을 때 왼쪽 팔에 그린 해골 문신이 눈에 아주 잘 띌 거라는 건 알고 있었다. 보슈는 오른팔부터 셔츠 소매에 끼운 후 셔츠 몸통을 뒤로 보내 왼쪽으로 밀어서 왼팔을 소매에 밀어 넣었다. 그러고는 몸을 뒤로 젖히고 남방 단추를 잠그기 시작했다.

"이놈의 동네는 완전히 제3세계가 되어버렸어."

보슈가 말했다.

"맞는 말씀이에요."

"그렇지? 자넨 여기 출신이야?"

"평생 여기서 살았어요."

"이봐, 친구, 가족이 있으면 가족을 데리고 깃발을 들고 이곳을 떠나. 이 거지 같은 도시를 떠나라고."

맥키가 소리 내어 웃으면서 고개를 끄덕였다.

"똑같은 말을 하는 친구가 있었는데. 항상 그 얘길 했었는데."

"그래, 뭐, 그게 나만의 독창적인 생각은 아니니깐."

"무슨 얘긴지 잘 알아요."

대화가 막 활기를 띄기 시작했는데 무전이 와서 방해를 했다.

"이봐, 로?"

맥키가 마이크를 잡았다.

"그래, 켄, 왜?"

"스파이더가 자넬 기다리는 동안 난 KFC에 뛰어갔다 오려고 해. 뭐 좀 사다줄까?"

"아니, 난 나중에 나가서 먹을게. 오버."

맥키가 마이크를 걸었다. 한동안 두 사람은 침묵하고 있었고 그동안 보슈는 대화를 자연스럽게 다시 시작해 자기가 원하는 방향으로 가게 할 방법을 궁리하고 있었다. 어느새 맥키는 버뱅크 대로까지 내려와 우회전을 했다. 탬파가 가까워지고 있었다. 다시 우회전을 하면 주유소가 바로 앞에 나타날 것이다. 도착할 때까지 10분도 채 남지 않았다.

그때 맥키가 아까 하던 이야기를 먼저 꺼냈다.

"그래, 어디서 형을 살았어요?"

맥키가 갑자기 물었다.

보슈는 흥분을 드러내지 않으려고 잠시 숨을 고르며 기다렸다.

"무슨 소리야?"

보슈가 물었다.

"뭘 그렇게 깜짝 놀라고 그래요, 별것도 아닌데. 문신 봤어요. 분명히 집에서 했거나 감방에서 한 것 같은데요."

보슈는 고개를 끄덕였다.

"오비스포. 거기서 5년 살았지."

"그래요? 뭣 때문에요?"

보슈는 고개를 돌려 다시 맥키를 쳐다보았다.

"이런 일 저런 일 때문에."

맥키는 고개를 끄덕였다. 고객이 자기 이야기를 꺼리는데도 호기심을 억누를 수가 없는 모양이었다.

"우와, 그랬군요. 내 친구도 거기 살았었는데. 90년대 후반에요. 별로 나쁘지 않다던데요. 화이트칼라 공간이라던데. 적어도 다른 데처럼 깜둥이가 득실거리지는 않는다던데요."

보슈는 한참 동안 잠자코 있었다. 맥키가 한 인종차별적인 단어는 비밀번호 같은 거였다. 보슈가 적절하게 반응하면, 받아들여질 것이었다. 암호 확인 작업이었다.

"응, 그래서 다른 데보다는 좀 살 만했지. 근데 자네 친구는 못 만난 것 같아. 난 98년 초에 나왔거든."

보슈가 고개를 끄덕이며 말했다.

"프랭크 시몬스라는 친군데 거기서 18개월 정도 있었어요. 프레스노 출신이고."

"프레스노 출신의 프랭크 시몬스라."

보슈가 기억을 되살리는 듯 말했다. 그러고는 말을 이었다.

"모르겠는데."

"좋은 친구예요."

보슈는 고개를 끄덕였다.

"내가 출감하기 2, 3주 전에 들어온 친구가 하나 있었어. 프레스노 출신이라고 들었는데. 그때 난 얼마 안 있으면 나가니까, 새로 누구를 만나고 하는 데는 관심이 없었지. 무슨 말인지 알겠어?"

"그럼요, 알고말고요. 그냥 궁금해서 말해본 거예요."

"그 친구 머리는 짙은 갈색이고 얼굴에는 여드름 흉터 같은 게 많았나?"

맥키가 웃으면서 고개를 끄덕였다.

"맞아요! 걔가 프랭크예요. 우린 걔를 분화구 호수에서 온 분화구 얼굴이라고 불렀었죠."

"그 별명 꽤나 좋아했겠군."

견인 트럭은 탬파로 들어서서 북쪽으로 달려갔다. 보슈는 주유소에 가서도 다른 직원이 타이어를 고치는 동안 맥키와 이야기를 나눌 시간이 좀 더 있을지도 모른다는 걸 알고 있었지만, 그것만 믿고 있을 수는 없었다. 다른 견인 요청이 들어올 수도 있고, 맥키의 관심을 끌 일이 수없이 많을 수도 있었다. 지금 맥키와 단둘이 있을 때 연극을 끝내고 씨앗을 심어놓아야 했다. 보슈는 신문을 집어 들어 자기 무릎에 대고서 표제를 읽고 있는 것처럼 내려다보았다. 이야기를 벌로런 기사 쪽으로 자연스럽게 끌고 갈 방법을 찾아야 했다.

맥키는 오른손을 운전대에서 떼더니 장갑 손가락 한 개를 물어 끌어당겨 장갑을 벗었다. 장갑도 참 어린애처럼 벗는다 싶었다. 그때 맥키가 보슈에게로 손을 내밀었다.

"그건 그렇고, 제 이름은 로예요."

보슈는 맥키와 악수를 했다.

"로?"

"롤랜드의 약자죠. 롤랜드 맥키. 만나서 반가워요."

"조지 레이처트야."

보슈는 오전에 심사숙고한 끝에 지어낸 이름을 댔다.

"레이처트요? 독일겐가봐요, 맞죠?"

맥키가 물었다.

"'제국의 심장'이란 뜻이지."

"멋진데요. 그래서 메르세데스를 타시는구나. 난 하루 왠종일 차를 다루잖아요. 그래서 사람들이 타고 다니는 차와 그 차를 어떻게 다루는지를 보면 그 사람이 대강 보여요."

"그렇겠지."

보슈는 고개를 끄덕였다. 이제 목표 지점으로 가는 직선 길이 보였다. 이번에도 맥키가 자기도 모르는 사이에 도움을 주었다.

"독일 자동차, 정말 세계 최고지. 자넨 이 트럭 안 탈 땐 뭘 타고 다녀?"

보슈가 말했다.

"72년식 카마로를 개조하고 있어요. 작업이 끝나면 꽤 멋진 차가 될 것 같아요."

"좋은 차지."

보슈가 말했다.

"그렇죠, 하지만 요즘에 디트로이트에서 생산된 거라면 절대 안 살 거예요. 요즘 우리 차를 누가 만드는지 알죠? 깜둥이 새끼들이 만들고 있잖아요. 깜둥이 새끼들이 만든 차는 안 타요, 내 가족을 그 안에 태우는 건 상상도 할 수 없고."

"독일에서는 말이야, 공장에 들어가 보면 전부 파란 눈이야. 무슨 말인지 알지? 사진을 보니까 그렇다라고."

보슈가 맞장구를 쳤다.

맥키는 생각에 잠긴 표정으로 고개를 끄덕였다. 보슈는 이때다 싶었다. 그는 무릎 위에 놓은 신문을 펼쳤다. 그러고는 1면 전체가, 벌로런 기사 전체가 보이게 신문을 들었다.

"여기에도 깜둥이들이 있군. 이거 읽어봤어?"

보슈가 말했다.

"아뇨, 무슨 얘긴데요?"

"이 엄마가 17년 전에 살해된 깜둥이 딸내미 때문에 침대에 앉아서 질질 짜고 있다네. 경찰이 아직도 수사를 하고 있다는구만. 그러거나 말거나지, 안 그래?"

맥키는 신문을 흘끗 보면서 기사 한쪽에 작게 실린 레베카 벌로런의 얼굴 사진을 쳐다보았다. 그러나 그는 아무 말도 하지 않았고 표정 변화도 전혀 없었다. 보슈는 너무 티를 내지 않으려고 신문을 내렸다. 그러고는 신문을 다시 접어 둘 사이의 좌석 위로 툭 던져 놓았다. 그러고는 한 번 더 밀어붙였다.

"저렇게 다른 인종끼리 섞어버리면 뭐가 되겠어, 잡탕밖에 더 되겠어?"

보슈가 말했다.

"그러게 말이에요."

맥키가 말했다.

강한 맞장구는 아니었다. 뭔가 다른 생각을 하고 있는 듯 망설이면서 성의 없이 한 대답이었다. 보슈는 이것을 좋은 징조라고 생각했다. 어쩌면 맥키의 등골이 오싹해졌는지도 모를 일이었다. 어쩌면 그런 느낌이 17년 만에 처음 있는 일인지도 모를 일이었다.

보슈는 이제 할 만큼 했다고 생각했다. 여기서 더 나가면 도를 지나쳐 자신의 의도를 뻔히 드러내고 일을 그르칠 것 같았다. 그는 이제부터는 입 다물고 조용히 가기로 작정했고, 맥키도 같은 결심을 한 모양이었다.

두세 블록 지난 후 맥키는 기어가고 있는 핀토를 추월하기 위해 트럭을 획 옆으로 돌려 2차선으로 들어갔다.

"저런 같잖은 차가 아직도 돌아다니고 있다는 게 믿겨져요?"

맥키가 말했다.

그 소형차 옆을 지나가면서 보니까 아시아계 남자가 운전대를 잡고 있었다. 언뜻 보기엔 캄보디아인인 것도 같았다.

"내 그럴 줄 알았지. 이거 봐 봐요."

맥키가 핀토 운전자를 보면서 말했다.

그러고는 운전대를 홱 돌려서 원래 차선으로 밀고 들어갔고, 이 때문에 핀토는 견인되고 있는 메르세데스와 포석에 주차된 차들 사이에 끼이게 되었다. 핀토 운전자는 끽 소리를 내며 차를 세우는 것밖에 다른 방법이 없었다. 맥키의 호탕한 웃음소리에 핀토의 작은 경적 소리가 묻혀버렸다.

"야, 이 새끼야! 보트로 돌아가버려!"

맥키가 고함을 쳤다.

그러고는 칭찬을 기대하는 표정으로 보슈를 바라보았고, 보슈는 힘들게 미소를 지었다. 근래에 했던 일들 중에 가장 어려운 일이었다.

"이봐, 친구, 방금 저 새끼 차를 어디다 갖다 박으려고 했는지 알아, 내 차였다고."

보슈가 짐짓 역정을 냈다.

"어, 아저씨 베트남에 갔다 왔죠?"

맥키가 물었다.

"왜?"

"그냥요. 갔다 왔죠, 그쵸?"

"그렇다면?"

"거기 갔다 온 친구가 하나 있는데, 거기서는 저런 새끼들을 아무것도 아닌 것처럼 싹 쓸어버린다더라고요. 아침 먹고 열댓 명, 점심 먹고 열댓 명. 내가 거기 갔어야 했는데, 진짜 아쉬워요."

보슈는 맥키에게서 고개를 돌려 조수석 창밖을 내다보았다. 맥키의 말은 총과 살인에 대해 물어볼 좋은 기회를 열어주었는데, 보슈는 물어보고 싶지가 않았다. 갑자기 그냥 차에서 내리고 싶어졌다.

그러나 맥키는 말을 계속했다.

"걸프전 때, 1차전 때 말이에요, 지원했는데 안 뽑아주더라고요."

보슈는 어느 정도 마음이 가라앉아서 맞장구를 쳐주었다.

"왜 안 된대?"

"모르죠. 깜둥이 뽑아주려고 그랬겠죠."

"아니면 자네가 전과가 있어서 그랬거나."

보슈는 고개를 돌려 맥키를 쳐다보면서 말했다. 말이 나오자마자 너무 비난조라는 생각이 들었다. 맥키가 고개를 돌려 최대한 오랫동안 보슈를 노려보더니 다시 고개를 돌려 전방의 도로를 바라보았다.

"그래요, 전과 있어요, 그게 뭐 대수라고. 그래도 그곳에 가면 꽤 쓸모가 있었을 텐데."

대화는 거기서 끝이 났고, 그들은 두세 블록 더 달려가 주유소로 들어갔다.

"차고에 넣을 필요는 없겠어요. 지금처럼 견인 트럭에 걸어놓은 상태로 스파이더가 바퀴를 뗄 수 있을 테니까요. 그게 빠르겠네요."

맥키가 말했다.

"마음대로 해. 그 친구가 아직 안 나간 거 확실해?"

보슈가 말했다.

"확실해요. 저기 있는 친구가 스파이더예요."

견인 트럭이 두 칸으로 나뉜 차고 옆을 지나가고 있을 때 한 남자가 그늘 속에서 나타나 트럭 꽁무니를 향해 다가왔다. 남자는 한 손에는 압축 공기 드릴을 들고 있었고 다른 손으로는 공기 관을 잡아당기고 있었다. 남자의 목에 있는 거미줄 문신이 보슈의 눈에 들어왔다. 얼굴을 보니 왠지 낯이 익다는 느낌이 들었다. 갑자기 자신이 형사로 이 남자를 대면한 적이 있다는 생각이 들면서 가슴이 철렁했다. 보슈가 직접 체포하거나 조사한 적이 있었거나, 심지어 감옥에 보낸 친구인지도 몰랐다. 저 거미줄 문신도 감옥에서 했던 것인지 모를 일이었다.

보슈는 스파이더라는 저 남자 눈에 띄면 안 된다는 생각이 퍼뜩 들었다. 그는 벨트에서 전화기를 떼어냈다.

"여기 앉아서 전화 좀 걸어도 될까?"

보슈가 트럭에서 내리고 있는 맥키에게 물었다.

"그래요, 하세요. 이거 오래 걸리지 않을 거예요."

맥키가 문을 닫았고, 보슈는 트럭 안에 혼자 남았다. 보슈는 드릴이 자기 차 바퀴의 돌출부를 떼어내는 소리를 들으면서, 창문을 올리고 라이더의 휴대전화로 전화를 걸었다.

"어때요?"

라이더가 상황을 묻는 것으로 인사를 대신했다.

"주유소에 도착할 때까지는 문제없었어. 근데 기술자가 아는 얼굴이야.

그자도 나를 알면, 큰일인데."

"기술자가 선배가 경찰인 걸 알지도 모른다고요?"

"바로 그거야."

"빌어먹을."

"바로 그거야."

"어떡할까요? 팀과 릭이 아직도 근처를 돌고 있는데."

"전화해서 상황을 알려놔. 내가 안전해질 때까지 돌아다니면서 대기하라고 해줘. 웬만하면 계속 트럭 안에 있으려고. 통화하는 것처럼 전화기를 들어 올려 귀에 대고 있으면 얼굴이 안 보이겠지."

"알았어요."

"맥키가 나를 소개하겠다는 생각이 안 들어야할 텐데. 내가 좋은 인상을 남긴 것 같아. 그래서 나를 자랑하고 싶어 할지도 모르겠어."

"알았어요, 선배, 침착하게 행동해요. 언제라도 문제가 생기면 우리가 들어갈 테…."

"나 자신을 걱정하는 게 아니야. 이 연극을 망칠까 봐 걱정이지…."

"선배, 맥키가 다가가고 있어요."

라이더가 경고를 하는 것과 동시에 창문을 두드리는 날카로운 소리가 들렸다. 보슈가 전화기를 내리고 돌아보니 맥키가 들여다보고 있었다. 보슈는 창문을 내렸다.

"끝났어요."

맥키가 말했다.

"벌써?"

"옙. 스파이더가 바퀴를 다시 다는 동안, 사무실로 들어와서 결제를 하세요. 두 시간 후면 집에 도착할 수 있을 거예요."

"다행이군."

보슈는 전화기를 오른쪽 귀에 대고 트럭에서 내려 사무실로 걸어갔다. 스파이더에게는 자기 얼굴을 제대로 볼 기회를 결코 주지 않았다. 걸어가면서 라이더에게 말했다.

"이제 여길 나가야 할 것 같아."

보슈가 말했다.

"잘됐네요. 문제의 남자는 선배 차 바퀴를 달고 있어요. 떠날 때 조심해요."

"알았어."

보슈는 작은 사무실에 들어가자마자 전화기를 덮었다. 맥키는 기름 얼룩이 있는 어수선한 책상 뒤로 돌아가 있었다. 계산기로 견인 비용과 수리 비용을 합하는 간단한 계산을 하는데 몇 초가 걸렸다.

"125달러, 딱 떨어지네요. 6.5킬로미터 견인에 밸브 값이 3달러고요."

맥키가 말했다.

보슈는 책상 앞에 놓인 의자에 앉아서 접은 지폐 뭉치를 꺼냈다.

"영수증 줄 거지?"

20달러짜리 여섯 장과 5달러짜리 한 장을 꺼내는 동안 밖에서는 드릴 소리가 들렸다. 타이어를 다시 달고 있는 거였다. 보슈가 돈을 내밀었지만 맥키는 책상 위에서 발견한 포스트잇 메모지에 정신이 팔려 있었다. 보슈에게 보이는 각도로 들고 있었다.

로. 비자카드에서 여기 직원인지 확인한다면서 전화가 왔었어.

보슈는 몇 초 만에 메모를 다 읽었지만, 맥키는 한참 동안이나 쳐다보다가 마침내 메모지를 책상 위로 떨어뜨리고 나서 보슈에게서 돈을 받았다. 맥키는 돈을 금전등록기에 넣고 나서 영수증 묶음을 찾느라고 책상 위를 뒤지기 시작했다. 시간을 오래 끌고 있었다.

"영수증 쓰는 건 보통 케니가 하는데요, 마침 치킨 사러 나가고 없어서."

맥키가 말했다.

보슈가 영수증은 안 받아도 되겠다고 말하려는 찰나에 뒤에서 발자국 소리가 들렸다. 누군가가 사무실로 들어온 것이었다. 보슈는 스파이더일까 봐 돌아보지 않았다.

"됐어, 로, 끝났어. 차 내려도 돼."

보슈는 지금이 위기의 순간이라는 걸 알았다. 맥키가 소개를 하면 지금 할 거였다.

"알았어, 스파이더."

맥키가 말했다.

"그럼 난 나간다."

"그래, 친구, 기다려줘서 고마워. 내일 보자고."

스파이더가 사무실을 나가도 보슈는 돌아보지 않았다. 맥키는 가운데 서랍에서 찾고 있던 것을 찾아서 뭐라고 휘갈겨 쓰더니 보슈에게 건넸다. 영수증이었다. 하단에 어린애 글씨로 125달러라고 삐뚤빼뚤 쓴 것이 보였다.

"나머지는 알아서 쓰세요. 차를 내려줄 테니까 이제 가도 돼요."

맥키가 일어서면서 말했다.

맥키를 따라 나가던 보슈는 트럭 좌석에 신문을 놓고 온 것을 깨달았다. 그대로 둘까 핑계를 대고 트럭으로 돌아가 신문을 가져와 맥키가 한가할 때 TV를 보고 있을 사무실에 둘까 고민이 되었다.

결국 그대로 두기로 결정했다. 최선을 다해 씨앗을 심어놓았으니 이젠 뒤로 물러서서 그 씨앗이 어떻게 자라는지 지켜볼 시간이었다.

이제 메르세데스는 트럭에서 분리되어 있었다. 보슈는 운전석 쪽으로 돌아갔다. 맥키는 트럭 뒤에 있는 견인 벨트를 제자리로 집어넣고 있었다.

"고마워, 롤랜드."

보슈가 말했다.

"그냥 로라고 불러줘요. 몸조심하세요. 사우스 센트럴 쪽으로는 가지 말고요."

맥키가 말했다.

"걱정 마. 그럴 거야."

보슈가 말했다.

맥키가 웃으면서 눈을 찡긋하더니 장갑을 벗고 손을 내밀었다. 보슈도 악수를 하면서 웃어주었다. 보슈가 마주잡은 손을 내려다보니 맥키의 오른손 엄지와 검지 사이 살이 두툼한 부분에 작고 하얀 흉터가 보였다. 콜트 45구경이 만든 문신이었다.

"나중에 또 보자고."

보슈가 말했다.

# 30

## 난관

보슈가 잠복근무를 시작할 때 라이더를 만났던 지점으로 돌아가 보니 라이더가 기다리고 있었다. 보슈는 주차를 한 후 라이더의 타우루스에 탔다.

"큰일 날 뻔했어요. 정말로 선배가 아는 사람일지도 모르겠어요. 제리 타운센드예요. 들어본 적 있어요? 퇴근하는 그자의 픽업트럭 번호판을 보고 조회해봤어요."

라이더가 말했다.

"제리 타운센드? 아니, 이름은 생소한데. 얼굴이 낯이 익더라고."

"96년에 과실치사죄로 유죄 평결을 받았어요. 5년을 복역했고요. 가정폭력 사건인 거 같은데, 컴퓨터에 들어 있는 자료가 별로 없어요. 자료를 찾아보면 선배 이름이 나올 게 확실해요. 그래서 낯이 익은 거예요."

"그 친구가 이 일과 관련이 있다고 생각해?"

"그럴 것 같진 않아요. 주유소 사장이 누군진 몰라도 거리낌 없이 전과자들을 고용하고 있는 거겠죠. 임금이 싸잖아요, 알죠? 그리고 수리를 하면서 삥땅 좀 치더라도 누가 뭐라겠어요?"

"돌아가서 어떻게 돼가나 보자."

라이더는 기어를 넣고 탬파를 출발해 주유소가 있는 교차로를 향해 달려갔다.

"맥키하고는 어떻게 됐어요?"

라이더가 물었다.

"아주 잘됐어. 기사를 읽어주지만 않았지 할 만큼 했어. 아무런 낌새도 보이지 않았지만, 미끼는 확실히 던져 놨어."

"맥키가 문신을 봤어요?"

"응, 그게 효과가 있었어. 문신을 본 후로는 계속 질문을 해대더라고. 시몬스에 관한 자료도 효과가 있었고. 대화 중에 시몬스 이야기가 나왔거든. 그리고 맥키 오른손 검지 옆에 있는 흉터도 확인했어. 공이치기에 물린 자국."

"우와, 선배, 그 짧은 시간에 챙길 건 다 챙겼네요. 이젠 편안히 앉아서 상황을 지켜보기만 하면 되겠는데요."

"다른 사람들은 퇴근했어?"

"우리가 도착하자마자 뜰 거예요."

보슈와 라이더가 탬파와 로스코우 교차로에 도착해보니 맥키의 견인트럭은 서쪽 방향 로스코우 도로를 타려고 좌회전 신호를 기다리고 있었다.

"벌써 움직였네. 왜 아무도 말 안했지?"

보슈가 말했다.

보슈의 말이 떨어지기가 무섭게 라이더의 휴대전화가 울렸다. 라이더는 운전에 집중하려고 보슈에게 휴대전화를 건넸다. 그러고는 맥키를 쫓아 로스코우 도로를 타려고 좌회전 차선으로 들어갔다. 보슈는 전화기를 펼쳤다. 팀 마샤였다. 그는 맥키가 견인 서비스를 요청하는 전화가 오지도 않았는데 움직이기 시작했다고 설명했다. 잭슨이 감청 센터에 확인해봤는데 감청 중인 전화선 어디에서도 전화가 오거나 간 적이 없었다고 했다.

"알았어. 아까 트럭에 있을 때 들었는데 저녁 먹으러 나간다고 했어. 아마도 그걸 거야."

"아마도."

"좋아, 팀, 이제부턴 우리가 맡을게. 늦게까지 있어줘서 고마워. 릭한테도 고맙다고 전해줘."

"행운을 빌어, 해리."

보슈와 라이더는 견인 트럭을 쫓아 플라자 쇼핑 센터로 가서 맥키가 서브웨이 샌드위치 가게로 들어가는 것을 지켜보았다. 맥키는 보슈가 트럭에 놔두었던 신문을 가져오지 않았고, 음식을 받고 나서는 실내 테이블에 앉아서 먹기 시작했다.

"배가 고파질 텐데요, 선배. 지금 뭘 좀 드시지 그래요?"

라이더가 물었다.

"오다가 듀파스에서 먹어서 괜찮을 거야. 근처에 큐피즈(핫도그, 햄버거 체인점－옮긴이)가 있다면 몰라도. 거기라면 가서 더 먹고 싶다."

"어림없어요. 선배 떠나고 나서 딱 끊은 게 그거예요. 이제 그런 싸구려 패스트푸드는 안 먹어요."

"무슨 소리야? 우리가 얼마나 웰빙으로 먹었는데. 매주 목요일마다 머소즈에 갔었잖아?"

"치킨 팟 파이를 건강에 좋은 음식이라고 한다면, 뭐, 그래요, 웰빙으로 먹었다고 할 수 있겠네요. 근데 그거 말고 잠복근무지 얘기를 하는 거예요. 할리우드의 쌀과 콩 얘기 못 들었어요?"

'쌀과 콩'은 할리우드 경찰서 강력반 강도 담당 형사들인 최와 오르테가의 별명이었다. 최가 '쌀', 오르테가가 '콩'이라고 불렸다. 보슈가 할리우드 경찰서에서 함께 일했던 사람들이었다.

"아니, 왜?"

"거리의 매춘부들을 갈취하고 다니는 자식들을 잡으려고 잠복 중이었는데, 오르테가가 차 안에서 핫도그를 먹고 있었대요. 그러다 갑자기 핫도그가 목에 걸려 질식하기 시작했는데 도대체가 안 내려가더라는 거예요. 얼굴이 보랏빛으로 변해서는 자기 목을 가리켰는데, 최는 오르테가가 왜 그러는지 몰랐다네요. 결국 콩은 차에서 튀어나갔고, 쌀도 그제야 무슨 일인지 알아차린 거죠. 뒤쫓아 나가서 하임리히법(기도 폐쇄시 실시하는 응급 처치법-옮긴이)을 실행했대요. 콩은 방금 먹었던 핫도그를 자동차 덮개 위로 다 쏟아냈고요. 그날 잠복근무를 망쳐버린 거죠."

보슈는 그 모습을 상상하면서 웃음을 터트렸다. 쌀과 콩이 할리우드에 있는 동안에는 언제고 그들을 따라다닐 이야기였다. 에드거 같은 사람들이 접근해 오는 사람마다 붙들고 하고 또 할 이야기였다.

"그것 봐, 할리우드에는 큐피즈가 없잖아. 콩이 큐피즈에서 산 부드럽고 맛있는 핫도그를 먹었다면 그런 일이 왜 일어났겠어."

"어쨌든요, 선배, 잠복할 때 핫도그는 안 돼요. 패스트푸드는 절대 안 먹는다. 그게 내가 새로 정한 규칙이에요. 앞으로 계속 사람들 입방아에 오르내릴 전설은 만들고 싶지…."

그 순간 보슈의 휴대전화가 울렸다. 감청 센터에서 노드와 함께 야간근무를 하고 있는 로빈슨이었다.

"조금 전에 주유소로 견인 요청 전화가 걸려왔어요. 그러니까 맥키한테 전화를 걸더군요. 주유소에 없나 봐요."

보슈는 상황을 설명한 후 감청 센터와 정보를 공유하지 않은 것을 사과했다.

"견인을 요청한 차는 어디 있대요?"

보슈가 물었다.

"레세다 파르테니아 거리에서 사고가 났다는데요. 차가 완파됐나 봐요. 대리점으로 견인해달라던데."

"알았어요, 우리가 쫓아갈게요."

잠시 후 맥키가 빨대가 꽂혀 있는 커다란 탄산음료 컵을 들고 패스트푸드 식당을 나왔다. 보슈와 라이더는 맥키를 쫓아 레세다 대로와 파르테니아 거리가 만나는 지점으로 갔다. 거기에는 앞쪽이 완전히 찌그러진 토요타 한 대가 길가로 치워져 있었다. 다른 견인 트럭이 상대 차를 들어 올리고 있었는데, 그 커다란 SUV 차량은 뒤쪽이 완전히 찌그러져 있었다. 맥키는 같은 직종 종사자간의 예의를 차리는 것인지 다른 견인 트럭 운전자와 몇 마디 나눈 후 토요타를 견인하러 걸어갔다. 사거리 한 모퉁이에 있는 쇼핑 센터 주차장에는 LA 경찰국 순찰차가 한 대 서 있었고, 차 안에서 경찰관이 조서를 꾸미고 있었다. 사고 차량 운전자들은 보이지 않았다. 보슈는 그렇다면 두 사람 다 부상을 당해서 응급실로 실려 갔나보다고 생각했다.

맥키는 토요타를 견인해서 저 멀리 밴 나이스 대로에 있는 대리점까지 달려갔다. 맥키가 대리점 진입로에 완파된 차를 내리고 있을 때, 보슈는 또 한 통의 전화를 받았다. 이번에도 로빈슨이었는데 맥키가 또 호출됐다고 말했다. 이번에는 노스리지 패션 센터였는데, 그곳에서 보더스 서점 직원이 배터리 점프(차의 배터리가 방전됐을 때 다른 차의 배터리에 연결시켜 시동을 거는 것－옮긴이)를 요청했다는 것이었다.

"이 친구 이렇게 바쁘면 신문 읽을 시간도 없겠는데요."

보슈가 통화 내용을 말해주자 라이더가 말했다.

“그러게 말이야. 사실 글을 읽을 수나 있는지조차 모르겠어.”

보슈가 말했다.

“난독증 때문에요?”

“응, 그렇지만 그것만이 아니야. 글을 읽거나 쓰는 것을 한 번도 못 봤어. 견인 영수증도 나보고 쓰라더라고. 그렇다면 영수증 같은 건 쓰고 싶지 않은 거거나 쓸 수가 없다는 얘기겠지. 그리고 책상에 남겨져 있던 메모를 읽던 모습도 그렇고.”

“무슨 메모요?”

“메모지를 집어 들고 오랫동안 뚫어지게 쳐다봤는데, 무슨 내용인지 이해를 못하는 것 같았어.”

“선배는 읽었어요? 뭐래요?”

“주간 근무 직원이 남긴 메모였어. 비자카드가 맥키가 카드 신청한 것과 관련해서 고용 여부를 확인하러 전화했다는 내용 같았어.”

라이더는 얼굴을 찡그렸다.

“왜?”

보슈가 물었다.

“이상해요, 신용 카드를 신청하다니. 그럼 남들 눈에 띄잖아요. 남들 시선을 피하려는 사람이 카드를 신청하다니 말이 안 되지 않아요?”

“안정감을 느끼기 시작했는지도 모르지.”

맥키는 토요타 대리점에서 나와 곧바로 쇼핑몰로 가서 서점 직원이라는 여성의 차를 배터리 점프해주었다. 그러고 나서는 곧장 주유소 방향으로 달려갔다. 주유소에 도착했을 때는 10시가 다 되어가고 있었다. 보슈는 주유소 건너편 광장에서 쌍안경으로 맥키가 트럭에서 내려 사무실로 들어가는 모습을 확인하고는 주춤했던 희망이 다시 솟아올랐다.

"아직 희망이 있는 것도 같아. 신문을 가지고 들어가고 있어."

보슈가 라이더에게 말했다.

주유소 안으로 들어간 맥키의 행동을 감시하는 것은 쉽지 않았다. 앞쪽 사무실은 두 면이 유리여서 문제가 되지 않았다. 그러나 차고 문들은 닫혀 있었고 맥키가 자주 그곳으로 사라져버려서 볼 수가 없었다.

"내가 잠깐 지켜보고 있을까요?"

라이더가 물었다.

보슈는 쌍안경을 내리고 라이더를 쳐다보았다. 차 안이 어두워서 그녀의 표정을 읽기가 힘들었다.

"아니, 괜찮아. 계속 운전만 하고 있어서 피곤할 텐데, 잠시 쉬지 그래? 그러고 보니 아침에 일찍 일어났잖아, 나 때문에."

보슈가 다시 쌍안경을 들어 올렸다.

"난 괜찮아요. 하지만 언제라도 쉬고 싶으면…."

"게다가, 책임감 같은 것도 있어서 그래."

보슈가 말했다.

"무슨 뜻이에요?"

"이 일 말이야. 그냥 맥키를 잡아들여서 조사실에서 땀 좀 빼게 만들고 자백을 받아낼 수도 있었잖아. 근데 이런 식으로 방향을 잡았고 내가 세운 계획대로 한 거잖아. 책임감이 느껴져."

"지금도 땀 좀 빼게 할 수 있잖아요. 이 계획이 효과가 없으면 그렇게 하면 되죠."

보슈의 휴대전화가 울리기 시작했다.

"이 전화가 우리가 기다리고 있던 그건지도 모르지."

보슈가 전화기를 펼쳐 귀에 대면서 말했다.

노드였다.

"이 친구 고졸 학력 인정 과정 수료증이 있다고 하지 않았어요?"

"있어요. 왜요?"

"방금 누군가한테 전화해서 그 신문 기사를 읽어달라고 부탁했어요."

보슈는 허리를 꼿꼿하게 세우고 앉았다. 이제 시작이었다. 그 기사가 어떤 방식으로 맥키에게 전달됐는지는 중요하지 않았다. 중요한 건 맥키가 그 기사 내용을 알고 싶어 한다는 사실이었다.

"누구한테 전화했죠?"

"미셸 머피라는 여자요. 옛날 여자 친구 같았어요. 아직도 매일 신문 구독하냐고 묻는 걸 보면 이젠 안 만나서 잘 모른다는 뜻이겠죠. 여자가 그렇다고 하니까 맥키가 그 기사를 읽어달라고 하더라고요."

"여자가 읽어주고 나서 그 기사에 대해 이야기를 나누던가요?"

"네. 여자가 맥키에게 기사에 나온 여고생이 아는 사람이었냐고 물었어요. 그랬더니 맥키는 아니라면서 그 총을 알았다고 말했어요. 그러니까 여자는 더 이상 알고 싶지 않다고 했고, 그것으로 대화는 끝이 났어요. 전화를 끊었어요."

보슈는 노드에게서 들은 이야기를 곱씹어보았다. 이날 아침에 시작한 언론 플레이가 드디어 효과를 발휘하기 시작했다. 17년간 꼼짝도 하지 않던 바위가 마침내 옆으로 굴러가기 시작한 것이다. 보슈는 흥분이 되었고, 짜릿한 전율을 느꼈다.

"통화 녹음한 것 우리한테 보내줄 수 있어요? 듣고 싶은데."

보슈가 말했다.

"가능할 거예요. 돌아다니고 있는 기술자 한 명 불러다가… 이봐요, 해리, 나중에 전화할게요. 맥키가 또 전화를 걸고 있어요."

"그래요."

보슈는 노드가 다시 감청을 시작할 수 있도록 재빨리 전화기를 덮었다. 그러고는 방금 들은 맥키와 미셸 머피의 통화 내용을 들뜬 목소리로 라이더에게 들려주었다. 보슈는 라이더도 흥분했다는 것을 느낄 수 있었다.

“이제 일이 제대로 풀리려나 봐요, 선배.”

보슈는 쌍안경을 통해 맥키를 바라보았다. 맥키는 사무실 안 책상 뒤에 앉아 휴대전화로 통화를 하고 있었다.

“자, 어서, 맥키, 다 쏟아내 봐. 어떻게 된 일인지 얘기해줘.”

보슈가 속삭였다.

그러나 그때 맥키는 전화기를 덮었다. 통화가 너무 짧았다.

10초 후 노드가 다시 전화를 걸어왔다.

“조금 전 전화는 빌리 블리츠크리그한테 건 거였어요.”

“뭐라던가요?”

“맥키가 ‘문제가 생긴 것 같아. 떠야 될지도 모르겠어.’라고 했더니 버카트가 말을 자르면서 ‘무슨 일이든 관심 없어. 전화로 얘기하지 마.’라고 하더라고요. 그래서 둘은 맥키가 퇴근한 다음에 만나기로 했어요.”

“어디서요?”

“집인 것 같았어요. 맥키가 ‘안 자고 있을 거야?’라고 물었더니 버카트가 그럴 거라고 대답했어요. 그랬더니 맥키가 ‘벨린다는? 아직 거기 있어?’라고 물었고, 버카트는 그 여자는 자고 있을 테니까 걱정하지 말라고 했어요. 그러고는 전화를 끊었고요.”

보슈는 그날 밤 수사의 돌파구를 마련하겠다는 희망이 치명적인 타격을 입은 것을 느꼈다. 맥키가 집 안에서 버카트를 만나면, 경찰은 집 안에서 무슨 일이 일어나는지 들을 수가 없었다. 신문 기사를 내고 잠복조에 감청까지 감행하여 받아내려고 했던 자백이 나오더라도 경찰이 자백을 확보할 수가 없었다.

"또 다른 데 전화하면 연락 줘요."

보슈는 재빨리 말하고 나서 전화를 끊었다.

보슈는 라이더를 바라보았다. 그녀는 어둠 속에서 기대감에 차서 기다리고 있었다.

"안 좋아요?"

라이더가 물었다. 노드와 통화하는 보슈의 어조에서 뭔가 짚이는 게 있었나보았다.

"안 좋아."

보슈는 노드에게서 들은 내용을 전했고, 맥키가 집 안에서 자신의 '문제'를 버카트와 의논한다면 경찰에게 생길 문제에 대해 이야기해주었다.

"그렇게 안 좋은 것만은 아니에요, 선배."

보슈의 이야기를 다 듣고서 라이더가 말했다. 그녀가 말을 이었다.

"맥키는 머피라는 여자에게 살인 무기인 권총을 알고 있다고 분명히 인정을 했고, 버카트에게도 그보다는 덜하지만 인정을 했잖아요. 어쨌든 우리가 계속 거리를 좁혀가고 있으니까 낙담하지 마세요. 이 문제 해결 방법이나 찾아보자고요. 그자들이 집 밖에서 만나게 하려면 어떻게 해야 할까요? 스타벅스 같은 곳에서 말이에요."

"그래, 맞아. 맥키는 라떼를 주문하고."

"내 말 무슨 뜻인지 아시잖아요."

"그 친구들을 집 밖으로 몰아낸다고 해도, 어떻게 다가가서 대화를 엿들을 수 있겠어? 불가능해. 전화 통화여야만 해. 그게 이 계획의 맹점이었어, 내가 놓쳐버린 맹점."

"지금은 그냥 잠자코 앉아서 지켜보는 수밖에 없어요. 물론 그 대화 내용을 엿들을 수 있다면 좋겠지만, 못 듣는다고 세상이 끝나는 건 아니잖아요. 이미 맥키가 문제가 생겨서 떠야 할지도 모르겠다고 한 말을 확보해놨잖아요. 정말 뜨면, 도주를 하면, 배심원단에게는 죄책감 때문에 그런 것으로 보일 거예요. 그리고 이미 녹음해둔 내용만 가지고도 맥키를 연행해왔을 때 압박해서 자백을 이끌어낼 수 있을 거예요. 그러니까 아직은 완전히 실패한 건 아니에요, 알겠죠?"

"알았어."

"에이블한테 전화해서 보고할까요? 궁금해하고 있을 텐데."

"응. 좋아, 보고해. 보고할 거리가 전혀 없긴 하지만, 해 봐."

"진정해요, 선배."

보슈는 쌍안경을 들어 맥키를 바라봄으로써 라이더의 말을 막았다. 맥키는 아직도 책상 뒤에 앉아서 깊은 생각에 빠져 있는 것 같았다. 다른 야간 직원은—보슈는 그가 케니라고 추측했다—옆에 있는 의자에 앉아서 얼굴을 치켜들고 텔레비전을 보고 있었다. 뭘 보고 있는지 낄낄거리고 있었다.

맥키는 웃지도 텔레비전을 보고 있지도 않았다. 고개를 숙이고 있었다. 기억 속의 무언가를 보고 있는 것이었다.

자정까지 기다리는 90분은 보슈가 잠복근무를 하면서 보낸 90분 중 가장 긴 90분이었다. 주유소가 문을 닫고 맥키가 버카트를 만나러 가기를 기다리는 동안, 아무 일도 일어나지 않았다. 전화통은 조용했고, 맥키는 책상 뒤 자기 자리에서 움직이지 않았으며, 보슈는 버카트와의 만남을 저지하거나 어떤 식으로든 그 만남에 끼어들어 대화를 엿들을 방법을 전혀 생각해내지 못했다. 마치 시계가 12시를 칠 때까지 모두들 얼어붙어 있는 것 같았다.

마침내 주유소 실외등이 모두 꺼졌고 두 남자가 야간 영업을 종료했다. 걸어 나오는 맥키를 보니 읽지도 못하는 신문을 들고 있었다. 버카트에게 보여주고 그 살인 사건에 대해 논의를 할 모양이었다.

"그리고 그 자리에 우리가 못 들어가는 거고."

보슈는 쌍안경으로 맥키를 쫓으면서 중얼거렸다.

카마로에 탄 맥키는 시동을 걸고 나서 시끄럽게 엔진의 회전속도를 높였다. 그러고는 탬파 도로를 타고 약속 장소인 자기 집이 있는 남쪽으로 달려갔다. 라이더는 적당한 시간만큼 기다렸다가 상가 주차장을 빠져 나와 탬파의 북행 차선들을 가로질러 돌아서 남쪽으로 달렸다. 보슈는 감청 센터에 있는 노드에게 전화를 걸어 맥키가 주유소를 떠났으니까 감청 시스템을 집 전화선으로 전환하라고 말했다.

맥키 차의 불빛이 세 블록 앞에 있었다. 오고가는 차가 많지 않아서 라이더는 안전거리를 유지하고 있었다. 보슈의 차를 세워둔 주차장을 지나갈 때 그는 고개를 돌려 자기 메르세데스가 그대로 있는지 확인했다.

"어어."

라이더가 말했다.

보슈가 거리를 향해 다시 고개를 돌리는 순간 맥키의 차가 빠르게 유턴을 하는 것이 보였다. 이제 맥키는 보슈와 라이더 쪽을 향해 달려오고 있었다.

"선배, 어쩌죠?"

라이더가 물었다.

"가만히 있어. 티내지 마."

"곧장 우리 쪽으로 오고 있어요. 미행을 눈치챘나 봐요."

"가만히 있어. 저기 뒤에 주차되어 있는 내 차를 봤는지도 모르지."

카마로는 저 멀리서부터 굵은 엔진 소리를 내면서 달려오고 있었다. 그 소리는 포효하며 달려드는 괴물처럼 위협적이고 사악하게 들렸다.

# 31

## 암살

괴물 카마로는 시끄러운 소음을 내며 보슈와 라이더가 탄 차 옆을 쌩하니 지나쳤다. 새티코이에서는 신호등도 무시하고 계속 달려갔다. 보슈는 카마로의 불빛이 북쪽으로 사라지는 것을 지켜보았다.

"왜 저러죠? 미행을 알아차린 걸까요?"

라이더가 말했다.

"글쎄…."

보슈의 휴대전화가 울리자 그는 재빨리 전화를 받았다. 로빈슨이었다.

"자동차 협회 서비스 센터로부터 호출을 받았어요. 어쩔 수 없이 가야 하나 봐요."

"무슨 소리예요, 견인 요청이 들어왔다는 거요?"

"네. 자동차 협회에서요. 맥키가 응하지 않으면 다른 견인 업체로 갈 거고, 그러면 문제가 생길 수 있어요. 자동차 협회와의 계약 연장이 안 될 수도 있고."

"견인하러 가는 목적지는 어디죠?"

"레이건 고속도로에서 고장이 났대요. 탬파 거리 고가도로 근처 서쪽 방향이고요. 가까운 곳이에요. 맥키는 곧바로 가겠다고 했어요."

"알았어요. 우리가 맡을게요."

보슈는 전화기를 덮고 나서 라이더에게 유턴해서 쫓아가자고, 미행을 알아차린 게 아니라 견인 트럭을 가지러 돌아가는 거라고 말했다.

보슈와 라이더가 탬파와 로스코우의 교차로로 돌아갔을 때 어두운 주유소에서 견인 트럭이 나오고 있었다. 맥키는 시간 낭비를 하지 않았다.

맥키의 목적지를 알고 있었기 때문에 라이더는 뒤로 처져 견인 트럭의 백미러를 통해 들킬 위험을 피할 수 있었다. 그들은 고속도로를 향해 탬파 도로를 북쪽 방향으로 달려갔다. 레이건 고속도로는 LA 시 북쪽에 펼쳐진 밸리 지역을 동서로 가로지르는 118번 고속도로였다. 하루 종일 붐비지도 않고 한산할 때도 있는 몇 안 되는 고속도로 중 하나였다. 지금은 고인이 된 전 캘리포니아 주지사이자 전직 대통령의 이름을 딴 이 고속도로는 레이건 대통령 도서관이 있는 시미 밸리로 이어지고 있었다. 그러나 보슈는 로빈슨이 이 고속도로를 레이건 고속도로라고 부르는 게 듣기 어색했다. 보슈에게는 언제나 118번 고속도로일 뿐이었다.

탬파 거리에서 서쪽 방향으로 가는 118번 고속도로 나들목을 통과하면 10차선 고속도로로 들어갔다. 라이더가 서행하면서 보니까 견인 트럭은 좌회전을 해서 보이지 않는 나들목을 향해 달려갔다. 라이더도 속도를 내 좌회전을 해서 견인 트럭을 쫓아갔다. 다시 속도를 줄여 나들목으로 향하던 그들은 문제가 생겼음을 깨달았다 고장 난 차는 로빈슨이 말했던 것처럼 고속도로 변에 있는 것이 아니라 고속도로 출입구 나들목에 있었다. 보슈와 라이더가 탄 차는 빠르게 견인 트럭을 향해 다가가고 있었다. 견인 트럭은 50미터 전방에서 나들목 갓길로 들어가고 있었다. 뒤쪽 갑판등이 켜지고, 비상등을 깜박이며 갓길에 주차해 있는 빨간색 소형차를 향해 후진하고 있었다.

"어떡하죠, 선배? 우리도 차를 대면 미행했다고 대놓고 광고하는 건데."

라이더가 말했다.

그녀의 말이 옳았다. 그러면 미행 사실이 탄로 날 것이다.

"계속 가."

보슈가 대답했다.

빨리 판단을 해야 했다. 일단 고속도로로 들어서면 갓길에 차를 세우고 맥키의 견인 트럭이 고장 난 차를 꽁무니에 달고 지나갈 때까지 기다릴 수 있었다. 그러나 그것은 위험부담이 따르는 일이었다. 맥키가 라이더의 차를 알아볼 수도 있고, 심지어 도움이 필요한지 알아보기 위해 차를 세울 수도 있었다. 맥키가 보슈를 본다면 모든 게 들통이 나고 마는 거였다.

"토마스 가이드 있어?"

"의자 밑에요."

라이더가 고장 난 차와 견인 트럭 옆을 지나가는 동안 보슈는 의자 밑으로 손을 뻗어 토마스 가이드 지도책을 찾았다. 견인 트럭이 보이지 않는 곳에 이르자 보슈는 실내 천장 등을 켜고 재빨리 지도책을 넘겼다. 토마스 가이드 지도책은 로스앤젤레스의 운전자들에게는 성서나 다름없었다. 보슈는 수십 년 동안 이 책을 이용했기 때문에 현재 위치가 나온 페이지를 쉽게 찾아냈다. 재빨리 지도를 살펴본 후 라이더에게 갈 길을 지시했다.

"다음번 출구로 나가면 포터 랜치 길이야. 1.5킬로미터도 안 남았어.

거기로 나가서 우회전을 한 다음 리날디에서 다시 우회전을 하면 탬파야. 거기 고가도로 위에서 기다리거나 계속 돌고 있으면 될 거야."

"고가도로 위에서 기다리는 게 나아요. 같은 차가 계속 그 나들목을 지나가면 알아차릴지도 몰라요."

라이더가 말했다.

"그래, 그게 좋겠군."

"별로 마음에 안 들지만, 다른 방법을 모르겠네요."

그들은 포터 랜치 출구까지 쏜살같이 달려갔다.

"견인되는 차량 확인했어? 난 아까 지도책을 찾느라고."

보슈가 말했다.

"소형 외제차였어요. 운전자 한 명만 타고 있는 것 같았고요. 트럭 불빛이 너무 밝아서 다른 건 잘 안 보였어요."

라이더는 계속 빠른 속력으로 달려가서 포터 랜치 길로 가는 출구를 빠져나갔다. 보슈의 지시대로 우회전을 하고 또 우회전을 하자 곧 탬파가 다가오고 있었다. 콜빈에서 신호에 걸려 멈춰 섰지만, 라이더는 주변을 확인한 후 그대로 통과했다. 견인 트럭 옆을 지나간 지 3분이 채 안 되어 그들은 탬파로 돌아왔다. 라이더는 고가도로 한 중간에서 갓길에 차를 세웠다. 보슈는 차 문을 열었다.

"내가 나가서 지켜볼게."

보슈가 말했다.

그는 차에서 내렸다. 이곳에서는 견인 트럭이 보이지 않았지만 트럭 운전석 위에 있는 갑판 등이 고속도로 나들목에 은은한 불빛을 드리우고 있었다.

"선배, 이거 갖고 있어요."

라이더가 불렀다.

보슈는 차 안으로 몸을 숙이고 라이더가 건네는 무전기를 받아들었다.

보슈는 고가도로를 따라 고속도로 나들목 쪽으로 되돌아갔다. 고속도로가 정체될 정도는 아니었지만 발밑에선 차들이 쌩쌩 소리를 내며 달리고 있었다. 그가 나들목 위에 다다라 아래를 내려다보니, 견인 트럭의 꽁무니에서 나오는 불빛이 아직도 어둠 속을 가르고 있어서 눈앞이 제대로 보일 때까지 약간의 시간이 걸렸다.

그러나 곧 보슈는 고장 난 차의 깜빡이던 불빛이 보이지 않는 것을 알아차렸다. 좀 더 자세히 보았지만 그 차는 더 이상 갓길에 있지 않았다. 그의 눈길이 나들목을 따라 내려가 고속도로로 향했고, 수십 대의 차들이 빨간 미등을 밝힌 채 서쪽으로 달려가고 있는 것이 보였다.

보슈는 눈길을 돌려 견인 트럭을 바라보았다. 아무런 움직임이 없었다. 맥키의 흔적도 보이지 않았다.

그는 무전기를 입에 대고 마이크 버튼을 눌렀다.

"키즈?"

"왜요, 선배?"

"이쪽으로 와 봐."

보슈는 나들목을 걸어 내려가기 시작했다. 그러면서 권총을 꺼내 옆으로 내려 들었다. 30초쯤 지나자 뒤에서 불빛이 비치더니 라이더가 차를 갓길에 댔다. 그러고는 손전등을 가지고 내린 후 보슈와 함께 나들목을 내려갔다.

"무슨 일이에요?"

라이더가 물었다.

"몰라."

견인 트럭 안이나 주변에서 맥키는 그림자도 보이지 않았다. 보슈는 긴장이 되는 것을 느꼈다. 뭔가 잘못됐다는 것을 직감했다. 가까이 가면

갈수록 그 확신이 더 굳어졌다.

“맥키가 여기 있고 아무 일도 없는 거라면 뭐라고 둘러대죠?”

라이더가 속삭였다.

“무슨 일이 있는 게 확실해.”

보슈가 말했다.

트럭 뒤쪽에서 나오는 불빛이 눈이 부실 정도로 강렬했고, 보슈는 자기들이 취약한 입장이라는 것을 알았다. 견인 트럭 앞쪽에 누가 있더라도 볼 수가 없었다. 그는 오른쪽으로 걸어가서 라이더와 멀찌감치 떨어져서 걸었다. 라이더는 왼쪽으로 갈 수가 없었다. 간다면 출구로 가는 차선으로 들어가게 되기 때문이었다.

세미트럭 한 대가 포효하며 나들목을 지나가자 석유 냄새를 머금은 바람과 큰 소음이 남았고 지진이 난 것처럼 땅이 흔들렸다. 보슈는 갓길 옆 경사진 갈대밭을 걸어가고 있었다. 저 앞에는 아직 아무도 보이지 않았다.

보슈와 라이더는 대화를 나누지 않았다. 저 밑 고속도로를 지나가는 차들이 내는 소음이 고가도로 밑에서 올라오고 있었다. 지금 무슨 이야기를 나누자면 고함을 질러야 하는데 그러면 집중력이 떨어질 것 같았다.

두 사람이 함께 견인 트럭 앞에 이르렀다. 보슈가 운전석을 확인해봤는데 맥키는 없었다. 트럭은 시동이 걸린 채였다. 보슈는 뒤로 돌아가서 갑판 등에 비친 땅을 내려다보았다. 검은색 타이어 자국이 트럭 뒷문까지 곡선으로 이어져 있었다. 그리고 자갈 위에는 손바닥에 기름얼룩이 있는 가죽 장갑 한 짝이 놓여 있었다. 낮에 맥키가 끼고 있던 장갑이었다.

“이것 좀 빌리자.”

보슈가 라이더에게서 손전등을 뺏어 들면서 말했다. 경찰관 한 명이 무거운 철제 손전등으로 용의자를 구타하는 장면을 담은 비디오테이프가 공개되고 나서 경찰국장의 지시에 따라 바뀐 고무 제품이었다.

보슈는 트럭 뒷문에 손전등을 비춰보았고, 위의 갑판 등에서 쏟아지는 강렬한 불빛 때문에 더 어두워 보이는 트럭의 밑면도 살펴보았다.

피가 짙은 색 강철에 반사되어 밝게 빛났다. 석유를 피로 착각한 것이 아니었다. 생생한 붉은색이었다. 보슈는 쭈그리고 앉아 트럭 밑으로 손전등을 비춰보았다. 이곳도 컴컴했고, 위쪽의 밝은 빛이 절대로 침투할 수 없는 것처럼 보였다.

맥키의 몸이 뒤차축 차동장치에 부딪쳐 구겨져 있었다. 얼굴의 반쪽은 머리 왼쪽이 길고 깊게 찢어져서 쏟아져 나온 피에 흠뻑 젖어 있었다. 파란색 작업복 셔츠는 보이지 않는 다른 곳의 부상에서 나온 피로 앞면이 적갈색으로 변해 있었다. 바지의 사타구니 부분은 피인지 오줌인지 아니면 둘 다인지 모를 얼룩이 졌다. 한쪽 팔은 아래팔뚝이 이상한 각도로 꺾여 있었고, 들쭉날쭉한 모양의 유백색의 뼈가 살을 뚫고 삐져나와 있었다. 그 팔은 맥키의 가슴에 놓여 있었는데, 가슴이 불규칙적으로 들썩거렸다. 아직 살아 있었다.

"오 하느님!"

보슈 뒤에서 라이더가 소리쳤다.

"구급차 불러!"

보슈가 트럭 밑으로 기어 들어가면서 지시했다.

보슈는 무전기가 있는 차를 향해 자갈밭을 뛰어가는 라이더의 발소리를 들으면서 최대한 맥키에게 다가갔다. 범죄 현장을 훼손할 가능성도 있었지만 반드시 가까이 가 보아야 했다.

"로, 내 말 들려? 로, 누가 이랬어? 어떻게 된 거야?"

맥키는 자기 이름을 듣고 몸을 약간 움직였다. 입이 움직이기 시작했을 때 보슈는 맥키의 턱이 부러졌거나 탈구가 됐다는 것을 알 수 있었다. 움직임이 어색하고 둔했다. 마치 난생처음으로 턱을 움직이고 있는 것 같았다.

"천천히 해, 로. 누가 이랬어? 놈을 봤어?"

맥키가 뭐라고 속삭였지만 마침 고속도로 입구를 향해 속력을 내 달려가는 차 소리에 묻혀버렸다.

"다시 말해봐, 로. 다시 말해봐."

보슈는 몸을 앞으로 밀어 맥키의 입 앞에 머리를 바싹 갖다 댔다. 보슈가 들은 것은 반은 헐떡거림이었고 반은 속삭임이었다.

"…스워스…."

보슈는 몸을 뒤로 빼고 맥키를 바라보았다. 불빛에 맥키가 정신을 차리기를 바라면서 맥키의 얼굴에 손전등을 비췄다. 맥키의 왼쪽 눈 주위의 뼈도 완전히 으스러졌고 출혈이 심했다. 가망이 없었다.

"로, 할 말이 있으면 지금 해. 자네가 레베카 벌로런을 죽였어? 그날 밤 거기 있었어?"

보슈는 몸을 앞으로 밀었다. 맥키가 무슨 말을 했다면 지나가는 다른 자동차의 소음에 또 묻혀버리고 말았다. 보슈가 다시 몸을 빼고 맥키를 쳐다보았다. 죽은 것 같았다. 보슈는 손가락 두 개를 피범벅인 맥키의 목에 대보았지만 맥박은 느껴지지 않았다.

"로? 롤랜드, 내 말 들려?"

다치지 않은 한쪽 눈은 뜨고 있었지만 반쯤은 감긴 상태였다. 보슈가 손전등을 가까이 비춰도 동공의 움직임이 없었다. 맥키가 사망한 것이다.

보슈는 트럭 밑에서 조심스레 기어 나왔다. 라이더는 가슴에 팔짱을 꽉 끼고 서 있었다.

"구급차가 지금 오고 있어요."

라이더가 말했다.

"올 필요 없다고 해."

보슈는 라이더에게 손전등을 돌려주었다.

"죽었다고 해도 구급대원들이 와서 사망을 확인해줘야 해요."

"그럴 필요 없다니까, 진짜 죽었어. 구급대원들이 와서 괜히 그 밑으로 들어가면 범죄 현장이 훼손되기나 하지. 전화해서 오지 말라고 해."

"맥키가 무슨 말을 했어요?"

"'채스워스'라고 한 것 같아. 그 말만 알아들었어. 다른 말을 했는지 모르지만, 듣지 못했어."

라이더는 초조하게 앞으로 갔다 뒤로 갔다 서성이고 있었다.

"오 하느님. 토할 것 같아요."

라이더가 말했다.

"그럼 저기 뒤로 가, 현장에서 떨어져."

라이더는 자기 차 뒤로 걸어갔다. 보슈도 토할 것만 같았지만, 참을 수 있었다. 갈가리 찢기고 부러진 맥키의 몸을 봐서 욕지기가 치밀어 오르는 게 아니었다. 보슈도 라이더와 마찬가지로 그보다 훨씬 더 심한 경우도 보았었다. 구역질이 나게 만든 것은 정황이었다. 보슈는 맥키의 죽음이 우연한 사고가 아니라는 것을 직감했다. 이것은 암살이었다. 그리고 일을 이렇게 만든 장본인이 바로 보슈 자신이었다.

보슈는 자기가 롤랜드 맥키를 죽게 만들었다는 것을 알고 있었기 때문에 욕지기가 치밀어 올랐다. 그리고 맥키의 죽음으로 인해 그는 마지막 남은 연결고리를, 레베카 벌로런 살인범과의 가장 확실한 연결고리를 잃어버린 것인지도 몰랐다.

제3부

THE
CLOSERS

# 어둠이 기다린다

# 32

## 책임

탬파 거리에서 로널드 레이건 고속도로로 들어가는 나들목은 폐쇄되었고 차들은 라날디로 내려가 포터 랜치 길 나들목을 이용하도록 교통정리가 이루어지고 있었다. 고속도로 진입로 전체가 경찰 차량으로 몸살을 앓고 있었다. 미해결 사건 전담반 형사들은 물론이고, LA 경찰국 과학수사계와 캘리포니아 고속도로 순찰대, 법의국 요원들도 나와 있었다. 에이벌 프랫은 사방으로 전화를 걸어 이 사건을 미해결 사건 전담반이 인계받을 수 있게 손을 썼다. 롤랜드 맥키 피살 사건은 주 고속도로 입구에서 발생했기 때문에, 엄밀히 따지자면 캘리포니아 고속도로 순찰대의 관할이었다. 그러나 캘리포니아 고속도로 순찰대는 기꺼이 이 사건을 포기했다. 현재 LA 경찰국이 수사 중인 사건과 관련하여 발생한 살인 사건이기 때문이었다. 다른 말로 하자면, LA 경찰국은 자기네가 어질러 놓은 것을 자기네가 치울 기회를 부여받은 셈이었다.

캘리포니아 고속도로 순찰대의 이 지역 담당 지구대장은 자기네 지구대 최고의 교통사고 처리 전문가를 빌려주겠다고 제안했고, 프랫은 그 제안을 받아들였다. 그뿐만 아니라 프랫은 LA 경찰국이 소집할 수 있는 최고의 법의학자들을, 그것도 한밤중에 불러냈다.

보슈와 라이더는 범죄 현장 조사가 진행되는 동안 상당 시간을 프랫의 차 뒤쪽에 앉아 있었다. 처음에는 프랫에게 그다음에는 팀 마샤와 릭 잭슨에게 자세히 조사를 받았다. 마샤와 잭슨은 집에서 호출 받고 뛰어나왔다가 맥키 피살 사건을 담당하게 되었다. 보슈와 라이더는 그동안 벌어진 몇 가지 일에는 직접적인 관련이 있었고 다른 일에서는 목격자였기 때문에, 이 사건을 맡지 않기로 결정이 되었다. 이것은 물론 격식에 불과했다. 보슈와 라이더는 앞으로도 계속 벌로런 사건을 수사할 것이고, 그러다보면 당연히 롤랜드 맥키를 죽인 범인도 쫓을 수밖에 없을 것이기 때문이다.

새벽 3시, 지금까지의 수사 상황을 정리하기 위해 법의학자들이 살인전담 형사들과 함께 모였다. 조금 전 맥키의 시신은 트럭 밑에서 꺼내졌고, 현장 사진 촬영과 비디오 촬영과 스케치까지 완전히 끝난 상태였다. 이제 그곳은 공개된 현장으로 간주되어 누구라도 자유롭게 돌아다닐 수 있었다.

프랫은 제일 먼저 캘리포니아 고속도로 순찰대 수사관에게 브리핑을 하라고 지시했다. 올맨드라는 이름의 키 큰 수사관은 레이저 지시기를 사용해서 도로와 자갈길에 난 타이어 자국들 중 맥키 피살 사건과 관련이 있다고 믿는 타이어 자국들을 가리켰다. 또한 그는 견인 트럭의 뒤쪽을 가리켰는데, 강철로 만든 뒷문 곳곳에 분필로 그린 동그라미가 있었다. 그는 긁힌 자국이거나 움푹 들어간 곳, 혹은 부서진 부분이라고 설명했다. 그는 보슈와 라이더가 맥키를 발견하고 단 몇 초 만에 내린 것과 같은 결론을 내렸다. 롤랜드 맥키는 살해당했다는 것이었다.

올맨드가 말했다.

“타이어 자국을 보면 피해자는 이 지점에서 서쪽으로 25미터 정도 떨어진 갓길에 견인 트럭을 갖다 댄 걸로 보입니다. 아마도 갓길에서 기다리고 있는 고장 차량을 피하기 위해서였던 것 같고요. 그러고 나서 견인 트럭은 갓길을 따라 후진해서 이 지점까지 다가왔습니다. 피해자는 변속기를 주차 칸에 놓고 주차 브레이크를 잡고 나서 트럭에서 내렸습니다. 정황 정보에 따르면 그가 서두르고 있었다고 하는데 만약 그랬다면 아마도 곧장 여기 트럭 뒤쪽으로 가서 견인 기계를 내렸을 겁니다. 여기 이곳이 사건 발생 지점입니다. 고장 차량은 사실 고장 난 게 아니었습니다. 운전자는 가속 페달을 밟아 돌진해 와서 견인 트럭 운전자를 치고 그를 트럭 뒷문과 견인기 쪽으로 밀어붙였죠. 피해자는 견인할 준비를 하느라고 여기서 허리를 굽히고 갈고리를 꺼내고 있었을 겁니다. 그러다가 차에 친 거죠. 그래서 머리에 그렇게 심한 손상을 입은 겁니다. 머리부터 견인기에 부딪쳤어요. 기중기에 피가 묻어 있습니다.”

올맨드는 견인 트럭의 갈고리 부분을 레이저 지시기의 빨간 점으로 가리켜 보였다. 그러고는 말을 이었다.

“그러고 나서 차는 후진을 했습니다. 그래서 여기 아스팔트 위에 줄무늬 타이어 자국이 난 것이죠. 그러고 나서 다시 한 번 치려고 달려 나왔습니다. 피해자는 첫 번째 충돌에서 이미 치명상을 입었을 게 틀림없지만, 아직 사망하지는 않은 상태였죠. 아마도 피해자는 처음 차에 치이고 나서 땅에 쓰러진 후 두 번째 충돌을 피하려고 안간힘을 다해 트럭 밑으로 기어들어갔던 것 같고요. 어찌됐든 범행 차량은 견인 트럭을 또 한 번 쳤습니다. 그리고 물론, 피해자는 트럭 밑에서 부상에 굴복하고 말았고요.”

올맨드는 여기서 말을 멈추고 질문을 기다렸지만 돌아오는 것은 음울한 침묵뿐이었다. 보슈는 물어볼 말이 생각나지 않았다. 아무런 질문도 반론도 없자 올맨드는 자갈길과 아스팔트에 난 타이어 자국 두 개를 가리키면서 보고를 마무리했다.

"여기 보시면 범행 차량의 축간거리(자동차 앞바퀴와 뒷바퀴 사이의 거리-옮긴이)가 그리 넓지 않다는 걸 알 수 있습니다. 이것 때문에 대상이 좀 더 좁혀지는데요. 아마도 소형 외제차인 것 같습니다. 축간거리를 측정해 놓았으니까 자동차 제조업체들 카탈로그를 살펴보면 이런 접지면이 나올 수 있는 차종을 금방 뽑아낼 수 있을 겁니다. 결과가 나오면 알려드리겠습니다."

이번에도 아무런 반응이 없자 올맨드는 레이저 지시기로 아스팔트에 있는 작은 기름 자국에 동그라미를 그려 보였다.

"또 하나, 범행 차량에서 기름이 새고 있었어요. 중요한 건 아니지만, 범인이 얼마나 오랫동안 여기 앉아서 피해자를 기다리고 있었느냐 하는 점을 검사가 언급해야 한다면, 범행 차량을 찾아내는 대로 기름이 새는 시간을 측정하여 이 정도의 자국이 생기려면 시간이 얼마나 걸렸을지 추정해볼 수 있을 겁니다."

프랫이 고개를 끄덕였다.

"좋은 정보군요."

프랫이 말했다.

프랫은 올맨드에게 감사 인사를 한 후 법의국 부국장 래비 패틀에게 검안 1차 소견을 말해달라고 요청했다. 패틀은 우선 시신의 겉모습만 살펴봐도 확실히 알 수 있는 수많은 골절과 부상을 열거했다. 그는 범행 차량과의 충돌로 인해 맥키의 두개골이 골절되었고 왼쪽 눈의 안와가 완전히 으스러졌으며 턱이 탈구되었다고 말했다. 맥키의 엉덩이뼈와 함께 윗몸통의 왼쪽 부분이 으스러졌다. 왼쪽 팔과 왼쪽 허벅지 뼈도 골절되었다.

"이런 손상은 전부 1차 충돌에서 발생한 것 같아요. 피해자는 서 있었고 몸 뒤쪽 오른쪽 부분이 차와 충돌한 거죠."

패틀이 말했다.

"그런데도 트럭 밑으로 기어들어갈 수 있었을까요?"

릭 잭슨이 물었다.

"가능하죠. 생존 본능이 평소에는 불가능한 일들을 해내는 경우를 종종 봅니다. 시신의 배를 열어봐야 알겠지만, 이런 경우에는 보통 압박으로 인해 폐에 구멍이 뚫리죠. 그러면 폐에는 피가 가득 차게 되고요. 그러면 천천히 사망에 이르게 됩니다. 그동안 피해자는 안전하다고 생각되는 곳으로 기어들어갈 수 있었을 겁니다."

패틀이 대답했다.

그러고는 고속도로 가에서 피범벅이 되어 죽어버린 거로군, 보슈는 생각했다.

다음 보고자로 나선 사람은 과학수사계의 책임 수사관이자, 래비 패틀 법의국 부국장과 형제인 래즈 패틀이었다. 보슈는 예전에 수사를 함께해본 경험이 있어서 형제를 잘 알고 있었고, 둘 다 최고의 실력자라고 평가하고 있었다.

래즈 패틀은 범죄 현장을 조사한 기본 소견을 말하면서, 맥키가 자기 목숨을 구하려고 트럭 밑으로 기어들어간 덕분에 결국에는 수사관들이 범인을 잡을 수 있을 것이라고 보고했다.

"트럭에 가해진 두 번째 충돌은 사람이 완충제로 중간에 끼어 있지 않은 상태에서 발생했습니다. 금속과 금속이 부딪친 것이죠. 트럭에 다른 차량의 금속과 페인트가 묻어 있는 것을 발견하고 샘플을 여러 개 채취해놨습니다. 용의 차량을 찾으면 범행 차량이 맞는지 100퍼센트 확실하게 밝혀낼 수 있습니다."

어둠 속에서 한 줄기 빛이 나타났군, 보슈는 생각했다.

래즈 패틀의 보고가 끝난 후 회의는 끝이 났고, 수사관들은 프랫이 지시한 다양한 임무를 수행하기 위해 흩어졌다. 그들은 각자 맡은 임무를 수행한 후 오전 9시에 퍼시픽 다이닝 카라는 식당에서 다시 만나 수사 관련 회의를 하기로 했다.

마샤와 잭슨은 맥키의 집을 수색하라는 지시를 받았다. 그 임무를 수행하려면 자고 있는 판사를 깨워 수색 영장에 서명을 받아야 했다. 맥키가 윌리엄 버카트와 동거하고 있었고 버카트가 맥키 피살 사건의 용의자였기 때문이었다. 맥키의 집은 맥키가 고속도로 상에서 차에 치여 사망할 당시에도—그때 버카트는 집에 있었던 것으로 추정되었다—경찰의 감시를 받고 있었다. 그렇더라도 버카트가 제3자에게 맥키를 살해하도록 지시했을 수도 있었으므로 혐의가 없는 것으로 입증이 될 때까지는 용의자로 간주되었다.

보슈와 라이더가 견인 트럭 밑에서 맥키를 발견한 후 제일 먼저 걸었던 몇 통의 전화 중 한 통은 마리아노 거리에 있는 맥키의 집을 감시하고 있던 강력계 형사 케호와 브래드쇼에게 건 것이었다. 두 형사는 즉시 집 안으로 들어가 버카트와 벨린다 메시어라는 여자를 연행했다.

버카트와 벨린다 메시어는 현재 파커 센터에서 조사를 기다리고 있었고 보슈와 라이더는 프랫에게서 그들을 조사하라는 허락을 받았다.

그러나 보슈와 라이더가 라이더의 차가 있는 곳으로 가기 위해 고속도로 출구 경사로를 걸어 올라가려고 돌아섰을 때, 프랫이 잠깐만 기다리라고 말했다. 그러고는 그들 앞으로 다가와 서서 근처에 있는 다른 사람들한테는 들리지 않게 낮은 목소리로 말했다.

"이 일로 욕 좀 먹을 거라는 건 말 안 해도 알겠죠?"

프랫이 말했다.

"알아요."

라이더가 대답했다.

"어떤 식으로 조사를 받게 될지는 모르겠지만, 조사를 받는 것은 확실해요."

프랫이 말했다.

"각오하고 있을게요."

라이더가 말했다.

"시내로 가면서 입 좀 맞춰놔요. 같은 말이 나올 수 있게."

프랫이 제안했다.

보슈와 라이더가 따로따로 조사를 받더라도 같은 내용이 나오고 모두에게 최선의 결과가 나올 수 있게 미리 이야기를 맞춰놓으라는 것이었다.

"우린 괜찮을 거예요."

라이더가 말했다.

프랫은 보슈를 흘끗 쳐다보다가 곧 고개를 돌려 견인 트럭을 바라보았다.

"알아요, 내가 신병이라는 거. 이 일로 누군가 책임을 져야 한다면 내가 되겠죠. 괜찮아요. 이 계획은 전적으로 내 생각이었으니까요."

보슈가 말했다.

"선배, 그렇게 생각…."

"내가 세운 계획이었어. 그러니 당연히 책임도 내가 져야지."

보슈가 라이더의 말을 끊고 말했다.

"당신이 책임질 필요가 없게 될 수도 있어요. 이 사건을 빨리 해결하면 돼요. 결과적으로 사건을 종결짓고 나면 그동안의 실책은 자연히 사라져버리는 법이니까. 그러니까 아침 먹기 전에 이 개자식을 잡아넣읍시다."

프랫이 말했다.

"알겠습니다, 반장님."

라이더가 말했다.

보슈와 라이더는 경사로를 올라가면서 아무 말도 하지 않았다.

# 33

## 알리바이

보슈와 라이더가 도착해보니 파커 센터 안은 돌아다니는 사람 하나 없이 휑했다. 몇 개의 수사팀이 상주해 있긴 하지만, 이 경찰국 건물에는 주로 고위 간부들의 집무실과 경찰 지원 서비스를 위한 사무실이 들어 있었다. 따라서 해가 뜨기 전까지는 이렇게 한산했다. 엘리베이터에서 보슈와 라이더는 따로 내리기로 했다. 보슈는 케호와 브래드쇼와의 임무 교대를 위해 3층에서 내려 곧장 강력계로 향할 생각이었고, 라이더는 미해결 사건 전담반 사무실부터 들러서 그동안 모아둔 윌리엄 버카트에 관한 자료를 가져올 작정이었다.

"좀 있다 봐요. 케호와 브래드쇼가 커피를 만들어놨으면 좋을 텐데요."

라이더가 3층에서 내리려는 보슈에게 말했다.

보슈는 엘리베이터 타는 곳 옆에 있는 모퉁이를 돌아 강력계 사무실을 향해 복도를 걸어갔다. 어느 순간 뒤에서 들리는 목소리에 그는 발걸음을 멈췄다.

"재생타이어라고 했던 내 말 맞지?"

보슈가 돌아섰다. 어빙이 반대편 복도에서 걸어오고 있었다. 그쪽에는 컴퓨터실밖에 없었다. 보슈는 어빙이 복도에서 자기를 기다리고 있었던 거라고 추측했다. 그는 고속도로에서 일어난 사건을 어빙이 벌써 알고 있는 것 같다는 사실에도 놀라는 기색을 보이지 않으려고 애를 썼다.

"여기서 뭐하십니까?"

"아, 오늘은 업무를 좀 일찍 시작하고 싶어서. 아주 중요한 하루가 될 거거든."

"그렇습니까?"

"그래. 살짝 귀띔 좀 해줄까? 오늘 오전 중으로 지난 밤 자네가 저지른 말도 안 되는 만행이 언론에 공개가 될 거야. 자네가 맥키라는 시민을 미끼로 사용했다가, 결국에는 끔찍하게 살해당하게 만들었다는 사실을 기자들이 알게 되는 거지. 그럼 기자들이 묻겠지, 어떻게 사직한 형사가 경찰국에 복귀해서 이런 일을 저지를 수 있었냐고. 하지만 걱정하지 말게. 이런 질문들은 이 모든 일을 허가해준 경찰국장님에게 던져질 테니까 말이야."

보슈는 위협을 전혀 느끼지 못하겠다는 듯 소리 내어 웃으면서 고개를 가로저었다.

"그게 끝입니까?"

보슈가 물었다.

"그리고 감찰계장한테 자네가 수사를 어떻게 했는지 조사해보라고 지시해야겠지. 나는 돌아오는 사람을 별로 안 좋아하거든."

보슈는 어빙이 자기한테 주려던 위협감을 어빙에게 일부 돌려줄 수 있기를 바라면서 어빙에게로 한 걸음 다가갔다.

"좋습니다, 부국장님, 그렇게 하시죠. 그리고 감찰계장한테 미리 일러 놓으세요, 내가 기자들뿐만 아니라 감찰계 형사들한테도 부국장님이 이 모든 일과 관련해서 저지른 죄를 폭로할 테니까 준비하라고요."

오랜 침묵이 흐른 후 어빙이 미끼를 물었다.

"그건 또 무슨 개코 같은 소린가?"

"미끼로 사용될까 봐 그렇게도 걱정하시는 이 시민이 실은 17년 전 부국장님이 풀어준 친구라는 거 말입니다. 리처드 로스와 거래를 하려고 풀어주셨죠. 맥키는 그때 감옥에 있었어야 했습니다. 근데 부국장님 덕분에 풀려나 자기가 훔친 권총을 사용해서 무고한 16세의 소녀를 살해했죠."

보슈는 어빙의 반응을 기다렸지만 어빙은 말이 없었다.

"맞습니다. 내 손에 롤랜드 맥키의 피를 묻혔다고 할 수도 있겠죠. 하지만 부국장님은 손에 레베카 벌로런의 피를 묻히셨습니다. 기자들과 감찰계에 다 까발리시겠다고요? 좋습니다, 그렇게 하시죠. 그래서 어떤 결과가 나오는지 한번 볼까요?"

어빙의 눈을 보니 기세가 한풀 꺾인 듯했다. 어빙은 보슈 앞으로 한 걸음 다가와 바로 코앞에 섰다.

"틀렸어, 보슈. 그때 그 아이들은 벌로런과 아무 관련이 없다는 게 밝혀져서 혐의가 풀린 걸세."

"그래요? 어떻게요? 그 아이들의 혐의를 풀어준 게 누구였습니까? 그린과 가르시아가 그랬을 리는 없고요. 그 형사들이 그 아이들 근처에 얼씬도 못하게 부국장님이 막아버리셨던 것 알고 있습니다. 피해자의 아버지한테도 그러셨죠. 부국장님과 부국장님의 충견이 있는 대로 겁을 줘서 쫓아버리셨잖습니까."

보슈는 한 손가락으로 어빙의 가슴을 가리켰다.

"부국장님은 그 작은 거래 하나 성사시키겠다고 살인자들이 무사히 빠져나가게 눈감아주셨습니다."

"그건 자네가 완전히 잘못 알고 있는 거야. 우리가 살인자들이 무사히 빠져나가게 눈감아줬다고 생각하나, 정말?"

대답하는 어빙의 목소리에 다급함이 묻어 있었다.

보슈는 고개를 가로젓다가 뒤로 몇 걸음 물러서면서 터져 나오려는 웃음을 억지로 참았다.

"네, 정말 그렇게 생각하는데요."

"내 말 좀 들어봐, 보슈. 우린 그 아이들의 알리바이를 일일이 확인했네. 모두 깨끗하더군. 그 아이들 중 일부는 우리가 알리바이였지. 감시하고 있었거든. 하지만 우리는 그 조직의 조직원 모두가 이 사건과 무관하다는 걸 일일이 확인 하고 나서, 그린과 가르시아에게 물러서라고 했어. 그 아버지한테도 그렇게 말했지만, 물러서려고 하질 않더군."

"그래서 밀어버리셨군요 그렇죠, 부국장님? 그래서 구덩이로 밀어버리셨군요."

"무슨 조치라도 취해야 했네. 그 당시 이 도시에는 일촉즉발의 긴장감이 흐르고 있었어. 그 아버지가 사실이 아닌 이야기를 떠들어대며 돌아다니는 걸 두고 볼 수는 없었지."

"사회를 위한 공공선이 어떻고 하는 웃기는 소리는 하지 마시죠, 부국장님. 부국장님은 중요한 거래를 했고, 그 거래에만 신경을 쓰고 계셨습니다. 로스와 감찰계를 부국장님 손아귀에 넣게 되었고, 그런 상태가 계속 유지되기를 바라셨죠. 근데 죄송하지만 부국장님이 틀렸습니다. DNA가 부국장님의 오판을 입증하고 있죠. 맥키는 벨로런 사건과 깊은 연관이 있는 것으로 밝혀졌습니다. 부국장님의 수사가 엉터리였다는 뜻이겠죠."

"아니, 잠깐만. DNA가 입증하는 건 단 한 가지뿐이지. 맥키가 총을 가지고 있었다는 사실. 자네가 오늘자 신문에 심어놓은 기사 나도 읽어 봤네. DNA는 맥키가 그 총과 관련이 있다는 사실만 입증하고 있지, 살인 사건과 관련이 있다는 게 아니라."

보슈는 손사래를 쳤다. 어빙과 더 이상 옥신각신할 필요가 없다고 생각했다. 보슈는 다만 기자들과 감찰계에 모든 것을 폭로하겠다는 자신의 협박이 어빙의 협박을 무력화하기를 바랄 뿐이었다. 그는 자신과 어빙의 설전이 답보상태에 빠졌다고 생각했다.

"알리바이는 누가 확인했습니까?"

보슈가 침착하게 물었다.

어빙은 대답하지 않았다.

"제가 맞혀볼까요? 맥클러런이겠죠. 사방에 그의 지문이 찍혀 있더군요."

이번에도 어빙은 말이 없었다. 17년 전의 기억으로 빠져 들어간 것 같았다.

"부국장님, 충견한테 전화를 걸어주시죠. 아직도 그 충견이 부국장님을 위해 일하고 있다는 거 압니다. 그에게 제가 알리바이에 대해 알고 싶어 한다고 말씀해주세요. 자세한 내용을 원한다고요. 보고서를 원한다고요. 오늘 아침 7시까지 그가 갖고 있는 모든 자료를 넘겨받았으면 좋겠습니다. 그 시각이 지나면 그걸로 끝입니다. 우리가 해야 할 일을 하고 누가 책임을 지게 될지는 두고 볼 겁니다."

보슈가 돌아서려는 데 마침내 어빙이 입을 열었다.

"알리바이 보고서 같은 건 없네. 하나도 없을 거야."

엘리베이터 열리는 소리가 나더니 곧이어 라이더가 파일을 들고 모퉁이를 돌아왔다. 보슈와 어빙이 대치하고 서 있는 것을 보고 라이더는 깜짝 놀라 걸음을 멈췄지만 아무 말도 하지 않았다.

"보고서가 없다고요? 그럼 그가 기억력이 더 좋은 사람이기를 바라셔야겠네요. 편안한 밤 보내십시오, 부국장님."

보슈는 돌아서서 복도를 걸어가기 시작했다. 라이더는 서둘러 걸어와 보슈를 따라잡았다. 그녀는 어깨 너머로 돌아보며 어빙이 따라오지 않는다는 것을 확인했다. 강력계의 이중문을 통과해 사무실로 들어서고 나서야 라이더가 입을 열었다.

"문제가 생긴 거예요, 선배? 부국장이 이걸 6층 아저씨한테 맞설 패로 내밀 거래요?"

보슈는 라이더를 쳐다보았다. 두려움과 공포가 뒤섞인 라이더의 표정을 보니 자기의 대답이 얼마나 중요한지 알 수 있었다.

보슈가 대답했다.

"천만에."

# 34

## 17년 전에 놓친 것

윌리엄 버카트와 벨린다 메시어는 각기 다른 조사실에 따로 앉아 있었다. 보슈와 라이더는 메시어부터 조사하고 버카트는 가만히 앉아 기다리면서 무슨 일인지 궁금해하게 만들자고 합의했다. 그렇게 하면 마샤와 잭슨이 영장을 받아 마리아노 거리에 있는 맥키와 버카트의 집을 수색할 시간을 벌 수 있을 것이었다. 그들이 발견한 것이 버카트를 신문할 때 도움이 될 수도 있었다.

벨린다 메시어는 이전에도 수사 중에 이름이 언급된 바가 있었다. 맥키가 가지고 다니던 휴대전화의 명의자가 그녀였다. 보슈와 라이더가 도착하자마자 케호와 브래드쇼한테서 들은 바로는 메시어는 버카트의 여자 친구라고 했다. 강력계 형사들한테 연행되면서 본인 입으로 그렇게 말했다고 했다. 그 말 외에는 별로 말을 하지 않았다.

벨린다 메시어는 자그마한 여자였고 칙칙한 갈색 빛이 도는 금발머리가 얼굴을 테처럼 두르고 있었다. 알고 보니 유순해 보이는 생김새와는 달리 다루기가 보통 힘든 여자가 아니었다. 조사실로 들어서는 보슈와 라이더를 보자마자 변호사를 불러달라고 요구했다.

"변호사는 왜 불러달라는 거죠? 당신이 체포되었다고 생각해요?"

보슈가 물었다.

"그럼 나갈 수 있단 말이에요?"

메시어가 일어섰다.

"앉아요. 오늘 밤에 롤랜드 맥키가 살해됐어요. 당신도 위험할 수 있어요. 그래서 지금 보호 차원에서 모셔두고 있는 겁니다. 그러니까 우리가 몇 가지를 확인하기 전에는 당신이 이곳을 떠날 수 없다는 뜻이죠."

"난 그 일에 대해서는 아무것도 몰라요. 당신들이 나타날 때까지 저녁 내내 빌리와 함께 있었어요."

그 후 45분 동안 메시어는 보슈와 라이더가 묻는 질문에 마지못해 대답을 했다. 메시어는 버카트를 통해 맥키를 알게 되었고 맥키가 신용평가가 불가능한 전과자니까 자기가 대신 휴대전화를 개설해 그에게 넘기기로 동의했다고 말했다. 버카트는 직업이 없었고 2년 전 교통사고에서 받아낸 피해보상금으로 생활했다고 말했다. 버카트는 피해보상금으로 마리아노 거리의 그 집을 샀고 맥키에게는 꼬박꼬박 월세를 받았다. 메시어는 자기는 그 집에 살진 않았지만 버카트를 만나러 가서 밤에 자고 온 적도 많았다고 말했다. 버카트와 맥키가 과거에 백인우월주의자들 단체에 소속되어 있었다는 사실을 알고 있었느냐는 질문에는 놀라는 시늉을 했다. 그녀의 오른손 검지와 집게손가락 사이에 새긴 작은 만자(卍字) 문신은 뭐냐고 묻자, 나바호 족의 행운의 상징인 줄 알았다고 대답했다.

"롤랜드 맥키를 누가 죽였는지 알아요?"

서두에 해당하는 질문을 여러 개 던진 후에 보슈가 본론으로 들어가 물었다.

"아뇨. 로는 정말 착한 남자였어요. 내가 아는 건 그것뿐이에요."

메시어가 말했다.

"당신 남자 친구는 맥키 전화를 받고 나서 뭐라던가요?"

"아무 말도 안 했어요. 그냥 안 자고 있다가 로가 들어오면 얘기 좀 하고 잘 거라고 했어요. 조용히 얘기하러 나갔다 올지도 모른다고도 했고요."

"그게 전부?"

"네, 그렇게만 말했어요."

보슈와 라이더는 번갈아가며 여러 번 여러 각도에서 벨린다 메시어를 신문했지만, 수사에 실질적인 도움이 될 만한 것은 아무것도 얻어내지 못했다.

다음은 버카트 차례였다. 보슈는 조사실로 들어가기 전에 마샤와 잭슨에게 전화를 걸어 새로운 소식이 있는지 물었다.

"아직도 그 집이야?"

보슈가 마샤에게 물었다.

"응. 근데 아직은 아무것도 못 건졌어."

"휴대전화는?"

"아직까지는 안 보여. 혹시 버카트가 케호와 브래드쇼 몰래 빠져나가 맥키를 죽이고 왔을 거라고 생각해?"

"가능한 일이지만 그랬을 것 같지는 않아. 그 사람들이 자고 있진 않았을 테니까."

둘 다 생각에 잠겨 한동안 침묵하다가 마샤가 먼저 입을 열었다.

"맥키가 당하고 나서 당신이 케호와 브래드쇼에게 전화를 걸어 버카트를 연행하라고 할 때까지 시간이 얼마나 걸렸어?"

보슈는 대답하기 전에 고속도로에서 자신이 했던 행동들을 돌이켜보았다.

"아주 금방이었어. 길어봤자 10분?"

보슈가 말했다.

"그렇다면 답이 바로 나오네. 118번 고속도로 포터 랜치 길에서 우드랜드 힐즈에 있는 마리아노 거리까지 길어봤자 10분 안에 왔을 거라고? 그것도 우리 친구들한테 들키지 않고? 불가능해. 버카트는 아니야. 케호와 브래드쇼가 버카트의 알리바이네."

"그런데 집 안에는 휴대전화가 없다…."

전화를 거는 데 집 전화를 사용하지 않은 것은 분명했다. 집 전화를 사용했다면 리슨텍에 있는 감청 장치를 통해 들을 수 있었을 것이다.

"없어. 휴대전화도 없고, 집 전화로 전화를 걸지도 않았고. 이자는 아닌 것 같아."

마샤가 말했다.

보슈는 아직은 마샤의 말에 동의하고 싶지 않았다. 보슈는 고맙다고 하고 전화를 끊고 나서, 나쁜 소식을 라이더에게 알렸다.

"그럼 버카트를 어떡하죠?"

라이더가 물었다.

"맥키를 죽인 범인은 아닐지 몰라도, 맥키는 기사를 듣고 나서 버카트에게 전화를 걸었어. 벨로런 사건과 관련이 있는 건 분명해."

"하지만 그건 말이 안 되잖아요. 맥키를 죽인 사람이 누군진 몰라도 벨로런 사건의 공범이었던 게 분명해요. 설마 고속도로 진입로에서 일어난 일이 순전히 우연이었다고 말하려는 건 아니겠죠?"

보슈는 고개를 저었다.

"아니, 그런 말이 아니야. 뭔가 놓치고 있다는 얘기야. 버카트는 그 집에 앉아서 우리 몰래 어떤 메시지를 밖으로 전달했을 거야."

"그럼 뭐 살인청부업자한테 전화라도 했다는 말이에요? 그건 아닌 것 같은데요, 선배."

보슈는 고개를 끄덕였다. 라이더의 말이 옳았다. 그랬을 것 같지는 않았다.

"좋아, 그럼 안으로 들어가서 버카트가 무슨 말을 하는지 들어보자."

라이더가 동의했고, 그들은 2, 3분 동안 신문 전략을 짠 후 형사과 사무실 뒤에 있는 복도로 돌아가 버카트가 기다리고 있는 조사실로 들어갔다.

조사실로 들어서자 버카트에게서 역한 체취가 훅 풍겨서 보슈는 문을 그대로 열어두었다. 버카트는 탁자 위에 팔짱을 낀 두 팔을 얹고 그 위에 머리를 대고 엎드려 있었다. 버카트가 계속 자는 척하면서 일어나지 않자 보슈는 그의 의자 다리를 힘껏 발로 찼고 그러자 그가 고개를 들었다.

"잘 잤어, 빌리 블리츠크리그?"

보슈가 말했다.

버카트는 들쭉날쭉한 짙은 갈색 머리카락이 하얀 얼굴에 들러붙어 있었다. 피부가 핏기 없이 창백한 걸 보면 밤에만 나가 돌아다니는 게 아닌가 싶었다.

"변호사가 필요해요."

버카트가 말했다.

"변호사는 누구나 필요하지. 우선 정리할 건 정리하고 부르자고. 내 이름은 보슈, 이 여자분은 라이더 형사님. 자넨 윌리엄 버카트, 살인혐의로 체포됐지."

라이더가 버카트에게 피의자의 권리를 읽어주려고 하자 버카트가 말을 막았다.

"미쳤수? 난 집 밖으로 나간 적도 없는데? 여자 친구랑 계속 함께 있었고."

보슈가 한 손가락을 들어 자기 입술로 가져갔다.

"끝까지 들어, 빌리, 듣고 나서 거짓말 하고 싶으면 얼마든지 하라고."

라이더는 자기 명함 뒤쪽에 적힌 피의자의 권리를 끝까지 읽었다. 그 다음엔 보슈가 바통을 넘겨받았다.

"그래, 하고 싶은 말은?"

"하고 싶은 말은 당신들이 잘못 짚어도 단단히 잘못 짚었다는 거요. 난 계속 집에 있었고 그 사실을 입증할 수 있는 증인도 있어요. 게다가 로는 내 친구였고. 내가 왜 로를 죽여요? 이건 정말 웃기지도 않는 농담이구만. 헛소리 말고 빨리 가서 변호사나 불러줘요, 당신들의 같잖은 농담을 실컷 비웃어줄 수 있게."

"말 다 끝났어, 빌? 자네한테 전해줄 소식이 있어서 말이야. 지금 롤랜드 맥키 얘기를 하는 게 아니야. 17년 전으로 거슬러 올라가 레베카 벌로런에 대해서 말하고 있는 거야. 기억 나? 자네와 맥키가 산으로 끌고 올라갔던 여고생? 지금 우린 그 여고생 이야기를 하는 거라고."

버카트는 아무런 표정 변화를 보여주지 않았다. 보슈는 자기가 제대로 짚었고 잘 가고 있다는 것을 보여주는 신호를 기대했는데 그런 신호가 안 보였다.

"도대체 무슨 얘기를 하는지 모르겠네."

버카트가 무표정한 얼굴로 말했다.

"니들 통화 내용 녹음해뒀어. 맥키가 어젯밤에 전화 건 거. 끝났어, 버카트. 17년이면 정말 긴 세월이지만, 이젠 끝난 거야."

"진짜 웃기시네. 녹음테이프가 있다니 들어보면 알겠지만 맥키에게 입 닥치라는 말밖에 안 했어요. 난 휴대전화도 없어요. 그런 건 믿을 수가 없거든. 중요한 이야기는 휴대전화로는 안 한다, 그게 우리의 규칙이죠. 맥키가 자기 문제를 털어놓으려고 하는데, 빌어먹을 휴대전화에 대고 떠벌리게 할 순 없었죠. 레베카 어쩌고에 관해서는 정말 아무것도 몰라요. 기회가 있었을 때 로한테 물어보지 그랬어요."

버카트가 보슈를 쳐다보며 윙크를 했다. 보슈는 탁자 위로 팔을 뻗어 멱살을 잡고 싶었지만 참았다.

그들은 그 후로도 20분 동안 말로 치고받고 했지만 버카트는 무쇠 갑옷을 입은 듯 끄떡도 하지 않았다. 나중에는 버카트가 결론 없는 논쟁은 이제 그만하겠다면서 변호사를 불러달라고 다시 한 번 말하더니 그 후에 이어진 질문에는 줄곧 묵비권을 행사했다.

라이더와 보슈는 다른 방법을 논의하기 위해 조사실을 나왔지만 다른 방법이 거의 없다는 데 의견의 일치를 보았다. 둘은 버카트에게 엄포를 놓았지만 버카트는 눈 하나 깜짝 안 했다. 이제는 버카트를 입건하고 변호사를 불러주거나 아니면 귀가조치하는 수밖에 없었다.

"어쩔 수 없어요, 선배. 현실을 똑바로 보자고요. 돌려보내야 돼요."

라이더가 말했다.

보슈는 고개를 끄덕였다. 맞는 말이었다. 이젠 중요한 용의자 하나가 영원히 사라지고 없었다. 벌로런 사건과 직접적인 관련이 있는 것을 밝혀낸 단 한명의 용의자 맥키가 사망한 것이다. 그것도 보슈 자신이 계획한 일 때문에. 이제 그들은 세월을 거슬러 올라가 17년 전 버카트의 행적을 추적하면서 17년 전 수사 때 놓쳤거나 보지 못했거나 간과했던 것을 찾아보아야 했다. 그런 상황이 주는 좌절감이 납으로 만든 담요처럼 보슈의 마음을 덮고 있었다.

보슈는 자기 휴대전화기를 열고 다시 한 번 마샤에게 전화를 걸었다.

"어때?"

"아무것도 없어, 해리. 휴대전화도 다른 어떤 증거물도."

"알았어. 알아둬, 곧 버카트를 귀가조치시킬 거야. 조금 있으면 거기 나타날지도 몰라."

"잘됐군. 자기 집이 이 모양인 걸 보면 열불을 내겠는데."

"잘됐네."

보슈는 전화기를 덮고 라이더를 쳐다보았다. 그녀의 눈이 마음을 말해주고 있었다. 재난. 보슈는 자기가 라이더를 낙담시켰다는 것을 알고 있었다. 처음으로 보슈는 어빙의 말이 옳았는지 모른다고 생각했다. 자기가 돌아오지 말았어야 했는지도 모른다는 생각이 들었다.

"내가 가서 이젠 자유라고 말해주고 올게."

보슈가 말했다.

보슈가 걸어가고 있는데 라이더가 등 뒤에서 불렀다.

"선배, 선배 탓이라고 생각 안 해요."

보슈는 라이더를 돌아보았다.

"이제까지 줄곧 나도 함께 했었잖아요. 좋은 계획이었어요."

보슈는 고개를 끄덕였다.

"고마워, 키즈."

# 35

## 카인드 오브 블루

보슈는 수사팀 회의를 위해 시내로 돌아가기 전에 샤워를 하고 옷을 갈아입고 잠깐 눈이라도 붙이기 위해 집으로 향했다. 그는 새로운 하루를 시작하기 위해 서서히 잠에서 깨어나고 있는 도시를 관통해 달리고 있었다. 그의 눈에는 그 날카로운 모습과 거슬릴 정도로 밝은 불빛들이 흉하게 보였다. 지금 그의 눈에는 모든 것이 흉하게 보였다.

보슈는 수사팀 회의에 가고 싶지 않았다. 모든 팀원들이 자기를 주목할 것이었다. 미해결 사건 수사팀원들은 모두 맥키의 사망으로 인해 그 동안 자기들이 했던 모든 행동이 낱낱이 분석되고 비판받을 것임을 알고 있었다. 또한 그들은 자기네 경찰 경력에 잠재적인 위협을 가하는 존재를 찾으려고 한다면 멀리 갈 필요가 없다는 사실도 알고 있었다.

보슈는 열쇠를 부엌 조리대 위로 던지고 나서 메시지가 있나 전화기를 확인했다. 한 개도 없었다. 손목시계를 보니 퍼시픽 다이닝 카로 출발하기 전에 적어도 두 시간 정도는 여유가 있었다. 시간을 확인하다가 강력계 복도에서 어빙과 만났을 때 그에게 최종통첩을 했던 일이 떠올랐다. 그러나 어빙이나 맥클러런에게서 연락이 올 거라고는 기대하지 않았다. 지금은 모두가 보슈 자신에게 허세 부리지 말고 본인 주장이 사실인지 입증해보라고 요구하고 있는 것처럼 느껴졌다.

보슈는 이렇게 심한 압박을 받는 상황에서 두 시간 동안 잠을 자는 것은 거의 불가능하다는 것을 알고 있었다. 마침 사건 파일과 그동안 모은 자료들을 집으로 가져왔다. 보슈는 그 자료들을 훑어보기로 했다. 다른 모든 일이 잘 안 될 때는 사건 파일을 보라는 게 그의 지론이었다. 그동안 모은 모든 전리품, 증거들을 다시 한 번 살펴봐야 했다.

보슈는 커피 메이커를 작동시키고, 5분간 샤워를 한 후, 마스터테이프를 다시 만들어 발매된 〈카인드 오브 블루〉(미국의 트럼펫 연주자이자 재즈 음악 작곡가인 마일스 데이비스의 명반－옮긴이)를 시디 플레이어에 넣은 후 사건 파일을 다시 읽기 시작했다.

바로 코앞에 있는 뭔가를 보지 못하고 있다는 느낌이 계속해서 보슈를 괴롭히고 있었다. 미망의 장막을 걷어내고 그 보지 못하고 있던 것을 찾아내지 않는다면 그 사건 때문에 계속 괴로워할 거라는 것을, 그 사건이 영원히 자기를 따라다닐 것임을 보슈는 알고 있었다. 그리고 그 보지 못하고 있던 것을 어딘가에서 찾게 된다면, 바로 사건 파일 안에서 찾게 될 거라고 생각했다.

이번에는 자료를 옛날 담당 형사들이 건네준 순서대로 읽지 않기로 작정했다. 링 바인더를 열어 서류들을 꺼냈다. 그러고는 무작위로 골라 읽기 시작했고, 천천히 읽으면서 모든 이름과 단어와 사진을 전부 흡수하려고 노력했다.

15분 후 보슈가 범죄 현장인 레베카 벌로런의 침실을 찍은 사진들을 다시 한 번 열심히 살펴보고 있는데 집 앞에서 차 문이 닫히는 소리가 들렸다. 이렇게 일찍 누가 거기다 차를 세우나 싶어 일어서서 현관으로 갔다. 문에 난 작은 구멍을 통해 내다보니 한 남자가 보슈의 집을 향해 걸어오고 있었다. 구멍의 볼록렌즈로는 남자의 모습이 똑바로 보이지 않아서 누군지 알 수 없었다. 그래도 남자가 문을 두드리기 전에 보슈가 먼저 문을 열어주었다.

자기가 다가오는 것을 보고 있었다는 데도 남자는 놀라지 않았다. 보슈는 남자의 태도로 볼 때 경찰이라는 것을 알 수 있었다.

"맥클러런 씨?"

남자가 고개를 끄덕였다.

"맥클러런 경위요. 보슈 형사시죠."

"그렇습니다."

보슈는 맥클러런을 안으로 맞아들이기 위해 뒤로 물러섰다. 누구도 악수하자고 손을 내밀지 않았다. 보슈는 자기 심복을 집으로 보내다니 정말 어빙답다고 생각했다. 어빙은 '네가 어디 사는지 나는 알지' 하는 식의 낡은 위협 전략을 구사하고 있었다.

"서로 얼굴을 마주 보고 얘기하는 게 낫다고 생각했소."

맥클러런이 말했다.

"당신이 그렇게 생각했다고요? 아니면 어빙 부국장이?"

맥클러런은 덩치가 컸고 투명해 보이기까지 하는 옅은 갈색 머리에 뺨은 넓적하고 발그레했다. 보슈는 그가 잘 먹고 잘사는 사람의 전형적인 예라는 생각이 들었다. 보슈의 반문에 그의 두 뺨이 더욱 상기되었다.

"이봐요, 난 당신한테 협조하러 여기 온 거요, 형사."

"좋습니다. 뭐 좀 드릴까요? 물이 있는데요."

"물, 좋죠."

"앉으시죠."

보슈는 부엌으로 들어가서 수납장에서 먼지가 가장 많이 쌓인 유리컵을 꺼내 수돗물을 가득 채웠다. 커피 메이커 스위치는 꺼버렸다. 맥클러런에게 편안하게 이야기하라고 커피까지 갖다 바치기는 싫었다.

보슈가 거실로 돌아갔을 때 맥클러런은 미닫이 유리문을 통해 베란다 너머의 풍경을 내다보고 있었다. 고갯길엔 밝게 동이 터오고 있었지만 아직 이른 시각이었다.

“경치가 좋군요.”

맥클러런이 말했다.

“그렇죠. 자료를 들고 있지 않으시군요, 경위님. 이 방문이 의례적인 방문이거나 경위님이 17년 전에 로버트 벌로런을 찾아갔던 것과 같은 방문이 아니기를 바랍니다.”

맥클러런은 보슈를 향해 돌아서서 아까와 같은 무표정한 얼굴로 물잔과 모욕적인 말을 받아들었다.

“자료 같은 건 없소. 있었다고 해도 오래전에 사라졌고.”

“그럼 뭡니까? 경위님 기억 가지고 나를 설득하려고 오신 건가요?”

“사실 난 그 시기를 아주 잘 기억하고 있소. 알아둘 게 있어요. 그때 난 1급 형사로 시민소요 대응반 소속이었소. 임무를 받으면 실행에 옮겼지. 그런 상황에서는 명령에 이의를 제기할 수 없었소. 그러려면 옷을 벗어야 했거든.”

“그러니까 경위님은 자신의 임무를 다 하는 훌륭한 병사였다 그 말이군요. 알겠습니다. 채스워스 에이츠와 벌로런 피살 사건은 어떻게 된 겁니까? 알리바이가 입증됐다던데, 그건 어떻게 된 거죠?”

“에이츠에는 중심인물이 여덟 명 있었소. 그 친구들 모두의 혐의를 풀어줬지. 하지만 풀어주고 싶어서 풀어줬다고 생각하지 말아요. 그 한심한 놈들 중에 누구라도 벌로런 사건과 관련이 있는지 수사하라는 지시를 받았소. 그래서 확인해봤더니 다 깨끗하더구만, 적어도 벌로런 사건과 관련해서는."

"윌리엄 버카트와 롤랜드 맥키에 대해서 말씀해주시죠."

맥클러런은 텔레비전 옆 의자에 앉았다. 아직 입도 대지 않은 물 잔은 커피 탁자 위에 내려놓았다. 보슈는 '프레디 프리로더'가 흐르는 중간에 마일스 데이비스 시디를 끄고 양손을 주머니에 찌른 채 미닫이 유리문 옆에 서 있었다.

"우선, 버카트의 혐의를 풀어주기는 아주 쉬웠소. 그날 밤 우리가 놈을 감시하고 있었거든."

"자세히 설명해주시죠."

"놈은 며칠 전에 웨이사이드에서 출감한 상태였소. 놈이 웨이사이드에 있는 동안 인종차별주의라는 종교에 대한 신앙심이 더 돈독해졌다는 제보를 받은 바 있어서, 놈이 또 일을 저지르려고 할지 모르니 감시하는 게 좋겠다는 판단이 섰고."

"그런 판단은 누가 내렸습니까?"

맥클러런은 대답은 하지 않고 보슈를 쳐다보았다.

보슈가 대신 대답했다.

"물론 어빙 부국장이겠죠. 거래를 안전하게 지키기 위해서 말이죠. 그래서 시민소요 대응반이 버카트를 감시하고 있었고요. 또 누굴 감시했습니까?"

"버카트가 외출하더니 예전 에이츠 조직원 두 놈을 만나 어울리더군. 한 명은 위더스라는 놈, 다른 한 명은 시몬스라는 놈이었소. 셋이 모여서 무슨 꿍꿍이수작을 꾸미는 것 같았는데, 문제의 그날 밤에는 탬파에 있는 내기 당구장에서 술을 퍼마시면서 당구를 치고 있었소. 확실해요. 잠복 형사 두 명이 거기 들어가서 줄곧 놈들과 함께 있었으니까. 그 애기를 해주려고 온 거요. 그놈들은 모두 확실한 알리바이가 있었다고."

"그렇습니까? 좋습니다, 그러면 맥키 얘기도 해주시죠. 시민소요 대응반이 맥키를 감시하지는 않았습니다, 그렇죠?"

"그래요, 맥키는 안 했지."

"그런데 맥키는 어떻게 알리바이가 확실하다는 걸 알게 됐죠?"

"내 기억으로는 피해자가 납치되던 날 밤에 맥키는 채스워스 고등학교에서 수업을 받고 있었소. 고등학교 졸업장을 따려고 야간 학교를 다니고 있었거든."

"정확히 말하자면, 고졸 학력 인정 수료증입니다. 살짝 다른 거죠."

"그래, 맞아요. 판사가 보호관찰 조건으로 고졸 학력 인정 수료증을 따오라고 지시를 했죠. 시험에 통과만 하면 되는데 맥키는 빌빌거리고 있더군. 하지만 비번인 날 밤에, 학교 정규 수업이 없는 야간에, 수업을 받고 있었소. 그리고 그 여고생이 납치되던 날 밤에 맥키는 교사와 함께 있었고. 내가 확인했소."

보슈는 고개를 가로저었다. 맥클러런이 거짓말을 하고 있었다.

"맥키가 한밤중까지 수업을 받고 있었다는 말입니까? 경위님이 거짓말을 하고 있거나 맥키와 교사의 말도 안 되는 거짓말을 믿으셨거나 둘 중 하나군요. 교사가 누구였습니까?"

"아니, 아니, 저녁 때 둘이 같이 있었다는 얘기요. 교사 이름은 기억나지 않지만, 늦어도 11시 정도까지는 둘이 함께 있다가 헤어졌소. 맥키는 집으로 돌아갔고."

보슈는 깜짝 놀랐다.

"그럼 그건 알리바이가 아니잖습니까, 경위님! 피해자의 사망 시각은 새벽 2시거든요. 그 사실을 모르셨나요?"

"물론 알고 있었소. 하지만 사망 시각이 알리바이를 입증하는 유일한 요소는 아니거든. 담당 형사들이 작성한 사건 조서를 읽어봤소. 그 집에 누가 강제로 침입한 흔적은 없었다더군. 그리고 피해자의 아버지는 그날 밤 10시에 집에 들어온 후 집 안을 돌아다니면서 문단속을 다 했다고 하고. 그 말은 결국 범인이 그 시각에 집 안에 숨어 있었다는 뜻이잖소. 집 안 어딘가에 숨어서 모두가 잠들기를 기다렸다는 거지."

보슈는 소파에 앉아서 몸을 앞으로 숙이고 두 팔꿈치를 양 무릎 위에 올려놓았다. 맥클러런의 말이 옳다는 생각이 퍼뜩 들었고 이제는 모든 것이 다르게 보였다. 보슈도 맥클러런이 17년 전에 보았던 바로 그 사건 조서를 봤지만 그 의미는 깨닫지 못했었다. 살인범은 로버트 벌로런이 퇴근해 오기 전에 집 안에 들어와 있었던 것이다.

맥클러런이 간파한 사실을 보슈 자신은 보지 못했다는 사실로 인해 많은 것이 바뀌었다. 당시의 수사에 관한 보슈의 평가뿐만 아니라 자신의 수사를 바라보는 눈까지 바뀌었다.

보슈의 마음속에서 일어나고 있는 혼란을 알 길이 없는 맥클러런이 말을 이었다.

"맥키는 교사와 함께 있었기 때문에 그 집에 들어갔을 수가 없단 말이지. 그렇게 해서 맥키가 관련이 없다는 게 확인이 됐소. 그 애송이들 모두가 혐의가 없는 것으로 확인이 됐단 말이오. 그래서 상관에게 구두로 보고를 했고, 상관은 두 사건 담당 형사에게 그 사실을 알렸소. 그것으로 일은 끝난 거요, 이 DNA 문제가 나타나기 전까지는 말이오."

보슈는 맥클러런의 말에 고개를 끄덕이면서도 속으로는 다른 생각을 하고 있었다.

"맥키에게 혐의가 없다면, 살인 무기에서 맥키의 DNA가 발견된 건 어떻게 설명하죠?"

보슈가 물었다.

맥클러런은 깜짝 놀라는 표정이었다. 그가 고개를 저었다.

"무슨 말을 해야 할지 모르겠군. 설명할 수 없소. 맥키가 실제 살인 사건과는 관련이 없다고 혐의를 풀어줬지만, 사실은 어떤 식으로든 관련이…."

맥클러런은 말을 끝맺지 못했다. 살인자나 적어도 살인자에게 무기를 제공한 사람이 무사히 빠져나가게 자신이 도와주었을지도 모른다는 생각에 상처를 받은 것 같은 표정이었다. 맥클러런은 그동안 어빙 때문에 오류를 범했다는 사실을 갑자기 알게 된 것 같았다. 한 대 얻어맞은 듯 충격을 받은 표정이었다.

"어빙은 아직도 이 모든 일을 언론과 감찰계에 귀띔해줄 생각이랍니까?"

보슈가 조용히 물었다.

맥클러런은 천천히 고개를 가로저었다.

"아뇨. 어빙이 당신한테 말을 전하라고 했소. 합의는 양측이 자기가 약속한 바를 지켜줘야만 합의로 남을 수 있다고."

맥클러런이 말했다.

"마지막 질문입니다. 벌로런 사건 증거물 상자가 사라졌는데 뭐 아시는 것 있습니까?"

보슈가 말했다.

맥클러런이 보슈를 노려보았다. 보슈는 맥클러런에게 대단히 모욕적인 말을 했다는 것을 깨달았다.

"물어보지 않을 수 없었습니다."

보슈가 말했다.

"내가 아는 건 거기 있는 물건들이 종종 없어지기도 한다는 거요. 17년이 흐르는 동안 누가 갖고 나갔을 수도 있겠지. 하지만 나는 아니었소."

맥클러런이 경직된 턱을 움직이며 대답했다.

보슈는 고개를 끄덕이고는 일어섰다.

“난 이제 수사 현장으로 돌아가 봐야겠습니다.”

보슈가 말했다.

맥클러런이 말뜻을 알아차리고 일어섰다. 그는 마지막 질문 때문에 화가 난 걸 참고 있는 것 같았다. 물어보지 않을 수 없었다는 보슈의 입장을 이해한 것도 같았다.

“알았소, 형사. 행운을 빌어요. 범인을 꼭 잡기 바랍니다. 진심이오.”

맥클러런이 보슈에게 악수를 청했다. 보슈는 맥클러런의 역사를 알지 못했다. 1988년 시민소요 대응반이 돌아가는 사정을 알지 못했다. 그러나 맥클러런이 올 때보다 더 큰 부담감을 안고 가는 것처럼 보여서 보슈는 그의 손을 잡아주기로 했다.

맥클러런이 가고 나서 보슈는 다시 자리에 앉아 레베카 벌로런을 죽인 범인이 집 안에 숨어 있었다는 가설에 대해서 생각해보았다. 그는 자리에서 일어나 부엌 식탁으로 갔다. 식탁 위에는 사건 파일에서 나온 자료들이 사방에 펼쳐져 있었다. 펼쳐진 자료들 가운데 죽은 소녀의 방을 찍은 사진들이 있었다. 보슈는 조서들을 쭉쭉 훑어보다가 과학수사계의 잠재 지문 감식 보고서를 발견했다.

보고서는 대여섯 장 길이였고 벌로런 가족의 집 안에서 채취한 몇 개의 지문에 관한 감식 결과를 담고 있었다. 종합 소견란에는 집 안에서 채취한 지문 중 미지의 인물 것은 하나도 없었고, 따라서 용의자 혹은 용의자들이 장갑을 끼고 있었거나 지문을 남길 수 있는 표면을 만지지 않았을 거라는 결론이 적혀 있었다.

감식 결과 요약 부분에는 집 안에서 채취한 모든 잠재지문은 벌로런가 식구들의 것이거나 집 안에 들어와 지문이 발견된 표면을 만질 합당한 이유가 있었던 사람들의 것으로 밝혀졌다고 적혀 있었다.

보슈는 이번에는 감식 보고서를 다른 각도에서 전체를 다 읽어보았다. 감식 결과에는 더 이상 관심이 없었다. 과학수사계 요원들이 어디에서 지문을 찾았는지를 알고 싶었다.

보고서 작성일은 레베카의 시신이 발견된 다음 날이었다. 보고서에는 집 안에서 지문을 찾기 위한 통상적인 수색 과정이 상세하게 적혀 있었다. 범인의 손길이 닿았을 만한 모든 표면을 검사했다. 모든 문 손잡이와 잠금장치, 창턱과 창틀, 납치범이자 살인범이 범행 도중 만졌을 가능성이 있는 모든 곳을 살펴보았다. 창턱과 문의 걸쇠에서 몇 개의 지문을 채취해서 검사해본 결과 로버트 벌로런의 것으로 밝혀졌지만, 집 안의 모든 문 손잡이에서는 감식 가능한 지문이 하나도 채취되지 않았다. 보고서에는 문 손잡이를 돌릴 때 지문이 뭉개지고 얼룩이 생기는 게 보통이므로 특이할 만한 일은 아니라고 적혀 있었다.

보슈가 범인이 피해서 도망갔을지 모르는 틈을 발견한 것은 지문 감식 보고서에 나와 있지 않은 내용에서였다. 과학수사계 감식팀이 피해자의 집에 들어간 것은 피해자의 시신이 발견되고 하루가 지나서였다. 이때는 경찰이 이 사건을 처음에는 실종 사건으로 그다음에는 자살 사건으로 두 번이나 오판하고 난 뒤였다. 게다가 마침내 살인 사건임을 깨닫고 수사가 시작되긴 했지만 지문감식팀은 아무것도 모른 채로 현장에 파견되었다. 사건의 성격에 대해 파악이 전혀 안 된 시점에 들어간 것이다. 살인범이 차고나 집 안 어딘가에 몇 시간 동안 숨어 있었을지 모른다는 가설이 생겨나기 전이었다. 그러므로 지문과 모발과 섬유 같은 다른 증거물을 찾기 위한 수색은 통상적인 영역과 표면을 넘어서지 못했다.

보슈는 이젠 때가 너무 늦었다는 것을 알고 있었다. 너무 오랜 세월이 흘러버렸다. 고양이 한 마리가 그 집 안을 돌아다니고 있었고, 개인 벼룩시장에서 사고 판 어떤 물건들이 살인범이 숨어서 기다렸던 곳으로 들어왔다가 나가고 했을지 누가 알겠는가 말이다.

그때 보슈의 눈길이 식탁 위에 널린 사진들에 가서 머물렀고 어느 순간 퍼뜩 떠오르는 생각이 있었다. 레베카의 침실은 그 집에서 그 오랜 세월 동안 전혀 더럽혀지지 않은 유일한 공간이었다. 예술작품을 전시창에 담아 거의 밀봉하다시피 해서 보관하는 박물관 같은 곳이었다.

보슈는 범죄 현장인 침실 사진들을 자기 앞에 쭉 펼쳐놓았다. 이 사진들을 처음 본 순간부터 뭔가 석연치 않다는 생각이 계속 들었었다. 아직까지도 그게 뭔지 알 수 없었지만 이젠 다급한 마음까지 들었다. 그는 화장대와 침대 협탁 그리고 열려 있는 벽장을 찍은 사진들을 자세히 관찰했다. 그러고 나서는 마지막으로 침대를 관찰했다.

보슈는 신문에 실렸던 사진이 생각나 재수사 과정에서 축적된 모든 보고서와 문서를 보관하는 파일에 넣어둔 신문을 꺼냈다. 그러고는 신문을 펴서 에미 워드가 찍은 침실 사진을 살펴보다가 17년 전 사진들과 비교해보았다.

침실은 정확하게 똑같은 것 같았다. 오븐에서 나오는 열처럼 침실에서 나오는 슬픔이 어떤 것도 털끝 하나 건드리지 않은 것 같았다. 그러나 잠시 후 보슈는 작은 차이점을 발견했다. 〈데일리 뉴스〉 사진에서는 사진을 찍기 전에 뮤리얼 벌로런이 침대를 조심스럽게 매만지고 침대보를 쫙쫙 끌어당겨 놓은 모습이었다. 17년 전 과학수사계가 찍은 사진에서도 침대는 정돈이 되어 있었지만, 침대 한 옆으로는 침대보 주름장식이 펄럭이며 앞으로 나와 있고 발치 부분의 주름장식은 안으로 들어가 있었다.

보슈의 눈이 이 사진에서 저 사진으로 부지런히 돌아다녔다. 그는 마음속에서 무언가가 끊어지는 느낌이 들었다. 전율이 느껴졌다. 거슬리던 것이 이것이었다. 석연찮았던 것이 바로 이거였다.

"안으로 들어갔다가 밖으로 나왔다…."

침대 밑에서 침대보 주름장식이 안으로 밀려들어간 것은 누군가가 침대 밑으로 기어들어갈 때 생겼을 가능성이 있었다. 반대로 주름장식이 밖으로 나와 있는 것은 그 사람이 밖으로 미끄러지거나 기어 나올 때 생겨났을 가능성이 있었다.

모두가 잠든 후에.

보슈는 일어나서 서성거리면서 생각을 곱씹어보았다. 레베카가 납치 살해되고 나서 촬영된 사진에서, 침대는 누군가가 밑으로 들어갔다가 나왔을 가능성을 분명히 보여주고 있었다. 레베카의 살인범은 그녀의 침대 바로 밑에서 그녀가 잠들기를 기다리고 있었을 수도 있었다.

"안으로 들어갔다가 밖으로 나왔다…."

보슈는 좀 더 파고들었다. 레베카 벌로런의 집에서는 감식이 가능한 지문이 한 개도 나오지 않았다고 했다. 그러나 범인이 만졌을 가능성이 높은 분명한 표면들만 살펴보았을 것이었다. 그것은 반드시 범인이 장갑을 꼈을 거라는 뜻으로만 해석할 수는 없었다. 다만 범인이 맨손으로 뻔한 곳을 만지지 않을 만큼 똑똑했거나, 필요할 경우 지문을 문질러 얼룩으로 만들었을 거라는 뜻이었다. 범인이 집 안으로 침입할 때 장갑을 끼고 있었다고 하더라도, 침대 밑에서 몇 시간 동안이나 기다리면서 장갑을 벗었을 가능성도 있지 않을까?

확인해볼 가치가 있었다. 보슈는 부엌으로 가서 과학수사계에 전화를 걸어 래즈 패틀을 찾았다.

"래즈, 뭐해?"

"어젯밤에 고속도로에서 모아온 증거물을 분류하고 있어."

"잠재지문 감식 최고 전문가를 채스워스로 한 번 모시고 싶은데."

"지금?"

"지금 당장. 나중에는 내가 잘리고 없을지도 몰라. 지금 해야 하는 일이야."

"할 일이 뭔데?"

"침대를 밀어내고 그 밑을 살펴봤으면 좋겠어. 중요한 일이야, 래즈. 거기서 뭔가를 발견하면, 살인범을 잡는 중요한 단서가 될 거야."

짧은 침묵이 흐른 후 패틀이 대답했다.

"잠재지문 감식 최고 전문가는 나야, 해리. 주소 불러줘 봐."

"고마워, 래즈."

보슈는 패틀에게 주소를 알려준 후 전화를 끊었다. 그러고는 손가락으로 조리대를 톡톡 치면서 키즈 라이더에게 전화를 해야 하나 말아야 하나 고민했다. 키즈는 파커 센터를 나설 때 너무 괴롭고 실망스러워서 집에 가서 잠이나 자고 싶다고 했었다. 그런 그녀를 이틀 연속으로 깨워야 하나? 사실 그게 진짜 문제는 아니었다. 문제는 괜히 미리 얘기해서 붕 뜨게 만들지 말고 침대 밑에서 뭐가 나오는지 기다렸다가 이야기해야 되는 것 아닌가 고민이 된다는 거였다.

보슈는 키즈에게 말해줄 구체적인 증거가 나올 때까지 전화를 미루기로 작정했다. 대신 그는 전화로 뮤리얼 벌로런을 깨웠다. 지금 그녀의 집으로 가고 있다고 말했다.

# 36

## 어둠이 찾아온다

보슈는 밸리에서 시내로 들어오는 교통량이 많아 퍼시픽 다이닝 카에서 열리는 전담반 회의에 늦게 도착했다. 다들 식당 뒤쪽에 있는 밀실 같은 공간에 앉아 있었다. 대개가 이미 음식 접시를 앞에 놓고 있었다.

보슈의 흥분이 얼굴에 드러난 것 같았다. 프랫이 팀 마샤의 보고를 중단시키고 보슈를 쳐다보면서 말했다.

"비번일 때 운이 좋아서 뭐 하나 건졌거나 아니면 이젠 우리가 얼마나 빌빌거리고 있는지 신경도 안 쓰거나 둘 중 하나군요."

"전자요."

보슈는 하나 남은 빈자리를 찾아 앉으면서 말했다.

"하지만 반장님이 생각하는 그런 식은 아니고요. 래즈 패틀이 레베카 벌로런의 침대 밑 마룻바닥 나무 널에서 손바닥 지문 한 개와 손가락 지문 두 개를 채취해냈어요."

"잘됐군요. 근데 그게 무슨 의미가 있죠?"

프랫이 심드렁한 목소리로 물었다.

"래즈가 데이터베이스에 넣어 돌리면 우리가 찾던 살인범이 툭 튀어 나올지도 모른다는 의미가 있죠."

"어떻게 그런 일이?"

라이더가 물었다.

보슈는 라이더에게 전화를 걸지 않았었다. 벌써부터 그녀에게서 적대감이 느껴졌다.

"깨우고 싶지 않았어."

보슈가 라이더에게 말했다. 그러고는 다른 사람들을 둘러보며 말을 이었다.

"사건 파일에 있는 당시 잠재지문 감식 보고서를 훑어보고 있었어요. 보니까 피해자의 시신이 발견된 다음 날 들어가서 지문을 채취했더군요. 납치범이 차고가 열려 있을 때 미리 집 안에 들어가서 모두가 잠들 때까지 어딘가에 숨어 있었을 가능성이 높다는 판단이 나오고 나서도 추가 지문채취는 하지 않았고요."

"근데 왜 침대를 살펴본 거죠?"

프랫이 물었다.

"범죄 현장 사진들을 보니까 침대 발치의 침대보 주름장식이 안으로 밀려들어가 있더라고요. 누군가가 그 밑으로 기어들어간 것처럼 말이죠. 당시 수사관들은 그걸 예상 못 했기 때문에 못 봤던 거죠."

"수고했어요, 해리. 래즈가 일치하는 지문을 찾아내면 방향을 바꿔서 그쪽으로 움직입시다. 좋아요, 그럼 다시 보고를 계속해볼까요? 해리, 당신이 놓친 부분은 동료한테 들으시고."

프랫이 말했다. 그러고는 고개를 돌려 긴 테이블 맞은편 끝에 앉아 있는 로빈슨과 노드를 바라보며 말했다.

"견인을 요청했던 전화에서 뭘 알아냈지?"

노드가 대답에 나섰다.

"도움이 될 만한 건 별로 없었어요. 감청 시스템을 버카트의 집으로 전환하고 나서 걸려온 전화라 녹음도 안 되어 있고요. 하지만 통화내역 기록 장치를 보니까 자동차 협회 자동 응답기로 넘어가기 전에 곧장 탬파 견인으로 연결이 됐더군요. 고속도로 입구 근처 탬파 거리의 세븐일레븐 밖에 있는 공중전화에서 건 거였어요. 전화를 걸고 나서 고속도로 입구로 차를 몰고 가서 기다린 것 같습니다."

"전화기에서 지문은 나왔어?"

프랫이 물었다.

"래즈가 현장 조사를 끝내고 났을 때 살펴봐달라고 부탁했는데요, 말끔히 닦아놓았다는데요."

로빈슨이 말했다.

"그렇군. 자동차 협회에는 연락해봤어?"

프랫이 물었다.

"네. 전화 건 사람이 남자였다는 것 빼고는 별 얘기 없었어요."

프랫이 보슈를 돌아보았다.

"당신 팀 동료가 이미 말한 거 말고 덧붙일 내용 있어요?"

"별로 없는데요. 버카트는 어젯밤 사건과는 관련이 없는 것 같습니다. 벌로런 건과도 무관한 것 같고요. 두 사건이 발생한 날 밤 공교롭게도 그는 LA 경찰의 감시를 받고 있었더군요."

라이더는 눈살을 찌푸리며 보슈를 쳐다보았다. 자기가 모르는 정보가 더 있다는 게 아주 못마땅한 표정이었다. 보슈는 라이더를 못 본 척했다.

435 "저런, 완벽한 알리바이구만. 그렇다면 우리에겐 누가, 무엇이, 어디

가 남은 거죠, 여러분?"

프랫이 말했다.

"기본적으로 신문 기사를 통한 유인 작전은 역효과가 났어요. 맥키가 벌로런 사건에 관해 입을 열고 싶게 만드는 데는 성공했는지 모르지만, 입을 열 기회를 얻지 못했으니까요. 다른 누가 그 기사를 먼저 봤던 거죠."

라이더가 말했다.

"그 누군가가 레베카 벌로런의 살인범이었고."

프랫이 거들었다.

"그렇죠. 17년 전 맥키가 도와주었고 총을 건네준 사람이죠. 그가 이 기사를 읽고 총에 묻은 건 자신의 피가 아니라는 걸 알게 됐고, 그렇다면 맥키의 피일 거라고 확신하게 된 거죠. 맥키가 잡히면 자기까지 추적당할 것이기 때문에 맥키가 사라져 주어야 했던 거죠."

라이더가 말했다.

"그래서 어떻게 그런 계획을 세운 걸까?"

프랫이 물었다.

"놈은 그 기사가 유인 기사라는 것과 경찰이 맥키를 주시하고 있다는 걸 알 만큼 똑똑해요. 맥키를 만날 가장 좋은 방법은 맥키만 따로 밖으로 불러내는 거라고 생각했던 건지도 몰라요. 똑똑한 놈이니까요. 맥키가 도움을 받을 사람 없이 혼자 있을 시간대와 장소를 골랐죠. 그 고속도로 입구는 고속도로보다 높은 곳에 있어서 견인 트럭이 라이트를 켜고 있어도 밑에서는 그 위가 전혀 안 보이죠."

노드가 거들고 나섰다.

"그리고 맥키에게 미행이 있었을 경우에도 유리한 위치죠. 범인은 미행하는 차가 맥키를 홀로 내버려 두고 견인 트럭을 지나쳐서 계속 갈 수 밖에 없다는 걸 알고 있었던 겁니다."

"놈을 너무 높이 평가하고 있는 거 아냐? 경찰이 맥키를 쫓고 있다는 걸 어떻게 알았겠어? 에이, 말도 안 되지."

프랫이 말했다.

보슈도 라이더도 잠자코 있었고, 다들 아무 말 없이 범인이 경찰국이나, 아니면 좀 더 구체적으로, 수사팀에 아는 사람이 있었을지 모른다고 생각하고 있었다.

프랫이 입을 열었다.

"좋아요, 그럼 다음은 뭐죠? 이 사건과 관련해 언론 통제가 가능한 시간은 잘해봐야 앞으로 24시간 정도입니다. 그 후에는 언론에 풀릴 거고 6층에도 보고가 올라가겠죠. 그전에 먼저 해결하지 않으면 난리가 날 텐데. 어떻게 하죠?"

"통화내역 기록 장치를 확보해서 거기서부터 풀어나가야겠죠."

보슈가 자기 팀을 대표해서 말했다.

보슈는 전날 주유소 책상에 놓여 있었던 맥키에게 온 전화 내용을 담은 메모지에 대해 생각하고 있었다. 비자카드가 고용여부를 확인하기 위해 걸었다는 전화. 라이더가 이야기를 듣고 지적했듯이 맥키가 신용카드 같은 흔적을 남길 것 같지 않았다. 뭔가 상황에 들어맞지 않는 부분이어서 보슈는 그것부터 살펴보고 싶었다.

"여기 통화내역을 출력해온 게 있어요. 가장 바빴던 전화는 주유소로 걸려오는 전화였어요. 별의별 업무 전화가 다 걸려왔어요."

로빈슨이 말했다.

"좋아. 해리, 키즈, 통화내역 기록 장치 필요해요?"

프랫이 물었다.

라이더가 보슈를 쳐다보다가 프랫에게로 눈길을 돌렸다.

"해리 선배가 필요할지도 모르겠네요. 오늘도 승승장구하실 것 같은데."

그 말이 떨어지기가 무섭게 보슈의 휴대전화가 울리기 시작했다. 보슈는 액정화면을 보았다. 래즈 패틀이었다.

"또 뭐에서 승승장구한 건지 볼까."

보슈가 말하면서 휴대전화기를 펼쳤다.

패틀은 좋은 소식과 나쁜 소식이 있다고 했다.

"좋은 소식은 그 집에서 채취했던 지문 샘플 기록이 아직도 있더라는 거야. 오늘 아침에 채취한 잠재지문은 그중 어느 것하고도 맞지 않았어. 새로운 누군가를 찾아낸 거야, 해리. 당신이 찾고 있는 범인일 수도 있어."

이 말은 사건 당시에 벌로런 가 식구들과 정당한 이유로 그 집에 드나들었던 사람들을 상대로 채취했던 지문 샘플이 아직도 과학수사계 지문 감식실에 보관되어 있다는 뜻이었다. 그리고 그중 어느 것도 오늘 아침 레베카 벌로런의 침대 밑에서 채취한 손가락, 손바닥 지문과 일치하지 않는다는 뜻이었다. 물론 지문이 찍힌 시기를 알아낼 수는 없으니까, 오늘 아침에 발견한 지문들이 그 침대를 설치했던 기사들이 남긴 것일 수도 있었다. 그러나 그럴 가능성은 별로 없어 보였다. 지문이 침대 나무 합판 아래쪽에서 나왔기 때문이다. 그 지문을 남긴 사람은 누군지는 몰라도 침대 밑으로 기어 들어가 있었을 가능성이 컸다.

"그럼 나쁜 소식은?"

보슈가 물었다.

"캘리포니아 법무부 데이터베이스에 넣고 돌려봤는데 일치하는 지문이 없었어."

"FBI 거?"

"다음 차례가 거긴데, 결과가 그리 빨리 나오지는 않을 거야. 중간 절차가 복잡하잖아. 어쨌든 긴급지원 요청 딱지 붙여서 보내기는 할 텐데, 어느 정도 걸릴지는 당신도 잘 알고 있을 거야."

"알지. 결과 나오면 연락 줘. 수고해줘서 고마워, 래즈."

보슈는 전화기를 덮었다. 급실망한 기색이 그의 얼굴에 나타났다. 그의 보고를 듣지 않고도 다들 이미 알고 있는 것 같았다.

"법무부 데이터베이스에는 일치하는 지문이 없답니다. FBI 데이터베이스도 돌려볼 생각인데 시간이 좀 걸릴 거라고 하고요."

보슈가 말했다.

"빌어먹을!"

레너가 투덜거렸다.

"래즈 패틀 이야기가 나와서 말인데, 오늘 오후 2시에 그 사람 형이 부검을 하기로 되어 있어요. 한 팀은 거기 가봤으면 좋겠는데. 누가 맡을래요?"

프랫이 말했다.

레너가 힘없이 손을 들었다. 레너와 로블레토가 맡기로 했다. 시각적인 충격을 개의치 않는다면 그리 어렵지 않은 임무였다.

프랫이 로빈슨과 노드에게 맥키의 주유소 동료들에 대한 탐문조사를 맡기고 나서 회의는 금방 끝이 났다. 마샤와 잭슨은 자료를 모두 모아 살인 사건 파일을 만드는 일을 맡았다. 그들은 여전히 책임수사관들이었고 503호에 남아 미해결 사건 전담반 업무를 조정하는 일을 하게 될 것이었다.

프랫은 계산서를 확인하고 식사비를 9등분해서 모두 10달러씩 내라고 말했다. 이 말은 커피 한 잔 마시지 않은 보슈까지도 10달러를 내야 한다는 뜻이었다. 보슈는 아무 말 하지 않았다. 회의에 늦기도 했거니와 그들을 이 길로 들어서게 만든 대가였다.

다들 일어서는데 보슈가 라이더를 쳐다보았다.

"여기로 바로 왔어, 아니면 서에 들러서 누구랑 함께 타고 왔어?"

"반장님이 태워줬어요."

"이번엔 내가 태워줄까?"

"좋죠."

식당 밖으로 나와 주차요원이 차를 갖다 줄 때까지 기다리는 동안 라이더는 보슈에게 아무 말도 하지 않았다. 그녀는 식당 간판 위에 있는 커다란 플라스틱 황소를 노려보고 있었다. 옆구리에는 통화내역 기록 장치에서 출력한 종이들을 담은 파일을 끼고 있었다.

마침내 차가 왔고 두 사람은 차에 탔다. 출발하기 전에 보슈는 고개를 돌려 라이더를 바라보았다.

"자, 이제 말해."

보슈가 말했다.

"뭘요?"

"당신 기분이 좋아질 수 있다면 무슨 말이라도."

"나한테 전화를 했어야 했어요, 선배. 그뿐이에요."

"이봐, 키즈, 어젠 전화했다고 엄청 성질냈잖아. 최근 경험에서 교훈을 얻고 전화 안 한 거야."

"이건 다른 일이었다는 거 선배도 알잖아요. 선배가 어제 나한테 전화를 한 건 무슨 일엔가 흥분했기 때문이었어요. 오늘은 단서를 쫓고 있었고요. 그렇다면 나를 불렀어야죠. 회의에 나타나서 모두에게 이야기할 때까지 선배가 뭘 알아냈는지 아무것도 모르고 있었던 건, 정말 당혹스러웠어요. 고마워요, 선배."

보슈는 고개를 숙여 미안함을 표시했다.

"그 부분은 당신 말이 맞아. 미안해. 들어올 때 전화를 할 걸 그랬네.

깜빡했어. 회의에는 늦었는데 운전은 해야겠고, 그냥 빨리 오는 데만 정신이 팔려서."

라이더는 아무 대꾸도 하지 않았다. 결국 보슈가 다시 입을 열었다.

"이제 수사하러 가도 될까?"

라이더가 어깨를 으쓱거리는 걸 보고 보슈는 차를 몰기 시작했다. 파커 센터로 가는 동안 보슈는 오찬 회의에서 말하지 않았던 자세한 이야기를 라이더에게 들려주었다. 맥클러런이 집에 찾아왔던 일과 그 덕분에 침대 밑에서 지문을 발견하게 되었다는 것을 알려주었다.

20분 후 보슈와 라이더는 503호실 후미진 구석자리로 돌아와 있었다. 보슈는 마침내 커피 한 잔을 앞에 두고 있었다. 두 사람은 책상을 맞대고 마주 보며 앉아 있었고 둘 사이에는 통화내역 기록 장치 출력지들이 펼쳐져 있었다.

보슈는 주유소 전화의 통화내역을 집중적으로 살펴보고 있었다. 출력지를 보니 감시가 시작된 오전 6시부터 맥키가 출근해서 레너와 로블레토가 전화를 감청하기 시작한 오후 4시 사이에 주유소에 있는 두 대의 전화로 걸려왔거나 건 전화가 적어도 200통은 되는 것 같았다.

보슈는 목록을 훑어 내려갔다. 눈에 확 들어오는 번호는 한 개도 없었다. 이름만 봐도 자동차 관련 일을 하는 업체라는 걸 알 수 있는 곳이나 혹은 그런 곳에서 걸려온 전화들이 많았다. 또 자동차 협회 상황실에서 걸려온 전화도 많았는데 견인 요청 전화인 것 같았다.

개인 전화에서 걸려온 전화도 몇 통 있었다. 그 이름들을 찬찬히 살펴보았지만 아는 이름은 하나도 없었다. 명단에 있는 사람들 중 이제까지 파악한 이 사건의 등장인물은 한 명도 없었다.

비자카드라고 적힌 통화내역이 네 건 있었는데 모두 같은 번호였다. 보슈는 전화기를 들고 그 번호로 전화를 걸었다. 신호는 가지 않고 날카로운 컴퓨터 연결음이 들렸다. 소리가 너무 커서 라이더한테까지 들렸다.

"뭐예요?"

보슈는 전화를 끊었다.

"주유소 책상에서 봤던 쪽지 있잖아, 비자카드가 맥키가 거기서 일하는지 확인한다고 전화했다던 내용의 쪽지, 그거 확인하려고. 당신도 뭔가 이상하다고 했는데, 기억해?"

"잊고 있었어요. 지금 건 게 그 번호였어요?"

"글쎄, 모르겠어. 비자카드라고 적힌 게 네 개 있는데… 잠깐만."

보슈는 비자카드 전화가 전부 발신 전화라는 사실을 깨달았다.

"이건 아냐, 전부 발신 전화였군. 신용 카드로 결제를 할 때 기계가 거는 전화번호인 게 틀림없어. 이건 아니야. 근데 비자카드로 적힌 수신 전화가 한 통도 없네."

보슈는 다시 전화기를 들고 노드의 휴대전호로 전화를 걸었다.

"탬파 견인에 도착했어요?"

노드가 소리 내어 웃었다.

"이제 겨우 할리우드를 벗어났는데요. 30분 후면 도착할 것 같아요."

"거기 직원들한테 어제 누군가가 맥키 앞으로 남긴 전화 메시지에 대해서 물어봐요. 비자카드 사라면서 신용 카드 신청과 관련해서 고용 여부를 확인한다고 전화한 건데. 통화 내용 기억나는 대로 말해달라고 하고 더 중요한 건 그 전화가 몇 시에 왔었냐고 물어봐줘요. 최대한 정확한 시각을 알아내 봐요. 이것부터 빨리 물어보고 나서 전화해줘요."

"네, 형사님. 세탁물도 찾아다 드릴까요?"

보슈는 자기 말이 노드의 감정을 상하게 했다는 것을 깨달았다. 오늘은 어째 일진이 안 좋다는 생각이 들었다.

"미안해요. 지금 스트레스를 엄청 받고 있어서."

"그건 다들 마찬가지 아닐까요? 직원한테 물어보고 나서 전화할게요."

노드가 전화를 끊었다. 보슈는 전화기를 내려놓고 라이더를 쳐다보았다. 그녀는 빌려온 학교 앨범에 있는 레베카 벌로런의 학급 사진을 보고 있었다.

"무슨 생각하세요?"

라이더는 사진에서 눈을 떼지 않은 채 물었다.

"비자카드 전화가 마음에 걸려."

"알아요, 그래서 어떻게 생각하냐고요."

"당신이 범인이라고 치자. 범행에 사용할 총을 맥키를 통해 구했어."

"버카트는 완전히 포기하는 거예요? 어젯밤엔 버카트라고 꽉 믿고 있었잖아요."

"사실들에 설득당했다고 해두지, 당분간은. 됐어?"

"알았어요, 계속하세요."

"좋아, 그러니까 당신이 범인이야. 그리고 맥키한테서 총을 구했어. 그래서 맥키는 당신이 범인이라는 걸 밝힐 수 있는, 세상에서 유일한 사람이지. 하지만 17년이 흐르도록 아무 일도 일어나지 않고 당신은 안심을 하는 거야. 그래서 어쩌면 맥키가 어디서 뭐하고 사는지도 모르고 살게 됐는지 모르지."

"좋아요, 그래서요?"

"그런데 어제 신문을 집어 드는데 레베카 사진이 떡하니 있는 거야. 기사를 읽어보니 경찰이 DNA를 확보했다고 하네. 당신은 당신 피가 아니라는 건 알고 있어. 그러니까 이건 경찰이 허풍을 치는 거거나 맥키의 피가 되는 거야. 그때 비로소 깨닫게 되는 거지."

"맥키가 사라져줘야 한다는 걸요?"

"바로 그거야. 경찰이 쫓아오고 있어. 맥키가 사라져줘야 해. 그러면 어떻게 맥키를 찾을까? 맥키는 감옥에 있을 때를 빼고는 줄곧 견인 트럭을 몰았어. 그 사실을 알고 있다면 우리가 했던 대로 하겠지. 업종별 전화번호부를 펼쳐 견인 업체들을 찾아 차례대로 전화를 걸어보는 거야."

라이더가 일어서더니 뒷벽을 따라 서 있는 파일 캐비닛으로 걸어갔다. 전화번호부들은 마침 맨 위에 놓여 있었다. 라이더는 발끝으로 서서 힘겹게 손을 뻗어 밸리 지역 업종별 전화번호부를 잡았다. 그러고는 번호부를 가지고 돌아와서 견인 업체 광고 페이지를 펼쳤다. 목록을 하나하나 짚으면서 훑어 내려가다가 맥키가 일했던 탬파 견인에 이르렀다. 그러고는 바로 그 위에 있는 톨 오더 견인 서비스라는 업체를 짚었다. 라이더는 수화기를 들고 그 번호를 눌렀다. 보슈에게는 통화 내용 중 라이더의 말만 들렸다.

"네, 누구십니까?"

라이더는 잠깐 뜸을 들였다.

"로스앤젤레스 경찰국의 키즈민 라이더 형삽니다. 사기 사건을 수사 중인데 물어볼 게 있어서 전화했어요."

라이더는 물어보라는 허락을 받았는지 고개를 끄덕여 보였다.

"어떤 피의자에 대한 서류 작업을 하는 중인데, 여러 업체에 전화를 걸어 비자카드 사 직원을 사칭한 사례가 자주 있어서요. 신용 카드 신청 절차의 일부라면서 어떤 사람의 고용 여부를 확인하려고 전화를 걸었다고 하죠. 그런 전화가 온 적 있나요? 우리가 입수한 정보에 따르면 어제는 밸리 지역에 있는 업체들에 전화를 걸었던 것 같은데요. 주로 자동차 관련 업체들을 대상으로."

라이더는 잠자코 대답을 들었다. 그러면서 보슈를 쳐다보았지만 표정만 봐서는 어떤 대답인지 알 수 없었다.

"네, 그럼 그 여직원 좀 바꿔주시겠어요?"

라이더는 전화를 바꾼 여직원에게 아까 했던 말을 되풀이한 후 똑같은 질문을 했다. 그러고 나서 몸을 약간 숙이는데 조금 긴장하는 것 같았다. 라이더가 송화구를 덮고 보슈를 쳐다보았다.

"찾았어요."

라이더가 말했다.

그러고 나서 다시 수화기 너머로 들려오는 상대방의 이야기를 좀 더 들었다.

"남자예요, 여자예요?"

라이더는 메모를 했다.

"그리고 그게 몇 시였죠?"

라이더가 또 메모를 하자 보슈는 일어서서 책상 너머로 넘겨다보았다. 메모지에 "남자, 1시 30분 정도"라고 적혀 있었다. 라이더가 통화를 계속하는 동안 보슈는 통화내역 기록 장치를 확인했다. 오후 1시 40분에 탬파 견인으로 걸려온 전화가 있었다. 개인 전화번호였다. 기록 장치에는 이름이 어맨더 소벡이라고 적혀 있었다. 번호 앞자리를 보니 휴대전화였다. 보슈에게는 이름도 전화번호도 모두 생소하게 느껴졌다. 그러나 그것은 중요하지 않았다. 뭔가를 향해 다가가고 있다는 느낌이 들었다.

라이더는 상대방에게 그 비자카드 직원이라는 사람이 확인하려고 했던 사람의 이름을 기억하느냐고 물었다. 부정적인 대답이 돌아왔는지 또다시 물었다.

"혹시 롤랜드 맥키라는 이름 아니었어요?"

라이더는 잠자코 기다렸다.

"확실해요? 알았어요, 시간 내줘서 고마워요, 캐런."

라이더가 말했다.

그녀는 전화를 끊고 보슈를 바라보았다. 흥분한 듯 반짝이는 눈빛이었고 오전에 지문 발견 건에서 제외됐던 것 때문에 섭섭했던 마음 따위는 싹 사라지고 없는 것 같았다.

"선배 말이 맞았어요. 전화가 왔었대요. 똑같은 내용이었고요. 롤랜드 맥키라고 말해주니까 바로 기억을 하더라고요, 맞다고. 선배, 우리가 맥키를 감시하는 동안 다른 사람도 계속 그를 찾아다녔던 거예요."

"이젠 우리가 놈을 찾아야지. 전화번호부에서 위에서 아래로 내려가며 확인하고 있었다면, 그다음엔 탬파 견인에 전화를 했을 거야. 기록장치에 보니까 1시 40분에 어맨더 소벡이라는 사람한테서 걸려온 전화가 있어. 낯선 이름이지만, 우리가 찾고 있던 전화인지도 몰라."

"어맨더 소벡, 오토트랙을 한번 돌려볼게요."

라이더가 노트북을 켜면서 말했다.

그녀가 어맨더 소벡이라는 이름을 추적하는 동안, 보슈는 로빈슨에게서 전화를 받았다. 로빈슨은 노드와 함께 탬파 견인에 도착했다고 했다.

"해리, 주간근무 직원 말로는 1시 30분에서 2시 사이에 그런 전화가 왔었대요. 점심 먹고 돌아와서 2시에 자동차 협회 요청으로 견인하러 나가기 전에 받아서 기억한다고."

"비자카드 직원이라는 사람이 남자였대요, 여자였대요?"

"남자요."

"알았어요. 또 다른 건요?"

"이 비자카드 직원이라는 남자가 맥키가 여기서 일한다고 하니까 근무 시간이 언제냐고 물었대요."

"알았어요. 그 주간근무 직원한테 하나만 더 물어봐줄래요?"

"바로 옆에 있어요."

"고객 중에 소벡이라는 사람이 있는지 물어봐줘요. 어맨더 소벡."

로빈슨이 물어보는 동안 보슈는 기다리고 있었다.

"소벡이라는 고객은 없다는데요. 이게 좋은 소식인가요, 해리?"

로빈슨이 보고했다.

"그럴 것 같아요."

보슈는 전화를 끊고 일어나서 라이더의 컴퓨터 화면을 보기 위해 책상들을 돌아 라이더의 자리로 갔다. 그러고는 방금 전 로빈슨에게서 들은 내용을 말해주었다.

"뭐 나온 거 있어?"

보슈가 물었다.

"네, 이거예요. 어맨더 소벡, 웨스트 밸리에 살고 있네요. 채스워스 패럴론 거리. 그거 말고는 별거 없어요. 신용 카드도 없고 대출도 없고. 그런 건 다 남편 명의로 되어 있겠죠. 가정주부일지도 몰라요. 그 남편 이름이 나오나 주소를 돌려보려고요."

보슈는 학교 앨범에서 레베카 벌로런의 반이 나온 부분을 펼쳤다. 한 장 한 장 넘기면서 혹시 소벡이나 어맨더라는 이름이 있는지 살펴보았다.

"여기 나오네요. 마크 소벡. 모든 게 이 남자 명의로 되어 있군요. 많기도 해라. 자동차 네 대, 집 두 채, 신용 카드도 많고."

라이더가 말했다.

"레베카 반에서 소벡이라는 이름을 가진 학생은 없네. 근데 어맨더라는 이름을 가진 여학생은 두 명 있어. 어맨더 레이놀즈, 어맨더 리오르단. 둘 중 하나일까?"

보슈가 말했다.

라이더는 고개를 가로저었다.

"아닌 것 같은데요. 나이가 맞지 않아요. 어맨더 소백은 마흔한 살이래요. 레베카보다 여덟 살이나 많은 거죠. 뭔가 맞지 않는 것 같아요. 그냥 전화 한 번 해볼까요?"

보슈는 학교 앨범을 탁 소리 나게 덮었다. 라이더가 화들짝 놀랐다.

"아니, 직접 찾아가보자."

보슈가 말했다.

"어디를요? 어맨더 소백의 집으로요?"

"응. 엉덩이 붙이고 앉아 있지 말고 발로 뛸 시간이야."

보슈가 라이더를 내려다보니 그녀는 불쾌한 표정을 짓고 있었다.

"구체적으로 당신 엉덩이를 말한 게 아니야. 비유적 표현이야. 가자."

라이더가 일어섰다.

"오늘 안에 잘릴 것도 아닌데 왜 이렇게 서둘러요?"

"이게 내 방식이야, 키즈. 어둠이 기다리고 있잖아. 우리가 아무리 발버둥을 쳐도 어둠은 찾아온다고."

보슈가 먼저 사무실을 나갔다.

# 37

## 어맨더 소벡

보슈와 라이더가 오토트랙에 나온 패럴론 거리의 주소지로 찾아가보니 550평방미터는 훌쩍 넘을 것 같은 거대한 지중해식 저택이 자리하고 있었다. 짙은 색 칠을 한 나무 문이 네 개가 있는 별도의 차고가 있었고, 위층 손님방 창문도 보였다. 형사들은 차에 앉아서 인터컴으로 응답이 오기를 기다리면서 단철 대문 사이로 저택을 들여다보았다. 마침내 보슈의 열린 창문 옆에 있는 기둥에 달린 작은 정사각형 인터컴에서 목소리가 들렸다.

"네, 누구세요?"

여자였다. 젊은 목소리였다.

"어맨더 소벡 부인이신가요?"

보슈가 되물었다.

"아뇨, 비서인데요. 두 분은 누구시죠?"

보슈가 다시 인터컴을 보니 카메라 렌즈가 보였다. 안에서 그들의 말을 들으면서 지켜보고도 있었다. 보슈는 경찰 배지를 꺼내 팔을 뻗어 렌즈 가까이에 들이댔다.

"경찰입니다. 어맨더 소벡 씨나 마크 소벡 씨를 만나러 왔는데요."

보슈가 말했다.

"무슨 일이시죠?"

"경찰 업무로요. 문을 열어주세요."

잠깐 기다리다가 보슈가 다시 통화 버튼을 누르려는 순간 대문이 천천히 자동으로 열리기 시작했다. 보슈는 차를 몰고 들어가 2층 높이의 포르티코(대형 건물 입구에 기둥을 받쳐 만든 현관 지붕–옮긴이) 앞 둥근 진입로에 차를 세웠다.

"이런 집이라면 지키기 위해서 견인 트럭 운전사 하나쯤은 죽일 수도 있었겠다."

보슈가 시동을 끄면서 중얼거렸다.

보슈와 라이더가 현관 앞에 다가서기도 전에 문이 열렸고 20대 아가씨가 나타났다. 흰 블라우스에 치마를 입고 있었다. 비서였다.

"아가씨 이름은?"

보슈가 물었다.

"멜로디 레인이요. 소벡 부인 비서예요."

"부인은 안에 계세요?"

라이더가 물었다.

"네, 옷 갈아입고 곧 내려오실 겁니다. 거실에서 기다리시죠."

그들은 비서의 안내를 받아 현관 복도로 들어섰다. 복도 한 쪽에 탁자가 하나 있었는데 그 위에는 가족사진 액자가 몇 개 놓여 있었다. 남편과 아내, 그리고 10대 딸이 둘 있는 것 같았다. 멜로디를 따라 호화로운 거실로 들어서니 커다란 창문 너머로 샌타 수재너 주립공원과 그 너머로 우뚝 솟아 있는 오트 산이 보였다.

보슈는 손목시계를 보았다. 정오가 다 되어가고 있었다. 멜로디가 눈치를 채고 설명했다.

"주무신 게 아니라요. 오전에 운동을 하시고 샤워 중이셨거든요. 곧 내려오실…."

멜로디가 말을 끝맺기도 전에 하늘하늘한 흰 바지에 분홍색 시폰 셔츠를 입고 그 위에 흰 블라우스를 걸친 매력적인 여성이 바쁜 걸음으로 거실 안으로 들어왔다.

"무슨 일이죠? 뭐가 잘못됐나요? 내 딸들은 괜찮아요?"

"어맨더 소벡 부인이십니까?"

보슈가 물었다.

"그래요. 무슨 일이죠? 형사들이 우리 집에는 왜 왔죠?"

보슈는 거실 중앙에 놓인 응접세트를 가리켰다.

"앉아서 이야기하는 게 어떨까요, 소벡 부인."

"무슨 일이 있는지 없는지만 먼저 말해줘요."

여자의 두려워하는 표정은 연기가 아니라 진짜 같았다. 보슈는 이번에도 잘못 짚은 게 아닌가 하는 생각이 들기 시작했다.

"아무 일도 없습니다. 따님들 일로 온 게 아닙니다. 따님들은 아무 일 없어요."

보슈가 말했다.

"그럼 마크예요?"

"아뇨, 소벡 부인. 우리가 아는 한 남편도 별일 없습니다. 앉아서 얘기하죠."

어맨더 소벡은 그제야 긴장을 풀고 빠른 걸음으로 걸어가 소파 오른쪽에 있는 커다란 의자에 앉았다. 보슈는 유리로 된 커피 탁자 옆을 돌아서 소파로 가 앉았다. 라이더는 남아 있는 의자 하나에 앉았다. 보슈는 자신과 라이더를 소개하고 경찰 배지를 다시 보여주었다. 그러면서 보니까 커피 탁자 유리에는 얼룩 하나 없었다.

"부인께 말씀드릴 수 없는 어떤 사건을 수사 중인데요. 부인의 휴대전화와 관련해서 몇 가지 물어볼게 있어서 왔습니다."

"내 휴대전화요? 고작 휴대전화 때문에 이렇게 간이 철렁하게 만들었다고요?"

"실은 대단히 중요한 수사라서요, 소벡 부인. 휴대전화 갖고 있습니까?"

"지갑 안에 있어요. 보여드릴까요?"

"아뇨, 좀 있다가요. 어제는 언제 사용했는지 말씀해주시겠습니까?"

어맨더 소벡은 별 어리석은 질문을 다 들어본다는 듯 고개를 가로저었다.

"글쎄요. 오전에 체육관에서 멜로디에게 전화를 했어요. 그러고는 기억이 안 나네요. 아, 상점에 잠깐 들르면서 딸들이 학교 끝나고 집에 오는 중인지 물어보려고 딸들에게 전화했네요. 그러고는 기억이 안 나요. 체육관에 간 것 빼고는 거의 하루 종일 집에 있었어요. 집에서는 휴대전화 안 써요. 일반 전화를 쓰지."

보슈의 불안감이 점점 더 커지고 있었다. 어디선가 잘못 짚은 것 같았다.

"다른 사람이 전화를 썼을 수도 있지 않을까요?"

라이더가 물었다.

"딸들은 각자 자기 휴대전화를 갖고 있어요. 멜로디도 마찬가지고요. 이런 걸 왜 물어보는지 이해가 안 가네요."

보슈는 외투 주머니에서 통화내역 출력지를 꺼냈다. 그러고는 탬파 견인으로 걸려왔던 전화번호를 큰 소리로 읽었다.

"부인 전화번호 맞습니까?"

보슈가 물었다.

"아뇨, 딸 건데요. 케이틀린 거."

보슈는 윗몸을 약간 숙였다. 상황이 또 달라지고 있었다.

"딸 거라고요? 딸은 어제 어디 있었죠?"

"말했잖아요. 학교에 있었다고. 그리고 학교가 파할 때까지는 휴대전화를 사용하지 않았어요. 학교에서는 휴대전화 사용 금지니까요."

"어느 학교에 다녀요?"

라이더가 물었다.

"힐사이드 고등학교요. 포터 랜치에 있죠."

보슈는 몸을 다시 뒤로 젖히고 라이더를 쳐다보았다. 뭔가가 다시 원점으로 돌아온 기분이었다. 그게 뭔진 몰라도 중요한 일이라는 느낌이 들었다.

어맨더 소벡이 두 형사의 얼굴 표정을 읽은 것 같았다.

"뭐죠? 학교에서 무슨 일이 있나요?"

소벡이 물었다.

"우리가 알기로는 아무 일도 없습니다, 부인."

보슈가 대답했다. 그러고는 말을 이었다.

"딸이 몇 학년이죠?"

"2학년이요."

"딸을 가르치는 선생님들 중에 베일리 세이블이라는 선생님이 있나요?"

라이더가 물었다.

소벡은 고개를 끄덕였다.

"담임이자 국어 담당이에요."

"세이블 선생이 어제 딸의 휴대전화를 빌렸을 수도 있을까요?"

라이더가 물었다.

소벡은 어깨를 으쓱거렸다.

"글쎄, 그랬을 리가 있겠어요? 정말 이상하군요. 질문이 하나같이 이상하잖아요. 케이틀린의 휴대전화가 협박 같은 걸 하는데 사용됐어요? 무슨 테러 같은 거에요?"

"아뇨, 부인. 그건 아니지만 심각한 문제이긴 합니다. 지금 학교에 가서 딸을 만나봐야 하겠는데요. 함께 가서 딸을 조사할 때 입회해주시겠습니까?"

보슈가 말했다.

"변호사가 필요한가요?"

"아뇨, 부인."

보슈가 일어섰다.

"가실까요?"

"멜로디도 가도 되죠? 멜로디가 함께 가면 좋겠는데."

"그럼 이렇게 하죠. 멜로디는 따로 차를 몰고 와서 거기서 만나도록 하죠. 그래야 우리가 다른 곳에 갈 필요가 생겨서 거기서 헤어지면 부인을 태우고 돌아올 수 있을 테니까요."

# 38

## 밝혀진 범인

힐사이드 고등학교로 달려가는 차 안은 조용했다. 보슈는 라이더와 이 새로운 반전에 대해 논의를 하고 싶었지만 어맨더 소벡 앞에서는 그러고 싶지 않았다. 그래서 그들은 계속 침묵하고 있었고, 소벡이 남편에게 전화를 걸어도 되겠느냐고 물었을 때에야 비로소 침묵이 깨졌다. 보슈는 된다고 대답했다. 그러나 남편이 전화를 받지 않아서 소벡은 거의 발작 직전의 목소리로 메시지를 듣는 즉시 전화해 달라고 메시지를 남겼다.

학교에 도착했을 땐 점심시간이었다. 그들이 본관 복도를 걸어 행정실로 향하고 있는데 식당에서 시끌벅적한 소리가 들려왔다.

앳킨스 부인은 행정실 접수대 뒤에 있었다. 어맨더 소벡이 형사들과 함께 들어서자 약간 혼란스러워하는 표정을 지었다. 보슈는 스토다드 교장을 만나러 왔다고 말했다.

"스토다드 교장 선생님은 점심 식사를 하러 외출하셨는데요. 제가 도와드릴 일이 있을까요?"

앳킨스 부인이 말했다.

"네, 케이틀린 소벡 학생을 만나고 싶은데요. 학생과 면담할 때 학생 어머니인 여기 소벡 부인이 입회할 겁니다."

"지금 당장이요?"

"네, 앳킨스 부인, 지금 당장이요. 부인이나 다른 직원이 가서 학생을 데려와 주면 좋겠는데요. 경찰이 그 학생을 찾아온 걸 다른 학생들이 모르는 게 낫지 않을까요?"

"제가 가서 데려올게요."

어맨더 소벡이 제안했다.

보슈가 재빨리 막아섰다.

"아뇨. 어머니는 우리와 같이 동시에 만나는 게 좋을 것 같은데요."

어맨더 소벡이 경찰보다 먼저 딸에게 휴대전화에 대해 물어보는 것을 원치 않는다는 말을 점잖게 에둘러서 한 것이었다.

"제가 식당에 가서 케이틀린을 데려올게요. 교장 선생님 접견실에서 어… 면담을 하시면 될 것 같네요."

앳킨스 부인이 말했다.

그녀는 어맨더 소벡과는 눈을 마주치지 않으려고 애를 쓰면서 접수대를 돌아와 로비 복도로 나가는 문을 향해 걸어갔다.

"고맙습니다, 앳킨스 부인."

보슈가 말했다.

거의 5분이 지나고 나서야 앳킨스 부인이 케이틀린 소벡을 찾아 데리고 왔다. 그전에 기다리는 동안 멜로디 레인이 도착했고, 보슈는 어맨더에게 비서는 접견실 밖에서 기다리게 해달라고 요구했다. 보슈와 라이더는 어맨더 소벡과 그녀의 딸과 함께 교장실 옆에 붙어 있는 접견실로 들어갔다. 안에는 둥근 탁자가 놓여 있었고 여섯 개의 의자가 빙 둘러 놓여 있었다.

모두 자리에 앉자 보슈는 라이더를 향해 고개를 끄덕여 보였고 라이더가 면담을 주도하기 시작했다. 보슈는 라이더가 이 소녀의 탐문을 주도하는 것이 최선이라고 생각했고 라이더도 눈치로 이 마음을 알아차렸다. 라이더는 케이틀린에게 전날 오후 1시 40분에 케이틀린의 휴대전화기로 건 전화에 대해 알아보려고 부른 거라고 설명했다. 그 말을 듣자마자 소녀가 즉시 말을 막고 나섰다.

"그건 불가능해요."

케이틀린 소벡이 말했다.

"왜? 우리가 그 수신 전화선에 전자장치를 설치해놨었어. 그걸 확인해보니까 네 휴대전화에서 전화가 걸려왔던데?"

라이더가 물었다.

"어제 난 학교에 있었어요. 우린 수업이 다 끝나기 전에는 휴대전화 사용 못 해요."

소녀는 불안해 보였다. 보슈는 케이틀린이 거짓말을 하고 있다는 건 알 수 있었지만 도대체 왜 그러는지는 알 수 없었다. 엄마가 동석하고 있어서 거짓말을 하는 건가 싶기도 했다.

"네 전화기 지금 어딨니?"

라이더가 물었다.

"사물함 배낭 속에요. 그리고 꺼져 있어요."

"어제 1시 40분에도 거기 있었니?"

"네."

케이틀린은 라이더를 외면하면서 거짓말을 했다. 거짓말을 하고 있다는 게 너무 빤하게 보였고 라이더도 그 사실을 간파한 모양이었다.

"케이틀린, 이건 아주 중요한 사건 수사야. 우리한테 거짓말을 하면 너한테 큰 문제가 생길 수 있어."

라이더가 달래는 어조로 말했다.

"케이틀린, 거짓말 하지 마라!"

어맨더 소벡이 강압적으로 말했다.

"소벡 부인, 흥분하지 마세요."

라이더가 어맨더 소벡을 향해 말했다. 그러고는 케이틀린을 보며 말을 이었다.

"케이틀린, 아까 말한 전자장치란 게 뭐냐 하면 통화내역 기록 장치라는 거야. 그건 거짓말을 하지 않아. 네 휴대전화기로 전화를 걸었어. 그건 의심의 여지가 없어. 그러니까 누군가가 어제 네 사물함에서 전화기를 꺼내 사용한 건 아닐까?"

케이틀린 소벡은 어깨를 으쓱거렸다.

"뭐, 가능은 하겠죠, 아마도."

"좋아, 그렇다면 누가 그랬을까?"

"난 모르죠. 그 얘긴 형사님이 하셨잖아요."

보슈가 목소리를 가다듬자 케이틀린이 돌아보았다. 보슈는 소녀를 무섭게 노려보며 말했다.

"아무래도 시내로 데려가야겠군. 여긴 탐문조사에 적절한 장소가 아닌 것 같아."

보슈는 의자를 뒤로 밀고 일어서기 시작했다.

"케이틀린, 어떻게 된 거니? 이분들은 지금 심각하게 물어보시는 거야. 누구랑 통화를 했니?"

어맨더 소벡이 애원하듯 물었다.

"아무하고도 안 했어요, 됐어요?"

"아니, 안 됐다."

"전화 내가 안 갖고 있었어요, 압수당했다고요."

보슈가 다시 자리에 앉았고 라이더가 다시 면담을 주도했다.

"누가 압수했는데?"

라이더가 물었다.

"세이블 선생님이요."

소녀가 말했다.

"왜?"

"조회 시작 종이 울리고 나면 교내에서는 휴대전화를 사용할 수 없기 때문이죠. 어제 친한 친구 리타가 결석했어요. 그래서 조회 시간에 왜 결석했냐고 문자 보내다가 세이블 선생님한테 들켰어요."

"그래서 세이블 선생님이 네 전화기를 가져갔다고?"

"네."

보슈의 머릿속은 베일리 코스터 세이블을 레베카 벌로런 살해범이라는 틀에 끼워 맞추려고 바삐 움직이고 있었다. 그러나 설명이 안 되는 점이 한 가지 있었다. 열여섯 살의 베일리 코스터는 친구의 축 늘어진 몸을 끌고 뒷산을 올라갈 수는 없었을 것이다.

"근데 왜 아까는 거짓말을 했어?"

라이더가 케이틀린에게 물었다.

"문제를 일으킨 것을 알리고 싶지 않아서요."

소녀가 턱으로 자기 엄마를 가리키면서 말했다.

어맨더 소벡이 날카롭게 받아쳤다.

"케이틀린, 경찰 앞에서는 절대로 거짓말을 해서는 안 돼. 사정이 어떻든…."

"소벡 부인, 그런 얘기는 나중에 하시고, 지금은 면담을 계속하게 해

주시죠."

보슈가 말했다.

"전화기는 언제 돌려받았니, 케이틀린?"

라이더가 물었다.

"수업이 다 끝나고 나서요."

"그러니까 세이블 선생님이 네 전화기를 하루 종일 가지고 있었단 말이야?"

"네. 아니, 아뇨. 하루 종일은 아니고요."

"그럼 누가 갖고 있었는데?"

"그건 모르죠. 선생님들이 전화기를 압수하면 수업 끝나고 교장실에 가서 찾아가라고 하시거든요. 저도 그렇게 했어요. 스토다드 교장 선생님이 전화기를 돌려주셨어요."

고든 스토다드. 갑자기 모든 퍼즐조각이 착착착 제자리를 찾아가기 시작했다. 물 터널 속으로 억지로 밀고 들어온 보슈 주위로 사건의 모든 세부사항들이 소용돌이를 치며 빙빙 돌아가고 있었다. 그러다가 명확함과 우아함의 물결을 타기 시작한 것이다. 순식간에 모든 것이 이해가 되기 시작했다. 스토다드가 딱 들어맞았다. 맥키의 마지막 말이 이해가 갔다. 스토다드는 레베카의 선생님이었다. 레베카하고 가까운 사이였다. 레베카의 연인이었고 늦은 밤에 전화를 걸어오던 사람이었다. 모든 것이 딱 들어맞았다.

X씨.

보슈는 일어서서 한마디 말도 없이 접견실을 나갔다. 교장실 문 앞을 지나갔다. 문은 열려 있었고 책상 뒤에는 아무도 앉아 있지 않았다. 보슈는 행정실 앞쪽 접수대로 걸어갔다.

"앳킨스 부인, 스토다드 교장 선생은 어디 계시죠?"

"들어오셨다가 곧 다시 나가셨어요."

"어디 가셨죠?"

"모릅니다. 아마도 식당이겠죠. 형사 두 분이 케이틀린을 만나러 왔다고 말씀드렸거든요."

"그 말을 듣고 나가셨다고요?"

"네. 아, 참, 어쩌면 주차장에 계실지도 모르겠네요. 오늘 새 차를 뽑았다고 하셨거든요. 선생들 중 누구한테라도 자랑하고 계실지도 모르겠네요."

"차종이 뭐죠? 알려주시던가요?"

"렉서스요. 모델 번호도 말씀하셨는데 잊어버렸어요."

"따로 지정된 주차공간이 있습니까?"

"현관 홀을 나가서 오른쪽으로 제일 첫 줄이에요."

보슈는 앳킨스 부인에게서 돌아서서 홀로 나있는 문을 나갔다. 홀은 오후 수업을 시작하기 위해 식당을 나서는 학생들로 북적거렸다. 보슈는 학생들 사이를 비집고 지나가면서 점점 더 걸음을 빨리했다. 잠시 후엔 무리에서 완전히 벗어나 달리기 시작했다. 주차장으로 들어선 보슈는 즉시 오른쪽으로 난 주차 선을 따라 걸었다. 보도 연석에 페인트로 스토다드라는 이름이 적혀 있는 주차공간은 비어 있었다.

보슈는 라이더를 데리러 돌아가려고 돌아섰다. 허리띠에서 휴대전화기를 떼어내고 있는데 오른쪽에서 은색의 희미한 형체가 보였다. 자동차 한 대가 그를 향해 돌진하고 있었고 피하기에는 너무 늦었다.

# 39

## 사라진 총알

보슈는 부축을 받고 일어나 아스팔트 위에 앉았다.

"선배, 괜찮아요?"

눈에 힘을 주고 자세히 보니 라이더였다. 보슈는 힘들게 고개를 끄덕였다. 조금 전에 무슨 일이 일어났는지 기억을 되살려보았다.

"스토다드였어. 나를 향해 돌진해왔어."

보슈가 말했다.

"그러니까 차를 타고 말이죠?"

보슈가 웃음을 터뜨렸다. 그러고 보니 그 부분을 빼놓았다는 생각이 들었다.

"응, 새 차를 타고. 은색 렉서스."

보슈는 일어서기 시작했다. 라이더가 그의 어깨를 눌러 주저앉혔다.

"잠깐만 있어 봐요. 정말 괜찮아요? 어디 아픈 데는 없어요?"

"머리만."

이제야 기억이 돌아오고 있었다.

"땅에 떨어질 때 머리를 부딪쳤어. 옆으로 뛰어서 피했거든. 그 사람 눈을 봤어. 분노에 차 있었어."

"선배 눈부터 좀 봐요."

보슈가 라이더를 올려다보자 그녀는 그의 턱을 잡고 눈동자를 살펴보았다.

"보기엔 괜찮은데."

라이더가 말했다.

"좋아, 그러면, 난 잠깐 여기 앉아 있을 테니까 당신이 들어가서 앳킨스 부인한테서 스토다드의 집 주소를 알아갖고 와."

라이더는 고개를 끄덕였다.

"알았어요. 여기서 기다려요."

"서둘러. 빨리 놈을 찾아야 돼."

라이더는 다시 학교 건물로 달려 들어갔다. 보슈가 손을 들어 머리를 만져보니 뒤통수에 혹이 불룩 나 있었다. 그는 점점 더 선명해지는 기억을 재생시켜보았다. 운전대 뒤에 있던 스토다드의 얼굴이 떠올랐다. 분노로 일그러진 얼굴.

그러나 마지막 순간에 스토다드는 운전대를 왼쪽으로 급히 틀었고 보슈는 반대 방향으로 몸을 날렸다.

보슈는 스토다드에 대한 수배령을 요청하려고 전화기를 찾아 허리띠를 만졌다. 전화기는 허리띠에 달려 있지 않았다. 주위를 둘러보니 BMW의 뒷바퀴 근처 아스팔트 위에 놓여 있었다. 보슈는 그리로 기어가 전화기를 움켜쥐고 일어섰다.

약한 현기증이 나서 차에 몸을 기대야 했다. 갑자기 전자 음성이 들렸다.

"차에서 물러서세요!"

보슈는 급히 손을 떼고 자기 차를 세워놓은 곳으로 걸어가기 시작했다. 가면서 본부 상황 센터로 전화를 걸어 스토다드와 그의 은색 렉서스에 대해 수배령을 요청했다.

보슈는 전화기를 덮고 허리띠에 꽂았다. 차에 타고 시동을 건 후 차를 몰고 라이더가 주소를 가지고 나오는 즉시 출발할 수 있게 건물 출입구로 가서 섰다.

영원히 계속될 것 같은 기다림이 끝나고 마침내 라이더가 나타나 차를 향해 빠른 걸음으로 다가왔다. 그러나 그녀는 조수석에 타지 않고 운전석으로 다가와서 문을 열고 나오라고 손짓을 했다.

"별로 안 멀어요. 위넷카 체이스 거리에 있는 주택이에요. 하지만 선배는 운전하면 안 돼요. 내가 할게요."

보슈는 왈가왈부해봤자 시간만 축낸다는 사실을 알았다. 그는 차에서 내려 어지러운 가운데도 최대한 빨리 차 앞을 돌아가 조수석에 탔다. 라이더는 가속페달을 세게 밟아 주차장을 빠져나갔다.

라이더가 스토다드의 집을 향해 달려가는 동안 보슈는 데본셔 경찰서 순찰대의 지원을 요청한 후 에이벌 프랫에게 전화를 걸어 오전에 드러난 진실과 현재 상황을 보고했다.

"놈이 어디로 가는 거 같아요?"

프랫이 물었다.

"모르죠. 우린 놈의 집으로 가는 중입니다."

"자살 위험이 있어요?"

"모르죠."

프랫은 잠깐 동안 침묵하면서 생각하는 눈치였다. 그러고 나서 사소한 세부사항에 대해 몇 개 더 물어본 후 전화를 끊었다.

"목소리 들어보니 기분이 좋은 것 같아. 놈을 잡아넣으면 레몬(쓸모없는 것, 불량품을 뜻하는 비유적 표현 – 옮긴이)이 레모네이드가 될 거래."

보슈가 라이더에게 말했다.

"잘됐군요. 스토다드의 교장실이나 집에서 지문을 채취해서 레베카의 침대 밑에서 나온 지문과 비교해보면 되겠군요. 그러면 놈이 도피를 하든 안 하든 상황 끝인 거잖아요."

"걱정하지 마, 잡을 거니까."

"선배, 선배 생각은 어때요? 스토다드와 맥키가 함께 이 일을 저질렀다고 생각해요?"

"모르겠어. 하지만 학교 앨범 사진에서 봤던 스토다드의 모습은 기억이 나. 상당히 마른 편이었어. 레베카를 혼자서 산 위로 끌고 올라갈 수 있었을까 싶어. 찾아내서 물어봐야 확실히 알 수 있겠지."

라이더가 고개를 끄덕였다.

"제일 중요한 의문점은 스토다드와 맥키가 어떻게 알게 된 사이냐 하는 거예요."

라이더가 말했다.

"총 때문이지 뭐."

"알아요, 그건. 뻔하잖아요. 내 말은 맥키를 어떻게 알게 됐느냐는 거예요. 어디에서 만났고 어떻게 맥키를 통해 총을 구할 만큼 맥키를 잘 알게 된 거죠?"

"그 해답은 계속 우리 앞에 놓여 있었다고 생각해. 맥키의 마지막 말도 그거였고."

"채스워스요?"

"채스워스 고등학교."

"채스워스 고등학교가 뭐요?"

“그해 여름 맥키는 채스워스 고등학교에서 고졸 학력 인정 교육과정을 수강하고 있었어. 베키가 살해된 날 밤 맥키의 알리바이를 입증해준 사람은 맥키를 가르치던 교사였지. 근데 그게 거꾸로 된 건지도 몰라. 어쩌면 맥키가 교사의 알리바이인지도 모르지.”

“그 교사가 스토다드라고요?”

“처음 만난 날 그랬어, 힐사이드 교사들은 모두 부업을 하고 있다고. 어쩌면 스토다드도 외부 강사 일을 하고 있었을지도 몰라. 어쩌면 스토다드가 맥키의 교사였을 수도 있단 말이지.”

“어쩌면이 너무 많네요, 선배.”

“자기 자신에게 무슨 짓을 저지르기 전에 찾아야 돼.”

“스토다드가 자살할 가능성이 있다고 생각하세요? 에이벌한테는 모르겠다고 했잖아요.”

“확실한 건 아무것도 없어. 하지만 아까 그 주차장에서 스토다드는 마지막 순간에 운전대를 돌려 나를 피했어. 그걸 보면 스토다드가 해치고 싶은 사람은 한 명밖에 없다는 생각이 들어.”

“자기 자신이요? 어쩌면 새 차가 움푹 상처 날까 봐 그런 것 아닐까요?”

“그럴 수도 있고.”

라이더는 위넷카 4차선 도로로 접어들어 더욱 속도를 내기 시작했다. 스토다드의 집이 가까워지고 있었다. 보슈는 조용히 앉아서 어떤 상황이 자기들을 기다리고 있을지 생각해보았다. 라이더가 체이스에서 서쪽으로 방향을 틀자 전방에 보이는 도로에 검은색과 흰색이 섞인 순찰차 한 대가 앞 좌석 문을 모두 연 채로 서 있었다. 라이더가 재빨리 그 뒤로 가서 차를 세우자마자 보슈와 라이더가 차에서 튀어나갔다. 보슈는 허리띠에서 권총을 꺼내 옆으로 내려 들었다. 스토다드가 주차장에서 마지막 순간에 보슈를 치지 않은 것은 새 차에 흠집을 내기 싫어서였는지도 모른다는 라이더의 말에도 일리가 있었다.

2차 대전 시기에 지어진 듯한 작은 주택의 현관문이 열려 있었다. 순찰차에서 내린 순경 두 명은 어디 갔는지 흔적도 없었다. 보슈가 라이더를 쳐다보니 그녀도 총을 빼 들고 있었다. 둘은 집 안으로 들어갈 준비가 되어 있었다. 현관문 앞에 선 보슈가 외쳤다.

"형사들이 들어간다!"

보슈가 문지방 안으로 들어서는 순간 안에서 응답이 있었다.

"아무도 없다! 아무도 없다!"

보슈는 거실로 들어가면서도 긴장을 풀거나 총을 내리지 않았다. 거실 안을 둘러보니 정말 아무도 없었다. 커피 탁자를 내려다보니 전날자 〈데일리 뉴스〉가 레베카 벌로런의 기사가 보이게 펼쳐져 있었다.

"순경들이 나간다!"

오른쪽 복도에서 목소리가 들렸다.

곧 순경 두 명이 복도에서 거실로 들어왔다. 총을 옆으로 내려들고 있었다. 이제야 보슈도 긴장을 풀고 총을 내렸다.

"집 안은 완전히 비어 있습니다. 현관문이 열린 것을 보고 들어왔는데요. 이쪽 침실에 가서 보실 것이 있습니다."

제복에 순경 2급 줄무늬 계급장을 단 순경이 말했다.

순경들이 길을 안내했고 보슈와 라이더는 그 뒤를 따라갔다. 그들은 짧은 복도를 지나가면서 문이 열려 있는 화장실과 사무실로 쓰는 작은 침실을 지나갔다. 잠시 후 주 침실로 들어갔고 아까 말했던 순경 2급이 침대 위에 뚜껑이 열린 상태로 있는 길쭉한 나무 상자를 가리켰다. 기포고무로 된 안감은 총열이 긴 권총 모양으로 속이 패여 있었다. 총은 없었다. 총알 상자가 들어가는 작은 직사각형 모양의 틀도 있었다. 그것도 비어 있었고, 총알 상자는 침대 위 나무 상자 옆에 놓여 있었다.

"이 집 주인이 쫓고 있는 사람이 있습니까?"

순경 2급이 물었다.

보슈는 권총 상자에서 눈을 떼지 않았다.

"자기 자신을 쫓고 있을 거요. 누구 장갑 있어요? 내 건 차에 있어서."

보슈가 말했다.

"여기 있습니다."

순경 2급이 말했다.

그는 장비를 매단 허리띠의 작은 칸에서 라텍스 장갑을 꺼내 보슈에게 건넸다. 보슈는 재빨리 장갑을 낀 후 총알 상자를 집어 들었다. 상자를 열고 플라스틱으로 된 총알 칸을 밀어냈다. 총알이 딱 한 개 비어 있었다.

보슈가 사라진 총알이 남긴 자리를 노려보며 머릿속으로 바삐 상황을 정리하고 있을 때 라이더가 그의 팔꿈치를 툭 쳤다. 보슈는 라이더를 쳐다보다가 그녀의 눈길을 따라 침대 건너편에 있는 탁자를 쳐다보았다.

레베카 벌로런의 사진이 담긴 액자가 있었다. 에펠탑 앞 잔디밭에 서 있는 모습을 찍은 거였다. 검은 베레모를 쓰고 자연스럽게 웃고 있었다. 눈빛이 진지했고 자신이 바라보고 있는 사람에 대한 사랑이 담겨 있었다.

"스토다드가 학교 앨범 사진 어디에도 나오지 않은 건 사진을 찍고 있었기 때문이었군."

보슈가 말했다.

라이더가 고개를 끄덕였다. 그녀도 지금 물 터널 속에 있었다.

"저기서 시작됐군요. 저기서 사랑에 빠진 거네요. '내 진정한 사랑'과."

라이더가 말했다.

두 사람이 음울한 침묵 속에 사진을 바라보고 있는데 잠시 후 순경 2급이 말했다.

"형사님들, 우린 철수해도 되겠습니까?"

"아뇨. 여기 남아서 과학수사계가 도착할 때까지 집을 지키고 있어줘요. 그리고 이 집 주인이 돌아올 경우도 대비하시고."

보슈가 말했다.

"두 분은 가십니까?"

순경 2급이 물었다.

"갑니다."

# 40

## 침묵의 비명

보슈와 라이더는 신속히 보슈의 차로 돌아갔고 이번에도 라이더가 운전대를 잡았다.

"어디로요?"

시동을 걸면서 라이더가 물었다.

"벌로런 집. 서두르자."

보슈가 말했다.

"왜요, 무슨 생각 하는 거예요?"

"신문에 실린 사진 말이야, 뮤리얼이 침대에 걸터앉아 있는 사진. 침실이 예전하고 똑같은 모습인 게 실린 거잖아, 안 그래?"

라이더는 잠깐 생각하는 눈치더니 곧 고개를 끄덕였다.

"그러네요, 정말."

라이더도 이해했다. 사진은 레베카의 방이 그녀가 납치당한 그날 밤 이후로 조금도 변하지 않은 상태로 있는 것을 보여주었다. 그 사진을 본 순간 스토다드의 마음에서 뭔가가 치밀어 올랐을지도 몰랐다. 아주 오래전에 잃어버린 무언가에 대한 욕망. 사진은 오아시스 같았을 것이다. 아무런 문제없이 행복했던 완벽한 공간을 기억에서 끄집어내게 만들었을 것이다.

라이더가 가속페달을 밟자 차가 휘청하면서 앞으로 튀어나갔다. 보슈는 휴대전화기를 펼쳐 본부 상황 센터에 전화를 걸어 뮤리얼 벌로런의 집으로 지원팀을 급파해달라고 요청했다. 또한 아까 내린 긴급수배령과 관련해 스토다드는 현재 무장을 한 위험인물이고, 5150 즉 정신적으로 불안한 상태일 가능성도 있다고 정보를 보완했다. 전화기를 덮으면서 보니 차가 벌써 벌로런 집에 다가가고 있었고 따라서 제일 먼저 도착할 것 같았다. 다음으로 보슈는 뮤리얼 벌로런에게 전화를 걸었지만 받지 않았다. 자동 응답기로 넘어가자 그는 전화기를 덮었다.

"안 받네."

모퉁이를 돌아 레드 메사 길로 접어들자 벌로런 집 앞 보도 연석에 삐딱하게 주차한 은색 자동차가 보슈의 눈에 바로 들어왔다. 아까 학교 주차장에서 그를 향해 돌진해왔던 그 렉서스였다. 라이더는 렉서스 옆에 차를 세웠고 이번에도 둘은 권총을 꺼내 들고 재빨리 차에서 내렸다.

현관문이 조금 열려 있었다. 두 사람은 수신호를 나눈 뒤 현관문 양옆 벽에 어깨를 기대고 섰다. 보슈가 문을 밀어서 열고 먼저 들어가고 라이더가 그 뒤를 따랐다. 둘은 즉시 거실로 향했다.

뮤리얼 벌로런이 거실 바닥에 누워 있었다. 그녀 옆에는 판지 상자와 포장 도구들이 널브러져 있었다. 그녀의 머리와 얼굴은 갈색 포장 테이프로 여러 번 칭칭 감겨 재갈이 물려져 있었고, 두 손과 발목도 포장 테이프로 묶여 있었다. 라이더가 그녀를 일으켜서 소파에 기대 앉히고는 한 손가락을 그녀의 입술에 갖다 댔다.

"뮤리얼, 그자가 집 안에 있어요?"

라이더가 속삭였다.

뮤리얼은 공포에 질려 휘둥그레진 눈으로 라이더를 쳐다보며 고개를 끄덕였다.

"레베카 방에요?"

뮤리얼이 다시 고개를 끄덕였다.

"총성이 들렸어요?"

뮤리얼이 고개를 젓고는 작은 탄성을 내뱉었다. 입에 테이프가 붙어 있지 않았다면 비명 소리가 나왔을 것이다.

"조용히 해야 돼요. 내가 테이프를 떼면 정말 조용히 있어야 돼요."

라이더가 속삭였다.

뮤리얼이 미친 듯이 고개를 끄덕였고 라이더는 테이프를 떼어내기 시작했다. 보슈가 가까이 다가와 쭈그리고 앉았다.

"내가 방으로 올라갈게."

"잠깐만요, 선배. 같이 올라가요. 발목 테이프 좀 떼어줘요."

라이더가 속삭임보다는 약간 큰 목소리로 지시했다.

보슈는 뮤리얼의 두 발을 묶어놓은 테이프를 떼기 시작했다. 라이더는 마침내 뮤리얼의 입을 막은 테이프를 조심스럽게 떼어내 테이프를 턱 아래로 끌어내렸다. 그러면서 작은 목소리로 조용히 하라고 말했다.

"베키 선생님이에요. 총을 지녔어요."

뮤리얼이 속삭였다. 흥분한 목소리였지만 크지는 않았다.

라이더는 뮤리얼의 팔목에 감긴 테이프를 떼기 시작했다.

"알았어요. 우리가 해결할게요."

라이더가 말했다.

“베키 선생님이 왜 이러는 거예요? 범인이에요?”

뮤리얼이 물었다.

“그래요, 범인이에요.”

뮤리얼은 고통에 찬 한숨을 크게 한참을 뱉어냈다. 이제 두 손과 두 발이 자유로워졌고 보슈와 라이더의 도움을 받아 일어섰다.

“우린 침실로 올라갈 거예요. 부인은 집에서 나가주세요.”

라이더가 뮤리얼에게 말했다.

그들은 뮤리얼을 현관 복도를 향해 이끌기 시작했다.

“나갈 수 없어요. 그가 베키 방에 있어요. 난 나갈 수….”

“나가야 돼요, 뮤리얼. 여긴 안전하지 않아요. 이웃집으로 가요.”

보슈가 엄격한 목소리로 나지막하게 말했다.

“아는 이웃이 없어요.”

“뮤리얼, 나가야 돼요. 길을 따라 내려가세요. 경찰 지원팀이 오고 있어요. 손짓을 해 세워서 우리가 먼저 들어가 있다고 말해주세요.”

라이더가 말했다.

그들은 뮤리얼을 열린 현관문 밖으로 밀어내고는 문을 닫았다.

“방을 어지럽히지 못하게 하세요! 그게 내가 가진 전부예요!”

문밖에서 뮤리얼이 간청했다.

보슈와 라이더는 집 뒤쪽 복도로 걸어가 최대한 소리를 내지 않고 계단을 올라갔다. 그러고는 레베카의 침실 문 양쪽에 붙어 섰다.

보슈는 라이더를 건너다보았다. 시간이 얼마 없다는 것을 둘 다 알고 있었다. 지원팀이 도착하면 상황이 바뀔 것이었다. 전형적인 ‘경찰에 의한 자살’ 상황이었다. 스토다드 자신이나 특별기동대 경찰이 스토다드의 머리통에 총알을 박아 넣기 전에 그에게 접근해볼 수 있는 유일한 기회가 바로 지금이었다.

라이더가 손잡이를 가리키자 보슈가 팔을 뻗어 살짝 돌려보고는 고개를 저었다. 문이 잠겨 있었다.

그들은 수신호로 계획을 짠 후 준비가 되자 고개를 끄덕였고, 보슈는 복도 가운데로 물러나서 문의 손잡이 옆쪽을 발뒤꿈치로 세게 찰 준비를 했다. 한 번에 끝내야 했다. 그렇지 않으면 불시에 들어가는 효과가 사라질 테니까.

"밖에 누구죠?"

스토다드의 목소리가 안에서 들려왔다. 보슈는 라이더를 쳐다보았다. 이젠 놀라지도 않는 것 같았다. 보슈가 라이더를 가리키며 조용히 하라는 신호를 보냈다. 자기가 말하겠다는 뜻이었다.

"스토다드 씨, 보슈 형삽니다. 안녕하십니까?"

"별로 안녕하지 못합니다."

"그래요, 상황이 걷잡을 수 없게 됐군요, 안 그래요?"

스토다드는 대답하지 않았다.

보슈가 말했다.

"스토다드 씨, 총을 내려놓고 나와요. 내가 먼저 온 게 운이 좋은 줄 알아요. 난 벨로런 부인이 괜찮은가 확인하러 먼저 들어왔어요. 하지만 내 동료와 특수기동대도 곧 도착할 거요. 특수기동대와 씨름하고 싶지는 않겠죠. 나오려면 지금 나와요."

"내가 그 아이를 사랑했다는 것만 알아줘요, 그럼 돼요."

보슈는 잠시 망설였다. 라이더를 돌아보고는 다시 문을 바라보았다. 지금 취할 수 있는 방법은 두 가지가 있었다. 지금 당장 스토다드의 자백을 끌어낼 수도 있고, 아니면 그를 설득해 방 밖으로 나오게 해서 그의 목숨을 구할 수도 있었다. 두 가지 다 가능했지만 실현 가능성은 별로 없어 보였다.

"그래, 일이 어떻게 된 거죠?"

보슈가 물었다.

긴 침묵이 흐른 뒤 스토다드가 입을 열었다.

"어떻게 됐느냐 하면, 걔가 아기를 낳고 싶어 했고, 모든 게 엉망이 된다는 걸 이해하지 못했어요. 아이를 지울 수밖에 없었어요. 그런데 그 후에 걔가 변심을 하더군요."

"아기에 대해서요?"

"나에 대해서요. 우리의 사랑에 대해서요."

보슈는 대꾸하지 않았다. 잠시 후 스토다드가 말을 계속했다.

"그 아이를 사랑했어요."

"하지만 그 아이를 죽였잖아요."

"내가 실수를 몇 번 했어요."

"그날 밤에도요?"

"그날 밤 일은 얘기하고 싶지 않아요. 그날 밤 전의 시간들만 기억하고 싶어요."

"그럴 만도 하지요."

보슈는 라이더를 바라보며 손가락 세 개를 치켜 보였다. 셋을 세고 나서 치고 들어가자는 뜻이었다. 라이더가 고개를 끄덕였다. 그녀도 준비가 되어 있었다.

보슈가 손가락 한 개를 접었다.

"내가 이해할 수 없는 게 뭔지 알아요, 스토다드 씨?"

보슈는 손가락을 한 개 더 접었다.

"뭐죠?"

스토다드가 물었다.



보슈는 마지막 손가락을 접고는 오른발을 들어 문을 향해 힘차게 날렸다. 속이 빈 문짝이어서 쉽게 부서지면서 쿵 하는 소리와 함께 문이 활짝 열렸다. 보슈는 발을 찬 여세로 침실로 쑥 들어가게 되었다. 그는 권총을 들고 침대를 향해 돌아섰다.

스토다드는 거기 없었다.

스토다드를 찾아 방을 돌아보던 보슈는 거울 속에서 스토다드를 발견했다. 스토다드는 문의 한쪽 옆 구석에 서 있었다. 총열이 긴 권총의 총구를 입을 향해 들어 올리고 있었다.

그때 라이더가 고함을 지르면서 전속력으로 달려 들어와 스토다드를 향해 몸을 날렸다.

라이더와 스토다드가 바닥으로 쓰러지면서 날카로운 총성이 울려 퍼졌다. 권총이 스토다드의 손에서 툭 소리를 내며 바닥으로 떨어졌다. 보슈는 재빨리 그들에게로 달려가 라이더가 스토다드에게서 벗어나는 동안 몸으로 스토다드를 눌렀다.

"키즈, 맞았어?"

대답이 없었다. 보슈는 스토다드를 제압한 상태로 라이더를 쳐다보았다. 라이더는 한 손으로 머리 왼편을 싸잡고 있었다.

"키즈?"

"안 맞았어요!"

라이더가 소리를 빽 질렀다. 그러고는 목소리를 낮추고 말을 이었다.

"그냥 한쪽 귀가 멍멍해요."

스토다드는 보슈가 올라타서 누르고 있는데도 일어나려고 꿈틀거렸다.

"제발!"

스토다드가 말했다.

보슈는 바닥을 집고 일어서려던 스토다드의 한 팔을 주먹으로 세게

쳤다. 스토다드의 가슴이 바닥에 닿는 순간 보슈는 재빨리 그 팔을 뒤로 잡아당겨 수갑을 채웠다. 스토다드와 약간의 몸싸움을 벌인 후에는 다른 팔도 뒤로 잡아당겨 수갑을 마저 채웠다. 그러고는 허리를 숙이며 스토다드에게 말했다.

"제발 뭐?"

"제발 나를 죽게 내버려 둬요."

보슈는 일어서서 스토다드를 잡아끌어 세웠다.

"그건 당신에게 너무 가벼운 벌이잖아, 스토다드. 벌이라기보다는 또다시 거리를 활보하게 풀어주는 것과 마찬가지지."

보슈가 라이더를 건너다보니, 그녀는 벌써 일어서 있었다. 머리카락 일부가 총알에 스쳐 그을린 게 보였다. 정말 아슬아슬하게 스쳐지나간 모양이었다.

"괜찮겠어?"

"귀울림만 사라지면요."

보슈는 천장에 난 총알구멍을 올려다보았다. 사이렌 소리가 들리기 시작하더니 점점 더 커지고 있었다. 보슈는 스토다드의 팔꿈치를 잡고 침실 문 쪽으로 잡아끌었다.

"이 친구를 데리고 내려가서 자동차에 집어넣어야겠어. 데본셔로 데려가 입건하고 심리가 있을 때까지 거기 구금해두자고."

라이더는 고개를 끄덕였지만 방금 전에 일어난 일로 아직도 얼이 빠져 있는 것 같았다. 이명 때문에 그 아슬아슬했던 순간에서 더욱 벗어나지 못하고 있는 것 같았다.

보슈는 스토다드의 팔을 잡고 계단을 내려갔다. 거실에 다다랐을 때, 스토다드가 절박한 목소리로 말했다.

"지금 해줘요."

"뭘?"

"나를 쏴줘요. 도주를 시도했다고 말하면 되잖소. 수갑 하나를 풀고 도망가려고 했다고. 날 죽이고 싶잖소, 안 그래요?"

보슈는 걸음을 멈추고 스토다드를 바라보았다.

"그래, 죽이고 싶지. 하지만 그러면 당신한테 너무 큰 호의를 베푸는 게 되잖아. 당신은 베키와 그 가족에게 한 짓에 대해 대가를 치러야 해. 근데 여기서 당신을 쏴버리면 17년 세월에 대한 이자도 못 치르고 죽는 거잖아."

보슈는 현관문을 향해 스토다드를 거칠게 떠밀었다. 앞마당으로 나오면서 보니 순찰차 한 대가 멈춰 서더니 사이렌을 껐다. 유선형 디자인의 경광등이 지붕에 달려 있는, 말로만 듣던 최신 장비를 단 최신 순찰차였다. 경찰국은 한 회계연도에 두서너 대만 구입할 여력이 된다고 들었다.

보슈는 그 순찰차를 보자 갑자기 무슨 생각이 떠올랐다. 그는 손을 들어 한 손가락으로 공중에 원을 그리며 경보 해제 신호를 보냈다.

순찰차를 향해 스토다드를 데리고 걸어가던 보슈는 뮤리얼 벌로런이 자기 집을 향해 도로 한복판을 걸어오는 것을 보았다. 그녀는 스토다드를 노려보고 있었다. 공포에 찬 침묵의 비명이라도 지르는 듯 입을 크게 벌리고 있었다. 그녀가 갑자기 그들을 향해 달려오기 시작했다.

# 41

## 자백

데본셔 경찰서로 가는 동안 보슈는 스토다드와 함께 순찰차 뒷좌석에 앉아 있었다. 라이더는 뮤리얼을 진정시키고 응급구조요원들에게 진찰을 받기 위해 벨로런 가에 남아 있었다. 구조요원들이 별 이상 없다고 판단을 하면 라이더가 보슈의 차를 몰고 데본셔 경찰서로 오기로 되어 있었다.

경찰서까지는 10분 정도만 가면 되었다. 보슈는 지금 빨리 스토다드의 입을 열게 해야 한다는 걸 알고 있었다. 보슈는 먼저 스토다드에게 피의자의 권리를 읽어주었다. 스토다드는 레베카 벨로런의 침실에 숨어 있을 때 범행의 일부를 인정했지만, 녹취가 안 됐고, 묵비권을 포함한 피의자의 여러 권리에 대한 고지가 이루어지지 않았기 때문에, 법정에서 증거로 채택될 수 있는지는 논란의 여지가 있었다.

보슈는 라이더에게서 빌린 명함에 적힌 미란다의 권리를 읽어준 후 물었다.

"이제 얘기 좀 할까?"

스토다드는 두 손을 뒤로 한 채 수갑이 채워져 있어서 앞으로 몸을 숙이고 있었다. 턱이 거의 가슴까지 닿아 있었다.

"할 말이 뭐가 있겠소?"

스토다드가 물었다.

"그야 나도 모르지. 사실 당신 자백이 필요한 것도 아니야. 당신을 확실히 잡았으니까. 행동과 증거, 우리가 필요한 건 다 확보했어. 당신이 설명하고 싶어 할지 모른다고 생각했을 뿐이야. 이런 순간에는 자신의 행동을 설명하고 싶어 하는 사람들이 많거든."

스토다드는 처음에는 아무 대꾸도 하지 않았다. 순찰차는 데본셔 대로를 동쪽으로 달려가고 있었다. 경찰서까지 3킬로미터 정도 남아 있었다. 차에 타기 전에 차 밖에서 보슈는 순경들한테 천천히 가달라고 부탁해 놓았었다.

"재미있네요."

마침내 스토다드가 말했다.

"뭐가?"

"난 과학 선생이오. 정확히 말하자면, 교장이 되기 전에 과학을 가르쳤소. 과학 과목 연구주임이었죠."

"그랬군."

"그리고 학생들에게 DNA에 대해 가르쳤소. 항상 아이들에게 DNA가 생명의 비밀이라고 말해줬죠. DNA를 분석하는 것이 생명 그 자체를 분석하는 거라고 말이오."

"그랬군."

"그런데 지금은… 지금은 죽음을 분석하는 데 쓰고 있군요. 당신네들이 말이오. DNA는 생명의 비밀이에요. 죽음의 비밀이기도 하죠. 글쎄,

모르겠소. 별로 재미없는 것도 같군. 내 경우에는 재미있다기보다는 아이러니하다고 해야 할 것 같군요."

"그렇게 말하니 그런 것도 같군."

"DNA를 가르쳤던 사내가 DNA 때문에 잡혔다."

스토다드가 웃음을 터뜨렸다.

"허허, 이 말 신문 기사 표제로 좋겠네. 기자들한테 꼭 말해줘요."

스토다드가 말했다.

보슈는 팔을 뻗어 열쇠로 스토다드의 수갑을 풀었다. 그러고는 스토다드의 두 팔을 앞으로 오게 해서 다시 수갑을 채워 똑바로 앉을 수 있게 했다.

"아까 레베카 방에서, 레베카를 사랑했다고 했잖아."

보슈가 말했다.

스토다드는 고개를 끄덕였다.

"사랑했죠. 아직도 사랑하고."

"그 사랑을 표현하는 방법 참 기가 막히군, 안 그래?"

"계획한 건 아니었소. 그날 밤 일 중에 계획하고 했던 건 아무것도 없었소. 그전부터 나는 걔를 쭉 지켜보고 있었소. 시간 날 때마다 감시했죠. 항상 차를 타고 그 집 앞을 지나갔고. 그 아이가 운전을 하고 다닐 때도 미행을 했소. 일을 하고 있을 때도 지켜봤었고."

"그리고 줄곧 총을 지니고 있었고."

"아니오, 총은 나를 쏠 목적으로 갖고 다녔소, 그 아이가 아니라. 하지만…."

"당신 자신보다 레베카를 죽이는 게 더 쉽다는 걸 깨달았구만."

"그날 밤… 차고 문이 열려 있었소. 들어갔죠. 왜 들어갔는지는 모르겠고. 가서 총을 나 자신한테 쏘자고 생각했소. 그 아이 침대에서. 그게 그 아이한테 내 진실한 사랑을 보여주는 방법일 거라고 생각했죠."

"근데 침대 위로 간 게 아니라 침대 밑으로 기어들어갔잖아."

"생각을 해봐야 했소."

"맥키는 어디 있었지?"

"맥키? 맥키가 어디 있었는지 내가 어떻게 알아요."

"같이 있지 않았단 말이야? 당신을 돕지 않았다고?"

"맥키가 내게 총을 구해줬소. 우린 거래를 했죠. 총을 주면 점수를 주겠다고. 난 맥키의 선생이었소. 개인 교사였죠. 여름방학 부업으로 하고 있었소."

"그런데 그날 밤 맥키가 함께 있지 않았다고? 혼자서 베키를 데리고 산으로 올라갔단 말이야?"

스토다드는 앞좌석 등받이를 멍한 눈으로 바라보고 있었다.

"그 당시에는 건장했거든."

스토다드가 속삭이듯 말했다.

순찰차는 데본셔 경찰서 건물 뒷면을 둘러싸고 있는 콘크리트 블록 벽에 난 출구를 통과해 들어갔다. 스토다드가 창밖을 내다보았다. 순찰차와 경찰서 건물을 보자 정신이 퍼뜩 든 것 같았다. 자기가 처한 상황을 깨달은 것이다.

"더 이상 말하고 싶지 않아요."

스토다드가 말했다.

"그러시든가. 조사실로 모시고 원한다면 변호사도 불러드리지."

보슈가 말했다.

순찰차가 이중문 앞에 멈춰 서자 보슈가 차에서 내렸다. 그러고는 차 뒤를 돌아가서 스토다드를 끌어내 등을 떠밀며 건물 안으로 들어갔다. 형사과 사무실은 2층에 있었다. 엘리베이터 문이 열리자 데본셔 경찰서 형사과장인 경위가 기다리고 있었다. 보슈가 벌로런 가에서 미리 연락을 해놓았었다. 스토다드 심문을 위해 조사실이 마련되어 있었다. 보슈는 스토다드를 의자에 앉히고 나서 한 팔목의 수갑을 탁자 중앙에 붙어 있는 금속 고리에 연결시켰다.

"가만히 앉아 계셔. 곧 돌아올 테니까."

보슈가 말했다.

그는 문 앞에서 스토다드를 돌아보았다. 마지막으로 한 번 더 유인극을 해볼 생각이었다.

"이건 내 개인적인 생각인데, 당신 이야기는 말도 안 되는 개소리라고 생각해."

스토다드가 놀란 표정으로 보슈를 쳐다보았다.

"무슨 말이죠? 난 그 아이를 사랑했소. 난 정말…."

"당신은 한 가지 목적으로 레베카를 스토킹했어. 죽이겠다는 목적. 베키가 당신을 거절했고 당신은 그 사실을 받아들일 수 없었지. 그래서 베키가 죽기를 바랐던 거야. 그러고는 17년이 지난 지금에는 다르게 이야기하는군, 마치 자기들이 무슨 로미오와 줄리엣이라도 되는 것처럼. 당신은 겁쟁이야, 스토다드. 베키를 스토킹했고 살해했어. 순순히 자백하시지."

"아니, 당신 생각이 틀렸소. 자살을 하려고 총을 갖고 있었던 거요."

보슈가 다시 돌아와 탁자 위로 상체를 숙였다.

"그래? 그럼 전기 충격기는 어떻게 된 거야, 스토다드? 그것도 자살용이었나? 이야기에서 그건 쏙 빼놨더군, 안 그래? 자살을 하려고 거기 들어간 거라면 전기 충격기는 뭐 하러 가져갔지?"

스토다드는 말이 없었다. 17년이 흐르면서 프로페셔널 100 전기 충격기를 기억에서 완전히 지워버렸던 것 같았다.

"1급 살인죄에다가 숨어서 기다리기까지 했어. 빼도 박도 못하게 된 거야, 스토다드. 당신은 자살할 생각이 전혀 없었어. 그때도 그랬고, 아까도 그랬고."

"이젠 변호사가 필요한 것 같군요."

스토다드가 말했다.

"그렇지, 물론 그러시겠지."

보슈는 조사실을 나가서 복도를 걸어가 열린 문 안으로 들어갔다. 감시실이었다. 좁은 공간 안에 형사과장과 아까 스토다드를 연행할 때 함께 한 순경 한 명이 있었다. 두 대의 비디오 화면이 켜져 있었다. 한 화면에서는 조사실에 앉아 있는 스토다드의 모습이 보였다. 카메라 각도를 보니 방 천장 한구석에서 찍고 있는 거였다. 스토다드는 멍하니 벽을 쳐다보고 있는 것 같았다.

다른 화면은 정지 상태였다. 보슈와 스토다드가 순찰차 뒷좌석에 앉아있는 장면이었다.

"소리는 어때요?"

보슈가 물었다.

"아름다워요. 필요한 건 다 확보했소. 수갑을 풀어준 게 아주 훌륭했소. 덕분에 놈이 얼굴을 빳빳이 들고 카메라를 쳐다볼 수 있게 됐으니 말이오."

형사과장이 말했다.

형사과장이 스위치를 누르자 화면이 움직이기 시작했다. 스토다드의 목소리가 또렷하게 들렸다. 보슈는 고개를 끄덕였다. 순찰차는 교통 단속과 범죄자 수송을 위해 계기판에 카메라를 장착하고 있었다. 스토다드를 태우기 전에 순찰차의 내부 마이크는 켜고 외부 마이크는 꺼 두었었다.

완벽한 작전 성공이었다. 순찰차 뒷좌석에서 스토다드가 한 자백은 사건 종결에 결정적인 도움을 줄 것이었다. 보슈는 그렇게 확신했다. 그는 형사과장과 순경에게 감사 인사를 하고 나서 전화를 몇 군데 해야 하니 책상을 빌어 써도 되겠냐고 물었다.

보슈는 에이벌 프랫에게 전화를 걸어 상황보고를 하고 라이더는 많이 놀란 것 빼고는 괜찮다고 안심시켰다. 그러고는 스토다드의 집과 뮤리얼 벌로런의 집에 대한 현장 조사를 위해 과학수사계의 파견을 요청했다. 과학수사계가 스토다드의 집에 들어가기 전에 수색영장을 신청해 발급받아야 한다고 말했다. 그리고 스토다드는 곧 입건이 되고 지문을 채취할 것이라고 말했다. 이렇게 채취한 지문과 레베카 벌로런의 침대 밑 나무 널에서 채취한 지문을 비교해보아야 했다. 보슈는 마지막으로 스토다드를 경찰서로 연행하면서 순찰차에서 찍은 비디오와 스토다드가 한 자백에 대해 보고했다.

"모든 증거가 확실하고 비디오테이프에 녹화가 되어 있어요. 미란다 원칙을 고지하고 나서 자백한 거고요."

보슈가 말했다.

"수고했어요, 해리. 이젠 걱정할 게 전혀 없을 것 같군요."

프랫이 말했다.

"스토다드 기소와 관련해서는 그렇겠죠."

스토다드는 아무 문제없이 기소할 수 있지만, 이번 수사에서 보슈가 취한 조치들에 대한 감찰계의 조사에서 어떤 결과가 나올지는 알 수 없었다.

"결과가 좋은데 징계를 하는 건 어려워요."

프랫이 말했다.

"그건 두고 봐야겠죠."

보슈의 휴대전화에서 통화대기음이 울리기 시작했다. 보슈는 프랫에게 그만 끊겠다고 말한 뒤 전화를 받았다. 〈데일리 뉴스〉의 맥킨지 워드 기자였다.

"내 여동생이 현상소에서 경찰 라디오 스캐너를 듣고 있었는데, 경찰 지원팀과 구급차가 벌로런 가로 급파됐다던데요? 주소를 들으니 그 집이라던데."

기자가 다급하게 말했다.

"맞아요."

"무슨 일이죠, 형사님? 우리 거래한 거 기억하세요?"

"그럼요, 기억하고말고. 안 그래도 전화하려던 참이었는데."

# 42

## 구멍에서 빠져나오는 방법

메트로 노숙인 쉼터의 주방은 불이 꺼져 있었다. 보슈는 옆에 있는 호텔 로비로 가서 유리 창구 뒤에 앉은 직원에게 로버트 벌로런의 방 번호를 물었다.

"갔습니다."

단정적인 어조 때문에 보슈는 가슴에 구멍이 뚫리는 느낌이 들었다. 벌로런이 하루 일을 마치고 퇴근했다는 뜻이 아닌 것 같았다.

"갔다니 무슨 말이죠?"

"떠났다고요. 그 짓거리를 했으니 떠날 밖에요."

보슈는 유리창으로 한 걸음 다가섰다. 남자는 접수대 위에 문고판 소설책을 펼쳐놓고 있었고 누렇게 변한 책에서 고개도 한 번 들지 않았다.

"이봐요, 얼굴 좀 보고 말해요."

남자는 읽던 부분을 놓치지 않으려고 책을 뒤집어 놓은 후 고개를 들었다. 보슈는 경찰 배지를 보여주었다. 그러고는 남자가 읽던 책을 흘끗 내려다보았다. 《애스크 더 더스트》(존 판테의 로맨스 소설. 인종차별주의, 가난, 질병이 횡행하던 1930년대 초 LA를 배경으로 작가지망생인 청년과 멕시코 여인과의 사랑을 담은 소설－옮긴이)라는 소설이었다.

"네, 형사님."

보슈가 다시 고개를 들어 남자의 지친 눈을 바라보았다.

"그 짓거리를 했다는 게 무슨 말이죠? 떠났다는 건 또 무슨 말이고?"

남자는 어깨를 으쓱거렸다.

"술에 취해 들어왔더군요. 여기 규칙은 딱 하나밖에 없습니다. 금주. 술 마시는 사람은 받지 않아요."

"잘렸단 말이에요?"

남자가 고개를 끄덕였다.

"벌로런 방은 어떻게 됐죠?"

"방은 일자리에 딸려 나오는 겁니다. 아까도 말했듯이, 갔습니다."

"어디로요?"

남자는 한 번 더 어깨를 으쓱거렸다. 그러고는 5번가 인도로 나 있는 문을 가리켰다. 벌로런이 거기 5번가 어딘가에 있을 거라는 뜻이었다.

"이런 일이 종종 있죠."

남자가 말했다.

보슈가 다시 그를 바라보았다.

"언제 갔죠?"

"어제요. 그 사람을 그렇게 만든 건 당신네 경찰들이었어요."

"무슨 뜻이죠?"

"어떤 경찰이 찾아와서 뭔 개소리를 해줬다나 봐요. 무슨 얘기였는지는 모르겠지만, 그러고 나서 바로… 무슨 얘긴지 아시죠? 일도 안 하고 뛰쳐나가서 다시 맛을 들인 거죠. 그걸로 끝난 거죠. 빨리 새 요리사를 들여야 할 텐데 큰일이에요. 땜빵으로 하고 있는 친구는 계란 프라이 하나 제대로 할 줄 모른다니까요."

보슈는 더 할 말이 없었다. 창구를 떠나 현관으로 갔다. 쉼터 밖 거리에는 사람들이 넘쳐났다. 밤의 인간들. 상처받은 사람들, 쫓겨난 사람들. 남들로부터 도망친 사람들과 자신으로부터 도망친 사람들. 과거를 피해 도망친 사람들, 자기가 한 일을 피해 도망친 사람들, 그리고 자기가 하지 않은 일을 피해 도망친 사람들.

보슈는 범인 검거 소식이 내일 아침이면 뉴스에 나올 것임을 알고 있었다. 그 소식을 로버트 벌로런에게 직접 전하고 싶었었다.

보슈는 거리에서 로버트 벌로런을 찾아보기로 작정했다. 자기가 가져다줄 소식이 벌로런에게 어떤 영향을 미칠지는 알 수 없었다. 그 소식이 벌로런을 구멍에서 빼내 줄지 아니면 더 깊이 밀어 넣을 것인지 알 수 없었다. 그러나 어찌되더라도 그 소식을 그에게 직접 전해줄 필요가 있었다. 세상에는 시련을 극복하지 못하는 사람들이 넘쳐났다. 종결이란 것도 없었고 평화도 없었다. 진실이 우리를 자유롭게 해주지 않았다. 그러나 그 힘든 시련을 견뎌낼 수는 있었다. 보슈는 벌로런에게 그 말을 해주고 싶었다. 빛을 향해 걸어와 기를 쓰고 기어 올라가면 구멍에서 빠져나올 수 있을 거라고 말해주고 싶었다.

보슈는 현관문을 밀어 열고 밤거리로 나섰다.

# 43

## 졸업식

경찰대학 연병장은 엘리시안 공원의 나무가 울창한 산자락에 펼쳐진 초록 담요처럼 보였다. 서늘한 그늘이 드리워진 아름다운 풍경이었고 경찰국장이 보슈가 기억하기를 바랐던 경찰의 전통을 잘 표현해주고 있는 것 같았다.

로버트 벌로런을 찾아다녔지만 허탕만 쳤던 밤이 지나고 다음 날 아침 8시, 보슈는 경찰대학 졸업식 방문객 접수대에 나타났고, VIP 천막 아래에 있는 연단의 지정된 좌석으로 안내되었다. 연설대 뒤에 의자가 네 줄로 정렬되어 있었다. 보슈의 자리에서 보면 경찰대 졸업생들이 행진 후 정렬해서 사열을 받을 연병장이 훤하게 내려다보였다. 보슈도 경찰국장이 초청한 내빈 자격으로 사열을 하기로 되어 있었다.

보슈는 경찰제복을 차려입고 있었다. 새 경찰관들이 탄생하는 경찰대학 졸업식에서는 경찰제복을 갖춰 입고 제복의 세계에 들어온 것을 환영해주는 것이 전통이었다. 보슈는 일찍 도착했다. 그는 혼자 앉아서 경찰 군악대가 옛날 인기가요를 연주하는 것을 듣고 있었다. 귀빈들이 속속 도착해 자기 자리로 안내를 받으면서도, 누구 하나 보슈를 거들떠도 보지 않았다. 대다수가 정치인이거나 고위관리들이었고 이라크전 참전용사로 퍼플 하트 훈장을 받은 사람들도 몇 명 해병대 제복을 입고 참석했다.

넥타이를 꽉 졸라매고 있어서 그런지 빳빳하게 풀을 먹인 옷깃에 닿는 목 부분이 따끔거렸다. 보슈는 한 시간가량이나 샤워를 하며 문신 잉크를 박박 문질러 지우면서 끔찍했던 벌로런 사건에 대한 기억도 잉크와 함께 씻겨 내려가기를 바랐다.

보슈는 어빈 어빙 부국장이 다가오는 것도 모르고 있었는데 갑자기 부국장을 천막으로 안내해 온 경찰대학 생도가 말을 걸어서 깜짝 놀랐다.

"실례합니다."

보슈가 고개를 들어보니 바로 옆자리로 어빙이 안내를 받고 있었다. 보슈는 허리를 꼿꼿이 세우고서 어빙 자리에 놓아두었던 졸업식 안내책자를 집어 들었다.

"즐거운 시간 보내시기 바랍니다."

생도가 절도 있게 말하더니 홱 돌아서서 다른 귀빈을 모시러 돌아갔다.

어빙은 처음에는 아무 말도 하지 않았다. 한동안 자세를 편안하게 하고 자기를 보고 있는 사람이 있나 주위를 둘러보고 있었다. 보슈와 어빙은 맨 첫 줄, 가장 좋은 좌석에 앉아 있었다. 마침내 어빙은 보슈에게로 고개를 돌리거나 쳐다보지도 않은 채 입을 열었다.

"여긴 어쩐 일인가, 보슈?"

"그러게 말입니다, 부국장님."

보슈는 자기들을 지켜보는 사람이 없는지 주위를 휘 둘러보았다. 두 사람이 나란히 앉게 된 것은 분명히 우연이 아니었다. 보슈는 우연을 믿지 않았다. 그런 건 없다고 생각했다.

"국장님께서 참석하라고 하셔서요. 월요일에 경찰 배지를 돌려주실 때 초대하셨습니다."

보슈가 말했다.

"잘됐군."

또다시 침묵 속에 5분 정도 시간이 흐른 후 어빙이 다시 입을 열었다. VIP 천막은 첫줄 맨 끝에 경찰서장 내외를 위한 자리를 빼고는 귀빈들이 꽉 들어차 있었다. 이제 어빙은 속삭이는 목소리가 되었다.

"굉장한 한 주를 보냈더군, 형사. 똥 더미 속에 빠졌다가 장미꽃 향기를 풍기며 나오다니 말이야. 축하하네."

보슈는 고개를 끄덕였다. 정확한 평가였다.

"부국장님은 어떠셨습니까? 사무실에서 또 그냥저냥 한 주를 보내신 겁니까?"

어빙은 대답하지 않았다. 보슈의 머릿속에는 전날 밤 로버트 벌로런을 찾아 돌아다닌 곳들이 떠올랐다. 자기 딸을 죽인 범인이 순찰차에 타는 것을 본 순간 뮤리얼 벌로런의 얼굴에 떠올랐던 표정이 생각났다. 보슈는 그녀가 스토다드에게 덤벼들지 못하도록 서둘러 스토다드를 뒷좌석에 태워야 했었다.

"그 모든 게 부국장님 때문이었습니다."

보슈가 조용히 말했다.

어빙이 처음으로 보슈를 흘끗 쳐다보았다.

"뭐가 말인가?"

"17년이라는 세월 말입니다. 부국장님은 부하에게 에이츠 조직원의 알리바이를 확인하라고 지시하셨습니다. 그 부하는 고든 스토다드가 피해자의 선생이었다는 사실을 몰랐죠. 부하가 아니라 그린 형사와 가르시아 형사가 알리바이를 확인했었다면, 마땅히 그랬어야 하는 거고요, 그랬다면 스토다드를 맞닥뜨렸을 것이고 상황을 종합해서 사건을 해결하기가 그리 어렵지 않았을 겁니다. 17년 전에 해결이 됐겠죠. 그 세월을 질질 끌어온 책임이 모두 부국장님께 있다는 겁니다."

어빙은 의자에서 고개를 완전히 돌려 보슈를 똑바로 쳐다보았다.

"우리가 합의를 본 걸로 기억하는데, 형사. 자네가 그 합의를 깨면 나는 다른 어떤 방법을 써서라도 자넬 쫓아내고 말 거야. 잊지 말게."

"네, 그럼요, 어련하시려고요. 그런데 하나 잊으신 게 있군요. 부국장님에 대해 알고 있는 사람이 나 하나만은 아니라는 것 말입니다. 어떡하시려고요? 그 모든 이들하고 거래를 하고 합의를 하고 다니시려고요? 기자 한 명 한 명, 경찰관 한 명 한 명 일일이 다 챙겨서요? 부국장님이 내린 결정 때문에 알맹이 없는 빈 껍질 같은 삶을 살아야 하는 모든 부모와 거래를 하시려고요?"

"목소리 낮추게."

어빙이 앙다문 이 사이로 경고를 내뱉었다.

보슈는 조용하고 침착한 목소리로 대꾸했다.

"하고 싶은 말은 다 했습니다."

"그럼 내 차례군. 난 아직 이야기가 안 끝났네. 만일 내가…."

그때 경찰서장이 부인과 함께 안내를 받아 오는 바람에 어빙은 말을 끝맺지 못했다. 어빙은 그대로 앉아서 자세를 바로했고 곧 음악이 커지면서 졸업식이 시작되었다. 제복 가슴에 반짝이는 새 배지를 단 스물네 명의 졸업생이 연병장으로 행진해 들어와 VIP 천막 앞에 멈춰 섰다.

축하 연설이 너무 많았다. 신임 경찰관 사열도 너무 길었다. 그러나 마침내 클라이맥스에, 경찰국장의 연설에 이르렀다. 연설대 앞에 선, 보슈를 경찰국으로 다시 불러들인 국장은 편안하고 침착해 보였다. 그는 경찰국을 내부로부터 혁신하자고, 그 일을 지금 자기 앞에 서 있는 스물네 명의 신임 경찰관들과 함께 시작하자고 주장했다. 그는 경찰국의 이미지와 업무 시스템을 모두 혁신해야 한다고 역설했다. 월요일 아침 보슈에게 한 이야기가 많았다. 국장은 신임 경찰관들에게 법을 집행하기 위해 법을 어기는 일은 절대로 없어야 한다고 강조했다. 언제나 합법적으로 그러면서도 인간적으로 업무를 수행해야 한다고 말했다.

그런데 국장은 연설을 마무리하면서 보슈를 놀라게 했다.

"마지막으로 오늘 이 자리에 저의 손님으로 와주신 두 분의 경찰관을 여러분께 소개하고 싶습니다. 한 사람은 오고, 한 사람은 가게 됐습니다. 해리 보슈 형사는 3년 전 사직했다가 이번 주에 경찰국으로 돌아왔습니다. 긴 휴가 기간 동안 늙은 개에게 새로운 재주를 가르칠 수 없다는 교훈을 얻었으리라고 생각합니다."

연병장 건너편에 모인 사람들에게서 예의바른 웃음소리가 터져 나왔다. 그곳에는 신임 경찰관들의 가족들과 친지들이 앉아 있었다. 국장은 말을 계속했다.

"LA 경찰국 가족으로 되돌아온 보슈 형사는 벌써 훌륭한 성과를 냈습니다. 우리 사회의 공공선을 위해 위험을 마다하지 않았습니다. 어제 보슈 형사와 동료는 17년 동안이나 우리 사회의 목에 걸린 가시 같았던 살인 사건을 해결했습니다. 우리 곁으로 돌아온 보슈 형사에게 환영의 박수 한 번 부탁드립니다."

가족석에서 박수 소리가 살짝 들리다가 말았다. 보슈는 얼굴이 뜨거워지는 것을 느꼈다. 그는 고개를 숙이고 손을 내려다보았다.

"그리고 오늘 이 졸업식에 참석해주신 어빈 S. 어빙 부국장에게 감사

드립니다. 어빙 부국장은 우리 경찰국에서 45년 가까이 근무하셨습니다. 현재 근속연한이 어빙 부국장보다 긴 경찰관은 없습니다. 졸업식 참석을 경찰 배지를 달고 행하는 마지막 임무로 수행하고 퇴직을 하겠다는 어빙 부국장의 결정은 오랜 봉사의 세월에 걸맞는 적절한 퇴장 방법이 아닌가 생각합니다. 우리 LA 경찰국과 LA 시를 위해 봉사해주신 어빙 부국장에게 감사의 인사를 전합니다."

어빙에게 보내는 박수 소리는 훨씬 더 컸고 더 오래 지속되었다. 경찰국과 시를 위해 그토록 오랜 세월을 봉사해온 부국장에게 존경을 표하기 위해 사람들이 자리에서 일어서기 시작했다. 오른쪽으로 살짝 고개를 돌린 보슈가 어빙의 표정과 눈빛을 본 순간 그가 자신의 퇴임 사실을 전혀 알지 못하고 있었다는 것을 직감했다. 어빙은 불시에 공격을 당한 것이다.

곧 모두가 일어서서 박수를 치고 있었고 보슈도 자신이 경멸하는 남자를 위해 일어서서 박수를 치지 않을 수 없었다. 보슈는 어빙의 몰락을 기획한 사람이 누구인지 잘 알고 있었다. 어빙이 저항을 하거나 어떻게든 자기 자리를 지키려고 애를 쓴다면 키즈민 라이더가 기획한 감찰조사를 받게 될 것이었다. 그렇게 되면 누가 질지는 안 봐도 뻔했다. 의심의 여지가 전혀 없었다.

보슈가 몰랐던 것은 그 일이 언제 계획되었느냐 하는 점이었다. 복직 첫날 라이더가 503호실 책상 위에 걸터앉아 보슈가 좋아하는 블랙커피를 마시면서 보슈를 기다리고 있던 일이 떠올랐다. 라이더는 그때 이미 이 미해결 사건이 어디서 튀어나왔고 어디로 가게 될지 알고 있었던 것일까? 법무부 보고서에 적혀 있던 날짜도 기억났다. 보슈가 읽었을 땐 작성된 지 열흘이 지난 상태였다. 그 열흘 동안 무슨 일이 있었던 것일까? 보슈의 복귀를 위해 무슨 일이 계획되어 있었던 것일까?

보슈는 그 모든 의문의 답을 알지 못했지만 알고 싶지도 않았다. 경찰국의 정치는 6층에서 하는 일이었다. 보슈는 5층, 503호에서 일을 했고 거기가 그의 발판이 될 것이었다. 분명히.

연설을 마친 경찰국장이 마이크에서 물러났다. 그는 졸업생 한 명 한 명에게 학위 증서를 수여한 후 악수를 하면서 포즈를 취해주었다. 대단히 신속하고 깔끔하고 완벽하게 진행이 되었다. 경찰 헬리콥터 세 대가 연병장 상공을 날았고 졸업생들이 졸업모를 하늘로 던지면서 졸업식은 끝이 났다.

보슈는 30여 년 전 자신이 졸업모를 공중으로 던지던 때가 떠올라 미소를 지었다. 동기들 중에 지금까지 남아 있는 사람은 자기밖에 없었다. 사망했거나 사직했거나 쫓겨났다. 동기생들 중에서 이제 경찰국의 전통을 이어나갈 사람은, 정의로운 싸움을 벌일 사람은 자기밖에 남지 않은 거였다.

졸업식이 끝나고 많은 사람들이 신임 경찰관들을 축하하기 위해 연병장으로 몰려가는 동안, 보슈는 어빙이 일어서서 연병장을 가로질러 출구를 향해 걸어가는 모습을 지켜보고 있었다. 어빙은 누구를 만나도, 심지어 축하와 감사의 악수를 청하는 사람들 앞에서도 걸음을 멈추지 않았다.

"형사, 바쁜 한 주를 보냈더군."

보슈가 돌아보았다. 경찰국장이었다. 보슈는 고개를 끄덕였다. 할 말이 떠오르지 않았다.

"참석해줘서 고맙네. 라이더는 잘 있나?"

국장이 말했다.

"오늘 하루 휴가를 냈습니다. 어제 큰일 날 뻔해서요."

"나도 들었어. 두 사람 중 누구라도 오늘 기자회견에 참석할 건가?"

"라이더는 쉬고 있고 저는 그냥 빠질까 생각 중이었습니다, 물론 괜찮다면 말입니다."

"그렇게 하게. 기자회견은 우리가 알아서 하지. 벌써 〈데일리 뉴스〉에 기삿거리를 다 넘겨줬더군. 이젠 다른 기자들이 자기네들한텐 왜 안 주냐고 떠들어대고 있네. 주는 시늉이라도 해서 조용히 시켜야겠어."

"〈데일리 뉴스〉 기자에게 독점 취재권을 약속했었습니다."

"그래, 이해해."

"사태가 정리되고 나서도, 제가 계속 일을 하게 되는 겁니까, 국장님?"

"물론이네, 보슈 형사. 어떤 수사나 마찬가지지만, 선택을 해야 할 상황이 꼭 있네. 어려운 선택을 해야 할 상황이. 자넨 최선의 선택을 했어. 물론 조사가 있겠지만 문제가 있을 것 같진 않군."

보슈는 고개를 끄덕였다. 감사하다는 말이 나올 뻔했지만 참았다. 그러고는 조용히 국장을 바라보았다.

"더 물어보고 싶은 게 있나, 형사?"

보슈는 다시 고개를 끄덕였다.

"그냥 궁금한 게 있습니다."

보슈가 말했다.

"뭔가?"

"그 사건 수사는 법무부에서 온 편지와 함께 시작되었고, 시일이 꽤 흐른 후에야 제가 그 편지를 읽게 됐는데요. 그 편지를 받고도 저를 기다리고 있었던 이유가 뭔지 궁금합니다. 그러니까 국장님은 무엇을 알고 계셨고 언제 알게 되셨는지 궁금합니다."

"지금 그게 중요한가?"

보슈는 턱으로 어빙이 떠난 방향을 가리켰다.

"중요할 수도 있습니다. 잘은 모르겠지만, 부국장님은 그냥 순순히 물러나실 분이 아닙니다. 곧장 기자들을 찾아갈 겁니다. 아니면 변호사들한테요."

"그렇게 하면 실수하는 거라는 걸 알고 있을 거야. 자신에게 응분의 대가가 따르리라는 걸 말이지. 그렇게 어리석은 사람은 아니야."

보슈는 고개를 끄덕였다. 국장은 잠깐 그의 표정을 관찰하다가 다시 입을 열었다.

"아직도 걱정스러운 표정이군, 형사. 월요일에 내가 했던 말 기억하나? 자네의 복직을 결정하기 전에 자네의 경력에 대해 면밀히 조사를 했다고 했는데."

보슈는 대답 없이 국장을 쳐다보았다. 국장이 말을 이었다.

"진짜였어. 자넬 연구했고, 그래서 자네에 대해 좀 알고 있다고 생각하네. 자네는 오직 한 가지 목적을 위해 살고 있지. 그리고 이제 그 일을 행할, 자네의 사명을 완수할 기회가 왔네. 그런데 달리 뭐가 더 중요한가?"

보슈는 오랫동안 국장을 쳐다보다가 대답했다.

"제가 진짜 물어보고 싶었던 것은 월요일에 국장님이 말씀하신 거였습니다. 파문과 목소리들에 대해 말씀하셨는데, 그거 다 진심이셨습니까? 아니면 국장님을 위해 제가 어빙 부국장을 잡겠다고 나서게 하려고 유인하는 말에 불과했습니까?"

갑자기 경찰국장의 두 뺨이 붉어졌다. 그는 눈을 내리깔고 생각을 정리했다. 그러고는 다시 고개를 들어 보슈를 오랫동안 쳐다보았다.

"내가 한 말은 한마디 한마디가 다 진심이었네. 그러니 잊지 말도록. 503호실로 돌아가 사건들을 해결하게, 형사. 그게 자네가 여기 있는 이유니까. 사건들을 해결하지 않으면 내가 자네를 쫓아낼 이유를 찾아낼 걸세. 알겠나?"

보슈는 협박당한다는 느낌이 들지 않았다. 국장의 대답이 마음에 들었다. 그 대답을 듣고 나니 기분이 나아졌다. 보슈는 고개를 끄덕였다.

"알겠습니다."

국장은 손을 들어 보슈의 윗팔뚝을 잡았다.

"좋아. 그럼 저쪽으로 가서 오늘 우리와 한 가족이 된 저 젊은 친구들과 사진 한 장 찍자고. 저 친구들이 우리에게서 뭔가를 배울 수 있지 않겠나? 우리도 저 친구들에게서 배울 수 있고."

보슈는 국장과 함께 졸업생들 무리를 향해 걸어가면서 어빙이 사라진 방향을 돌아보았다. 그러나 어빙의 모습은 오래전에 사라지고 없었다.

# 44

## 죄책감

보슈는 다음 일곱 밤 중 사흘 밤을 로버트 벌로런을 찾아 나섰지만 찾을 수가 없었다. 너무 늦어버릴 때까지는.

경찰대학 졸업식이 있고 일주일이 지난 후, 보슈와 라이더는 마주 본 책상 앞에 앉아서 고든 스토다드에 대한 사건 조서에 끝손질을 하고 있었다. 그 살인 피의자는 주 초반에 샌퍼낸도 지방법원에서 있은 심리에서 범행을 부인했다. 그와 동시에 법정 싸움이 시작되었다. 보슈와 라이더는 스토다드의 살인죄를 입증하는 포괄적인 사건 조서를 작성해야 했다. 그 조서는 검사에게 넘겨져 스토다드의 변호사와 협상을 할 때 사용될 것이었다. 검사는 보슈와 라이더는 물론이고 뮤리얼 벌로런까지 만나보고 나서 재판 전략을 짰다. 스토다드가 법정으로 간다면, 주 정부는 살해의도를 가지고 잠복해 기회를 엿보다가 살해한 죄로 사형을 구형할 것이었다. 이를 피하려면 스토다드는 유죄답변 거래에서 1급 살인죄에 대해 유죄를 인정해야 했다. 그렇게 되면 사형은 면하겠지만 가석방 없는 무기징역형을 선고받게 될 것이었다.

어느 쪽이 됐든, 보슈와 라이더가 작성하고 있는 사건 조서는 스토다드와 그의 변호인에게 경찰이 확보한 증거가 얼마나 확실한 것인지를 보여줄 것이기 때문에 대단히 중요한 의미가 있었다. 스토다드를 궁지로 몰아넣어 감방에서 평생을 살 것이냐 아니면 법정에서 배심원 설득에 성공해 풀려난다는 희박한 가능성에 목숨을 걸고 도박을 할 것이냐 하는 어려운 선택을 하게 만들 것이었다.

사건 조서를 작성하게 되기까지 일주일이 후딱 지나갔다. 라이더는 스토다드의 총알이 스쳐지나간 충격에서 회복해 사건 조서 작성에 자신의 실력을 십분 발휘했다. 보슈는 월요일엔 하루 종일 감찰계 수사관에게 조사를 받았고 그다음 날 풀려났다. 감찰계가 내린 '무혐의' 판정은 언론에서는 경찰국이 롤랜드 맥키를 미끼로 이용한 것 아니냐는 의혹을 제기하는 기사를 계속 내고 있지만, 적어도 경찰국 내에서는 보슈가 혐의가 없다고 인정을 받은 것이었다.

보슈는 다음 사건으로 넘어갈 준비가 되어 있었다. 그 옛날 자기가 경찰국에 들어온 첫날 발견했던, 욕조에서 몸이 묶인 채 죽어 있었던 할머니의 사건을 맡고 싶다고 벌써 라이더에게 말해놓았다. 스토다드 사건 조서 작성이 끝나자마자 그 사건 수사에 착수할 계획이었다.

에이벌 프랫 반장이 자기 사무실에서 나와 보슈와 라이더가 있는 구석진 자리로 다가왔다. 얼굴이 잿빛이었다. 프랫이 고갯짓으로 라이더의 컴퓨터 화면을 가리켰다.

"지금 작성하고 있는 게 스토다드 건이야?"

프랫이 물었다.

"네. 무슨 일이에요?"

라이더가 말했다.

"그만둬. 죽었어."

한동안 누구도 말이 없었다.

"죽어요? 죽다니 누가요?"

마침내 라이더가 물었다.

"스토다드가 밴 나이스 구치소 감방에서 죽었어. 목을 두 군데 찔려서."

"자살입니까? 그럴 사람 같지는 않았는데."

보슈가 말했다.

"아뇨, 다른 사람이 그랬어요."

보슈는 자세를 바로 하고 앉았다.

"잠깐만요. 강력범 수용 감방에 있었고 접근 금지 상태였는데요. 그런데 어떻게…."

"오늘 아침에 누가 그랬어요. 그게 더 안 좋은 소식이고요."

프랫이 말했다. 그는 수첩을 들어 보였다. 휘갈겨 쓴 메모가 보였다. 프랫은 그 메모를 보면서 말했다.

"월요일 밤 한 남자가 밴 나이스 대로에서 만취해 난동을 부린 혐의로 체포됐어요. 그는 자신을 체포한 순경들 중 한 명을 폭행하기도 했죠. 경찰은 통상적인 절차에 따라 그의 지문을 채취한 후 그를 밴 나이스 구치소에 수감했어요. 그는 신분증을 갖고 있지 않았고 로버트 라이트라고 이름을 밝혔죠. 다음 날 심리에서 그는 모든 혐의에 대해 유죄를 인정했고 판사는 밴 나이스 구치소에서의 일주일 구류를 선고했어요. 그때까지는 그의 지문에 대한 컴퓨터 조회가 이루어지지 않았었죠."

보슈는 가슴이 철렁 내려앉는 느낌이 들었다. 두려워졌다. 이 이야기가 어디로 흘러갈지 알 것 같았다. 프랫은 메모를 보며 사건을 전개시키고 있었다.

"로버트 라이트라고 말한 그 남자는 과거에 식당에서 일한 경험이 있다고 주장하고 요리 시범을 보여줘서 구치소 주방 일을 하게 되었다네요. 오늘 아침 그는 주방에 있던 다른 근무자와 임무를 바꿔 강력범동 죄수들에게 식판을 나르는 수레를 끌고 나갔죠. 사건을 목격한 교도관 두 명의 말에 따르면, 스토다드가 식판을 받기 위해 감방 문에 달린 미닫이 창문으로 다가가자, 로버트 라이트가 창살 사이로 손을 뻗어 그의 멱살을 잡았대요. 그러고 나서 숟가락을 날카롭게 갈아서 만든 칼로 스토다드의 목을 찔렀대요. 로버트 라이트가 두 차례에 걸쳐 스토다드를 찌르고 나서야 교도관들에게 제압을 당했대요. 그러나 교도관들의 대처가 너무 늦었던 거죠. 스토다드의 경동맥이 절단되었고 교도관들이 도움의 손길을 요청하기도 전에 벌써 자기 감방에서 피를 너무 많이 흘렸고요."

프랫이 말을 멈췄지만 보슈와 라이더는 아무 질문도 하지 않았다.

프랫이 다시 말을 이었다.

"우연히도 로버트 라이트가 스토다드를 살해한 것과 거의 같은 시각에 그의 지문이 데이터베이스에 입력이 되었답니다. 컴퓨터에서 어떤 결과가 나왔느냐 하면, 지문과 죄수의 이름이 일치하지 않는 걸로 나왔다네요. 죄수가 가명으로 구류를 살고 있었다는 거죠. 여러분도 이미 눈치챘겠지만 진짜 이름은 로버트 벌로런이었어요."

보슈가 라이더를 건너다보았지만 오래 쳐다보고 있을 수가 없었다. 보슈는 고개를 숙이고 책상을 내려다보았다. 한 방 얻어맞은 느낌이었다. 그는 눈을 감고 두 손으로 얼굴을 비볐다. 어쩐지 자기 잘못인 것 같았다. 수사에서 로버트 벌로런은 자기 책임이었다. 자기가 벌로런을 찾아냈어야 했었다.

"결말이 어때요?"

프랫이 말했다.

보슈는 두 손을 내리고 자리에서 일어섰다. 그러고는 프랫을 쳐다보았다.

"지금 어디 있습니까?"

보슈가 물었다.

"벌로런이요? 거기서 잡고 있죠. 밴 나이스 강력반 담당이에요."

"내가 올라가 보겠습니다."

"가서 뭐하려고요?"

라이더가 물었다.

"모르겠어. 뭐든 할 수 있는 일이 있겠지."

보슈는 라이더와 프랫을 뒤에 남겨놓고 구석진 자리에서 걸어 나갔다. 복도로 나간 그는 엘리베이터 단추를 누르고 기다렸다. 가슴속 묵직한 것이 사라지지 않고 있었다. 그는 그것이 죄책감이라는 것을, 자기가 이런 경우를 대비하지 못한 것과 자신의 실수가 이토록 대가가 컸다는 것 때문에 느끼는 죄책감이라는 것을 알고 있었다.

"선배 잘못이 아니에요. 로버트 벌로런이 17년 동안이나 기다려왔던 일을 했을 뿐이에요."

보슈가 뒤를 돌아보았다. 어느새 라이더가 뒤에 와 있었다.

"내가 먼저 벌로런을 찾아냈어야 했어."

"벌로런은 눈에 띄고 싶지 않아서 숨은 거예요. 계획이 있었으니까요."

엘리베이터 문이 열렸다. 비어 있었다.

"무슨 일을 할 건지 몰라도 나도 같이 가요."

라이더가 말했다.

보슈는 고개를 끄덕였다. 라이더와 함께하면 일이 수월해질 것 같았다. 보슈는 라이더에게 엘리베이터에 먼저 타라고 손짓을 한 후 자기도 뒤따라 탔다. 아래로 내려가면서 보슈는 마음속에서 다짐이 굳어지는 것을 느꼈다. 소명을 실행하겠다는 다짐, 그리고 로버트와 뮤리엘과 레베카 벌로런을 결코 잊지 않겠다는 다짐이었다. 그리고 그것은 언제나 죽은 이들을 대변하겠다는 약속이기도 했다.

〈끝〉

Michael Connelly

## | 감사의 말 |

작가는 이 소설을 위해 연구하고 소설을 쓰는 데에 도움을 주신 마이클 피에츠, 아시야 머치닉, 제인 우드, 페기 리스 앤더슨, 제인 데이비스, 린다 코넬리, 테릴 리 랭크포드, 메리 캡스, 주디 카우웰스, 존 휴턴, 제리 후튼, 그리고 켄 들라비뉴에게 진심으로 감사의 인사를 전한다. 그리고 특별히 로스앤젤레스 경찰국의 팀 마샤 형사와 릭 잭슨 형사, 그리고 데이빗 램킨 형사, 밥 맥도날드 경사, 윌리엄 브래튼 경찰국장에게 감사드린다.

마이클 코넬리

**클로저**_해리 보슈 시리즈 Vol.11

**1판 1쇄 인쇄** 2013년 6월 21일
**1판 1쇄 발행** 2013년 7월 5일
**2판 1쇄 인쇄** 2015년 1월 22일
**2판 1쇄 발행** 2015년 1월 30일

**지은이** 마이클 코넬리
**옮긴이** 한정아

**발행인** 양원석
**본부장** 송명주
**편집장** 김지연
**해외저작권** 황지현, 지소연
**제작** 문태일, 김수진
**영업마케팅** 김경만, 정재만, 곽희은, 임충진, 이영인, 장현기, 김민수,
임우열, 윤기봉, 송기현, 우지연, 정미진, 이선미, 최경민

**펴낸 곳** ㈜알에이치코리아
**주소** 서울시 금천구 가산디지털2로 53, 20층 (가산동, 한라시그마밸리)
**편집문의** 02-6443-8846 **구입문의** 02-6443-8838
**홈페이지** http://rhk.co.kr
**등록** 2004년 1월 15일 제2-3726호

ISBN 978-89-255-5529-4 (04840)
978-89-255-5518-8 (set)